EL SEÑOR DEL TIEMPO

© 2024 Iván Gilabert

EL SEÑOR DEL TIEMPO

© 2024 Iván Gilabert

EL SEÑOR DEL TIEMPO

Copyright © 2024 Iván Gilabert

Todos los derechos reservados. No se permite la reproducción total o parcial de este libro, ni su incorporación a un sistema informático, ni su transmisión en cualquier forma o por cualquier medio, sea este electrónico, mecánico, por fotocopia, por grabación u otros métodos, sin el permiso previo y por escrito del autor.

ISBN: 9798321509890

Sello: Independently published.
Corrección: Marisa Mestre Olariaga.

www.ivangilabert.com

Nota del autor

Siempre me ha gustado bucear en las sombras de nuestra historia. Entiendo como historia lo que todos conocemos por cientos de estudios y pruebas arqueológicas irrefutables, y como sombras aquellos oscuros pasajes que carecen de pruebas tangibles y evidentes que demuestren su veracidad.

En el puzzle de la historia relleno las sombras con piezas fabricadas a base de narraciones ficticias y fantásticas. Quién sabe si algún día una de esas oscuras sombras se ilumina gracias a nuevos hallazgos y el resultado final no se aleja tanto de lo que haya podido imaginar en alguno de mis libros.

En esta aventura que tienes entre tus manos casi todas las localizaciones que salen son reales, así como la mayoría de los hechos que relatarán nuestros protagonistas. Entremedio, aparecerán algunos datos que tan solo son humildes palabras que escribo, piezas que faltan y que coloco para iluminar las zonas sombrías que hay en la crónica de nuestra evolución y que todavía se resisten a salir a la luz.

Para que esta aventura te resulte más real te he preparado un regalo. Si como yo eres de los que quieren visitar los mismos lugares que aparecen mientras voy leyendo, en la siguiente página te he dejado un plano que he creado para que puedas seguir al detalle los pasos del protagonista por la ciudad de Barcelona. Al ser un mapa de Google Maps, también te servirá para pasear por la ciudad y recorrer las mismas calles que salen en el libro.

Además, si eres de los que les gusta saber qué es real y qué no, al final del libro podrás encontrar unas aclaraciones al detalle. Mientras tanto, abre la primera página y dale rienda suelta a tu imaginación.

Mapa de Barcelona

El siguiente código QR te llevará a un mapa que podrás abrir con la aplicación de Google Maps. Es un plano muy especial. Con él te podrás guiar por las calles del casco antiguo de Barcelona y caminar por los lugares que Quim, nuestro protagonista, visita en esta aventura. No te cuento más para no desvelar nada de la historia. Espero que lo disfrutes:

→EL SEÑOR DEL TIEMPO en Google Maps

*A Barcelona,
mi ciudad,
mi inspiración,
mi casa...*

«... caminábamos por las calles de una Barcelona atrapada bajo cielos de ceniza y un sol de vapor que se derramaba sobre la Rambla de Santa Mónica en una guirnalda de cobre líquido».

La Sombra del Viento
Carlos Ruíz Zafón.

Capítulo 1

Barcelona
En la actualidad...

Ni los más ancianos del lugar recordaban aguaceros tan intensos como los sufridos en los últimos días. La lluvia había cubierto durante semanas el nordeste de la península tras haber inundado previamente las comunidades del sur y del levante español. Después de demasiados días apagados, grises y fríos, Barcelona se despertaba por fin con un atisbo de luz y sin amenazas de más precipitaciones.

Los primeros rayos de un sol anhelado hicieron visibles los daños ocasionados por la tormenta. La zona antigua de la Ciudad Condal, sobre todo el barrio Gótico, fue de las más castigadas. Muchas de las techumbres de sus antiguas construcciones no soportaron las interminables cascadas de agua y acabaron por sucumbir. Entre ellas se hallaba el tejado de la iglesia de Sant Jaume que, a pesar de haber resistido estoicamente hasta el último día, acabó por quebrar, dejando un boquete inmenso por el que se precipitaron excesivas horas de lluvia. Toda la nave central de la iglesia, así como sus capillas laterales, quedaron inundadas por completo.

Los bomberos consiguieron abrir, después de mucho esfuerzo, el doble portón de hierro forjado que aquella mañana se empecinaba en no dejar entrar a nadie en el interior de su amada iglesia. Al conseguir acceder por fin, los bomberos se percataron del porqué de tan solemne resistencia: la mayoría de los bancos de madera que servían de asiento a los feligreses se habían amontonado contra la puerta, arrastrados por el torrente de agua, hasta formar una colosal barrera de maderos retorcidos.

—Han tenido mucha suerte —indica Romero, el bombero que lleva la voz cantante, nada más pisar un suelo convertido en un lodazal repleto de restos esparcidos por toda la planta.

La hermana Mercè, encargada de abrir cada mañana el portón de su venerada iglesia, lo mira de reojo para estudiar si aquel comentario es fruto de un estúpido bromista o tan solo un malentendido. El jefe del grupo de bomberos adivina por el recio semblante lo que piensa la religiosa y al instante añade:

—Lo digo porque esta iglesia tiene un pequeño desnivel en el suelo que deriva hacia la calle. Quiero decir con esto, que toda el agua que ha entrado por el techo no se ha acumulado en el interior formando una piscina, sino que ha ido saliendo por la puerta principal hacia la calle Ferran —añade a la vez que señala hacia el enorme portón—, que a su vez también tiene una leve inclinación y ha evacuado el agua hacia La Rambla.

La hermana, perteneciente a la asociación religiosa de las Hermanitas del Cordero, observa la nave central de su templo una vez más. Los bancos de madera han flotado y navegado con rumbo fijo hacia la puerta gracias a ese imperceptible desnivel de un suelo remodelado a mediados del siglo XIX.

Al bombero no le falta razón; ha podido ser mucho peor. Ninguno de los relieves ni tapices han sufrido daño alguno gracias a que el agua no se ha acumulado en el interior formando una enorme alberca.

—¡Romero! —grita desde el fondo de la iglesia uno de los bomberos, cuya misión es comprobar los daños y verificar que no haya riesgo de posibles derrumbes—. Ven a ver esto.

Romero camina hacia su compañero seguido de cerca por la hermana, que anda de puntillas y con su hábito gris azulado remangado para no empapar sus bajos. Llegan hasta la gran cúpula que preside el crucero, dejan atrás el coro y entran en la capilla que queda a la derecha del altar mayor.

Antes de entrar, la hermana Mercè comprueba con gusto como el retablo que se halla tras el altar, fabricado en la segunda mitad del siglo catorce y procedente de la catedral de Barcelona, se encuentra en perfecto estado.

En el centro de la capilla espera Sancho, paciente, para explicarles la contrariedad que acaba de descubrir.

—Esto tiene mala pinta —informa el bombero. Su dedo enguantado señala acusador hacia un punto concreto del antiguo suelo—. Las piedras de esta zona están medio sueltas. Mire esta, por ejemplo —demuestra tras meter la mano en el agua y sacar una de las losas que formaban parte del piso.

—¡Madre del amor hermoso! —exclama la hermana Mercè sin poder esconder su temor—. ¿Por qué este lugar está inundado?

Los bomberos intercambian un par de frases a la vez que echan un vistazo a toda la zona inundada en la que ahora se encuentran.

—Al contrario que en la planta principal, en esta habitación que estamos la inclinación del suelo es distinta y el agua se ha estancado hasta formar este charco de agua —apunta Sancho con la piedra goteando en la mano.

El semblante de la hermana Mercè es el mismo que el de un perro pequinés a punto de morder.

—Esta habitación, como usted dice, es la capilla del Santísimo Sacramento —informa a la vez que señala con un dedo firme al lugar indicado—. Tenga mucho cuidado al trabajar aquí, ya que el suelo es original de la primera edificación.

Sancho se aleja unos pasos, cabizbajo y en silencio.

—¿Cuánto van a tardar en vaciar este lugar? —pregunta la hermana en un susurro, con la boca tan apretada que pone en serio peligro el esmalte de sus dientes—. ¿Por qué no han traído ya las mangueras, los cubos o los dichosos cacharros que sea que utilicen para extraer el agua?

El jefe de bomberos la mira con semblante serio. Respira un par de veces tal y como le enseñan en sus clases de meditación y añade:

—Acabamos de llegar. Primero estudiamos el lugar y, después, con toda la información obtenida, actuamos.

—Muy bien —asiente la religiosa a la vez que se recoge un poco más el hábito—. ¿Necesita saber algo más? —inquiere altiva sin esconder sus ganas de que empiecen ya a laborar.

—No, señora.

—¡Pues manos a la obra! —suelta sin más. Ordenado esto, da media vuelta y comienza a caminar hacia la salida—. Esta iglesia no puede estar cerrada todo el día como ustedes comprenderán —añade sin mirarlos.

—¿Avisamos al Ayuntamiento para que vengan a reparar estas piedras de… la zona esa? —pregunta Sancho casi en un susurro. Todavía sostiene en su mano la losa que ha sacado del suelo.

La hermana Mercè se detiene al instante. Respira de nuevo varias veces, con los ojos cerrados, hasta que se ve con la paciencia suficiente para darse la vuelta y contestar con toda la amabilidad que es capaz de reunir:

—No se preocupe. Hay una empresa que siempre nos ayuda con las reparaciones. Ustedes saquen el agua de… la capilla del Santísimo Sacramento. Nosotras nos encargaremos de las reformas.

Sin más, da media vuelta y prosigue hacia la salida.

El bombero suspira mientras observa como la hermana avanza de puntillas y sortea los trozos rotos de bancos de madera, dando graciosos saltitos para evitar pisar los pocos charcos que quedan en la nave central.

—Esta estampa me recuerda a un meme de esos que vi una vez por Internet —susurra Sancho entre risas silenciosas.

—En fin… —suspira el jefe—. Vamos al lío antes de que vuelva la hermana.

—¿Qué hago con esta piedra? —pregunta Sancho sin saber si colocarla en su lugar o no.

—Mejor déjala ahí encima —aconseja señalando hacia un pequeño altar que hay al fondo de la capilla—. Que se den cuenta de que está suelta para que la puedan reparar. Colócala con cuidado y procura no manchar ni romper nada o *doña nervios* te comerá vivo.

Una vez finalizado el reconocimiento de la zona, ambos salen de la capilla y echan a caminar por el pasillo central, que ya está flanqueado por unos pocos bancos que han colocado en su lugar correcto el resto de los bomberos con ayuda de algunos feligreses atentos y madrugadores.

Mientras tanto, sin que nadie se percate de ello, en el charco formado en la capilla comienza a formarse un pequeño remolino justo sobre el hueco que ha dejado la piedra extraída por Sancho. En apenas unos minutos toda el agua acumulada se vacía y deja a la vista un pequeño y oscuro agujero.

Capítulo 2

Quim
09:30h

Abro la puerta de mi edificio y la luz de un sol desaparecido desde hace días me da la bienvenida. ¡Mierda! Un recuerdo fugaz me chiva que mis gafas de sol descansan sobre el cesto de piel que tengo junto a la puerta. La cartera, el dinero y un sinfín de objetos inútiles que voy dejando cada vez que entro en mi casa también deben estar ahí. No voy a subir de nuevo, no creo que los necesite.

Espero unos segundos hasta que mis ojos se acostumbran al exceso de luz y salgo a la calle. Miro a un lado y al otro y me alegro del silencio que reina a estas horas de la mañana.

Vivo en el primer piso del número 15 de la calle del Veguer de Barcelona, aunque bien podría vivir en el número 7 de calle Melancolía porque mi vida es como una canción de autor, a veces triste, otras intensa, a días amarga, pero siempre rodeada de amor. Del amor que le tengo a la tienda de antigüedades que yo mismo regento y que mi padre fundó hace ya treinta y tres años, que son los mismos que hace que mi madre se largó harta de todo y de todos. O eso me han contado.

Mi padre también era arqueólogo, como yo, y siempre andaba de viaje. Mi madre se cansó de la soledad y se largó dejándonos a mi hermana y a mí con la abuela. En cuanto mi padre se enteró, olvidó sus viajes para estar cerca de nosotros. Al cabo de unos meses abrió el negocio. Pero cuando fuimos independientes saltó de nuevo de excavación en excavación, sin apenas pasar por la casilla de salida, quizá para recuperar todos aquellos años perdidos. Por desgracia desapareció en una de sus aventuras hace casi ocho años y no hemos vuelto a saber de él. Ni para bien ni para mal, aunque todos nos imaginamos lo peor.

Desde entonces yo me ocupo del negocio. Mi hermana no quiso saber nada de antigüedades ni de historia ni de arqueología y optó por casarse y formar una familia. Es muy feliz viviendo en un pequeño pueblo cerca de aquí con su marido, sus dos hijos, dos perros, un gato, una tortuga, un loro y algún otro bicho que no recuerdo. Se dejan caer por la ciudad y visitan a la familia un par de veces al mes.

En tan solo un par de horas esta pequeña calle del barrio Gótico de Barcelona se llenará de turistas llegados de todo el mundo para fotografiar la plaza del Rey desde todos los ángulos posibles. Es uno de los lugares más visitados de la parte antigua de la ciudad.

Vivir aquí tiene dos caras: la aglomeración de gente y el exceso de ruido, cosas que no me gustan demasiado, pero, por otra parte, mi tienda es visitada por cientos de curiosos cada día y, siempre, alguno de ellos, pica y compra algo.

Camino unos pocos pasos y entro en el bar de mi tía Rosa. Cuando digo pocos me refiero a quince como mucho. La saludo con un leve movimiento de cabeza y me siento en el taburete de siempre, en una esquina de la barra lo más alejado posible del resto de asiduos al pequeño y antiguo bar cuyo mobiliario no ha cambiado desde los años setenta.

—Buenos días, ojeroso.

Mi tía siempre resalta aquellos pequeños defectos que sus clientes muestran. Es como mirarse al espejo de la verdad absoluta. Eso sí, con cariño y sin maldad alguna. O eso dice ella. Aunque no todos piensan lo mismo.

—Ponme un café bien cargadito, anda —me limito a contestar al tiempo que abro un periódico que hay sobre la barra. Ojeo algunas de las noticias del día. La verdad es que no sé ni por qué miro el diario si apenas leo lo que pone.

En pocos minutos la puerta del bar se abre y se cierra para recibir a nuevos clientes y despedir a otros. Observo, como cada día, que casi todos los que entran son los mismos. A algunos tan solo los conozco de vista, pero las monótonas costumbres diarias me dan una idea de la personalidad, problemas, defectos y virtudes de cada uno de ellos. Me gusta observar a la gente, no en modo *voyeur*, no me malinterpretes, sino más bien con una visión inocente y curiosa que intenta jugar a averiguar quiénes son en realidad.

No soy una persona solitaria, pero sí que me gusta mantener un poco las distancias. Es mi forma de ser. O quizá mis vivencias me han hecho así. No lo tengo muy claro. De lo que no tengo duda alguna es que soy un personaje bastante… cómo decirlo… atípico.

Extraño.

Especial.

Sobre todo, después de una traumática experiencia que sufrí. Es una larga historia que tiene que ver con una ECM. Ya sabes, una experiencia cercana a la muerte. Sucedió hace ya siete años y medio. Ya te la relataré con más calma en otro momento. Lo importante que debes saber de aquel suceso es una secuela que me quedó.

O que se despertó dentro de mí.

Todavía no lo he averiguado.

El resultado es que desde aquel suceso en el que casi la palmo, puedo viajar en el tiempo.

Como lo lees.

Con algunas restricciones, eso sí.

Puedo viajar en el tiempo, pero no en el espacio.

En realidad, solo puedo viajar al pasado.

No me quejo por poder ir tan solo al pasado y no al futuro, ojo, que ya sé que es alucinante.

¿Por qué? Ni pajolera idea.

No sabría formular la teoría física o metafísica que explique por qué me sucede esto, ni lo quiero intentar siquiera porque me aburre soberanamente.

Yo soy arqueólogo de profesión. Historiador por placer. Y las leyes del universo se me escapan y, por qué no decirlo, me la traen bastante floja.

Solo sé que debo tener mucho cuidado cada vez que viajo al pasado. No debo cambiar nada. O intentar cambiar lo menos posible, porque, si te soy sincero, no ha habido un viaje en el que no haya metido la pata. Y mira que lo intento, pero es como caminar por un campo repleto de hormigas y pretender no pisar ninguna.

Soy consciente de mi responsabilidad. Tengo muy en cuenta lo que me contó un afamado físico una vez, eso de que toda nuestra Historia forma parte de la enmarañada estructura del universo y sus intrínsecas energías de los cojones.

Ya sabes... El equilibrio no se puede romper porque el aleteo de una mariposa se transforma en no sé qué huracán y todos esos cuentos místicos. No tengo ni idea de cuántas chorradas juegan un papel importante en todo esto, la verdad. Solo sé que así son las cosas y que debo tener cuidado.

He intentado no cambiar el pasado de nadie, ni siquiera para ayudar. Pero a veces no lo puedo evitar, qué quieres que te diga. Una vez que estás allí, solo, sin que nadie te vigile, al final haces lo que te dicta el corazón y muy pocas veces lo que dice tu sentido común. Creo que pequeñas modificaciones en remotas aldeas perdidas en el tiempo no tienen por qué influir en el futuro que conozco. Soy consciente de que siempre hay riesgos e intento tener todo el cuidado del mundo. Solo espero no cagarla y no atropellar sin querer al que debía ser el tatarabuelo del descubridor de la cura de un supervirus y me cepille a la humanidad por no respetar un ceda el paso.

—Toma, *noi*. Tu segundo café. Deberías mirarte la tensión, ya sabes que a partir de los cuarenta todo va *pabajo* y empiezan los achaques.

—Gracias, *tieta*. Mi tensión está perfecta. Y yo estoy como un roble.

La verdad es que de roble tengo bien poco. En el mundo de los árboles yo sería un arbusto reseco.

—¿Un roble? Cada vez que te pones a contraluz te veo esos huesillos de pollo *esmirriao* que tienes. Anda, pásate después a comer que hoy tengo gazpacho.

—¿Cómo el de la yaya?

—Mejor. El mío lleva productos de primera y en abundancia. Consistente. No como el de tu abuela, que lo aguaba tanto que le daba *pa* cuatro días.

Mi tía a veces es muy graciosa y a pesar de su carácter único no hay día que no me robe una sonrisa.

—Eran otros tiempos... Luego subiré a hacerle una visita. No la veo desde la semana pasada.

—Sácala a pasear un poco que desde que empezaron las lluvias no pone un pie en la calle por miedo a romperse la crisma.

Normal, pobre mujer. Se cayó hace un año y le tuvieron que poner una prótesis de cadera. Desde entonces camina con mucho cuidado y ha cogido el mal hábito de llevar siempre bastón. Se ha vuelto más yaya todavía. Cuando cierre la tienda esta tarde me pasaré a verla. Me encantan las historias que cuenta de cuando era joven. Yo la escucho con mucha atención porque a esas edades, muchas veces, lo único que buscan es que alguien les haga compañía. Supongo que por eso siempre dice que soy su nieto favorito.

Me llamo Quim, por cierto. Quim Mora.

Capítulo 3

Librería de don Emilio
09:40h

La campanilla tintinea para avisar de que alguien ha entrado en el local. El hombre que está tras el mostrador se sobresalta al escucharla y maldice en voz baja por haberse olvidado, una vez más, de cerrar con llave y de colocar el cartel de cerrado.

Don Emilio, que así es conocido por todos en el barrio, es dueño de la librería que está a dos puertas del bar de Rosa donde Quim saborea en este instante su café mañanero. Necesita ese momento de paz previo a la apertura de su negocio. Aprovecha el silencio y la soledad de su tienda para evaluar, clasificar y tasar los artículos más importantes y valiosos que pasan por sus manos. Ahora tiene sobre un mostrador de cristal, demasiado rallado por el uso, una primera edición de un libro que ha buscado sin cesar durante años: *The adventures of Tom Sawyer*. Ese pequeño grupo de hojas cosidas y encoladas que datan del año 1876 lo transportan a su más tierna infancia, a momentos mágicos en los que leía junto a su madre las increíbles y disparatadas aventuras de Tom y Huckleberry.

Levanta la cabeza y observa por encima de las gafas, que tan solo usa para ver de cerca, al intruso que acaba de fastidiar su momento más preciado. Junto a la puerta espera firme y en silencio un tipo delgado y algo demacrado. Abraza contra su pecho un bulto envuelto en una tela sucia, añeja y desgastada. Don Emilio, que siempre funciona a muchas menos revoluciones que el resto de la humanidad, acaricia su barba canosa y descuidada mientras lo observa con detenimiento.

—Buenos días, Aladín —saluda al cabo de lo que parecen dos semanas.

—Ya sabe que me llamo Akram, don Emilio. ¿Por qué tú siempre *dise* Aladín? —replica el joven con un marcado acento árabe.

—Porque eres como el genio de la lámpara maravillosa: siempre me traes lo que te pido —aclara don Emilio con una sonrisa afable—. Hace semanas que no te hago ninguna comanda. ¿Qué te trae hoy por aquí y a estas horas tan tempranas?

Don Emilio se muere de ganas de ver lo que hay bajo las roñosas telas que el joven Akram sostiene. Pero es perro viejo. Viejo y listo. Listo y con mucha más experiencia que ese joven ladronzuelo al que tan bien conoce.

—Le traigo una cosa *qui* creo le gustará.

El joven se acerca hasta el mostrador a la vez que don Emilio guarda en un cajón la primera edición que estaba revisando para que Akram pueda dejar sobre el cristal el misterioso bulto.

—¿Qué me quieres vender, joven amigo?

—No sé bien *qui* es. Pero seguro *qui* usted sabrá. Es muy antiguo. *Di* gran valor. Estoy seguro. Y está *iscrito* en la lengua de sus antepasados—, anuncia con solemnidad, gesticulando, como si estuviera presentando un gran espectáculo.

Emilio se acomoda las gafas para observar de cerca aquel envoltorio.

—Lo he encontrado así. Con todos *isos* trapos —informa Akram.

«Es algodón. Muy antiguo, de eso no hay duda», piensa don Emilio sin mostrar a su joven proveedor ningún gesto de sorpresa. Si aquel objeto le llegara a interesar, necesita mantener su cara de póker para negociar con ventaja.

Se coloca unos guantes, como siempre que va a tocar algo de suma importancia. Coge un extremo de la tela y lo despliega con cuidado de no romperla. Repite esta acción tres veces más. Segundos después puede ver lo que hay bajo el raído algodón.

Don Emilio observa con detenimiento.

Akram no deja de mirar la cara de su posible comprador. Intenta captar cualquier mínimo gesto que le ayude a calcular el importe final que deberá pedir, multiplicado por dos, o por tres, para sortear los interminables regateos del viejo librero.

Don Emilio toca con respeto lo que tiene ante sus ojos. Intuye algo. Lo huele. Lo primero que ve es un grupo de hojas de papel amarillento, posiblemente fabricadas en algodón, repleta de frases escritas en hebreo.

«Aladín tenía razón, es la lengua de mis antepasados».

Puede distinguir que en la cabecera de la primera página aparece garabateada una fecha. Respira con calma a fin de mantener su semblante lo más neutro posible. Su instinto le grita que tiene una buena mano y no quiere pagar por ella lo que realmente vale.

—¿Dónde lo has… encontrado? —inquiere curioso.

—*Estiaba in* la basura —miente Akram, bajo la atenta mirada de don Emilio que, por supuesto, no cree ni una sola palabra.

Tras las hojas de papel aparecen otras de diferente material. Don Emilio deja a su derecha las primeras para observar ese nuevo tipo de pliegos que, sin ninguna duda, están fabricadas con una piel muy fina de animal. Ese componente lo transporta hasta un recuerdo lejano de un viaje que hizo a Israel. En uno de los muchos museos que visitó en el país pudo observar y estudiar vitelas como las que tiene ahora mismo ante él, sobre el mostrador de su pequeña tienda. Estas, al igual que las que estudió en los museos de Jericó y Jerusalén, también están escritas en hebreo.

Puede distinguir diversos apuntes con fechas anteriores al siglo doce. Un sutil atisbo de sorpresa escapa de su control. Akram, atento, lo percibe y suma un par de cientos a su cuenta mental.

«Parece ser una especie de diario escrito por diferentes personas en distintas épocas», piensa don Emilio.

Coge con sumo cuidado todas las hojas de piel y las coloca sobre el mostrador, a su izquierda, para dejar a la vista el siguiente grupo de escritos. Esta vez son papiros y algunos rollos de cobre, todos ellos atestados de caracteres.

Don Emilio se quita las gafas y las limpia con rapidez antes de volvérselas a colocar.

Akram suma otro par de cientos a su cuenta.

«No puede ser. No es posible», piensa sin percatarse de que por su frente comienza a aparecer un fino velo de sudor.

Clinc, clinc.

Otro par de cientos para Akram.

«Aquí hay escritos que llegan hasta el siglo I», piensa don Emilio, que nota como una gota de sudor baja por su frente y sabe que ha llegado el momento de negociar antes de perder la compostura por completo.

—¿Cuánto quieres por todo esto? —pregunta haciendo un gesto despectivo a todo el material desperdigado sobre el mostrador.

Akram lo mira durante unos segundos. Estudia su cara y su pose. Don Emilio está distinto. Don Emilio está nervioso y entusiasmado con lo que tiene ante él.

«Quiero dos mil», piensa el joven.

—Diez mil euros —suelta al fin Akram, sin inmutarse.

Don Emilio abre los ojos y sonríe con chulería. En una subasta hubiera estado dispuesto a pagar un millón por todo aquel lote.

—Necesito saber su procedencia —exige, dando así comienzo al regateo.

Pasan unos segundos de silencio.

Akram baja la mirada y observa todas aquellas extrañas hojas. Necesita el dinero ya. Le debe mucho al tipo de gente a la que no es bueno deber dinero y si no paga esa misma tarde va a tener serios problemas.

—*Si* lo *hi* comprado a un amigo. *Triabaja* como paleta. Lo ha *incontrado* en una obra. *Si* lo juro.

—¿En qué obra? —quiere saber don Emilio, que está recogiendo todo el material para amontonarlo tal y como estaba en un principio.

—Una obra *qui istá hasiendo* en una iglesia *di* aquí cerca. Me ha dicho que el suelo *estiaba* roto y que *dibajo* del suelo había una… ¿cómo *si lliama* ese sótano de las iglesias? —pregunta el joven, que tan solo lleva en Barcelona cuatro años y todavía no sabe traducir todas las palabras que pasan por su mente.

—¿Los ha encontrado en una cripta bajo el suelo de una iglesia? —pregunta don Emilio. Sus pulsaciones suben de golpe y las nota en la sien.

—¡Sí! ¡*Iso* es! Una *crripta* bajo tierra —confirma el joven.

—¿En qué iglesia? —quiere saber.

—*In* esa *di* la calle *qui* va del Ayuntamiento a Las *Riamblas*.

«La iglesia de Sant Jaume…».

Ese dato da más peso a la teoría que rebota en su cabeza como una loca pelota de goma.

—Está bien, Aladín…

Akram menea la cabeza. Lo había dejado por imposible hace mucho tiempo. Aladín tampoco está tan mal teniendo en cuenta que en las obras donde trabaja siempre le llaman *Mojamé*.

—Te doy quinientos —anuncia don Emilio.

—Son muy antiguos y *ti* gustan. *Yio* lo sé —replica el joven señalándolo con su dedo índice.

—Son robados y me va a costar mucho venderlos —contraataca don Emilio.

Akram suelta una carcajada sincera y espontánea.

—Don Emilio, casi todo lo que *viende* en su *negosio* es *riobado* —murmura como si la tienda estuviera llena de gente—. No intente *engañiarme*. Somos amigos, ¿*ricuerda*?

Emilio lo mira con sus profundos ojos negros.

—Setecientos y ni un euro más.

—¡Cuatro mil!

—¡Mil y punto!

—¡Dos mil y *li* aviso si encuentro algo más!

—Mil quinientos y cerramos el trato antes de que me arrepienta—decide don Emilio tendiendo su enorme y rugosa mano.

«Con eso me vale», piensa el joven Akram.

Cinco segundos después estrecha su mano con la de don Emilio. Y cinco minutos más tarde sale a la calle notando la presión del dinero en el bolsillo de su pantalón. Nada más cerrarse la puerta don Emilio llama por teléfono.

—Buenos días —contesta Quim a pocos metros de allí, sentado en el mismo taburete desde hace un cuarto de hora, apurando su segundo café del día.

—Ven ahora mismo. No te vas a creer lo que acabo de comprar.

Capítulo 4

Bar de Rosa
09:50h

Me encanta saborear ese último sorbo de café rebosante de crema. Estoy tan relajado que apenas puedo escuchar ya el eco de las últimas palabras que el librero me acaba de soltar. Esta vez parecía intrigado de verdad. Iré a verlo antes de abrir mi tienda.

Mírala. Ahí está Lucía, puntual como cada mañana. Y hoy lleva esos tejanos negros que tan bien le quedan. A ver si hay suerte y entra a por un café. Me encantaría charlar un rato con ella antes de levantar la persiana. Y ahí está mi tía Rosa que no me quita el ojo de encima. Se piensa que no la veo porque estoy mirando hacia la calle, pero su reflejo en el cristal se ve alto y claro porque ella no es una vampira. Un poco bruja sí que es, la verdad. En el fondo es muy buena mujer. Siempre me ha querido como a un hijo, quizá porque ella nunca ha tenido los suyos propios y ese instinto maternal lo ha volcado en mi hermana Carla y en mí. Dice que somos sus sobrinos preferidos, supongo que es porque somos los hijos de su hermano favorito, de su *pitufo* como ella siempre lo llamaba.

A los hijos de su otro hermano, mi tío Mario, no es que no los quiera, es que apenas ha tenido roce con ellos. Y ya sabéis lo que dicen: el roce hace el cariño y la distancia el olvido. Todavía recuerdo cuando María se divorció de mi tío Mario, se quedó con la custodia de mis tres primos y se largó de Barcelona. Menudo disgusto nos llevamos. A mi tía Rosa nunca le cayó demasiado bien, pero desde aquel día que, en una comida familiar, después de varias copas extras, dijo que si se separaba de mi tío se quedaría con el piso y con su local, la odió a más no poder.

Jamás podré olvidar la cara que aquella ilusa mujer puso cuando mi tía Rosa sacó un garrote enorme y lo estampó en la barra del bar con un golpe tan seco que todavía lo recuerdan algunos clientes de confianza. Y la pobre barra también. La miró a los ojos, levantó el garrote y le soltó: «Todo este edificio en el que estás es propiedad de mi madre y de nosotros tres, sus hijos. ¡Mientras seas de la familia te puedes quedar en él, pero si no lo eres… *bon vent i barca nova!*», que es como decir más o menos: ¡Que te den! Y después añadió: «Y si piensas dar problemas, que sepas que no llegarás al juicio».

Así es mi tía Rosa. La futura matriarca de la familia Mora que vela por todo lo que su abuela Pepita, mi bisabuela, consiguió con años de duro esfuerzo y trabajo.

Y tenía mucha razón.

La yaya Pepita, que así la llamábamos todos, enviudó cuando su marido Eusebi murió durante la Guerra Civil. Se quedó sola con dos hijos y a cargo del mismo bar en el que estoy ahora. Creo que lo abrió el abuelo de mi tatarabuelo en el mil ochocientos y poco, año más, año menos.

La yaya Pepita tuvo que ingeniárselas como pudo para salir adelante en una época en la que la pobreza y la hambruna eran habituales en el barrio y en gran parte de la ciudad. Pero ella fue lista. Sabía que había mucha gente con dinero y con ganas de gastarlo lejos de sus acomodados distritos. Montó un pequeño casino clandestino en el sótano, que se hizo famoso en poco tiempo. Además, alquilaba por horas las dos habitaciones que le sobraban del piso donde ella misma vivía de alquiler, justo encima del bar, para que las chicas de la noche que solían rondar por el casino pudieran subir para finalizar sus labores comerciales.

El negocio fue viento en popa durante años, tanto que le permitió comprar, a buen precio, primero el bar, más tarde el piso en el que vivía y, con los años y la necesidad económica de otros vecinos, el local de al lado y otro piso más.

A partir de los años sesenta se hizo cargo su hijo mayor, mi abuelo Jordi, que supo sacarle un fructífero jugo al sótano del bar y compró el local que más tarde se quedó mi padre y que ahora me pertenece. En él montó una tienda de compraventa de todo lo que cayera por allí. Entre toda la quincalla que se comerciaba en la empresa había una serie de artículos especiales cuyas transacciones tenían lugar en el sótano del local. Un sector al que tan solo tenían acceso una escueta lista de gente.

Como ya os habréis dado cuenta a los Mora siempre nos han gustado los sótanos. Menos a mi tía Rosa. Ella se negó desde el primer día a tener un sótano en el que se hicieran trapicheos. «En mi bar todo el mundo es bienvenido, pero nada que sea robado pasa de la entrada».

Casi todos los complots de la zona se planifican en las viejas mesas del bar de mi tía mientras la gente de bien toma algo, pero nada ilegal se atreve a invadir los dominios de la Rosa. Y eso, por supuesto, lo respetamos. Más nos vale. En el bar estamos a gusto. Es zona neutral. El centro neurálgico de familia, amigos y conocidos. Yo nunca voy a casa de nadie a tomar café, no es necesario porque todos nos vemos en el bar de la Rosa tarde o temprano.

Pero en el sótano de mi tienda es diferente. Se ha trajinado con todo tipo de artículos de estraperlo facilitados, entre otros, por don Alfonso y don Emilio, el relojero y el librero del barrio que son como de la familia. Mi abuelo Jordi era íntimo de estos dos piezas. Empezaron siendo un trío de ladronzuelos en Las Ramblas y acabaron aprendiendo de los mejores el difícil arte de robar sin ser vistos. A mi abuelo nunca le hizo falta, la verdad, ya que con el bar podía salir adelante, pero llevaba en la sangre lo de disfrutar saltándose las normas.

Acabaron siendo verdaderos ladrones de guante blanco en una época en la que la policía de la dictadura no se andaba con chiquitas. Nadie conocía sus identidades y hasta hoy siguen siendo desconocidas. El trío de artistas fue célebre y admirado en los bajos fondos de todo el país. Y a la vez temido en todos los museos y salas de arte.

Mi abuelo Jordi tenía la cabeza bien amueblada y blanqueó, a través de su negocio, el dinero obtenido con todo lo que robaban por encargo. Su mujer, mi abuela Pilar, sabía de números más que nadie y se hizo cargo de la parte contable. Tuvieron tres hijos: mi padre Félix, mi tío Mario y mi tía Rosa. Con los años, y sin levantar sospechas del fisco, compraron, además de los dos locales que ya había conseguido la yaya Pepita, los tres que quedaban en el inmueble, así como las seis viviendas que están encima de ellos. Todo el edificio al completo. Desde que tengo memoria, la gente del barrio lo ha llamado el reino de los Mora.

Aunque no es del todo cierto, pero este detalle solo lo sabe la familia. Don Emilio y don Alfonso tienen en usufructo permanente un local y un piso cada uno porque así lo pactaron con mi abuelo Jordi. Y porque bien que se lo ganaron. Podrían tener una mansión en Pedralbes con todo lo que robaron, pero, según dicen, aquí se sienten arropados y en familia. Están solos; sin hijos ni parientes a los que visitar. Y con muy pocos amigos. Creo que tienen dinero para aburrir, aunque nunca hablamos de eso. No sé dónde lo deben tener invertido o si se lo han gastado en vicios. Una vez jubilados, ambos decidieron quedarse en el barrio trabajando en sus pasiones. No por eso han dejado de mover mercancía de dudosa procedencia a través de sus oficios. No pueden evitarlo. Lo llevan impreso en su ADN al igual que lo llevaba mi abuelo Jordi.

Siempre he pensado que somos como una historia de *13 Rue del Percebe*, pero a lo familiar. Don Alfonso tiene la relojería en el número siete; don Emilio, la librería en el número nueve; en el once está mi tío Mario con su negocio de compraventa de segunda mano; en el trece está este bar de mi tía Rosa...

—*Tieta*, ponme otro café bien cargadito, *please*.

...y en el número quince mi tienda de antigüedades que tanto amaba Félix, mi padre. Y cada uno de nosotros vive en el primer piso que está justo encima de su local. Lo que yo os diga: somos como personajes de una historieta del gran Francisco Ibáñez.

—Despierta, ¡*atontao*! ¿Vas a lanzarte a la piscina algún día o morirás sin intentarlo? —quiere saber mi tía con los codos apoyados en la barra sin dejar de mirarme.

—¿Qué dices de lanzarme a la piscina?

—Que si vas a decirle a Lucía algún día lo que tendrías que haberle dicho hace años.

—Ya lo intenté, *tieta*. Te lo he dicho mil veces.

La verdad es que nunca le he tirado los tejos, pero se lo digo para que me deje en paz. Pero ni por esas. Sí que la invité una vez a pasar un fin de semana en una casa rural, pero no sé si no me escuchó bien o si se hizo la loca, porque se giró y, sin decir nada, se largó de la tienda.

Y el portazo sonó como un signo de interrogación.

—Pues lo intentas de nuevo, so tontorrón. Quedarte ahí *embobao* cada mañana no va a hacer que caiga rendida a tus pies.

—Somos amigos. De momento, ya me vale. Además, mírala a ella y mírame a mí…

—Ya estamos con los lloriqueos. Mira, tienes razón. Tú eres tonto del culo y ella es una tía como Dios manda. Por eso te dará con la puerta en esa narizota que tienes.

Ahí están de nuevo las opiniones sinceras de mi tía. Sin rodeos, sin vaselina y directas al corazón.

Si no fuera por el físico y por la edad creo que Lucía y yo acabaríamos siendo pareja. Nos caemos muy bien. Lo de la edad a mí me la pela, la verdad. Yo acabo de cumplir los cuarenta y ella cumplirá en breve treinta y uno. Pero la fecha de nacimiento va acompañada, la mayoría de las veces, de un físico que en mi caso va en decadencia. Sin olvidar que uno nace llevando en su interior los genes familiares. Y los genes de mi familia no son de portada de revista de moda que digamos. No me considero un tío feo, pero una guapura, pues qué te voy a decir, tampoco lo soy.

Yo era uno de esos niños que odiaban los espejos.

Ella es preciosa. Así, tal y como suena, sin filtros ni hostias de esas digitales. Se hace una foto comiendo limones y queda guapa, perfecta. Yo tengo que controlar la luz del sol, el reflejo lunar y las sombras de los astros para que me quede una triste foto con media sonrisa falsa. Tardo tanto en buscar una buena posición que, a veces, cuando quiero hacer la foto, se ha apagado la pantalla del móvil.

Mi cuerpo es más bien largo y estrecho, como casi todos los Mora masculinos. Ya puedo ir al gimnasio veinticinco horas al día que jamás sacaré musculitos. Ella tiene un cuerpo esbelto y duro como un mármol creado por el mejor escultor italiano. Yo camino desgarbado por naturaleza y tropezando en cada escalón; ella flota por la calle, sin pretenderlo, como los ángeles.

—Tenéis los mismos gustos. Estáis todo el día metidos entre cosas viejas. Eso debe contar para algo, ¿no?

En eso tiene razón. Esas cosas viejas que dice mi tía son lo que el resto del mundo mundial conoce como antigüedades. En este campo sí que nos llevamos bien. Ella es muy buena en su profesión. Trabaja en el Museo de Historia de Barcelona y actualmente dirige varios proyectos repartidos por la ciudad.

—Te estoy esperando desde hace diez minutos.

El librero acaba de entrar en el bar. Parece sofocado y fastidiado. Se dirige a mí.

—Buenos días. Ahora iba a ir a verte. Tómate algo que me acabo de pedir un café.

—Rosa, ese café que sea para llevar —le dice a mi tía. Se seca el sudor de la frente a pesar de que no hace demasiado calor. Su cara tiene el color de un pimiento morrón.

—¿Estás bien?

—Vamos a la librería. Debes ver una cosa.

—¿De qué se trata? —hace mucho tiempo que no veo a don Emilio tan nervioso. Empiezo a preocuparme.

Me mira y me traspasa.

Su mente vuela muy lejos de aquí.

Imagino a cientos de enanos dándole a la manivela que pone en marcha todo el engranaje que aquel viejo amigo, listo como pocos, tiene en su cabeza.

Se acerca un poco más y pone su mano en mi rodilla.

Yo sigo sentado en el mismo taburete desde que he entrado. Tengo el culo dormido. Rosa nos observa desde la distancia. Don Emilio me mira. Respira. Y tras unos segundos que parecen horas me dice:
—Creo que tengo en mi poder el diario del templo.

Capítulo 5

Librería de don Emilio
10:00h

Mis ojos no pueden apartarse de los papeles, pergaminos y rollos que tengo ante mí. Hay tanta información que estoy colapsado. Creo que llevo así desde que el librero me dijo que creía tener en su poder el diario del templo. La verdad es que no sé muy bien cómo he llegado hasta la librería ni si me he tomado el último café o si me he despedido de mi tía Rosa. Los últimos veinte minutos bailan entre una densa y pesada niebla. Demasiada información para procesar en tan poco tiempo.

Me cuesta creer lo que veo.

Necesito respirar.

Desconectar.

Reiniciar mi mente para empezar de cero.

—Tómatelo con calma, Quim. Solo dime qué crees.

Como si fuera tan fácil, no te jode.

Respiro de nuevo. Ahora me iría bien uno de esos pitillos aliñados que tanto me calman en las noches de insomnio.

—Las fechas cuadran con el tipo de papel usado en su época. Todas las entradas que he visto, así por encima, están escritas en hebreo. La forma de escribir va cambiando con los años, digamos que se va modernizando. La caligrafía, así como su léxico, se mantiene durante un tiempo concreto, lo que quiere decir que solo una persona escribía en esta especie de diario, supongo que hasta su vejez o su muerte.

A medida que hablo en voz alta Emilio asiente.

—Es el manuscrito, Quim. No me cabe la menor duda.

No quiero hacerme ilusiones.

Ojalá estuviera mi padre aquí para ver esto.

—Ojalá estuviera tu padre aquí para ver esto —dice Emilio emocionado.

Yo asiento. Ojalá.

Reviso de nuevo lo que parece ser el primer rollo de cobre. Lo toco con cautela. Con mimo.

—Creo que este es el más antiguo. La primera fecha que aparece escrita es *Shevat 3260*.

—Que depende del día podría ir de finales del año 501 a principios del 500 antes de Cristo, según el calendario gregoriano —informa el librero. Ha apuntado en una hoja varias fechas y ha hecho las conversiones pertinentes. El muy ansias ya ha revisado gran parte mientras me esperaba. Estoy seguro.

—Si tú lo dices me lo creo. A partir de *Shivan 3880* los rollos de cobre desaparecen y todo pasa a ser escrito sobre papiros.

—Siglo II, redondeando. De momento todo parece cuadrar. —Emilio está más tenso que la cuerda de una guitarra. Mucho más de lo habitual, aun así, sus revoluciones van muy por debajo de las mías.

Tiene razón.

De momento todo concuerda, pero no puede ser tan bonito. Tan fácil. Aquí, ahora, de repente y sin esfuerzo alguno, aparece como por arte de magia. Es casi imposible que tenga ante mis ojos lo que mi padre ha buscado durante tantos años. Lo que yo también he perseguido. No os podéis imaginar la de viajes que he hecho para averiguar dónde estaba el manuscrito del templo. Y jamás he podido volver con una respuesta.

—Según veo, a partir de *Shevat 4080* comenzaron a usar piel de animal.

—Fecha que corresponde al siglo IV.

Conozco a la perfección este tipo de técnica. Yo mismo la trabajé en un viaje a Estambul, cuando todavía aquella hermosa ciudad era conocida como Constantinopla. Fabriqué con mis propias manos vitelas como ésta, hechas a partir de la fina piel de los becerros que nacían muertos. Aunque a veces también usaban la piel de becerros vivos recién nacidos; al igual que hoy en día, todo dependía de la demanda del producto sin importar cómo conseguirlo.

—A partir de *Elul 4910* desaparecen las vitelas de piel y los pergaminos. —El librero me muestra su libreta y señala. Según su conversión la fecha corresponde a septiembre del año 1150—. Tras este año tan solo se usan hojas de papel hechas de algodón.

—Cuadra a la perfección con los datos históricos de otros documentos.

Emilio sonríe. Sabe que tiene una mercancía importante sobre el mostrador de su librería. Y os puedo asegurar que por este expositor han pasado obras de cuantioso valor histórico y económico. Pero esta, que tiene mucho de ambas, es además un vivo recuerdo de mi padre. Y de mi niñez.

—La última entrada es *Siván* del año 5151.

—Que corresponde a junio del año 1391 —aclara Emilio.

—Y aquí acaba la historia. Es la última hoja.

Reúno todo el material, con mucho cuidado, y miro a mi viejo amigo, compañero de fechorías de mi abuelo en sus años mozos. No me quita el ojo de encima.

—¿Qué pone en esa última hoja?

Él ya lo sabe.

Hace tiempo que no leo nada en hebreo y me cuesta un poco centrarme y conseguirlo.

Lo hablo y lo entiendo a la perfección, pero leer del puño y letra de vete a saber tú quién es más complicado.

Las lenguas son una de mis perdiciones. Tengo gran facilidad para asimilarlas, además de la oportunidad de aprenderlas de primera mano. Aprendí hebreo, por ejemplo, cuando viví en Palestina durante casi diez años. En la ciudad de Jerusalén en el siglo I, para ser más concretos. Ya te puedes imaginar con quién. Sí, ya lo sé, es flipante. Igual algún día te cuento más sobre aquel viaje. En aquella década también perseguí decenas de pistas sobre este manuscrito que ahora tengo delante y que, por supuesto, jamás encontré.

—¿Lo leo yo? —pregunta el librero, impaciente.

—Ya voy, ansioso. Deja que me concentre:

«Los ladrones han descubierto la cripta y debemos movernos. Hemos acordado partir para trasladar los objetos a lugares nuevos y más seguros».

Mis manos empiezan a sudar al tiempo que acabo de leer.

—Tu padre tenía razón, Quim. Es muy probable que el tesoro siempre estuviera en poder de los judíos y este es el diario en el que se cuenta, día a día, dónde estuvo escondido. Al menos hasta el año 1391.

Emilio me mira con sus ojos grandes y profundos. En su privilegiada cabeza ya ha tejido un mapa mental de gran parte de la historia contada en este manuscrito. Yo, por el contrario, necesito otro café y un Ibuprofeno.

—¿De dónde ha salido? —Quiero saber. Necesito saber dónde ha estado todo este tiempo.

—Lo han encontrado en una cripta bajo la iglesia de Sant Jaume. La de la calle Ferran —informa Emilio—. Al parecer las lluvias de estos días han dañado el suelo y la han dejado a la vista.

—¡No me jodas! —exclamo incrédulo—. Toda la puta vida buscando este manuscrito por medio mundo y resulta que ha estado siempre a cinco minutos de mi casa…

—Parece mentira. Pero así es. Justo aquí mismo. No siempre habrá estado en esa cripta, claro está, pero casi seguro que sí hasta el siglo catorce. Lo sabremos cuando descifre todas y cada una de las entradas.

Emilio asiente.

Sabe que mi padre lo buscó. Sabe que yo no he cesado de hacerlo, en parte por la memoria de mi padre, en parte por mi cabezonería. Pero no sabe nada de mis viajes en el tiempo, eso es algo que solo conozco yo. Nadie lo sabe. Es un tema mío.

Solo mío.

—¿Sant Jaume es la antigua iglesia de la Trinidad? —pregunto, aunque estoy casi seguro de que así es.

—Así es. —Emilio piensa unos segundos y añade—: Y antes de que fuera cedida a las monjas trinitarias que levantaron parte del convento actual fue la sinagoga del Call Menor.

Al menos hasta la noche del 5 de agosto de 1391, cuando el barrio judío fue devastado.

—Entonces la fecha de la última entrada del diario es tan solo dos meses antes de la rebelión que tuvo lugar en Barcelona contra los judíos de la ciudad.

—Correcto.

—La sinagoga se quemó tras la revuelta. Lo poco que quedó pasó de mano en mano con los años hasta extinguirse casi por completo, pero, al parecer, la desconocida cripta subterránea sobrevivió —susurro sin darme cuenta.

—Mi contacto no me ha dado detalles del lugar de donde lo han sacado. Deberíamos investigar qué más hay allí.

Emilio tiene razón.

—No sé si han dado parte a las autoridades —me comenta muy serio—. El personaje que me ha traído el manuscrito seguro que no lo ha hecho, pero tarde o temprano alguien se dará cuenta de que allí hay un agujero que lleva hasta un lugar de gran valor histórico.

—¿Crees que el tesoro sigue allí?

—No lo creo. Aladín me lo hubiera dicho o habría robado algunos artículos para venderlos en la tienda de tu tío Mario.

—No entiendo por qué dejaron este manuscrito —indico pensativo.

—La lástima es que no dejaran escrito a dónde iban a trasladar los objetos —apunta el librero.

—Yo tampoco hubiera dejado ninguna pista.

—Cierto. Cualquier indicio habría sido terrible si alguien se topara con la cripta —opina Emilio mientras se acaricia la barba repetidamente, gesto que siempre hace cuando su mente vuela lejos—. Eso habría alertado a la Iglesia y no cabe duda de que hubieran ido tras ellos como hienas hambrientas. Ese tesoro se busca con anhelo y sin descanso desde tiempos lejanos.

—Esto me recuerda a los cuentos que me contaba mi padre. Los echo de menos. Y a mi padre también. Cada día.

Papá cuéntame otra vez.

—Y yo, amigo. Y yo. No sabes cuánto.

Mi padre era un arqueólogo de los de antes. Un Indiana Jones con sombrero incluido, aunque sin látigo. Repartía su tiempo entre su profesión como profesor suplente de Historia en la Universidad de Barcelona y lo que más le llenaba, sin duda alguna, el trabajo de campo: las excavaciones, los pantalones y los chalecos de color tierra con mil bolsillos, los sombreros de ala ancha, los viajes a lugares perdidos en el tiempo…

También era un gran contador de historias. Un trovador moderno que adaptaba los hechos históricos a entretenidos cuentos de aventuras. Cuanto mayor me hacía, más detalles verídicos incluía, más guerras, más muertes y más crueldades. En definitiva, con los años dejaban de ser cuentos infantiles para convertirse en historias reales, sin filtros.

—Recuerdo su fábula favorita, la de los nueve valientes caballeros que llegaron a Tierra Santa para proteger a los peregrinos.

Emilio asiente. Un halo de tristeza se refleja en su cara. Parece estar recordando a mi padre mientras contaba esta historia.

—El mito de los nueve caballeros templarios que en realidad no protegieron a nadie —añade el librero.

—Eso lo supe con los años —aclaro recordando las distintas versiones del cuento—. El rey Balduino II de Jerusalén les cedió un terreno para que se asentaran. Unas tierras que estaban sobre los restos del antiguo templo de Salomón.

—Allí excavaron durante nueve años hasta que dieron con algo único —explica el librero—. Unos dicen que pudo ser una copia del manuscrito como la nuestra. Otros opinan que hallaron uno de los objetos del templo.

—He leído de todo, hasta que encontraron el Santo Grial.

—Una cosa es cierta —me dice con semblante serio, señalando al manuscrito—, esto nos dice que el tesoro existió.

Quiero ser lo más neutral posible, aunque mi corazón me indique lo contrario. No quiero perseguir humo de nuevo.

—En cuanto estudie todo el documento haré una lista completa. Qué tesoros se salvaron y dónde han estado todos estos siglos —informa el librero.

—Dónde estuvieron hasta el siglo catorce —aclaro tan pensar unos segundos—. Ahora vete a saber tú dónde están…

Emilio asiente.

Estira su espalda que cruje como un mueble viejo rogando su jubilación. Coge en brazos el paquete de tela que contiene el manuscrito y sale de detrás del mostrador.

—Voy a guardar nuestro pequeño gran tesoro en la caja del sótano. Ahora tengo cosas que hacer, pero después me pondré a trabajar en él.

En la caja del sótano ha entrado muy poca mercancía. Solo lo verdaderamente importante se guarda allí.

—Quim, debes ir a esa cripta y averiguar todo lo que puedas. ¿Qué hubo? ¿Qué queda? ¿Por qué dejaron esto?

Emilio da varios golpecitos al paquete que abraza.

—Lo sé. Voy ahora mismo. Hablamos después.

Emilio cierra con llave la puerta de su librería en cuanto salgo y esta vez sí que cuelga el cartel de cerrado.

Mi reloj dice que ya son las diez y media de la mañana. Debería haber abierto mi tienda hace media hora. Miro hacia ella. Está justo en la esquina a unos veinte metros de distancia. No veo a ningún cliente esperando.

Sin perder más tiempo comienzo a caminar hacia la Baixada de la Llibreteria. Ya empieza a haber más gente por la calle y el eco de las voces retumba entre las centenarias paredes del barrio. El olor a café y a pastas recién horneadas inundan esta estrecha calle que me lleva hasta la plaza de Sant Jaume. Cruzo la plaza, abarrotada de grupos con pancartas que protestan ante el Ayuntamiento defendiendo no sé qué ideales, hasta llegar a la calle Ferran.

Aflojo el paso sin llegar a detenerme.

A lo lejos veo demasiado movimiento de gente.

Unos treinta metros antes de llegar a la iglesia, dos coches de los Mossos d'Esquadra cortan el paso al resto de vehículos. Tras ellos, hay un camión de bomberos.

Sigo caminando. Disimulo. La puerta de la iglesia está abierta y me asomo con interés y cautela, como cualquier mirón que se precie. En su interior puedo ver a varios policías y a un par de bomberos que charlan entre ellos. Al fondo de la iglesia, a la derecha del pasillo central, veo parte de una cortina blanca.

Es demasiado tarde. Ya la han descubierto.

Dos personas aparecen tras la tela blanca. Llevan cascos con luces, mascarillas y gafas protectoras que hacen juego con un mono blanco que no deja nada a la vista. Se detienen ante una pequeña mesa y comienzan a desvestirse. En cuanto se bajan la capucha y se quitan las máscaras protectoras mi pulso se acelera. Conozco a esa mujer.

Lo bueno es que Laura es una vieja amiga, podré hablar con ella y casi seguro que obtengo detalles de lo que ha visto allí abajo. Lo malo es que es de la Unidad Central de Patrimonio Histórico de los Mossos, lo que quiere decir que saben la importancia de lo que tienen entre manos.

Este lugar va a estar vigilado día y noche.

Debo hablar con ella para conocer hasta dónde saben. Después ya decidiré qué hacer.

Capítulo 6

Iglesia de Sant Jaume
10:45h

Bajo el mono blanco de tela, Laura lleva su ropa habitual. Siempre que me acuerdo de ella la visualizo con sus tejanos desgastados, rasgados o rotos, y su camiseta negra. Hoy la lleva blanca. Deja el mono de trabajo, las gafas y el resto de vestimenta sobre la improvisada mesa que han montado. Segundos después, saca el teléfono móvil del bolsillo del pantalón. Parece que está dejando un mensaje de voz. Yo sigo en la puerta, junto a otros curiosos que miran hacia el interior de la iglesia.

Voy a esperar a que salga o a que mire hacia aquí para hacerle señas a ver si me ve. Seguro que me cuenta qué está pasando ahí dentro. O eso espero.

Laura es una buena amiga de la familia. Nuestra amistad viene de lejos. Hizo la EGB con mi tía Rosa y todavía mantienen una gran relación que se ha trasladado por ósmosis al resto de la familia. Cuando eran niñas la madre de Laura trabajaba limpiando casas hasta demasiado tarde. La yaya Pilar, que entonces llevaba el bar, siempre tenía una mesa reservada para Rosa y Laura. A la salida del colegio se iban directas al bar y en aquella mesa, que sigue estando en el mismo lugar, hacían los deberes, merendaban y jugaban hasta que la madre de Laura pasaba a recogerla. También tuvo mucho trato con mi tío Mario y con mi padre. Con mi tío mantuvo un noviazgo juvenil que acabó cuando ella conoció al que años más tarde sería su marido, un tipo que la llevó durante una década por la calle de la amargura hasta que Laura tuvo el gran acierto de cortar por lo sano. Ahora mantiene una relación intermitente con Mario. Nada serio, son amigos con derecho a roce. «Porque el cuerpo quiere lo que quiere y no tienes que estar encadenado a nadie para pasar un buen rato», le soltó un día a mi tío Mario cuando le preguntó por qué solo lo llamaba dos veces al mes. Este chismorreo me lo contó Lucía. Ellas dos son amigas.

Laura siempre ha sospechado que en los sótanos de los Mora se cuecen oscuros negocios. Laura es lista, no tiene un pelo de tonta y por eso es de las mejores en su campo. Pero mi abuela se portó muy bien con su madre y con ella durante años y Laura no quiere saber nada.

En cuanto veo que dirige su mirada hacia la calle, yo levanto la mano como cuando estaba en el patio del colegio y quería que me pasaran la pelota. Laura me ve. En el patio del colegio no me veía ni Dios. Una sonrisa se dibuja en su cara. Comienza a caminar hacia la calle. Nada más cruzar el viejo portón de la iglesia, el viento remueve su larga cabellera rubia.

—¡Qué gusto salir de ahí! Necesitaba un poco de aire fresco —dice mientras me da un sincero abrazo seguido de un sonoro beso.

Sus ojos marrones están llenos de alegría.

—Te veo muy bien —opina mientras se arregla el pelo alborotado.

—Yo te veo mejor. Cada día estás más joven.

—Ay, Quim. Cuando pasas de los cincuenta, o te cuidas o empieza el declive. Ya lo verás…

—Tomo nota.

Mentira. No me he cuidado nunca y no voy a empezar a hacerlo ahora. Laura come sano. Desde hace un par de años es vegetariana. Vive por la zona de Diagonal Mar y sus carreras matutinas por la playa no se las quita nadie. Excepto cuando se queda a dormir en casa de Mario.

—¿Qué haces aquí? —pregunta.

Laura no es tonta.

—Estaba desayunando en el Conesa y he visto todo este follón —miento.

Laura me mira un segundo. Duda, pero le acabo de soltar una buena mentira. Totalmente creíble.

—Ya les he dicho que quiten los coches de la calle, pero aquí cada uno va a su bola.

—¿Qué ha pasado ahí dentro? Parece una peli apocalíptica con científicos enfundados en monos blancos.

Un comentario gracioso, mezclado con una pregunta disimulada, a veces da resultado.

—No es nada peligroso —me informa mientras observa a su alrededor—. No hay nada dañino para la salud, los trajes son solo para no contaminar un lugar que hemos encontrado.

No contesto. Solo pongo cara de asombro mientras asiento con la cabeza como un mono en una jaula que mira a todos esos otros monos un poco más evolucionados que lo observan.

Los segundos de silencio hacen que ella hable de nuevo.

—Las lluvias dañaron el suelo de una de las capillas, que colapsó y dejó al descubierto una especie de cripta subterránea. Nada grave. El edificio no peligra.

—¡Qué me dices! —exclamo sorprendido. O lo intento.

Es una simple pregunta que, ayudada de un buen alzamiento de cejas, queda bastante natural. No he estudiado interpretación, pero me he metido en tantos personajes distintos durante mis viajes, que actuar ya es algo natural en mí. Lo mío me ha costado, no os creáis. Más de una vez me han corrido a hostias, sobre todo al principio de mis andaduras.

Laura mira a la gente pasar. No quiere hablar más de lo que puede. Yo le echo un cable.

—Seguro que es una cripta con restos romanos. Toda esta zona está repleta.

—No es de la época romana. Es mucho más reciente.

—Bueno, sin duda lo averiguarás. Ya que estás aquí pásate por el bar y comemos juntos. Rosa se pondrá contenta de verte.

A esto lo llamo cambio de juego. No quiero que piense que solo me interesa la cripta. Si comemos juntos seguro que averiguaré más datos.

—Estaría bien, pero no sé si voy a tener tiempo. Esto me tiene bastante intrigada.

—Si alguien lo puede resolver eres tú. De eso no hay duda.

—No lo creo. Los restos parecen ser de la época medieval y yo ahí no estoy muy puesta.

Laura se maneja como pez en el agua con los restos de la época romana y anteriores.

—Deberás pedir ayuda —le sugiero.

—Ya lo he hecho. En cuanto he visto el lugar he llamado a una experta para que me eche una mano. Mírala, puntual como siempre.

Mis pupilas se dilatan al ver que la experta no es otra que Lucía. Mi Lucía.

—Por ahí llega tu Lucía —dice Laura con cruel ironía.

Su sonrisa esconde un sinfín de «te lo he dicho mil veces, a qué esperas, eres tonto, se te va a escapar...». Laura no es tonta. Sabe leer entre líneas y sabe, sobre todo, escuchar a la maruja de mi tía Rosa contándole lo pillado que estoy por Lucía.

—¡Quim! ¡Laura!

Pero que bien le quedan esos tejanos negros, por favor.

¿Es su sonrisa que ilumina la calle o acaso han encendido todas las luces de la ciudad?

—Gracias por venir con tanta rapidez —dice Laura a la vez que le da un cálido abrazo.

Se gira y me mira. Creo que llevo rato sin respirar.

—Dame un abrazo, tonto.

Y ahí voy yo, sonriendo como un lerdo mientras noto su calor en mi pecho. Quiero que este abrazo dure más de lo normal, pero Lucía no.

—¿Qué haces aquí?

Lucía tampoco es tonta. Sabe que huelo en el aire los artículos valiosos como un tiburón capta la sangre en el agua a kilómetros de distancia.

—Yo ya me iba. Os dejo trabajar. Menuda pareja hacéis.

Sonrío.

Ellas me miran. Una sabe que mi risa es por los nervios de tener a mi amor platónico al lado. La otra sabe que es porque soy como un buitre rondando a su presa.

Ambas tienen razón.

—¿Comemos después? —me pregunta Lucía.

—Perfecto. Por cierto, esos pantalones te quedan genial.

—¡Gracias! —sonríe de nuevo—. Nos vemos en el bar de Rosa en un rato.

—Estaré en la tienda. Avísame cuando llegues.

—¡Ok! Hasta luego.

Yo me despido con la mano.

Laura me sonríe y se acerca.

—Hasta luego, Quim —me dice a la vez que me da un cálido abrazo—. Que vaya bien la comida —me susurra al oído antes de darme un cómplice beso de despedida.

Me quedo de pie y las veo cruzar juntas el viejo portón hasta perderse en el interior de la iglesia. Lo que daría por estar ahí dentro con ellas para saber qué han descubierto. Espero que después, durante la comida, Lucía me lo cuente todo.

Capítulo 7

Iglesia de Sant Jaume
11:30h

Laura y Lucía se colocan los monos de trabajo con habilidad. Traspasan la gran tela blanca que la policía ha colocado como parapeto a fin de controlar el acceso y evitar las miradas de los curiosos hacia la cripta recién descubierta.

En el interior de la capilla hay cuatro potentes focos dispuestos uno en cada esquina. En el centro se pueden observar dos agujeros separados por unos pocos centímetros. Cada uno de ellos tiene poco más de un metro de diámetro. Son como dos ojos enormes y oscuros.

Lucía observa con asombro la zona. Dos escaleras se pierden de vista y la invitan a bajar hacia la cripta. Puede ver un fulgor de luz en el fondo.

—Hemos asegurado la zona. No te preocupes. Ya hemos comprobado que no haya peligro de derrumbe —informa Laura, adivinando sus pensamientos.

—¿Por qué hay dos escaleras? —curiosea Lucía.

—Mira, ven.

Ambas se acercan al borde del orificio que está a la izquierda. En cuanto Lucía observa el interior lo entiende.

—Cada uno lleva a una sala distinta de la cripta.

—Así es —confirma Laura—. Hay un muro entre ellos. Supongo que es un muro de carga, por eso ha aguantado. Bajaremos primero al más grande —añade.

Se colocan el casco con las luces y comprueban que todo funciona a la perfección.

La primera en bajar es Laura, que ya conoce el lugar. Sabe que lo que Lucía va a ver la va a impresionar. Está segura.

Nada más tocar el suelo, ambas notan la diferencia de temperatura. Huele a humedad. Hace frío.

Lucía estudia cada centímetro del lugar sin dar un paso.

Está en una sala rectangular de paredes negras como la noche. Se acerca a uno de los dos muros más largos y posa la mano con cuidado para palpar la superficie. Es lisa y pulida. Fría al tacto. En algunas zonas hay caracteres grabados en la piedra. Perfectamente esculpidos. Pulcros y de gran calidad. Bajo estos hay unos púlpitos de piedra. Parecen labrados de un único bloque. Hay seis, tres en cada una de las paredes más largas. Todos igual de altos, de poco más de un metro, pero de diferente anchura. El que Lucía tiene justo delante es igual de ancho que la pantalla de su móvil. Toda la piedra que forma ese púlpito está cincelada a la misma anchura.

—¿Qué has averiguado hasta ahora? —quiere saber Lucía antes de empezar a sacar conclusiones.

—Poca cosa. Esta zona en la que estamos mide cuatro metros con sesenta centímetros de largo y justo la mitad de ancho. Tras ese muro —señala hacia el otro extremo de la sala donde hay una pared con una pequeña abertura en su parte central que hace de puerta—, hay una especie de vestíbulo. Todo estaba completamente vacío, salvo esta especie de peanas de piedra.

—Son púlpitos. Sin duda. Están hechos a la medida de lo que mostraban —interrumpe Lucía para aclarar.

—Pues detrás de cada uno de estos pulpitos hay un texto cincelado en la roca.

—Supongo que este texto describe lo que cada uno de ellos sostenía.

—Como en un museo… —indica Laura.

—Podríamos decirlo así. —Lucía mira de cerca el texto. Su dedo se mueve sobre los caracteres como si los estuviera leyendo en braille. De repente, se detiene en uno de ellos y comienza a dar suaves golpecitos en la pared mientras su cabeza intenta recordar.

—¿Qué has visto? —pregunta la agente de policía.

—Son grabados hebreos, casi seguro. Yo no sé traducirlo todo, pero sí que conozco algunas palabras. Aunque hay otras que se me escapan por completo.

Laura piensa en aquellas lejanas clases que dio para aprender hebreo y que, tras varios años de estudio, tuvo que dejar por falta de dinero. Su dedo sigue dando golpecitos sobre la pared.

—¿Entiendes algo de lo que pone? —quiere saber Laura.

—Solo un poco.

Lucía no quiere precipitarse.

—Va, cuenta. Sé que has descifrado algo.

Laura sabe estudiar a la gente como nadie. Menos a su exmarido, al que no caló hasta después de varios años de sombrío matrimonio.

—Yo diría que es hebreo antiguo. Recuerdo haber visto algunas de estas letras y palabras en antiguos escritos. Sobre todo, en textos bíblicos. Pero estoy muy desconcertada ahora mismo.

Su dedo continúa golpeando en el mismo punto de la pared con suavidad.

—¿Qué señalas con tanto ímpetu? —pregunta Laura.

—Esto no debería estar aquí y si es lo que creo, te puedo asegurar que este lugar es mucho más importante de lo que nos podamos imaginar.

Lucía vuelve a pasearse por la sala y mira de cerca el resto de los púlpitos, tres a cada lado, con sus respectivos textos.

—¿Qué crees que hubo aquí expuesto?

Laura señala hacia el púlpito más pequeño.

—Por lo poco que puedo leer diría que podrían ser objetos de culto. —Lucía no deja de mirar la pared—. Pero esto de aquí me tiene desconcertada.

Laura sabe que debe tener paciencia con Lucía. Han trabajado juntas infinidad de veces y sabe llevarla muy bien. Se hicieron amigas en el bar de Rosa. Una ya era policía y la otra, guía del museo. Y de aquellas charlas sobre cosas viejas, como Rosa decía, salió una buena amistad. En cuanto pudo, Laura contó con ella como asesora externa de la Unidad.

—Este texto de aquí —señala Lucía—, habla del anillo del rey Salomón. Y eso no es posible.

Laura observa con detenimiento el lugar señalado por su amiga. Sobre la superficie lisa y negra de la pared puede distinguir una estrella de seis puntas.

—¿Esa es la estrella de David? —pregunta.

—Así es.

—¿Crees que este lugar tiene que ver con los judíos?

Lucía piensa antes de contestar. Necesita volver a mirar toda la sala. Pasa junto a la escalera por la que ha bajado y camina hasta el lado opuesto. Esta zona es también estrecha y con muros de piedra negra, excepto en el centro de la pared del fondo. Allí ni es negra ni tampoco es pulida. Está flanqueada por dos gruesas columnas que brillan cuando reciben la tenue luz de los focos colocados en el interior.

—Hemos averiguado que esas dos columnas están forradas con una fina lámina de cobre —aclara Laura.

—Esto de aquí parece una puerta. —Lucía señala hacia el centro de la pared, que está claramente fabricada con otro material—. Una puerta orientada al Este, flanqueada por dos columnas de cobre que da acceso a un vestíbulo, que, a su vez, da paso a una sala rectangular repleta de objetos.

Laura observa cada paso de Lucía. Caminan con lentitud de nuevo hacia la escalera por donde han bajado.

—¿La otra sala de al lado es cuadrada? —pregunta Lucía.

—¿Cómo lo sabes?

Laura se queda con la boca abierta. Su amiga conoce datos que ella no sabe y eso la pone nerviosa.

—Dime en qué estás pensando, so capulla.

—Sobre este lugar, antes de que se construyera la iglesia de la Trinidad, que más tarde se convirtió en la iglesia de Sant Jaume que hoy conocemos, estaba una de las sinagogas judías que había en Barcelona.

—¿La del Call Menor?

—Así es. Todavía se puede apreciar un pedazo de muro que fue aprovechado para edificar la nueva iglesia.

—¿Crees que la cripta formaba parte de aquella sinagoga?

Lucía asiente con la cabeza mientras su mente vuela lejos, recordando documentos polvorientos sobre historias antiguas.

—Lo creo, aunque no conozco ningún escrito que haya nombrado este lugar —aclara la historiadora, acostumbrada a hacer cientos de visitas guiadas por el antiguo barrio judío de Barcelona.

—¿Quieres ver la otra sala?

—Ya tardamos.

Ambas suben por la escalera de metal.

Nada más sacar la cabeza de la cripta notan de nuevo el bochornoso calor de la superficie.

Desde donde se encuentran, Lucía jamás hubiera imaginado que bajo sus pies se encontrara aquella cripta subterránea. Su cabeza intenta sacar conclusiones, pero le faltan algunas piezas del puzle escondidas en recónditos lugares de su mente. Solo debe encontrarlas.

Laura comienza a bajar por la segunda escalera. Lucía la sigue. Al llegar abajo el frío ambiente las recibe de nuevo. Lucía lo agradece, a pesar de que tiene la piel de los brazos de gallina.

—Es cuadrada, como tú has dicho.

—Supongo que debe de tener la misma anchura que la otra. Dos metros treinta por cada lado.

—Correcto. Está completamente vacía, excepto por esta especie de tarima de piedra.

Lucía repasa el lugar con atención.

Está vacío, tal y como dice su amiga. Solo hay esa especie de plataforma de piedra de unos pocos centímetros de altura.

—¿Cuánto mide?

Laura mira su libreta:

—Ciento treinta y siete centímetros de largo, por sesenta y nueve de ancho, por diez de alto —contesta—. Y, como puedes ver, también tiene su particular texto cincelado.

—Tenemos tres paredes negras y pulidas, menos el muro que da a la otra sala, que en el centro vuelve a ser de un color diferente.

—¿Otra puerta?

—Sin duda.

—Pues no veo ninguna cerradura.

—Porque son puertas de seguridad de la época a prueba de ladrones curiosos.

Lucía se acerca y toca con la mano la supuesta puerta que comunica con la sala en la que han estado antes.

Se da la vuelta y desde allí intenta leer el texto escrito sobre la tarima. Apenas reconoce un par de símbolos por aquí, algunas palabras por allá, pero lo suficiente como para notar un sudor frío y repentino en todo su cuerpo. Su cara cambia y muestra un gesto de asombro. O quizá de miedo.

—¿Lucía?

No contesta. No ha oído a su amiga.

La historiadora avanza unos pasos. Mira. Lee. O al menos lo intenta.

Retrocede de nuevo hasta pegar su espalda al muro opuesto. También está frío a pesar de ser distinto. Comprueba como la tarima está ubicada justo en el centro. Algunas piezas del puzle comienzan a unirse. Viejos recuerdos de libros, cursos, charlas, fábulas y algunos documentales aletargados en su mente ayudan a ello.

Laura fija la mirada en su amiga. Sabe que cuando su cabeza está en plena efervescencia no debe molestarla.

Lucía cierra los ojos y comienza a recitar:

—Recinto cuadrado. Tres paredes pulidas. Una cuarta que es una puerta oculta que da a la sala contigua. Rectangular. Al fondo, un vestíbulo con otra puerta flanqueada por dos columnas de bronce que miran hacia el Este.

Pasan los segundos y el silencio se apodera de la cripta. Un lejano goteo, olvidado en alguna parte, recuerda las copiosas lluvias de días anteriores. El frío sigue presente, pero no es molesto, al menos de momento.

Laura sigue callada. Deja que su amiga trabaje a su ritmo, sin distracciones.

La historiadora vuelve a hablar.

—La puerta principal es la que está flanqueada por las dos columnas forradas en bronce. A través de ella se accede al vestíbulo.

Laura comienza a apuntar en su libreta.

—Tras el vestíbulo nos encontramos con la antesala rectangular.

—Donde hemos estado antes —puntualiza Laura.

—Así es. Lugar donde en algún momento se encontraron objetos muy importantes, tanto como para ser ocultados en una cripta como esta.

—Dices que a través de la antesala hay otra puerta que nos trae hasta aquí —indica Laura a la vez que hace un plano en su libreta y en su mente.

—Hasta aquí… —repite Lucía sin apartar la vista de la tarima que tiene ante sus ojos—. Hasta el lugar más sagrado de toda la cripta. El más importante. Un espacio al que solo podía acceder una persona. Un lugar cuyo nombre se encuentra grabado en esa pared: Sancta Sanctórum.

Capítulo 8

Tienda de Quim
13:30h

Hace tiempo que dejé a Laura y a Lucía en la cripta. Todavía no sé nada de ellas y ya es la una y media de la tarde. Ojalá Lucía se pase a comer. Necesito información. Y verla también, para qué nos vamos a engañar. No sé en qué orden, quizá en los dos por igual. Qué lento pasa el tiempo cuando sabes que lo que deseas está a punto de llegar.

El timbre de la puerta me acelera el corazón. Tengo que cambiarlo de una jodida vez o cualquier día me dará un ataque. Ahí está. Ahí están las dos. Algo traman.

—Holaaaaaaaa.

Lucía siempre saluda igual. Haga sol o llueva. Esté de buenas o de malas. Siempre tiene una sonrisa para regalar.

—¿Nos invitas a comer? —pregunta Laura.

Las miro. Algo pasa.

Me meto tras el mostrador. Eso siempre me ha dado seguridad, para mí es una barrera entre el resto del mundo y yo. Desde allí domino un poco mejor la situación.

—Claro que os invito. Y si además me hacéis el honor de dejarme comer con vosotras, mejor todavía.

Las dos sonríen, pero tras los ojos de Laura veo cautela. Y tras la mirada de Lucía, ansiedad.

No soy psicólogo, aunque después de tantos años trabajando de cara al público sé distinguir algunos rasgos repetitivos que todo el mundo hace de forma automática y subconsciente.

—¿Nos vamos? —propongo. Levanto las llaves de la tienda y las hago tintinear.

—¿Ya? ¿No cierras a las dos? —pregunta Lucía.

—¿Ves a alguien esperando para entrar?

Bajo la persiana media hora antes de tiempo y nos vamos al bar de mi tía.

Rosa sonríe en cuanto nos ve entrar. Su amiga de la infancia, su sobrino favorito, o sea, yo mismo, y la mujer que querría para mí.

—Menudas tres bellezas han venido a alegrarme el día de hoy —saluda Rosa a la vez que sale de detrás de la barra.

Abraza a Lucía. A mí también, más fuerte, y me planta un sonoro beso en la frente. A Laura la abraza durante más rato. Se quieren de verdad.

—Vuestra mesa está libre —informa mi tía, señalando una antigua mesa de mármol blanco con patas de oscuro hierro fundido, adornadas con detalles que se retuercen como enredaderas. Ha estado allí desde antes de que ella naciera.

—Nuestra mesa —sonríe Laura—. Si algún día cambias el mobiliario quiero llevarme a mi casa esta mesa y sus respectivas sillas.

—Esa mesa lleva ahí desde que el bisabuelo de mi abuelo abrió su cantina en el año 1840. Aquí no se cambia nada.

—Ese sería tu *trastarabuelo*, ¿no? —o algo así me suena haber leído en algún lado.

—¡Y yo que sé cómo se llama! ¡Pariente lejano y punto! Pues eso, que no vendo nada. Además, ahora se vuelve a llevar todo esto, que lo he visto yo. —Rosa señala a su alrededor orgullosa—. Menuda pasta cuesta este tipo de mesas en *Internete*. Y no son originales ni de verdad como estas. Pues anda que no viene gente desde que Jan abrió la cuenta de *instagramer* y pone sus fotos. Menuda jauría rara la que se pasa a tomar un café solo para *tirar* fotos en la barra, en las mesas viejas y junto a los barriles de vino que tienen más años que Matusalén.

Jan es el hijo mayor de mi hermana. Está en plena adolescencia, *atontao* perdido vamos, y nada más tener su primer móvil creó una cuenta para subir fotos del bar y de rincones del barrio. Mi tía Rosa, como ya os habréis dado cuenta, no entiende mucho de tecnología, pero como atraen clientes ya le va bien que Jan haga sus fotos.

Espero a que se sienten ellas primero. En el fondo soy un caballero chapado a la antigua. En realidad, he vivido demasiados años en épocas arcaicas y creo que todo se pega.

—Hoy tenemos de primero ensalada verde, gazpacho y arroz a la cubana. De segundo hay salmón a la plancha, bistec y judías verdes salteadas.

Nos miramos. Yo lo tengo claro:

—Gazpacho con muchos picatostes y bistec. ¿Va con patatas? ¿Son caseras o de las congeladas?

—Si te suelto una hostia sí que te dejaré congelado. ¿Desde cuándo he servido yo patatas que no hayan sido peladas con estas manos? —Levanta su dedo índice y me mira amenazante—. La madre que te parió…

Me encanta hacerla rabiar. Y a ella en el fondo también. Cuando está de buenas es muy buena, pero cuando le tocan las narices saca ese genio labrado a base de años de aguantar a un sinfín de amigos de la familia: ladrones, timadores, prestamistas… la flor y nata del barrio, vamos.

—Los segundos van como siempre. Acompañados de patatas caseras —me mira y entrecierra los ojos—. O de *mongetes* con alioli.

Lucía sonríe.

¿Han vuelto a encender todas las luces de la ciudad?

—Yo gazpacho y judías —pide Laura.

—Yo gazpacho también, es que te queda buenísimo, Rosa.

—Gracias, encanto. —Me mira de nuevo—. A ver si aprendes a decir cosas agradables.

—Y de segundo salmón con patatas —añade Lucía.

Mi tía se aleja hacia la cocina vistiendo su inseparable delantal negro. Se los hace ella misma. Compra la tela por metros en Los Encantes y se los cose cuando está aburrida. No es por ahorrarse dinero, es por placer y porque le cuesta encontrar delantales de su talla. Aunque ella jamás lo va a reconocer. No está gorda. Es una mujerona.

—¿Qué tal la mañana?

Intento romper el hielo sin preguntar directamente sobre nada relacionado con la cripta.

—Extraña.

—Rara.

Ambas contestan a la vez y sonríen.

Algo traman. Lo sé.

—Mira, Quim, necesitamos tu ayuda para esclarecer una gran duda que tenemos —dice Lucía clavando sus ojos verdes en los míos.

Van al grano. Esto es importante.

—Lo que te voy a contar no puede salir de aquí. Se me puede caer el pelo si alguien se entera. ¿Está claro? —advierte Laura muy seria. Sus ojos marrones me avisan de la importancia de su frase.

—Como el agua —respondo.

—No quiero ver que asomas de nuevo la cabeza por la puerta de la iglesia —dice Laura muy seria—. Ni siquiera porque estés haciendo un simple y casual paseo como el de esta mañana

No tiene un pelo de tonta.

Asiento en silencio.

Lucía saca una servilleta de papel de un servilletero que tiene más años que yo. Creo que hace dos décadas que dejaron de fabricar servilletas de ese modelo, pero seguro que mi tía tiene sacos guardados en el sótano.

Lucía comienza a dibujar y Laura mira atenta.

Una línea y otras tres más que hacen un cuadrado. Después dibuja un rectángulo pegado al cuadrado. Más líneas. Una figura que parece otro cuadrado, aunque un poco más estrecho. Dos puntos redondos en un extremo. Una puerta...

Dejo de respirar sin darme cuenta.

Mis ojos repasan el escueto e infantil dibujo una y otra vez. Cuadrado, rectángulo, pequeño rectángulo con dos puntos en su interior.

Lucía añade una flecha en la puerta. Y una palabra: Este.

—Sabes lo qué es, ¿verdad? —Laura es muy lista y sabe callar incluso a los tipos que tantos papeles han interpretado a lo largo de una vida con demasiadas funciones como yo.

—¡Quim! —Lucía me llama.

Me mira muy atenta.

Su pelo moreno, largo y ondulado, le tapa media cara. Ella se lo aparta. Estoy hipnotizado y llevo segundos sin respirar. Sin moverme. Y esta vez no es por ella, como suele suceder.

Mi tía trae la comida. Salvado por la campana.

—No te pienses que te vas a guardar esas respuestas para ti, guapo.

Laura adivina mi pensamiento. Quizá es un poco bruja, además de inteligente. O ambas cosas.

—¿Ves? Yo tenía razón. Míralo. Ni respira —advierte Lucía señalándome—. Solo hay una cosa que hace que este tontorrón pierda la cabeza de esa manera.

Aparte de ti, por supuesto.

—¿Qué es eso? —pregunto mirando a la servilleta. Intento mantener la compostura.

—Ya lo sabes. —Lucía suspira, pero me da un poco de tregua. Me conoce muy bien. Me entiende como nadie. —Es la distribución de la cripta que ha quedado al descubierto tras las lluvias —responde sin más explicaciones.

Estoy seguro de que Lucía ya conoce la respuesta. Es una experta en Historia y en «Historia». La primera Historia es la que se cuenta en los libros, la que se enseña en los colegios y en las universidades; la segunda «Historia» es la que pasa de generación en generación y apenas tiene registros escritos bien documentados. Sabe que ese dibujo pertenece al segundo tipo de «Historia».

Voy a decir lo que quieren oír. Así yo también sabré lo que ellas saben. Ahora mismo lo necesito tanto como respirar.

—Ese dibujo es una réplica exacta del Tabernáculo.

Todos guardamos un par de segundos de silencio.

—¡Toma ya! Si es que soy buena —suelta Lucía al fin.

Ella lo sabía, por supuesto.

—¿Llegas a esa conclusión con solo ver estas cuatro líneas? —pregunta Laura.

—Esto forma parte de mi vida, pero, sobre todo, de la de mi padre. Él dedicó mucho esfuerzo y muchos años de su carrera en busca de pruebas que demostraran que el primer templo y los objetos que en él se ocultaban fueron reales y no simples leyendas.

No les miento.

Por eso estoy tan confundido. Que aquella cripta, una copia exacta del Pórtico, del Santuario y del Sancta Sanctórum, haya guardado en su interior el manuscrito original del templo de Salomón es flipante.

Increíble.

Y tremendamente confuso.

Ahora mismo solo tengo ganas de irme hasta esa cripta, al pasado, a espiar quién o quiénes la crearon; por qué; cuándo guardaron los objetos; en qué momento se los llevaron de ella... Pero no sé cuándo pudo suceder nada de eso y no puedo vigilar eternamente. No sé a qué año he de volver para obtener respuestas. Necesito más información.

Continúa el *quid pro quo*.

—¿Qué habéis encontrado en su interior?

—Deja que las preguntas te las haga yo, por favor.

Laura no quiere soltar prenda, pero yo lo necesito.

—Si no me das datos de lo que habéis visto no voy a poderos decir nada sobre esto. —Coloco de nuevo mi dedo sobre la servilleta—. Podría ser tan solo una burda réplica sin importancia.

Mantengo la mirada para que mi mentira cale hondo.

—Tenemos fotos del interior —informa Lucía ante la sorpresa de Laura—. O se lo contamos todo, o nada. Tú decides.

Laura sopesa la cuestión durante unos segundos. Se está jugando mucho. Hablar de esto con personal ajeno al cuerpo de policía le puede costar muy caro.

—¿Qué miedo tienes? —pregunto para romper este incómodo silencio—. A ver si te piensas que voy a ir a asaltar la cripta.

Laura me mira y me dice, sin mover los labios, que no es tonta. Que sabe lo que se cuece en los sótanos de los Mora. Incluyendo el mío. Que sabe que el único lugar neutral es el bar de su amiga Rosa y por eso es el único local de los Mora al que entra. Me explica con dos lentos pestañeos que no quiere saber, pero que no le tire de la lengua ni la tome por tonta porque lo pagaré caro.

La de cosas que se pueden decir sin abrir la boca.

Sus oscuros ojos me siguen taladrando.

Se aparta el mechón de pelo rubio que le cae sobre la cara sin dejar de estudiarme.

—Si te veo asomar la cabeza por la calle Ferran te meto en el calabozo hasta que todo esto acabe.

Me lo dice con un simple susurro, pero lo siento penetrar en mi corazón como si este fuera de mantequilla y sus palabras un puñal ardiendo.

—No sé qué piensas de mí, pero jamás haría nada que pusiera en peligro tu carrera —respondo lleno de sinceridad.

Pasan unos segundos de silencio.

El gazpacho ya debe de estar caliente y los picatostes que he metido dentro, demasiado blandos.

—Tienes razón, Quim. Lo siento. Perdóname. Sé que ninguno de vosotros —se refiere a los Mora, por supuesto—, haríais nada que fuera perjudicial para mí. Pero es que creo que este caso es muy grande. Si Lucía y tú estáis en lo cierto sé lo importante que este asunto es para ti y que fue para tu padre. Y no puedo dejar que te entrometas.

—Lo entiendo. No pasa nada. Puedes estar tranquila. Eres mi amiga y eso está por encima de todo y de todos.

Laura me agradece estas palabras poniendo su mano sobre la mía.

—Aunque siempre me puedes contratar como experto en el tema, como haces con Lucía. Así podríamos hacer trabajo de campo juntos sin que te busques problemas.

Eso sería genial para mí. Acceso ilimitado a la cripta.

Laura me mira. Parece que lo está sopesando.

—Habría que hacer demasiado papeleo. Lucía trabaja en el Museo de Historia de la ciudad y eso facilita muchísimo los trámites burocráticos. Deja que lo piense y te digo.

Yo asiento. Al menos lo he intentado. Poder visitar libremente los yacimientos de la ciudad sería un triunfo. La semilla está sembrada. Igual algún día da su fruto.

Dos segundos después me muestra las fotos de la cripta.

Las observo, una a una, con mucho detenimiento.

Un vestíbulo presidido por dos columnas forradas de bronce: el pórtico. La sala contigua es rectangular con paredes negras pulidas con gran esmero, textos cincelados por expertos maestros y púlpitos de piedra labrados a la perfección: el santuario. Le sigue otra estancia, esta cuadrada, con una tarima de apenas unos centímetros de altura y un texto que reconozco sin un atisbo de duda: el Sancta Sanctórum.

Lucía me observa.

Me coge de la muñeca y pregunta:

—Ese lugar es una réplica del lugar más sagrado del templo, ¿verdad?

Yo asiento sin darme cuenta.

Estoy absorto y perdido en las fotos y aun así percibo el tacto de su piel caliente sobre la mía.

—El conjunto es una réplica exacta de la zona más sagrada del primer templo edificado por el rey Salomón.

—¡Lo sabía! —Lucía está contenta.

Laura está ensimismada.

—¿Reconoces esos textos? —me pregunta.

—Sí. Están escritos en hebreo bíblico. Es el idioma que se usaba para documentar actos importantes durante la época del rey David.

—¿Sabes leerlo?

La pregunta ha sonado al unísono; la han formulado las dos a la vez. Miro de nuevo las fotos de los seis textos que corresponden a los seis púlpitos de la antesala.

—Cada uno de ellos habla de un objeto diferente. Este de aquí trata sobre el anillo de Salomón.

Dejo la foto sobre la mesa para que la puedan ver. En ella se puede apreciar con claridad la estrella de David.

Lucía sonríe. Seguro que ya lo sabía.

—Esta otra habla sobre un libro que cuenta la historia de los objetos allí guardados. —Yo mismo he tenido ese libro entre mis manos hace apenas unas horas, pero, por supuesto, no les voy a contar nada sobre él—. Esta habla de la *Menorah* sagrada. Esta otra de la mesa del rey Salomón...

No puedo creer lo que estoy leyendo. Mis pupilas deben estar como si me hubiera fumado una plantación entera de maría.

—Esta trata de una especie de piedra o tabla repleta de inscripciones...

—Tranquilo, Quim. —Laura toca mi mano—. Respira antes de seguir hablando que parece que te va a dar un patatús.

Le hago caso. No soy consciente de que las pruebas certifican que esos objetos han estado, en algún momento de la historia, en la cripta. En mi ciudad. En mi barrio. A tan solo cinco minutos de mi casa. El librero no lo dudaba. Yo todavía recelaba, aun habiendo visto el manuscrito. Pero las fotos de la cripta lo dejan absolutamente claro.

Miro la última.

—Esta habla de unos rollos de plata que contienen la localización del dinero, joyas, plata, oro y otros enseres ocultos.

Mi tía recoge los platos vacíos y deja los segundos. Nos ve tan concentrados que no dice nada y solo se va. Ella sabe estar. Ha visto demasiados negocios dibujados en sus servilletas como para saber cuándo no ha de estar presente. Ojalá todo el mundo tuviera ese don para saber cuándo hablar, cuándo callar y cuándo escuchar; una habilidad al alcance de muy pocos.

—Queda esta foto. Corresponde al texto cincelado en la otra sala, la cuadrada.

Laura me da la imagen.

—Del Sancta Sanctórum —aclara Lucía de nuevo.

No la miro. No quiero.

Es un momento tan especial que hasta me apetecería ducharme, afeitarme y vestirme de gala antes siquiera de mirar la foto que contiene un texto que ya sé lo que cuenta.

—Ya sabes lo que cuenta, ¿verdad?

Lucía me conoce muy bien. Demasiado bien. Supongo que por eso no quiere nada serio conmigo. Porque se imagina que hay algo en mi interior que no es del todo transparente. Así somos los Mora. Lo llevamos en la sangre. Siempre queremos más y de la forma más fácil posible. El trapicheo está en nuestros genes, pero, además, en mi caso, hay un secreto más profundo y complicado. Y ella lo huele. Lo presiente.

—Este texto habla, como no, del Arca de la Alianza. El objeto más sagrado para los judíos y que se guardaba en el lugar más sagrado del primer templo del rey Salomón: el Sancta Sanctórum.

Lucía sonríe; ella lo tenía claro. Laura me mira con los ojos muy abiertos. Los tres guardamos silencio porque no hay palabras que puedan narrar lo que sentimos en este instante.

Dejo la foto sobre la mesa, junto a un bistec con patatas caseras que no he tocado ni voy a tocar. Me levanto sin decir nada y me dirijo hacia la salida.

Necesito salir a la calle y respirar.

Capítulo 9

CALLE DEL VEGUER
14:45H

Camino unos pasos hasta que noto el viento en mi rostro. Apoyo la espalda en la pared del museo y respiro. Los transeúntes pasan ante mí sin presarme atención. Yo tampoco a ellos. A mi cabeza regresan lejanas y añoradas conversaciones con mi padre.

¿Por qué no estás aquí, papá?

Tengo ganas de llorar.

En momentos como este me doy cuenta de cuánto lo echo de menos. Ya hace ocho años que desapareció. Si estuviera aquí fliparía en colores. Siempre quiso desvelar este misterio. Su última aventura fue, precisamente, para estudiar unos restos que aparecieron cerca del templo. Nunca regresó de aquel viaje. Nunca encontraron su cuerpo. Ni siquiera yo. Lo he buscado cientos de veces en distintos lugares, pero jamás he podido dar con él. Aunque no ceso de intentarlo.

No es fácil.

Yo continuaré intentándolo hasta que no quede un minuto de tiempo por revisar. Echo de menos conversar con él. Ahora me odio por no haberle prestado la suficiente atención. Por no haber pasado más tiempo con él. Tenía tanto que enseñarme...

Contaba que en algún momento de la historia los levitas, que eran los encargados de vigilar el Sancta Sanctórum, dieron el cambiazo. Sus palabras resuenan en mi mente con demasiada claridad:

«Quim, te lo digo yo, hijo. Dieron el cambiazo. No sé cuándo, pero lo hicieron. Juraría que incluso antes de la invasión de los Babilonios. Nadie se enteró. Todos los objetos que dejaron expuestos fueron réplicas perfectas, pero falsas y carentes de valor histórico».

Ahora le creo más que nunca.

¿Cuándo trasladaron las auténticas piezas del templo? ¿Adónde las llevaron?

No tengo la menor idea. Y es posible que jamás sepa las respuestas. La jugada más inteligente es seguir indagando sobre la nueva cripta aparecida. Puedo volver a cualquier tiempo antes de que la vacíen y hacerme con alguno de esos objetos. O con todos. No hay nada que desee más.

Mi mente no para de darle vueltas al asunto.

La cripta estará muy vigilada, al igual que lo estaba el templo de Salomón. Cabe la posibilidad de que me maten o de que fracase en el intento y por mi culpa vuelvan a mover los objetos, perdiendo así la única pista que tengo.

Respiro. Pienso.

La gente sigue pasando a mi lado con sus ojos clavados en diminutas pantallas que nublan sus mentes.

Creo que lo más seguro es esperar a saber cuándo vaciaron la cripta. Ese será, sin duda, el instante en el que los objetos estarán más a mi alcance. Si los trasladaron a otro lugar lo hicieron a través de caminos solitarios que me darán la oportunidad de hacerme con ellos. Los quiero.

Se lo debo a mi padre.

Historia viva en mis manos. Magia entre mis dedos.

Qué droga tan adictiva.

Eso no es robar. Lo puede parecer, pero no lo es.

Y si lo fuera no tendría remordimientos.

Soy un filántropo.

He rescatado del olvido cientos de objetos que ahora se exponen en los museos más importantes de todo el mundo. Objetos perdidos que jamás hubieran visto la luz. Tesoros abandonados a su suerte; otros, los que más, saqueados para deleite de poderosos y egoístas coleccionistas.

Las exposiciones que se hacen de los artículos que cedo son siempre a través de un par de organizaciones sin ánimo de lucro, que pertenecen a una entramada red empresarial tan complicada que jamás podrá relacionarse conmigo.

Lo que me interesa de verdad es que al final esos objetos se puedan ver y estudiar. Y, lo más importante: todos son míos. Y siempre lo serán. Los presto para que el mundo pueda disfrutar de ellos por un tiempo, pero después los quiero de vuelta en mi lugar más secreto, en mi trocito de historia particular. Entonces, en esos momentos, es cuando paseo por mi paraíso terrenal y palpo, acaricio y disfruto en silencio de los objetos más deseados del mundo.

Me lo merezco. Por algo me curro su búsqueda. Para eso he puesto mi vida en peligro cientos de veces.

Es mi droga. Mi vicio.

No soy un ladrón. Soy un rescatador de reliquias porque solamente me llevo aquellos objetos que ya están fuera de la historia. Lejos del alcance del público. Y estos que estaban en la cripta son un claro ejemplo. ¿Por qué no están expuestos hoy en un museo para que todo el mundo pueda verlos y estudiarlos? Imagínate la cantidad de visitas que recibiría el Arca de la Alianza.

Yo los recuperaré.

Ladrones son los que ya han sacado de nuestra historia otras muchas reliquias y las han escondido al resto del mundo. Delincuentes son esos coleccionistas que poseen antigüedades únicas, ocultas en sus lujosas casas, tan solo accesibles a ojos de otros ricos y poderosos amigos.

Eso sí es robar.

El ser humano ha de disfrutar de todas esas riquezas históricas. Se deben recuperar para ser expuestas y que todo el mundo las contemple. Las saboree. Deben estar al alcance de expertos para que las analicen, las estudien y las cataloguen. Para que se reescriba la Historia si es necesario. Aunque este es el principal motivo de que muchas reliquias estén al amparo de las sombras. Hay historias que no se pueden reescribir porque desestabilizaría nuestro presente de formas inimaginables.

El pasado de la humanidad forma parte de todos nosotros y los objetos que lo vivieron son una forma ideal para poder revivirlo. Y eso es lo que yo consigo cuando los recupero de las sombras. Cuando los rescato del olvido. O cuando me los llevo de la sala secreta de un avaricioso acaparador.

Te quedarías pasmado si supieras qué personajes públicos, admirados por muchos, adquieren antigüedades en ostentosas y secretas subastas para luego especular con ellas.

En esos momentos en los que saco a la luz una pieza sumida en las sombras durante siglos doy un sentido a mi poder, me siento realizado. Y mucho.

Lucía me observa desde la puerta del bar.

No se acerca, tan solo espera al momento oportuno.

La miro.

La veo borrosa porque mis ojos todavía contienen restos de lágrimas que no he notado salir. Respiro. Deshecho de mi cabeza todo lo relacionado con mi padre y pongo mis ideas en orden.

Sé lo que debo hacer.

Necesito averiguar el cuándo y el dónde.

Lucía me mira sin decir nada. Sabe lo que me afecta este tema. Sobran las palabras.

Y allí, en mitad de la nada, en la intemperie se encuentran, queda la calle desierta cuando cruzan la mirada.

Se acerca.

—Perdona por haber pedido tu consejo. Debería haberlo averiguado yo sola.

Me agarra de la mano y siento de nuevo el calor de su piel. Es reconfortante. Adictivo.

—No pienses que estoy muy triste si no me ves sonreír. Es simplemente despiste...

—Maneras de vivir, no te jode —me interrumpe con una sonrisa—. Que yo también escucho a Rosendo.

Sonrío.

En el fondo somos tal para cual.

—¿Cuándo crees que sacaron de allí los objetos? —le pregunto. Quiero saber.

Ella sopesa su respuesta. Sabe mucho de este tema, por algo es una de las guías del museo más demandadas por sus conocimientos sobre el barrio judío.

—Supongo que antes de la revuelta que tuvo lugar la noche del 5 de agosto del 1391 —comenta sin mucha convicción—. Quién sabe. Pudo ser en cualquier momento anterior, claro está, pero si presuponemos que ahí estaban seguros y a buen recaudo, no tenía demasiado sentido sacarlos a la luz sin un motivo de peso.

Yo asiento.

Es una respuesta muy lógica.

—Quizá los sacaron en cuanto se enteraron de que Fernando Martínez, de la diócesis de Sevilla, clamó por destruir todas las juderías y matar a cualquier judío que se resistiera al bautizo católico. Y eso ocurrió en la primavera de 1391. El movimiento empezó en Écija, después en Sevilla, más tarde en toda Andalucía hasta que se extendió por todo el reino.

Lucía habla como en uno de sus paseos guiados.

—Y a Barcelona llegó a principios de agosto —le digo.

—Exacto. La historia dice que fueron perseguidos por sus creencias, pero eso tan solo era la punta del iceberg. Al menos aquí, en nuestro país.

Vuelve a poner su cara de contadora de historias.

Sus ojos verdes viajan a través de los años para vivir con intensidad lo que cuenta.

—Desde el siglo diez al doce, y gracias a sus conocimientos del árabe y de las ciencias, los judíos se convirtieron en personal imprescindible para la administración de los reinos cristianos. Su poder provenía de la actividad financiera y mercantil. No en vano fue la etapa más gloriosa del judaísmo en Europa. Incluso podían acuñar sus propias monedas de oro gracias a un privilegio otorgado por el rey. Fueron tan importantes que pasaron a ser patrimonio real y pudieron permanecer en territorios cristianos siempre y cuando pagaran al rey las costas acordadas.

—Entonces el judío pertenecía al rey, por así decirlo.

—Así es. Eran vasallos y esenciales para el crédito, ya que para ellos no era pecado prestar dinero a cambio de comisiones. Aunque no solo eran prestamistas como muchos creen, eran grandes comerciantes, excelentes médicos muy avanzados a su tiempo, científicos, artesanos...

Hace una pausa para respirar.

Parece que está inmersa en aquellos tiempos. Cómo le gusta contar historias.

—A la vez fueron cabezas de turco. Para protestar contra el rey, al pueblo le era mucho más fácil ir contra los judíos, sus protegidos, que atacar al propio monarca. Con los asaltos a las juderías, además de dañar a la comunidad, eliminaban toda documentación de los créditos otorgados. Casi todos los asaltos eran más para eliminar papeles que para ir en contra del judaísmo o del rey.

Lucía habla sin dejar de clavar sus ojos en los míos.

La gente pasa a nuestro lado. Algunos nos observan, otros solo la ven a ella.

—En aquella época todo giraba en torno a la religión. La intolerancia entre los tres cultos del momento era el pan de cada día y, en cuanto el cristianismo ganó poder, se quitó de en medio a todos los que no profesaban como ellos. Los judíos tenían mucha importancia social y eso los puso en el punto de mira. Los cristianos los culparon de casi todo, desde ser los artífices de las crisis económicas hasta de envenenar las aguas y traer la peste negra.

Se apoya en la pared del museo, junto a mí.

Su mente vuela.

Me mira de nuevo.

—Mete todo eso en una batidora y ya conoces el resultado: revueltas y persecuciones que acabaron con un conflicto social extremo hacia ellos. Saqueos, asesinatos, incendios... Solo aquí, en Barcelona, a escasos metros de donde estamos, mataron a más de trescientas personas.

Su dedo señala hacia el oeste, hacia el lugar donde se encontraba el barrio judío.

—Hasta que llegó el fin de la reconquista en el año 1492, momento en el que se buscó unificar al reino bajo una única religión —añade con la voz apagada—. Para ello los Reyes Católicos firmaron un decreto en marzo de ese año que venía a decir algo así como: conversión o expulsión.

—Viendo lo que han sufrido a lo largo de la historia, todavía entiendo menos cómo pueden tratar así a sus vecinos palestinos.

Lucía me mira.

—Como dijo Ramón de Campoamor: «En este mundo traidor, nada es verdad ni mentira, todo es según el color del cristal con el que se mira».

Yo también asiento.

Cuánta razón tenía ese hombre fuera quien fuese, pero no le voy a preguntar.

No quiero quedar mal.

Luego lo miraré por Internet.

—No tuvo que ser nada fácil vivir en aquella época.

—Para nada. Dios era el rey. La Iglesia y el Estado eran uno. Y judíos y musulmanes estaban condenados a convertirse o desaparecer. Ya se veía venir desde que se creó la Inquisición en el 1480 —me alecciona Lucía, aunque yo ya lo sabía. Sé más de lo que ella cree, pero prefiero que ella piense que no porque le encanta contarme historias. Y a mí más—. Promovieron una ola de odio que puso de relieve las diferencias entre cristianos y judíos. A los españoles se les conocía como los malos cristianos por la convivencia y la mezcla de sangre con árabes y judíos durante siglos, y la Inquisición tuvo muy claro que había que poner fin a eso.

Todo arde si le aplicas la chispa adecuada.

—La de vidas que nos hemos cobrado en el nombre de algún dios. No hemos aprendido nada porque siete siglos después seguimos igual. No me extrañaría que, en España, tarde o temprano, volvamos a eso de que la Iglesia y el Estado vayan de la mano.... —le digo negando con la cabeza.

A veces me gustaría poder viajar al futuro solo para saber en qué fecha nos exterminaremos, porque si de algo no tengo duda es de que lo haremos y que seremos nosotros mismos los que acabaremos con la humanidad. Ni meteoritos ni pandemias. Nos sobramos solitos para cumplir con ese cometido. Pero no puedo ir al futuro. Nadie es perfecto, lo sé.

—¿Cuándo crees que pudieron colocar esos objetos en la cripta? —le pregunto.

—Vete tú a saber...

Pues si ella no lo sabe, mal vamos. Yo no tengo ni pajolera idea.

—Se tiene constancia de judíos viviendo en las afueras de Barcelona desde el año 850. Y de *Kahal* dentro de las murallas de la ciudad desde el siglo XI, donde se cree que ya había una población superior a cuatro mil.

—¿*Kahal*? —No quiero parecer inculto, pero de verdad que no tengo ni idea de qué es eso.

—*Kahal,* depende de a quién le preguntes, quiere decir gueto, calle estrecha, callejón, lugar de reunión... Se cree que de ahí viene la palabra Call que usamos hoy para nombrar al barrio judío, sobre todo aquí, en Catalunya, y también en Baleares y en la Comunidad Valenciana.

Yo asiento.

Sé bastante de historia, no lo voy a negar, pero siempre aprendo datos nuevos con esta mujer.

—Aunque no estoy muy segura, la verdad. Algunos dicen que Call puede provenir de *Cal Juich*...

Si alguna vez viajo a esa época indagaré y la sacaré de dudas.

—Hay quien apunta que los primeros judíos llegaron a Barcelona en el siglo I. Quizá tras la invasión de Tito a Jerusalén en el año 70. —Lucía enreda su pelo entre sus dedos, lo que me confirma que su mente está volando lejos—. Y sobre todo con las revueltas que se llevaron a cabo en Judea, contra el imperio romano, sobre el año 135.

—Quién sabe si alguno de ellos trajo consigo todos los objetos que en su día estuvieron en el templo de Salomón...

—En algún momento los tuvieron que trasladar. De eso no hay duda.

Laura aparece por la puerta del bar.
Nos mira.
Se acerca y me observa.

—Lo que hemos hablado no puede salir de aquí.

—Lo sé —contesto sin titubear.

Tengo claro lo que Laura se juega.

—Ya sabes lo que me juego. Confío en vosotros.

—Puedes dormir tranquila —le digo con sinceridad.

—Confío en ti, Quim. Por eso te lo hemos contado. Pero te lo recalco para que quede claro.

Laura me agarra la mano y la aprieta con cariño. Me da un beso y un abrazo lleno de sentimientos.

—Si tengo alguna duda más te contacto, ¿vale?

—Por favor.

Laura le da otro beso a Lucía y se despide. Debe volver al trabajo. Le quedan muchos días de estudio en aquella cripta, ahora vacía.

Lucía me mira y después observa su reloj.

—Tengo que irme. He de hacer un *tour* en veinte minutos.

—Claro. Yo voy a tomarme un café y volveré al curro también. Espero que sea un grupo divertido.

Lucía sonríe. Sabe que los grupos divertidos son poco frecuentes. Sus oyentes suelen ser turistas más interesados en que los lleven de paseo que en la historia en sí. Otras veces son grupos de estudiantes. A veces se encuentra algún que otro profesional del tema que quiere ampliar sus conocimientos. Con estos últimos sí que disfruta de lo lindo.

—Ya nos veremos, Quim. Que tengas un buen día. Si necesitas algo me llamas.

—Descuida…

La veo caminar hacia la entrada del museo y perderse tras sus puertas. Me gustaría decirle tantas cosas que no sabría ni por dónde empezar. Pero siempre pasa lo mismo: se marcha sin que me atreva a lanzarme. Y en el fondo eso me entristece.

No hay nostalgia peor que añorar lo que nunca jamás sucedió.

La calle está vacía a estas horas de la tarde y el silencio es envolvente. Me gusta. Me calma.

Hasta que suena mi móvil.

Leo el mensaje que acaba de llegar. Es el relojero:

«Nos vemos en el bar con Emilio en cinco minutos».

Voy a ir pidiendo el café.

Capítulo 10

Bar de Rosa
15:15h

Me encanta el café. No podría vivir sin él. Y mi tía lo hace de maravilla. Me lo tomo corto y sin azúcar. Ideal para despertarme al instante. Me da miedo ir al médico y que me diga que tengo la tensión por las nubes y que elimine el café de mi día a día. Por eso no voy.

La puerta del bar se abre y veo aparecer a don Emilio.

Jovial como siempre. Bajo de revoluciones. Lento en sus movimientos, pero seguro en todo lo que hace. Cuenta con más de setenta primaveras. Tan solo el pelo y una barba canosa de pocos días dan una ligera pista de su posible década de nacimiento. Es fuerte. Yo diría que es natural del norte, aunque no estoy seguro. Sé que es judío, o lo fue. Alguna vez me ha contado que sus antepasados lejanos más conocidos ya eran judíos.

Habla poco de su pasado. Supongo que prefiere no recordar. Algo jodido tuvo que sucederle, o eso me imagino. Yo solo conozco la parte de su vida que empieza cuando se mudó al barrio y conoció a mi abuelo Jordi, allá por la década de los sesenta. Ahí donde lo veis fue profesor de filosofía en la Universidad de Barcelona, al mismo tiempo que hacía horas extras por las noches junto a mi abuelo y a don Alfonso, el relojero. Poco antes de jubilarse como docente abrió la librería, por una parte, porque siempre había sido su pasión y, por otra, la más importante, para no caer en un soporífero aburrimiento tras dejar la enseñanza. El hecho de tener un lugar seguro donde seguir con sus trapicheos también lo tuvo en cuenta, sin duda. En la familia todos sospechamos que tiene un rollo con mi abuela Pilar. Quizá solo sea platónico, un idilio atemporal entre amigos. Yo creo que algo más hay entre ellos. Y si así es, me alegro por los dos.

Mi hermana Carla, que le ayuda con el papeleo de la librería cuando llega la hora de presentar temas oficiales, siempre le llama profesor. A él no le gusta, prefiere don Emilio, por eso siempre que puedo yo también le llamo profesor.

—Quimet... ¿Cómo estás?

A veces me llama Quimet. Cuando era pequeño me parecía gracioso, ahora lo veo pasado de moda, pero no seré yo quien le diga nada. Sé que lo hace porque siempre me verá como al nieto pequeño de su amigo.

—Profesor...

Clava sus oscuros ojos en los míos. Tuerce el morro en señal de disgusto, pero no protesta.

—¿Y Alfonso?

—Todavía no ha llegado.

Él es el único que le llama así. Para el resto es don Alfonso. Los dos están un poco chapados a la antigua y les gusta creer que los buenos modales todavía no han muerto. En realidad, todos en el barrio se refieren a ellos como el librero y el relojero. Yo también lo hago muchas veces cuando no están presentes.

La puerta del bar se vuelve a abrir y aparece el bastón del relojero que forma parte de su cuerpo desde que le pusieron una prótesis de rodilla. A pesar de ser un poco más joven que el librero, está más jodido. Es bastante hipocondríaco, la verdad, y yo creo que eso le hace padecer más achaques de los que en realidad tiene. Aunque sí que es cierto que desde hace algunos años la artritis no le da tregua alguna.

—Quim. Emilio.

Nos da la mano con firmeza. Como siempre. A la vez que nos mira con sus ojos grandes y oscuros. A pesar de su bastón y de sus constantes dolencias rebosa confianza y seguridad. Su alma quedó anclada en la década de los cuarenta.

—Don Alfonso. Te veo bien —le digo para animarlo.

—Gracias, Quim.

—¡Vaya tres patas *pa* un banco! —saluda mi tía Rosa.

—Sírveme lo de siempre, querida Rosa —indica el relojero—. Mejor nos retiramos a una mesa para poder relajar nuestros maltrechos miembros —nos dice harto de estar de pie. Y eso que acaba de llegar.

Don Alfonso, como ya os he contado, es el relojero. Tiene una pequeña relojería junto a la librería de don Emilio y formó parte del trío Calavera, que así era como los llamaba mi tía Rosa. Que yo sepa siempre ha sido relojero de profesión y además muy bueno, según se puede ver por la clientela que todavía mantiene. Hace cuatro años que se jubiló, justo tras la operación de rodilla. Ahora quien atiende a los clientes es un joven encargado que él mismo formó. Uno de total confianza, como dice él. Todavía se pasea de vez en cuando por sus dominios a pasar el rato o a relajarse reparando piezas exclusivas para clientes selectos.

Pero como os podréis imaginar ese negocio no ha sido su principal fuente de ingresos. En el sótano de la relojería, don Alfonso atendía los encargos que más tarde el trío Calavera llevaba a cabo. Jamás reveló sus fuentes. Solo él sabía quiénes eran los clientes. Su discreción siempre ha sido su mayor virtud.

—Aquí tenéis: un café corto —para mí y ya van cinco—, un carajillo de Torres —para el librero—, y el té con leche de las cinco —anuncia mi tía con ironía.

Por supuesto es para el relojero, al que solo le falta el monóculo para completar ese porte aristocrático que pasea con total naturalidad junto a su leve cojera. Las gafas redondas, el bigote, la perilla y el pelo engominado, todo aderezado con unas pocas, pero atractivas canas, también van en el paquete.

—Amiga Rosa, nunca pierdas esa gracia que te caracteriza y te hace ser tan especial como eres —indica el relojero con seriedad. A veces cuesta saber si lo que dice es un cumplido o una ironía.

—Anda, calla y tómatelo antes de que se enfríe, no sea que te pille una pulmonía —se limita a contestar ella para chincharlo, conocedora de su forma de ser y de todos sus males. Tanto los reales como los imaginarios.

—¿Y bien? ¿Qué me puedes relatar acerca de esa cripta y sus pormenores? —curiosea el relojero sin preámbulo alguno—. ¿Es realmente lo que tanto habéis ansiado tu padre y tú?

El dibujo de Lucía vuelve a mi mente. Unas pocas líneas que me transmiten mucho más que la mejor pintura del mejor pintor de todos los tiempos.

—Lo es. Sin duda —me limito a contestar.

—¿Qué has podido averiguar? —quiere saber el librero. Seguro que me ha visto hablando con Laura y con Lucía. En este barrio todos se enteran de todo.

Cojo una servilleta y dibujo con un boli el plano de la cripta y la distribución de los objetos tal y como estaban antes de desaparecer.

—Esa cripta es una réplica exacta de la *heikal*, la cámara principal y más importante del templo de Salomón —suelto sin más—. Y, según las fotos que me han enseñado, en su interior albergó en algún momento dado siete de los tesoros que en su origen se guardaban en el templo.

—Realizaron una reproducción idéntica del tabernáculo en Barcelona —susurra el relojero impresionado—. Debieron de ser unos fanáticos de Salomón, tal y como lo fue Felipe II del que dicen que edificó El Escorial imitando los planos del templo. También recuerdo haber visto allí mismo un par de cuadros en los que se representaba a Salomón con la cara de Felipito el Prudente. Otro mamarracho vividor al que hemos tenido que alimentar.

—¿Por qué lo han construido aquí y no en otra parte de su territorio? —pregunto. Es algo que no acabo de entender.

—Has de tener en cuenta que lo que tú llamas su territorio ha cambiado de manos demasiadas veces —comenta el librero. Da un sorbo a su carajillo antes de continuar hablando—. Los judíos hemos sido asediados, derrotados, conquistados… y casi exterminados por Adriano durante la rebelión de *Bar Kojba*.

Él mismo asiente como si se diera la razón. Su mirada se pierde por un instante, recordando historias de su pueblo. Ya os he comentado que el librero es judío. No sé si practicante, pero que lo lleva en la sangre y así lo siente, no me cabe la menor duda.

—En aquel fatídico episodio murieron más de medio millón de judíos. Adriano quiso acabar con las rebeliones contra el imperio romano y para ello decidió erradicar la identidad judía. Muerto el perro, muerta la rabia, debieron pensar.

—Fue una auténtica masacre. La magnitud de la tragedia es difícil de asimilar —añade el relojero.

—En esa revuelta se quemaron los rollos sagrados en el monte del templo, si no recuerdo mal —comento como si tal cosa.

Me acuerdo perfectamente. Yo estuve allí.

Y no volvería a vivir aquellos días por nada del mundo. La crueldad flotaba en un aire denso y sucio con sabor metálico de tanta sangre derramada. Quise salvar aquellos escritos, pero me fue imposible.

Pero eso ellos no lo saben.

—Así es —confirma el librero. Hay tristeza en sus palabras—. En aquella revuelta la mayoría de la población judía fue asesinada, esclavizada o exiliada.

—Lo que queda claro es que, ya sea antes o después de aquella insurrección, trasladaron los objetos en cuestión a un destino más protegido. La seguridad de esos tesoros era primordial —afirma el relojero.

—He mirado en los antiguos apuntes que mi padre dejó en la caja fuerte —informo a la vez que saco un viejo diario y lo coloco encima de la mesa. Tiene las tapas de piel color marrón oscuro. Recuerdo haber visto a mi padre escribiendo en él cientos de veces—. Solo he encontrado pistas de uno de los objetos del templo: la mesa de Salomón. Del resto no hay nada, cosa que me extraña mucho, la verdad.

—Opino que, si tu padre tomó notas solo de ese objeto en concreto, hay que tenerlo muy en cuenta. Era muy bueno en lo suyo y sus instintos solían ser certeros. No deberíamos ignorar sus conclusiones en absoluto —indica el relojero. En sus ojos veo cariño hacia la memoria de mi padre.

Don Emilio asiente en silencio. Me mira. Sus ojos me cuentan que opina lo mismo que su colega. Y que sabe algo más que todavía no me ha contado.

—¿Qué apuntó tu padre sobre esa mesa? —me pregunta el relojero volviendo a mi comentario anterior.

—Según cuenta en su diario, la mesa estuvo en Roma hasta el año 410, cuando Alarico saqueó la ciudad y se llevó el botín al sur de Francia. —Sigo con el dedo la línea escrita del puño y letra de mi padre. Leer esta libreta siempre me acerca un poco más a él—. De allí viajó hasta Toledo donde se le pierde la pista. Pero al final de la página hay un garabato de su puño y letra que dice:

«¿Será la original u otra burda copia?».

Don Alfonso me mira atento.

—Tu padre relató demasiadas líneas y dedicó un tiempo precioso a borronear e indagar sobre esa mesa —comenta el relojero mientras señala la vieja libreta—. Le otorgó una atención meticulosa, como si fuera la joya más preciada.

—Así es —asiento pensativo—, pero viendo su comentario parece que no era la primera copia con la que se topaba.

Don Emilio sonríe.

—Yo puedo aportar un poco de luz a ese dilema.

Saca una hoja doblada por la mitad. Aparta su carajillo y la pone encima de la mesa. Desdobla la hoja y la alisa pasando la mano por encima. Me mira. Sin duda sabe algo importante que está a punto de desvelar. Mira a su amigo. El tiempo pasa más despacio a su lado. A veces es relajante; otras, como ahora mismo, exasperante.

—Por lo que he podido averiguar en el manuscrito hasta ahora, el detalle de la ubicación de cada objeto es simplemente perfecto. Los escribas sabían, supieron más bien, dónde estaba cada uno de ellos en cada momento de la historia, aunque estuvieran desperdigados a miles de kilómetros de distancia.

—Debo decir, amigo mío, que eso es harto complicado y más en aquella época —interrumpe el relojero—. A no ser que cada objeto estuviera bajo la protección de una persona de plena confianza que informara, de forma regular y eficaz, de la ubicación y el estado de la pieza custodiada.

—Y según el manuscrito así fue —sentencia el librero. Vuelve a mirar sus apuntes—. Y hay algo que te va a sorprender —avisa mirándome a los ojos. Esa mirada tiene mucho contenido—. El viaje de una de las copias de la mesa cuadra a la perfección con el seguimiento que hizo tu padre.

El relojero lo mira desconcertado.

Yo también estoy descolocado.

—¿La mesa de la que hablaba mi padre era una copia?

—Así es —señala el librero con seguridad—. Te diré más, era una de muchas copias. En concreto, los guardianes de las reliquias del templo mandaron hacer seis copias, algunas hasta con gemas preciosas incrustadas para darle un gran valor económico. Buscaban, ante todo, despistar la atención de la original. Estoy seguro al cien por cien de que la mesa que llegó a Toledo era falsa.

Si los guardianes se tomaron todas esas molestias, el manuscrito le brinda tanta atención y los apuntes de mi padre mostraron gran interés en su recorrido a lo largo de los siglos, es porque la mesa es muy importante.

No me cabe la menor duda.

—El interés de tu padre por esa reliquia no era simple casualidad. Seguro que él la consideraba la pieza más fascinante de todas. Y créeme, cuando te digo que, si algo capturaba su atención, era porque poseía una gran valía y no había fuerza en este mundo que pudiera desviar su mirada. —El relojero ojea de nuevo la libreta de mi padre a la vez que se toca la perilla con gestos repetitivos y automáticos—. Y, por cierto, ¿qué diantres es ese objeto?

El librero deja de sorber su carajillo. Intercambia una mirada con su amigo y niega con la cabeza.

—Emilio, no me mires de esa manera. Sé que es una mesa, pero desconozco qué atributos especiales, sagrados o mágicos le conferisteis en el pasado.

Don Alfonso no cree en nada relacionado con la magia, lo místico, la religión ni otros entes. Y mucho menos en la Iglesia como tal. Es de izquierdas y republicano hasta la médula.

—La mesa de los panes de Salomón, que ese era uno de sus nombres, daba a su propietario el conocimiento absoluto porque contenía toda la sabiduría de Dios.

—¿A qué dios te refieres? —pregunta el relojero a la vez que su colega abre los ojos—. Porque existen unos cuantos...

—No me jodas, Alfonso. ¿Qué dios va a ser si era un rey judío?

El relojero sonríe travieso.

Nunca le he visto reír a carcajadas, pero he de decir que una expresión como esa es equivalente a que yo me parta de risa.

—¿Eso es todo? —pregunta de nuevo muy serio.

—¿Te parece poco? —responde su amigo—. Si tenemos en cuenta que Salomón fue considerado el rey más sabio que ha tenido Israel, algo nos indica.

—Me suena a otra fábula más como otras muchas creadas a lo largo de la historia alrededor de un objeto controlado por un ser supremo.

El librero no sonríe. Las bromas sobre temas divinos no son de su agrado. Yo sonrío por dentro porque la verdad es que el relojero ha tenido su momento de chispa. Ya no le toca hasta dentro de un lustro.

—Yo he leído que fue un objeto sagrado para varias religiones —les cuento, recordando conversaciones varias de épocas muy lejanas—. Unos dicen que era una mesa, otros un espejo, incluso hubo algunos que aseguraban que era un espejo con patas. Lo que sí es seguro es que fue una reliquia perseguida por romanos, visigodos, musulmanes y algunos más que no recuerdo. Tenía, según se cuenta, un gran poder espiritual y mágico. Incluso se rumoreaba que podías ver en su reflejo el pasado, el presente y el futuro.

—Contaban las quimeras que quien poseyera la mesa conquistaría el mundo gracias a su poder —añade el librero.

—Incluso Himmler, el nazi líder de las SS, la buscó en Toledo y alrededores en 1940 —les digo al recordar algunas imágenes que vienen a mi mente—. También estuvo en Montserrat buscando el Santo Grial.

—Menudo bellaco descerebrado —apunta el relojero negando con la cabeza.

—Según creo, y esto corroboraría el interés de tu padre por ella —me dice el librero muy serio—, la mesa fue el objeto más importante tanto para Salomón como para los guardianes de los objetos.

—¿Más que el Arca? —pregunto incrédulo.

—Eso creo...

Lo dice en voz alta, pero tampoco está muy convencido.

—No entiendo entonces porque el Arca estaba en el lugar más santo y la mesa no —expongo sin pensar.

—Solo saco conclusiones de lo que cuentan los escribas. Y no uno solo, sino todos los que han participado en la creación del manuscrito desde su inicio.

—Para que te hagas una idea de lo precavidos que eran, según he leído, cuando los babilonios arrasaron el templo en el 586 antes de Cristo, todo lo que se llevaron era falso —informa el librero.

—Tal y como aseguraba mi padre —añado recordando sus palabras de nuevo.

El librero asiente, orgulloso.

—¿Y qué fue de los objetos verdaderos? —pregunta el relojero curioso.

—Todavía no sé el destino final de cada uno. Aún no he acabado de estudiar el manuscrito.

—Yo no me puedo imaginar a los mandamases espirituales de la comunidad judía transitando en grupo a la vez que defendiendo a capa y espada sus preciados tesoros de los malhechores. —El relojero sopesa sus palabras para no dañar la sensibilidad de su amigo—. Entiéndeme, Emilio, que en sus quehaceres diarios no dudo que fueran los Messi de la época, pero para combatir a muerte contra hambrientas almas desalmadas, a través de solitarios y polvorientos senderos, se necesita algo más que fe y la bendición del dios que esté de guardia esa jornada.

El librero le dedica una mirada de reprobación, cosa que al relojero le resbala como si fuera aceite.

—Por eso, según cuenta el manuscrito, tiempo antes de la destrucción del primer templo se instruyó a doce hombres elegidos por los sacerdotes para proteger esos objetos.

—Recuerdo haber leído algo de eso —interrumpo sin querer. No lo leí, en realidad lo escuché durante uno de mis viajes, pero este punto no lo aclaro—. Algunos llamaban a este grupo el clan de los doce apóstoles.

—Eso no lo pone, pero sí dice que la tarea fue encomendada a los descendientes de los propios constructores del templo, familias de plena confianza. —Emilio habla ahora de memoria, resumiendo parte de lo que ha descubierto en algunas páginas del libro que tanto hemos perseguido—. Ese grupo de jóvenes bien entrenados se encargó de trasladar y proteger los verdaderos objetos.

El librero se detiene un momento.

Coge su vaso casi vacío y lo apura de un sorbo.

Va a seguir hablando y por eso el resto solo esperamos. Hace señales a mi tía Rosa para que traiga otra ronda de lo mismo. Pero yo no quiero otro café o me voy a subir por las paredes.

—Para mí un agua con gas, *tieta*.

Ella me mira y asiente antes de ponerse manos a la obra.

—Esos hombres, con el tiempo, se encargaron de transmitir los conocimientos necesarios, adiestrando a nuevos miembros para que la misión no finalizara tras su muerte.

Mi tía aparece en escena, reparte la comanda y se marcha llevándose los vasos vacíos. No dice nada, ella sabe que no es el momento.

—Menuda forma de reírse de la Historia. Todo lo que cuentan los libros sobre que el general Tito se llevó los objetos es una burda mentira —digo en voz alta casi sin darme cuenta.

—Así es. A los encargados de contar la Historia siempre se les ha escapado algo. Pero es normal porque muy pocas veces se ha escrito al momento. Demasiados siglos de información transmitida de palabra de unos a otros... —El librero hace una pequeña pausa antes de seguir hablando—. No todo lo narrado es mentira, pero tampoco es la verdad absoluta. De ahí se alimentan las fábulas, los cuentos, las tradiciones, las historias ocultas.

—Tal y como sucede con la Biblia y el resto de los cómics que narran las increíbles y tortuosas aventuras de distintas deidades —interrumpe el relojero.

El librero lo mira con los ojos encendidos. Respira un par de veces conteniendo su opinión y añade:

—En este manuscrito no hay divagaciones ni lugar a errores causados por el boca a boca. Todo lo escrito está perfectamente documentado.

Me mira, con la frente altiva, y parece que me estudia a través de los ojos. A veces pienso que ese hombre conoce mi secreto. En ocasiones sus palabras sugieren que sabe más de lo que cuenta.

—¿Puedes detallar el viaje de esos objetos? —le pregunto. Tomo un sorbo del agua y noto las cosquillas de las burbujas en mi garganta.

—En cuanto acabe de traducir el manuscrito al completo.

—¿Qué tienes pensado hacer con esa información? —me pregunta el relojero.

—Quiero encontrarlos, por supuesto.

¿Qué voy a querer si no? Es obvio.

Estamos ante algunas de las piezas más deseadas por cualquier arqueólogo e historiador. Quiero tenerlas en mi poder. Exponerlas por todo el planeta para que todo el mundo las disfrute. Pero, al igual que con el resto de los artículos que cedo a los museos, necesito que en el fondo sean míos. Eso quiero.

—¿Acaso vosotros no queréis lo mismo? —Los miro y algo me dice que sí, pero no. No entiendo—. ¿No queréis buscar algo tan preciado?

—No es que no queramos, querido Quim, es que ya no estamos para según que lances —me contesta el relojero con algo de nostalgia en su mirada.

—Quimet, yo me encargaré de pasarte toda la información del manuscrito y ayudarte a encontrar toda la que necesites extra, de eso no te quepa ninguna duda —añade el librero. En sus ojos atisbo una chispa de ilusión contenida—. Estar al tanto de todo lo que descubras será una forma de vivir esta aventura contigo.

No puedo creer lo que escucho. Se retiran de la partida. Así como si la cosa no fuera con ellos. A ver, que no tienen por qué participar, eso lo sé, pero han sido ladrones de arte.

—Nos tendrás aquí para lo que precises, Quim.

—Siempre vamos a echarte un cable cuando sea necesario. Ya lo sabes —me dice el librero poniendo su manaza huesuda en mi hombro con cariño.

En ese instante suena su teléfono.

Me cuesta creer que ese modelo que usa, que debe ser del siglo pasado, tenga música.

—No sé quién es. —El librero se queda mirando la minúscula pantalla de su teléfono, aunque no ve absolutamente nada de cerca sin sus gafas—. ¿Diga?

—Cómo va a saber quién es si ese aparato no debe tener identificador de llamada. ¿Eso es una antena? No me lo puedo creer —me regodeo sin poder dejar de reír.

—¡Callad, que no escucho! —susurra tapando el auricular con la mano.

—Dudo mucho que ese móvil pueda trabajar con los operadores actuales —ironiza el relojero.

—Mira quién habla… Tú ni siquiera tienes uno.

—Tengo el teléfono de la relojería. Todo el que desee puede llamarme a cualquier hora y dejar un mensaje en mi contestador.

—Supongo que todavía tendrás un contestador de cinta de casete. Vaya par de carcamales —susurro para no molestar al librero, que sigue escuchando a su interlocutor.

El relojero me mira. Hay cariño en sus ojos.

—Quim, no dudes en demandar nuestra ayuda para lo que necesites. Este hecho debes tenerlo bien claro —me dice volviendo a un tema que noto que le preocupa—, pero entiende que ya tenemos una edad...

Yo asiento.

Él señala al bastón y pone cara de que le duelen hasta las pestañas. Yo vuelvo a asentir.

Tienen una edad, además de un pasado.

Lo comprendo. Por supuesto.

Nunca han sido arrestados. Jamás los pillaron. Solo hace falta que ahora caigan por una tonta jugada que los ponga en el punto de mira. Y que eso lleve a un registro de sus sótanos, de sus casas o de sus pertenencias... Estoy seguro de que tirarían de un hilo demasiado largo y suculento que llevaría a la policía hasta una información que a la edad que tienen no sería buena. Ni necesaria.

Esa es la verdad.

No lo necesitan.

Ellos ya han vivido sus aventuras. Esta es la mía.

—Gracias por la información, Ramón. Te agradecería que me mantuvieras al tanto de todo y si te puedo ayudar en algo me lo comentas, por favor —indica el librero, todavía con el teléfono en su oreja y los ojos como platos.

Pliega su teléfono arcaico y me mira con seriedad. Después mira a su amigo.

—Era Ramón Pacheco.

—Ramón, ¿el policía? —pregunto completamente perdido. Pacheco, que así lo llamamos todos cuando no está él delante, es compañero de Laura en la Unidad Central de Patrimonio Histórico de los Mossos.

El librero asiente.

—El chaval que me vendió el manuscrito ha sido asesinado hace un par de horas.

—Menudo contratiempo... Lo siento mucho —susurra el relojero—. ¿Era un buen amigo tuyo?

—No éramos amigos, pero me caía muy bien. Es una pena. Era demasiado joven, pero vivía cada día al filo de la navaja. Tenía bastantes números para acabar mal, pero no de esta manera.

—Me surge una pequeña duda… ¿Por qué te llama a ti directamente? —quiere saber su amigo. Y yo también, la verdad. No es algo muy común—. Pacheco no se ocupa de este tipo de delitos. Su labor se centra en otras cuestiones distintas.

—El caso lo llevan otros. Pero a él lo han llamado tras descubrir que en el lugar había fotos de varios objetos robados en estos últimos días en algunas iglesias de la ciudad.

—Por lo visto a tu amigo le atraía el arte —apunta el relojero.

—¿Y qué tienes que ver tú en todo esto? —quiero saber.

—Al parecer mi teléfono estaba apuntado en una libreta que tenía en su casa —informa cabizbajo, pensativo—. Me ha llamado por si tenía alguna información sobre él. Para la policía es un inmigrante indocumentado y no tienen ni idea de a quién avisar.

Deja de hablar. Respira y piensa.

Algo no cuadra. Parece angustiado.

—Lo han asesinado después de torturarlo. Han arrasado con el piso donde vivía y se han cargado a los dos chavales que compartían vivienda con él.

Lo explica muy serio, visiblemente dolido y preocupado. Lo cuenta a unas revoluciones lentas, pero normales para él. A su lado yo parezco Flash en plena carrera para apagar un fuego.

—¿Lo han torturado? —quiere asegurarse el relojero como si no hubiera escuchado bien—. El deceso del chaval no es una buena noticia, pero la forma en la que ha sucedido lo es todavía menos.

—Pacheco dice que estaba atado a una silla, amordazado y con varios dedos de su mano chafados a golpes de martillo.

Algo pasa por la cabeza de este par y todavía no sé qué es.

—¿Y el punto final cuál ha sido? —pregunta de nuevo su amigo.

Yo sigo perdido, pero creo que ellos saben muy bien de lo que hablan.

—Dos disparos en el pecho y otro en la cabeza.

—¡Maldición! —exclama el relojero. Se remueve inquieto como si la silla le quemara el culo.

—¿Se puede saber qué pasa? —pregunto.

Quiero saber lo mismo que saben ellos.

—Es muy posible que el que se lo ha cargado buscara el manuscrito —me contesta el librero—. Es demasiada casualidad que lo ejecuten de esta forma tras encontrar algo tan valioso, Quimet. Y yo no creo en las casualidades.

El relojero tiene la vista perdida en la calle. Su mente ya está planificando algo que yo soy incapaz de imaginar.

—¿No lo habrán matado por algún tema de drogas o por culpa de sus otros trapicheos? —pregunto para dejar claras todas las opciones.

—Se lo han cargado unos profesionales. Y esos solo matan por encargo —afirma el librero.

El librero no tiene duda alguna. Parece ser que el relojero tampoco. Y yo ya estoy empezando a creérmelo.

—Si esos individuos han sido torturados, querido amigo, te puedes imaginar los acontecimientos que vendrán a continuación —añade el relojero, apurando un té que debe estar frío como el hielo—. Debemos apresurarnos y tomar precauciones ahora mismo. No te quepa la menor incertidumbre de que te van a visitar tarde o temprano, como un resfriado en un frío invierno.

Se pone de pie con un suspiro debido al esfuerzo y al dolor en sus articulaciones. Coge su bastón y encara hacia la calle. Pero antes de dar un solo paso se gira y me mira.

—Creo que no nos vamos a poder librar de este lance, querido Quim. Al menos por el momento. Debes proteger tu espalda y, de paso, la nuestra. Los que ansían el dichoso manuscrito y, por ende, el resto de los objetos que hubiera ocultos en la cripta, saben muy bien cómo proceder. Son capaces de cualquier acto con tal de conseguirlos. La sombra del peligro nos acecha y debemos estar preparados para lo que se avecina.

Capítulo 11

EN EL RAVAL
17:00H.

Hace unos minutos que estoy sentado en un incómodo taburete de un bar apestoso que está frente la portería donde han encontrado a los tres jóvenes asesinados. Pacheco, el policía, le ha contado al relojero que vivían en el número 10 de la calle Sant Rafel, justo donde hay una ambulancia y dos coches patrulla en este momento. En esta zona del Raval es bastante normal verlos yendo y viniendo con sus alocadas luces y las sirenas a todo trapo.

Mi cabeza no para de pensar. Necesito saber quién ha matado a esos chavales y por qué. Si tiene algo que ver con la cripta y con sus objetos debo saberlo cuanto antes para ponernos en guardia. Si no, al menos, sabré quién ha sido y le podré dar una pista anónima a la policía. Sea cual sea el resultado es una información que nos sacará de dudas a todos.

Pacheco está en la calle junto a otros dos policías. Esos deben de ser los que llevan el tema del asesinato. Hablan entre ellos mientras los vecinos se paran a mirar, curiosos, morbosos por saber qué ha pasado.

Y eso quiero saber yo también.

Y para obtener respuestas tengo que volver atrás, justo antes del asesinato que, según Pacheco, ocurrió sobre las once de la mañana.

Me levanto del taburete cuando nadie me presta atención. Camino hacia el lavabo. Es un antro sucio que huele a meados, cloacas y humedad, pero servirá para mi cometido. Aquí puedo saltar al pasado sin que nadie me vea. Cierro la puerta con pestillo y me coloco en el centro. Miro mi reloj. Son las cinco y cinco de la tarde del lunes 21 de abril. El asesinato ocurrió sobre las once de la mañana de hoy mismo. Saltaré a las diez. Eso son siete horas antes. Me concentro para calcular el salto...

¿Que cómo lo hago? No te puedo decir como lo consigo, la verdad. Es cuestión de práctica, muchos ensayos y un porrón de errores. ¿Qué fuerza debe aplicarle un futbolista a la pelota para que el pase llegue al pie de su compañero a cincuenta metros de distancia? Pues tampoco lo sabe en el primer chute, pero después de cien intentos le sale un pase clavado, sin pensarlo y sin apenas esforzarse.

Eso mismo me sucede a mí.

Los primeros saltos fueron una cagada.

Cuando llevaba más de cien saltos cortos, y con cortos me refiero a viajar a unas pocas horas atrás, ya entraba en un margen aceptable de minuto arriba, minuto abajo. Eso sí, los saltos a otros siglos eran la risa. Pasó mucho tiempo hasta que logré no fallar por decenas de años de diferencia. Y ahí estaba yo, dando saltos cada vez más pequeños hasta que llegaba a la fecha que quería. Y la mitad de las veces me pasaba de largo y ¡venga!, más intentos para volver atrás. Espero que este don no tenga un número tope de saltos porque la mitad de ellos los habré gastado en corregir errores de cálculo.

También hay que tener muy en cuenta el lugar del que quieres ir porque te puedes encontrar sorpresas de todo tipo. Una vez salté al pasado desde un parque de Roma. Mi intención era aterrizar en el interior del Circo Máximo ya que quería conseguir el *gladius* de Espartaco, pero por un error histórico en los mapas aparecí justo en la zona donde encerraban a los animales salvajes... Casi no lo cuento.

Eso sí, al final me llevé la espada, el escudo y el casco del gran gladiador y líder de la rebelión de esclavos. Y unos cuantos arañazos de regalo. Pero valió la pena. Todavía guardo esas reliquias con cariño.

Tampoco sé qué le sucede a mi cuerpo cuando viajo. Me refiero a qué me ocurre fisiológicamente. ¿Me esfumo sin más? ¿Mis células se desintegran para luego volver a unirse?

Ni la más mínima idea. Solo sé que debo concentrarme mucho, vaciar mi cabeza, pensar en el momento al que quiero viajar y listo.

Cierro los ojos.

Respiro con calma.

Empiezo a sentir mis latidos.

Busco en mi interior y le digo a mi mente que vuele. Que se deje llevar a otro tiempo. Un salto pequeño…

El silencio ocupa todo a mi alrededor. Una luz brillante aparece frente a mí y es visible a pesar de tener los ojos cerrados. Pienso en el tiempo al que quiero ir y me dejo llevar. Noto que mi cuerpo ya no pesa. La luz brilla de forma más intensa durante unos segundos hasta que vuelvo a notar el peso de mi cuerpo. El brillo desaparece poco a poco, así como el silencio absoluto. Ahora escucho el goteo del grifo del lavabo y el barullo lejano del bar. Ya he llegado al destino...

Capítulo 12

Pasado
Lunes, 21 de abril
En el Raval
10:00h

Siento un dolor intenso en mi cara. Algo que nunca había experimentado en ninguno de los anteriores saltos. Esto es nuevo. Duele mucho. Escuece. Quema. Abro los ojos y veo pequeñas luces brillantes que se mezclan con una realidad todavía borrosa. Mi cuerpo se zarandea de un lado a otro hasta chocar con la pared. Caigo al suelo sin saber lo que está pasando.

Intento concentrarme, pero no lo consigo. Todavía no puedo ver nada. Tengo el pulso acelerado y me cuesta respirar con normalidad. Con cada bocanada de aire aspiro el olor a cloaca del lavabo. Estoy a punto de potar. Esta vez las luces brillantes me han dejado más ciego de lo normal. No tengo ni idea de qué me está sucediendo. Una punzada aguda y brutal estalla en mi entrepierna sin previo aviso.

¡¡Qué dolor de huevos, por favor!!

Escucho unos gritos histéricos muy cerca de mi oreja.

—¡Pervertido! ¡Cerdo! ¡Asqueroso de mierda! ¡Así aprenderás a no meterte en el lavabo de las mujeres!

¡Joder!

¡¿Qué coño está pasando?!

Cómo me duelen los huevos.

Enfoco la vista por fin.

Veo a una mujer que me mira con odio. Sale del lavabo como si la persiguiera el demonio en persona. Menuda paliza me ha dado la puta loca esa en menos de un minuto. Debo haber saltado justo en el momento en el que ella estaba meando. Me cagaría en la madre que la trajo, pero es que aquí el único culpable soy yo. Debería haber tenido en cuenta esa posibilidad.

Joder, Quim, es que piensas con el culo.

Me pongo en pie. Los restos del maltrecho espejo del lavabo me devuelven mi cara de dolor. Y tanto que me duele. Siento los latidos de mi corazón en los huevos. Y en mi cara. La tengo roja. Me parece ver los dedos de esa loca marcados en mi moflete derecho. Respiro para recuperar el control de mi cuerpo. Cuando aterrizo de un salto siempre tengo pequeños vértigos que duran unos pocos segundos, pero hoy me los ha sacado de golpe esa desgraciada.

Miro el reloj y me alegro al ver que son las diez y cinco minutos de la mañana del 21 de abril. El mismo día, horas antes. Salgo del lavabo y me dirijo a la calle sin mirar a nadie. No sea que la loca me vea y la liemos parda.

—¡Eh, tú! ¡El lavabo es solo para clientes!

—Ahora vuelvo que tengo el coche mal aparcado.

Salgo a la calle dejando atrás las protestas del camarero que no acabo muy bien de entender, pero casi seguro que van dirigidas a algún miembro de mi familia. Camino para que el aire fresco de la primavera me acaricie la cara y me calme el dolor. Aunque para curar esto último es más cuestión de tiempo que de aire fresco. Paso delante de la portería y todo está tranquilo, al menos por el momento. Nada de ambulancias ni policía ni chafarderos mirando una escena criminal como si estuvieran viendo un capítulo de CSI. Solo tengo que esperar aquí y grabar a todo el que entre en la portería.

No puedo hacer nada más.

No debo intervenir para salvar la vida de esos pobres chavales, por más que me pese. Si lo hiciera no serviría de nada. Sus destinos están escritos. Deben de morir hoy. Aunque yo los salvara no llegarían a mañana. Morirían de un disparo casual, los atropellaría un coche o caerían tiesos por un derrame cerebral. Ya lo he visto otras veces. La vida tiene fecha de caducidad y es imborrable. Debe estar relacionado con el equilibrio del universo o alguna mierda parecida. Algún día saltaré para hablar con Stephen Hawking a ver si me puede aportar datos fiables para entender cómo funciona esta jodienda del destino y sus pormenores.

Ya son las diez y media. Y aquí no entra nadie. Solo han salido varios chavales jóvenes con pinta de todo menos de estudiantes aplicados. Pero al salir han saludado al de la tienda de al lado y eso me indica que son vecinos de la escalera.

Un momento...

He oído un grito.

Alguno de los viandantes también lo ha escuchado porque se han parado y han mirado hacia arriba. Justo hacia el bloque de pisos que estoy vigilando. Mierda... No he pensado que igual ya estaban dentro. ¡Claro! Si la hora de la muerte fue sobre las once y los torturaron, es muy posible que ya estén en la casa y que ese grito sea de uno de ellos en plena agonía.

Quim, despierta, tío, porque estás que no das una.

Cruzo la calle y sin pensarlo dos veces entro en la portería. Es muy pequeña, oscura y con unas paredes descascarilladas que me chivan que no las han pintado desde los años setenta. No hay ascensor ni podría haberlo, aunque los vecinos quisieran colocar uno. Miro hacia arriba a través del estrecho hueco de la escalera. Unas cuantas luces no vendrían nada mal. Esto parece el pasaje del terror. Agudizo mi oído, pero no escucho nada. No tengo ni idea de en qué piso viven. Pachecho solo le dijo al librero el número de la calle.

Saco del bolsillo interior de mi chaqueta una de las pequeñas cámaras que he traído para grabar la cara del asesino. Es redonda, de apenas dos dedos de anchura. En su interior lleva una tarjeta de un terabyte de capacidad. Suficiente para lo que quiero. La coloco sobre la puerta de salida a la calle, justo en el marco oscuro para que quede bien disimulada, y presiono el botón de grabar tan solo cuando se active el sensor de movimiento. Así me aseguro de que no grabará media hora de aburrimiento sin necesidad.

Subo por la escalera. El pasamanos es de madera. Es bonito y parece labrado a mano. Quizás en su día fue elegante y hasta valioso. Ahora la mayor parte está repleta de nombres grabados a base de torpes navajazos y con cientos de astillas deseando clavarse en mi mano. Llego al principal y me planto en el rellano, entre las dos únicas puertas. No se oye nada. Subo al primer piso y repito la misma acción. Huele a comida india, escucho algunos sonidos lejanos, pero nada sospechoso. Subo al segundo piso y un olor a sardinas fritas lo inunda todo. Cómo odio ese pestazo. Escucho a una mujer gritar. Me acerco y pego la oreja a la puerta. Las voces llegan lejanas, acolchadas por la gruesa puerta de madera que seguramente es de la misma época que el pasamanos. Por lo que he visto es de las pocas que quedan originales. El resto son puertas endebles, baratas y cada una de un color distinto.

—¡Que te levantes, vago de los cojones! ¡Coge la escoba y barre el piso de una vez o te corro a hostias! ¡Todo el puto día tirado en el sofá sin hacer nada o en el bar gastando lo que no tenemos! ¿Quién te piensas que soy? ¿Tu criada? ¡Pues te pego un guantazo que te giro la cara!

Menuda bronca. No sé si se la está metiendo a su hijo o a su marido, pero el que sea está bien calladito porque me imagino que como abra la boca le cae la del pulpo. Y algún que otro diente también.

Continúo hasta el tercer piso y sigo sin oír nada fuera de lo normal, excepto a la *sargento* del segundo que todavía grita. Menudo chorro de voz que tiene esa mujer. Ni la Caballé, que en paz descanse.

Acabo de oír otro grito. Este sí que era de dolor. Creo que ha salido de detrás de esta puerta. La del tercero primera. Me acerco con cuidado. Según mi reloj ya son las once menos cuarto. Se oyen golpes. Y un murmullo apagado tras cada porrazo. Pueden ser los martillazos que les dieron para chafarles los dedos. Mi piel se eriza y un escalofrío en el estómago me estremece. La adrenalina se dispara. Nunca tengo claro si es por miedo o porque me pongo tenso y alerta. Quizá sea por ambos motivos.

Más gritos. Esta vez han sido desgarradores. Pobre gente. No se merecen esto. Pero no puedo intervenir. Solo puedo prometerles que los culpables irán a prisión. O eso espero después de que envíe la grabación anónima a la policía. Saco otra cámara y la pego en la puerta de enfrente. Cuantas más imágenes tenga, mejor. La conecto también para que grabe solo si hay movimiento. Entre una puerta y otra hay apenas unos tres metros de separación por lo que el registro será bastante bueno a pesar de la poca luz que hay.

Subo y me quedo esperando en las escaleras que llevan al cuarto piso, agazapado, por si a los del tercero les da por salir. Quiero averiguar lo máximo posible. Pasan los minutos y nadie sale del piso. Ya son casi las once de la mañana.

Sigo sentado en el último escalón, mirando entre las barandas de la escalera hacia el tercero primera. He puesto un trocito de papel pegado en las mirillas de las puertas del cuarto piso. No sé si hay alguien dentro, pero no quiero curiosos chafardeando y que más tarde me puedan reconocer.

Hay demasiado silencio. El relojero dijo que los asesinos eran profesionales. Y si él lo dice será así con toda seguridad. Si ya han usado la pistola está claro que va con silenciador. Aunque pensándolo bien sería lo más normal. El estallido de tres tiros a cada uno, o sea nueve disparos, hubiera alarmado a medio barrio. Escucho voces y el crujido de la madera de alguno de los pisos, pero no puedo distinguir con exactitud de cuál de ellos viene. Otro ruido. Un tintineo de llaves. Parece que viene de…

Unas bisagras poco lubricadas suenan a mi espalda.

¡Mierda!

La puerta del cuarto segunda se acaba de abrir y me ha pillado en el lugar equivocado. Hoy no tengo el día. No quiero girarme. No sé por qué me da que me acaban de pillar con las manos en la masa. Me hago el tonto. Mejor dicho, el colgado. Por aquí no es extraño ver a drogadictos medio zombis sentados en los rellanos.

Hay un tipo en la puerta. Lo estudio sin mirarlo fijamente. Es fuerte. Pelo corto y moreno. Barba de dos días. Pómulos marcados. Cejas pobladas. Nariz aguileña. No veo armas, pero las lleva. Estoy seguro. Veo un bulto en su lado derecho que la chaqueta no acaba de disimular. Sabe luchar, sin duda alguna. Aparece un segundo tipo detrás de él. Mismo porte. La nariz y los ojos delatan que son hermanos. El que tengo más cerca es más joven. Rondará los treinta y pocos. El otro andará por los cuarenta y largos.

—Eh, tío, ¿tienes un cigarrito? —pregunto sin mirarle a los ojos. No levanto la vista del roñoso suelo. Apenas vocalizo. Alargo todas las palabras como si me costara horrores hablar. Cierro los ojos y me balanceo de un lado a otro esperando a que me tomen por un desecho y se larguen.

El más joven se acerca a mí y me mira. El otro cierra la puerta con llave y se la guarda en la chaqueta.

—*Ahó! Ma che famo co'sto cojone?* —pregunta el más joven. Por el acento yo diría que es de Roma.

—*Lascialo perde va! Ho fame. Annamosene* —contesta el hermano. Son romanos sin duda alguna.

Me miran los dos. Lo noto. Siento sus ojos en mi cabeza. Yo no quiero mirar o me delataré.

—Cigarrito o un *eurico pa* un café, colega —les pido con la cabeza gacha. Intento no vocalizar en absoluto. No creo que me hayan entendido ni aunque hablen español.

Silencio. Veo de reojo como la punta de su bota tantea mi pierna. Me da varias patadas no muy fuertes, pero suficiente para que cualquiera levantara la mirada.

Yo no lo miro. Ladeo la cabeza como Steve Wonder tocando el piano, pero más lento. Emito un par de sonidos guturales más típicos de un australopiteco que de un sapiens.

Silencio. Algo no va bien.

Se agacha. Me coge del pelo y me levanta la cabeza para mirarme a los ojos. Nuestras miradas no se cruzan porque yo cierro los míos. No del todo, tan solo lo justo para no verle la cara. Dejo caer un reguero de baba que mancha mi chaqueta y toso exageradamente, soltando miles de pequeñas gotas de saliva.

El tipo me suelta la cabeza con asco y me da una patada en el costado izquierdo que me deja casi sin aliento. Joder, qué día llevo. Esta tampoco me la esperaba. Toso más todavía y me doblo del dolor. Ahora no estoy haciendo teatro. Aprovecho para dejarme caer por los cuatro peldaños que me separan del pequeño descansillo que hay entre el tercero y el cuarto y así alejarme de él.

Me gustaría levantarme y romperle la cabeza contra la vieja barandilla de madera, pero no quiero alterar el pasado. Estos dos deben largarse de aquí y pagar por lo que han hecho. Y, si puedo, seguirles a ver adónde me conducen.

Su hermano se está partiendo el culo, pero al más joven, que es al que le he tosido en toda la cara, no le ha hecho ni puta gracia.

El más mayor dice algo que no entiendo. Su voz es ronca y todo él apesta a tabaco. Bajan los primeros escalones y me tenso esperando otra patada. Pero no llega. En su lugar recibo una colleja que resuena por todo el edificio. La madre que lo parió al hijo de la gran puta. La rabia me inunda y a punto estoy de levantarme y tirarlo por el hueco de la escalera. Pero no puedo. No debo. Podría acabar con estos dos mierdas en menos de diez segundos, no os quepa duda, pero no debo.

No os fieis de mi cuerpo desmadejado y delgado. Soy un tirillas, como dice mi tía Rosa, pero un esmirriado que ha aprendido varios estilos de lucha y que ha entrenado durante años con los mejores en su campo. Tuve que hacerlo tras un par de sustos que casi me cuestan la vida. Es mi regla número uno de los saltos: saber la técnica de lucha del lugar al que voy. Saltar a una época como la Edad Media, por ejemplo, sin saber usar la espada, el arco o poder recorrer montañas durante días sin perderse será, más pronto que tarde, una muerte segura.

No puedo darles lo que se merecen. Al menos no de momento. Los oigo bajar hasta que los pasos se pierden en la calle. Me levanto y vuelvo a notar dolor en el costado y en los huevos. La patada de aquella loca sigue coleando todavía en mi entrepierna.

Me acerco a la puerta por la que han salido los dos italianos. No se oye nada en el interior. Me coloco unos guantes de látex para no dejar señales de mi visita. Saco mi juego de ganzúas y empiezo a trabajarme la cerradura. No es nada del otro mundo, es más, sería más fácil y rápido abrir la puerta de una patada, pero no quiero modificar el escenario en lo más mínimo. Tras dos segundos de forcejeo abro la puerta y entro. El ambiente está cargado, huele a tabaco, sudor y flota en el aire un aroma metálico que reconozco a la perfección: sangre.

Lo que parece ser la sala de estar está patas arriba. No hay nada en su sitio. Seguramente han buscado hasta en el último rincón, literalmente, porque hasta las paredes han sido agujereadas. Entro en la primera habitación y me encuentro con la fiesta. En la esquina más alejada hay dos cuerpos sobre una cama que al parecer han arrinconado de cualquier manera. Están tirados uno sobre el otro, manchados de sangre. Son dos jóvenes, pero no les puedo ver la cara. Tienen el pelo negro, pegajoso y manchado de sangre reseca y restos de sesos. Deben llevar ahí una hora por lo menos.

En el centro de la pequeña habitación hay una silla y en ella, sentado, atado de pies y manos, está el que debe de ser el amigo del librero. Aladín creo que dijo que se llamaba. Tiene una mano destrozada. Lo ha tenido que pasar muy mal, pobre.

—Lo siento chaval, pero este era tu destino. Yo tan solo soy un mero espectador —le susurro con todo el dolor del mundo.

Repaso la zona buscando alguna pista, pero allí ya no hay nada que me pueda servir de ayuda. Lo que no está roto está saqueado. Esos dos cabrones no han dejado ni un solo palmo sin mirar. Encima de una mesa está la libreta a la que se refería Pacheco. Descansa rodeada de botellas de cervezas vacías y un cenicero con más colillas de las que puede contener. Levanto la libreta con cuidado, no sin antes hacer una foto mental para dejarla tal y como estaba en cuanto acabe con ella.

En su interior solo hay apuntes escritos en árabe que no son más que nombres de objetos y de personas sin ningún tipo de sentido. Posiblemente sean sus clientes, o una lista de pedidos, vete tú a saber. Paso la página y entre otros muchos datos está el nombre y el teléfono de don Emilio, el librero. De ahí que Pacheco lo llamara.

Podría arrancar esta página y sacar al librero de la ecuación, pero entonces el cabo de los Mossos jamás lo llamaría y no nos enteraríamos del triple asesinato y de su más que posible vinculación con los objetos de la cripta; o al menos eso es lo que creemos hasta que se demuestre lo contrario. Total, que mejor lo dejo todo tal y como está.

Entro en una de las habitaciones. Está llena de cajas de Amazon, todas abiertas y tiradas por el suelo. Lo que había en su interior también está esparcido por la estancia. Compruebo que cada paquete es de un destinatario distinto lo que me indica que estos tres no iban por buen camino. Ya lo dijo el librero.

Por todo lo que he visto hasta ahora, los dos capullos italianos que se han largado de aquí podrían ser traficantes ajustando cuentas como dos sicópatas en plena faena. No puedo saber a ciencia cierta si estas muertes tienen algo que ver con la cripta. Necesito más datos. Pruebas.

Respiro. Pienso.

Debo averiguar por qué los han matado. Y la mejor manera es ver el interrogatorio, por muy duro que pueda ser.

Veamos qué opciones tengo…

Una es saltar a unas horas antes del interrogatorio y colocar las cámaras en la habitación para poder saber por qué los han matado. Será desagradable de ver, pero responderá mis preguntas. Otra opción es pirarme de aquí y esperar a nuevos acontecimientos; si aparecen por la librería es que estábamos en lo cierto y, si no, pues tan solo ha sido un ajuste de cuentas que nada tenía que ver con la cripta.

En estos casos me gustaría tener un colega de aventuras para poder discutir qué hacer. Pero no es así y aquí estoy, hablando conmigo mismo, jugando una partida de ajedrez con el destino, desgranando todas las posibilidades para después, por fin, elegir lo que seguro será la peor opción de todas. Como siempre.

Algo me dice que los objetos de la cripta juegan un papel importante en todo este lío. Voy a hacer caso a mi instinto.

Salgo del piso y noto un gran alivio al respirar el aire húmedo de la escalera, aunque sea con olor a sardina frita. Necesito las cámaras para grabar el interrogatorio. Bajo los escalones hasta la planta baja con cuidado de que nadie me vea. Recojo la cámara que había dejado sobre el marco de la puerta de entrada, y que seguro habrá grabado a esos dos saliendo. Vuelvo a subir. Recojo la segunda cámara que había dejado en la puerta del tercero segunda. Entro de nuevo en el piso de los asesinados y noto que el olor a muerte ya flota con fuerza en el ambiente.

A ver, Quim, piensa con la cabeza, ¿cuáles serán los siguientes pasos? No la cagues.

Llaman a la puerta. ¡Joder!

Me quedo quieto para no hacer ruido. Alguien está gritando al otro lado. Habla en árabe. Si no entiendo mal le ha dicho a no sé quién que salga ya que han quedado para ir al *suq*… al mercado. ¡Mierda! La puerta se abre. La he dejado abierta sin darme cuenta. Este me va a joder los planes. Cómo no. Si es que hoy todo se me tuerce, me cago en la…

Recorro el pasillo y llego hasta el final de la vivienda. Supongo que cuando el vecino vea los cuerpos no pasará de esa habitación. Estoy en la última. Antes he visto que tiene un pequeño balcón. Por allí escaparé. Oigo un grito seguido de muchas exclamaciones que no entiendo. El vecino ya ha llegado a la primera estancia. Está aullando el nombre de alguno de los tres chavales. Otras voces resuenan de fondo. Al parecer va a haber reunión de vecinos en el piso. Puta mala suerte que tengo.

Salgo al balcón y cierro la puerta. Está plagado de mierda de paloma. Me siento en el suelo, en una esquina, pegado a la barandilla, y me concentro para saltar de nuevo. Y la pregunta más importante es: ¿a cuándo coño salto?

Veamos, el librero recibió la visita de Aladín sobre las diez menos algo. ¿Y qué pasa con los otros dos colegas? ¿Estaban aquí? ¿Estaban en el curro? Joder, no creo que estos tengan un horario de trabajo normal y corriente. No puedo arriesgarme. Piensa, Quim, piensa….

Escucho ruidos en la habitación. Alguien ha entrado y está revolviendo las cajas. Se oyen voces, varias, de diferentes sexos y razas. Están llevándose todo lo que hay. Qué cabrones. A rey muerto, reparto de bienes. La puerta del balcón chirría. Alguien querrá salir a ver que más se pueden llevar. Mierda, no hay tiempo. A tomar por culo y que sea lo que Dios quiera. Respiro. Me concentro. Los sonidos desaparecen y llega la luz brillante. Me dejo llevar.

Noto de nuevo el peso de mi cuerpo.

Apenas escucho nada. Hace un poco de frío y una sirena aulladora resuena en la lejanía. Está oscuro. Miro mi reloj y veo que son las cinco de la mañana del 21 de abril. Estoy en el mismo día, unas cinco horas antes del asesinato. Observo a través del cristal de la puerta del balcón y veo a un tipo tumbado en la cama. Parece dormido. Ahora a ver cómo coño me lo monto para colocar las cámaras.

Capítulo 13

Presente
Lunes, 21 de abril
Librería de don Emilio
17:15h

Don Emilio ojea con atención e interés un lote de viejos libros que compró en una subasta dos días antes. De todo el extenso grupo tan solo le interesaba un ejemplar bastante especial que llevaba años buscando. En cuanto se enteró de que se subastaban las existencias de una de las librerías más antiguas de Barcelona, debido a deudas con el fisco, agendó el día de la venta sin pensarlo dos veces.

Y ahora lo tiene ante él. Un libro viejo, sin dibujos ni florituras, con una portada de color crema y unas letras en rojo que dicen: *Drácula by Bram Stoker*. Pasa la primera página con mucho cuidado, también la segunda y en la siguiente lee con emoción que ese ejemplar pertenece a la primera edición impresa en el año 1897.

El timbre de la puerta suena y lo devuelve a la realidad. Don Emilio ha recordado esta vez echar el pestillo. Guarda el ejemplar en un cajón bajo el mostrador y lo cierra con llave. No es tan seguro como la caja fuerte del sótano, pero al menos no queda al alcance de cualquier cliente con las manos demasiado largas. Se acerca a la puerta y descubre, tras los sucios cristales, que es Ramón Pacheco el que quiere entrar.

Un pequeño escalofrío recorre su espalda. No es miedo, es tan solo una reacción innata que siempre le ha sucedido cuando ha tenido a un policía delante. Durante su exitosa vida como ladrón de arte nunca cometió un error, ni él ni don Alfonso ni Jordi, el abuelo de Quim, pero siempre le queda ese resquicio de duda… Quizá alguna prueba almacenada hace treinta años y que haya sido revisada de nuevo con alguna técnica novedosa pueda llevar a la policía hasta ellos. No lo cree, pero esa incertidumbre siempre estará presente.

Respira en profundidad y abre la puerta.

—Buenos días, Emilio.

Pacheco no lo llama de don.

—Ramón. Siempre un placer verte —responde don Emilio a la vez que estrecha la mano del agente.

Se hace a un lado para que entre en sus dominios, aunque es algo que no le gusta demasiado. No tienen mucho trato, pero se han visto varias veces a través de Laura. El librero ha colaborado alguna vez con la Unidad, la última hace un par de meses, para evaluar algunos ejemplares de libros robados de diferentes museos.

—¿Tienes noticias nuevas sobre ese pobre chaval?

—Todavía no, Emilio. En la escena no había nada que delatara a nadie, al menos a primera vista.

Pacheco camina hasta el largo mostrador de madera oscura que queda perpendicular a la entrada y que delimita el paso entre la zona de los clientes y la privada. Se queda mirando a través del cristal todos los libros y papeles que don Emilio tiene expuestos. Éste, tras cerrar la puerta, lo ha seguido a unos pasos de distancia, mirándolo con atención. Se ha quedado de pie junto a una pequeña estantería plagada de libros de segunda mano que vende a muy buen precio, para que, según él, todo el mundo pueda leer pese a la decadente economía actual. Empezó como algo casual y ahora tiene un gran mercado de compra y venta de libros usados.

El policía se gira y lo busca con la mirada.

—Los de la científica ya han acabado de hacer su trabajo y en breve sabremos si eso aporta algo de luz. Pero de momento no tenemos nada.

Don Emilio observa con atención. Sabe que Pacheco es compañero de Laura y que ninguno de los dos tiene un pelo de tonto. El policía echa un vistazo a la tienda de nuevo y suspira.

—La cantidad de cosas que tiene usted aquí.

No lo llama de don, pero lo trata de usted.

—No puedo evitar comprar material antiguo. Ya sabes, lo viejo quiere a lo más viejo. Cuando tengo entre mis manos algo que es más antiguo que yo, me siento joven de nuevo.

Pacheco asiente con la cabeza.

Tiene mala cara, se nota que hoy no ha dormido bien y la barba oscura de varios días tampoco ayuda demasiado. Cada vez que discute con su exmujer, siempre por sus dos hijas que ya pasan de la veintena, duerme fatal, pero eso no impide que haga su trabajo de forma profesional y sin rechistar.

Ramón siempre quiso ser policía. Primero fue Guardia Civil. Entro en el Cuerpo con apenas veinticinco años y estuvo destinado durante una década en su Cádiz natal. Entonces se separó y su ex se vino con sus hijas, y su nueva pareja, a Barcelona. Acabó en los Mossos d'Esquadra para estar cerca de ellas. Y ahora, varios cursos de especialidad y algunos años después, es el cabo Ramón Pacheco que trabaja junto a la sargento Laura Vera en la Unidad Central de Patrimonio Histórico.

El policía pasea la mirada por la tienda. Le encantaría poder ojear todos los rincones, pero no puede. Sus ojos verdes miran a don Emilio. Conoce a la familia Mora y lo que se cuenta por los bajos fondos de la ciudad. Pero en el barrio son muy respetados, entre otras cosas porque en el bar de Rosa siempre se ha puesto un plato de comida caliente al que lo haya necesitado. Hasta hoy nadie ha presentado jamás queja alguna contra ellos, ni han sido denunciados y, por lo tanto, nunca se ha podido investigar si comercian con género robado o si han cometido algún otro delito.

Pero Pacheco no es tonto. Laura y él han hablado mil veces de lo que se tienen que traer entre manos en este particular edificio, pero nunca han intentado indagar más de la cuenta. No hay evidencias a las que agarrarse. Y Laura no quiere.

Laura le debe mucho a esta familia, sobre todo a Rosa y a su madre, Pilar. Su infancia hubiera sido muy dura sin ellas dos. Y el mosso eso lo respeta, primero porque Laura está por encima en la cadena de mando y segundo porque son muy amigos; incluso en algún momento, durante unos pocos meses, fueron algo más que colegas. Y Pacheco todavía le tiene un gran cariño. Jamás haría nada que la pudiera perjudicar.

—¿Qué me puedes contar entonces? —curiosea don Emilio mientras ordena un poco los libros de segunda mano.

—Nada más. Quería saber si me puede aportar algo de información sobre ese chaval... —el cabo saca una pequeña libreta del bolsillo interior de su cazadora negra, la misma que lleva siempre, y la abre—. Akram. Así se llama según el testimonio de un vecino.

—Solo lo he visto unas pocas veces. La última, precisamente, esta mañana a primera hora.

El librero, que ya sabe cómo funciona una investigación, debe decir que lo ha visto porque la geolocalización del móvil de Aladín lo cantará tarde o temprano.

—Ah, ¿sí? —miente el cabo de los Mossos, que ya estaba al tanto de ese dato—. ¿Y qué quería?

—Venderme un libro que él creía que era antiguo, pero no se lo he comprado porque no era más que un ejemplar viejo sin valor alguno.

Don Emilio sabe que tiene que aportar algo más. Calcula que el chaval estuvo en la tienda unos quince minutos y ese tiempo da para mucho.

—Le enseñé un par de trucos para que supiera diferenciar un libro antiguo de verdad de uno viejo y desgastado por el mal uso. Ya sabes... fecha de impresión, número de edición y datos así.

Pacheco asiente con la cabeza.

—El pobre chaval solo quería ganarse la vida —añade don Emilio para darle más veracidad al asunto—. Le informé que muchas veces en Los Encantes de Glorias se pueden encontrar verdaderos tesoros entre toda la morralla que hay tirada por el suelo.

El policía vuelve a asentir.

Se pasa la mano por la nuca y la siente un poco húmeda por el sudor. Aun así, le gusta el tacto del pelo corto. Se lo corta él mismo desde hace años.

Por el cristal del escaparate aparecen un par de cabezas que miran hacia el interior. Parecen dos viandantes curiosos que observan los centenares de viejos libros que se dejan ver desde la calle. Uno de ellos está fumando.

—Si me entero de algo más se lo comentaré —indica el cabo tras unos segundos en silencio. Le cuadra la historia de don Emilio. Podría ser verdad.

—Por supuesto. Y si puedo ayudar en algo cuenta conmigo cuando quieras.

Don Emilio acompaña al policía hasta la puerta y lo ve alejarse. Eso le da cierta tranquilidad. En este instante solo piensa en volver a ojear su nuevo viejo libro. No ha dado tres pasos cuando la puerta se abre de nuevo. Se ha vuelto a olvidar de cerrarla con el pestillo. Se gira, algo hastiado, y observa a los dos hombres que acaban de entrar. Un súbito escalofrío recorre no solo su espalda, sino todo su cuerpo.

Don Emilio es perro viejo y sabe reconocer a los de su calaña y a los de una peor. Y esos dos pertenecen a la segunda. Camina hacia el mostrador y se coloca detrás para mantener una barrera entre ellos. Los dos hombres siguen sus pasos; son fuertes y están en buena forma física. A juzgar por sus rasgos don Emilio juraría que son hermanos.

Uno lo mira fijamente, el más joven.

El otro no deja de observar la tienda.

—¿En qué os puedo ayudar? —pregunta, intentando que su voz no suene nerviosa ni desesperada. Ya es mayor y no tiene edad para pelear con individuos jóvenes y lozanos como estos dos.

El más joven saca un revólver y lo pone encima del mostrador sin dejar de mirar al librero a los ojos.

Don Emilio entiende que el interrogatorio va a ser rápido.

—Queremos lo que te ha vendido Akram —ordena el hermano mayor, que tiene una fea cicatriz en la mejilla derecha.

El librero los observa. Son extranjeros, aunque hablan bastante bien el español.

—No conozco a ningún Akram —contesta con seriedad sin dejar de observar el arma, que no ha parado de girar sobre el cristal como si el portador quisiera jugar a la ruleta rusa.

Tras la respuesta de don Emilio el joven levanta el revólver, abre el tambor y deja caer todas las balas en su mano. Se las mete en bolsillo trasero del pantalón. Despacio. Sin prisas. Sus manos no tiemblan en absoluto. La pierna derecha del librero sí. Muestra el tambor vacío a don Emilio e introduce, a cámara lenta, una sola bala. Lo cierra y lo hace girar con rapidez.

Al parecer sí quieren jugar a la ruleta rusa.

Apunta directamente a su barriga mientras el otro tipo se acerca y le dice:

—Queremos lo que te ha vendido Akram.

«Esto no va a ser rápido», piensa don Emilio.

—Ya os he dicho que no conozco a ningún Akram. ¿No tenéis una foto? —pregunta para ganar algo de tiempo.

El de la cicatriz saca su móvil y le enseña un corto vídeo de unos pocos segundos. En él se ve al pobre chaval atado en una silla, con las manos ensangrentadas y rogando por favor que lo dejen en paz. Se oye preguntar a uno de ellos que dónde está lo que han robado de la iglesia y se escucha, y don Emilio también lo hace de primera mano, como su ladronzuelo lo delata con pelos y señales. Anuncia claramente que se lo ha vendido a un tal Emilio que tiene una librería junto a la plaza del Rey.

El más joven de los hermanos lo mira sin parpadear. Levanta el arma y apunta esta vez a su cabeza. El librero ve a dos palmos de su frente el agujero oscuro del cañón.

—Voy a repetir lo mismo por tercera vez. Si no nos gusta tu contestación mi hermano te disparará y aquí acabará tu aventura.

Don Emilio siente como un reguero de sudor cae por su columna vertebral.

—Queremos lo que te ha vendido Akram.

El librero lo mira a los ojos. No tiene miedo de morir, pero sí que siente rabia por hacerlo así, sin poder defenderse.

—Me ha vendido tres libros —responde sin titubear. Señala hacia el lugar en el que descansan ejemplares de compraventa de segunda mano—. Son los tres de abajo, los que están sueltos.

Los dos hermanos se acercan a la estantería y observan los tres tomos que el librero ha señalado. Son libros viejos y manoseados sin valor alguno.

El más joven lo mira.

Don Emilio aprecia por la mirada de ese tipo que hay varios cables sueltos en su cabeza.

El italiano se acerca hasta el mostrador, levanta el revólver, apunta de nuevo a la cabeza del librero y tras dos interminables segundos, dispara.

Capítulo 14

Pasado
Lunes, 21 de abril
En el Raval
05:00h

La puerta del balcón está abierta. Es tan vieja que no cierra bien y eso es una buena noticia para mí. La abro con cuidado, centímetro a centímetro para evitar que las bisagras chirríen y despierten al tipejo que duerme a metro y medio de donde estoy. Entro estirado cual marine en plena misión, pero a diferencia de ellos, a mí me duelen los codos y las rodillas al gatear. Cierro la puerta de nuevo, pero no del todo. Después tendré que volver a salir.

El que duerme a un metro de mí huele a pescado que lo flipas. Este debe de ser el que trabaja en el mercado y que se acuesta sin pasar por la ducha. Gateo por la habitación, apartando las cajas que hay tiradas por el suelo, hasta que consigo salir al salón. Está todo oscuro. Oigo varios ronquidos acompasados por sirenas de fondo. Me parece escuchar también los gritos de la loca del tercero, aunque es posible que tan solo sea mi imaginación.

En la sala de estar me pongo de pie. Las rodillas y la espalda crujen más alto que los ronquidos. Menuda mierda de espía que sería. En la habitación donde morirán los tres individuos no hay nadie. Tan solo una cama vacía. Imagino que quien duerme aquí trabaja de noche. Otra buena noticia.

Entro y elijo cuál será el mejor lugar para colocar las cámaras. Una la pondré en la lámpara del techo. Tiene una base negra y redonda con dos focos que apuntan hacia abajo. Me subo a la cama y la coloco en el centro de la base. Queda bastante bien disimulada. Está dará una imagen cenital de todo el lugar. La segunda cámara no veo dónde colocarla. Las paredes son grises, Pantone número no he pintado una mierda en los últimos cincuenta años. No hay armarios y el marco de la puerta es de un color blanco asqueroso a juego con los chorretones de las paredes del resto de la estancia. Solo voy a poder dejar la cámara del techo, que no mostrará las caras de los italianos, pero da igual porque ya las tengo grabadas de cuando salieron antes. Con esto será suficiente. Me importa más la conversación que las imágenes gore que se verán.

Creo que he escuchado algo...

Acaban de abrir la puerta de la entrada. ¡Joder!

Ya sabía yo que esto no podía ser tan fácil, es que no hay un puto salto en el que no me encuentre con imprevistos. Salgo de la habitación al mismo tiempo que veo la luz del pasillo encendida. Alguien ha entrado en la cocina. Entro en la habitación almacén de Amazon y gateo hasta el final. Me quedo tirado entre la cama y la puerta del balcón. Espero en silencio. Oigo pasos que llegan al salón y se acercan hacia donde yo me encuentro. Ha entrado. Comienza a remover las cajas de cartón. Me encojo un poco e intento meterme bajo la cama, pero no quepo. El que duerme a un palmo de mí se mueve y el denso tufo a pescado me llega con más fuerza. Balbucea algo. Se está despertando. ¡Mierda!

El otro tipo sigue removiendo las cajas del suelo. Estas no son horas para buscar nada, joder. Vete a la puta cama ya. El pescadero se despierta. Se incorpora en la cama y baja los pies al suelo, por suerte, por el lado contrario al que estoy yo. Miro el balcón, aunque casi lo puedo tocar, me parece que está a doscientos metros. Llegar hasta él sin ser visto sería una proeza imposible. Ni el mejor marine podría lograrlo. Me quedan pocos segundos para que el que no deja de dar por culo con las cajas me vea si no encuentra antes lo que está buscando. No me puedo arriesgar.

Respiro.

Me concentro en el momento al que quiero saltar, pero no lo veo claro. Solo puede haber un yo a la vez en un mismo lugar. Si me encuentro conmigo mismo podría llegar a morir. Ya te lo cuento después que ahora no estoy para narraciones.

Puedo saltar un segundo después de que saltara desde el balcón esta mañana, pero ya había gente en la casa, y varios en esta habitación rebuscando entre las cajas. Si salto algo más tarde es muy posible que me encuentre con la policía. Joder, siempre igual. He llegado a pensar que el puto equilibrio del universo no deja de tocarme los huevos cada vez que estoy en el pasado para advertirme de que esto no se hace. Como un castigo. Chaval, esto es antinatural y te tienes que quedar quietecito. Anda y que te den por el arco del triunfo, equilibrio de los cojones.

Respiro en profundidad. Noto los latidos ralentizándose. Me van a ver. Busco el silencio absoluto. Me cuesta, pero lo encuentro. Veo la luz. Elijo el momento de la llegada. Ojalá no me equivoque. Mi cuerpo ya no pesa. Estoy volando…

—¡Hostia puta! ¡Qué susto! Me había parecido ver a un tío tirado en el suelo al lado de tu cama —exclama Akram en árabe, con una caja de cartón en la mano y el corazón desbocado.

Capítulo 15

Presente
Lunes, 21 de abril
Librería de don Emilio
17:25h

El clic del martillo golpeando el armazón del revólver suena alto y claro. Don Emilio abre los ojos al cabo de dos segundos y comprueba que todavía puede ver, que puede respirar y que sus sesos no comparten un estante junto a los libros que tiene a su espalda. El italiano más joven lo mira con una sonrisa entre traviesa y desquiciada. Tira hacia atrás del martillo percutor y vuelve a apuntarle a la cabeza.

A don Emilio le viene una imagen *tarantina* de sus pobres libros estropeados por la salpicadura de su sangre. Por un instante se extraña de no sentir miedo a la muerte.

—Te repito la pregunta, viejo: ¿Qué te ha vendido Akram esta mañana? —inquiere el hermano mayor. Está tranquilo, como si la cosa no fuera con él.

—Ya te lo he dicho. Esos tres libros viejos de la estantería. Le he dado diez euros por pena.

Don Emilio miente de nuevo. Jamás entregaría su tesoro a estos individuos, sean quienes sean. De todas formas, sabe que, aunque les dé lo que quieren, él ya está muerto.

El pistolero sonríe. Quizá porque sabe que en el siguiente disparo saldrá una bala del calibre 38 a unos 370 metros por segundo, lo que hará que la frente del librero desaparezca como por arte de magia. Normalmente, Nicola, que así se llama el más joven de los dos, solo usa su revólver RT82 para divertirse con el juego de la ruleta rusa a costa de otros que no lo pasan tan bien.

El hermano mayor, cansado de tanto juego, le hace una señal con la cabeza a su hermano. No hay tiempo para tonterías.

Don Emilio ha entendido la orden a la perfección. Pero no puede hacer nada. Nicola no ha dejado de mirarlo sin un ápice de vida en sus ojos.

«Está enfermo de verdad», piensa don Emilio.

El dedo índice del italiano se tensa y el martillo retrocede un milímetro.

La campanilla de la puerta suena.

«Salvado por la campana, nunca mejor dicho», piensa el librero, que no se puede creer la suerte que acaba de tener.

Nicola baja la pistola y se la mete en la chaqueta sin dejar de mirar a su víctima. La puerta se abre del todo y el sol inunda parte de la vieja tienda. Miles de motas diminutas flotan en el ambiente y danzan mecidas por el invisible aire fresco que irrumpe junto a don Alfonso y su inseparable bastón. Tras él entra su ayudante, Octavi.

—¡Me trae al fresco lo que demande ese pamplinero! En mi negocio no mandan los clientes, ya lo sabes.

Don Alfonso exclama en alto y gesticula con su mano libre. La cabeza erguida y el porte orgulloso, como siempre.

—Pero es un cliente importante, como usted ya sabe. No podemos decirle que no sin más —discute Octavi, que hace poco que ha sido ascendido a encargado de la relojería.

El hermano mayor de los dos italianos disimula con un libro en la mano, vigilante. El más joven le acaba de decir a don Emilio que le saque un libro del mostrador para verlo mejor. Quiere estar cerca del viejo librero para tenerlo controlado.

—Perdona, Emilio, no me había percatado de que te hallabas en plena actividad comercial —se disculpa el relojero, acercándose al mostrador—. Una consulta rápida y te dejamos con tus archiperres de nuevo. ¿Podrías convencer al inocente de mi ayudante de que…

Una descarga de cincuenta mil voltios recorre el cuerpo de Nicola sin que este sepa de dónde ha venido. Cae desplomado al suelo antes de notar dolor alguno. El hermano mayor tarda un segundo en reaccionar. Sus ojos ven convulsionar con violencia el cuerpo de su hermano pequeño, pero su cerebro aún no ha unido los puntos. No esperaba que aquel hombre de porte elegante y bastón en mano llevara una pistola táser en su bolsillo. Mil eternos milisegundos que aprovecha Octavi para darle otra descarga por la espalda. La oscuridad se adueña también de la mente del mayor de los italianos y el mundo se desvanece por completo.

Los dos asesinos abren los ojos tras casi diez minutos de oscuridad. Notan la boca seca, la lengua rasposa y el cuerpo sudado y pegajoso. El dolor que sienten en las articulaciones es casi insoportable. Hace calor. Mucho calor. Están sentados en un banco de metal. Tienen las manos atadas en la espalda con lo que parece ser cinta americana y aseguradas al respaldo del banco por dos bridas gigantes. Cada uno de ellos tiene un pie encintado a una pata del banco y el otro entre ellos. Están amarrados a conciencia.

Frente a ellos están don Alfonso y don Emilio sentados en unas sillas de plástico plegables que parece que se van a romper en cualquier momento. Este último con el revólver de Nicola en la mano. Juega con su tambor. Sobre una pequeña mesa cuadrada que hay entre esos dos veteranos que ahora dominan la situación descansan las dos armas que portaban los italianos, junto a tres cuchillos y algún que otro cachivache nada amistoso.

—Te advertí, y con razón, de que el botón del pánico nos salvaría la vida algún día —susurra don Alfonso, sin dejar de observar a los dos hermanos.

El librero asiente.

Su amigo tiene toda la razón.

Hace ya algunos años que don Alfonso decidió colocar bajo el mostrador de las dos tiendas un pequeño dispositivo al que llamaron el botón del pánico. Al pulsarlo, la luz de una pequeña bombilla roja se encendería en el establecimiento del otro, acompañada por una molesta alarma, señal inequívoca de que algo malo estaba sucediendo.

El librero lo accionó nada más meterse tras el mostrador. El relojero, que andaba montando un reloj de bolsillo del siglo XIX en su solitario y silencioso sótano, vio el reflejo rojo de la bombilla y escuchó la alarma. Lo dejó todo al instante. Jamás se había usado esa señal, pero hoy, precisamente hoy, tras el asunto de la cripta y del asesinato del joven amigo del librero, su colega la usaba por primera vez en años.

Sin perder un segundo subió al piso de arriba y habló con su ayudante para que lo acompañara, no sin antes llevarse la pistola táser que guardaba junto a la caja. La otra siempre la lleva encima. Juntos se asomaron por una esquina del sucio y añejo cristal del escaparate y vieron el espectáculo del interior. Don Alfonso sumó dos más dos y en seguida comprendió lo que ocurría. Planificaron la estrategia en menos de un minuto y entraron.

—¿Dónde está Octavi? —quiere saber don Emilio.

—Guardando la puerta. Hemos de vigilar que no se apunte nadie más a esta extraña e inesperada fiesta.

Don Emilio asiente satisfecho.

Los dos asesinos forcejean un poco con las bridas y la cinta, pero enseguida se percatan de que están atados sin posibilidad de escape. El banco en el que están sentados ni se ha movido.

—¿Os gusta vuestro asiento? —pregunta don Emilio con calma. Sabe que lo peor ya ha pasado y ahora le toca a él llevar la batuta—. Es una antigüedad de La Rambla. Lo iban a tirar a la basura, ignorantes de la historia. Yo lo rescaté y lo restauré para mi deleite personal. A veces me siento en él y me imagino la de vidas que ha visto pasar ante sí este viejo trozo de hierro forjado.

Don Emilio se levanta y camina de un lado a otro de su sótano. Añade:

—Tenía una pata un poco doblada y a pesar de intentarlo nunca conseguí reparar esa leve, pero molesta cojera. Por eso lo anclé al suelo. Para evitar que se moviera.

Los hermanos lo miran. No están amordazados, imaginan que allí abajo no hay nadie que los pueda oír.

—¿Qué quieres, puto viejo loco? —pregunta Nicola, ahora despojado de su pistola, su revólver y sus cuchillos.

El italiano lo mira con odio. Mucho odio y locura.

Le escupe. O al menos lo intenta, porque después de la descarga su boca se ha quedado demasiado seca.

Don Alfonso se gira hacia la mesa que hay entre él y su amigo. Se agacha, abre una puertecita y saca una pequeña caja negra. Nicola lo mira sin perder detalle. Su hermano también. Aparta a un lado las armas de los italianos. Coloca la caja sobre la mesa, asegurándose de que quede paralela al borde, manías personales del relojero que no puede evitar. Se agacha de nuevo, recoge dos cables del suelo y los conecta a la caja. Acto seguido presiona un interruptor. Una luz naranja se activa y un suave zumbido se deja escuchar en el ambiente sin llegar a ser molesto.

El mayor de los italianos observa los dos cables que salen de aquel aparato. No se había percatado antes de ellos. Los cables son negros y el suelo demasiado oscuro. Los sigue con la mirada y descubre que cada cable está conectado a la pata trasera del banco en el que están sentados. Un banco de hierro que, como bien saben los dos tipejos, es un excelente conductor de la electricidad.

El relojero gira la rueda hasta la primera señal de color amarillo sin previo aviso. Los dos hombres emiten un quejido largo, aprietan los dientes de forma involuntaria y la mandíbula se tensa debido a la descarga que reciben.

La cara de Nicola muestra la mirada de un psicópata muy cabreado. Comienza a insultar en voz alta. Su boca balbucea palabras incompresibles para don Emilio y don Alfonso, que no necesitan traductor para imaginar lo que dice.

—Esta era la posición uno de cuatro. Solo estamos al veinticinco por ciento de diversión. No seas cenutrio y cavila tus palabras.

Don Alfonso mantiene un tono sereno y sin rastro de temor. Si ha habido alguien en la historia de los suburbios de Barcelona con más sangre fría que él, es porque ya estaba muerto

—¿Para quién trabajáis? —quiere saber el relojero.

—Para la puta de tu madre —responde Nicola sin pensárselo dos veces. Le ha costado vocalizar, aun así, su frase ha sido alta y bastante clara.

Don Alfonso lo mira.

Sonríe. No mucho, solo un leve movimiento en la comisura de sus labios.

El mayor de los dos italianos le devuelve la mirada. Reconoce a este tipo de personas y no le gustan en absoluto. Los viejos, pero firmes dedos del relojero giran la pequeña rueda negra hasta la marca de color naranja.

Los dos hermanos se estremecen y sus cuerpos se tensan tanto como las ligaduras permiten. Esta vez la descarga dura algo más que la anterior. Para ellos se hace interminable. Es una descarga potente, dolorosa, pero no como para que se desmayen.

La rueda vuelve a la posición de apagado.

Ambos hermanos babean sin control. Nicola da patadas al suelo e intenta saltar de forma descontrolada. Su cabreo es monumental. El dolor lo alimenta como la gasolina al fuego. Su hermano lo mira y, por primera vez en muchos años, teme por su vida. Sabe que en cualquier momento le puede dar un ataque al corazón si no se calma. Pero Nicola no se va a calmar. Nunca lo hace. Ni siquiera cuando su madre lo medicaba. En su cabeza hay cables que se desconectaron el día que nació y no hay medicación ni electricista que los pueda unir.

—Para ya —dice sin apenas poder abrir la boca.

Nicola lo mira y lo traspasa con unos ojos demasiado rojos y salidos de su órbita. La mandíbula está tensa, hay espuma en la boca y los dientes le rechinan como una tiza en la pizarra.

—*Non abbiamo niente da fare* —le dice el hermano mayor casi en susurros.

—¿Para quién trabajáis? —repite don Alfonso.

—No nos pagan lo suficiente como para morir sufriendo —informa el italiano. Está respirando de forma acelerada. La última descarga ha sido demasiado potente—. No tenemos nombres. Un tipo nos llamó por teléfono y nos contrató. No lo hemos visto nunca. Todas las instrucciones llegan a través de correos electrónicos cifrados.

—¿Cómo os han pagado? —quiere saber don Emilio.

—Bitcoins.

—¿Algún número de teléfono? —inquiere ahora don Alfonso, aunque ya sabe de sobras la respuesta.

—Prepago anónimo que no se puede localizar.

—¿Dónde tenéis que dejar la mercancía? —quiere saber don Emilio.

—En un almacén cerca de la iglesia del Mar.

—¿Dónde exactamente? —insiste ahora el relojero.

Su mano se acerca de nuevo a la temida rueda.

—¡Espera!

Nicola no habla. Solo babea y mira con rabia.

Don Alfonso no deja de observarlo. Su hermano es el que piensa, sin duda. Él tan solo es el que aprieta el gatillo sin tener el más mínimo remordimiento de las muchas vidas que seguramente habrá quitado.

—Calle Vigatans. En un local que está delante de una cabeza de mujer de piedra que hay esculpida en la pared.

—Debe ser la *carassa* de Mirallers. Hace esquina con Vigatans —informa don Emilio, que conoce bien el lugar.

—Explícame paso a paso, sin obviar ningún detalle, cómo debéis proceder —exige don Alfonso. Sabe que deben tener unas órdenes claras y concisas.

—¿Cómo qué? —pregunta el italiano.

—¿Qué pasos debéis seguir para dejar el pedido en su destino final? —aclara Emilio.

La mano del relojero no se aleja de la rueda y los dedos empiezan a tamborilear sobre ella, nerviosos.

—Hay un candado. Combinación: 1992. Como las Olimpíadas de Barcelona. Debemos entrar, dejar el material dentro de una caja de madera, salir y cerrar. Nada más.

—¿Cómo sabrán que ya habéis finalizado el trabajo?

—Al salir debemos pintar una X dentro de un círculo en la persiana... con un espray rojo que ellos habrán dejado en el interior.

—Y si el encargo ha ido mal, ¿cuál es la señal? —inquiere el relojero.

Don Alfonso sabe que en este tipo de intercambios siempre hay dos formas de actuar dependiendo de cómo haya ido el trabajo. Es perro viejo. Y listo.

—No hay ninguna otra señal.

—Respuesta incorrecta —objeta el relojero.

Sin tiempo ni para coger aire, la rueda vuelve a girar hasta la marca de color naranja. La paciencia del relojero tiene un límite con muy poco recorrido y está a punto de acabarse.

Don Emilio observa lo mucho que a su amigo le gusta jugar con la máquina. Él siempre ha sido algo más aprensivo para estos menesteres. Pero su colega no. Jamás dudó en hacer lo necesario para salvar sus vidas.

Esta vez los italianos quedan semiinconscientes. Sobre todo, Nicola. Por unos segundos el relojero piensa que su cuerpo no ha resistido y lo ha matado. En el fondo no le importa en absoluto, pero debe tener cuidado de no pasarse, tiene muy claro que si el hermano mayor lo cuenta todo es más por evitar el sufrimiento de su hermano pequeño que por él mismo. Si el pequeño muere, jamás desvelará nada por mucho que le hagan sufrir.

En cuanto los ojos de los dos mercenarios vuelven a cobrar algo de vida consciente don Alfonso pregunta de nuevo.

—Joven, espero que no subestimes nuestra experiencia. Con los años hemos aprendido a reconocer las señales de peligro y a manejarnos con astucia en situaciones complicadas. No somos unos novatos en esto, así que ten la certeza de que sabremos afrontar cualquier contratiempo que se presente.

El relojero habla directamente con el mayor de los hermanos. Al pequeño ni lo mira. Nicola babea de nuevo. Apenas puede mantener los ojos abiertos y la boca cerrada.

—Un círculo con una A dentro si todo ha ido bien... Si algo sale mal un círculo con una X dentro.

Se gira y mira a su hermano Nicola con pena.

Sabe que esta tortura está a punto de acabar. En el fondo se siente tranquilo. Saber que los dos morirán a la vez le proporciona algo de paz. Mira hacia los dos vejestorios que tiene delante y suspira. No siente las manos desde la segunda descarga. Puede ver como su hermano apenas se mantiene despierto. Se ha meado encima.

Don Alfonso y don Emilio se ponen en pie y suben al piso de arriba. Octavi, el ayudante, los ve llegar. No dice nada, solo observa. Ya lleva varios años junto al relojero y sabe de qué va todo esto. Le debe mucho a ese hombre como para juzgar lo que hace y deja de hacer. Si no fuera por su jefe ahora mismo estaría muerto.

—Préstame tu móvil —le dice Alfonso a su amigo el librero. El relojero abre el arcaico teléfono y marca un número de memoria.

—Diga —contesta alguien al otro lado.

—Necesito desinfectar mi local.

—¿Cuántas ratas ha visto?

—Dos.

—¿Vivas o muertas?

—Siguen vivas.

—En veinte minutos estamos allí.

Ambos interlocutores cuelgan sin despedirse.

—¿Y ahora qué? —pregunta don Emilio.

Octavi los mira sin saber el fondo de todo este asunto. Tampoco le importa. Don Alfonso tiene la vista perdida. Su mirada traspasa el escaparate y muere en el muro de piedra que se vislumbra al otro lado de la calle y que pertenece al Museo de Historia de Barcelona.

—Primero averigüemos a quién pertenece ese local.

Capítulo 16

Pasado
Lunes, 21 de abril
En el Raval
11:40h

Vuelvo a sentir el peso de mi cuerpo. La intensa luz desaparece y los sonidos comienzan a cobrar vida. Miro mi reloj y compruebo que son las once y cuarenta de la mañana. Calculé que el anterior salto desde el balcón tuvo que ser sobre las once y treinta, o sea, diez minutos antes. Y por lo que parece he acertado bastante. Al final va a ser verdad eso que siempre decía mi padre de que trabajo mejor bajo presión.

No escucho a nadie. El olor a bacalao todavía flota en el ambiente. Me levanto del suelo con sigilo y me asomo por encima de la cama. En la habitación no hay ni un alma. Las cajas están vacías y tiradas de cualquier manera. No han dejado nada, han sido como una manada de hienas hambrientas en busca de migajas. Me asomo al comedor y me aseguro de que esté desierto. Debo ir rápido porque no quiero estar aquí más tiempo del debido. Entro en la habitación de los muertos, que siguen allí, y recojo la cámara que puse en la base de la lámpara del techo.

No tardo ni dos segundos en llegar hasta la mirilla de la puerta. Observo, pero no distingo nada. Abro la puerta despacio. Está vacío, por supuesto. Los vecinos saqueadores no van a aparecer en dos días, como poco. No se oye nada en la escalera. ¿Habrán llamado ya a la policía? No lo creo. Por aquí prefieren prescindir de sus servicios. Pero antes o después alguien lo hará y Pacheco aparecerá por aquí para contactar más tarde con el librero.

Bajo de piso en piso sin encontrarme con nadie. Me quito los guantes de goma, que todavía llevo puestos, y me los guardo en el bolsillo antes de salir a la calle. El aire primaveral me devuelve al presente. Camino despacio. Sereno. Atento a mi alrededor. Concentrado para volver a escena, como un actor de teatro que debe saber en qué momento de la actuación se encuentra.

Respiro con calma.

Necesito hacerlo tras cada salto para ser consciente de dónde y cuándo estoy. Me encuentro en el barrio del Raval, en Barcelona. Son, según mi reloj, las once y cincuenta minutos de la mañana.

Ahora debo volver al presente.

Tengo dos opciones. Puedo elegir entre ir al presente real o al momento del primer salto. Lo sé. Es un concepto que al principio cuesta de pillar, pero luego lo ves todo más claro.

Yo salté por primera vez hoy desde el sucio lavabo del bar a las cinco de la tarde. Y he estado danzando por el pasado durante un tiempo que, según mis cálculos, deben de ser un par de horas como mucho. Ese lapso también ha transcurrido de donde yo vengo, de mi presente real, ya que el tiempo no se detiene por mucho que yo esté viviendo en el pasado. Por lo tanto, puedo elegir entre volver desde las cinco hasta las siete de la tarde. Un margen de dos horas que es el mismo que yo he vivido en el pasado.

¿Cómo puede ser? Un famoso físico con el coincidí me lo explicó una vez. Me dijo: «Imaginemos que viajas en un tren muy largo donde la locomotora representa al presente y el último vagón al pasado. En cuanto el convoy está en marcha, dejas la locomotora, es decir, tu presente, para ir al último vagón, el pasado. Por mucho que te sientes allí a esperar jamás alcanzarás a la locomotora, ya que los dos vagones se mueven a la vez, por lo tanto, el tiempo que estés en el pasado será el mismo que transcurra en el presente del que vienes».

Y así debe ser. Yo no pongo las normas, pero si me lo dijo Einstein algo de verdad habrá en ello.

Espero que lo hayas entendido.

A mí me costó y eso que era yo el que viajaba.

Pues bien, después de dos horas danzando por el pasado, ahora mismo yo podría elegir entre volver a la hora del primer salto o al presente de la línea original donde serán las siete de la tarde como mucho.

Depende del tiempo transcurrido elijo saltar a una hora u otra. Hoy prefiero aterrizar en el último minuto posible de la línea original. ¿Por qué? Porque son solo dos horas.

Otro tema muy distinto es cuando me quedo mucho tiempo en el pasado, eso sí que es diferente. Una vez estuve casi quince años en una pequeña aldea de Japón, allá por el año 1800, para perfeccionar mi japonés y aprender *jiu-jitsu* y *kendo* de la mano de un gran maestro. Me costó mucho convencer al viejo para que me admitiera como alumno, la verdad. Tardé dos duros años, en los que solo hacía los trabajos más rastreros, para llegar a ser su aprendiz.

En aquella ocasión no volví al presente de la línea original por dos motivos: el primero, porque me hubiera perdido década y media de mi vida. El segundo, que hubiera sido como estar desaparecido quince años y volver de la nada, con un porrón de explicaciones que no hubiera podido dar. Por eso, cuando viajo al pasado durante meses o años, siempre vuelvo a minutos después del instante en el que salto.

Camino hasta uno de los cientos de callejones que hay en la parte antigua de la ciudad y compruebo que no haya nadie mirando. Me acerco a un portal y disimulo como si esperara a que un vecino tuviera que abrirme la puerta para subir. Intento abrir, pero la puerta está cerrada. Tendré que saltar desde aquí. Lo prefiero a hacerlo de nuevo desde un lavabo. Me pego a la puerta tanto como puedo. No hay apenas espacio, pero lo suficiente como para que mi cuerpo no se vea desde la calle. Miro al interior de la portería y veo que está vacía. Me concentro en el momento al que quiero ir. Esta vez no me costará ningún esfuerzo porque solo deseo llegar a mi presente. No necesito cálculos ni nada por el estilo. Es como saltar al fondo de un pozo. No importa el impulso, el fondo es el límite. Aunque aquí no voy a acabar con mis sesos estampados contra el suelo, claro está. Como mucho con alguna patada en los huevos y un par de hostias.

Respiro.

El silencio aparece.

El frescor en el ambiente se esfuma poco a poco. No percibo ni frío ni calor. En los saltos desaparecen las percepciones de todo lo que me rodea. Por unos segundos ni siquiera pienso. Solo espero que no haya nadie en el destino. Eso acelera un poco mi pulso, pero lo controlo. La luz brota. Dos segundos de intensidad hasta que los sonidos vuelven a la vez que el peso de mi cuerpo. Lo noto en las piernas. Es como apoyar los pies en la orilla de la playa después de haber flotado en el agua durante un largo rato.

Abro los ojos y no veo a nadie. Miro mi reloj. Son las seis y cincuenta y tres de la tarde. Mis cálculos eran bastante acertados. Estoy en el presente de mi línea original de tiempo.

Camino unos metros hasta la calle Hospital, poco después la dejo y cruzo La Rambla. El trayecto más directo a mi tienda sería tirar por la calle Ferran, pero en el camino está la iglesia de Sant Jaume y en ella, casi seguro, estarán Laura y medio cuerpo de policía. No quiero que me vea pasar por allí porque no se creerá que voy de paso.

Aprovecharé el paseo para explicarte un par de cosas extrañas que me suceden durante el tiempo que estoy en el pasado. Una es sobre el tema de envejecer; otra es sobre mi memoria.

Al parecer, y no sé muy bien por qué, mi cuerpo no nota el paso del tiempo. O, si lo hace, es de una forma muchísimo más lenta que en mi presente, tanto, que en los quince años que estuve en Japón apenas noté cambio alguno en mi cuerpo. Ni una sola cana. Ni siquiera una pequeña arruga de más.

Además, tengo una memoria fotográfica de todo lo que me sucede durante los saltos, como si mi mente absorbiera todo lo que veo y siento y lo grabase a fuego en alguna zona del cerebro que está en una especie de estado de suspensión temporal, por así decirlo, porque digo yo que si no envejezco debe de ser porque algo, lo que sea, está en modo pausa. O casi.

Podría averiguar el porqué, pero, tal y como me dijo un neurólogo al que consulté, debería hacerme demasiadas pruebas. Y eso sería un rastro que no quiero dejar. Al menos no de momento. Ya veremos cuando esté a punto de palmarla.

Creo, y esto es pura suposición barata de cuñado de barra de bar, que el tiempo se detiene para algunas de las funciones de mi cuerpo y por eso tengo estas dos grandes ventajas.

En fin, que a esta curiosidad la llamo el efecto Pausa: es el tiempo transcurrido en el pasado en el que no envejezco y donde todo lo que veo y escucho queda grabado en mi memoria para siempre.

No es un nombre muy original, pero es pegadizo y directo.

Enfilo por la calle de la Boqueria hasta llegar a la del Call. Salgo a la plaza de Sant Jaume, repleta como siempre de gente protestando con pancartas caseras, excepto cuando hay un partido de fútbol importante. En ese momento el pueblo ni se manifiesta ni colapsa las salas de urgencias de los hospitales. Cruzo la plaza y el olor de los bocadillos del Conesa me recuerda que es la hora de merendar, pero no me detengo, hay demasiada cola. Camino por la calle de la Llibreteria y en cuanto llego a la del Veguer, giro a la izquierda. Desde allí veo que una furgoneta de reparto está parada enfrente de la librería. Paso por delante de la relojería y veo a Octavi tras el mostrador. Le saludo sin detenerme. Me asomo al cristal de la librería, pero no veo al librero. La verdad es que apenas veo nada. Este hombre siempre tiene las luces medio apagadas, dice que ese ambiente de penumbra da un encanto especial a sus libros antiguos. Quizá no le falte razón.

Mi tío Mario me saluda cuando paso por delante de su local. Siempre está llena de gente que intenta vender sus trastos viejos, comprar gangas para revender en internet o empeñar algún objeto a cambio de un préstamo a corto plazo. Son tiempos duros.

Mi tía Rosa me ve al pasar por delante del bar y me hace señas para que entre. No tengo ganas, la verdad, pero no le puedo hacer ese feo.

—¿Dónde te habías metido, alma de cántaro?

—He ido a casa de un cliente que quería vender trastos antiguos de su abuelo —le miento, por supuesto, porque ella no sabe mi secreto ni se lo pienso contar nunca. No me dejaría salir de casa el resto de mi vida.

—Ha pasado Lucía hace una media hora y se ha extrañado de que tu tienda estuviera cerrada —informa mi tía con tono de regañina a la vez que pasa con brío un paño húmedo por la barra—. Y te ha llamado al teléfono y salía el contestador. A ver si dejas una nota en la puerta, aunque sea.

Es verdad. Podría dejar un papel que diga: «Estoy saltando en el tiempo. Vuelvo al presente en cuanto pueda».

Eso me hace sonreír.

—¿En qué piensas que tienes cara de bobalicón? —señala mientras me prepara un café sin que yo se lo pida. Me lo pone para llevar, como diciéndome que ya es hora de que empiece a trabajar—. Aquí tienes, a ver si te despiertas un poco.

—Gracias, tieta. Nos vemos después.

Salgo a la calle y al mirar hacia la derecha me fijo de nuevo en la furgoneta que hay pegada al muro del museo, aparcada delante de la librería. Dos tíos vestidos con un uniforme azul están metiendo una alfombra enrollada en la parte de atrás. No recuerdo que el librero tuviera alfombras, aunque seguro que las tenía guardadas en el sótano. Ese es como mi tía, allí debe haber mierda de la Primera Guerra Mundial. O incluso de antes.

Llego a mi tienda con más de dos horas de retraso, pero me da igual. Tecleo un código en un pequeño panel que hay en la pared y la persiana comienza su lento ascenso. Hace un par de años que cambié mi vieja persiana por una con motor eléctrico y es lo mejor que he podido hacer en la vida. El chirrido metálico me recuerda que debo engrasarla cuanto antes. Mientras se levanta observo a la gente haciéndose fotos en la plaza del Rey, sobre los escalones que llevan al Salón del Tinell.

Lucía me contó una vez que, sobre esos mismos escalones, un día de abril de 1493, los Reyes Católicos recibieron a Cristóbal Colón tras volver de su primer viaje por el Nuevo Mundo. Y debe ser verdad porque Lucía de estos temas sabe un huevo.

La persiana llega a su tope. Escucho como la furgoneta arranca. Me giro y veo al librero y al relojero en la puerta de la librería. Me miran. Están serios. Algo pasa. O algo ha pasado. El relojero levanta la mano y me hace un par de gestos que yo traduzco al instante: En quince minutos en el bar. Seguro que tienen noticias nuevas. ¿Serán buenas? Yo también tengo novedades que contarles. Y ese cuarto de hora será tiempo suficiente para ver las grabaciones que he hecho.

Capítulo 17

**Presente
Lunes, 21 de abril
Tienda de Quim
19:20h**

Nada más entrar cierro la puerta con llave y coloco el cartel de cerrado. Tengo claro que hoy no voy a vender nada, pero la verdad es que me da lo mismo. Como habréis podido imaginar mi negocio de antigüedades es tan solo una tapadera para llevar a cabo mi verdadera fuente de ingresos. La verdad es que con lo tengo acumulado no necesitaría trabajar el resto de mi vida, ni mis hijos ni mis nietos, si los tuviera. Pero no lo puedo aparentar. Ni quiero. No va conmigo eso de ser un multimillonario arrogante que muestra todo lo que su fortuna puede comprar. Prefiero vivir aquí, en mi barrio, junto a mi familia, enfrente de donde trabaja Lucía, también lo admito.

Casi todo lo que gano lo invierto en ciencia y tecnología, apuesto por ayudar a esas empresas con un prometedor futuro para que triunfen y nos aporten calidad de vida. También destino una gran parte a varias fundaciones sin ánimo de lucro. Y todo ello con una premisa: nadie debe averiguar de dónde viene el dinero.

A ver, que tengo mis caprichos, no os lo voy a negar, pero más que antojos son actos necesarios para conseguir nuevas metas. Y no me refiero a más dinero. Si, por ejemplo, tengo que viajar mañana a Estambul para conseguir una reliquia, pues mire usted, perdón por hacerlo en un avión privado que en la lenta y apretada clase turista. Por una parte, es más cómodo, claro está, pero, sobre todo, lo hago porque salir de un país y entrar en otro con según qué antigüedades es infinitamente más sencillo si lo haces de esta forma. Pero estos detalles no los conoce nadie porque todo el mundo se haría demasiadas preguntas.

Conecto a mi ordenador la cámara que dejé en la lámpara de la habitación de los pobres chavales. Dos segundos después aparece la primera imagen. Le doy al *play* y espero. Al tener conectado el sensor de movimiento, la cámara solo graba cuando alguien está a pocos metros de ella. Lo primero que veo es a un joven entrar. Se quita la ropa que lleva y se tumba en la cama. Le doy para que la imagen pase más rápido. El tipo trastea con el móvil durante unos minutos hasta que se queda dormido. Son las diez y cinco de la mañana. La cámara deja de grabar pasados tres minutos desde la última detección de movimiento.

Se conecta algo más tarde y puedo ver a los dos italianos entrando en la habitación. Aladín sigue durmiendo. Son casi las diez y media de la mañana. Le inyectan algo en el cuello. El chaval ni se despierta. Todavía no han pasado los tres minutos necesarios para que se desconecte la cámara cuando entran de nuevo. Cada uno de los italianos arrastra un cuerpo inerte al interior de la habitación. Apartan la cama hasta dejarla contra la pared, como recuerdo haberla visto. Colocan la silla en medio de la sala y sientan al amigo del librero en ella. Le encintan los pies y las manos, además del pecho para evitar que el cuerpo, bastante sedado, por lo que parece, se vaya hacia delante. A los otros dos los dejan tirados en el suelo, a un lado, con las manos encintadas a la espalda.

Lo han hecho todo en perfecta sincronía y completo silencio. Se adivina a la legua que no es la primera ni la décima vez que lo hacen. Uno de los italianos saca algo de su bolsillo y se lo acerca a la cara al de la silla, que da un cabezazo hacia atrás y se despierta de golpe. Mira a los dos tipos sin entender lo que sucede. Balbucea algo que parece un insulto. No lo llego a entender del todo, aunque me defiendo bastante bien en árabe. Intenta zafarse de sus ataduras, pero desiste rápidamente. Otra sarta de insultos que, esta vez, entiendo alto y claro. Acaba de darse cuenta de que sus colegas están tirados en el suelo, a su derecha. Más insultos mezclados con preguntas. Su voz es pastosa. Con miedo. No puedo ver sus ojos porque el ángulo de grabación es desde arriba, pero me los puedo imaginar.

—¿*Qui* coño estáis *hasiendo*? —pregunta esta vez en español, aunque con acento—. ¿*Qui* queréis de mí? ¿Quiénes sois?

Las preguntas siguen. Una tras otra, hasta que un guantazo las detiene. La cabeza del chaval se ladea con fuerza y queda inmóvil. Tarda varios segundos en volver a levantarse. Esta vez no pregunta nada. Solo observa.

—Ayer por la noche robaste algo de una iglesia. ¿Qué era y dónde está? —pregunta uno de los italianos. El otro espera a unos pasos de distancia. Lleva algo en la mano, pero no puedo ver con claridad lo que es.

—Yo no *hi riobado niada*. Yo no sé *niada* —contesta el chaval. Cuando levanta la cabeza para mirar al italiano a la cara puedo ver que su ojo izquierdo está muy hinchado.

—Tengo las imágenes de una cámara de seguridad en las que se puede ver que tú y tu amigo, ese de ahí, entráis a robar y salís con un paquete poco después.

El que no hace las preguntas se acerca al amigo y lo arrastra hasta ponerlo delante del que está en la silla. Le da a oler el mismo producto hasta que se despierta. Está boca arriba. Este joven, además de tener las manos encintadas a la espalda, tiene la boca amordazada.

—Yo no sé *niada* —repite Aladín. Mira a su amigo. Intuyo que debe de haber pánico en sus ojos. El tipo que tiene al lado saca un martillo. Estira la pierna derecha de su amigo y se agacha clavando la rodilla en el muslo. Un grito de dolor quiere salir de la boca del chaval, pero no puede. La cinta americana se lo impide.

—Voy a romper las rodillas de tu amigo —dice el que hace las preguntas. El otro, más joven, espera con el martillo en la mano como si fuera Thor, aunque más feo y con más mala leche.

—Yo —Aladín mira a su amigo y este le suplica sin hablar—... No sé *niada, si* lo juro.

Apenas ha acabado de pronunciar la última sílaba cuando el martillo destroza la rótula de su amigo. El grito hubiera sido aterrador si hubiera podido escucharse. Se me pone la carne de gallina al ver tal despropósito y una quemazón nace en mi interior. Nunca he podido ver imágenes de gente pegando a otra gente indefensa. Siempre me han sentado fatal. Y esta vez me está pasando lo mismo.

Tras cada pregunta con respuesta incorrecta un martillazo cae en alguna parte concreta del cuerpo de su amigo. Cuando este se desmaya, siguen con el otro, despertándolo con algo que supongo que deben de ser sales de amoniaco.

Uno de los italianos amordaza a Aladín. El grito que ha dado cuando le han machacado un dedo coincide con el que yo escuché desde la calle. Nada más acabar, sigue golpeando el resto de los dedos de su mano derecha sin previo aviso. Sin preguntas de por medio. Nadie le oye gritar. No se deja ni un dedo por martillear. El pobre chaval se desmaya antes de que el agresor acabe su faena.

Pasan un par de minutos hasta que lo despiertan de nuevo. Mira a su alrededor y ve a sus colegas tirados en el suelo. No ha sido una pesadilla. Aquello es tan real como el intenso dolor que palpita en sus manos.

Si tenía alguna duda de si uno de sus dos compañeros de piso estaba verdaderamente muerto o no, queda aclarada tras los dos disparos en el pecho y un tercero de gracia en la cabeza. Acto seguido, levantan los dos cuerpos inertes y los tiran sobre la cama.

Aladin sabe que su destino está sellado. Solo debe elegir la opción de hablar y morir rápido para que se acabe ese sufrimiento. Se acabaron los días de hambruna y de pena. Su triste aventura en busca de una vida mejor en Europa acaba aquí y ahora. Supongo que pensará que por fin ha llegado el momento de descansar.

Tras hacer varios movimientos de cabeza le quitan la cinta de la boca.

—*Istá* bien. Hablaré.

—¿Qué robaste ayer? —pregunta de nuevo el italiano.

—Un libro viejo.

—¿Dónde está ese libro?

—Lo *hi* vendido esta *miañana*.

—¿A quién? —el que hace las preguntas lo está grabando con el móvil.

—Si *lliama* Emilio y tiene una librería *jiunto* a la *Pliaza* del Rey. *Yio* no he hecho *niada* malo.

El de la pistola lo mira y entrevé que dice la verdad.

—¿Qué más había allí abajo? —pregunta el otro. Saben lo de la cripta, de eso no me cabe la menor duda.

—*Niada* más. ¡Os lo juro!

Pasan dos segundos de silencio. Solo se oyen los sollozos y los moqueos de Aladín.

—Aquí hemos acabado —le dice un hermano al otro en italiano, con el mismo acento romano que noté en la escalera cuando me crucé con ellos.

—Daré parte de ello —contesta el mayor de los dos, a la vez que toca la pantalla de su teléfono.

Mientras que uno espera, teléfono en mano, el otro dispara dos veces al pecho de Aladín más un tercero de regalo en la cabeza. Se queda mirando su obra maestra sin decir nada, como si el tiempo se hubiera detenido.

—*Sommo*, en el Tabernáculo solo encontraron el manuscrito. Sí, sabemos dónde está. Iremos a por él hoy mismo.

Ha vuelto a hablar en italiano, pero esta vez sin tanto acento. Era un italiano más limpio, casi neutro.

Tras esa escueta conversación comienzan a buscar por toda la casa. No dejan un palmo sin revisar. Poco después desaparecen de la escena y durante tres interminables minutos en la pantalla de mi ordenador tan solo veo el cuerpo muerto de Aladín junto a sus dos amigos. Varios puntos quedan claros después de ver estas imágenes: esos tipos buscan los objetos de la cripta, saben lo que son, conocen su importancia y, sobre todo, que don Emilio está en peligro.

Capítulo 18

BAR DE ROSA
19:40H

Entro en el bar y los veo sentados a la misma mesa en la que nos hemos reunido esta tarde. Mi tía me mira con recelo. Sabe que algo se cuece entre nosotros, pero no dice nada. Si tuviera que hacerlo cada vez que nos traemos algo entre manos apenas tendría tiempo para servir mesas.

—¿Otro café? —me pregunta muy seria—. ¿No deberías trabajar un poco más en tu negocio? —añade, cuando lo que realmente quiere decir es: «¿Qué coño estáis tramando vosotros tres? Aléjate de lo que sea esto y dedícate a tu tienda, atontao».

—No, tieta, solo un agua con gas bien fresquita, por favor.

—A tomar viento fresco os voy a mandar a los tres.

Me siento con el librero y el relojero.

Están serios.

Me miran.

—Ya sabemos quiénes mataron a Aladín —suelta el relojero, sin rodeos, directo como siempre.

Yo escucho. Todavía no he pensado cómo les voy a explicar lo que sé porque no puedo contar cómo he obtenido la información. Guardo silencio y espero a que siga hablando.

—Esta trama es mucho más grave de lo que pensábamos, amigo Quim.

Veo preocupación en los ojos del relojero, del hombre más frío que conozco. Y sé por qué es.

Don Emilio pone su mano sobre la mía. Me mira.

—Esta tarde, después de que nos viéramos, he recibido la visita de dos tipos. —Mi pulso se acelera. Ya han ido a ver al librero. No han perdido el tiempo—. Dos asesinos a sueldo que querían nuestro manuscrito. Me hubieran matado si Alfonso no llega a intervenir.

—¿Qué ha pasado? —pregunto con temor, aunque tranquilo a la vez, ya que veo que los dos están vivitos y coleando.

—Hemos procedido a su eliminación.

—¡¿Qué?! —exclamo sorprendido. Nunca me imaginé que fueran capaces de llegar a eso. A ver, no me cabe duda de que han sabido defenderse de todo tipo de escoria y situaciones a lo largo de sus agitadas y complicadas vidas, pero, ahora, a su edad, ya retirados…

—Me ha ido de poco. Nunca he estado tan cerca de la Parca —me dice el librero con semblante muy serio. Todavía no se ha recuperado del susto.

—Antes de liquidarlos los hemos interrogado, por supuesto —añade don Alfonso como si fuera algo de lo más normal. Me hago unos macarrones y después interrogo y le doy pasaporte a dos tipejos.

Me mira directo a los ojos. Su mirada me susurra que debo entender que la situación lo requería. En silencio me ruega que no le juzgue por esto.

—Lo entiendo —me limito a contestar.

Él asiente. Le parece suficiente.

—Hemos obtenido información de que eran dos profesionales de la muerte. Según sus pasaportes, residían en Roma, y puedo afirmar con certeza que eran de aquellos que ejercen su oficio bajo contrato.

Me percato de que se refieren a ellos en pasado.

—Aceptaron esta encomienda en las primeras horas de la madrugada. Poco después, surcaban los cielos en un avión privado desde la Città Eterna —añade el relojero.

Parece mentira la cantidad de información que puedes llegar a averiguar cuando tocas las teclas correctas. No quiero ni pensar cuáles han tocado para hacer cantar a esos dos criminales.

De momento todo cuadra con lo que ya sé, por lo que me quito un peso de encima, ya que no tendré que dar explicaciones de dónde he sacado mi información. Por otra parte, menuda pérdida de tiempo la mía. Tanto salto para nada. Estos dos han averiguado más que yo sin moverse del sitio ni en el tiempo. Eso sí, con mucho más riesgo, claro está. Bueno, no sé yo...

—Lo cual significa que quien los haya contratado tiene recursos infinitos —añade el librero. Seguro que habla por experiencia. Con conocimiento de causa.

—¿Habéis podido averiguar quién los contrató? —Necesito información adicional para completar la que ya tengo en mi poder—. ¿Quién es el que busca los objetos de la cripta?

—Esos dos energúmenos no sabían quién les pagaba. Este tipo de menesteres se estipulan desde el abrazo de las sombras. Se hace todo por Internet. Sin nombres ni caras y con pagos indetectables —informa el relojero.

—O sea, que no sabemos quién nos acecha —resumo.

—Así es —confirma el librero—. Pero tenemos un número de teléfono.

Me viene a la memoria la llamada que hizo uno de los dos asesinos. Llamó al otro interlocutor *sommo*. Lo escuché alto y claro. Aun así, no creo que saquen nada de ese número.

—Será de prepago, seguro —opino.

—Así debería ser. Pero por si suena la flauta travesera, solicité a Octavi que averiguara todo lo posible sobre esa llamada y el resultado ha sido, como poco, llamativo.

El relojero saca una hoja de papel del bolsillo interior de su chaqueta impolutamente planchada.

Si Octavi ha indagado habrá sacado chicha de ello. Este tío es una máquina con los ordenadores. Debería estar trabajando para el CNI o el FBI una vez lo hubieran capturado, tal y como sucede en las películas, pero todavía no lo han logrado. Es un genio. Y eso el relojero lo supo en cuanto se cruzó con él hace tiempo. Y lo fichó, por así decirlo. Trabaja como su encargado, todo limpio y legal, porque como dice siempre don

Alfonso, es importante cotizar para tener una merecida paga de jubilación.

Desde que trabaja con este dúo se dedica a investigar a los pocos clientes que solicitan sus servicios. Aunque ya no están en activo como antes, siempre están dispuestos a posibles trapicheos. Octavi investiga al cliente y se asegura de que no les tienda una trampa y, sobre todo, de que tenga los fondos necesarios para cubrir los gastos.

—¿Qué ha averiguado? —pregunto con intriga.

—El último dígito que pulsaron correspondía al único número con el que ese teléfono había tenido contacto. Es lo usual en este tipo de quehaceres, un aparato de un solo uso para cada tarea. En ocasiones, incluso para cada llamada. No obstante, en este caso, lo último no ha sucedido —indica el relojero, que conoce de primera mano cómo funcionan estas patrañas—. No se puede identificar al propietario, pero gracias a la geolocalización, sabemos que el receptor de la llamada se encontraba en Roma.

El relojero mira su papel y busca entre sus garabatos la información que necesita

—El individuo con el que hablaron se hallaba en la Ciudad del Vaticano, más concretamente en un radio de cincuenta metros de la majestuosa plaza de San Pedro.

Mis ojos se abren como los de un búho asustado. Esto no me lo esperaba.

Nos quedamos los tres en silencio, momento que aprovechan los dos veteranos amigos para darle un trago a sus bebidas. Yo no tengo sed. Me gustaría preguntar qué ha pasado con esos dos tipos, pero no creo que sea necesario. A mi memoria acude la imagen de la furgoneta de reparto y a dos currantes metiendo en su interior una enorme y pesada alfombra enrollada que jamás había visto en la librería.

Sobran las explicaciones.

—Y eso es todo —finaliza el relojero.

—¿Te parece poco? —respondo alzando las cejas.

—Yo tengo una idea bastante clara de por dónde van los tiros —indica el librero que siempre tiene respuesta para todo.

—Pues ilumíname porque yo estoy más perdido que un daltónico armando el cubo de Rubik —le digo.

El librero se ríe.

El relojero mueve un poco sus labios. Le ha hecho gracia. Hoy se está pasando de simpático.

—¿Quiénes son los que han ido tras las riquezas de los judíos desde que dictaron su expulsión de España? —pregunta el librero como si estuviéramos en un examen.

—La Inquisición —respondo.

—¿Y a qué poderosa entidad pertenecía esa rama de asesinos corruptos? —nos interroga de nuevo el librero, dejando claros sus ideales.

—A la Iglesia católica —expreso como si estuviera de nuevo en la escuela.

—Ahí lo tienes. Blanco y en botella —responde muy serio, sin inmutarse, como si no hubiera nada más que añadir y el veredicto del jurado estuviera visto para sentencia.

—La Inquisición, gracias a Dios, desapareció a principios del siglo XIX, amigo mío. Yo no veo esta historia tan clara como tú —opina el relojero.

—Que la rama más extremista de la Iglesia fuera abolida por las Cortes de Cádiz no quiere decir que desapareciera de la faz de la Tierra. —Su dedo índice está tieso y apunta hacia el techo en modo acusador—. La dictadura de Franco acabó en el 75, pero todavía, hoy en día, hay fascistas que ansían el retorno de otro caudillo. En estos casos, la rabia no muere con el perro —opina de forma tajante. Sin titubear—. No me cabe la menor duda de que dentro de la Iglesia existe alguna ramificación oculta que en la actualidad persigue oscuros intereses.

—Entre ellos los objetos del templo —añado.

—Los objetos del templo y otros artículos de su interés que no somos capaces ni de imaginarnos —responde recostándose en la silla. Mira su bebida, pensativo—. ¿O acaso piensas que todo lo que hay en los archivos del Vaticano se ha conseguido por vías legales y amistosas?

El relojero asiente, su amigo casi lo ha convencido.

Yo no sé si el que hizo el encargo pertenece a una rama de seguidores de Torquemada, pero que algo se cuece en Roma sí me lo puedo creer. Por mi cabeza resuena de nuevo la palabra *sommo* que el italiano dijo al llamar por teléfono.

Según he podido averiguar, *sommo* significa más alto o supremo. Y se utiliza para describir algo que está en la posición más alta o que es lo máximo en su categoría. *Il Sommo Pontefice* sería el Sumo Pontífice...

Si hacemos caso al fraile franciscano Guillermo de Ockham, en igualdad de condiciones, la explicación más sencilla es la más probable. Esto sí que parece blanco y en botella. Me encantaría contarles mi punto de vista, pero no puedo decirles nada de lo que he grabado.

—Seguiremos indagando sobre este tema porque yo no lo tengo claro —insiste el relojero atusándose la perilla—. De momento nos centraremos en averiguar quién es el contacto de esos dos baladrones de tres al cuarto.

—¿Cómo lo haréis? —pregunto curioso.

—Según esos dos, debían dejar el manuscrito en un punto en concreto para que alguien lo recogiera —me informa el librero, para mi sorpresa.

—Bueno, eso quiere decir que tenemos una posibilidad de saber quiénes están detrás de esto —les digo entusiasmado.

—Podría ser —reconoce el relojero cauteloso—. Mañana a primera hora nos pondremos con este asunto. Octavi está preparando algo para poder seguirles la pista.

Don Alfonso no dice nada más.

Aprovecho el silencio que se ha creado para saber más sobre lo que esconde el manuscrito.

—¿Has podido averiguar, al menos, nuevos datos sobre el destino de los objetos? —pregunto al librero, aunque no sé si habrá tenido mucho tiempo entre quitar el polvo de los libros, matar a unos mafiosos y deshacerse de los cuerpos.

—Un dato que te va a gustar, Quim.

No aparta su mirada de mí. Cuatro, cinco, seis segundos... Estoy a punto de gritarle cuando parece que sus labios se abren.

—He podido averiguar que la mesa fue la única reliquia que no viajó junto con los doce guardianes que protegían el resto de los objetos. —Guarda unos segundos de silencio ante mi estupor y mi atenta mirada—. La mesa siempre estuvo oculta bajo el templo en una serie de profundas y secretas cavidades naturales, junto a gran cantidad de oro y piedras preciosas —el librero da otro sorbo a su carajillo, con calma, como si el paso del tiempo no fuera con él—. Según se relata, el único que podía hacer uso del poder de la mesa era el propio Salomón, que bajaba a menudo hasta las cuevas para disfrutar de ella en soledad. Tras su muerte, se tapió la entrada de la caverna ya que, según contaban, la mesa era demasiado poderosa para que estuviera al alcance de cualquier hombre que no fuera el sabio rey.

—La mesa o espejo que tenía el conocimiento absoluto y que venía directamente de manos de Dios —indica el relojero muy serio, con la cabeza alta, como si hubiera pronunciado una frase divina y sagrada.

—Esa mesa, sí. —El librero lo mira de reojo, espera unos segundos y al ver que no hay ninguna contestación repleta de ironía continúa con su información—. Estuvo oculta y a buen recaudo hasta el año 1130, momento en el que fue desenterrada.

El librero me mira.

Parece que está esperando a que yo aporte algo. Creo que me está poniendo a prueba.

—Año 1130… —digo en modo pensativo.

Lo miro y en sus ojos veo una chispa de algo que podría ser felicidad. Orgullo quizás.

—¿Desenterrada has dicho? —repito.

Un cosquilleo aparece en mi estómago, el pulso se acelera y mi mente comienza a volar muy lejos

—¡No me jodas! —voceo sin poder evitarlo. Mi tía me mira desde la barra con el morro torcido—. No será lo que me estoy imaginando, ¿no?

Sonríe.

Sabe que lo sé.

Que es una de mis tramas preferidas. Y también de mi padre. Sabe que forma parte de mi infancia. De mi vida.

—¿Vais a compartir vuestras intrigas conmigo o debo esforzarme en adivinarlas? —demanda el relojero con el ceño fruncido tras apurar su té.

Capítulo 19

**EN LA CALLE
20:30H**

La persiana de mi querida tienda baja entre chirridos de denuncia por abandono. Debo ponerle grasa antes de que alguien me acuse por escándalo público. Cada noche digo lo mismo y cada mañana lo vuelvo a recordar al oír sus quejidos de nuevo. Doy por finalizada una jornada bastante movidita. Estresante, emocionante y extraña a partes iguales.

Hoy he averiguado que la mesa era el objeto más importante para mi padre y para el rey Salomón; ni el Arca ni hostias en vinagre. Que se ocultó para que nadie pudiera verla y que tan solo el propio rey pudo disfrutar de su poder. Que fue hallada en el año 1130 bajo los restos del viejo templo por nueve caballeros templarios tras nueve largos años de búsqueda. Y que a partir de aquel momento se le pierde la pista por completo...

¿Qué tuvo de importante esa mesa?

¿Qué sabía mi padre, que la siguió con tanto entusiasmo?

Necesito dar respuesta a todas estas preguntas, pero será una difícil y lenta tarea. Contestaciones que no salen en los libros de historia y que mi padre, si las sabía, no las dejó por escrito. Respuestas que tendré que buscar yo mismo.

No sé ni por dónde empezar.

De momento, por ir a cenar, que tengo bastante hambre.

Observo la plaza del Rey.

El ambiente es agradable a esta hora de la noche. Voy en manga corta, soy de los pocos que ya se han atrevido a sacar el vestuario de verano. La verdad es que tengo poca ropa que ponerme, independientemente de la estación. Soy de piñón fijo: zapatillas deportivas, tejanos, camiseta y polar. Si hace frío me echo una chaqueta encima del polar. Y si hace mucho frío la chaqueta y el polar son más gordos. En cuanto asoma la buena temperatura voy quitándome capas y acabo como ahora, que voy en tejanos y camiseta. Cuando haga mucho calor cambiaré el tejano por unos pantalones cortos.

—¿Qué tal han ido las ventas hoy?

Esa dulce voz es inconfundible.

Una sonrisa bobalicona aparece en mi cara, rodeada de una barba descuidada de por lo menos tres días. Así no voy a conseguir enamorarla. Bueno, con esta cara afeitada tampoco creo que lo lograra. Por ella sí que sería capaz de preocuparme por el vestuario. Al menos al principio, no vayamos a engañarnos.

—Hoy ha sido un día flojo —le informo.

Y tan flojo. Como que no ha entrado nadie, sobre todo porque apenas he estado en la tienda.

—Pero he hecho lo suficiente como para invitarte a cenar una pizza si quieres —le miento.

A ver si cuela.

Tic, tac, tic, tac, …

—Sería genial, pero hoy no puedo.

¡Zasca, en toda la boca!

—Tengo que estar en mi casa en veinte minutos. Mi hermana me ha llamado diciendo que el casero pasará hoy para ver unas goteras que aparecieron en el techo del comedor hace un par de días. Casi nos fastidia la tele.

Demasiados detalles. Eso es que debe ser verdad y no una excusa para darme puerta.

—Es lo malo de vivir en un ático —le digo con ironía.

—Ya sabes que solo es un último piso viejo en un edificio tan antiguo que no tiene ni ascensor.

—Pero disfrutas de una bonita terraza.

—Eso sí. —Sonríe y se hace la luz. ¿Acaso han puesto bombillas nuevas en las farolas de la calle? —Con vistas a la catedral del Mar. Por eso seguimos viviendo ahí. Las noches de verano son impagables.

La verdad es que a pesar de ser un piso antiguo y pequeño lo tienen muy cuco, como dice su hermana. Viven en el Born, muy cerca del antiguo mercado de corte modernista, convertido hoy en un bien de interés nacional por ser un museo repleto de restos arqueológicos que van desde la época medieval hasta el final de la guerra de sucesión española. Esto lo sé porque me lo explicó ella misma.

—Bueno, pues me comeré yo solo la pizza.

—Sí. Lo siento, Quim. Otro día sin falta —me dice como despedida.

La veo marchar y con ella se escapa un poco de mi alegría. Hoy me hubiera venido bien charlar con Lucía, pero no por ello voy a ponerme triste. Me apetecen tanto un par de porciones de pepperoni que no hay desamor que pueda con ello. Tengo antojo. Y pocas ganas de cocinar, para qué voy a mentiros.

—¡Quim!

Me giro hacia la voz. Lucía vuelve a paso ligero.

Esto pinta muy bien.

Sonrío, pero con control, no quiero parecer obsesionado ni lerdo. O ambas cosas a la vez.

—Se me olvidaba...

Saca una hoja doblada del bolsillo de su pantalón y la despliega. Me la enseña. No veo nada. Mi edad viene con vista cansada de fábrica. Pero me niego a ponerme gafas de abuelo. Todavía no.

—Esto que te voy a decir es secreto.

Me mira con seriedad.

La miro.

Asiento.

Cierra un poco los ojos como diciendo no te creo.

Asiento de nuevo, más serio si cabe.

Silencio.

—Lo prometo —le digo al fin para convencerla.

Parpadea varias veces y por fin habla.

—Laura ha encontrado una hoja en el vestíbulo de la cripta, junto a las columnas —me suelta sin anestesia.

Tardo dos segundos en asimilar esas quince palabras.

—Parece ser parte de un documento. Todavía no lo sabemos seguro. Apenas lo he empezado a estudiar —informa a la vez que señala con el dedo en un punto concreto de la hoja, casi a pie de página.

Miro la hoja. Es una fotocopia.

Si no me equivoco forma parte del manuscrito, aunque no recuerdo haberla visto esta mañana entre todas las hojas que me ha mostrado el librero.

—Esta tarde me preguntaste cuándo se pudieron llevar el tesoro de allí, ¿lo recuerdas?

Y tanto que lo recuerdo.

—Creo que sí —miento para quitar hierro al asunto.

—Pues aquí aparece una fecha del calendario judío que, según he comprobado, corresponde al 10 de junio del 1391.

Las cosquillas aumentan.

De repente hace mucho calor. Creo que estoy empezando a sudar. Mi pulso se acelera y en las piernas aparece un ligero cosquilleo que va desde los gemelos hasta el estómago. No quiero dar muestras de nerviosismo. Respiro en profundidad para calmarme y no gritar como un afilador histérico.

—¿Estás bien? —me pregunta.

Debo de tener la cara descompuesta.

Respiro.

—Sí, sí... Es mi cara de pensar —miento de nuevo para despistarla a ella y a mi estrés incontrolado—. Eso fue como un mes antes del asalto al barrio judío de Barcelona, según me contaste.

Mi voz suena temblorosa y aguda como si mis calzoncillos hubieran encogido seis tallas de golpe.

—Así es —asiente y sonríe.

Cierro la boca porque me acabo de dar cuenta de que la tenía abierta de una forma demasiado exagerada.

Parezco tonto, joder.

—Bueno, pues solo era eso. Quería que lo supieras, pero no le digas nada a Laura, porfa.

—Por supuesto —esta vez no miento.

Ella se aleja de nuevo, ahora con el paso más ligero.

Mi cabeza da vueltas persiguiéndote.

Me quedo mirando cómo gira la esquina y desaparece. Me ha soltado esta información como si no tuviera importancia. Y, si no me equivoco, debe de ser el ansiado punto de partida para poder seguir la pista a los objetos de la cripta.

Ya sé la fecha.

Conozco el momento exacto.

Disfruto de esa sensación extraña, mezcla de pánico y deseo que aparece cada vez que voy a saltar al pasado. Pero primero toca pizza porque tengo un hambre canina y en cuanto salte vete tú a saber cuándo volveré a comer algo decente de nuevo.

Capítulo 20

Martes, 22 de abril
Casa de Quim
06:00h

Abro los ojos, sobresaltado al escuchar la alarma del móvil. Me levanto y noto un ligero dolor de cabeza, una molesta pesadez sobre mis párpados, que sin duda se debe a que apenas he podido dormir. Siempre me pasa lo mismo cuando tengo programado un salto al día siguiente. Este mal se cura con cafeína y un ibuprofeno, o cualquier otra cosa parecida. Pongo las noticias mientras saboreo el café. Nada nuevo que destacar. Siempre es igual. Cada día narran los mismos problemas porque cada noche se toman las mismas decisiones. Y parece que nadie se da cuenta de ello.

Dejo la taza en el escurridor después de limpiarla. Envío, antes de que se me olvide, un mensaje a Nadia, la asistenta que me ayuda con las tareas de casa, para que se pase esta mañana a dejarlo todo impecable. Bueno, en realidad no es que me ayude, ella es la que se encarga de todo porque yo no hago nada de nada. No es que sea vago, es que me da pereza. Dejarlo todo impoluto es una manía que tengo, pero que a estas alturas de la vida me cuesta hacerme cargo de ello.

Me gusta que todo quede ordenado y limpio. Supongo que es por si no vuelvo. No sé, es como morir con la faena hecha. Ni idea. Solo sé que me siento mejor así. A ver, que no pasaría nada porque yo la palmase y el piso estuviera hecho una mierda, pero no sé… prefiero dejarlo todo ordenado. Igual que un notario tiene mis últimas voluntades por si me ocurriese algo.

Manías mías.

No nos engañemos, siempre cabe la posibilidad de morir allá donde vaya, y más cuando visito algunas épocas en concreto. Y la de hoy es una muy dura.

Salgo a la calle y el ambiente fresco de la mañana es agradable. Ni calor ni frío ni todo lo contrario como decía mi padre. Tecleo el código y la persiana de la tienda empieza a levantarse. Parece que le cuesta tanto como a mí levantarme un domingo para ir a misa. El chirrido rasga el silencio como si cien gatos esquizofrénicos en celo maullaran a la vez. Detengo el escándalo a apenas un metro de altura, suficiente para colarme por debajo. Vuelvo a teclear el código, esta vez en el panel interior, y la persiana baja con algo menos de estruendo.

Abro la puerta a través de otro teclado numérico.

«Esa cerradura es de las buenas; funciona sin llaves, solo se puede abrir con tu código», me dijo el cerrajero cuando la colocó. «Haría falta un cañonazo para abrirla», añadió muy convencido.

Vete a saber, por si acaso también tengo una alarma de movimiento de esas que sueltan un chorro de humo para que el caco no vea nada.

«Es de las buenas», aseguró el que vino a colocar los sensores de movimiento y las cámaras. Debió ser el lema publicitario más usado ese año.

Bajo las escaleras que llevan al sótano. Antes de llegar al último peldaño acciono el interruptor y se hace la luz. Una iluminación agradable y acogedora que no deja ni un solo rincón a oscuras. El sótano tiene la misma extensión que la planta superior, unos cincuenta metros cuadrados. Todas las paredes están llenas de estanterías desde el suelo hasta el techo, excepto un par de metros libres que dejé alrededor de la escalera que da acceso a la tienda. Cada uno de los estantes cuenta con diez baldas colocadas a la misma altura. Me gusta la simetría. Me encanta, vamos.

En el centro de la sala tengo la mesa de trabajo. Es grande, de casi tres metros de largo por uno y pico de ancho. En ella reviso, reparo y limpio todos los objetos que más tarde vendo. Bajo ella guardo los productos de limpieza. En sus cajones, las herramientas. Todo en orden. Todo en su sitio. Como ha de ser.

Justo enfrente tengo una pequeña mesa con tres sillas y con un ordenador que a veces ni se enciende. En ella recibo a las visitas especiales y charlamos con total confidencialidad. Mi silla mira hacia las escaleras porque no puedo trabajar si no veo la puerta, me pone de los nervios. En el cajón de la mesa de reuniones tengo una libreta como la que usaba mi padre para apuntar sus pedidos. En el suelo, bajo la primera balda de la estantería que tengo a la derecha de mi silla, hay algo especial: una pequeña nevera con birras, refrescos, licores y hielo. Ideal para cerrar buenos tratos. Ahora me apetece un chupito de tequila, pero no voy a tomármelo porque eso acentúa el mareo tras el salto. Lo digo por experiencia.

Y esto es todo lo que se encontraría cualquier ladrón o cliente que bajara al sótano. Un lugar atestado de objetos, nada de mucho valor y todo bastante monótono y aburrido. Y esa es la idea, claro está.

Camino de nuevo hacia la escalera que sube hasta la tienda y me detengo antes de pisar el primer escalón. Pongo mi mano sobre el marco derecho de la puerta. Los ladrillos son de color rojizo y sueltan arenilla al pasar la mano por ellos. Una excelente imitación de los originales que pueblan el resto de la sala. Si alguien mirara con mucha atención se daría cuenta de que en uno de ellos hay una marca redonda que podría pasar por un fallo de fabricación. Pero no es así. Pulso justo encima y el ladrillo se aleja de la pared unos centímetros. De su interior aparece una pequeña pantalla de cristal que deja a la vista el dibujo brillante de una huella dactilar.

Coloco mi dedo índice encima.

Pasan unos segundos y una luz verde me dice que todo está correcto. Al instante aparece en la misma pantalla un teclado numérico. Tecleo los diez dígitos que tengo como contraseña, la pantalla baja y el ladrillo vuelve a la pared, como si nada hubiera sucedido. Dos segundos más tarde, toda esa esquina, desde el suelo hasta el techo, pivota hacia el interior y desaparece en la oscuridad dejando en su lugar un rectángulo negro como la noche. Al instante, una serie de luces comienzan a encenderse de forma automática dibujando el contorno de una escalera con forma de caracol que gira hacia la derecha hasta que se pierde de vista.

Entro en la penumbra y bajo los tres primeros escalones. Hace más frío. Nada más pisar el cuarto escalón la puerta se cierra a mi espalda sin hacer el menor ruido. Me encantan los sensores de movimiento. Soy el fan número uno de estas chorradas. Sigo bajando hasta que llego a una sala el doble de grande que la de arriba. Abarca toda la superficie de mi local más la que ocupa el bar de mi tía, además de la escalera de vecinos que nos separa.

Esta estancia es distinta, parece sacada de una peli de *Star Trek*. Aquí las luces son blancas y brillantes, sin llegar a ser molestas. Las paredes y toda la zona del centro están llenas de vitrinas de cristal transparente. Irrompibles. Antibalas. «Los mejores que hay en el mercado», según el cristalero.

Aquí guardo parte de mi vida. De todas ellas.

Artículos por los que mucha gente mataría. Objetos legendarios que pertenecieron a personajes famosos de distintas épocas y culturas.

Camino hasta el fondo, hasta una vitrina que contiene ropa perfectamente colgada y ordenada por fechas. No tengo vestimentas para todas las épocas, claro está, pero combinando esto y lo otro siempre puedo cumplir con el objetivo. Hoy toca ponerse atuendo para pasear por la Barcelona de finales del siglo catorce. Busco hasta que llego a la época que me interesa. Voy a ponerme algo con lo que pasar desapercibido por las calles de la vieja Ciudad Condal.

Elijo un pantalón de color negro. Están desgastados, aunque solo en apariencia. El tejido es cómodo y dispone de varios bolsillos ocultos. Es hecho a medida. Toda esta ropa está confeccionada por un sastre que no hace preguntas si le pagas bien. Tengo buenos contactos. Para la parte de arriba elijo una camiseta ajustada, hecha con tejido elástico y transpirable. También es de color negro. Los calzoncillos son del mismo material. Ya sé que estas prendas no pertenecen a la época a la que voy a ir, pero no me importa. No se van a ver porque encima llevaré otra que parece un saco de patatas con mangas y pasará desapercibida. Es ruda, marrón, con cuello en forma de pico y unos cordeles para ajustarlo. Parece sucia y no tiene pinta de ser nada cómoda. Pero de nuevo tan solo lo parece, porque el tejido es agradable y apenas pesa. Como calzado elijo unas botas de piel cosidas a mano. La estética es fea y da la impresión de que te vas a clavar todos los guijarros del camino si das un solo paso con ellas, pero, de nuevo, nada es lo que parece.

Ya sé que en las pelis y en los libros siempre se dice que no debes llevar al pasado nada que pueda alterar el futuro. Yo también estoy de acuerdo, ojo, pero hay objetos y objetos. No me llevo el móvil, como es lo lógico, ni mis nuevas Air Jordan, faltaría más. Me matarían en la primera esquina solo para tocarlas. Pero esto que llevaré puesto está dentro de lo que yo califico como permisible. Prefiero ir cómodo que llevar esos fardos de esparto a los que llaman ropa. Si alguien me atraca, me mata y se queda con mi ropa interior tan solo flipará si se atreve a ponérsela. No la va a comercializar en serie ni pervivirá hasta nuestros días ni, mucho menos, alterará el pasado y, por lo tanto, mi presente.

El siguiente paso es llevar dinero. Como no conozco de memoria todas las monedas del mundo ni sus épocas busco información en varios libros que me ayuden a decidir qué y cuánto llevar.

Tras repasar algunas páginas, hoy voy a llevarme varios florines de oro aragoneses y otros tantos croats de plata catalanes por si me meto en líos. Nunca se sabe a quién deberás sobornar. Y añado unas cuantas monedas de menor valor por si necesito comprar algo en algún mercado, aunque espero que no.

Y, la última parada, como no podía ser de otra manera, es en la vitrina de las armas. Para este viaje voy a elegir un par de dagas con empuñadura de madera noble. Ligeras para el cuerpo a cuerpo y excelentes para lanzar. Una la llevaré en una funda de piel al cinto, para que se vea; la otra, escondida en la pantorrilla. Me encantaría llevar una espada, pero vistiendo de esta guisa daría mucho el cante. Seguro que acabaría ahorcado, acusado de haberle robado el arma a un noble caballero.

Me desvisto y dejo mi ropa doblada en una estantería, justo al lado de un espejo de pie que tengo colgado en la pared. También dejo el reloj, un anillo que siempre llevo que era de mi padre y el móvil.

Me visto con la que he elegido y, una vez he acabado, me coloco delante del espejo. Parezco sucio, pero no demasiado. Del montón. La bolsa de piel con las monedas está colgada al cinto junto a una de las dagas. El resto de las monedas de más valor las llevo en un bolsillo interior del pantalón. Todo parece en su sitio.

Estoy listo.

Nada más subir las escaleras que van al sótano un sensor activa el cierre de la puerta de mi sala secreta. Me encanta. Apago las luces antes de ascender a la tienda. El reloj de pared que tengo tras la caja registradora marca las seis y cuarenta de la mañana. Buena hora para saltar. Abro la puerta de la calle y salgo. Hace fresco y huele a pan recién horneado.

La puerta de la entrada se bloquea de forma automática en cuanto la cierro. «Es de las buenas». Tecleo el código y la persiana se levanta entre cantos de sirena afónica y trastornada. Me arrastro de nuevo para salir. No quiero llamar la atención y menos vestido con estas pintas, aunque creo que, a estas horas, con la jauría de borrachos que hay por aquí, pasaría desapercibido. Tecleo el código y la persiana baja.

Camino unos metros hasta la plaza del Rey. Para dar este tipo de saltos debes hacer un estudio previo y saber desde dónde saltar. Si me equivoco puedo aparecer emparedado en el pasado. O en medio de un río. O con algo peor que una patada en los huevos. Un repentino cosquilleo aparece en ese mismo lugar al recordar a la loca del lavabo.

La plaza del Rey es un lugar ideal y apenas tengo que caminar veinte pasos vestido de esta guisa. Esta plazoleta ya existía en el año 1391. Y las escaleras que llevan al salón del Tinell también, ya que se acabaron de construir en el año 1370.

Todo esto lo sé porque me encanta la historia de mi ciudad y también porque me he empapado durante la noche para este salto, no os voy a mentir.

Doy un vistazo al lugar. A mi izquierda queda el palacio de Lloctinent que antiguamente era conocido como el palacio Real Mayor. No me sirve. Demasiado nuevo. El mejor lugar para saltar queda a mi derecha. Una esquina oscura junto a la capilla de Santa Ágata, que lleva ahí desde el año 1302. Me acerco hasta ella. Me siento en el suelo, donde las sombran me ocultan, con la espalda apoyada en la vieja pared de piedra medieval y respiro. Mi pulso está acelerado y debo controlarlo antes del salto. Voy a repasar el plan, eso siempre me calma: saltar, caminar hasta la cripta y vigilar. Punto.

Misión sencilla.

O eso espero.

Inspiro. Expiro...

Me concentro en la fecha: 9 de junio de 1391.

La brisa matutina desaparece.

Dejo de notar el peso de mi cuerpo y el tacto de la piedra en mi espalda. El silencio ya está aquí y tras él, aparece la intensa luz que me transporta a otra época.

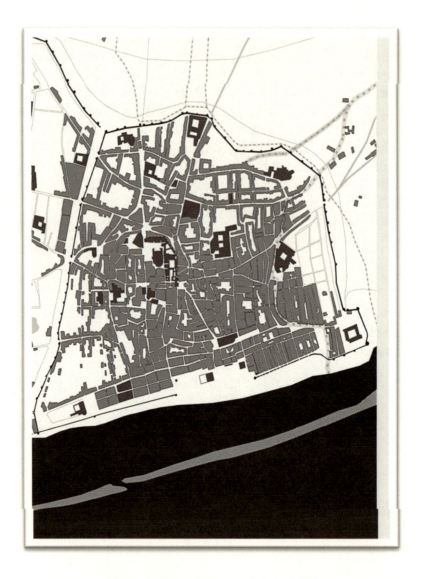

Plano de Barcelona en el siglo XIV
Cortesía del Museo de Historia de Barcelona.

Capítulo 21

9 DE JUNIO DE 1391
BARCELONA
07:03H

El peso de mi cuerpo reaparece. Mi espalda nota de nuevo la dura piedra del muro del convento. La piel de mis brazos se eriza por el frío de la mañana. Inspiro con ansia y me trago enterita una asquerosa y densa pestilencia que flota en el ambiente y que se podría masticar. Hostia puta. Me lloran hasta los ojos. ¡Por el amor de Dios!

Algo se mueve bajo mi culo.

Apenas veo nada porque de verdad que tengo los ojos como si hubiera estado cortando cebollas con los parpados. Qué peste, por favor.

Por las quejas y los insultos que acaba de soltar alguien, diría que he aterrizado encima de un tipo que estaba durmiendo tranquilamente en esta esquina. Es que no hay salto sin sorpresa.

—Lo siento —susurro a la vez que me levanto lo más rápido que puedo.

La cabeza comienza a darme vueltas. Me apoyo en la pared y espero a que se pase. Es el mareo postsalto.

El tipo al que he despertado me mira. Apenas distingo sus ojos entre tanto pelo y suciedad. Se ha sentado. Rebusca entre su ropa hasta que saca un cuchillo desdentado y oxidado. Me lo muestra junto a una sonrisa llena de pústulas, huecos y oscuridades. Esa daga te mataría solo con rozarte. Y un beso suyo, también.

—Lo siento —repito.

Aunque creo que decir lo siento en esta época no compensa que alguien se siente sobre tu culo mientras duermes. Parece borracho o, como mínimo, resacoso. Intenta ponerse en pie con mucho esfuerzo. Esto no me va a traer nada bueno. No puedo llamar la atención. Me acerco y le suelto un directo a la mandíbula que lo deja inconsciente.

—De nuevo, lo siento —le susurro. Ya sé que no sirve de nada, pero yo soy así de educado.

Me alejo unos pasos en dirección hacia donde estará mi futura tienda. A mi izquierda queda una pequeña casa. Nadie diría que va a sobrevivir al paso de los años. En mi tiempo, si no me equivoco, está considerada como la casa más estrecha de la ciudad. Hoy la habita el verdugo y en este mismo lugar lleva a cabo su macabro trabajo.

La plaza no es tal y como yo la conozco. El Palacio Real Mayor, que quedaría a mi derecha, no está porque no se comenzará a construir hasta el año 1546. En el hueco que deja su ausencia debería verse la impresionante silueta de la catedral de Barcelona, pero todavía no es posible. No existe tal y como yo la recuerdo. En su lugar se levanta la iglesia románica. Si no me equivoco, el rey Jaime II ya habrá ordenado el comienzo de unas obras que durarán siglo y medio y que darán paso al nuevo templo.

A mi alrededor veo decenas de bultos tumbados en el suelo. Gente durmiendo cerca de las escaleras que llevan al salón del Tinell. En la puerta no hay nadie. Supongo que debe de estar penado con unas cuantas patadas del primer guardia que pase. Esa zona está presidida por dos enormes antorchas que arden y a la vez arrojan algo de calor sobre aquella esquina.

Desde aquí no puedo ver la que será mi tienda. Me lo impide un muro que en mi presente no existe. Si no me equivoco, esta plaza es actualmente posesión real y el monarca y sus colegas la pueden cerrar cuando les plazca. Tan solo se puede entrar y salir por una puerta que, por suerte, hoy está abierta. Ese portón da a la que será mi calle, a pocos metros del que será mi local.

Cruzo la puerta y observo que en el lugar donde estará el edificio de los Mora hay una edificación de piedra de dos plantas, que ocupa casi toda la superficie del futuro inmueble. Es una visión extraña y maravillosa a la vez. El lugar que ocupará mi negocio parece ser una posada. A estas horas ya hay gente entrando y saliendo y la verdad es que no huele nada mal.

Varias carretas irrumpen en la calle. Van en fila. Una de ellas está tirada por un asno, el resto, por varios hombres. Parece que van a levantar en breve sus paradas para vender frutas o carne. Creo recordar que por esta zona montaban el Mercadal, uno de los espacios comerciales de la época. Algunos me miran durante unos pocos segundos y después pierden el interés. Me largo de aquí antes de que alguien se fije en mí más de lo debido.

La ciudad ya está despierta. Las calles han cambiado mucho más de lo que me esperaba. Apenas reconozco la zona. Todo está embarrado y hay basura, ratas correteando y desperdicios allá donde miro. Por suerte la última epidemia de peste fue en el año 1371 y la siguiente no llegará hasta el 1396. Me lo he estudiado bien para no saltar en plena pandemia. Ya tengo suficiente con las de mi presente.

Casi todas las casas son bajas, irregulares, fabricadas con piedra y adobe. La humedad del rocío matutino llora a estas horas por las maltrechas y sucias paredes de la ciudad.

Camino hacia la plaza de Sant Jaume y en cuanto llego a ella descubro que en el lugar que ocupará el Palau de la Generalitat hay varias casas que hoy pertenecen a la judería mayor. Frente a ellas, en lugar del Ayuntamiento, me encuentro con la iglesia de Sant Jaume, la que dará nombre a esta futura explanada. Es muy bella. Estar aquí viendo esta joya que data del siglo X me hace sentir especial. Sobre todo, porque en mi tiempo nada de esto existe ya. Detrás de la iglesia debe de estar el Saló del Consell de Cent. Ahí se reúne el órgano que dirige los destinos de la ciudad. O lo harán, no lo recuerdo bien. Creo que están en ello en esta época.

Camino unos pasos a la vez que intento alejarme del tumulto de gente. Cada vez hay más. Los niños corretean a sus anchas con las caras negras llenas de chorretones y los mocos resecos bajo la nariz. La mayoría de los hombres visten bastante peor que yo. Las barbas descuidadas y sucias parecen estar de moda. La ropa de casi todos ellos está raída como si las ratas se hubieran dado un festín durante la noche. La llevan remendada hasta la saciedad, al igual que las botas. Me queda claro que esta es una época muy dura.

Un par de niños se me acercan con cara de no haber comido algo caliente en días. Tienen los ojos apagados por la tristeza y el hambre. Me duele en el alma, pero no puedo hacer nada por ellos. No debo hacer nada por nadie porque eso podría cambiar de forma drástica el futuro.

Unos metros después aparece por mi izquierda la fachada de la iglesia de Sant Miquel. Mi piel se eriza al verla. Según me contó Lucía es de las más antiguas de Barcelona y fue construida sobre restos romanos. En mi presente el único recuerdo que queda de ella es una plaza en ese mismo lugar que lleva su nombre. Lo que no destruyeron las guerras y el odio se lo cargó la expansión de la ciudad y las ansias de ladrillo y dinero. La moraleja es la misma: somos un virus sin cura conocida; al menos de momento.

Justo delante tengo un edificio de dos plantas. Jamás hubiera imaginado que aquí habría algo así. La calle Ferran todavía no existe. En mi tiempo atraviesa este edificio por la mitad en su andadura hacia La Rambla. A la derecha queda la calle del Call que en mi presente se sigue llamando igual.

Desde aquí puedo ver el paso elevado que lleva hasta la fortaleza del Castell Nou, lugar en el que se refugiarán muchos judíos durante la noche del asalto que tendrá lugar en breve. La fortaleza se quebró tras el terremoto de 1428 y, por supuesto, en mi tiempo tampoco existe.

Rodeo el pequeño edificio por su izquierda y nada más hacerlo paso por encima de los restos de la primera muralla romana de Barcelona. No queda casi nada, pero si sabes dónde mirar puedes ver vestigios de su existencia.

Oigo cuchicheos a mi espalda.

Noto la presencia de alguien.

Son los dos niños que antes se me acercaron. Me están siguiendo, supongo que para ver si cae algo. O porque no tienen nada mejor que hacer. Calculo que tendrán unos diez años.

—¿Qué queréis? —les pregunto.

Me miran y no dicen nada.

Repito la pregunta en catalán ya que, en esta época, en la ciudad y en gran parte de Cataluña se hablaba catalán en el día a día. Este idioma ya tenía una rica tradición literaria y era utilizado en la administración.

—*Qué voleu?* —vuelvo a preguntar.

Al cabo de unos segundos uno de ellos se encoge de hombros como si no supiera que decir. Ahora sí me han entendido.

—*Teniu gana?* —pregunto de nuevo. Quiero saber si tienen hambre, aunque no me cabe la menor duda.

Los dos asienten con energía, como si les hubieran aplicado descargas eléctricas en el cogote.

—*Com us dieu?*

No debería interactuar con nadie, pero no puedo evitarlo. Saber sus nombres y que hoy tengan un desayuno gratis tampoco hará que el universo explote.

—Joan —contesta uno. Su pelo es negro, como sus ojos. Tiene cara de pillo.

—Bernat —dice el otro. Este parece el más tímido de los dos, pero también creo que es el más listo. Lo observa todo. Sus ojos azules destacan entre la suciedad de su rostro. Su pelo parece castaño, tirando a rubio, pero no lo puedo asegurar con certeza. Está reseco y lleno de tierra.

—¿Dónde puedo comprar algo de comer?

—En el barrio del Pi —contesta Joan. Es el más despierto de los dos. O el que más hambre tiene.

—No sé dónde está —les miento—, acabo de llegar a la ciudad.

—Nosotros le llevamos, señor —se ofrecen ambos, con una sonrisa, supongo que por la esperanza de poder comer ellos también.

Se ponen en marcha con decisión. Me va bien ir hacia allí porque de camino pasaremos por la sinagoga menor.

Caminamos por una explanada de tierra polvorienta bastante grande. Me sorprende ver tanto espacio vacío sabiendo que en el futuro todo esto estará abarrotado de edificios. Desde aquí puedo distinguir algunas de las ochenta torres de la muralla que Jaume I construyó en el año 1260 debido a la expansión y creación de nuevos barrios a extramuros de la ciudad. Comienza en el mar, frente al convento de Framenors y sigue el dibujo de La Rambla, precisamente hasta la iglesia de Santa Maria del Pi, donde se levantó a su alrededor uno de esos nuevos barrios que lleva su nombre. Una vez pasada la iglesia, gira al norte hasta llegar a Sant Pere de les Puelles.

Ojalá Lucía pudiera ver todo esto.

Seguimos caminando unos metros y me fijo en el grupo de casas que queda a mi derecha. Al otro lado de ellas debería estar la sinagoga menor. Rodeamos la destartalada edificación ante la mirada atenta de la gente con la que me cruzo. Viendo sus ropas y la marca amarilla cosida en ellas deduzco que son judíos. No sé si me miran mal porque voy siguiendo a dos críos o, simplemente, porque recelan de todo bicho viviente que no sea como ellos. O una mezcla de todo. Quizá mi cara y mi pelo estén demasiado limpios. Tranquilos, dadme un par de días y pareceré uno de los vuestros.

Los chavales caminan despacio, a mi ritmo. Me miran cada cinco segundos para asegurarse de que no me pierdo. Dejamos la esplanada de tierra y entramos en una calle algo más transitada. El suelo está forrado con heno o algo parecido. No lo distingo bien porque entre el barro y la mierda acumulada solo puedo ver una mezcla oscura y pastosa como el cieno. Sigo sin reconocer nada de lo que observo. Pero estoy bastante convencido de que estoy sobre la que será la calle Ferran porque a unos metros de donde me encuentro puedo distinguir la estrella de David que marca la entrada de la sinagoga menor.

—¿Qué es eso? —le pregunto a los chavales.

—Es donde rezan los judíos —responde Joan.

—¿Es usted judío? —pregunta Bernat. Sus ojos me examinan de nuevo.

—¿Acaso lo parezco? —pregunto.

—No, señor —susurra. Al segundo baja la cabeza en señal de sumisión. Cree que la pregunta me ha ofendido.

Joan le da un codazo con disimulo.

—No lo soy, pero no tengo nada en contra de ellos —le aclaro para su tranquilidad.

Bernat levanta la cabeza y veo un atisbo de sonrisa.

La sinagoga no es un edificio que destaque entre los demás. La actual iglesia que ocupa su lugar es mucho más llamativa. Observo los edificios que están justo delante. Cualquiera de esos tejados será una buena zona de observación.

Un par de hombres apostados en la puerta de la sinagoga me miran con recelo. Estoy dentro del Call Menor, una ampliación del territorio judío llevada a cabo en el 1257 debido a su expansión. Como prefiero no levantar sospechas les digo a los chavales que me lleven al mercado.

Seguimos por una estrecha callejuela que debe de ser la futura calle de Rauric. Y así es. Lo corroboro porque desemboca en la calle de la Boqueria, que así la llaman en este tiempo también. A mi izquierda puedo distinguir la muralla y la puerta que lleva su mismo nombre. Es uno de los cinco portales que dan acceso a la ciudad durante el recorrido que la muralla hace por La Rambla. Según me contó Lucía, se cree que la llaman Boqueria porque en esta travesía los judíos comercian con carne de chivo, *boc* en catalán, cosa que, por el olor tan fuerte que llega desde el fondo, deben de estar haciendo en este mismo instante al otro lado de la puerta, tras la muralla. Vete tú a saber. Igual después me paso y lo compruebo.

Ya puedo ver la parte trasera de la iglesia de Santa Maria del Pi. Joan me mira y señala a un grupo de puestos de comida que están en el lateral de la iglesia. Reconozco este lugar, aunque lo recuerdo poblado de decenas de pintores, artistas que en mi tiempo usan este espacio para exponer y vender sus cuadros, rodeados de varias cafeterías y restaurantes. Y tiendas de *souvenirs* y de carcasas para móviles, que son como una plaga.

Paseamos por los pocos tenderetes que hay. Bernat y Joan se paran en cada uno de ellos y aguardan en silencio sin dejar de mirarme. Parecen dos perrillos hambrientos esperando su comida.

—¿Qué queréis comer? —pregunto.

No responden. Se miran entre ellos y Joan me coge de la mano. El tacto de su piel es áspero y seco. Me arrastra con fuerza hasta una mesa más alejada que se encuentra en lo que será la plaza del Pi, delante de la puerta de la iglesia. En ella hay un hombre alto y fornido. Su barba es canosa y espesa, como su pelo. Sus brazos son anchos como mis piernas, aunque no hace falta mucho para eso, la verdad. Lleva unas muñequeras de piel oscura con más roña que el suelo que piso. Observa a los dos niños con recelo, pero no con maldad. Lo veo en sus ojos. En su parada hay hogazas de pan, tiras de tocino y multitud de pedazos de carne seca y ahumada.

Joan y Bernat apenas sobrepasan la altura de la mesa y observan la mercancía de puntillas, aupándose con la ayuda de sus pequeñas manos. Al hacerlo, puedo ver cómo sus botas sufren el esfuerzo y se abren para dejar a la vista parte de sus pies negros y desnudos. Siento mucha pena por ellos.

—Hoy habéis venido demasiado pronto —les dice el tendero de forma amistosa. Los observa atento.

Ellos me miran a mí y de rebote noto como el grandullón también me presta atención.

—Buenos días tenga usted —saludo sin más.

La verdad es que hasta que no escucho a la gente hablar nunca sé muy bien cómo actuar. Pero creo que, independientemente de la época en la que me encuentre, siempre es mejor pasarse de educado.

—Buenos días —responde—. ¿Quiere probar la mejor *carnsalada* de la ciudad?

—¡Yo sí! —responde al instante Joan mientras me mira.

—Ya me lo imagino, chico. Pero ya sabes que necesito vender para ganar dinero y así poder mantener mi granja.

Los conoce.

Supongo que son asiduos de todas las paradas de comida.

—Yo pago —le indico—. Póngale un trozo y un pedazo de pan a cada uno.

Lo que llaman *carnsalada*, carne salada en catalán, no es más que tocino curado. Si no me equivoco, y por la mirada que han puesto los chavales así lo parece, es un alimento muy codiciado en este tiempo.

—Yo no la he probado nunca —informa Bernat corroborando mis sospechas—. No sé si me gustará.

—Chaval, este pedazo de carne es manjar de dioses.

—Ah, ¿sí? —pregunta Joan inquieto.

El tendero ríe mientras corta con un enorme y afilado cuchillo dos pedazos de tocino que pone junto a dos trozos de pan. La verdad es que tiene muy buena pinta, pero prefiero no arriesgarme a pillar la triquinosis o alguna otra cosa.

—Le haré precio de amigo —me informa el tendero antes de repartir las viandas—. Un sueldo por todo.

—Me parece algo exagerado, señor. Apenas van a poder saciar el hambre con esos dos tristes pedazos de tocino. Haga bien las cuentas —indico muy serio con la bolsa de dinero a la vista.

La verdad es que no tengo claro si el precio que me pide por el tocino es caro o no, pero existe la regla no escrita que dice que nunca debes pagar lo primero que te piden.

—Dejémoslo todo por diez diners —anuncia.

Según pude leer en el libro de monedas, en esta época un sueldo equivale a doce diners, al igual que un croat de plata. Pero esa información es una simple pista porque aquí el valor del dinero cambia como el clima. Lo mejor, como siempre, es escuchar al pueblo.

—¿Tú qué dices, Bernat? —pregunto ante el estupor del tendero y del chaval que abre los ojos, casi asustado diría yo. Prefiero preguntarle a Bernat porque creo que me dirá la verdad a pesar del hambre que tiene. Joan hubiera tardado medio segundo en decir que pague el triple de lo que pida el fornido carnicero con tal de comer algo y ganarse el favor de tendero.

El chaval mira los dos trozos de *carnsalada* acompañados del suculento pan que todavía está caliente y humeante. Debe esforzarse para no babear.

Hace sus cálculos mentales, me mira y dice:

—Yo no pagaría más de seis diners, señor.

Este chaval es especial, sin duda.

—Pues no se hable más.

Pongo la pequeña bolsa de piel sobre la mesa del tendero y saco las monedas. Seis diners tal y como me ha aconsejado Bernat. Ni uno más.

—Sabe usted rodearse de buenos consejeros —contesta el carnicero con una sonrisa—. Acepto el trato.

Los ojos de los chavales han recobrado la vida.

La sonrisa de Bernat me cautiva.

—¿Viene de muy lejos? —quiere saber el tendero.

—De Valencia —miento—. He vuelto a mi ciudad, ya que nací aquí. Me fui siendo un crío como ellos. Esto ha cambiado mucho.

Miro a los dos chavales que se han alejado para sentarse bajo la sombra de uno de los árboles que pueblan la plaza. No hablan. Solo se miran mientras comen.

—Tenga. Esto va de regalo.

Para mi sorpresa, el hombre deja un pedazo de pan sobre la mesa junto a un odre de piel ennegrecida.

—Me llamo Josep —anuncia limpiándose su manaza en el delantal antes de tendérmela.

—Quim —le contesto.

Mi mano cruje bajo el fuerte apretón del tendero.

—Eche un trago de vino y coma algo. Tiene cara de cansado —me advierte sin reparos—. A esta invito yo porque me ha caído bien.

El pan me apetece, para qué nos vamos a engañar, pero el vino huele a rancio que tira de espaldas. Unas cagaleras en esta época serían una experiencia difícil de olvidar. Por suerte siempre llevo algún medicamento escondido en mis pantalones. No para todo, pero sí para lo más común.

Agarro el pellejo y lo miro con recelo. Esto debe de ser el antepasado de las clásicas botas de vino.

—Las hago yo mismo —me dice orgulloso—. Cualquier día de estos me pongo a venderlas. Son mucho más manejables que las calabazas de peregrino.

Echo un pequeño trago al vino y noto como me quema en la garganta. Intento mantener la compostura, aunque me cuesta. Es amargo, caliente y me deja un sabor ácido en la boca. Está malísimo de cojones.

Parto un pedazo de pan con la mano y lo mastico para asesinar el sabor del vino. Al menos el pan está decente.

—Bueno, ¿verdad?

De lo peor que he probado nunca.

Yo asiento para darle la razón.

No hablo porque no puedo. Mis cuerdas vocales se han achicharrado. Posiblemente, desintegrado.

—Muchas gracias. Es usted muy amable —digo pasados unos segundos, carraspeando por la quemazón que todavía siento en el cuello. Pese a todo siempre me gusta ser agradecido.

—No hay de qué. Esos dos son buenos chavales a pesar de que la vida no los trata bien. Joan vive con su padre, un aprendiz que trabaja en el taller de don Armando, el curtidor. Bernat duerme en el orfanato, pero por el día se pasea junto a su amigo por la ciudad en busca de comida. —Su mirada está clavada en los niños—. Cada vez hay más hambruna, el trabajo escasea y es casi imposible aprender un oficio, a no ser que seas familiar del maestro. No estoy seguro de que haya venido en la época indicada.

—Solo estoy de paso —le digo. No es mentira—. Quizá me quede un par de días.

—¿Tiene dónde dormir? —me pregunta.

—Todavía no. ¿Alguna recomendación?

—Yo siempre que tengo que hacer noche en la ciudad me quedo en *ca la* Joana. —Señala con la manaza hacia la zona de la catedral—. Tiene varias camas y un pequeño mesón donde se puede comer decentemente.

—Pues no se hable más. —Me gusta la idea de dormir seguro y comer bien—. Dígame cómo llegar hasta la posada para avisar de que me quedaré una noche.

—No hará falta —contesta. Y seguidamente se gira hacia los chavales que ya han dado buena cuenta de su almuerzo y están intentando trepar a un árbol—. *Nanos*!

Los dos niños giran la cabeza al instante. Dos segundos después están junto al puesto de comida.

—Id a *ca la* Joana y decidle de mi parte que un amigo llamado Quim se quedará a dormir esta noche.

Corta un pedazo de pan, lo divide en dos y le entrega un trozo a cada niño como agradecimiento por el favor.

Ellos sonríen de nuevo. Hoy van a comer casi bien.

Los pequeños se marchan dando saltitos después de guardarse el pan, supongo que para más tarde. Son previsores.

—Si no acaba sus quehaceres a tiempo y debe quedarse otra noche más no habrá problema. La señora Joana siempre atiende a la buena gente que está de paso —me advierte.

—No lo sé todavía. Tan solo he pasado para ver la ciudad donde nací. Para recordar. Después marcharé hacia el norte.

—¿Irá usted solo o se llevará a esos dos tipos que lo siguen desde que ha entrado en la plaza? —me suelta sin esperarlo.

Miro a Josep sin entender.

Sus ojos observan con disimulo hacia otra dirección. La sigo y mi mirada acaba sobre dos individuos que parecen charlar cerca de la iglesia. Están de perfil y tan solo puedo ver bien a uno de ellos justo en el instante en el que se le escapa una mirada hacia mí. Lleva la cabeza tonsurada y un hábito de capa oscura sobre una túnica bastante sucia y que, probablemente, algún día fue de color blanca.

—¿Los conoce? —pregunta el tendero.

—No.

—Yo sí —informa.

No dice nada más. Solo los observa.

—¿Cree, de verdad, que me están siguiendo?

—Han llegado detrás de usted y no han dejado de observarle en todo este tiempo —indica sin un atisbo de incertidumbre en sus palabras—. Menudo *somormujo* está hecho ese monje. No se fía ni un pelo de él, amigo mío.

—¿Es un fraile dominico? —pregunto.

—Así es. Es fray Tomás, del convento de Santa Catalina. Conocido por sus charlas antijudías y por ser un incondicional de la Inquisición.

—¿Debo tener precaución de ellos?

No es que tenga miedo, pero no está de más saber a lo que atenerme.

—Conozco a toda la mala calaña de esta ciudad y esos dos no forman parte de ella, si bien el fraile te puede mandar a sus amigos inquisidores si le miras mal —contesta sin más ante mi sorpresa.

No entiendo entonces el porqué de esa preocupación. Observo al tendero y de nuevo a la pareja. Ahora puedo ver mejor al segundo tipo. Lo miro con detenimiento y descubro una insignia amarilla en su ropa.

—¿El otro hombre es judío? —pregunto atónito.

Decir que un religioso dominico y un judío son amigos sería lo mismo que decir que se puede tocar la luna con la mano. Algo imposible, vamos.

—Es comerciante de frutas. Y le puedo asegurar que esos dos se llevan a matar desde hace años —me cuenta el carnicero.

Es una situación bien extraña. No creo que sea conveniente para ninguno de esos dos tipos estar charlando en medio de la plaza como dos buenos amigos.

Mi mirada y la del fraile se cruzan durante un par de segundos que se me hacen eternos. Sus ojos negros y sin vida se me han clavado hasta el alma. Mi reflejo arácnido se activa, cosa que hace menos veces de las que yo querría, ya que nunca se equivoca.

El tendero sigue observando atónito y me doy cuenta de que muchos de los presentes en la plaza también tienen la vista fija en esa extraña pareja, cosa que a ellos no les importa en absoluto. Tan solo charlan, ajenos a todo, y me dedican alguna que otra esquiva y oscura mirada de vez en cuando.

Capítulo 22

Presente
Martes, 22 de abril
En la Calle
08:30h

Puntuales como siempre, don Alfonso y don Emilio se encuentran frente a sus negocios a la hora acordada: las ocho y media en punto. Ambos comienzan a caminar hacia la plaza del Ángel. Alfonso le quiere contar a su amigo toda la información que Octavi ha conseguido reunir sobre los dos italianos y el local al que ahora se dirigen.

—¿Has podido conciliar el sueño, viejo amigo? —curiosea don Alfonso antes de explicarle nada.

—Me costó, pero tras un par de capítulos soporíferos de un aburrido libro que reservo para días de insomnio, como el de ayer, lo conseguí. ¿Y tú? —le pregunta.

—He dormido a pierna suelta.

—Hombre, con esas pastillitas que te tomas yo también dormiría como un lirón —le suelta don Emilio, con media sonrisa.

—Casi nunca las tomo. Además, si te las recomienda un hombre ducho en medicina, con carrera de varios años y pedigrí familiar, no deben de ser nocivas —argumenta don Alfonso.

—Ya... ¿Algo nuevo sobre los matones? —pregunta don Emilio cambiando de tema.

—Nada relevante. Exmilitares expulsados del ejército que se pasaron al sector privado. Ningún vínculo político o extremista. Perdonavidas a sueldo y poco más...

—¿Y del local? —curiosea don Emilio.

—Este punto es algo más interesante y escurridizo, parece fruto de una película de suspense —señala don Alfonso a la vez que llegan a la plaza del Ángel—. Antaño fue una zapatería que cerró tras la última crisis y se lo agenció la misma empresa que ya había adquirido parte del edificio. Desde entonces está cerrado. Lo curioso es que esa compañía pertenece a otra que lleva a otra y así hasta el fin de los tiempos.

Don Emilio se detiene. Su amigo lo imita.

—¿Una empresa fantasma?

Don Alfonso asiente.

Caminan unos pasos y esperan a que el semáforo cambie para poder cruzar Vía Layetana.

—Octavi no ha podido llegar al final del hilo, al menos de momento. Necesita más tiempo.

—No creo que descubra nada nuevo. Como mucho dará con alguna empresa con sede en Panamá o algo por el estilo.

—Eso mismo dijo él.

Los coches se detienen y un nutrido grupo de viandantes cruza la amplía calle, entre ellos, los dos amigos. Unos pocos pasos después entran en la calle de la Argenteria. Al llegar a la primera intersección, giran a la izquierda para entrar en la calle de Vigatans.

—En cuanto lleguemos al destino, yo me encargo de vigilar desde fuera y tú accedes al interior. Toma esto, debes depositarlo en la caja. Octavi lo ha modificado a su gusto para que nos sea de buena utilidad—indica don Alfonso mientras se saca una vieja libreta del bolsillo interior de su chaqueta y se la entrega a su amigo—. Mi joven ayudante ha colocado un dispositivo de localización. Lo ha ocultado entre la tapa y la última hoja —añade, orgulloso de su pupilo—. Un trabajo excepcional, sin duda.

—¿Qué hay escrito en ella?

—Ni lo sé ni me importa. Es una vieja libreta que se hallaba entre un lote sin importancia que compré en una subasta. Hace una década que habita en mi sótano. Está toda repleta de garabatos en latín. No tiene valor alguno, pero seguro que los entretendrá un buen rato.

A don Emilio le ha parecido ver un atisbo de sonrisa traviesa en la cara de su amigo.

Dejan a su izquierda la calle del Esquirol. Apenas cinco metros más adelante llegan al cruce con la calle Mirallers, donde antiguamente se encontraba el gremio del mismo nombre, que se dedicaba a fabricar espejos. En la esquina este, a unos tres metros de altura y sobresaliendo del perfil del edificio, se puede apreciar la cabeza de piedra de la que hablaba el italiano.

—Ahí la tienes —indica don Emilio—. La *carassa* de Mirallers. Hay varias por aquí. Se colocaban en las esquinas de los edificios donde antiguamente había prostíbulos.

Don Alfonso mira la figura y asiente.

—Se asemeja a una gárgola huérfana de iglesia.

Justo delante de la efigie está el local que buscan. Parece que la cabeza de la mujer lo vigila desde las alturas. Los dos amigos disimulan como si tan solo fueran dos turistas callejeando. O dos jubilados que caminan sin destino fijo. Observan de reojo la persiana del local. Es pequeña. Apenas dos metros de ancho por dos de alto. Se nota que ha sido pintada y repintada varias veces.

—No creo que sea la primera vez que se utiliza para intercambios como este —indica don Emilio.

—Ya me he percatado —corrobora su amigo—. No hay cámaras, o al menos yo soy incapaz de avistarlas. Tampoco veo nadie en los balcones. Ni siquiera las madrugadoras cotorras locutoras de radio Patio que habitan inevitablemente en cada uno de los barrios de la ciudad —añade.

—Pues vamos a ello antes de que la calle cobre más vida.

Dicho esto, don Emilio se arrodilla y coloca la combinación en el único candado que habita al pie de la persiana: 1992. Tal y como les chivó el italiano.

El candado se abre.

Don Emilio lo saca de su lugar y comienza a levantar la persiana con cuidado. No quiere hacer ruido. Sabe que es muy posible que haya alguien vigilando.

Apenas han levantado poco más de un metro, cuando ven el picaporte de la puerta de entrada. Don Emilio lo gira y entra. El interior está oscuro y la luz natural no ayuda. Los rayos del sol no llegan todavía hasta los bajos de los edificios de estos callejones antiguos, tortuosos y estrechos.

Don Emilio entra en el local mientras su compinche aguanta la persiana para que no caiga estrepitosamente. Cualquier ruido se multiplicaría por cinco en esas callejuelas. Ha tenido que dejar el bastón apoyado en la pared para ayudarse con las dos manos y eso hace que la rodilla le comience a palpitar.

—¿Qué tal vas? —susurra don Alfonso sin dejar de vigilar los alrededores.

Pero no hay respuesta por parte de su colega. O al menos él es incapaz de oírla. Espera unos segundos y vuelve a preguntar.

—¿Emilio? Apresúrate. Ya no estoy para estos trotes.

—¡Voy! —se oye en la lejanía—. Ya casi he acabado.

Don Emilio lleva encendida una pequeña linterna con la que alumbra el interior. No hay demasiada cosa en el local, apenas unas estanterías con cables, interruptores y otros enseres típicos que podría usar un electricista. Justo delante, a un par de metros, está la caja de madera, tal y como dijo el italiano.

Don Emilio se acerca hasta el arcón.

Lo mira con recelo. Lo abre.

Está vacío.

Pasan dos segundos y deja la libreta en el interior.

—¡Emilio! —escucha desde fuera.

—¡Voy, pesado! —replica todo lo alto que puede, pero sin llegar a gritar.

Agarra el espray de pintura que hay junto a la puerta y un instante después sale del local pasando por debajo de la persiana con mucho más esfuerzo del que desearía. Nada más ponerse derecho, la espalda cruje en señal de protesta.

—¡Listo! —indica a la vez que muestra el bote de pintura a su colega. Bajan la persiana con cuidado.

Mientras don Emilio coloca de nuevo el candado en su lugar, moviendo los números para ocultar la combinación, don Alfonso pinta el símbolo que, según los matones, debían de dejar una vez finalizado el trabajo.

—Menudo churro te ha quedado —protesta don Emilio nada más ver la obra de arte.

—El arte es particular, como el patio de mi casa —sentencia su amigo antes de comenzar a caminar.

Los dos veteranos se escabullen por la calle Miralles sin volver la vista atrás. Van más lentos de lo que querrían, pero la edad y los achaques de don Alfonso marcan el ritmo de una evasión callejera a cámara lenta.

A unos pocos metros, en un primer piso bajo el que acaban de pasar, unas cortinas se mueven. Entre ellas se asoma la cabeza de un hombre mayor que observa con atención la persiana del local y el grafiti que alguien ha pintado sobre ella. Coge un teléfono móvil con manos temblorosas y marca el único número grabado en el aparato. Espera con paciencia a que su interlocutor conteste, mientras inspecciona la calle arriba y abajo. Le ha parecido ver a dos hombres alejándose, pero no está seguro del todo. Tampoco le importa. Él solo ha de avisar cuando el símbolo aparezca sobre la persiana.

Alguien descuelga sin decir nada, como siempre que llama. Solo hay silencio.

—El paquete ha sido entregado.

El hombre cuelga sin esperar contestación. Deja el teléfono sobre un cuenco, conectado al cargador, y se sienta en el sofá para seguir viendo la televisión.

Capítulo 23

9 JUNIO DE 1391
PLAZA DEL PI
11:00H

Tan solo unos segundos después de que Quim se despidiera de Josep, el carnicero, y saliera de la plaza del Pi junto a los dos chavales, el judío y el fraile pierden el conocimiento al mismo tiempo. Sus cuerpos desmadejados caen redondos sobre el fangoso suelo al unísono. Las miradas inquisidoras de los que estaban observando el irregular comportamiento de esos dos hombres, se tornan incrédulas al verlos inertes junto a la pared de la iglesia.

Pasan un par de minutos hasta que uno de los presentes se interesa y se acerca para saber qué ha pasado. Es Josep, el carnicero. Es el único que se preocupa. Conoce a los dos tipos. Al fraile solo de vista. Con el judío ha coincidido varias veces. Sabe que algo chirría, pero no tiene ni idea de qué.

—¡Aarón! ¡Oye! —exclama el carnicero a la vez que da unos suaves golpes en la cara del hombre. La desgastada insignia que muestra a todos que es judío se ha ocultado tras el sucio barro que ahora cubre su vestimenta.

Un segundo hombre se acerca corriendo. Es un fraile dominico que acude a socorrer a su hermano. La cara del religioso, roja como el tomate, es fruto de la inesperada carrera que acaba de hacer desde el convento de Santa Catalina. En cuanto alguien le contó que fray Tomás estaba en la plaza junto a un judío y que parecían charlar amistosamente, salió al galope y no ha parado hasta llegar al lugar.

El fraile, caído en el suelo, está bocabajo. Su compañero dominico intenta darle la vuelta para comprobar si está muerto, pero no lo logra. La verdad es que apenas puede con su alma. Le cuesta respirar y cada bocanada de aire suena como la última. Josep lo mira de reojo.

—Respire, buen hombre, o le va a dar un patatús —le advierte.

El fraile asiente sin hablar.

Señala a su compañero de hábitos sin decir palabra. Son esas miradas que en un segundo dicen tanto que sería imposible verbalizar en tan poco tiempo. Josep se las imagina: «¿Qué ha pasado? ¿Qué hacía este desgraciado con un judío? ¿Quién ha empezado la pelea? Dale la vuelta, hombre».

Josep vuelve a la realidad en cuanto los dos tipos del suelo empiezan a convulsionar a la vez. Alguien entre la multitud grita exasperado.

—¡Ese judío le ha metido el diablo en el cuerpo!

Antes de que Josep levante la cabeza y averigüe quién ha gritado esa frase tan utilizada en aquella época, una lluvia de objetos cae sobre ellos.

—¡Están poseídos! ¡No los toquéis!

Josep se aparta de las víctimas y se aleja del chaparrón de toda la fruta podrida que los tenderos no habían podido vender durante los días anteriores y que guardaban para dárselas de comer a los animales. Entre tomates y lechugas mohosas cae alguna que otra piedra.

—¡Parad ya! —grita el fraile, arrodillado junto a su compañero, una vez recuperado el aliento y con restos de fruta en la cabeza. Su cara sigue roja como los tomates que chorrean sobre su maltrecho hábito.

El grito que ha dado, demasiado agudo para salir de la garganta de un adulto, arranca las carcajadas de los presentes. El religioso los mira con odio. Se pone en pie. Estira su espalda, se sacude los restos de fruta y los señala uno a uno con una mirada asesina. Los aludidos dejan de reír al instante como si su dedo estuviera tocado por la gracia de Dios. Pero no es por eso. No es que tenga poderes mágicos, es que tiene contactos con el inquisidor general de Zaragoza y el pueblo sabe que los dominicos no necesitan pruebas para llevar a cualquiera a la hoguera. Tan solo han de sacarle una confesión que, tras unos cuantos días en las mazmorras, será obtenida.

El silencio tarda un segundo en aparecer y tres en ser sustituido por murmullos apagados. Josep vuelve a sacudir a Aarón, sin dejar de vigilar a la muchedumbre. No es que el judío sea amigo suyo, pero lo conoce de muchas jornadas de ventas ambulantes y largos viajes en común por desolados caminos polvorientos.

Aaron es vendedor de frutas y recorre los mercados de todas las aljamas cercanas y de alguna que otra más lejana, como la de la ciudad de Girona y sus alrededores. Josep es otro comerciante ambulante que vende la carne y los embutidos que su mujer y él mismo preparan desde hace más años de los que recuerda. Tiene una masía, herencia de familia, muy cerca del monasterio de Sant Cucufate, a pocos kilómetros de Barcelona. Ambos vendedores se han encontrado decenas de veces en el camino y han recorrido juntos cientos de kilómetros bajo el sol, el frío o la lluvia. Josep sabe que es una persona decente y trabajadora. Y eso es suficiente como para preocuparse por él.

Después de varias sacudidas, cada vez más fuertes, Josep opta por la maniobra más común a la hora de despertar a un desmayado. La bofetada con la mano abierta resuena por toda la plazuela, amplificada gracias a las paredes de la iglesia del Pi.

—¡Está loco! ¡Bestia! —le dice encolerizado el fraile.

Aarón, con la cara cada vez más roja por la caricia, abre los ojos. La mirada está perdida en algún lugar de su mente. Sus ojos miran sin mirar. Se mueve. Balbucea. Poco a poco fija la vista en los dos bultos que tiene delante. Están borrosos.

—¿Qué ha pasado? —susurra casi sin fuerzas el frutero.

—¡Aarón! ¿Estás bien? —pregunta Josep.

El fraile, de rodillas entre las dos víctimas, al ver que el judío ha vuelto de la muerte tras el sopapo del tendero, prepara su mano y le propina tremenda bofetada a su hermano dominico con tal mala puntería que aterriza más en la oreja que en su cara. El sonido es fuerte y apagado. Sin eco.

Josep mira de reojo al fraile y niega con la cabeza. Mucho se teme que, si fray Tomás sale de esta, quedará sordo de ese oído por el que ya empieza a salir un hilillo de sangre.

Por el contrario, Aarón está cada vez más despierto.

Empieza a enfocar la vista y lo primero que logra ver es la cabeza rapada de un fraile que lo mira a menos de dos palmos de su cara. Parece que está diciéndole algo, pero no logra escuchar nada.

—¡Hijo de Satán! ¿Qué le has hecho a mi hermano?

El dominico no cesa de gritar al mismo tiempo que agarra a Aarón por la pechera y lo zarandea como puede. Josep observa. Aguanta. Pero no demasiado. Cuando ya no puede más se levanta, agarra al fraile por los hombros, lo levanta como a un muñeco y lo deja al otro lado del cuerpo de fray Tomás. Si pudiera le soplaría otro sopapo todavía más contundente, pero sabe que no debe propasarse con los dominicos.

—¿Qué ha pasado? —pregunta Aarón.

En ese instante aparece un hombre que se agacha junto al vendedor de frutas. También porta una insignia en su pecho. Es mayor, según indican sus arrugas.

—Aarón, soy Benjamín. ¿Qué ha sucedido?

—No lo sé —balbucea—. Me duele mucho la cabeza y los ojos. La luz me hace daño. Lo último que recuerdo es estar junto al carro vendiendo fruta.

—¿Qué hacías aquí hablando con fray Tomás? —quiere saber el hombre. Josep lo mira con atención. No lo conoce, pero al parecer le preocupan más los hechos que la salud de Aarón.

—¿Con quién? —el frutero apenas puede hablar—. No entiendo qué me dices.

Josep se levanta y se acerca hasta su puesto de carne. No le ha quitado ojo en ningún momento, aun así, nota la ausencia de algún que otro trozo de tocino. El hambre no entiende de compasión. Agarra su bota de vino y se vuelve hacia otro tendero amigo y también asiduo compañero de caminos.

—Sancho, échale un ojo a mi mercancía que algún espabilado ya se ha agenciado comida —le pide. El otro asiente.

Josep vierte el vino en la boca de Aarón. El líquido caliente dilata sus pupilas. Se incorpora como por arte de magia para toser con fuerza. El fraile, que no deja de observar con recelo y algo de miedo a Josep, le pide la bota por señas.

—Por favor —añade.

—¡Aarón! ¿Sabes dónde estás? —pregunta Josep después de pasarle la bota al fraile.

Por más que lo intenta, el frutero no entiende lo que ve. Su cabeza observa a la multitud apiñada a su alrededor.

—¿Estoy en la plaza del Pi? ¿Qué hago en el mercado? ¿Dónde está mi carro? —con cada pregunta aumenta el volumen y la tensión de sus palabras—. ¿Quién está vigilando mi mercancía?

Se gira hacía el otro lado y lo que descubre acaba por rematar lo poco que hay de despierto en su cerebro. Está junto a dos frailes. Uno está tirado en el suelo, sangra por la oreja y tiene la cara llena de vino. El otro está a su lado, de rodillas, rezando a la vez que acuna una bota de vino entre sus brazos como si fuera un bebe.

—¡Tranquilo, Aarón! —le grita Josep para que lo oiga entre las voces de locura e incomprensión que casi seguro danzan por su cabeza.

—¿Está muerto? —pregunta sin saber por qué. No es que le importe, es que todavía no entiende qué hace junto a su cuerpo.

Josep se encoje de hombros. No lo sabe.

—¿He sido yo? —quiere saber.

—No. No has sido tú, Aarón —indica esta vez Benjamín.

—Os habéis caído los dos a la vez. Como dos marionetas a las que se les cortan los hilos. Como si un carro invisible os hubiera atropellado —intenta explicar Josep lo mejor que puede—. Estabais hablando aquí mismo, charlando como dos personas normales y, de repente, os habéis desplomado.

Aarón no consigue entender ni una sola palabra.

¿Cómo es posible que estuviera hablando con el dominico? Los odia con todo su ser, aunque no lo demuestra públicamente. Los culpa por tanta persecución y tanto odio. Jamás en la vida podría estar hablando con uno de esos adoradores de la Inquisición.

En ese momento, el fraile al que ya daban por muerto se pone en pie de un salto como si una enorme mano invisible lo levantara del suelo.

Su compañero de credo no puede reprimir un grito más agudo que el anterior, debido al susto. El resto de los presentes no ríen esta vez. Hay miedo en sus miradas.

—¡Está poseído! —suelta alguien desde la segunda fila para no ser visto—. ¡Ahora es un hijo del demonio!

El fraile no lo oye.

Sus ojos están clavados en fray Tomás. Está de pie, recto como un palo, con los brazos caídos y los restos de vino cayendo por su sotana. Mira al judío que tiene al lado. Intenta levantar un brazo, pero no puede. Apenas tiene fuerzas para respirar.

—¡Tomás! ¡Hermano! ¿Qué te ha pasado?

El fraile se gira hacia la voz hasta encontrar los ojos de su dueño. Es un hermano. Lo reconoce. Respira de forma entrecortada. Tose y las babas agrias del vino manchan la sotana de los dos.

—¡Tomás! —le grita con todas sus fuerzas, zarandeándolo por los hombros—. ¡Di algo por el amor de Dios!

Sin dar tiempo a nada, fray Tomás vomita sobre su hermano un chorro de líquido caliente y de color burdeos, acompañado de tropezones de fruta, pan y otros alimentos que el público allí presente no logra reconocer. Aarón lo sigue, esparciendo por el suelo su última comida.

Fray Tomás clava la mirada en la de su hermano, que tiene la cara descompuesta por la situación. Se acerca, apoya su barbilla húmeda en el hombro y le susurra llorando al oído:

—Acabo de ser poseído.

Capítulo 24

CALL MAYOR
12:00H

La mañana ha pasado muy rápido, la verdad. Caminar por la Barcelona medieval y descubrir sus maravillas ocultas, ya desaparecidas en mi presente, me ha cautivado. He quedado con el carnicero en vernos para cenar en *ca la* Joana. Joan, uno de los chavales, ya se ha marchado junto a su padre. Bernat, el otro zagal, sigue a mi lado, mostrándome todos los rincones del barrio. Se lo conoce al dedillo.

El muchacho me ha llevado de nuevo, callejeando, hasta la plaza de Sant Jaume, pasando antes por delante de lo que será la catedral de Barcelona. Nos hemos adentrado en el barrio judío a través de una enorme puerta doble de hierro forjado situada bajo un arco, en la calle Font del Call, lo que más tarde será la calle de Sant Honorat.

No me puedo creer que esté aquí.

A mi derecha queda una edificación más grande que las demás. Parece un palacete. Está dentro de la judería, lo que quiere decir que pertenece a algún judío importante.

—Esa es la casa de don Cabrit, el cirujano —me informa Bernat.

—Seguro que es una casa bonita —le contesto.

El chaval se encoge de hombros.

Supongo que nunca ha entrado. Si no me equivoco, esa construcción formará parte del futuro edificio que ocupará el Palau de la Generalitat.

Caminamos un poco y nos adentramos en el barrio. Las calles son estrechas. Las casas no son muy altas y, como casi todas las que he visto, están construidas con gruesas piedras rectangulares unidas por una argamasa hecha a base de arena, cal y agua. El ambiente es húmedo a pesar de la buena temperatura porque los rayos de sol apenas logran penetrar en estas estrechas travesías.

Poco después, Bernat se detiene ante una puerta.

—Aquí vive una familia que a veces me da de comer.

El chaval me mira fijamente y sin pestañear. Sus ojos cuentan más de lo que él mismo puede llegar a explicar.

Observo la entrada a esa casa. El marco de piedra es grueso y la puerta, que es de madera oscura y parece de buena calidad, queda encajada a la perfección. En el pórtico derecho veo una mezuzá muy bella. He visto varias en las puertas por las que hemos pasado, pero eran mucho más sencillas, tan solo una ranura en la piedra para encajar el rollo de papel. Esta mezuzá es diferente. Es un trozo de madera cuadrado, clavado sobre el pórtico derecho, con dos listones verticales inclinados entre los que hay encajado un cilindro fabricado con la misma madera. Algunos dicen que es una costumbre judía milenaria. Yo no lo sé. Lucía tampoco estaba muy segura el día que me lo explicó. Me lo apunto para averiguarlo antes de irme.

Bernat sigue de pie ante la puerta.

—Podemos almorzar aquí —dice sin más.

Yo asiento. También tengo hambre.

Bernat toca en la puerta varias veces.

Segundos después, una señora asoma la cabeza y me mira con recelo. Después mira a Bernat. Su rostro se relaja. Sonríe. Abre la puerta del todo, pero se queda bajo el pórtico.

—¡Bernat! Me alegro de verte.

—Señora Sarah, este es mi amigo, el señor Quim. Está de paso por la ciudad. Es una buena persona. Queremos comer, si es posible.

Bernat lo suelta todo de carrerilla sin dar tiempo a que la mujer diga nada más. Sarah me mira de nuevo. Su mirada no es hostil, pero sabe a desconfianza.

—Mi amigo tiene monedas para pagarle, señora Sarah.

La mujer mira a Bernat con ternura.

—Buenas tardes, señora. —La saludo para intentar romper el hielo—. Estoy de paso por la ciudad y Bernat me está guiando por sus calles. Me ha comentado que quizá podamos comer hoy aquí. Le pagaré como muestra de agradecimiento por todos los días que ha alimentado al chico.

—Esto no es una posada, pero Bernat siempre tendrá un plato en mi mesa. No es necesario que nadie pague por su comida —contesta a la vez que me estudia de arriba abajo sin ser consciente de ello—. Espere un momento.

Dicho esto, entra en su casa y cierra la puerta.

Bernat y yo nos miramos.

—Habrá ido a buscar al señor Ismael.

—¿Quién es?

—Su marido.

Al instante, la puerta se abre de nuevo y aparece un hombre alto, delgado, de rasgos afilados y ojos claros. Me repasa durante unos segundos y se detiene al llegar a la daga. Creo que no le gusta.

—Se la puedo dar, si lo desea.

Saco la daga de su funda, despacio, y se la entrego sobre la palma de mi mano.

La mira.

—Es una pieza muy bonita —me dice sin más—. Se la puede guardar. Si viene con Bernat es porque es de fiar. Me llamo Ismael ben Abraham. Bienvenido a mi casa.

Nada más entrar la temperatura sube unos cuantos grados y un olor a sopa me envuelve. Me recuerda la sopa de verduras de mi tía Rosa, hecha a conciencia durante horas. La estancia no es muy alta, pero suficiente para que mi metro ochenta y dos no se sienta agobiado. Ante mí se abre un espacio bastante cuadrado. A la izquierda, casi pegada a la pared, hay una mesa de madera con muchas herramientas. Sobre ella hay una ventana por la que entra bastante luz. Debe de ser una de las pocas casas de la zona en las que entre tanta luz. Está orientada al este. En el quicio de piedra de la ventana hay una menorah con las velas apagadas. Es una estancia amplia, agradable, limpia y bien conservada.

—Vayamos arriba —dice el hombre, señalando hacia la escalera.

Nada más llegar al piso superior el olor a sopa se hace más intenso. La mujer que nos ha abierto la puerta está retirando un mantel de punto y un jarrón de colores vivos de una gran mesa rectangular.

En esta época es común que la planta baja se use como lugar de trabajo y la planta superior sea la vivienda en sí.

—¿Está usted de paso? —quiere saber Ismael, el dueño de la casa.

—Así es. Nací aquí, a unas pocas calles de distancia, pero de bien joven me llevaron a Valencia. —No quiero mentirle, pero no le puedo contar la verdad—. Solo estaré en la ciudad unos días. Después marcharé hacia el norte.

—¿Qué o quién le espera allí? —me pregunta.

Me quedo pensando un segundo. No sé muy bien qué contestar a eso, pero mi boca habla antes de que mi cabeza pueda acabar de razonar.

—No tengo rumbo fijo. Tan solo quiero ver mundo.

El hombre se sienta frente a mí. Estamos los tres en la esquina de la mesa que preside Bernat.

Me observa extrañado.

—Hay mucho mundo ahí fuera —contesta sin dejar de mirarme a los ojos—. Puede estar toda su vida de viaje y, aun así, no llegará a verlo todo.

—Me he pasado todo este tiempo ayudando a mi padre en su oficio. Hemos viajado mucho, sudado y trabajado como el que más. Aun así, sigo sin tener nada. —Espero que esta historia le convenza—. Ya soy mayor, no tengo familia y no quiero pasar el resto de mi vida en un solo lugar. Necesito seguir viajando. Es lo que más me llena. Aprender de la gente. Enriquecerme de sus experiencias y de las diferentes costumbres que encuentre a mi paso.

—Decir en voz alta que quiere aprender de algunas culturas puede acarrearle más de un problema —me avisa con seriedad—. Muchas de ellas no están muy bien vistas en según qué lugares.

Yo asiento. No le falta razón.

Sarah aparece en ese momento para dejar un enorme caldero de sopa sobre la mesa. Poco después entra una mujer joven. Sin decir palabra deja una hogaza de pan, reparte cinco cuencos de madera, muy bonitos, la verdad, otros tantos vasos y deja una cuchara para cada uno.

—Si no les importa, comeremos con usted —me dice Sarah a la vez que deja una jarra de agua en el centro, junto a la sopa.

—Por favor. Será un placer compartir mesa con una familia tan agradable —les digo. Esta vez no miento.

La sopa está muy buena. Se nota que lleva condimento y buenos vegetales. Mientras Bernat come, no habla. Apenas respira. Por lo que he podido comprobar es bastante callado y solo habla cuando alguien le pregunta. Al igual que la hija de Sarah e Ismael. Myriam, según he entendido, es una joven de pocas palabras y menos miradas. Es tímida y desconfiada, pero muy educada. Algo raro de ver en los adolescentes de mi tiempo.

Aprovecho la oportunidad para saber algo más de ellos.

—¿A qué se dedica usted, señor Ismael? —pregunto.

—Nada de señor, por favor. Prefiero Ismael, sin más.

—Así será, Ismael —contesto—. Te agradecería el mismo trato entonces.

Sarah sonríe. Cada vez está más a gusto.

Acaricia la cabeza de Bernat. Observa su pelo sucio y algo me dice que el chaval no se va a ir de aquí sin pasar por un baño de agua caliente.

—Myriam, cuando acabes de comer prepara el barreño con agua caliente. Bernat necesita un baño.

El chaval deja de sorber su segundo plato de sopa y la mira. Sus ojos están muy abiertos.

—Bernat, solo será un poco de agua limpia para ese pelo tan sucio.

El mozalbete tarda dos segundos en entender que no tiene escapatoria. Asiente varias veces y vuelve a meter la cuchara en la sopa para seguir comiendo.

—Soy comerciante —responde Ismael, al hilo de la pregunta que le había hecho—. Compro y vendo metales preciosos.

Lo que yo pensaba. Esta es una casa de bien para esta época. Quizá por eso la sopa tiene tanta consistencia. Bernat no es tonto, sabe a qué puertas llamar.

—Un oficio muy respetado —contesto.

—Y peligroso —añade él al segundo—. En estos tiempos de hambruna los comerciantes como yo estamos en el punto de mira. Por suerte, la judería se cierra por las noches y nuestras casas quedan un poco más seguras que en el resto de la ciudad.

—Corren tiempos difíciles —vuelvo a murmurar entre una cucharada y otra. El pan también está delicioso.

—A veces me hubiera gustado ser cartógrafo, como mi hermano, y viajar para conocer mundo —añade.

—Entonces no hubieras encontrado una familia como la que tienes —indica Sarah con retintín—. Además, ya sabes que te mareas en cada barco que subes.

—Esa fue una de las razones por las que no me fui con mi hermano a Mallorca —aclara, apenado.

—Y usted, señor Quim, ¿tiene algún oficio? —me pregunta la mujer. No me tutea. Quiere mantener las distancias. Ella quiere saber de mí. Su mirada me recuerda a la de Laura. No ha dejado de evaluarme desde que entré.

—Ayudé a mi padre a comerciar hasta que murió. A partir de ese instante decidí probar suerte con otros oficios y puedo decir que he tenido muchos. —No le miento, la verdad. En cada uno de mis viajes al medievo he adoptado una personalidad distinta. Desde mozo de cuadra hasta caballero—. Siempre me ha interesado aprender nuevos quehaceres. Me adapto. Diría que, con tiempo y estudios, podría ser casi cualquier cosa.

—¿También médico cirujano? —pregunta la hija hablando por primera vez. Su pregunta ha sonado un tanto irónica.

Sus padres la miran, pero no dicen nada.

—Todo es cuestión de cultivarse... Hace tiempo fui ayudante de uno. Me enseñó algunos remedios. Conozco unas pocas medicinas e incluso he ayudado en lesiones menores.

No es mentira.

Estando en tierras de Grecia durante un salto al pasado, a principios del siglo XI si no recuerdo mal, tuve la suerte de acoplarme a una caravana de comerciantes que viajaban hacia occidente. El ayudante del médico de turno murió al segundo día de viaje bajo el cuchillo de un ladrón. Me ofrecí para echar una mano al único cirujano de la caravana. Cosimos, curamos, amputamos un par de miembros e hicimos otros tratamientos típicos de esa época. A partir de aquel día y durante el resto del viaje aprendí de uno de los mejores, o al menos eso decía él. Según me contó, fue aprendiz durante algo más de una década de un maestro llamado Ibn Sina. En aquel momento volvía a su Londres natal, ya que su maestro había fallecido. Cabalgamos juntos hasta París y allí nuestros caminos se separaron.

—Eso sí —añado muy serio—, jamás practicaré una sangría. El cirujano que conocí tenía muy claro que tan solo eran beneficiosas una de cada cien veces.

Capítulo 25

Casa de Ismael y Sarah
15.30h

Ismael me observa mientras su hija retira los cuencos de madera ya vacíos. Bernat acaba con las pocas migas de pan que hay a su alcance antes de que limpien la mesa. Estamos en silencio, pero no es incómodo. Sarah mira a su marido y veo por el rabillo del ojo como asiente con la cabeza.

—¿Sabes luchar? —me pregunta Ismael.

—Sí, señor. No he encontrado rival digno para mi espada.

La mujer me mira con los ojos entornados.

—¿Acaso también sois un caballero? —quiere saber Sarah—. No veo vuestra espada.

—No lo soy, salta a la vista. Pero aprendí su manejo gracias a un buen guerrero y mejor amigo.

No miento, pero mejor pensar antes de hablar para no meter la pata. A veces soy un bocazas.

—Eres un hombre muy completo, amigo Quim. Quizás esto te suene un tanto prematuro, pero si lo deseas, puedes viajar con nosotros. En un par de semanas marcharemos en caravana hacia el norte.

Ismael habla muy serio.

Bernat levanta la cabeza y lo mira.

—¿Puedo ir con ustedes, señor Ismael? —pregunta.

Su cara ha palidecido y en sus ojos veo una mezcla de miedo y esperanza.

—A mí no me importaría —señala Myriam mientras sonríe mirando a Bernat.

—No tengo a nadie aquí —indica Bernat, consciente del posible gran cambio que se avecina—. Solo a mi amigo Joan, pero él tiene a su familia. Ustedes y la señora Joana son los únicos que me han tratado bien. En el orfanato ni se darán cuenta. Hay demasiados niños y por eso la sopa está tan aguada y no llega para todos. No llevo equipaje. Como poco. Me puedo meter en cualquier rincón. Soy fuerte. Puedo ayudar en lo que deseen...

—Está bien, Bernat, está bien —interrumpe Ismael con una sonrisa—. La verdad es que nos vendrá muy bien tu ayuda. Y quizá, con el tiempo, te conviertas en un maestro como yo.

—Y yo estaría muy contenta de que nos acompañaras. Ya sabes que te queremos mucho —añade Sarah.

Myriam sonríe.

Bernat más. Se levanta y la abraza con fuerza. Y con ese gesto queda firmada la adopción. En estos tiempos el papeleo necesario para cambiar de familia es tanto como ninguno.

Credenciales de posesión, qué tontería.

—También agradeceríamos tu compañía —añade Ismael retomando la petición de antes—. Unas manos como las tuyas, que tantas labores saben hacer, nos serán muy útiles durante el viaje. Si lo que deseas es conocer mundo ¿qué hay mejor que un viaje hasta Oriente?

No le falta razón. Sería toda una aventura si de verdad quisiera ver mundo. Pero mis metas son otras. Aunque me tienta muchísimo un viaje de esa magnitud.

Tengo claro que en cuanto encuentre lo que he venido a buscar me vuelvo a mi tiempo, pero no voy a darle una rotunda negativa, al menos de momento. Algo me dice que debo llevarme bien con esta familia y mantener los lazos.

—No son buenos tiempos, como usted bien ha dicho. Para nosotros ha llegado la hora de emigrar —continúa explicando Ismael. Noto la tristeza en sus palabras—. Este reino ha sido uno de los pocos lugares donde judíos y cristianos hemos podido debatir en lugar de luchar. Pero es posible que todo esté a punto de cambiar. Nuestros hermanos del sur lo están pasando mal y avisan de posibles revueltas que, más temprano que tarde, llegarán hasta el norte.

Su preocupación es acertada. En breve, las revueltas iniciadas en Andalucía llegarán hasta Barcelona y todo judío que todavía permanezca en la ciudad lo pasará muy mal. Pero yo no puedo decirle nada, por mucho que me cueste.

—Hemos vivido durante los últimos siglos en un territorio bastante seguro para nosotros. A veces, incluso podíamos debatir con otras creencias y decir en voz alta lo que pensábamos. —La imaginación de Ismael vuela lejos en el tiempo, melancólica—. Aunque siempre hemos vivido con miedo de opinar con libertad. El último gran debate lo protagonizó Nahmánides, un pilar de nuestra comunidad hace ya más de cien años. Finalmente tuvo que huir por decir la verdad.

Recuerdo que Lucía me contó algo sobre esa disputa. El sabio judío fue condenado por publicar su versión de los hechos. El rey le aplicó un castigo no demasiado severo, pero supongo que, viendo cómo estaba el patio, decidió largarse de España y vivir el resto de sus días en Palestina.

—Seremos cinco familias. —Ismael retoma el tema del viaje tras finalizar sus divagaciones—. Diez carretas repletas de enseres, víveres, mujeres y niños.

—¿Cuál será vuestro destino? —pregunto.

—Cualquier tierra donde no nos marquen por ser lo que somos —contesta Sarah sin dudarlo un segundo.

Hago memoria del tiempo en el que me encuentro. Lo tienen bastante crudo si se quedan en Europa.

—En nuestra ruta hacia el norte pasaremos por Francia, pero no nos estableceremos allí —explica Ismael alternando su mirada entre Sarah y yo—. Nuestra intención es llegar a Perpenyà. Tenemos un familiar que comercia con especias y que nos puede llevar en uno de sus barcos con destino a Oriente. Desde allí viajaremos hasta Jerusalén que, si Dios quiere, será nuestro destino final.

Ismael toma la mano de su esposa y ambos asienten. Se percibe esperanza en sus caras, pero también restos de tristeza. Dejar atrás una vida como la que llevan, conseguida a base de esfuerzo, no debe de ser fácil para ellos. Ni para nadie.

—No nos quedaremos mucho tiempo en Francia. Espero que haya algún barco disponible nada más llegar. Ese reino no es un buen destino para los judíos desde principios del siglo pasado. —Las manos de Ismael juegan ahora con las pocas migas de pan esparcidas por su parte de la mesa—. En el reino franco prohibieron y quemaron nuestro Talmud. Así lo dicto el Papa y así obraron los franciscanos y los dominicos.

Recuerdo esa historia. Corría el año 1240 cuando el Papa Gregorio IX se las ingenió para convencer a los príncipes europeos de que secuestraran todos los Talmud posibles. Los convenció para que lo hicieran el primer sábado de Cuaresma, cuando todos los judíos estuvieran en sus sinagogas.

—El Talmud es un libro importante para nosotros. Reúne, entre otras cosas, nuestras leyes, tradiciones, narraciones, historias y leyendas —me aclara Sarah. Acaba de dejar una tetera con vasos para todos. Me sirve uno.

—Lo sé —digo sin pensar—. Un antiguo código religioso y civil, repleto de discusiones rabínicas elaborado por sabios de Babilonia hace muchos siglos.

Sarah e Ismael me miran con los ojos muy abiertos.
Mi pulso se acelera.
Ya he vuelto a hablar más de la cuenta.

—No dejas de sorprenderme —indica Ismael. Esta vez sí hay algo de ironía en sus palabras.

—Sé un poco de casi todo. Mi abuelo decía que era aprendiz de todo y maestro de nada.

Sonrío. Es verdad.

Respiro antes de hablar. No quiero quedar mal con esta familia.

—Como ya os he comentado, he viajado bastante y eso me ha mostrado mucho mundo —añado con toda la seriedad que puedo—. Mi padre comerciaba con productos exóticos, labor que nos llevó a lugares remotos. Me permitió conocer infinidad de pueblos que piensan de forma distinta, cada uno a su manera.

Bebo el té que Sarah ha servido. Está muy bueno.

—Esté té es delicioso —le digo con sinceridad.

Dejo pasar unos segundos y tras otro sorbo continúo hablando. Creo que están esperando una aclaración.

—Estoy al tanto de que la opinión generalizada era que el Talmud contenía unos pocos fragmentos que, a lo sumo, se podían considerar blasfemos. Aun así, en lugar de censurarlo, optaron por destruir todos los ejemplares que encontraron.

No he dejado de mirarlos a los dos. Quiero que vean que no miento. Que no escondo nada.

Bernat me observa en silencio.

—No comparto en absoluto la idea de que, entre todas las creencias, tan solo una es la buena. Tener una mente abierta es una de las tantas lecciones que se aprende viajando.

Mis palabras salen solas y directas del corazón.

Ellos lo notan.

—Estoy de acuerdo contigo, Ismael. Francia no es el lugar ideal para instalarse. Un país cuyo rey dijo una vez que el mejor modo de discutir con un judío era hundirle una espada en el abdomen, no puede ser un buen destino para vosotros.

—De eso hace más de cien años —indica Ismael haciendo memoria, pero sin encontrar la fecha indicada. Se nota que es un hombre culto—. Luis IX fue un cruzado que odiaba a nuestro pueblo.

—Espero que algún día haya paz entre todas las religiones del mundo —suspira Sarah con tristeza en su mirada—. Que cada cual rece a quien quiera y que podamos darnos la mano como buenos creyentes.

Pues lo tienes claro.

Durante un segundo dudo de si tan solo lo he pensado o lo he dicho en voz alta.

—Entonces, ¿ya puedo dormir esta noche con ustedes? No tiene sentido volver al orfanato.

Bernat va a lo suyo. Es de piñón fijo. Me encanta.

Ismael suelta una carcajada sincera.

—Claro que sí, Bernat —indica Myriam—. ¿Verdad, madre? —añade mirando a Sarah, a la que se le cae la baba con el niño.

—Faltaría más —confirma la señora de la casa.

Bernat me mira y sonríe.

Tiene en su mano una pluma con la que garabatea en un par de hojas que le ha dado Myriam. Me fijo en ellas y veo que hay letras y hasta palabras completas.

—Ya sé escribir, señor Quim. Myriam me ha enseñado. Voy a ser el escriba que relate este gran viaje al que ahora estoy invitado.

Sonríe de nuevo. Hay bondad en sus ojos azules.

Le acaricio el sucio pelo. Hace tan solo unas horas que lo conozco, pero ya le tengo un gran cariño. Supongo que es feliz por primera vez en mucho tiempo.

—Vas a ser un gran narrador de aventuras —le digo.

—¿Y tú, amigo Quim? ¿Tienes dónde dormir?

—Sí, puedes estar tranquilo, Ismael. No te preocupes.

Ismael asiente. Se pone en pie.

Yo lo imito y Bernat también.

—Es hora de seguir con mis labores —indica para dar por acabada la sobremesa—. Piensa en nuestra oferta, por favor. Tú no viajarías solo y nosotros añadiríamos un par de valiosas manos a nuestra escueta caravana.

—Descuida. Te diré algo en cuanto arregle algunos asuntos familiares. —Miro también a Sarah y a Myriam—. Muchas gracias por vuestra hospitalidad. Ha sido un verdadero placer conoceros. Permitidme que pague gustosamente por tan exquisita comida.

Meto la mano en mi bolsa, pero no tengo tiempo de más.

Ismael me sujeta con fuerza el brazo. Noto la presión de su mano en mi muñeca. Es mucho más fuerte de lo que parece. El manejo de las herramientas y el trabajo manual se perciben en sus callosas manos.

—No queremos tu dinero, amigo Quim.

—Por supuesto que no —añade Sarah.

Ya me lo imaginaba, pero quería mostrar un poco de respeto por este agradable trato.

Aparto la mano de la bolsa del dinero y asiento con la cabeza.

—Os doy las gracias de nuevo. Sois muy amables.

—Lo acompaño y le enseño la ciudad —indica Bernat mirando a Sarah. Parece que le pide permiso. Ya se siente parte de la familia.

—Está bien, pero que sepas que esta tarde no te libras del baño —advierte la mujer.

Bernat sonríe. Un baño caliente en casa de su nueva familia antes de una suculenta cena no le suena tan mal.

Salgo de la casa seguido por el chaval. Ismael me despide desde el quicio de su puerta.

Camino un par de pasos y un destello hace que me gire.

—¡Ismael! —exclamo antes de que cierre la puerta del todo—. ¿Podrías explicarme el significado de este objeto, por favor? —señalo a la mezuzá de madera colocada en el marco de su puerta.

Lucía no tenía claro el motivo original. Igual yo lo averiguo ahora y le puedo enseñar algo nuevo. Punto extra para mí. Aunque no pueda decirle de donde proviene la información.

—Es una mezuzá —responde a la vez que la mira y repasa su contorno con los dedos—. Dentro de este pequeño receptáculo hay un pergamino en el que los judíos tenemos la costumbre de escribir ciertas palabras de la Torá.

—He visto que en otras puertas solo hay una ranura en la piedra de la pared y un papel en su interior —indico.

—Da igual como sea. Lo único que realmente importa es que esté presente en la entrada de nuestra casa.

—¿Es una tradición muy antigua? ¿Por qué se hace?

Yo lo que quiero es averiguar la historia sea como sea.

—Se remonta a los tiempos de Egipto, cuando mi pueblo marcó sus puertas para que las plagas pasaran de largo. Algunos creen que colocando esto estarán a salvo —señala de nuevo hacia su mezuzá—. Pero la vida nos ha demostrado que no es así. Han quemado nuestras casas demasiadas veces como para creer en objetos mágicos y protectores. Para mí es el punto que separa mi hogar del mundo externo. —Hace una pausa mientras piensa—. Cada día cuando salgo, la beso y rezo para que Dios nos proteja. Cuando acaba la jornada y vuelvo a casa, me recuerda que debo dejar mis preocupaciones junto a ella para que nada externo afecte a mi vida familiar. Al igual que hacemos al entrar en la sinagoga.

Pues ya sé algo más.

Estoy a punto de decirle que gracias por la charla cuando levanta la mano con intención de seguir hablando.

—La colocamos en este lugar en concreto, inclinada, debido a la disputa entre Rashi y su nieto Rabeinu Tam, dos grandes sabios. El primero decía que su posición debía ser vertical, pero el segundo opinaba lo contrario, así que tras los años se puso fin a la disputa colocando la mezuzá con esta inclinación que puedes ver.

Su dedo toca la parte superior, que está inclinada hacia el interior de la casa.

—Es muy curioso. Gracias por la explicación, Ismael.

—Tú sí que eres un hombre curioso —añade antes de despedirse.

El rostro de Ismael cambia de repente. Entorna los ojos y su mirada me traspasa y llega hasta más allá. Oigo unos balbuceos a mi espalda. Me giro. Veo llegar al trote a un hombre bastante alterado. Le falta el aire.

—¡Benjamín! ¿Qué te sucede, amigo mío? —pregunta Ismael, alarmado. Al parecer se conocen.

—Acabo de pasar por la plaza del Pi y no puedo creer lo que he vivido. —El hombre se para a nuestro lado y se apoya en la pared de piedra, encorvado, con la respiración demasiado agitada—. Aarón, el vendedor de fruta, y fray Tomás, el dominico, los dos desvanecidos en el suelo durante largo tiempo. Semejaba que estaban muertos hasta que han despertado.

Esos son los dos personajes que Josep, el carnicero, creía que me estaban siguiendo.

—¿Aarón está bien? —quiere saber Ismael.

Creo que el fraile le importa un bledo.

Normal en estos tiempos.

—He podido hablar con él cuando ha recobrado el sentido y me ha relatado que lo último que recuerda es que estaba vendiendo fruta como cada día. Después, sin más, se ha despertado en la plaza del Pi junto al fraile y a otro dominico que estaba auxiliándolo.

Una sensación extraña y familiar aparece de nuevo.

Mi sentido arácnido se activa por segunda vez el mismo día y debido a la misma gente. Y eso no es nada normal.

—No me lo puedo creer —indica Ismael.

—Yo los he visto esta mañana en la plazoleta. A los dos juntos, charlando, como si fueran amigos —les cuento.

—¡Imposible! —replica Ismael.

—Yo también los he visto —confirma Bernat—. Sí que parecían buenos amigos.

—El fraile se encontraba tan mal o peor que Aarón. Tampoco recordaba nada de esa mañana —apunta Benjamín.

—Esto es un sinsentido —murmura Ismael—. ¿Dónde está Aarón en estos momentos?

—Lo he acompañado junto a su esposa. Aarón me ha pedido que, mientras se recupera, vaya a buscar su carro y su mercancía —informa Benjamín.

—¿Te ha contado qué estaba haciendo allí? —indaga Ismael.

—No lo sabe. Ninguno de los dos ha logrado dar explicación alguna. Si hubieras presenciado la sinrazón que hemos vivido… —El hombre agita las manos a la vez que niega con la cabeza—. En fin, que me voy a buscar sus pertenencias si es que todavía queda algo que recuperar.

Dicho esto, Benjamín arranca a caminar con paso rápido hasta perderse de vista.

—No entiendo absolutamente nada —balbucea Ismael a modo de despedida mientras cierra la puerta de su casa.

Supongo que su cabeza intenta dar una explicación a ese insólito encuentro y posterior situación. No sé si él podrá encontrar alguna. Yo de momento no.

Lo único en lo que puedo pensar es en este molesto cosquilleo que siento en la nuca y que normalmente no suele preceder a nada bueno.

Capítulo 26

En la judería
16:00h

Bernat espera a mi lado como si fuera mi sombra. Me mira. Algo no le cuadra a él tampoco o eso creo que dicen sus ojos. No lo conozco tan bien. Igual lo único que quiere es largarse de aquí y merendar algo. Vete tú a saber...
—Me trae suerte, señor Quim.
—¿Por qué?
—Lo acabo de conocer y ya tengo una familia.
—Ya te querían antes —le aclaro.
—Sí, puede ser, pero si no fuera por usted no me habría enterado de su partida y me hubiera quedado aquí.
Dicho esto, comienza a caminar.
Me alegro por él. Este pobre chaval era carne de cañón. Posiblemente hubiera muerto antes de la pubertad, como muchos de los niños de esta época. Quizá le hubiera tocado en cinco años, cuando llegue a la ciudad la próxima oleada de Peste Negra.
Me doy cuenta, nada más acabar mis divagaciones, de que acabo de plantar una semilla cuyas ramificaciones y efectos futuros serán impredecibles, cosa que no debería haber hecho jamás. Es de primero de saltos en el tiempo.
—¡Mierda! —exclamo en voz alta sin darme cuenta.
Bernat, que camina unos pasos por delante, se gira y me mira confundido.
—Tranquilo. Es que casi piso una mierda.
Se encoge de hombros, da media vuelta y camina. Seguramente piensa que pisar una mierda no es tan raro.
Ojalá que el tiempo que viva no joda el equilibrio del universo e implosionemos todos. Según he comprobado más de

una vez, sus años de vida no van a ser ni más ni menos que los que hubiera vivido en la ciudad. Si el chaval hubiera muerto por la peste dentro de cinco años, también morirá allá donde esté dentro de ese mismo tiempo. Quizá de una caída, de un robo o envenenado por comer alimentos en mal estado. Lo que está claro es que su tiempo de vida será el mismo. ¿Por qué? No tengo ni la más mínima idea. La clave es cómo emplee ese tiempo. La repercusión de ese cambio dependerá de la importancia de la huella que Bernat deje en su nueva vida o borre de la que debería de haber vivido aquí.

En fin... que ya no hay vuelta atrás.

Observo a mi alrededor y me empapo del lugar. Quiero hacer un mapa mental del barrio que quizá dibuje y le regale a Lucía. Seguro que le hará ilusión. Podría decirle que fue trazado por algún ingeniero judío de esta época, que me lo han vendido en la tienda junto a libros antiguos. Para poder superar todos los controles de calidad del museo aplicaría lo que yo llamo el efecto Escondite: dejar un objeto oculto en el pasado y recogerlo en mi presente. Esto mismo es lo que hago con todos los artículos que me llevo del pasado. El paso del tiempo ha de ser testigo mudo y debe aparecer en todas las pruebas que les hagan, si no tan solo parecerían burdas falsificaciones modernas. No es difícil llevarlo a cabo, lo importante es elegir muy bien dónde esconderlo.

Bernat se gira para mirarme antes de dejar la calle donde viven Ismael y su familia.

—Estamos en la Volta del Call —indica con sus pequeños brazos extendidos en cruz—. Y esa de ahí es la entrada de la sinagoga de Massot.

En la época medieval a las calles sin salida se les llamaba Volta. Me acerco unos pasos hasta la puerta de la sinagoga. Miro a ambos lados. Desde aquí no se ve el final de la calle, pero sé que hoy está cerrada por ambos extremos. En mi tiempo está abierta y tiene dos nombres: la parte oeste que llega a Banys Nous se llama Baixada de Santa Eulàlia. La otra, que llega hasta la calle del Bisbe, se llama Sant Sever.

Bernat sigue caminando en silencio.

—¿No echarás de menos a tu amigo Joan? —le pregunto.

Cualquiera le dice ahora al chaval que no se vaya de viaje y se quede aquí solo, pasando hambre. Mi cabeza sigue dándole vueltas a lo de la semilla plantada. Me siento sucio por el simple hecho de intentar que cambie de opinión.

—Sí, pero es lo mejor para mí. Él siempre tendrá a su padre. Yo no tengo nada.

¿De dónde ha salido este chaval?

En mi vida he visto un niño de su edad hablando con esa profundidad.

—¿Cuántos años tienes?

Bernat se encoge de hombros sin dejar de caminar.

—Joan cumplió once años hace poco, así que como somos igual de altos yo debo tener los mismos —me suelta sin más.

—Muy razonable, por supuesto.

Bernat sigue con su paseo. Bajamos por una callejuela que yo conozco con el nombre de Salomó ben Adret, pero que ahora se llama calle de la Carnisseria, ya que en ella están las carnicerías *cashrut*. Aunque, si no recuerdo mal, también era conocida por otro nombre.

—Esta es la calle de la Sinagoga Mayor —me informa Bernat como si me hubiera leído el pensamiento—. Ahí delante, donde está ese grupo de gente, está la sinagoga más importante del barrio.

Yo asiento complacido.

En mi tiempo no queda nada de ella.

El chaval gira a la derecha y entra en una calle algo más ancha. En mi tiempo es la plaza de Manuel Ribé. Aquí está la sede del Museo de Historia del barrio judío. Lo que darían por estar aquí ahora, viendo lo que yo.

—Esta calle se llama Estudi del Francesos —indica Bernat, deteniéndose y haciendo un gesto con la mano como si me la estuviera presentando.

Acierta de pleno.

Se llama así porque los judíos franceses instalaron una sinagoga a pocos metros de aquí, tras ser expulsados del reino franco a principios del siglo catorce.

Poco después, Bernat se detiene de nuevo y señala a su izquierda.

—Y esta es la calle de la Sinagoga de les Dones.

Veo a pocos metros la famosa sinagoga de las mujeres. No es nada especial por fuera, pero sí que debe de serlo por dentro. Lástima que no pueda entrar a verla. En mi tiempo, esta estrecha callejuela es la calle Marlet.

Bernat camina dando patadas a todas las piedras que sobresalen del camino. Sus maltrechas botas no van a aguantar muchos paseos más.

Un instante después nos cruzamos de nuevo con la calle de la Carnisseria. A mi izquierda queda la sinagoga Mayor. A mi derecha, al final de la calle, veo una de las dos puertas que dan acceso a la judería. Yo conozco esta parte de vía como la calle de Salomó ben Adret.

Sigue recto y entra en otra estrecha calle y me mira.

—Esta es la calle de la Fruita. Se llama así porque es donde se venden frutas —me dice con los brazos abiertos hacia dos carros atiborrados de fruta, como si fuera evidente. Si el chaval fuera un guía turístico con página en Internet le pondría cinco estrellas.

En mi tiempo se sigue llamando igual. El olor a fruta pasada flota en el ambiente. Observo que junto a uno de los carros está Benjamín, el hombre que antes hablaba con Ismael. Supongo que ha encontrado la mercancía de su amigo.

Bernat continúa caminando.

Yo lo sigo. Es un paseo agradable que hacía mucho tiempo que deseaba hacer. Estoy tomando nota mental de todo para informar a Lucía.

El chaval me mira cada dos pasos y me espera si me atraso.

—Voy a beber agua de la fuente —me avisa.

Se acerca a una fuente que está en el cruce con la siguiente calle, la misma por la que hemos entrado al Call hace unas horas.

Se acerca a ella y bebe.

Es la fuente de Sant Just.

La memorizo para dibujarla más tarde. No me costará recordarla por el efecto Pausa del que ya te hablé. Ni qué decir tiene que esta fuente ya no existe en mi presente. Una pena.

—Esta es la calle de la Font del Call —indica Bernat después de pasarse el dorso de la mano por la boca para secársela.

Acierta de nuevo. Llamada así por esta fuente construida en el año 1356 para que los judíos no tuvieran que ir a buscar agua a la fuente de Sant Jaume, ya que en muchas ocasiones en cuanto salían de la aljama eran atacados. Por desgracia, la fuente desaparecerá en el siglo dieciséis y el nombre de la calle cambiará, cómo no, a la de un santo. En este caso el honor será para Sant Honorat.

Bernat se gira y me mira.

No dice nada.

—¿Y ahora qué? —le pregunto.

—¿Dónde quiere ir? —me pregunta él.

Me gustaría entrar en la sinagoga menor y ver la cripta que tiene oculta, pero eso va a ser misión imposible. Me tendré que conformar con vigilar como pueda por las calles adyacentes e intentar pasar desapercibido, tarea complicada por lo que he visto hasta ahora.

Bernat me sigue observando en silencio.

—¿Quiere que le enseñe dónde está la posada de *ca la Joana*? —me pregunta.

—Buena idea. Así ya sabré cómo llegar.

Bernat comienza a caminar hasta que sale del Call y nos encontramos ante la puerta de la iglesia de Sant Jaume.

Desde aquí puedo oler el mar. La brisa marina llega hasta mí porque la playa está hoy muchos metros más cerca que en mi presente.

Disfruto de estos segundos.

Sigue caminando.

Nos dirigimos hacia el noreste. Dejamos atrás la calle del Bisbe, gira a la izquierda y se mete por la siguiente callejuela, creo que es la calle del Paradís. A los pocos pasos veo una casa con un gran patio. Hay piedras enormes en una esquina que reconozco al instante. Pertenecen a las columnas del templo de Augusto, descubierto durante unas excavaciones a finales del siglo XIX. Se encontraron los restos de tres columnas, la cuarta estaba expuesta por aquel entonces en la plaza del Rey. En mi presente se puede visitar este mismo lugar y admirar las cuatro columnas rehabilitadas.

Lucía fliparía ahora mismo.

Al llegar al final de la callejuela me fijo en que, a mi izquierda, a unos quince metros de distancia, puedo ver una de las cinco puertas que dan acceso a la catedral de Barcelona. Sobre ella echo en falta el relieve de la Piedad rodeada de símbolos de la Pasión. Creo que hasta finales del siglo quince no lo instalarán. Estudio la distancia que hay desde mi posición hasta la catedral y me percato de que estoy pisando un suelo que en mi tiempo será ocupado por un edificio que abarcará toda esta zona hasta casi tocar el templo. La estrecha calle que quedará entre medias será la calle de la Pietat, como no podía ser de otra manera. Los que eligen los nombres no se calientan mucho la cabeza.

Unos cuantos pasos después puedo escuchar la algarabía que sale de algún lugar a pocos metros de distancia.

—Es allí —indica Bernat.

Un cosquilleo despierta en mi interior.

No puede ser.

Bernat se detiene y señala hacia un lugar en concreto.

Estamos en el edificio que está frente a la plaza del Rey.

No me lo puedo creer.

La posada es la que he visto nada más llegar. Yo diría, por lo que veo, que sobre los cimientos de este inmueble se construirá el edificio de los Mora dentro de unos siglos.

Estoy flipando.

No creo en este tipo de casualidades, por supuesto.

Observo el lugar al que todavía señala Bernat. Es una ventana abierta de par en par. A través de ella puedo ver que el local es bastante grande. Ocupa toda la superficie del que será mi negocio más el bar de mi tía. Cuento unas quince mesas, todas ellas atiborradas de jarras de vino y platos de comida a medio consumir, con más comensales de los que cada mesa puede admitir. Aquí el aforo máximo se lo pasan por el arco del triunfo, al igual que mi tía Rosa, que aprovecha todo el espacio que puede y más.

—Espere aquí —dice Bernat.

Yo sigo de pie, junto a la ventana abierta. A través de ella observo a Bernat que se adentra en el local y se escabulle hasta desaparecer por una puerta.

A los pocos segundos reaparece de nuevo seguido por una mujer. Su forma de caminar es firme y decidida. Se abre paso entre la muchedumbre casi sin esfuerzos. Bernat sale del mesón y la mujer lo sigue, secándose el sudor de la frente con lo que parece un delantal con más mierda que el palo de un gallinero.

—*Mare de Déu!* —exclama nada más llegar a mi lado. Levanta la cabeza como si buscara aire fresco—. ¡Qué calor que hace en esa endemoniada cocina!

Tiene el cuello ancho como sus brazos. El delantal también se lo debe de hacer a medida, como mi tía. La verdad es que me recuerda bastante a ella.

—Este es el señor Quim, del que le he hablado esta mañana, señora Joana. Se quedará a dormir hoy y es posible que alguna noche más. Es un buen hombre. Tiene dinero para pagarle.

La mujer me mira con unos ojos pequeños y oscuros, a juego con su enmarañado pelo. Me observa durante más segundos de los que mi paciencia admite.

—Buenas tardes —saludo para romper el silencio.

—¡Así que tú eres Quim! —exclama la mujer.

Me repasa de arriba abajo durante un tiempo interminable. Yo me quedo quieto como si un oso me estuviera acechando. Una osa, más bien.

—¿Es verdad que tiene dinero? —inquiere entornando aún más los ojos.

—Sí, señora.

Echo mano a mi bolsa y la muevo haciendo sonar las monedas en su interior.

Siempre me ha hecho gracia este gesto cuando lo he visto en las películas, es como si la otra persona supiera cuánto dinero llevas escuchando el sonido.

—¡La cena se sirve al anochecer! —exclama antes de darse la vuelta y dirigirse de nuevo hacia el local sin más dilaciones.

El tintineo de las monedas ha funcionado. Deben de tener el oído muy entrenado en este tiempo.

Bernat sigue a mi lado. En silencio.

Yo observo desde la ventana como la mujer atraviesa la posada sin que nadie se atreva a cruzarse en su camino y se pierde de nuevo en lo que me imagino que es la cocina.

Capítulo 27

CA LA JOANA
16:30H

El olor en el interior del lugar es una mezcla indescriptible de aromas rancios, sudor, humedad y algo parecido al cocido, que debe de ser el plato del día. Casi sin darme cuenta, me he visto arrastrado por Bernat entre las mesas del local y los bultos sucios y andrajosos que las ocupan. A cada paso que doy mis suelas se enganchan a un suelo pegajoso y lleno de todo tipo de restos.

La posada de Joana es, sin duda, un próspero negocio. Las mesas son robustas, de madera bien tratada. Resisten sin problema los duros golpetazos de jarras y las embestidas de estos bárbaros carentes de higiene. Las sillas tienen pinta de ser todavía más resistentes por la cuenta que les trae.

Bernat me lleva hasta la estancia contigua.

La posadera está junto a otra mujer. Las dos se encuentran frente a un enorme fuego a tierra que en este instante está ardiendo con energía. Sobre el fuego hay una barra de hierro que va de pared a pared. De ella cuelgan tres cadenas con unos eslabones que podrían servir para levantar el ancla del Titanic. Al final de cada una de ellas hay un gancho en forma de ese que soporta el asa de los calderos humeantes, que se mecen como un péndulo sobre el fuego. El humo escapa por el enorme agujero que llega hasta el tejado de la casa. La mujer joven remueve uno de los pucheros. Nos mira. No dice nada y sigue a lo suyo. Esta zona está mucho más limpia que la sala anterior.

La señora Joana se acerca a nosotros.

—Esta es Montserrat, mi hija —me dice.

—Encantado —saludo sin más.

Es muy guapa. Su cara está llena de chorretones de sudor que acaban en un bigote oscurecido a causa de la roña acumulada. Aun así, tiene una belleza natural que llama la atención.

—Montserrat está comprometida, señor Quim.

A esta mujer no se le escapa ni una. Aunque estoy seguro de que mi cara de bobo y una mirada más larga de lo normal no hubieran pasado desapercibidas para nadie.

—Me alegro por ella. Espero que sea muy feliz con su futuro esposo —le suelto sin darle demasiada importancia.

La joven sonríe.

La señora Joana se agacha y remueve un poco más el puchero. Saca el palo de madera y lo chupa. Asiente con la cabeza. Parece que está satisfecha con el sabor. Deja de nuevo el palo chupado en el interior del caldero y se levanta. Si la viera Chicote se le caería el pelo.

—Huele muy bien —le digo para romper el hielo. La verdad es que no miento.

—Ya puede oler bien, ya. Buenos productos, paciencia y un buen fuego. No hay más secreto —me contesta.

—¿Es para la cena de hoy? —pregunto.

—Y si sobra algo será el desayuno y la comida de mañana. Aquí no tiramos nada.

Se limpia las manos en la especie de delantal que lleva. Me hace un gesto con la mano para que la siga y comienza a caminar.

—Todas las habitaciones de arriba están ocupadas. Estos días de mercado siempre llegan muchos forasteros. Pero le he podido hacer un hueco en el sótano, junto a los barriles de vino. —Se detiene en seco antes de bajar las escaleras. Se gira y me mira muy seria—. Porque viene de parte de Josep, sino le puedo asegurar que no lo dejaría toda la noche aquí abajo con el vino. Espero que mañana no tenga que arrepentirme.

—No se preocupe, señora Joana, no me gusta el vino.

Es una mentira a medias. Me gusta un buen vino tinto como al que más, pero no el vino agrio que beben en estos tiempos.

—¡Mejor! —me suelta.

Seguidamente comienza a bajar la escalera.

Tras llegar al final salimos a un sótano amplio y oscuro. Está iluminado por un par de velas que se consumen en un candelero de hierro, fijado a una de las columnas de piedra. La señora Joana camina hasta el fondo sombrío de la habitación y prende otro par de velas que iluminan poco a poco el resto de la estancia. Veo que hay varias cajas de madera con cebollas, patatas y otras verduras. Hay sacos grandes que supongo que estarán llenos de arroz o trigo. Observo con detenimiento.

Este es mi sótano.

Sin duda.

Palmo más, palmo menos, pero es el sótano de mi tienda.

—No veo las garrafas de vino que decía —le digo.

—Están en la bodega, abajo. —Señala un hueco oscuro en una de las paredes—. Se baja por ahí, pero no lo haga. Allí solo hay vino y grano. Es un lugar fresco, pero demasiado para dormir. Acabaría enfermo por la humedad.

Esa zona a la que se refiere es una antigua cripta romana que ella ha transformado en bodega y que en unos pocos siglos yo transformaré en mi sala secreta.

—Es un buen lugar para dejar el vino. Seguro que la temperatura lo mantiene muy bien. ¿Construyó usted esa bodega o ya estaba cuando llegó? —le digo para darle conversación.

—¡Para construir estoy yo! Ahí abajo hay unas vasijas enormes donde guardo el grano que, según me dijo una vez el tipo que me lo vende, que de eso sabe bastante, son de la época de los romanos. Es posible que lleven ahí desde los tiempos de Cristo.

Me lo creo.

Dicho esto, saca unas mantas roñosas de una caja de madera y las extiende sobre una zona en la que hay un manto de paja. Mucho me temo que esta va a ser mi cama.

—Aquí dormirá esta noche. Estará tranquilo. Y no tenga miedo. Aquí no hay ratas —me advierte.

—Eso suena bien.

No había pensado en las ratas, pero, ahora que lo ha dicho, en mi mente puedo ver mi rostro mordido por decenas de roedores mientras duermo.

¡Joder!

Un escalofrío me recorre la columna y hace temblar mis hombros.

—Le dejo las velas encendidas y usted haga lo que quiera cuando se vaya a dormir —me comenta.

Yo asiento con la cabeza. Miro de nuevo el hueco de la pared. Todavía flipo por estar en un lugar que algún día será mío. Esto no puede ser una casualidad. Ya te he dicho antes que no creo en ellas.

—Si llega muy tarde se pone usted mismo la cena. En la cocina hay cuencos, cucharas y pan. Con el precio de la habitación está incluida toda la comida que quiera comer.

—Muchas gracias —le comento.

Bernat aparece por la puerta.

—Por eso *ca la* Joana está siempre lleno de comerciantes de buen renombre —dice el chaval.

—Eso sí, solo la comida y el agua. El vino no está incluido en el precio —me advierte de nuevo.

—Solo beberé agua —le digo.

Y si lo puedo evitar ni agua.

Subimos de nuevo a la cocina.

—El pago es por adelantado —me informa.

Le doy las monedas que me pide. Ella se las guarda en algún lugar entre el vestido y su cuerpo, tan rápido que ni lo veo.

—Le dejo con sus cosas que yo tengo trabajo con todos esos borrachos de ahí.

Veo como se pierde entre las mesas y comienza a recoger jarras y platos vacíos. Su hija también está fuera echándole una mano.

—¿Llevan la posada ellas dos? —le pregunto a Bernat.

—Ellas y otro hijo que ahora debe de estar comprando comida en los mercados —me comenta el chaval—. La señora Joana es viuda desde hace algunos años. Solo tiene dos hijos: Montserrat y Jaume.

—Parece una buena mujer —digo con sinceridad.

—Lo es. La echaré de menos cuando me vaya porque siempre se ha portado muy bien conmigo. Yo le traigo clientes y ella me da comida —me cuenta Bernat.

Este chaval es un superviviente nato.

—¿Y tus padres? —le pregunto.

—No lo sé. —Se encoge de hombros y comienza a caminar hacia la calle—. Me dejaron en el orfanato al nacer, o eso me contaron, pero he sido fuerte y no me ha ido tan mal…

Qué vida tan dura para un chaval tan joven.

Yo sonrío con él, pero por dentro siento su dolor. Como siempre me pasa en los saltos a estas épocas, intento apartarlo de mí y pensar que esto, en este tiempo y lugar, es normal. Que no debo hacer nada para evitarlo.

Este pensamiento me vuelve a recordar que Bernat se irá con Ismael y su familia por mi culpa. Y de nuevo aparece ese cosquilleo acompañado de escalofríos.

—¿Quiere que le lleve a algún otro lugar? —me comenta Bernat, ya en la calle, alejados del follón de la posada.

—No te preocupes. Ya puedes irte, yo caminaré un rato hacia la playa. Tengo ganas de ver el mar.

Es verdad. Pero también quiero volver a pasar por la sinagoga y echarle un ojo, si puedo.

—Pues entonces, si le parece bien, yo vuelvo con Ismael y Sarah. Esta noche ya dormiré en su casa.

Bernat sonríe y su cara refleja una felicidad abrumadora.

—Espero que estés bien con ellos.

—Lo estaré, señor Quim.

Bernat se aleja dando saltos. Es feliz.

—¡Señor Quim! —me grita antes de doblar la esquina. Lo miro—. Esté preparado para la partida. Seremos compañeros de viaje.

—Lo intentaré —le digo.

Él sonríe de nuevo. Se despide con la mano y desaparece tras los muros de la catedral. Yo meto la mano en el bolsillo izquierdo de mi pantalón de forma instintiva. No llevo el móvil encima, claro está. No sé la hora en la que vivo, pero yo diría, por la luz que hay, que debe ser entre las cinco y las seis de la tarde.

Me pasaré por la sinagoga en cuanto oscurezca, pero hasta entonces tengo que hacer tiempo. Y sé muy bien hacia dónde quiero ir.

Capítulo 28

Barrio de la Ribera
17:30h

El ambiente a esta hora de la tarde es agradable. Me alejo de la posada de *ca la* Joana para entrar en uno de los núcleos que nació a extramuros de la primera muralla que tuvo la ciudad, la de los romanos. En cuanto el riesgo de invasiones musulmanas disminuyó, la ciudad se expandió creando nuevas villas o barrios que normalmente se alzaban alrededor de iglesias o monasterios. Yo me dirijo a la *vila nova* del barrio portuario creado alrededor de la basílica de Santa María del Mar. Hubo otros igual de importantes como el barrio de agricultores de Sant Cucufate, que hoy es la ciudad de Sant Cugat; el de Sant Pere, el de Santa Anna, el del Mercadal, el Raval, el del Pi...

Camino hacia el barrio de la Ribera, un lugar repleto de profesionales de diferentes gremios que abrieron sus talleres agrupándose en las mismas zonas. Se encuentra dentro de la segunda muralla construida por el rey Jaume I. En mi tiempo, estas calles todavía conservan el nombre del oficio que se lleva a cabo hoy en día.

Entro en la calle de Argenteria. Aquí predomina el comercio de metales preciosos y, por lo tanto, es una de las vías más transitada por gente de bien. Quizá por eso es una de las más amplias, además de ser una de las primeras en tener pavimento para el paso de carruajes.

Pocos metros después veo a mi izquierda la calle de Vigatans. Esta travesía, algo más estrecha y menos transitada, se llama así por ser muy frecuentada por comerciantes dedicados al comercio de las vigas.

Sigo caminando hacia el este, dirección al mar. El olor de la playa comienza a mezclarse con infinidad de distintos aromas que dependen de la calle con la que te cruces. Puedo oler a metal, a piel curtida, a carne y embutidos, a la humedad de la arcilla de los alfareros y, cuanto más cerca estoy del mar, más fuerte es el olor a pescado. A salitre. A naturaleza pura.

Ya diviso lo que andaba buscando.

Al final de la travesía puedo ver las dos torres de la basílica de Santa Maria del Mar. Me acerco despacio, en silencio, respetuoso y maravillado ante la mole que se eleva frente a mí. He disfrutado de este edificio cientos de veces, pero jamás como ahora. Es la primera vez que la veo tan imponente.

Tan nueva.

Paso por delante de la puerta principal y me detengo a unos pasos de ella, justo donde en menos de una década se construirá la fuente de los Señores. Todavía se conserva en mi presente.

Miro con calma la catedral.

La admiro.

Se empezó a construir en el año 1329 y se acabó hace apenas ocho años. Por eso la piedra que tanto costó transportar desde la cantera de Montjuic luce como jamás la había visto. Tengo ante mí la primera iglesia construida con dinero del pueblo, por el pueblo y para el pueblo. La gente del barrio de la Ribera trabajó, luchó y pagó hasta el último rincón de esta basílica.

Multitud de personas pasan a mi lado y yo sigo embobado.

El ajetreo de comerciantes y trabajadores es constante, así como la gente que entra y sale de la catedral. No puedo perder la ocasión de ver el interior en su máximo esplendor. Subo las escaleras y me adentro a través de uno de los dos portones de hierro. El interior es oscuro. Y amplio. Muy amplio. Estoy acostumbrado a ver decenas de filas de bancos alineados. Hoy solo hay unos pocos, lo que hace que la planta principal de la catedral me parezca más grande que nunca.

Huelo la cera quemada de las velas que pueblan cada uno de los pilares que sujetan los altos techos abovedados, ofreciéndome una luz tenue y nerviosa que deja a su alrededor sombras juguetonas. Es una de las escenas más bonitas e impactantes que he visto. Esta construcción espectacular contrasta con una época repleta de suciedad, enfermedades, hambruna y pobreza.

Paseo entre sus capillas y me detengo ante la que pertenece a los *bastaixos* de Barcelona, los hombres que se encargaron de acarrear en sus espaldas cada una de las piedras que forman esta construcción. Hay varias personas rezando ante un cirio encendido. El silencio es amo y señor del lugar. Tan solo el susurro de los pasos arrastrados se atreve a romperlo.

Dejo atrás el altar y me detengo ante una de las muchas vidrieras. Me fijo en una del segundo piso y veo que falta, por supuesto, la cristalera que en mi tiempo contiene el escudo del Barça. El club de fútbol de la ciudad fue uno de los patrocinadores que subvencionaron las nuevas vidrieras que sustituyeron a las dañadas durante la guerra civil. Y, como agradecimiento, un pequeño escudo del club se puede ver en una de ellas. Hoy no existe. Ni el club tampoco. Ni siquiera el fútbol. Todavía quedan varios siglos para que los señoritos ingleses comiencen a patear balones.

Observo en silencio.

Saboreo el momento.

Tengo el gran placer de ver las imponentes vidrieras originales. Lucía sería feliz aquí y ahora. Respiro hondo y me concentro para retenerlo en mi memoria.

Camino hacia la salida. Antes de cruzar la puerta me giro y contemplo de nuevo la basílica en todo su esplendor.

Al salir compruebo que el sol todavía ilumina la ciudad con fuerza. Dejo atrás la catedral. Esquivo unas cuantas carretas llenas de pescado y me adentro por las estrechas calles de las últimas casas de la ciudad antes de llegar al mar. En casi todas ellas viven pescadores, marineros o los *bastaixos*, los estibadores encargados de descargar los barcos que arriban hasta la ciudad.

Paso por delante de una construcción en la que solo se vende pescado. Debe de ser la lonja. Está plagada de gente. Desde aquí ya puedo ver el mar y un edificio solitario a pie de playa. Me acerco hasta la puerta y observo el reguero de público que entra y sale. Sé muy bien qué es. Es el Consulado del Mar, una cofradía de armadores y comerciantes creada a mediados del siglo trece. Según leí, desde aquí se encargan de regular el comercio marítimo y las leyes portuarias. Establecieron su propia legislación mercantil que más tarde se convirtió en el primer código marítimo que se conoce en el mundo y que sentó las bases del comercio por mar en todo el Mediterráneo.

Es un lugar importante, no solo para la ciudad, sino para el resto del mundo. Aquí se tomaron y se tomarán decisiones que cambiarán la historia. Y no solo en lo referente al comercio marítimo. En tan solo una década se abrirá en este mismo edificio una Taula de canvi. El objetivo de esta mesa de cambio será ayudar con el cambio de moneda en las relaciones comerciales y servir de depósito para todos los capitales públicos y judiciales. Se convertirá en el primer banco público de Europa.

Historia viva ante mis ojos.

Debería traerme aquí a Lucía. Nunca he probado a viajar con otra persona. Quizás es mejor que pruebe primero con un ratón, como hacen con las vacunas. Aunque me da miedo. Siempre que pienso en esto me viene a la memoria la película de *La Mosca*. Pobre Goldblum, qué mal lo pasó.

Camino unos pasos más y noto la arena de la playa bajo mis pies. El aroma a sal invade mis sentidos. El aire es cálido y pegajoso, pero limpio. Hasta aquí no llegan los malos olores de la ciudad. Solo huelo el intenso aroma a pescado y a marisco que sale de las barcas y de la multitud de redes esparcidas por la playa. Mallas que ahora están siendo reparadas y cosidas de forma artesanal por las mujeres de los pescadores.

Es un olor natural. Intenso, pero aceptable.

Me encanta el mar.

A mí enterradme sin duelo, entre la playa y el cielo, cerca del mar porque yo nací en el Mediterráneo.

Forma parte de mi ciudad.
De mi ser.
De mi vida.
En el horizonte puedo ver cinco veleros fondeados.

Barcelona carece de puerto en esta época y los barcos no se acercan demasiado a la costa para no encallar en los bancos de arena. En su lugar, pequeñas barcas repletas de *bastaixos* se encargan de navegar hasta los veleros y transportar toda su carga hasta la playa, donde otros la distribuyen hasta su destino final.

Según me contó un buen amigo historiador de una época no muy lejana a esta, Barcelona goza desde hace un siglo de buenas relaciones comerciales con los principales puertos del mundo. Gracias al efecto Pausa recuerdo todo lo que me dijo y eso me sirve para ser un poquito más ilustrado, don que uso a veces para impresionar a Lucía, claro está.

Mi buen amigo Cristóbal, un marino del que ya te hablaré en otro momento, aunque puedo adelantarte que su vida es sencillamente apasionante e increíble, me contó que en estos tiempos la ciudad mercadea con todo aquello que deje dinero, cómo no. Con Túnez y Argel se comercia con oro y esclavos. De Sicilia y Cerdeña se importa trigo y sal. Especias de Damasco, Alejandría y Constantinopla. Con esta última, además, se comercia con algodón y también con más esclavos.

Me contó también que, Jaime I, rey de Aragón y Conde de Barcelona, favoreció especialmente la economía de la ciudad vetando la carga de mercaderías en barcos extranjeros mientras hubiese naves catalanas disponibles. También otorgó la libertad de negocios con Mallorca y dictó que el comercio barcelonés estuviera exento de cualquier imposición real en los territorios de la Corona.

Todo esto ha ayudado a que la Ciudad Condal rivalice hoy en día con puertos tan importantes como los de Génova o Florencia, aun careciendo de puerto como tal.

Barcelona tardó demasiado en tener un puerto en el que los veleros pudieran atracar a salvo de temporales y los estibadores pudieran hacer su trabajo de forma decente y menos peligrosa. Otras ciudades con recovecos protegidos de forma natural no tuvieron tantos problemas. Aquí tan solo se aprovechó el recodo que va desde la falda de la montaña de Montjuic, que ahora queda a mi derecha, hasta la desembocadura del río Besós como sucedáneo de puerto.

La colocación de la primera piedra del puerto artificial no llegó hasta el año 1477. Se aprovechará la isla de Maians, una pequeña isla natural que puedo ver desde aquí, para crear el espigón del futuro puerto.

Sigo caminando a la vez que observo el ajetreo que se vive sobre la arena. Cientos de familias se alimentan gracias al mar y muchas de ellas están trabajando ante mis ojos. Al fondo puedo ver el convento de Framenors en todo su esplendor. Apenas lleva siglo y medio construido. Me acerco para admirarlo con más detenimiento. Nadie diría que lo derribarán en el año 1837 tras una serie de motines y saqueos.

Nada dura para siempre.

Para siempre es demasiado tiempo.

El sol ha bajado bastante y, aunque todavía no se ha ocultado tras la montaña, las sombras ya ocupan gran parte de las estrechas callejuelas de la ciudad. Es un buen momento para ir hacia la sinagoga a ver qué puedo averiguar.

Dejo la playa para adentrarme de nuevo en la villa a través de la puerta de Framenors. Camino junto a la muralla por un terreno abarrotado de matorrales y aún sin edificar. Poco después paso por delante de la puerta de Trenta Claus. Algunos dicen que se llamaba así por los treinta clavos que presiden dicha puerta. Y ya que estoy aquí por qué no comprobarlo.

¡Treinta! Ni uno más ni uno menos.

Aquí tenemos, de nuevo, un claro ejemplo de otro genio que no se comió la cabeza al ponerle nombre a algo. En este caso a la puerta. ¿Cómo llamaremos a esta puerta? ¿Cuántos clavos tiene? ¡Treinta! Pues ahí tienes. ¡Otra cerveza!

Unos pasos después bordeo un par de edificios. Tras ellos, puedo ver la sinagoga menor. Apenas hay cuatro almas a su alrededor. Me dirijo hacia la parte trasera del pequeño templo con la cabeza gacha, sin llamar la atención.

Es un buen momento para indagar.

No pienso entrar por la puerta principal. Primero, porque seguro que está cerrada. Segundo, porque si lo que se esconde aquí es tan valioso estará vigilada las veinticuatro horas del día, todos los días del año. Prefiero no levantar sospechas y para ello entraré por una pequeña ventana que he visto en el lateral de la pared norte y que da a una calle estrecha y solitaria por la que ahora mismo camino.

Observo.

Vigilo a un lado y al otro.

Solo escucho silencio acompañado de semioscuridad.

Nadie a la vista.

Me siento en el suelo. Disimulo. Apoyo mi espalda en el edificio que queda delante de la sinagoga. Desde aquí observo la pared norte del templo y su ventanuco. No me gustaría romperlo para entrar, aunque tampoco van a durar mucho más, que digamos. Pero si lo puedo evitar, no lo haré porque no quiero dejar rastro de mi visita.

No está a demasiada altura. Aceptable.

Vuelvo a mirar a mi alrededor.

Una figura se acerca desde un extremo de la calle. Me hago el dormido. Viene directo hacia mí. No voy a correr riesgos, si es necesario lo noquearé. Dos segundos después pasa por delante y sigue su rumbo como si yo no existiera. No soy más que otro pobre desgraciado que no tiene dónde dormir. Un desecho que no despierta ningún tipo de preocupación. En mi tiempo pasa exactamente lo mismo con los que viven en la calle. Qué poco hemos evolucionado en siete siglos.

Mierda de humanidad.

Tras un rato de espera, me levanto y comienzo a trepar por el muro de la sinagoga. No hay tiempo que perder. La construcción irregular de las piedras me facilita el apoyo de pies y manos. Trepo hasta casi tres metros de altura. Me agarro al quicio de la ventana. No es muy grande. Creo que mi cuerpo delgaducho puede pasar a través de ella.

Empujo la ventana y esta se abre hacia el interior.

Respiro con dificultad.

La escalada hace mella en mis músculos. Necesito hacer más ejercicio.

Tomo nota.

Apoyo el pie en el saliente de una de las piedras y me doy impulso. Me asomo al interior. No hay luz alguna, todo es oscuridad. Introduzco medio cuerpo con mucho esfuerzo. Cuando noto que mi torso ha entrado, intento darme la vuelta para sentarme sobre el quicio de la ventana. Tanteo con mis manos por encima de esta, pero no encuentro dónde agarrarme para asegurar una buena posición. No quiero caer de espaldas desde esta altura. No sé si el suelo de la sinagoga está al nivel de la calle o más abajo. Encuentro un punto de apoyo y me aferro a él con las dos manos. Hago más fuerza de la que tengo para arrastrar mis piernas hasta que las consigo meter por la ventana y asentarlas en los salientes de la pared.

Por fin.

Desciendo un poco por el muro.

Me queman los antebrazos y los gemelos se tensan hasta doler. Mis pies resbalan poco a poco. Noto como la piedra se descascarilla bajo mis suelas. Mis dedos tiemblan. Todo mi cuerpo pende ahora de cuatro dedos agarrados a un par de centímetros de saliente arenoso que va a romperse en cualquier momento.

Mis pies buscan, pero no encuentran. No aguanto más. Noto como me resbalo. Intento escalar con los pies como un dibujo animado, pero solo consigo rascar la pared.

Me caigo.

Me tenso y me preparo para la caída. No veo nada. No distingo el fondo y no sé cuándo flexionar mis piernas para no romperme en pedazos. Aunque tampoco sé si estoy cayendo de pie o de lado.

Nada más notar el impacto me doblo y protejo mi cabeza con las manos. Intento rodar por el suelo, tal y como aprendí en mis clases de *jiu-jitsu*, hasta que me detengo de golpe contra una columna.

El impacto es tan fuerte que me quedo sin aire.

Abro la boca para conseguir vida, pero mis pulmones no responden. El leñazo me ha dejado tieso. Me quema el pecho. Me arde la espalda. Y para colmo, aparece una luz por la puerta principal.

Me concentro en respirar.

Sin aire en mis pulmones no hay futuro.

Consigo dar pequeñas bocanadas que parecen más los últimos estertores de un moribundo y empedernido fumador que las respiraciones de un ser vivo.

La luz titilante de un candil se acerca cada vez más.

Me incorporo como puedo, en silencio.

La llama levita como un fantasma curioso. Se dirige hacia la pared donde está la ventana por la que he entrado. Sigue abierta, tal y como la he dejado. La verdad es que no estaba yo como para cerrarla. Por el hueco aparecen dos palomas. O dos cuervos. No lo tengo muy claro. Miles de lucecitas brillantes flotan todavía ante mis ojos a causa del golpe y me impiden ver con claridad. Me arrastro hasta esconderme tras unas maderas y unos trapos o cortinas, no puedo distinguirlos bien.

Observo en silencio.

Tras la luz de las velas distingo a un hombre. Lleva ropas claras que centellean con el vaivén de las llamas. El resplandor deja entrever una cara delgada que, al amparo de las sombras, ofrece un aspecto cadavérico. Enseguida viene a mi memoria un personaje de mi infancia. Este individuo es como Gargamel, el villano de los Pitufos, pero con treinta kilos menos. Y con algo de chepa. Bastante, ahora que lo veo mejor. Está mirando hacia el hueco abierto de la ventana y a las aves que revolotean entrando y saliendo de la sinagoga. Son cuervos, sin duda.

El hombre grita algo en voz alta que no entiendo, pero que no suena nada bien. Se agacha y deja el candelabro en el suelo. Agarra un objeto que estaba apoyado en la pared, un palo muy largo. Lo levanta con las dos manos con bastante esfuerzo. Ahora parece un atleta a punto de hacer un salto con pértiga.

Gargamel en las olimpiadas. Si estuviera solo me reiría de mi propio chiste.

Apoya el palo contra la ventana y la cierra con un gesto firme y rápido que delata que no es la primera ni la segunda vez que lo hace. Deja la pértiga en el mismo lugar que estaba. Recoge de nuevo el candelabro y se gira en redondo.

Estoy a tan solo dos metros de él.

No sé muy bien dónde estoy escondido, solo sé que me he parapetado entre maderas, trapos resecos, cuadros viejos y trastos por el estilo. Espero que sea camuflaje suficiente.

El hombre camina con calma y pasea la luz por la zona.

Busca algo. Quizá otro cuervo. O un buitre como yo. Está tan cerca que ahora puedo ver con claridad su pelo canoso, la nariz y la barbilla puntiagudas hasta casi tocarse la una con la otra, los pómulos salidos y unos ojos pequeños y hundidos, rodeados de un halo oscuro.

Aparenta tener ciento sesenta años como poco.

Yo diría que le quedan dos telediarios.

O, como dirían aquí, dos lunas.

Arrastra los pies sin dejar de mirar a un lado y al otro. Si me descubre tendré que pegarle y mucho me temo que como le dé un poco fuerte le desmonto la cara como si fuera el señor Potato.

No me muevo.

Apenas respiro. Y aun así noto el pinchazo en mi costado con cada pequeña inhalación. Creo que me he roto una costilla en la caída. O dos, por el mismo precio.

Pasa de largo.

Camina hacia el fondo y se detiene junto a una de las columnas. Observa con calma todo a su alrededor. No parece tener prisa por largarse de aquí. Tras un tiempo demasiado largo arrastra sus pies de nuevo en dirección a la puerta de la entrada. Debo ver dónde se mete. Si se va o si se queda aquí dentro, acechando en la oscuridad. No quiero más sorpresas.

Me levanto en silencio, vigilando no tirar ninguno de los cachivaches que tengo a mi alrededor. La luz se ha alejado dejando oscuridad. Tanteo el suelo con la punta de los dedos de las manos.

El reflejo inquieto de las velas llega hasta la puerta y a los pocos segundos se apaga. Se hace un silencio absoluto durante un tiempo eterno, hasta que la tenue luz de la tarde inunda aquella lejana zona a través de una ranura.

La puerta se ha abierto.

Veo a contraluz como Gargamel sale a la calle y vuelve a cerrar el portón metálico. Oigo el crujir de la llave y como se detiene tras dar tres o cuatro vueltas. Si algo tengo claro es que por esa puerta no voy a poder salir sin su llave correspondiente. Pero eso será otro problema que solucionaré a su tiempo.

Me dejo caer en el suelo e intento respirar en profundidad.

Me duele con cada inspiración, pero lo necesito.

Mis pulsaciones bajan y mi percepción se serena.

Ahora debo encontrar la cripta.

Capítulo 29

Sinagoga Menor
20:30h

Tengo un poco de frío. El ambiente en el interior de la sinagoga es húmedo y más fresco de lo que me esperaba. No estoy a gusto. El golpe que me he dado tampoco ayuda, la verdad. Empieza a dolerme demasiado. Cuando se enfría duele más; siempre se ha dicho eso. Pues es verdad. Preferiría estar ante una buena sopa en *ca la* Joana y acostarme sobre las cuatro mantas roñosas que me ha dejado preparadas en su sótano.

Pero antes debo acabar con esto.

Me concentro. Respiro un par de veces hasta que noto las pulsaciones en mi pecho, señal de que empiezo a controlar la situación.

Para, respira, piensa y actúa.

Si estoy en lo cierto, bajo mis pies están varios de los objetos más codiciados por el ser humano. Uno de ellos, el Arca, el más venerado por toda la comunidad judía. Y por los nazis, según Indiana Jones.

Sonrío.

Soy un Indi de pacotilla, lo sé, pero aquí estoy, tras uno de sus objetos preferidos.

La sinagoga no se parece en nada a la futura iglesia de Sant Jaume, que ocupará su lugar y que tan bien conozco. Si mis cálculos no fallan, ahora debo de estar sobre lo que será el altar mayor. Por lo tanto, la capilla en la que apareció el boquete está unos metros a mi izquierda.

Camino despacio, vigilando no tropezar con nada para no romperme otras dos o tres costillas. Sorteo los pequeños muros y las columnas de piedra que dividen las secciones de la sinagoga. Por lo poco que puedo ver, gracias a la tenue luz que todavía entra por las cristaleras, los techos son muy altos. De ellos penden decenas de lámparas que tienen forma de maceta. Las columnas son redondas, sin filigranas, y se unen entre ellas formando amplios arcos que llegan hasta casi tocar el techo.

Llego hasta la pared este.
Está más lejos de lo que me pensaba.
Tanteo.

Paso la mano por la piedra y la acaricio para dibujarla en mi mente. No creo que haya ninguna entrada en la pared. Sería muy difícil conectar un pasadizo desde aquí hasta la cripta, que está como a cuatro metros de distancia y dos más bajo tierra. Me inclino más por una trampilla en el suelo que descienda hasta ella. Tal y como funcionaría la entrada de un submarino.

Vuelvo sobre mis pasos.

Me detengo cuando calculo que estoy de nuevo sobre la cripta. Me pongo de rodillas para notar el suelo con mis manos. Tanteo la superficie, con las palmas abiertas, y acaricio el polvo acumulado. La tierra. Las piedrecitas. Pero no noto ninguna ranura que pueda señalar una entrada.

Un momento.

Estoy junto a una de las muchas columnas. Es justo donde antes se ha parado Gargamel durante un par de minutos.

Hay algo diferente junto a su base. Noto una separación que me huele a premio. Dibujo el contorno con mis dedos. Tanteo cada resquicio o saliente. Mis yemas rozan la piedra en busca de un resorte que la abra.

Premio otra vez.

Está en el centro y es redondo. Con un diámetro de unos tres dedos. Intento hacer palanca en el surco para levantarlo, pero no se mueve. Limpio la superficie para notar mejor su contorno. Soplo con vigor como el lobo del cuento. Aprieto sobre la marca con fuerza. No pasa nada. No es un pulsador. No es una pequeña trampilla que pueda levantarse para dejar a la vista una argolla de la que tirar, que es lo que yo me imaginaba que podría encontrarme.

No sé cómo se abre. Pero esta es la entrada.

Sin duda.

Me siento en el suelo.

Respiro de nuevo. Eso siempre me ayuda.

Me sacudo las manos para eliminar el polvo de ellas. Fuera parece que ha empezado a llover. Oigo repiquetear las gotas sobre el tejado de la sinagoga y cómo los canalones empiezan a desaguar.

Tengo hambre. Y sueño.

Y cada vez más frío.

Debo pensar como si fuera uno de ellos.

Veamos…

He escondido un tesoro. He ideado una trampilla que lleva hasta él. Dicha entrada está a plena vista y solo camuflada por el polvo y la arena natural que se deposita a diario en el suelo del templo. Decenas de hombres pasan sobre la entrada cada día. La pisan. Arrastran sus pies por encima de ella. No quiero que se abra por error, por un mal paso o porque alguien se ponga a brincar sobre el resorte. Quiero que sea algo más complicado. Y, sobre todo, quiero que, cuando pase sobre ella, una señal me chive si alguien ha intentado abrirla. Algo llamativo para mí, el guardián de la cripta, pero que pase desapercibido para el resto de la comunidad judía.

Pasan un par de segundos.

Decenas de ideas locas giran ante mis ojos como los rodillos de una tragaperras hasta que se detienen con el mejor de los premios: la respuesta.

Una solución tan obvia como sencilla.

¡Es un lacre!

Mi pulso se acelera.

Esa pieza redonda es, ni más ni menos, como el lacre de una carta. Si el lacre está roto es que alguien ya la ha leído. Si el sello redondo se ve roto, es que alguien ha intentado entrar.

Sencillo. Elegante y con una alarma visual que nadie, excepto el guardián de la cripta se pararía a mirar.

Pienso qué debo hacer.

Si rompo el sello mañana saltarán todas las alarmas. Si no hago nada, dejaré que la historia siga su curso, pero me quedaré sin ver los tesoros y con un montón de preguntas sin respuesta. Y eso no puede ser.

¡Joder!

Voy a intentar sacar el sello sin romperlo. Es la única forma de bajar sin que nadie sepa que he estado aquí. Necesito algo que haga palanca. Debe ser fino porque la ranura es de apenas unos milímetros.

Saco mi daga del cinto y repaso el contorno del sello que hace las veces de lacre. Rasco la arena hasta dejarlo limpio, como nuevo. No lo puedo ver con claridad, pero noto que el sello es como una O mayúscula. Paso mis dedos y distingo que tiene un relieve. Es una estrella de seis puntas. Intento hacer palanca con la daga, pero no salta a pesar de la fuerza que hago.

Es imposible levantarlo.

No está ideado para ser alzado. Está hecho para romperlo.

Esta es la voz de mi conciencia. A veces me habla y me muestra lo que yo no veo. Tiene razón.

Tengo razón, quiero decir.

No puedo romperlo. No pueden saber que alguien ha estado aquí. Quiero sacarlo intacto y para eso necesito luz. Aunque sea una triste vela. El candelabro que llevaba Gargamel lo apagó antes de salir a la calle. Es posible que lo haya dejado cerca de la puerta.

Camino hacia aquella zona.

Pocos pasos después llego hasta el otro extremo de la sinagoga, cerca de la entrada. En esta zona hay algo más de luz, ya que hay dos ventanales a cada lado. No es que sea la bomba, pero hay luna llena, está despejado y eso me facilita bastante la búsqueda.

Me acerco a la puerta y lo veo. Está sobre una mesa redonda, junto a la pared. Es un pequeño tubo de cobre que se divide para poder llevar tres velas en línea. Toda una modernidad para estos tiempos. Busco con qué prender las velas, pero no encuentro nada. No había pensado en este pequeño detalle.

Desde las entrañas de la puerta emerge un sonido que rebota entre las paredes de la sinagoga y me acelera el corazón haciendo que palpite a doscientos por minuto.

Un gemido que rompe el silencio.

Alguien quiere entrar.

Dejo el candelabro sobre la mesa y corro hacia la pared norte, la misma por la que entré, pero no voy a llegar. Me duelen las costillas y las rodillas al trotar. Menuda mierda de ladrón artrósico que soy. Desde aquí escucho las bisagras chirriar. Me detengo al instante. Me agacho tras un banco de madera. Decido tumbarme para camuflarme mejor con las sombras.

Oigo pasos. Voces apagadas.

Miro desde la lejanía. Estoy a unos diez metros de distancia, quizás quince. No lo sé. Espío entre las patas del banco al tipo que acaba de entrar. Tras él entra otro más. Y otro.

Y otro.

¡Madre del amor hermoso!

¿Van a montar una fiesta nocturna o qué?

El quinto y último en entrar cierra la puerta con llave de nuevo. Esto pinta mal.

Prenden las velas con otras que ya llevaban y puedo ver sus caras. Uno de ellos se desprende de la capa oscura que lleva echada por encima y la deja junto a la puerta. Es grande y fuerte. De su cinto sobresale una espada enorme. La empuñadura, forrada con piel oscura, acaba en un pomo redondo que brilla con la luz de las velas. Lo reconozco al instante a pesar de la distancia.

Es un sello templario.

¡Hostia puta!

El pomo de ese espadón lleva encastrado un jodido escudo de la Orden del Temple.

Estoy un poco perdido en este momento.

No entiendo nada.

La orden de los Caballeros Templarios desapareció hace más de ochenta años. Aun así, no me cabe la menor duda de que esa espada perteneció a uno de ellos.

El portador del arma habla en voz baja con el resto. No consigo escuchar nada de lo que dicen, tan solo susurros que se desvanecen antes de llegar.

Los observo.

Veo que lleva un peto de malla bajo una camiseta oscura y raída. Es moreno. Pelo largo a juego con su barba. Este tipo es peligroso. Si me pillan aquí me destripan fijo.

Uno de ellos se queda en la puerta más tieso que un palo congelado mientras los otros cuatro caminan hacia el fondo de la sinagoga. Desde mi posición puedo verlos con claridad.

Llegan hasta la zona en la que yo he estado hurgando. Se detienen ante la trampilla. Acercan la luz de las velas y la observan. Se miran entre ellos.

—Alguien ha hallado la entrada —dice el portador de la espada templaria.

Mi sangre se hiela.

El cuarteto que estaba sobre la trampilla se dispersa hacia cada uno de los cuatro puntos cardinales. El que vigila la puerta sigue en guardia, tenso. De vez en cuando tose de forma contenida. Tiene mala cara, parece enfermo.

La mano derecha del hombre que parece ser el jefe se posa sobre el cuero oscuro de la espada templaria, que emite un sonido agudo y limpio al desenvainarse y que resuena hasta el último rincón del templo judío hasta clavarse en mi alma.

Al instante cuatro ecos idénticos lo acompañan.

¡Mierda!

Apenas respiro.

Creo que mi corazón se ha detenido.

No me lo puedo creer. Son los guardianes del tesoro.

¿Y uno de ellos es templario?

¿Estamos locos o qué?

¿Qué coño hace un templario en una sinagoga judía casi un siglo después de desparecer la Orden del Temple?

No tengo tiempo para formularme estas preguntas y mucho menos para intentar responderlas. A pocos metros de mi posición aparece la sombra de uno de ellos. Está buscando algo, a alguien, a mí.

No respiro, no parpadeo.

La oscuridad y el silencio son mis únicos aliados.

El tipo que tengo delante es ancho como un mueble ropero. Sostiene su espada con las dos manos mientras camina con cautela. Mira hacia todos los lados. Vigilante. Porta un hierro largo que sobrepasa el metro de viejo acero, pero bien cuidado. La guarda es ancha y bella. Brilla. Está labrada con esmero. Sé que corro peligro, pero mis ojos de historiador y mi corazón de arqueólogo no pueden dejar de observar esa maravilla. La empuñadura también está forrada con piel. Y el pomo es grande, algo más que el del otro tipo. Pero este no lleva un sello templario. Tiene...

Miro con atención para cerciorarme de lo que ven mis ojos.

Distingo un símbolo, pero no puede ser lo que creo que es. Debería largarme de aquí ahora mismo, pero mis ojos están clavados en ese bello pomo labrado como tan solo un maestro armero sabría hacer.

Quiero saber.

Necesito confirmar lo que creo haber visto.

¡Sal de aquí ya, Quim! Grita mi conciencia.

Tiene razón. Como siempre.

—Nada por aquí—dice una voz lejana que rebota entre las paredes del templo.

El armario ropero está a dos metros. No me ha visto.

Relaja su postura. Destensa sus brazos y el brillo del pomo de su espada se impregna en mi retina.

¿He visto lo que acabo de ver?

Sin duda.

Una cruz occitana engarzada en el pomo.

Eso es lo que acabas de ver, Quim.

Tienes a metro y medio a un tipo que porta una espada con simbología cátara luchando junto a otro que empuña una templaria en el interior de una sinagoga judía en la que está escondido el tesoro del rey Salomón.

Apaga y vámonos.

Quiero echarme a dormir.

Necesito desconectar y pensar en lo que tengo ante mí.

El tiempo se ha detenido. Creo que hace segundos que no respiro y mi diafragma se percata de ello. Me avisa con un espasmo. Sigo tumbado en el suelo, tras un banco. El movimiento involuntario de mi músculo me hace inhalar más de lo que me hubiera gustado. No necesito mirar al cátaro para darme cuenta de que me ha escuchado.

Tengo un segundo de tiempo para desaparecer.

Respiro.

Cierro los ojos para no ver cómo se acerca.

Me concentro.

Solo pienso en desaparecer.

La espada de guarda labrada y pomo con cruz occitana dibuja un arco tan rápido que apenas ha sido visible a simple vista. El impacto parte en dos el banco de madera y el estruendo se mezcla con el de un trueno que rompe sobre la cabeza de los cinco guardianes de la cripta.

—¿Has hallado algo, Marcel?

—Eso creía. Habrán sido las malditas ratas —contesta a la vez que aparta los restos de madera del suelo con la punta de su afilada arma.

—Alguien ha estado aquí —anuncia el hombre de la espada templaria, parado junto la entrada de la cripta. Guarda su arma en la funda y el resto lo imita—. La bóveda ya no es segura. Hemos de cambiar de lugar los objetos con prontitud.

El resto asiente.

El hombre esparce tierra, piedras y polvo sobre la trampilla descubierta por Quim hasta que el sello queda bien disimulado.

Pocos minutos después los cinco guardianes se marchan cerrando de nuevo la puerta de la sinagoga. Uno de ellos, el que no se ha separado de la entrada ni un segundo, se sienta en el húmedo suelo de la calle, apoya su espalda contra el portón y se tapa con el manto raído y oscuro que lleva. Tose de vez en cuando.

Desde lejos parece otro borracho más, pero entre los sucios ropajes, aunque no se pueda apreciar, hay dos ojos oscuros que vigilarán la zona hasta el amanecer.

Capítulo 30

SINAGOGA MENOR
21:00H

Noto de nuevo el peso de mi cuerpo. No me muevo. No respiro. No me atrevo siquiera a abrir los ojos y a mirar hacia arriba. Algo se me clava en el estómago. ¡Joder! ¡Qué dolor! Ruedo sobre mí mismo, despacio, en silencio. Me quedo bocarriba. También siento pinchazos en la espalda. No logro entender qué me pasa. Últimamente no hay salto sin sorpresa.

A pesar del miedo que tengo a ser degollado por la espada cátara, me incorporo poco a poco sin dejar de mirar a mi alrededor.

Hay silencio en el templo.

Oscuridad absoluta.

No sé cuánto tiempo habrá pasado desde que he saltado, pero no creo que sea más de una hora.

El banco tras el que estaba oculto está destrozado. Partido por la mitad. Y las decenas de trozos de madera esparcidas por el suelo eran lo que se me estaba clavando por el cuerpo. Observo el astillado asiento y me doy cuenta de que me ha ido de un pelo.

Como máximo de medio segundo.

Oigo ruido en la zona de la entrada. Alguien está junto a la puerta. Me agacho de nuevo y espero.

¡Otra vez!

Una tos seca que viene desde el otro lado del portón llega hasta mis oídos alto y claro.

Están haciendo guardia.

Debo irme de aquí lo antes posible. La verdad es que no me apetecen más sorpresas. Y mucho menos toparme de nuevo con esos hombres.

Viene a mi recuerdo el sello templario.

Y el cátaro.

Y de nuevo me siento perdido.

Había leído relatos que hablaban de posibles alianzas entre templarios y cátaros, entre templarios y judíos, incluso entre templarios y secretas estirpes asesinas de oriente, siempre a espaldas de la Iglesia, claro está. Y ahora me encuentro con esta extraña y amistosa estampa de templarios y cátaros protegiendo mano a mano objetos de cultos para los judíos.

Es algo que me sobrepasa. Debo concentrarme en salir de aquí y ya me ocuparé de este misterio más adelante.

Camino por la zona con sigilo y estudio mis opciones.

Hay pocas. Muy pocas.

En realidad, solo hay una: salir por la misma ventana por la que entré. El problema es que, si me oyen, una fría espada de acero se clavará en mi culo en cuanto baje por el otro lado.

¿Cuántos tipos vigilarán la sinagoga? ¿Uno? ¿Una pareja?

En la puerta hay uno. Eso seguro. La tos ronca y enfermiza no ha dejado de escucharse y parece que está inmóvil ante la entrada.

Me acerco a la pequeña ventana por la que entré. No veo cómo escalar y salir por ella. La pared a este lado del muro es más lisa. Miro a mi alrededor y recuerdo los cachivaches tras los que me he escondido. Hay muchos trastos por aquí, pero poco que pueda aprovechar. Maderas, trapos, cuadros, algún candelabro roto…

Observo lo que tengo delante y mi instinto de McGyver, que tantas veces me ha salvado y otras tantas cicatrices me ha regalado, se pone a trabajar.

Ya sé qué debo hacer.

No será la mejor construcción del medievo, pero servirá para mi propósito. Busco dos listones de madera lo suficientemente largos como para llegar hasta la ventana. Los coloco en el suelo, paralelos el uno al otro. Y ahora solo debo añadirles peldaños hechos de maderas más cortas y atarlos a los listones con los trapos. Una jodida escalera de toda la vida, vamos.

Acabo de atar el último.

Creo que mi escalera está lista para ser usada. La apoyo contra la pared y me aseguro de que la base queda firme contra el suelo para que no resbale mientras subo.

Observo la situación.

En cuanto esté arriba abriré la ventana y saldré por ella. Bajar el muro por el otro lado será más fácil porque tiene más salientes a los que agarrarme. Aun así, debo hacer todo el proceso en el más absoluto silencio para no acabar ensartado como una sardina.

Coloco el pie en el primer escalón.

Espero que los listones aguanten mis setenta y pocos kilos. Todo irá bien. O eso espero.

Da igual. No tengo otra opción.

Mis manos se aferran a los puntales de madera. Tengo los dedos fríos, al igual que el resto del cuerpo. La humedad me ha calado hasta dentro.

Quiero una sopa caliente.

Sopita y a dormir.

Uno. Dos. Tres... Los peldaños aguantan.

El silencio sigue presente. Llego hasta la ventana sintiendo el dolor en mi costado. La abro. O eso intento, porque está bastante atrancada. El palazo que le dio Gargamel la cerró, pero que bien cerrada. Meto mi daga por la ranura y hago palanca. Cede. Poco a poco se va abriendo.

Espero un segundo antes de asomarme a la calle. Quiero cerciorarme de que estoy solo. Se oyen algunos perros ladrar. Chillidos agudos de ratas peleando. Y las toses que llegan desde la calle contigua y que parece que se acercan.

Me asomo un poco y vigilo la esquina.

Apenas hay luz en la calle por lo que no hay sombra alguna que me avise de que alguien se acerca. Aun así, puedo ver una figura que aparece a lo lejos. Un bulto oscuro. Se acerca sigiloso. Tose como si fuera a escupir el bazo. Ya no es tan sigiloso. Camina pegado a la pared de la sinagoga. Yo observo desde las alturas. No me puede ver porque la oscuridad me ampara. Pero, si ahora sacara medio cuerpo para bajar, me vería sin duda.

El bulto tose de nuevo.

Eso vuelve a delatar su posición. Está mucho más cerca de lo que pensaba. El muy zorro se ha deslizado entre las sombras. No creo que me haya visto, pero seguro que algo se huele o no estaría aquí. Por suerte, desde su perspectiva no puede saber si la ventana está abierta o cerrada. Queda muy hundida en la pared como para ver la cristalera desde su posición.

Lo único bueno de esta situación es que estoy casi seguro de que solo hay un vigilante.

Pienso. Respiro.

Solo se me ocurre una cosa.

Bajo los peldaños con cuidado. Los trapos y cuerdas que abrazan los travesaños protestan cada vez que se tensan. De momento aguantan. Me acerco de nuevo hasta el montón de cacharros del que he sacado las maderas y me hago con todo lo metálico. Formo un paquete de hierros, candeleros, clavos enormes y trozos de viejas menorás. Los envuelvo con los trapos como si fueran un caramelo gigante.

Un par de nudos más y listo. Dejo el paquete a los pies de la escalera. Le ato un trozo de cuerda que me llevo conmigo mientras subo de nuevo hasta la ventana. Parece que tengo en mi mano la enorme mecha de una bomba que descansa junto a la temblorosa escalera.

Una vez arriba escucho con atención, pero sin sacar la cabeza. No quiero que una flecha siseante me atraviese las sienes. No sería bueno para mi cutis.

Una tos apagada resuena en la esquina, a medio camino entre la puerta y la ventana. Desde aquel lugar debe de estar vigilando los dos puntos. Algo se huele para estar ahí. He de largarme antes de que avise a cualquiera de sus colegas.

Cierro el ventanuco con cuidado para que no me escuche. Apoyo medio culo sobre el quicio de la ventana para que la escalera no soporte todo el peso que voy a subir. Estiro de la cuerda áspera y reseca y elevo la bola de chatarra con sigilo. Sube paralela a la pared. Lenta, pero segura. No pesa demasiado porque casi todos los cachivaches son de metal hueco.

Una vez la tengo arriba, espero.

Algo me huele mal.

No puedo esperar más.

Me aseguro de que la ventana está bien cerrada. Necesito hacerlo para llevar a cabo mi plan. Agarro el primer metal que encuentro. Es un trozo de candelabro de medio metro. Lo lanzo hacia la zona de la puerta de entrada de la sinagoga, o lo más cerca que puedo. El escándalo del cobre rebotando por el suelo es magnificado por el eco de las paredes y escapa hacia la calle por el único hueco abierto: el resquicio que queda entre la puerta de la entrada y el suelo.

Espero.

No se oye nada.

No quiero darle tiempo a que avise a otro colega.

Lanzo otro objeto. Y otro. Y otro más.

El estruendo debe ser parecido al que haría el elefante en la cacharrería del refrán ese. Se debe de oir con nitidez en media Barcelona. ¿Está sordo este tipo o qué? Las toses reaparecen esta vez junto a la puerta. Pegadas a ella. Seguro que está escuchando. Esperando.

Me lo imagino con la oreja pegada a la puerta. Una mano en la espada y la otra en la llave, aguardando al momento oportuno para sorprenderme.

Lanzo todo el arsenal que tengo. Hasta el último clavo.

Dos segundos después escucho cómo gira la ruidosa y vieja cerradura. ¡Ahora sí!

Abro la ventana.

Un segundo giro de llave.

Saco medio cuerpo.

Otro giro más.

Empujo la escalera con los pies para que caiga junto al resto de maderas. Espero que quede disimulada entre el resto de los trastos el máximo tiempo posible.

Tercer giro de llave.

Saco el cuerpo a la calle. Aseguro los pies en los resquicios que quedan entre piedra y piedra. Me agarro con la mano izquierda a un saliente y con la derecha dejo la ventana lo más cerrada posible.

Veo a través de ella que algo de luz entra por una puerta que ya se ha abierto del todo. Desciendo rápido. Ahora no puedo cagarla. Mis pies buscan apoyo. Una escalera natural entre los salientes del muro. Cuando me queda un metro para llegar al suelo salto. Me agacho y espero. No hay nadie.

Salgo corriendo hacia el descampado que hay tras la sinagoga. Recorro el terreno y solo me detengo cuando entro en la plaza y paso por delante de la iglesia de Sant Miquel. No hay casi nadie en la calle. Al menos, nadie despierto. Las esquinas están plagadas de bultos inmóviles que pasarán la noche a la intemperie como suelen hacerlo día tras día.

Presiento que, tras la noche, vendrá la noche más larga.

Dejo atrás la iglesia de Sant Jaume y no aflojo el paso hasta que veo las luces anaranjadas que flanquean los ventanales de *ca la* Joana. Huele a sopa. O quizá solo es mi imaginación. Al pasar por delante de la ventana, ahora cerrada, apenas veo a dos o tres comensales. Entre ellos está Josep dando buena cuenta de un cuenco humeante.

Envidia cochina.

Recupero el resuello durante unos segundos.

Nada más entrar el aroma de comida, sudor y vino rancio golpea de nuevo mis sentidos, pero me da igual. La lumbre de la chimenea está prendida y el ambiente es agradable. Necesario para reponer fuerzas. Josep me ve y alza su manaza.

Sonríe. Parece cansado.

Agarro un cuenco y lo relleno.

Huele bien y está caliente. No necesito más. Bueno, sí, una hogaza de pan y algo de ese vino asqueroso que siempre será más sano que el agua de un cubo comunitario del siglo catorce.

—¡Quim! ¿De dónde sales a estas horas?

—He ido a visitar a unos amigos de la familia que viven en el barrio de la Ribera —le miento, por supuesto.

—Buenos individuos pueblan ese lugar.

—Gente muy trabajadora —le digo.

—Me he encontrado con Bernat a media tarde. Estaba muy contento —informa entre cucharadas de sopa—. Me ha dicho que se queda con una familia judía.

—Así es.

Lo miro y veo que esa noticia le agrada.

—Bernat es un buen chaval que necesita una familia y esa familia necesita un hijo que algún día prosiga con su oficio.

—¡Por supuesto que sí! —exclama Josep—. Es listo como el hambre y llevará la profesión mejor que su maestro.

Ríe a carcajadas.

—No tengo ninguna duda.

Yo también río. Pero por otra parte vuelve ese gusanillo que me dice al oído que he cambiado el pasado.

Sorbo la sopa con cuidado. Quema mucho. El pan está bueno y, tras la segunda copa, el vino no sabe tan mal.

En mi cabeza revolotea Bernat.

No debería preocuparme tanto, la verdad. En realidad, cada salto al pasado ya es una manera de cambiar algunos hechos. Da igual lo que haga, siempre habrá una nueva ramificación por mi culpa. No puedo comerme tanto la cabeza, he de conformarme con que los actos que modifiquen el pasado sean los mínimos posible. Ondas sin importancia que mueran por sí solas en el río del tiempo sin llegar a crear nuevos afluentes ni futuros alternativos.

Sin darme cuenta la cuchara de madera rasca el fondo del cuenco. Quiero más.

—Está buena, ¿verdad? —dice la señora Joana que ha aparecido sigilosa en el comedor y se ha plantado delante de nuestra mesa.

—¡Exquisita! —responde Josep.

—¿Puedo repetir? —pregunto. Sigo canino—. Creo que es de las mejores sopas que he probado.

Ella sonríe.

Agarra mi cuenco y lo rellena hasta el borde. Lo deja en la mesa junto a otra hogaza de pan. Yo meto la cuchara, soplo y para adentro.

—Muy buena —repito—. De las mejores, sin duda.

Rellena los vasos con vino y me mira.

—Eso es porque lleva los mejores productos y en abundancia. Un caldo consistente y con cuerpo. No como el de mi abuela, que lo aguaba tanto que le daba *pa* cuatro días.

El tiempo se detiene por un instante. Al igual que la cuchara antes de llegar a mi boca.

Acabo de ver a mi tía Rosa en ella. La misma pose. Idéntica forma de hablar. De mirarme.

Esos ojos...

Otra cucharada más.

Estoy demasiado cansado para pensar en según qué cosas. Mi cerebro necesita desconectar.

—Me está sentando de maravilla —le digo con sinceridad.

Ella me mira y asiente.

Se la ve encantada de que me guste.

—¿Cuánto tiempo hace que es usted la dueña de esta posada? —pregunto sacando fuerzas de flaqueza.

—Desde siempre, hijo mío. Ya era de la abuela de mi abuela. La pobre Rosita siempre decía que el primer día del año 1000 de nuestro señor Jesucristo se sirvió la primera comida en este lugar. —La señora Joana se queda en silencio, pensativa—. Y de eso ya hace mucho. Haz tú los cálculos que eres joven y listo. Desde entonces sabe Dios que en esta casa siempre se ha proveído de cama y comida a gente de paso.

—Y bebida. Mucha bebida —añade Josep.

—Eso también —sonríe la posadera—. Los borrachos dejan muchas monedas.

Flipo que esta posada lleve casi cuatrocientos años sirviendo a los demás. La miro. Algo en esta mujer me atrapó desde el primer día y ahora creo que sé lo que es.

Cómo no lo he visto antes.

—Cualquier comerciante que haya parado alguna vez en Barcelona conoce la posada de los Mora —añade la posadera sonriente, a la vez que un escalofrío recorre mi cuerpo.

Capítulo 31

10 JUNIO DE 1391
CA LA JOANA
07:30H

Despierto de una pesadilla justo en el instante en el que el caballero templario hundía su espada en mi estómago. Apenas la noté, ya que el cátaro me había herido de muerte antes de que yo pudiera sacar mi pequeña daga. Mientras moría, los otros tres guardianes de la cripta bebían vino, besaban a mujeres semidesnudas y reían a carcajadas cada vez que Gargamel aporreaba mi cabeza con un candelero. De vez en cuando, uno de ellos se acercaba hasta mi cuerpo moribundo y clavaba su espada sobre mí como un torero clava las banderillas a un toro agonizante.

—¡Señor Quim! ¿Está despierto?

Bernat me llama desde la escalera.

No sé cuánto rato debe de llevar ahí.

—Me ha enviado Ismael para que le diga que en diez minutos pasará a hablar con usted. Que esté preparado porque partirán hoy mismo.

Vaya. Esa noticia no me la esperaba. Pensaba que tendría un par de días más.

—Y también dice la señora Joana que suba ya a almorzar antes de que se llene la posada de *enegrúmenos*.

Dicho esto, se pierde escaleras arriba.

En mi pastosa y adormecida clarividencia van desapareciendo las imágenes soñadas y reaparecen los hechos reales del día anterior. Uno de los días con más sorpresas que puedo recordar.

Por la mañana me encuentro a un judío y un franciscano conversando amistosamente a plena luz del día, que parecen seguirme, y que acaban desfallecidos en medio de la plaza.

Por la noche me topo con tipos que portan sellos templarios junto a simbología cátara en el interior de una sinagoga judía que esconde una cripta con los tesoros del templo del rey Salomón.

Y antes de dormir me entero de que estoy en una posada milenaria regentada por una mujer cuyo apellido es Mora y, por lo tanto, mi antepasada. Que tiene una despensa que será mi sótano y una cripta romana que será mi guarida secreta dentro de siete siglos.

Toda esta información no la puedo digerir antes de tomar un café bien cargado. Cosa que no voy a poder hacer porque el café no llegará a España hasta el siglo dieciocho y eso hace que mi paladar salive por la falta de cafeína.

Dejo de lado esa idea y me concentro en todo lo acontecido en el día anterior.

De nuevo, un cosquilleo aparece por mi nuca.

Ese cosquilleo.

Esa sensación que es como el olor a humedad creciente en el ambiente que te avisa de que va a caer una buena tromba de agua. Esa sacudida que te inunda cuando tu pareja te dice: tú mismo... Mi sentido arácnido grita a los cuatro vientos que algo va a suceder y que me va a pillar de lleno. No sé qué es todavía, pero algo muy extraño está pasando ante mis ojos y yo ando muy perdido.

Perdido como un quinto en día de permiso, como un santo sin paraíso, como el ojo del maniquí.

Nada más llegar arriba, el olor a pan recién horneado hace rugir mi estómago. La señora Joana me ve.

Sonríe.

—Buenos días, hombretón.

Parece de buen humor. Me cae bien esta mujer.

—Buenos días —respondo—. Huele muy bien.

—Anda, siéntate que te sirvo. —Señala una mesa que está en el rincón, dentro de esa misma sala que hace las veces de cocina y despensa—. Josep te manda recuerdos. Hoy se ha marchado a vender más temprano de lo habitual.

Montserrat aparece por la puerta que lleva al salón principal de la posada. Se oyen voces, silbidos y golpes en las mesas. La joven los debe de llevar a todos como locos.

Me mira y sonríe.

—Buenos días, señor Quim.

—Buenos días, señorita Monserrat.

La señora Joana, que está de cara a la pared removiendo los calderos, se gira en redondo.

Me mira.

—Está comprometida. No lo olvide —me dice apuntándome con un cucharón humeante que gotea restos de sopa.

Yo sonrío.

—Puede estar tranquila, señora Joana. Yo solo estoy de paso. Pero tengo que admitir que su hija es una bellísima mujer y que el hombre que comparta su vida será muy afortunado.

Me mira.

Sonríe de nuevo.

Asiente con la cabeza a la vez que observa a su niña, ahora de cuclillas, aireando la leña que prende y dando calor a los pucheros.

—Eso espero. Porque como yo me entere de que su marido le pone la mano encima, iré a buscarlo y le arrancaré de cuajo su tesoro más preciado.

—Eso espero yo también —dice su hija. Se pone en pie y le da un sonoro beso.

La señora Joana la sigue con la mirada. En cuanto la joven entra en la sala reaparecen los silbidos. La posadera niega con la cabeza.

—Menudo guirigay se monta cada vez que sale. Si no fuera porque cuando está ella se sirve el doble de vino, no la dejaría estar aquí —me dice.

—Seguro que se sabe defender sola. No se preocupe.

Es triste, pero en este tiempo el marido es el que decide, ordena y manda. La mujer es una mera espectadora, un barco de papel que se mece bajo las órdenes del capitán sin que pueda hacer nada por evitarlo. Pero en este caso no tengo ninguna duda de que Montserrat tendrá una buena vida. La señora Joana velará por ella y más le vale al maromo de turno que se la proporcione.

Bernat acude en mi búsqueda.

—¿Puede salir un momento? El señor Ismael quiere comentarle un asunto.

—Dame un minuto, que me acabe el desayuno.

Bernat asiente. Sale corriendo hacia la calle.

—Dile a ese judío que aquí puede entrar todo el mundo siempre y cuando tenga la bolsa llena —exclama la posadera sin dejar de mirar a Bernat hasta que sale por la puerta.

En cuanto dejo seco el cuenco me levanto para salir.

La posada está bastante llena a pesar de lo temprano que es. Aquí la gente no entiende de horas. Cuando sale el sol es tiempo de trabajar; cuando se pone, momento de descansar. O de beber hasta caer redondo, depende de las monedas que lleves encima ese día.

No veo a Ismael. Sí a Bernat, que está junto al muro de la capilla de Santa Ágata, de puntillas sobre las escaleras que llevan al Salón del Tinell. Parece que está rascando algo en una de las piedras.

—¿Qué haces? —le pregunto.

No me contesta. Sigue a lo suyo. Está cincelando sobre uno de los cantos. Sus pequeñas manos agarran un trozo de hierro que a duras penas deja un surco visible.

—Es una galera. Me gustan los barcos. Llevo semanas dibujándola.

Ahora que lo dice sí que parece una galera.

—Es muy bonita —le digo. No lo es, pero no quiero herir sus sentimientos.

—La quiero acabar para dejar mi huella en la ciudad antes de partir de viaje —añade con algo de melancolía.

No recuerdo haber visto ese dibujo en mi tiempo, pero volveré a contemplarlo para ver si de verdad Bernat dejó su impronta a través de los siglos.

—Buenos días, Quim.

Ismael acaba de llegar.

—Me alegro de verte, Ismael.

Tiendo mi mano y él la estrecha con fuerza.

Lo veo nervioso. Tiene más ojeras de las que ya tenía ayer mismo. Algo pasa por su cabeza.

—Nos vamos esta misma mañana —me informa sin más.

Lo miro perplejo.

Bernat se coloca a su lado.

Hoy lleva ropa limpia. Bajo la luz del sol su pelo es más rubio de lo que me pensaba. En su cara han aparecido, como por arte de magia, decenas de graciosas pecas alrededor de la nariz, fruto de una buena enjabonada en casa de su nueva familia.

—Nos vamos ya —me dice el chaval, por si no me había quedado claro.

—¿Y a qué viene tanta prisa? ¿Ha ocurrido algo? —pregunto, alarmado.

A ver, ya sé que una matanza se acerca, pero todavía faltan semanas para ello. No hay escritos de ataques en estas fechas, al menos que yo sepa. Aunque es posible que ya se hayan producido revueltas en el sur y las noticias de malos augurios hayan llegado hasta aquí más rápido de lo que pensaba.

—Nada especial —contesta Ismael. Su mirada es esquiva. Miente—. Solo que hemos de adelantar nuestra partida. Al final seremos dos carretas más y le agradecería mucho su compañía.

No sé cómo decirle que no tengo ninguna intención de largarme de aquí y que cuando le dije que estaba de paso hacia el norte era mentira.

Mi cabeza busca una excusa.

—Mira, Ismael, todavía tengo asuntos que atender en Barcelona…

En ese instante aparece un hombre por su espalda e interrumpe la conversación.

—Todo está preparado. Saldremos en dos horas.

Ismael asiente.

—Perfecto. Allí estaremos —susurra.

El hombre me mira antes de dar media vuelta.

Es uno de ellos.

Sus ojos claros se clavan en los míos durante un segundo, pero parecen mil. Sin añadir nada más, se marcha por donde ha venido. Yo lo sigo con la mirada. Lo observo caminar hasta que desaparece tras una esquina.

—Disculpe la intromisión, amigo Quim —me dice Ismael, sacándome de mis pensamientos.

—¿Quién era? —quiero saber—. Me suena de haberlo visto antes —miento a medias.

—Es uno de los mercaderes que se ha apuntado a última hora a nuestra caravana. Viajará con nosotros hasta Perpenyà.

Mis ojos escrutan a los de mi nuevo amigo judío.

Ismael esquiva mi mirada.

Miente como un bellaco.

Juega con el pelo del chaval y le dice algo que no escucho.

Bernat sale corriendo de la plaza después de decirme adiós.

En mi mente solo cabe la mirada penetrante de ese hombre que ayer por la noche empuñaba una espada templaria en el interior de la sinagoga.

—¿Qué me dices entonces? ¿Puedes venir con nosotros?

Sin duda.

—En dos horas estaré listo para partir.

Capítulo 32

CA LA JOANA
08:30H

Declino otro plato de sopa con la excusa de que ya estoy lleno y bajo al sótano a recoger mis pertenencias. Mi cabeza no ha dejado de pensar qué relación une a Ismael con los guardianes de la cripta. ¿Y qué coño hace ese tipo con una espada templaria? Puede que solo sean ladrones y se la hayan agenciado, además de otros objetos, y que no tengan ni idea de la simbología que llevan en los pomos de sus armas... Aunque no lo creo. Ni lo más mínimo, vamos. Hay una relación entre todos ellos. Le ha hablado como si fuera alguien a tener en cuenta. Lo conoce. Y una sospecha empieza a asomar para susurrarme que Ismael también sabe de la cripta y de sus objetos.

En la soledad del sótano mi mente busca desenredar este entramado sinsentido. Ismael ya tenía pensado hacer un viaje en un par de semanas para instalarse en la otra punta del mundo, pero ahora lo ha adelantado súbitamente. Una migración en la que has de cargar con toda tu vida no se prepara en un par de horas a no ser que te vaya la vida en ello. Gracias a mi memoria fotográfica, esponsorizada por el efecto Pausa, busco en mis recuerdos la conversación que tuvimos ayer mismo en su casa:

«Eres un hombre muy completo, amigo Quim... Quizás esto te suene un tanto prematuro, pero si lo deseas, puedes viajar con nosotros... En un par de semanas marcharemos en caravana hacia el norte... Unas manos con tanta destreza nos serán muy útiles durante el viaje... Seremos cinco familias. Diez carretas repletas de enseres, víveres, mujeres y niños... Nuestra intención es llegar a Perpenyà. Desde allí viajaremos hasta Palestina... Piensa en nuestra oferta, por favor. Tú no viajarías solo y nosotros añadiríamos un par de manos a nuestra escueta caravana».

Algo no cuadra.

El viaje se adelanta dos semanas de la noche al mañana, justo al día siguiente de que los guardianes se percaten de que alguien, yo mismo en realidad, ha encontrado la entrada a la cripta, de que su secreto ha quedado al descubierto.

¿Es posible que el viaje se avance para salvaguardar el tesoro y que yo sea el culpable de que los objetos del templo de Salomón abandonen su cripta?

Algo en mi interior me dice que sí.

Mi subconsciente grita que, si yo no hubiera entrado a la sinagoga, los objetos no abandonarían su actual lugar de reposo. Y eso me preocupa porque quiere decir que algo cambiará por mi culpa. Otra vez. Y este sí es un cambio brutal en el tejido del pasado que no debería producirse.

Y si así es... ¿Será para bien en este caso?

Es otra de las incertidumbres que me corroe. Si no sacaran hoy los objetos de la cripta cabría la posibilidad de que durante el asalto al barrio judío quedaran al descubierto. Y si eso sucediera, serían destruidos por la alocada multitud. O, lo más probable, requisados por la Inquisición y trasladados a Roma para ser ocultados junto a otros muchos objetos a la vista de unos pocos elegidos.

Es una duda que no podré responder.

Nada puedo hacer ya.

Si Ismael tiene conexiones con los guardianes es que él también lo es. O lo ha sido. Y que ya tenían pensado largarse de aquí. Él mismo lo dijo. Se huelen revueltas en breve y por eso querían marcharse. Espero que mi entrada a la sinagoga solo haya adelantado sus planes unas pocas semanas.

Quiero convencerme de eso.

Y punto.

Mierda de efecto Mariposa.

Necesito tranquilizarme.

Esto se iba a hacer sí o sí.

Si me lo repito varias veces más me lo creeré.

Bajo hasta el sótano de *ca la* Joana para saltar a mi tiempo. Todavía me parece increíble que este lugar también sea mi sótano en el futuro. Y que ella sea una antepasada lejanísima de la familia ya es la repera. Me encantaría decirle a mi abuela que el oficio de hostelería de los Mora es mucho más antiguo de lo que ella cree. Que no lo montó el abuelo de mi tatarabuelo allá por el siglo diecinueve, sino que ya era una taberna el primer día del año mil. Si esto se pudiera probar, y ya te digo yo que lo voy a intentar por todos los medios, el bar de mi tía Rosa se convertiría, con sus más de mil y pico de años de historia, en el negocio abierto de forma ininterrumpida más antiguo del mundo. Que tiemblen los de Can Cullaretes, que llevan abiertos desde el año 1786 y se anuncian como el restaurante más antiguo de Barcelona.

Hago un resumen mental de mis deberes que incluye vestirme para un largo viaje, coger armas y algo más de dinero.

Me siento sobre las mismas mantas donde he dormido. Vuelvo a calcular mentalmente las dimensiones del sótano para verificar que no voy a saltar y acabar emparedado en mi presente.

Respiro.

Me concentro.

Desecho el ruido que llega desde arriba. Relajo los músculos. Controlo la respiración. Bajo las pulsaciones.

Recibo la brillante luz y salto.

Capítulo 33

PRESENTE
MARTES, 22 DE ABRIL
TIENDA DE QUIM
09:30H

El olor a incienso me indica que estoy en casa. Adoro este olor y por eso quemo cada día una barrita tanto en el sótano como en la tienda. También noto que la temperatura ha cambiado bruscamente. El frescor del aire acondicionado contrasta con el calor húmedo y pegajoso que llevaba adherido a la piel.

Abro los ojos y compruebo que mi sótano es idéntico al de *ca la* Joana. Las mismas piedras, aunque no todas, por supuesto, porque hay muchas nuevas, sobre todo en los lugares donde colocaron las columnas que soportan el peso del nuevo edificio, pero hay otras que siguen en su lugar, ajenas al paso de los siglos.

Todavía estoy impresionado.

Alguna de esas piedras será un buen escondite por si necesito transportar algo del pasado al futuro.

Un olor alerta mis sentidos. Es imposible, pero diría que huelo el sabroso café del bar de mi tía Rosa. Quizá se filtra entre las paredes, los conductos de ventilación, o tan solo es mi imaginación. Creo que necesito cafeína en vena. Pero antes quiero asearme y cambiarme de ropa. Por suerte, tengo aquí mismo un pequeño lavabo con ducha. Una buena inversión que hice, así no tengo que subir a mi casa en momentos como los de hoy que lo primero que me apetece, incluso antes de un buen café, es ducharme y quitarme de encima cualquier resto de una época nada higiénica.

Tras un remojón más rápido de lo que me hubiera gustado salgo de la tienda, después de comprobar que todo sigue en orden. No tiene por qué haber cambiado nada, la verdad, porque en realidad tan solo hace un par de horas que pasé por aquí.

Nada más pisar la calle aprecio algunos cambios.

Se ha esfumado ese olor a lavabo de gasolinera que flotaba en la vieja ciudad medieval. Ese tufo a meados, humedad, animales muertos y cien asquerosas guarradas más que no puedo descifrar.

Por otro lado, la temperatura es mucho más cálida ahora. Incluso a esta hora de la mañana. El cielo es más gris, y no por las nubes, sino por toda la mierda acumulada en el ambiente. El paso de los años ha traído comodidades que vienen acompañadas de desventajas. Nunca llueve a gusto de todos. Quizá algún día logremos equilibrar la balanza entre nuestra evolución y la salud del planeta. Si lo logramos, todavía quedará esperanza para nuestra raza.

Yo tengo mis dudas.

Camino hacia el bar de mi tía sin darme cuenta, como si una fuerza invisible me arrastrara hacia allí. Justo antes de entrar acude a mi memoria el pequeño Bernat cincelando su dibujo en la piedra del muro que pertenece a la capilla de Santa Ágata.

La curiosidad me puede más que la necesidad de café.

Vuelvo sobre mis pasos y cruzo la plaza del Rey directo hacia donde recuerdo haberlo visto hace apenas un rato. Siete siglos atrás. Observo las piedras e intento encontrar la que estaba dibujando. Paso el dedo por los pedruscos, que siguen alineados a la perfección a pesar del paso del tiempo, hasta que la encuentro.

¡Ahí está!

La galera de Bernat.

Apenas se puede ver porque la erosión de los siglos la ha difuminado hasta casi hacerla desaparecer, pero si te fijas bien todavía se ve.

Grande, amigo Bernat.

Al final sí que dejaste tu huella en esta ciudad.

Tengo los ojos humedecidos. Y el corazón a cien.

Qué tontería, pero me ha hecho mucha ilusión ver ese dibujo infantil. Esa huella atemporal de Bernat que podré visitar cuando quiera, cuando lo necesite, a tan solo unos pocos metros de mi casa. En mi tiempo.

Dejo la plaza lleno de buenas vibraciones y enfilo directo hacia el templo de la cafeína. Nada más abrir la puerta, mi tía sonríe. Me reconforta esta mujer. Saluda. El olor a bar me inunda. Mi tía Rosa deja una taza pequeña, blanca y humeante sobre la barra. En mi lugar.

Huele a vida, a despertar, a casa.

Me la bebo de un sorbo.

Mis pupilas se dilatan. El corazón palpita de nuevo. Mi boca arde y mi garganta parece el cono de un volcán a punto de erupcionar.

¡Joder! ¡Cómo quema!

Los ojos me lloran y tengo que apretar los dientes para no gritar.

—¡Pero mira que eres lerdo!

Ella se ha dado cuenta.

Deja un vaso de agua fría junto a la taza vacía, todavía humeante, y hace el amago de darme una colleja.

—Bebe, anda, que te vas a hacer daño tú solo. ¡Tontorrón!

El agua fresca aplaca el ardor, pero el dolor no desaparece. Mis ojos siguen lagrimeando.

En cuanto puedo enfocar la vista, veo a mi tía observándome a un metro de distancia, tras la barra, con los brazos en jarra. Lleva el delantal negro, como siempre. Este en concreto lleva una flor roja bordada en el pecho. Si no fuera por esos detalles que ella misma se cose, parecería que nunca se cambia de delantal. Siempre son negros. Se los hace ella, como ya te conté.

—A ver cuándo espabilas, Quim.

No me quita ojo de encima, la tía. Nunca mejor dicho. Me ha salido un chiste tonto y se me escapa la risa.

—Y encima te ríes. Si es que es para darte collejas de aquí a mañana. ¡*Trastornao*!

Sonrío todavía más y eso la exaspera. Se da la vuelta tan rápido que llega hasta mí una leve ráfaga de aire producida por ese impetuoso giro.

—Va, tieta, ponme otro café, que este lo saboreo.

Dice algo por lo bajini que no puedo entender.

La puerta del bar se abre y por ella aparecen el librero y el relojero. Vaya par de dos.

—¡Quimet!

—Don Alfonso —le respondo a modo de saludo. Va directo hacia la mesa en la que siempre se sientan. Se deja caer en una de las sillas como si viniera de hacer un triatlón. Veo por el rabillo del ojo que el librero se me acerca.

—¿Cómo vas? —me pregunta a la vez que pone su mano en mi espalda y me da unos golpecitos.

—Vamos. Que ya es mucho —respondo.

Él asiente. Me aprieta el hombro sin dejar de mirarme.

—Ven, anda, que te contamos lo que hemos hecho esta mañana. —Dicho esto, camina hacia la mesa y se sienta junto a su colega de aventuras.

Cojo el café que me acaba de dejar mi tía sobre la barra. Le doy un beso en la distancia. Ella me mira. Sonríe un poco. Me acerco hasta el dúo dinámico y me siento con ellos.

El relojero está en silencio. Se seca el imperceptible sudor de su frente con un pañuelo blanco.

¿Quién lleva todavía pañuelos de tela en el bolsillo?

Mi tía les sirve lo mismo que toman siempre a esa hora de la mañana y se va.

—¿Y bien? —pregunto.

—Ya está hecho —responde el relojero—. Hemos sembrado la semilla y ahora hemos de esperar a que crezca.

Miro al librero y este levanta las cejas. Los que lo conocemos sabemos que hay que tener paciencia con el relojero.

—Quiere decir que ya hemos ido al punto de encuentro, tal y como nos indicaron los dos matones, que hemos dejado el cebo y que ahora hay que esperar a que ellos muevan ficha para averiguar quiénes son —traduce el librero.

—Ya me imaginaba que quería decir algo así —contesto.

—Octavi está controlando el cebo.

Eso me da tranquilidad. De Octavi me fío.

—Pues ya me iréis contando. Hoy salgo de viaje hacia una nueva excavación —les miento sin compasión—, y estaré fuera unos pocos días. No sé si allí habrá cobertura, pero vosotros me vais enviando mensajes y ya los leeré en cuanto pueda.

Ambos asienten sin hacer más preguntas.

Así da gusto mentir.

—¿Así que te vas de picos pardos varios días? —dice mi tía recogiendo los vasos de nuestra mesa—. ¡Anda que avisas!

—Es como un adolescente: libre e independiente, pero que siempre vuelve al nido en busca de alimento —ironiza una voz a mi espalda.

Esa voz.

Me giro y veo a Lucía sonriente. No la he oído entrar. Está sentada en un taburete y apoyada en la barra. Hoy lleva tejanos grises. También le quedan genial.

—Disculpadme.

El dúo dinámico asiente con la cabeza. Sobran las explicaciones. Dos segundos después ocupo mi lugar en la barra, junto a Lucía.

—¿Así que te vas de paseo por ahí?

Pero que sonrisa tan bonita, por favor.

Asiento.

Me encantaría llevármela conmigo y que viera la realidad en la que vivo, pero no es posible.

—¿Se puede saber dónde?

Mi mente vuela. Un lugar que pueda tener una excavación con restos que me interesen, al que tarde en ir y volver unos tres o cuatro días, en el que no haya mucha cobertura...

—Al sur de Francia —le suelto.

Le doy un pequeño sorbo al tercer café que mi tía me acaba de servir. Está caliente. Ardiendo. Mi tía me observa a ver si me vuelvo a quemar. Soplo. Parece disgustada por no haber podido meterme otra bronca por *atontao*, como dice ella.

—A ver si me llevas algún día a una de esas excavaciones. Me encanta el trabajo de campo —cuenta Lucía.

Ojalá pudiera enseñarte mi realidad.

—No lo dudes. Algún día te enseñaré lugares en los que fliparás en colores —le suelto sin darme cuenta.

Ella abre los ojos sorprendida. A ver qué lugar le explico yo ahora que es ese… ¿He dicho fliparás en colores? ¿Quién dice eso todavía? Si es que soy un lerdo, como dice mi tía.

—Espero ese día ansiosa, la verdad —contesta.

La miro.

Parpadeo varias veces.

Ella bebe de su cortado.

No tengo sintonía con las mujeres a la hora de *ligotear* y no sé si esa frase esconde algo en su interior o no. Yo, como siempre, me callo y me pregunto si he hecho lo correcto o, por el contrario, si acabo de perder una oportunidad única de acercarme a ella.

—Pues ya me contarás como te ha ido —dice mientras baja del taburete—. Ten mucho cuidado, ¿vale? Nos vemos a la vuelta.

Me planta un beso en la cara y sin decir nada más se marcha del bar. En cuanto se cierra la puerta siento de nuevo esa sensación de vacío en mi interior.

Mi tía me mira. Niega con la cabeza.

Se acerca a la vez que pasa el paño por la barra, aunque ya está limpia.

—A ver si espabilas, nene. Se te está pasando el arroz.

Veo por el rabillo del ojo que el librero me observa como si estuviera viendo una película en el cine. Solo le faltan las palomitas.

El relojero está junto a él, pensativo. Me mira.

—Querido amigo, solo te diré, en base a mi extensa experiencia mujeril, que solo se vive una vez —me suelta don Alfonso muy serio—. Y que los trenes que dejes marchar siempre acabarán en otra estación.

Cierto. Solo se vive una vez.

—Solo se vive una vez —repite mi tía, a dúo con la voz de mi conciencia.

Me inclino sobre la barra y le planto un beso en la mejilla.

—Nos vemos en breve —les digo a todos antes de salir del bar.

Capítulo 34

10 JUNIO 1391
CA LA JOANA
09:50H

Ya estoy de vuelta en el sótano de *ca la* Joana. Calculo que apenas habrá pasado un cuarto de hora desde que salté, por lo que nadie me habrá echado de menos. Llevo la misma ropa, por supuesto. He añadido una pequeña bolsa de viaje hecha de tela oscura que llevaré cruzada sobre mi pecho y que es cómoda para largas caminatas. En ella guardo una manta para dormir al raso, otra camiseta y unos calcetines de recambio. También he pillado algo más de dinero por si acaso y las mismas armas de defensa.

Subo a la posada y el olor a comida me invade. A pesar de que ya he desayunado aquí mismo hace poco tiempo y que me he tomado dos cafés en el bar de mi tía, sigo teniendo algo de hambre.

—Por tu cara se diría que tienes hambre.

La señora Joana me mira. Está junto a uno de los pucheros. Remueve el contenido con una larga cuchara de madera. Me gusta esta mujer. Pase lo que pase no perderé el contacto con ella y más sabiendo que es una antepasada mía. Es de esas personas que te dan calor y, aunque solo las conozcas de unas pocas horas, ya sabes que formará parte de tu existencia para siempre. Tengo a varios amigos así. Hermanos de aventuras. Compañeros de vida. E incluso algún que otro amor platónico...

Personas de las que no me podré separar hasta que la Parca venga a visitarme y cumpla con su cometido.

Debo aprovechar mi suerte, la opción de poder volver de vez en cuando a sus vidas. A pasar horas o días junto a esa gente tan especial para mí. Encuentros casuales que disimulo de mil maneras. Instantes que para mí se convierten en unas minivacaciones que dan más sentido a mi vida. Que me llenan por completo. Ya no puedo vivir sin esas personas a las que visito simplemente porque lo necesito.

—¿Tienes suficiente o te pongo un poco más?

La señora Joana me mira, cucharón en mano, a la espera de mi respuesta.

—Tengo más que suficiente. Gracias.

Me acabo todo el plato en pocos minutos y siento que ahora estoy a punto de reventar. No sé dónde meto todo lo que como, la verdad.

—Tiene buena cara esta mañana —me dice Montserrat mientras recoge mi plato y rellena el vaso de vino—. Y huele muy bien.

—Será por las especias que tiene tu madre en la despensa. Se me habrán pegado mientras dormía.

La joven, de pie a mi lado, inhala por la nariz a la vez que cierra los ojos.

—No. Es otro olor diferente... No lo sé distinguir, pero es muy agradable —contesta tras pensar unos segundos. Dicho esto, da media vuelta y se marcha sin más.

En ese instante un escalofrío me recorre de los pies a la cabeza. ¡Seré tonto! ¿Cómo se me puede haber pasado? Si es que tengo la cabeza en otro mundo...

Siempre, antes de cada salto al pasado, me ducho para eliminar cualquier olor que no sea natural. Para ello uso un jabón neutro especial que no huele a nada. Pero esta mañana se me ha ido la olla y me debo de haber duchado con el otro. Y ahora mi pelo y mi cuerpo deben de oler a avena, miel, vainilla o coco con jazmines tailandeses... a saber qué exótico aroma tendrá el último champú que metí en el carro de la compra.

Vigilando que nadie me vea, paso las manos por la mesa y las empapo de los restos de vino y sopa que aún habitan en la superficie de la gruesa madera. Después me toco el cuello y el pelo, como si me estuviera peinando. Esta mezcla podría ser perfectamente la antepasada de la gomina.

¡Qué asco!

Espero disimular así un aroma que no debería de estar aquí y ahora. Dejo la mesa libre para que otros comensales puedan disfrutar de la sopa. Al parecer hay gente esperando. Me acerco a la señora Joana antes de que se disponga a servir.

—Hoy marcho de viaje por unos días. Puede alquilar mi cama cuando quiera.

Si es que a dos mantas sobre un montón de paja se le puede llamar cama, claro está.

—Le agradezco mucho su hospitalidad —le digo con total sinceridad a la vez que le suelto más monedas de las que tocarían.

—Aquí hay demasiado dinero, joven Quim —me avisa, todavía con la mano abierta.

—Lo sé. Pero yo he comido mucho más que otros.

Le guiño un ojo y le cierro la mano con cariño para que se guarde las monedas. El contacto con sus gruesos dedos provoca una agradable sensación en mi interior.

—Espero que nos volvamos a ver —me dice con una sonrisa.

—De eso no tenga la menor duda.

Tras decir esto, se despide con la mano antes de alejarse hacia el nuevo cliente que ya ocupa mi mesa. Un maromo barbudo y ojeroso que nos mira con cara de pocos amigos, ansioso por empezar a comer y beber.

Tras despedirme también de Montserrat, salgo a la calle. Hoy el día está nublado. No hace frío, pero seguro que lo hará en cuanto caiga el sol.

Camino hacia el barrio judío en busca de Ismael.

Antes de llegar a la calle de la Font veo a Bernat a lo lejos. Está sonriendo. Lleva calzado nuevo y ropa limpia. Junto a él camina Ismael seguido de varias carretas, algunas tiradas por caballos, otras por asnos pequeños y robustos. No logro ver el final de la caravana.

—¡Señor Quim!

Bernat se acerca dando saltitos y me saluda contento por verme.

—Ya pensaba que no venías —comenta Ismael sin dejar de caminar.

Me coloco a su lado y trato de seguir el ritmo de sus pasos.

—No podíamos retrasar más nuestra partida —añade al cabo de unos segundos.

Está claro que tienen mucha prisa por salir de la ciudad. Demasiada, en realidad.

—Lo siento —contesto—. Al final se me ha echado el tiempo encima sin darme cuenta.

—¿Todo el mundo habla así con palabras tan extrañas en su ciudad? —pregunta Bernat.

Ismael sonríe.

Yo también.

De vez en cuando se me escapa alguna expresión moderna, o desconocida para el tiempo donde me encuentre en ese instante, aunque ponga mucho cuidado en ello. Por suerte, siempre puedo alegar que es algo típico del lugar de donde vengo.

—Me alegra tenerte con nosotros —dice Ismael.

—Y a mí —añade Bernat.

Sonrío.

Me giro para observar la caravana de nuevo.

Cuento una decena de carros y carretas. Algunas son abiertas; una simple caja de madera vieja con dos ruedas enormes a los lados y abarrotada de bultos enrollados en trapos, cestos y pertenencias varias. Otras están cubiertas con telas de colores claros que impiden ver su interior. Una veintena de hombres caminan alrededor de ellas y otros tantos niños corretean sin alejarse demasiado del grupo. Y al final, cerrando la caravana, los veo. Cinco hombres a caballo que no pasarían desapercibidos para nadie. El mismo quinteto que estaba ayer noche en el interior de la sinagoga.

—¿Va todo bien? —pregunta Ismael.

—Sí —asiento con disimulo—. Solo comprobaba cómo era de grande la caravana. ¿Todos tienen el mismo destino?

—La primera parte del viaje la haremos todos juntos. En cuanto lleguemos a Perpegnan, algunos de los integrantes de la caravana tomarán otros caminos distintos.

Asiento de nuevo sin dejar de andar.

—Para ello todavía quedan varios días de viaje. Por el momento, esperemos llegar sin problemas a Girona, nuestro primer destino.

Capítulo 35

12 DE JUNIO 1391
CAMINO A GIRONA...
05:50H

Apenas he podido pegar ojo. La mayoría de los emigrantes están muy bien preparados para la travesía y al caer la oscuridad montan unas rudimentarias tiendas que al menos los mantienen alejados de la maldita humedad nocturna. Otros duermen en el interior de las carretas, como Bernat e Ismael. Yo me conformo con hacerlo junto a una de las hogueras, tapado con mi manta de viaje, que he comprobado que no acaba de ser suficiente para dormir más de tres horas seguidas sin despertarme por el frío y la humedad.

Tomo nota mental para la próxima vez.

Estamos a medio día de camino de Girona. Queda poco para que salga el sol, momento en el que el campamento entero despertará y, tras una breve pausa para desayunar algo caliente, nos pondremos en marcha.

Me pongo en pie.

Mi cuerpo cruje como una rama vieja. Estiro la espalda y la cadera para intentar eliminar el dolor que me persigue desde que comencé el viaje. Mierda de artrosis. Uno de los hombres que hoy está de guardia me observa. No dice nada, solo mira. Segundos después sigue con su cometido, que no es otro que vigilar uno de los flancos del campamento.

Cada día, al anochecer, ocho hombres se quedan de guardia y velan por el resto. A las cuatro horas, ocho más los relevan y así hasta el amanecer. A mí me tocó hacer ayer el último turno. Además de estos, dos de los cinco que estaban en la sinagoga patrullan por su cuenta. Los otros tres no se separan del último carro, el más grande de la caravana. Por la noche duermen a su alrededor.

No he podido acercarme a ellos.

No hablan con nadie. No saludan ni me han contestado una sola vez en las pocas ocasiones que he intentado mantener una conversación con alguno de ellos. Son como bloques de hielo. Sordos, mudos y con cara de pocos amigos. Parece que siempre están enfadados, con el ceño fruncido y los ojos muy abiertos en una alerta perpetua. Y la verdad es que no me extraña que sean así, si en esa carreta transportan lo que sospecho.

Ayer le pregunté a Ismael por ellos. De pasada. Una curiosidad normal que no levantó sospecha ninguna. Le comenté que había intentado hablar con alguno de esos hombres que iban a caballo cerrando la caravana y que me habían ignorado por completo. Me contestó que no me lo tomara como algo personal, que en realidad no hablaban con nadie. Según me dijo, el grupo los había contratado para proteger la caravana durante el viaje. Al parecer venían recomendados por miembros de su comunidad, que ya habían viajado con ellos en anteriores ocasiones.

Por supuesto solo lo creí a medias. Sí que es cierto que estaban allí para proteger, pero a nadie en concreto. Esos cinco darían su vida con tal de salvaguardar lo que hay en el interior de la última carreta.

Un escalofrío recorre mi espalda.

Echo un par de leños a la hoguera, que ya está casi apagada, para entrar en calor. El ambiente huele a barbacoa de domingo. Me envuelvo con la manta y espero a que el fuego se avive y proporcione esa sensación placentera que ha acompañado al ser humano desde que se sentó junto a las primeras hogueras. Lo que daría ahora mismo por tener una cafetera humeante sobre este fuego.

Uno de los cinco vigilantes pasa a mi lado. Me mira de reojo y, sin decir nada, sigue su camino. Es el que portaba aquella noche la espada templaria. Es moreno, con el pelo largo y la barba poblada. Es un poco más alto que yo, pero mucho más corpulento. Juraría que bajo su raída ropa lleva una cota de malla.

Si no fuera por el hecho de que la Orden del Temple desapareció hace unos ochenta años, diría que este tipo es uno de ellos. Muchos caballeros dejaron la orden tras años de guerras, muertes y miserias. Hombres valientes que se alistaron con grandes ideales, de los cuales se cumplieron muy pocos o ninguno. Guerreros que cuando se percataron de que eran el brazo ejecutor de una empresa que tan solo velaba por sus intereses, sin importar el resultado ni el daño infligido, desertaban en silencio, con nocturnidad y alevosía, para no ser señalados, perseguidos, torturados y asesinados. Quizás es descendiente de uno de ellos, heredero de la espada de su valiente bisabuelo el guerrero.

Quién sabe. Aun así, es flipante.

Otro tema es que esas dos espadas estén juntas en esta contienda. Eso es algo que todavía no llego a comprender. Tiempo al tiempo…

Justo cuando el madero que acabo de echar al fuego empieza a arder con fuerza y el bendito calor me invade, uno de los hombres que vigila el flanco norte grita como poseído por el demonio. Dos segundos después, cae al suelo con una flecha atravesada en su pecho y otra en la garganta.

En apenas diez segundos todo cambia a mi alrededor.

Veo cabezas que asoman entre los arbustos y otras que aparecen tras los troncos de los árboles. Oigo flechas silbando sobre el campamento que avisan del terrible daño que van a causar. Observo que dos de los caballeros que están de guardia esta noche desenvainan sus enormes espadas y gritan para avisar a los que todavía duermen. Y no es hasta este instante, que mi mente comprende la situación.

Me parapeto tras el árbol más cercano mientras estudio lo que sucede a mi alrededor. Las flechas caen del cielo y se clavan sin miramiento ni compasión por todo el terreno. Hay varios tipos que aparecen por el perímetro con cara de pocos amigos. Todos llevan espadas y, dos de ellos, además, portan hachas. Yo solo tengo un par de dagas. Ahora echo en falta mi espada. Está colgada en mi sala secreta, muy bonita, sí, pero para esta contienda no me sirve de un carajo.

Las voces de los hombres dando órdenes se mezclan con los gritos de las mujeres y los niños. Espero que Bernat esté bien escondido. Uno de los asaltantes viene hacia mí. Está a poco más de cuatro metros cuando le lanzo mi daga con fuerza. Un segundo después cae al suelo inerte. Uno menos. Me acerco hasta el cuerpo sin vida y le saco la daga de su ojo, ahora vacío. Se me da muy bien esto de lanzar cuchillos, quizá sea porque tuve al mejor maestro, el mismo que me adiestró en el manejo de la catana.

Agarro la espada oxidada del muerto y voy a por el siguiente, que apenas está a dos metros de mí. No me cuesta esquivar su golpe. Es lento y patoso. No es un guerrero. Juraría que no son más que hambrientos ladrones de caminos que se aprovechan de los pobres peregrinos. Detengo su segundo golpe y con una media vuelta rápida le hago un profundo corte en la carótida. La sangre brota de su cuello en abundancia.

Agarro la espada del moribundo y con una en cada mano voy a por el siguiente. Cae sin remisión. Como el cuarto y el quinto. Me acerco poco a poco hasta la carreta de Ismael. Estoy preocupado por ellos. Sobre todo, por Bernat. Me quito de encima a todo el que se cruza en mi camino. Son muchos, quizá demasiados, pero no dan mucha guerra. Aun así, no paran de aparecer cabezas entre los árboles, a través de la negrura del bosque.

Veo a Ismael fuera de su carro. Lleva una espada en la mano e intenta detener a dos tipos que quieren lo que él defiende. Uno de ellos lo tiene casi acorralado. Levanta su arma mientras el otro intenta pincharle por el costado. Ismael está perdido. A pesar de que están a más de seis metros, lanzo mi daga con todas mis fuerzas. Esta se clava en el costado del que tenía la espada en alto. No es un golpe mortal, pero sin duda le ha atravesado el pulmón derecho y eso lo elimina de la ecuación. Deja caer el hierro al suelo y se toca allá donde el dolor le traspasa. Nota que tiene un cuchillo clavado. Busca de dónde ha llegado y me ve. Pero ya estoy demasiado cerca.

Saco la daga y grita tanto que me duele. Su colega se gira y se percata de todo. Tarde también.

La sangre de su amigo se mezclará con la suya en cuanto entierre mi cuchillo en su pecho. Serán hermanos de sangre en estos últimos segundos de vida.

Pero no puedo.

Ha esquivado mi golpe. Y no solo eso, se ha colocado en guardia de forma instintiva y veloz. Levanta su espada y me golpea. Me cubro. Golpea de nuevo. Yo esquivo a la vez que doy un paso atrás, lo suficiente para poder ponerme en guardia y estudiarlo. Este tipo no es solo un ladrón. Vuelve a atacarme y detengo su golpe con más esfuerzo del que esperaba. Su roñosa hoja queda a unos pocos centímetros de mi cabeza. La mantiene ahí, presionando con toda la fuerza de su brazo. Veo que mete la mano en su ropa y saca un cuchillo. Quiere apuñalarme mientras me defiendo. Giro en redondo y me alejo. Su espada se clava en el suelo embarrado, ayudada por la inercia de la fuerza que estaba haciendo sobre mí. En tan solo un segundo, giro de nuevo mientras levanto la espada para que quede a la altura de su cuello. El rápido giro, unido a la fuerza de mi brazo, corta de cuajo el sucio pescuezo del atacante. Su cabeza cae a mis pies y queda mirando hacia el cielo con los ojos todavía abiertos. Este tipo sí que sabía luchar.

Ismael me mira con los ojos desorbitados.

Está extenuado. Deja caer su espada como si esta pesara cien kilos. Me acerco y le toco en el hombro para tranquilizarlo.

—Quédate dentro de la carreta junto a tu familia. Yo me ocupo de ellos —le digo.

No contesta. Solo asiente.

Veo a través de sus ojos el peligro en mi espalda.

Me giro. Vienen más.

—¡Sube! —le apremio.

Guardo mi daga y, espadas en mano, me dirijo hacia ellos. El hecho de que no huya los pilla desprevenidos. Esquivo, me defiendo, esquivo de nuevo, corte en el pecho al más rápido, defensa, esquivo, le clavo el acero al más gordo en el estómago. Vomita y un olor a vino barato flota en el ambiente. Sigo lidiando con un par de ellos hasta que me topo con otro que sí saber luchar. Tiene la misma técnica que el anterior, pero es algo más lento. Puedo acabar con él y con otro que aparece después. También sabe luchar. Tienen la misma soltura a la hora de atacar y defender. Por mi mente pasa la posibilidad de que sean soldados de alguna milicia, quizá mercenarios aleccionados por el mismo instructor. No lo sé. Ya me ocuparé de ello más tarde.

Los cuerpos se reparten a mi alrededor.

Veo por el rabillo del ojo que el presunto caballero templario me observa. A sus pies hay más cuerpos todavía. Y un poco más allá está uno de sus colegas, con la cara roja de sangre ajena y los ojos muy abiertos. Me mira. Diría que está sonriendo. Juraría que disfruta. Me estudia. Algo no le cuadra. Supongo que se ha percatado de que mi forma de luchar no es muy normal. Por supuesto que no. Debe de ser la primera vez que ve a un samurái luchando con dos espadas oxidadas.

Pocos minutos después dejan de salir ladrones de entre los árboles. Se oyen gritos que claman por una retirada cobarde, pero inteligente. Pasan unos segundos de incertidumbre hasta que todos los asaltantes desaparecen engullidos por el bosque.

En este momento puedo observar con más calma el campamento. Hay más de una treintena de cuerpos esparcidos. Casi todos son ladrones abatidos. Veo otros que no. Decenas de flechas se han clavado en el suelo, otras en las maderas carcomidas de las carretas y unas pocas en cuerpos de hombres, mujeres y niños. Sobre todo, los que dormían en los carros sin techo.

Me acerco hasta la carreta de Ismael, que también tiene varias flechas clavadas, y abro la tela que lo cubre. La cara de su familia refleja puro terror. Bernat está acurrucado bajo Sarah, que lo escuda como una gallina protegiendo a su polluelo. Ismael está junto a su hija, Myriam, que no deja de llorar. Me fijo en su brazo y veo que una flecha lo atraviesa a la altura del bíceps. Algunos agujeros en la tela de la carreta me indican que han tenido mucha suerte de que solo una de ellas haya dado en el blanco.

—Ya ha pasado todo —les digo—. Ya no hay peligro.

No contestan. Pero sus ojos me dicen que me han entendido a la perfección.

Tras el fin de la batalla, los gritos de unos y otros se apagan y el silencio reina por un tiempo. Únicamente se rompe por los quejidos de dolor de los heridos que reclaman la presencia del médico. Según me contó Ismael al poco de salir, había dos médicos en la caravana. Espero que sigan vivos porque, por lo que veo, aquí hay trabajo para un turno entero de hospital.

—¿Dónde has cultivado tal destreza en la contienda?

La pregunta viene acompañada de una voz tan ronca que parece de ultratumba. Me giro para ver la cara de su dueño.

Está de pie a unos tres metros de mí.

Mantiene la distancia.

Sus dos manos se apoyan en la empuñadura de su espada, cuya punta descansa clavada en el suelo, a modo de bastón, entre sus sucias botas.

Lo miro en silencio.

Miro su arma. La empuñadura queda oculta entre sus manazas enguantadas y no deja a la vista el pomo con el sello templario.

—En Oriente —le informo. No miento.

—Oriente se halla muy distante de nos.

Asiento.

Me mira. Me estudia sin decir nada.

—Soy comerciante. Mis intereses me han llevado hasta allí en varias ocasiones.

No quiero que desconfíe de mí ni hacerme su amigo, pero tampoco que cambien sus planes por mi culpa. Necesito seguirlos hasta su destino final.

Él ni se inmuta. Solo me observa.

Sin decir nada, levanta su espada y la enfunda. En ese medio segundo puedo ver de nuevo el pomo con su sello. Él se ha percatado. Quizá mis ojos se han abierto más de lo normal. No puedo evitarlo.

Da un par de pasos hacia mí.

Se detiene a un metro de distancia. Es más alto de lo que parecía. Y el doble de ancho que yo. Como poco. Sus ojos no me transmiten nada. No sé leerlos.

—¿Te agrada mi arma?

No respondo. No me ha hecho esta pregunta para que la conteste. Solo me está avisando.

—En Oriente... —susurra despacio, repitiendo mi respuesta de antes.

Nos miramos un par de segundos más.

Percibo que el hecho de que yo no me amilane ante su presencia lo desconcierta. No le tengo miedo y él lo siente.

El silencio es testigo de nuestro cruce de miradas.

Tras un tiempo que no sabría decir, habla.

—En el campo de batalla todos poseemos secretos susurrados, en silencio tejidos, misterios escondidos que la luna guarda para no ser velados.

Tras soltarme esto, da media vuelta y se pierde entre las carretas.

El asesino sabe más de amor que el poeta.

Vuelven a mí los murmullos de dolor de los heridos repartidos a mi alrededor. Sin percatarme, el silencio me había invadido por completo.

El guerrero, que ya he perdido de vista, sabe que he visto su espada. Me ha advertido de que deje las cosas como están.

Le sería mucho más fácil sacar esa insignia y ponerle otro pomo cualquiera para no buscarse más problemas de los que, seguramente, ya le ha ofrecido la vida, pero supongo que debe de ser demasiado importante para él.

—¡Quim! — Sarah me llama—. Uno de los médicos ha muerto en el ataque. Hay gente que necesita auxilio urgente. Usted nos contó que había ayudado a un médico una vez.

Tardo un par de segundos en recordar lo que les dije en su casa el otro día mientras estábamos comiendo.

—Así es —contesto—. Ahora mismo me pongo a ello.

Capítulo 36

E*N VIAJE*...
08:30H

La herida de Myriam no es grave. No le dejará más que una pequeña cicatriz como recuerdo de su viaje, por eso la he dejado para el final. Antes he tenido que atender a una veintena de heridos de mucha más gravedad.

Ismael me mira atento, asustado y nervioso. Sujeta el otro brazo de su hija. La joven aguanta sin rechistar mientras la coso sin aplicarle ningún tipo de anestesia. Qué dura es la vida de los heridos en estos tiempos. Y qué bendición haber nacido después de Morton, ese dentista de Boston que la comenzó a usar a mediados del siglo XIX.

—Ya hemos dado sepultura a todos los fallecidos. Los hemos agrupado en un claro al otro lado del camino.

El hombre que habla es uno de los muchos emigrantes que, junto a otra decena más, se ha encargado de enterrar a los muertos.

Ismael asiente.

El individuo se aleja con paso lento y cansado hasta que se pierde entre la multitud, que ahora se afana en recoger y guardar todos sus enseres para proseguir con el viaje.

Este hecho me confirma que Ismael es alguien más importante que otro simple viajero. Primero, el caballero templario le comunicó personalmente que partían antes de hora. Y ahora, este tipo le informa, de igual manera, de que han acabado un trabajo en concreto, como si él hubiera dado antes la orden.

Lo miro con curiosidad tras acabar de cubrir la herida de su hija para evitar que se infecte.

—Has sido muy valiente —le digo a Myriam antes de bajar de la carreta—. De las más valientes que he conocido.

Ella sonríe a medias.

Ismael me sigue.

Myriam se queda descansando. Se lo merece.

—¿Por qué me miras así, amigo Quim? —me pregunta Ismael, sin rodeos.

Estudio su semblante.

No leo nada en su cara.

—Algo me dice que no eres otro simple viajante más de esta caravana.

Ambos guardamos silencio unos segundos.

Veo una leve sonrisa en su cara. Muy leve.

—Siento curiosidad, la verdad —añado.

—No soy ni más ni menos importante que cualquiera de estos compañeros —contesta a la vez que observa y señala a su alrededor—. Aunque bien es cierto que, en este caso, es bueno que haya alguien que tome las decisiones para que nuestra contienda no fracase.

Me mira serio. Noto que está pensando sus siguientes palabras con calma.

—En este viaje tendría que haber venido nuestro rabino, pero su avanzada edad y sus continuos achaques lo postraron en cama hace apenas dos semanas.

Hace una pausa. Mira al horizonte.

Respira antes de hablar.

—El médico dice que se recuperará, pero para ello necesita descansar y una buena alimentación. Menesteres que, como has podido comprobar, no los hubiera encontrado en este viaje.

—Y te ha colocado a ti al mando —le digo.

—Así es —contesta.

Comienza a recoger objetos caídos alrededor de su carro.

—Yo me negué, por supuesto —continúa explicando sin dejar de acaparar enseres—, pero no sirvió de nada. Alegué que varios de sus familiares estaban más capacitados que yo, aun así, tampoco logré que cambiara de opinión.

—Supongo que debes de ser una persona importante para él. Seguro que confía mucho en ti.

Ismael asiente de nuevo.

—Supongo que sí —contesta.

Ismael comienza a meter en su carreta todos los enseres que estaban esparcidos por el suelo. Yo me alejo unos pasos para recoger algunas espadas todavía tiradas por el embarrado campo. Las guardaré en algún carro por si nos hacen falta más adelante.

Explosiones de luz iluminan el lugar y los charcos de sangre resaltan entre el oscuro lodo. A los pocos segundos los truenos retumban sobre nuestras cabezas avisando de que el núcleo de una tormenta se acerca. Por suerte ya casi hemos acabado de recoger el campamento, curar a los heridos y enterrar a una decena de desdichados.

—Ismael —oigo que dice una voz ronca a mi espalda.

Miro con disimulo. Es el templario. Habla en voz baja, casi en susurros. Aun así, unas pocas palabras llegan hasta mí.

—… fallecidos en batalla… ladrones… símbolos… levitas…

Apenas puedo sacar conclusiones con lo poco que he logrado entender, pero mi sentido arácnido se activa de nuevo.

Me acerco a ellos para intentar escuchar algo más.

El hombre deja de hablar y me mira. No me gustaría tener que luchar contra él, la verdad. Ismael se gira y al verme entiende por qué su amigo ha enmudecido de golpe.

—Está bien, Gerard, puedes hablar. Quim ha demostrado estar de nuestro lado.

El tipo me observa. No se fía.

—Que haya batallado por preservar su existencia no implica que sea de fiar —contesta sin dejar de observarme.

—Quim Mora —le digo extendiendo mi brazo.

—Es un buen hombre, Gerard. Ha eliminado a varios de esos malnacidos y ha curado a media caravana. Dale un voto de confianza.

Mi brazo sigue tendido.

El templario me mira. Está decidiendo qué hacer.

Extiende su brazo y me agarra por el antebrazo, apretando con fuerza. Con mucha fuerza.

Yo hago lo mismo. O lo intento, porque su brazo es como tres veces el mío.

—Gerard de Monteagudo —me contesta—. Anhelo que seáis de espíritu íntegro. Por el contrario, seré yo quien vuestro cráneo corte y al ganado ofrezca como festín.

—A esto le llamo yo un buen comienzo. Parecéis más un poeta que un fiero guerrero— replico sin antes haber meditado mis palabras.

Suelo intentar ser gracioso cuando estoy nervioso, cosa que no a todos les gusta. Creo que este es uno de esos casos.

—¿He creído entender que entre los muertos hay algunos que podrían ser levitas? —les suelto para cambiar de tercio.

Los dos hombres me miran con los ojos muy abiertos. Quizá he preguntado sin demasiado tiento.

—¿Qué sabes tú de los levitas? —me pregunta Ismael.

—Poca cosa, la verdad. He oído historias durante mis viajes cerca de Tierra Santa.

—¿Has estado en Jerusalén? —pregunta Ismael de nuevo.

Yo asiento.

—Estuve una vez con mi padre —aclaro sin titubear. Miento. He estado bastantes más veces. No quiero engañar, pero estas mentiras piadosas son necesarias.

—¿Qué sabéis vos de los levitas? —inquiere Gerard de nuevo. Me mira sin pestañear. Su mirada es gélida.

Comienza a llover.

—Escuché hablar de ellos por primera vez una noche a unos trotamundos que acamparon junto a nosotros. Ya sabéis, cuanto mayor es el grupo, menos posibilidades hay de que te roben en la travesía.

—Dejad las banalidades para otros —me ordena Gerard.

Guardo silencio.

Las interrupciones no me gustan y me muero de ganas de decirle cuatro cosas, pero me contengo. No me interesa despertar antipatías con este individuo.

Hablo un segundo después.

—Contaron que los levitas eran una familia que descendía de Leví, uno de los doce hijos de Abraham. Si no recuerdo mal, dijeron que hace siglos eran los encargados de vigilar el templo de Salomón.

Son datos que salen en la Biblia y que todo el mundo sabe.

No les explico que hay historiadores que opinan que los levitas fueron sacerdotes egipcios que se instalaron en Canaán y sus alrededores. O que otros, en el libro de los Jueces, el más antiguo de la biblia hebrea y que guarda muchas analogías con la arqueología real, no mencionan ni a los levitas ni a Leví. Tampoco le voy a revelar que en mi presente todavía no existe ninguna prueba arqueológica ni dato histórico que demuestre la existencia de Moisés ni del éxodo de millones de personas huyendo de Egipto para pasear por el desierto hasta la tierra prometida.

A veces pienso en desgranar el Antiguo Testamento para destacar qué es verdad y que es ficción, pero solo pensar que tengo que ponerme a desentrañar tantas tramas contenidas en la obra, me da dolor de cabeza. Y mucha pereza. Por lo tanto, dejaré esta complicada contienda para otro que la pille con más ganas.

A mí me gusta más el trabajo de campo. Vivirlo en persona. Aunque siempre que he intentado saltar al instante del éxodo y a toda la historia que lo rodea, no encuentro absolutamente nada al respecto. En fin, que mejor me guardo mis opiniones y le sigo la corriente. Será mejor para todos.

—¿Cómo sabéis que son levitas? —pregunto con ganas de ir aclarando algunos puntos. —Y, lo más importante: ¿qué hacen en esta parte del mundo?

La lluvia ha comenzado a caer con más fuerza. Las manchas de sangre repartidas por el terreno se desvanecen poco a poco arrastradas por el agua, cada vez más torrencial. El olor a petricor inunda el ambiente.

Ismael está pensativo. Gerard sigue a su lado. Parece que no les importa quedar empapados. A mí sí. El agua me está calando y ya empiezo a tener un poco de frío.

—Recoged los enseres y avancemos antes de que la pluvia acreciente su poder —indica Gerard, ante el silencio de Ismael—. No deseo que las carretas queden inmovilizadas en el fango.

Acto seguido, el poeta guerrero se marcha sin despedirse.

Muy amistoso no es, la verdad.

—La respuesta a tu pregunta es más compleja de lo que puedas imaginar —me suelta sin más.

Lo miro esperando algún dato más.

Las gotas resbalan por mi frente y me nublan la visión, aun así, puedo ver como sus ojos esconden demasiada información que no quiere soltar.

—Te lo contaré en otro momento, Quim. Quizá cuando lleguemos a Perpegnan.

Capítulo 37

**Presente
Martes, 22 de abril
Barcelona
12:00h**

Una avalancha de personas deambula frente a las puertas del edificio de El Corte Inglés situado en la parte alta de la Avenida Diagonal. Cientos de cabezas circulan absortas en sus quehaceres, ajenas a todo y a todos. Entre el gentío que transita por la concurrida zona se puede distinguir a dos personas que se mueven a una velocidad distinta a la del resto. Sus pasos son lentos. Van con la cabeza alta. Observando. Vigilando. Atentos a lo que acontece a su alrededor. Se podría decir que son las dos únicas mentes despiertas del lugar, distantes a la rutina que los envuelve.

Uno de ellos se detiene y apoya sus dos manos sobre un bastón digno de un marqués. El otro lo mira. No dice nada, solo espera. A su alrededor zigzaguea la muchedumbre. Son como dos piedras en medio de un río de gente, inmóviles, ajenas a la corriente y al tiempo. El del bastón hace un imperceptible movimiento con la cabeza. Su acompañante mira hacia donde apunta la barbilla del otro.

—¿Ese viejales es el que lleva la libreta? —pregunta don Emilio.

Don Alfonso lo mira de arriba abajo.

—Solo debe de tener diez años más que nosotros —responde. Cambia el peso a su otra pierna sin dejar de apoyarse en el bastón.

—Llamémosle pues hombre de la tercera edad —observa muy serio don Emilio—, de la alta tercera edad, para ser más correctos.

—Emilio, nosotros también somos viejos.

—Yo no me considero como tal, Alfonso. Soy un jubilado de joven espíritu.

—Salta a la vista, vamos —contesta mientras lo repasa con la mirada de nuevo.

Ambos reanudan la marcha. Siguen de cerca, pero no demasiado, a un hombre algo mayor que ellos, que pasea encorvado, con paso lento y comedido. Ronda los ochenta. Quizá algo más. Viste traje y corbata. En su mano derecha porta una cartera de cuero marrón desgastada que tendrá más o menos su misma edad. Cada pocos pasos se detiene. Respira con dificultad, momento que aprovecha para observar a su alrededor con disimulo.

—Hay que ir con ojo. Este individuo sabe lo que hace.

Don Alfonso aguarda junto a su amigo. Mira hacia otro lado. Se ha percatado de que el hombre mayor inspecciona sus espaldas. Que observa con recelo a su alrededor para comprobar si alguien lo sigue.

Don Alfonso y don Emilio se sientan en uno de los bancos de piedra que pueblan el lugar. La gente sigue fluyendo entre ellos y el anciano, que ahora se encuentra a unos treinta metros de distancia.

—Vamos a darle más espacio —indica don Emilio.

Pocos segundos después, el hombre del traje gris prosigue con su lento caminar. El semáforo se ha puesto en rojo para los peatones y él se detiene, obediente. No tiene prisa. El paso del tiempo no va con él. La gente lo sortea y cruza entre los coches detenidos por el tráfico, pero él espera, paciente, hasta que la luz verde le indica que ya puede cruzar.

Cada paso le supone una pesada carga, mientras el resto de los viandantes lo adelantan como si ni siquiera existiera en su misma dimensión. Se detiene ante la puerta de un edificio de paredes acristaladas oscuras. Parece fabricado por la mente de un niño con enormes piezas de Lego, cuadradas, colocadas una encima de otra, hasta hacer un edificio de diez plantas. Se construyó a juego con dos torres situadas al otro extremo de la calle, redondas, más altas y coronadas en la parte superior por un anuncio que gira incansable, circunvalando el inmueble cada pocos minutos, cuyo texto reza «CaixaBank».

A una veintena de metros, el librero y el relojero aguardan y observan como el hombre entra en el edificio. Tras cruzar, ambos se dirigen hacia el mismo lugar sorteando a todo el gentío que les viene de cara. Llegan hasta la puerta. Se detienen. Observan. Un leve gesto del relojero es suficiente para que ambos accedan al interior. Nada más entrar, experimentan una bajada notable de la temperatura, pero sin ser molesta.

El interior se divide en dos partes bien diferenciadas: a la izquierda, unas escaleras mecánicas dan acceso a tiendas de ropa y de comida rápida; a la derecha, un mostrador largo y varios tornos metálicos llevan hasta unos ascensores. Junto al mostrador, sentado en un cómodo sofá rodeado de plantas naturales, espera el hombre mayor.

—Ahí está —señala don Emilio.

Su amigo asiente. Ambos caminan hacia el lado contrario y se detienen junto a un cajero, propiedad del banco dueño del edificio. Don Alfonso saca su tarjeta y la introduce en el interior de la máquina para disimular, mientras el librero, a su lado, vigila de reojo.

El trasiego de gente que merodea por las tiendas, así como de los que entran y salen de los ascensores, hace que los dos viejos ladrones, convertidos en espías, pasen desapercibidos.

—Esa mujer parece que lo busca —observa don Emilio sin perder detalle—. Veintipocos. Elegante.

La joven pasa por uno de los tornos de seguridad y saluda cordialmente a uno de los dos guardias de seguridad. Anda con paso decidido hasta el hombre que espera sin prisa en el sofá. Se sienta junto a él e intercambia algunas palabras. Parecen un abuelo y su nieta charlando de sus cosas. Nadie les presta atención.

Desde donde están, el librero y el relojero no llegan a entender lo que dicen. Emilio coloca una cámara sobre el cajero para grabar la escena y así no perder detalle. Es el primer modelo digital que sacó a la venta Olympus a finales del siglo veinte.

—Estamos demasiado alejados —advierte don Alfonso, preocupado—. Y no es que dispongamos de una vista de halcón, precisamente.

—Da igual. Octavi seguro que sabrá sacar buenas imágenes de la grabación.

—De una cámara moderna quizás sí. De esa antigualla que vivió los inicios de la Primera Guerra Mundial no creo que pueda obtener más que unas pocas tomas borrosas.

El relojero parece sonreír.

Pasados unos segundos, el hombre mayor abre su maltrecha cartera y le entrega a la joven un sobre grande, de esos acolchados.

—Ahí va nuestra libreta —advierte Emilio.

—Necesitamos saber quién es el destinatario final.

—¿No crees que sea ella? —pregunta el librero.

—Podría ser, pero supongo que tan solo es una colaboradora a la que han enviado a buscar este envío especial.

La joven vuelve sobre sus pasos, esta vez con el sobre en la mano. Llega a uno de los tornos de seguridad y coloca su tarjeta en el lector. El grueso cristal que hace de barrera se abre al momento para dejarla pasar.

El hombre mayor inicia su paseo hacia la salida. Don Emilio y don Alfonso acechan como dos depredadores sigilosos. Uno sigue con la mirada a la joven. El otro al hombre de la cartera.

—¡Maldición! —exclama don Emilio.

—¿Qué sucede?

—Van a pasar el sobre por el escáner de seguridad. Debemos irnos de aquí.

Nada más decir esto, ambos amigos se dirigen hacia la salida sin mirar atrás. Cruzan la puerta y desaparecen entre la multitud, justo en el instante que el aparato emite un pitido al detectar un elemento no autorizado en el interior del sobre.

La joven, extrañada, observa con detenimiento la pantalla de seguridad. El guardia señala con su dedo sobre una mancha marrón. La mujer saca su móvil y hace una llamada.

Pocos segundos después, el sobre es depositado en una caja metálica a la espera de ser estudiado a fondo.

—Hasta aquí hemos llegado —indica don Alfonso sin dejar de caminar. Ambos se dirigen a la parada de autobús que hay justo delante del edificio.

—No esperaba que pasaran el sobre por el escáner de seguridad —opina don Emilio.

—Lo harán con todas las cartas recibidas —opina su amigo. Se ajusta un poco las gafas y añade—. O al menos así tendría que ser.

—Con todas las externas es normal, pero no con los envíos privados de este tipo.

Los ojos de don Emilio se pierden entre la gente durante unos pocos segundos, como si el tiempo no fuera con él. Algo no le cuadra.

—Son demasiado precavidos.

—Nosotros también lo hubiéramos hecho así, somos perros viejos.

—Ellos, amigo mío, visto lo visto, además de perros viejos son perros ricos, poderosos y con un pedigrí que ya quisieran muchos. No te quepa la menor duda.

Capítulo 38

15 DE JUNIO 1391
GIRONA
08:00H

En cuanto Ismael da el aviso, nos ponemos en marcha. Dejamos atrás la seguridad de Girona, donde se han quedado tres carretas con sus familias y algunos hombres más que probarán suerte en esta ciudad. Ellos no lo saben, pero hasta aquí también llegará la interminable persecución a la que serán sometidos. Yo no voy a decir nada. No puedo. Ya la he cagado suficiente en este viaje.

Tras el ataque sufrido, dos días de descanso en esta bella localidad nos ha tranquilizado a todos. Ismael me ha evitado siempre que nos hemos cruzado. Supongo que no quiere verse obligado a darme unas explicaciones que no está autorizado a desvelar.

Nadie ha vuelto a hablar de los levitas. Ni una sola palabra.

Por supuesto, los guardianes tampoco me han dicho ni pío. Ni siquiera han cruzado una triste palabra conmigo. Han pasado totalmente de mí. Y mira que lo he intentado... Pensaba que después de luchar junto a ellos quizá me habría ganado un lugar en su mesa, pero ni por esas. Como en el instituto, vamos. Más solo que la luna.

Aunque el día es fresco y despejado, en un par de horas el sol ya calentará lo suficiente como para tener calor y demasiada sed. No sé qué pasa en esta época que no paro de beber agua. Suerte que tengo esas pastillas que la potabilizan y no hacen que me cague patas abajo día sí y día también.

Nuestro destino de hoy es Figueres, a unas diez horas de trayecto. Después proseguiremos con rumbo a Perpegnan, tal y como estaba previsto. El ataque no ha cambiado los planes iniciales de nadie. Bueno, quizá alguno de los que se han quedado en Girona no lo habían planeado así y por miedo a otra matanza es posible que hayan decidido ampararse tras el cobijo de sus murallas.

Nos esperan tres días hasta llegar al destino final. Quizás algo menos, todo depende del terreno y de las horas que andemos a diario. Viendo cómo ha ido hasta ahora, no creo que lleguemos antes de cuatro jornadas. Son bastante lentos. La verdad es que me da igual. Más tiempo tendré para intentar sonsacar a Ismael y acercarme a los guardianes.

No sé muy bien cómo llamarlos. Tal vez sean caballeros, quizá solo son mercenarios. Guardianes me parece un buen nombre. Los guardianes del tesoro del templo del rey Salomón.

¡Toma ya!

Sonrío.

Ojalá estuviera aquí mi padre.

En este instante cabalgo junto a la carreta de Ismael. Bernat va sentado junto a él. Observa a su alrededor. En su regazo lleva una hoja. No ha dejado de apuntar frases. Quiere relatar el viaje, dice.

Me saluda con la mano.

—¿Conoce el camino que vamos a recorrer? —me pregunta curioso.

—No. Lo vamos a descubrir juntos.

A mi memoria llega un poema.

—«Caminante, son tus huellas el camino y nada más; caminante, no hay camino, se hace camino al andar. Al andar se hace el camino y al volver la vista atrás se ve la senda que nunca se ha de volver a pisar».

Bernat me observa con los ojos abiertos.

—Me gusta ese poema. ¿Puede repetirlo, señor Quim? Quiero escribirlo para que no se me olvide.

Un escalofrío me recorre el cuerpo.

Menudo bocazas soy.

¿A que le jode el poema a Machado?

—Este poema es de un gran poeta de mi tierra, Bernat. No es bueno copiar los versos de otra persona.

Me mira.

—Debes de dar rienda suelta a tu imaginación y crear los tuyos propios.

Por su mirada, creo que lo que le he dicho le parece bien.

Menos mal.

El chaval deja la hoja y salta del carro en marcha.

Corretea junto a otros niños alrededor de mi caballo. Sonríe. Es feliz. Es el único que habla conmigo. Ojalá pudiera adoptarlo y llevarlo a mi presente. Fliparía con la cantidad de objetos que tendría a su alcance para jugar y divertirse. Aquí también lo hace, a su manera, por supuesto, con cuatro palos y una pradera llena de guijarros para correr ya les vale y les sobra. Lo que disfrutarían con un campo de hierba y una pelota de fútbol.

Sonrío nada más pensarlo.

Tras seis horas de viaje sin descanso y después de subir una empinada colina, puedo ver a lo lejos una pequeña fortificación.

Ahora que estamos más cerca me percato de que tiene unas murallas que parecen nuevas, como recién levantadas. El ajetreo de carros que entran y salen me indica que es un lugar conocido y frecuentado en esta época. La verdad es que no sé muy bien dónde estoy.

Entramos al lugar a través de la puerta principal. Un hombre mayor apostado a un lado vigila con desgana a todo el que entra.

—Disculpe —le digo para llamar su atención—. ¿Cómo se llama este lugar?

—Está entrando en la villa de Bàscara —contesta sin apenas mirarme.

Ya sé dónde estoy.

No he visitado antes este lugar, pero al escuchar su nombre lo acabo de situar perfectamente en el mapa. Ya hemos recorrido cerca de dos terceras partes del viaje.

Al parecer hoy es día de mercado, por eso hay tanto movimiento de gente, de carros y de mercadería. Ismael dirige la caravana hacia la derecha del camino y se detiene en un lugar amplio, lo suficiente como para que todos los viajeros puedan parar unos minutos sin molestar al resto del pueblo. Pocos segundos después, varias mujeres y niños se apean de las carretas y se dirigen directos al mercado. Supongo que van a comprar provisiones.

Yo voy a hacer lo mismo.

Bajo del caballo y me doy cuenta de cuánto me duele el culo. No estoy acostumbrado a cabalgar tantas horas seguidas. Lo dejo atado al carro de Ismael y Sarah y me dirijo hacia la plaza mayor del pueblo, lugar en el que decenas de mercaderes compran, venden y trapichean con sus productos. Voy a ver si veo algo que me llene el estómago porque estoy muerto de hambre.

Tras apenas una hora y media, la caravana se pone de nuevo en marcha. Según mis cálculos deben de faltar unas cuatro horas para que el sol se ponga. Si no nos detenemos llegaremos antes del anochecer. Y por las prisas, juraría que no tienen intención de volver a dormir a la intemperie, en medio del trayecto, a merced de los ladrones. Prefieren descansar tras la seguridad de una muralla, aunque sea pequeña.

Poco antes de que los últimos rayos del sol se oculten tras las llanuras del oeste avistamos la muralla de Ficaris. En mi tiempo esta ciudad se llamará Figueres. He estado alguna que otra vez y me parece muy bonita. Lástima que no mantenga el encanto que tiene ahora. Las murallas que se levantan ante mí desaparecerán, excepto una de las torres, que sobrevivirá y formará parte del museo Dalí, genio natural de esta localidad.

En la puerta que da acceso al interior de la ciudad puedo ver a dos hombres de guardia. Supongo que deberemos de pagar por dormir tras las murallas. Una parte de ese pago irá para las arcas de la ciudad, otra para los bolsillos de los guardias, sin duda alguna.

La primera carreta llega a la puerta y se detiene.

Ismael baja y charla con uno de los centinelas, mientras el otro se aleja para ver el tamaño de la caravana. Debe de estar calculando el monto del impuesto a pagar. Yo cabalgo cerca del carromato en el que supongo que llevan los objetos de la cripta. Los he vigilado noche y día por si se les ocurría sacarlos y esconderlos en alguna parte de Girona, o del camino, pero no han tocado nada. Tienen un plan y no lo van a cambiar a pesar del ataque sufrido.

Cerrando la expedición van dos de los guardianes. Están atentos al terreno. No se les ve cansados, al contrario.

Ismael se sube de nuevo a su carro. El guardia de la puerta se aparta y su mano se mueve haciendo un gesto para que entremos. Ya me parece oler el aroma de una sopa casera. Creo que voy a comerme tres platos, dos hogazas de pan y después dormiré como un bebé.

Una oleada de ardor me invade de repente, acompañada de un mareo repentino. Tengo mucho calor, demasiado, a decir verdad.

Veo entre nubes de niebla como los guardias comienzan a cerrar las puertas de acceso a la ciudad. Lo que observo a mi alrededor parece suceder a cámara lenta. Oigo gritos ahogados de hombres y mujeres que se mezclan con las exclamaciones de soldados asomados a lo alto de la muralla. Los ojos se me cierran y me cuesta horrores mantenerlos abiertos.

Tengo muchísimo sueño.

El sofocante calor que siento deja paso a una ola ardiente que sube hacia mi cabeza y palpita en mis sienes hasta el punto de que creo que me va a explotar.

La vista se me ha nublado por completo.

Alguien grita a mi lado, pero no entiendo lo que dice. Suena como un disco a menos revoluciones de las que toca.

No entiendo nada.

Solamente sé que estoy muy cansado.

Pierdo el agarre de las riendas y el mundo gira a mi alrededor. Siento que algo cruje en cuanto caigo al suelo, pero no llega acompañado de dolor alguno. Al contrario.

No siento absolutamente nada.

Es una sensación familiar, como ese instante previo al inicio de una intervención quirúrgica en el que sabes que te vas a dormir placenteramente durante horas.

Abro los ojos con mucho esfuerzo y, tras un velo borroso, intuyo la arena del suelo a unos centímetros de mí. Alguien pasa corriendo a mi lado y cae. Su cabeza queda cerca de la mía. Tanto que puedo intuir que sus ojos son azules. Me mira. Jadea. Tose. Escupe. Tose de nuevo.

Silencio.

Diría que ha muerto sin dejar de mirarme.

No puedo moverme.

Ni mis manos ni mis pies responden.

No siento dolor alguno.

En realidad, solo siento paz y una calma absoluta.

El mundo a mi alrededor se vuelve oscuro y silencioso.

Capítulo 39

Ficaris
19:20h

Decenas de cuerpos quedan esparcidos por el sendero que lleva hasta las puertas de la muralla. Entre ellos, el de uno de los guardianes y el de Quim. Arrodillado a su lado, Ismael sujeta la cara de su compañero de viaje y le grita para intentar despertarlo, sin éxito. Bernat llora desconsolado sin soltar la mano de su amigo. Junto a él, de pie y en guardia, Gerard de Monteagudo vigila con su espada desenvainada. Observa atento ante cualquier movimiento sospechoso.

Los atacantes ya han huido, cobardes, ocultándose entre la maleza y esparciéndose por el frondoso bosque. Tan solo se han limitado a disparar flechas sin dejar la seguridad de los arbustos que rodean el camino. Esta vez no ha habido lucha cuerpo a cuerpo. En cuanto la lluvia de flechas ha cesado, la contienda ha finalizado. Ninguno de los componentes de la caravana se ha atrevido a seguirlos. Tampoco los guardianes han roto su posición para intentar vengar la muerte de su compañero. No entra en sus planes. Lo que protegen es mucho más importante que ellos mismos. Que todos ellos juntos.

Sarah se acerca al cuerpo inerte de Quim y coloca el dedo en su cuello. Espera, paciente, levantando y colocando la yema del dedo en diferentes lugares.

—¿Qué haces? —pregunta Ismael.

—Observé que él lo hacia el otro día —contesta Sarah.

Ismael la mira esperando algún tipo más de explicación.

—Me dijo que era la forma más fiable de saber si alguien estaba muerto. Me explicó que si sentías unos pequeños golpes bajo la yema del dedo es que su corazón todavía vivía.

Gerard, de pie y sin dejar de vigilar que nadie se acerque más de lo debido, la mira de reojo.

—¿Yace sin vida? —pregunta el portador de la espada que algún día perteneció a un caballero de la Orden del Temple.

—¿Verdad que no? —lloriquea Bernat.

Sarah hace un gesto con la mano para que guarden silencio. Acerca su oreja a la boca de Quim y espera unos segundos, que al chaval se le hacen eternos, hasta que dice:

—Creo que no. Aunque mucho me temo que, si no hacemos algo pronto, lo estará.

A un kilómetro y medio de la caravana, cinco hombres se esconden entre la maleza nada más cruzar la cima de una pequeña colina. Están cansados. Un par de ellos respiran con bastante dificultad. Uno, en concreto, el que lleva un delantal repleto de manchas resecas de sangre que resaltan su imponente barriga, está rojo como un tomate. Siente como si su corazón se fuera a partir del esfuerzo que acaba de realizar.

No han parado de correr ni un segundo desde que han lanzado la última flecha. El ataque no ha sido todo lo exitoso que habían previsto, pero, aun así, sus saetas han acertado a bastantes cuerpos. Esta vez no querían dar opción alguna de una lucha cuerpo a cuerpo.

—No ha estado *der* todo *má*, pero *zolo hemo podio acabá* con uno de los *protectore* —dice uno de los hombres. Es el más joven de ellos. No debe de tener más de veinte años.

—Y con el extranjero —añade otro con unos brazos robustos y definidos. Porta un peto como los que llevan los herreros cuando trabajan ante la fragua para evitar que las chispas quemen sus ropas—. A ese le he clavado dos flechas por lo menos. Te digo yo que ese tío ya no lo cuenta.

—*Zí*, coño, pero *ezo* no era lo que *habíamo planeao*. Los *teníamo* que *habé matao* a todos —indica de nuevo el más joven. El resto guarda silencio—. No *vamo* a *tené* otra oportunidad como esta, *joé*. A *partí dahora, ezoz cabrone* estarán en guardia.

—Yo… no… Joder... Creo que me está dando un ataque al corazón —susurra el del delantal sucio. Apenas puede respirar. Está tumbado de lado y el peso de su enorme barriga no le permite cambiar de posición.

—Le está dando un ataque de verdad —señala el herrero. Ríe a carcajadas con los ojos muy abiertos. Es una risa histérica más digna de una hiena que de un ser humano.

Todos ellos comienzan a emitir risotadas, incluyendo la propia víctima que, entre toses y esputos sangrientos, se mofa de sí mismo de una forma alocada e insana.

—*Vuerve ante* de que la *palme* o te *quedará lelo pal* resto de tu vida —ordena el joven—. *Vorvamos todo* que aquí ya no *hasemo ná*.

Nada más acabar la frase, los cuerpos de los cinco hombres quedan tumbados e inertes entre la hierba. Cuatro de ellos parecen dormidos y respiran con cierta normalidad, pero el quinto, el que lleva el delantal manchado de sangre, convulsiona violentamente cuando su corazón se rompe.

Por la boca de Santiago, el carnicero del pueblo y uno de los hombres más queridos en Ficaris, aparece una espuma blanca. Sus ojos rojos, inundados en sangre, se cierran entre lágrimas a los pocos segundos de que los espasmos cesen.

Capítulo 40

**Presente
Miércoles, 23 de abril
Edificio Vimley C&S
Barcelona
10:30 h**

La totalidad de la décima planta del edificio pertenece a una reconocida consultoría internacional, especializada en tecnología y seguridad digital llamada Vimley Consulting & Security.

Junto a la lujosa sala de juntas se encuentra otra más pequeña y menos iluminada que carece de grandes cristaleras que dejen ver su interior. Para acceder a ella es necesario poseer una tarjeta especial que tan solo un reducido grupo de personas poseen. Algunas de ellas han entrado hace pocos minutos.

El interior de la sala está en penumbra, ya que las luces permanecen tenues durante las sesiones. Las paredes están reforzadas para que ningún ruido pueda llegar al interior, facilitando así la necesaria concentración de sus inquilinos. En el centro de la sala hay una mesa redonda cubierta de botellas de agua y una pequeña caja metálica de color negro. Alrededor de ella, una docena de cómodos sillones se alinean perfectamente como las marcas horarias de un reloj. En este instante solo cinco de ellos están ocupados.

Cinco hombres, todos pertenecientes a la misma familia, están reclinados en mullidas butacas dignas de una lujosa sala de cine. Sus piernas permanecen estiradas y apoyadas sobre un reposapiés que se ocultará bajo el sofá cuando finalicen la sesión. Respiran calmados, como si estuvieran profundamente dormidos.

El primero en despertar es Jacob, el más veterano. Segundos más tarde, el resto abre los ojos con algo de dificultad, como si la luz les quemara las pupilas. Están serios.

Un instante después comienzan las convulsiones. No es un despertar apacible. Más bien todo lo contrario.

Como si se tratase de una coreografía ensayada, todos y cada uno de ellos tensan sus mandíbulas a la vez que cierran de nuevo los ojos, mordiendo con fuerza las férulas de descarga que evitan que sus dientes se dañen. Las manos se agarran a unas asas que sobresalen de los laterales del sofá y que están ahí adrede. Las patadas serían tremendas si no fuera porque las piernas están atadas al reposapiés por una gran cinta de velcro de color negro.

El convulso y desagradable instante dura más de lo que ninguno de ellos desearía. Pero ya están acostumbrados. Cada retorno es igual. Cada fin de viaje es idéntico. Eso sí, cada uno es peor que el anterior. Un esfuerzo titánico que solo las mentes jóvenes y preparadas pueden soportar. Por este motivo, la edad de jubilación en el oficio de estos hombres no sobrepasa los treinta y cinco. A excepción de Jacob, que ya sobrepasa los cuarenta y cinco.

—¡Esto es un subidón! —grita uno de ellos nada más quitarse la férula de la boca. Es el más joven. Veintidós años recién cumplidos. Suelta el amarre que le sujeta las piernas y se incorpora de un salto para coger una de las botellas de agua.

El resto permanece en silencio. Visiblemente cansados. Intentando recuperar un ritmo adecuado de respiración. A algunos les cuesta más.

—Dale un tiempo, *pixa*, *verá* como no *vuerve* tan contento y *esitao* —avisa Jacob con conocimiento de causa.

—Deja al chaval que disfrute. Todos hemos pasado por esa fase. ¿Ya no recuerdas ese momento de éxtasis?

—Creo que el gordo que me ha tocado la ha palmado.

—*Vihila* con *ezo, cabesón, zi* la *palma* estando en *zu* mente, te *azeguro* que tú ya no *vuerve*. *Zi muere* allí, *muere* aquí. Ya lo *zabe*. No *huegue* con *ezo*.

Su compañero asiente y calla.

Poco a poco se levantan de las butacas para estirar sus músculos. Cada uno de ellos toma una pastilla del interior de la caja negra que hay sobre la mesa y bebe agua con ganas.

Minutos después, una vez recuperados, dejan la habitación y se dirigen hacia la sala de juntas principal. Es una estancia mucho más luminosa. Toda la pared exterior es de cristal. A través de ella, la montaña de Collserola vigila ajena al paso del tiempo. La estancia huele a ambientador con toque de limón. Es agradable. Así como su temperatura.

En el exterior el día es soleado y la luz natural llega hasta el último rincón. En el centro de la sala una mesa ovalada de color oscuro destaca contra un suelo blanco y brillante. Alrededor de ella se reparten más de una docena de sillas. Tan solo dos están ocupadas.

Nada más entrar, los cinco hombres van directos hacia una mesita que ocupa un extremo de la habitación. En ella, sobre un mantel blanco e impoluto, descansan dos termos: uno de café recién hecho y otro de agua caliente para las infusiones. Justo al lado hay una bandeja con todo tipo de aperitivos.

Dos mujeres observan pacientes.

Esperan sentadas. Presiden el enorme tablero cuya superficie refleja parte del paisaje exterior. Permanecen en silencio, atentas. Ambas son de mediana edad. Una es rubia, la otra morena. Una viste de negro, la otra de rojo. Dos estilos distintos para dos poderosas damas que persiguen un mismo objetivo.

—¿Y bien? —dice la morena, cansada ya de aguardar a que tomen asiento. Los hombres, hambrientos tras el regreso, siguen dando buena cuenta del café y los minibocadillos. Al escucharla, dejan de comer y se dirigen hacia la mesa.

—No ha ido *der* todo *má* —responde Jacob. Es el portavoz del grupo. También es el que tiene más experiencia. Piensa retirarse ese mismo año.

Se sienta cerca de la mujer morena, pero deja una silla vacía entre los dos.

—Eso suena bastante ambiguo —indica la mujer rubia.

—He de *desí* que ha habido bastantes muertes. *Hemo eliminao* a uno de los protectores. Ya *zolo* quedan cuatro —informa esta vez con más detalle.

—¿Y el extranjero? —preguntan las dos al unísono.

—*Eze* también ha *caío*.

Capítulo 41

17 DE JUNIO 1391
EN UNA CASA DESCONOCIDA
FICARIS

El sol se esconde de nuevo y las sombras comienzan a caer sobre la pequeña casa del único médico de la ciudad. Pedro Marlet lleva años haciendo de barbero y curando los principales males que acontecen a la buena y tranquila gente de Ficaris.

El tumulto ocurrido días atrás no pilló a nadie por sorpresa, ya que en esta época la calma y tranquilidad son una utopía al alcance de muy pocos. Pero sí que coincidieron los testigos en que fue un ataque sin sentido. Los asaltantes no robaron nada. Ni siquiera lo intentaron. Únicamente se dedicaron a lanzar flechas, cobijados tras los arbustos que flanquean el camino de entrada a la ciudad. Eso sí, todas y cada una de las flechas eran extremadamente venenosas.

El único superviviente de ese fatídico día permanece acostado desde entonces sobre un manto de paja en la casa de Marlet.

—¿Hasta cuándo va a estar este despojo en nuestra casa? Ya lleva sin sentido dos días.

La voz chillona de la mujer rompe la concentración de Pedro, que estudia con atención a su paciente.

—Se llama Quim. No es un despojo —contesta el médico molesto—. El judío nos ha pagado muy bien para que lo cuidemos hasta que se recupere, no lo olvides. Además, es mi obligación como médico.

—¿Hasta cuándo? —repite la mujer con los brazos en jarras. Seria. Con cara de pocos amigos.

—Hasta que se recupere, he dicho. Está en un estado de estupor distinto a los que he visto hasta ahora —informa Pedro sin dejar de observar a su paciente—. Irá a mejor. No tengas ninguna duda —añade confiado a la vez que decidido—. Vigílalo mientras visito a doña Carmela, me han avisado de que vuelve a estar mal de la espalda.

Dicho esto, el hombre sale con su maletín repleto de todo tipo de líquidos y ungüentos.

No ha pasado un minuto cuando la mujer del médico se acerca hasta Quim y le da unos pequeños puntapiés.

—A ver si se despierta ya. O se muere. Da igual. Pero no lo quiero aquí por más tiempo —expone de mala gana.

Observa los botes que su marido guarda en una repisa y reconoce uno de ellos. Es uno que le ha visto utilizar decenas de veces. Se usa para despertar a las personas que se desvanecen de pronto. Lo coge. Lo abre y un olor penetrante llega hasta el fondo de su cerebro.

Aleja el bote de su nariz, asqueada, y se agacha junto a Quim. Coloca el frasco bajo su nariz y lo aprieta contra ella como si quisiera que el enfermo aspirara todo el contenido del pequeño bote.

Y funciona.

Quim abre los ojos de par en par.

Sus pupilas están completamente dilatadas. Grita de repente, como si lo hubieran metido en la hoguera junto a las brujas del pueblo.

La mujer cae de espaldas y el contenido del frasco se derrama sobre el suelo. El olor es penetrante, intenso, casi doloroso. Quim tiene los ojos abiertos, consciente, pero sin saber ni dónde está ni qué le sucede.

¿Qué coño está pasando? No me puedo mover. Joder. Mis manos y mis pies tardan una eternidad en obedecer cualquier orden que les doy. ¡Me cago en la leche santa!

¿Quién es esta mujer que me mira con ojos de loca?

—¿*Pienere*? —pregunto con excesivo esfuerzo. Creo que no he dicho lo que quería decir.

—¿*Pe ma pazao*? —repito.

Mierda. No puedo hablar.
¿Quién es esta tiparraca?
¿A qué viene esa cara de asco?
—¿Qué dices? —me pregunta ella—. No te entiendo.
—*¿Pónde esdoy?*
¿Qué coño está saliendo por mi boca?
—No entiendo tu idioma.
—*¿Pe me ha pazao?*

Mis labios apenas se abren para vocalizar. La lengua está hinchada. O al menos así lo noto. Es peor que cuando salgo del dentista. Qué sensación más asquerosa.

No sé qué coño ha sucedido, pero está claro que no estoy bien. Algo le está ocurriendo a mi cuerpo. No me puedo mover. No puedo hablar. No sé qué hago aquí. No recuerdo nada.

—Le han herido —me dice por fin—. Con una flecha. En realidad, creo que con dos. Están envenenadas. Mi marido, que es doctor, dice que las han untado con raíz de lobo.

El tiempo se detiene por completo. Todavía más.

Oh, no. Oh, no. ¡Mierda!

Hago un repaso mental de los síntomas del acónito, que así es como se conoce también a la raíz de lobo: parálisis, dificultad para respirar y, finalmente, la muerte. No es que yo sea un especialista en venenos ni nada de eso, es que me enseñaron a usarlo en uno de mis viajes para cazar venados.

Esto sí que no me lo esperaba.

Joder.

No existe un antídoto específico para este jodido veneno. Solo un tratamiento inmediato puede darme alguna posibilidad de supervivencia. Me tienen que mantener con vida mientras mi cuerpo lo elimina del organismo por sí solo.

Tengo que salir de aquí ya.

Debo saltar a mi presente para ir a un hospital de los de verdad, pero no puedo hacerlo desde el interior de una casa medieval. Es demasiado arriesgado. Vete tú a saber dónde acabo.

Voy a probar con otra cosa, a ver si me entiende.

Levanto mi mano después de varios intentos y señalo hacia la calle.

—¿Quiere irse? —me pregunta.

Asiento.

La mujer sonríe.

Qué risa más tenebrosa tiene esta tía.

Se levanta, coloca bien los bajos de su vestido y me agarra con fuerza por las muñecas. Acarrea conmigo hacia la puerta, arrastrándome sin compasión. Veo como se detiene al llegar a ella, la abre y sigue con el arrastre hasta la calle.

Me deja tirado en el suelo como a una mierda y se aparta.

Será cabrona.

—No le puedo soltar en mi puerta a la vista de cualquiera que pase por aquí. Aunque ya está oscureciendo, mi casa está en el centro del pueblo. Lo dejaré en la parte de atrás.

La loca habla en voz alta.

Pues muy bien, *soputa*, muchas gracias.

Acto seguido, me trinca de nuevo por las muñecas y me lleva a rastras por la tierra hasta lo que parece la parte trasera de su casa. Pero no contenta con ello, sigue su marcha. Empiezo a notar un ligero dolor en la espalda y en el culo a pesar de la insensibilidad que tengo.

Y la cosa empeora cuando sigue arrastrándome por encima de las hierbas, las blandas, las duras y las que pinchan.

¡Será hija de puta!

—¡*Jadebuta*! —logro soltar entre babeos.

—¡Que no le entiendo, hijo del demonio! —exclama ella entre esfuerzos, sin dejar de tirar de mis brazos, que ya deben ser más largos que mis piernas.

Se ha detenido bajo un antiguo puente de corte románico que pasa por encima de un río.

Me mira con asco.

Yo le devuelvo la mirada con el mismo cariño. O más.

—Aquí se queda.

Sin más explicaciones, da media vuelta y se pierde entre la creciente oscuridad del lugar antes de que pueda darle las gracias. Ojalá hubiera podido al menos escupirle.

No sé si hace frío o calor, si estoy mojado o seco, o si me estoy desangrando después de ser arrastrado por medio pueblo. Pero lo que sí que puedo escuchar con total claridad es el aullido de los lobos que pueblan las montañas.

Recuerdo haber leído que en esta época la población de lobos es muy alta, tanto que son un problema constante para los animales de granja e incluso para los humanos.

Y yo soy uno de ellos. Además, inválido.

Y sangrante. Hecho que no tardará en llamar la atención de algún depredador cercano.

Algo cruje frente a mí. No puedo ver nada, está demasiado oscuro, pero lo he oído con claridad.

Dos puntos rojos aparecen entre los árboles.

Mierda.

Otros dos más a pocos metros. Son lobos.

Me van a comer vivo.

Debo saltar ya.

Intento no escuchar el tenue sonido de las ramas que se mueven a pocos metros de mí. Cierro los ojos. Un aullido espeluznante resuena muy cerca. Diría que a diez metros como mucho. El pequeño riachuelo me separa de ellos. Y no creo que tenga suficiente cauce como para que no lo crucen.

Respiro.

Me concentro.

Olvido todo lo que acontece a mi alrededor.

Creo que me están rodeando. Adivino las pisadas en los crujidos de las piedras que pueblan la ladera del río.

No pienses, Quim.

Solo déjate llevar.

Respira.

La luz llega. Noto como mi peso desaparece.

Por fin algo de paz.

Pasan dos segundos y vuelvo a notar el peso de mi cuerpo, el aire en mi cara.

El dolor.

¡Joder! ¡Qué dolor!

Sobre todo, en mi pierna.

A pesar de que no tengo el cien por cien de sensibilidad, me duele a rabiar, tanto que grito como un elefante marino en plena época de celo.

El alarido resuena en medio de la noche de tal forma que no tardo en ver luces aparecer por la ribera del río.

—¿Qué te ha pasado? —exclama un hombre acompañado de un niño.

—¿Esto es un gamusino, papá? —curiosea el niño.

—¡Está herido! ¿Le ha atacado un animal? —pregunta el hombre, alumbrando a mi pantorrilla.

Logro levantar la cabeza lo justo para ver el desgarro en mi gemelo y la sangre que discurre entre las piedras. No lo he notado, pero sin duda uno de los lobos me ha mordido antes de saltar.

—Sí.

Aprovecho la media mentira para camuflar una increíble e innecesaria verdad.

—Necesito un teléfono —le digo.

Ahora puedo hablar bien, pero el dolor es mucho más penetrante que cuando estaba en el pasado. Noto como voy perdiendo la consciencia. No me queda mucho tiempo.

Marco un número en el móvil del hombre.

Espero. Alguien contesta.

—Dime.

—Víctor, ven a buscarme.

—Ok. Te geolocalizo y voy. ¿Qué más?

—Me ha mordido un lobo.

El hombre me mira asustado al oír esas cinco palabras, abraza a su hijo y se gira en redondo en busca de la fiera.

—Ah, y ven con algo para envenenamiento por acónito. Date prisa. Me queda, como mucho, una hora.

Capítulo 42

Presente
Edificio Vimley C&S
Barcelona
13:00 h

Una vez acabada la reunión, los cinco hombres que han viajado en el tiempo ocupando los cuerpos de cinco pobres desgraciados sin culpa alguna, abandonan la estancia. Las dos mujeres permanecen sentadas observando como el resto sale de la lujosa sala de juntas.
—¿Qué opinas? —pregunta la mujer rubia. Se llama Ruth Leviym. Treinta y largos. Pelo corto. Lleva una falda larga de color negro a juego con la chaqueta y los zapatos. La blusa es blanca, con el último botón desabrochado que deja ver un fino colgante de oro.
—Creo que estamos más cerca que nunca.
La mujer que contesta es físicamente parecida a Ruth, algo más joven y con un estilo completamente distinto, más desenfadado y menos clásico. Viste de rojo. Falda algo más corta que la de Ruth, aunque siempre por debajo de las rodillas. Se llama Shira Leviym.
Son primas y dos de las mujeres que forman parte del consejo de administración de una empresa familiar creada hace muchos siglos. Un lugar en el que se respetan las tradiciones sin dejar de adaptarse a la evolución que llega con los años. Con los siglos.
La costumbre de esta antigua empresa familiar dicta que el consejo de administración esté formado siempre por doce mujeres del mismo linaje. Por debajo de ellas están todos los hombres que viajan a través del tiempo.

Y por encima de todos ellos está el Sumo Sacerdote, al que todos llaman Sumo para abreviar. Este lugar siempre lo ha ocupado un hombre. Alguien que haya hecho logros notables durante sus viajes y que, una vez jubilado de sus funciones, sea elegido por el consejo de administración para el puesto de más importancia. Dejará de estar en la cumbre cuando las doce mujeres del consejo, al unísono, lo crean conveniente, cuando él lo deje voluntariamente o, simplemente, cuando muera.

Así se ha hecho desde hace miles de años.

—Estar cerca no significa conseguirlo —remarca Ruth.

Sigue sentada en la cómoda butaca, mirando hacia la montaña de Collserola. Su prima se levanta y camina hasta la mesita del fondo. Se sirve un café y la mira.

—¿Quieres?

Ruth niega con la cabeza.

—¿Has podido averiguar algún dato sobre la libreta que nos dejaron en la recepción?

—Nada. El localizador no se puede rastrear. Alguien nos ha querido tender una trampa.

—Daremos con ellos —asegura Ruth.

—El Sumo no nos da permiso, ya lo sabes. No quiere que nos ocupemos de temas del presente, tan solo de asuntos del pasado.

—¿Qué opina él? —quiere saber Ruth. Se coloca bien un mechón de su pelo rubio.

—El Sumo no va a dejar pasar esta oportunidad. Sabe la suerte que tiene de estar viviendo este instante. Podría pasar a los anales de la historia como el hombre que logró recuperar lo que un día fue nuestro.

—Espero que cumpla con su cometido y haga todo lo que crea necesario para rescatar los objetos del Templo. —Shira bebe y disfruta de cada sorbo de su café—. Nadie, hasta hoy, ha estado tan cerca de ellos.

—Recobrar lo que nos robaron —susurra Ruth.

—¿Cuál es el siguiente paso?

—En cuanto se recuperen volverán a viajar. Tienen que conseguir más pistas. Debemos saber dónde y cuándo estarán para hacernos con ellos.

—Son solo cinco contra toda una caravana y otros tantos protectores bien entrenados y que ahora ya saben que vamos a por los objetos que custodian —dice Shira. Se acerca a una de las sillas y se sienta. Mira a su prima—. Necesitamos a más gente o perderemos esta valiosa oportunidad.

—Ya están de camino —informa Ruth—. El Sumo ha enviado a siete hermanos. Los mejores, según él.

—¿Viajaran doce a la vez?

—Así será. Y porque más no se puede, sino enviaría a todo un ejército contra esos malditos protectores.

Capítulo 43

Viernes, 25 de abril
Barcelona
10:00 h

Abro los ojos. Tardo unos segundos en comprender lo que veo. Estoy en una habitación de paredes blancas. Huele a limpio, a desinfectante, a hospital. El ambiente es fresco, pero agradable. Puedo ver una gran ventana que deja entrar algo de luz por un resquicio de la parte inferior de la cortina. Escucho unos pitidos a mi espalda. Ladeo la cabeza para mirar. Me duele el cuello. También los hombros. Es una máquina con cables que llegan hasta el brazo y controlan mis constantes. Estoy en la consulta de David. No me cabe ninguna duda de que Víctor se ha ocupado de todo, como siempre.

Es mi hombre de confianza. Le pago muy bien para que solucione cualquier problema. Es el encargado de buscar clientes para mis artículos, compradores de cualquier parte del mundo, de llamar a quien yo necesite en el momento que lo requiera. Es mi asesor personal, aunque casi no nos vemos en persona en todo el año. Lo ayudé hace tiempo en un asunto de vida o muerte y él me lo agradece siendo la persona de confianza que cualquiera necesita a su lado. Una llamada y él se ocupa del resto. Es mi ángel de la guarda.

Miro mi brazo. Me tira un poco. Tengo una vía que recibe una buena dosis de suero salino, o antibiótico, o ambas cosas. No lo sé. Un pequeño tubo acoplado a mi nariz emite un susurro que deja escapar el frío oxígeno. Intento mover los pies y las manos y siento alivio cuando lo consigo. Vuelvo a tener sensibilidad. Debe de ser por eso que noto la molestia en el gemelo. Al levantar la sábana puedo ver que la herida está cubierta por un apósito.

La puerta se abre y aparece una enfermera de cara sonriente. Entra con paso rápido y seguro.

—Buenos días, Quim —saluda la mujer. Se dirige hacia la ventana y corre la cortina para iluminar la habitación.

Es Mireia, la enfermera de David. Ambos son de confianza.

No es la primera vez que me atiende, aunque espero que sea la última. A quién quiero engañar. Esta profesión tiene demasiados imprevistos. Y ninguno sano.

—¿Qué tal estás? Has dormido de lo lindo.

Acerca un carro hasta el borde de la cama. Me coloca un termómetro cerca de la frente hasta que emite un pitido. Después acopla una cinta en mi brazo izquierdo para tomarme la tensión.

—Creo que estoy algo mejor —respondo.

La verdad es que todavía estoy medio sopa.

—Aunque no recuerdo cómo llegué hasta aquí.

—¿Qué es lo último que recuerdas? —pregunta mientras anota temperatura y tensión.

—Llamar a un amigo por teléfono pidiendo ayuda.

—No te preocupes, ahora viene David y te cuenta.

—¿Qué día es hoy? —quiero saber.

—Viernes, 25 de abril.

Dicho esto, da media vuelta y se marcha.

Mi mente está algo dormida. Supongo que entre esas bolsas colgadas de la percha que alimenta mi brazo también hay un buen calmante. Aun así, puedo ver que mi salto al presente fue un churro. Salté al pasado el martes 22 de abril. Estuve de viaje por lo menos siete días. O sea que tendría que haber vuelto el 29. Sin embargo, he vuelto entre medias. Ni chicha ni limoná, como diría mi tía.

Tampoco puedo pedir más. Estaba completamente tocado entre el veneno y el jodido mordisco del lobo.

Intento recordar qué me sucedió, pero las imágenes llegan a oleadas intermitentes. No me enteré de nada. Pasé de estar montado a caballo a acabar en casa de una loca psicópata. Si tenía heridas de flecha, no cabe duda de que nos asaltaron y yo fui de los primeros en caer.

Un nudo se cierra en mi estómago y me estremece.

Por un lado, estoy preocupado por Bernat, por Ismael, por Sarah, por Myriam... Por otro, me preocupa que los asaltantes fueran algo más que vulgares ladrones de caminos y que hayan ido directos al tesoro. Algo me dice que, después de dos asaltos en pocos días, alguien más va tras los objetos.

La sensación de cabreo que siento crecer en mi interior me grita que debo volver y cortar de cuajo las cabezas de todos y cada uno de esos mamones lanzadores de flechas.

Respiro para calmarme.

Los pitidos han aumentado de velocidad y me chivan que debo tranquilizarme. Ahora mismo no puedo hacer nada. Debo planificarlo con calma. Si algo tengo es tiempo.

Tengo tiempo de sobras para volver.

Observo de nuevo la habitación.

He estado aquí más veces de las que me hubiera gustado. Es un lugar tranquilo en el que no hacen preguntas ni has de rellenar formularios ni partes de seguro de ningún tipo. Es una consulta privada, todo legal, pero con un par de estancias que siempre han servido muy bien a los Mora.

David, el doctor de confianza que lleva años socorriendo a la familia en algunos quehaceres y que se ha ganado a pulso ser parte de ella, no hace preguntas. A cambio recibe lo que pide. Sin regateos. En efectivo. Directo a su bolsillo. Y la verdad es que vale cada céntimo que hemos pagado.

—¡Colega!

Doy un respingo. Al parecer me he quedado medio dormido en los últimos veinte segundos.

—Cuéntame... ¿Cómo te sientes?

David se sienta en la silla que hay junto a la cama. Mira los datos que ha apuntado Mireia y sonríe. Es alto, moreno. Tiene el pelo rizado y barba de un par de días. Sus ojos son vivos. Amistosos.

—¡Estás hecho un toro! —indica a la vez que toca el botón de un mando que hace que me eleve hasta que quedo casi sentado.

—No me siento como un toro, la verdad —respondo con algo de miedo. A ver, me siento mejor, pero con estos asuntos nunca se sabe—. No recuerdo nada después de llamar a Víctor.

—Estás bien, Quim. Puedes estar tranquilo.

Creo que en mi cara se refleja la preocupación.

—Tienes dos heridas penetrantes, una en el hombro izquierdo y otra en el muslo derecho. No han traspasado demasiado, así que no han desgarrado nada importante. El peligro principal de estas heridas viene por el veneno —informa sin dejar de mirarme fijamente. Calla durante unos segundos y como no añado nada continúa hablando—. El desgarre en el gemelo a causa del mordisco no ha sido tan grave como parecía. Te quedará una cicatriz, pero pequeña.

Levanta las manos. Sonríe.

Quiere saber.

—Ya sabes que nunca pregunto, pero, tío, cuéntame, lo necesito… —Me mira con atención—. ¿Heridas de flechas envenenadas por acónito y mordeduras de lobo?

Yo guardo silencio.

—Me muero de ganas de saber, colega.

Nos miramos durante unos segundos.

Yo le contaría mis aventuras, pero es que no me va a creer. Y no quiero ponerlo en peligro. Él no sabe nada de nada y si la policía llegara algún día hasta aquí, para las fuerzas del Estado el doctor solo se ha limitado a curar.

Y así ha de seguir, por su bien.

—No te lo creerías, amigo —le suelto—. Lo que sí te puedo decir es que esta vez pensé que no lo contaba.

David hace un gesto muy sutil con la cabeza al comprender que no le voy a desvelar nada. Pero es un profesional y no protesta. Cobra demasiado bien como para discutir.

Sonríe de nuevo.

Nos tiene aprecio y no solo por sus ganancias.

—Casi no lo cuentas, es cierto. Todavía no sé cómo has podido soportar tal cantidad de veneno durante tanto tiempo. Tendrías que estar muerto.

Lo miro sin comprender.

—Fuimos a buscarte en el helicóptero. Dijiste que las heridas de flecha eran de hacía por lo menos dos días.

—No lo recuerdo.

—Eso explicaste —me aclara—. La mordedura de la pierna era muy reciente, todavía sangrabas, pero las otras dos heridas ya habían comenzado a cicatrizar.

Yo escucho atento.

—Durante el vuelo te saqué sangre para analizar. Y te puedo asegurar que nadie puede sobrevivir varios días con esa cantidad de acónito en el cuerpo. Deberías haber muerto.

Su mirada es profunda.

No entiende y quiere saber, porque David siempre ha tenido un alma de científico dispuesta a investigar, a aprender. Es astuto como un zorro y aunque siempre ha sabido que los Mora no somos como los demás, esta vez intuye que hay algo más, un trasfondo incomprensible para él y para la ciencia.

No puedo contarle el motivo. No me creería si le explico que estoy vivo gracias al efecto Pausa.

Ya te lo conté antes: durante el tiempo que transcurro en el pasado no envejezco porque es como si la actividad en mi cuerpo se detuviera. O algo así, imagino. Lo mismo que hace que no me salgan arrugas ni canas ha hecho que el veneno no me mate. El veneno consiguió noquearme durante días, cierto, pero no logró acabar conmigo.

Eso sí, estoy convencido que el tiempo que pasó desde el salto hasta que David me trató, corrí más peligro que en todos los días anteriores ya que, al no haber efecto Pausa, mi cuerpo respondió como el de cualquier otro. Quizá por eso me desmayé nada más llegar al presente.

—No sé, tío, pero estaría muy bien compartir con la ciencia lo que sea que te ha hecho sobrevivir a esto.

Veo en sus ojos que su interés es puramente científico.

Ojalá pudiera, amigo.

—Quizá algún día me puedas ayudar a entender algunas cosas que me pasan —le digo con sinceridad.

Estoy hablando más de la cuenta. Pero si hay alguien indicado para responder a las preguntas que tengo, sin correr el peligro de acabar tumbado en una camilla como rata de laboratorio, es él. Eso lo tengo claro.

—Lo haría con mucho gusto. Ya sabes que nada de lo que me cuentes saldrá de aquí —indica con sinceridad.

Veo una chispa de esperanza en sus ojos.

Está deseoso de saber.

—Algún día. Te lo prometo, amigo.

David asiente. Se da por satisfecho. Supongo que, el saber que algo extraño sucede y que cabe la posibilidad de que él forme parte de ello, no satisface su curiosidad, pero la aplaca.

Estoy seguro de que por su cuenta él ya ha analizado mi sangre, mi orina y a saber tú qué más. Nos conocemos desde hace mucho y sé que no es de los que se quedan sin respuestas sin al menos intentarlo. Pero no va a encontrar nada raro, porque lo extraño me sucede durante el viaje, no en el presente.

—Te dejo que descanses.

Coloca su puño cerca de mí y yo lo choco. Desde la pandemia todo el mundo choca los puños. La gente ha dejado de darse la mano por la calle. Costumbres que cambian.

David da media vuelta y sale por la puerta

—Por cierto —añade asomando medio cuerpo—, un genio este Víctor. Como siempre.

Yo asiento, satisfecho.

—No sé lo que le pagas, pero lo vale.

Mucho. Le pago mucho.

Pero si sirve para salvarme la vida en momentos como el que he vivido, lo vale, sin duda.

—¿Cuándo me dejarás marchar? —pregunto.

Se ríe.

—Mireia te sacará sangre en un rato. Si estás limpio y no te mareas al levantarte ya podrás irte —responde tras pensar unos segundos—. Pero la herida de la pierna hay que curarla cada dos días al menos durante una semana.

—Me parece bien.

—Yo te recomiendo quedarte hasta mañana. Necesitas descansar. Dormir. Tu cuerpo ha estado sometido a un estrés severo. No tengas prisa.

—Tú mandas, amigo.
Se marcha.
Me quedo pensativo.
Todo ha funcionado a la perfección. Cuesta una pasta mantener este tipo de contactos. Así como toda una infraestructura que me apoya cuando lo necesito, pero te das cuenta de lo que vale cuando la requieres y responden como profesionales. Y te salvan la vida, literalmente.
Observo la herida de mi gemelo e imagino lo poco que me faltó para volver sin un trozo de pierna. Me hubiera gustado ver la cara del lobo cabrón al quedarse sin cena.
Sonrío.
Mireia entra de nuevo dispuesta a sacarme por lo menos un litro de sangre por lo que veo. Lleva media docena de botes en una bandeja.
—No te asustes que no te voy a pinchar. Ya llevas una vía en la muñeca y voy a sacarte sangre por ahí.
—Me parece genial —contesto.
—¿Quieres que llame a alguien? —pregunta.
La verdad es que no lo había pensado.
Me gustaría llamar a Lucía y que viniera a hacerme compañía. La echo de menos. Pero ya la conozco y sé lo curiosa que es. Debería responder a demasiadas preguntas.
¿Por qué estás aquí y no en un hospital?
Podría decirle que entra por la mutua, pero no es verdad. Solo con preguntar en la recepción sabría que es privado.
¿Cómo has llegado hasta aquí?
Podría explicarle que, por mi propio pie, pero, herido como estoy, no es nada creíble.
Y solo faltaría que se enterara de que llegué en un helicóptero que además es mío, que está a mi disposición siempre que lo requiera. Demasiadas cuestiones que prefiero no responder.
—No, gracias, Mireia —contesto tras unos segundos de meditación—. No es necesario llamar a nadie.

Capítulo 44

SÁBADO, 26 DE ABRIL.
BAR DE ROSA
12:00 H

Han pasado cuatro días desde que pisé el bar de mi tía por última vez. Seguro que se extraña de que haya regresado tan rápido de mi supuesta excavación, pero es lo que hay. Tendría que haber vuelto al presente y dejar que pasaran todos los días que estuve en el pasado, pero, mira, no estaba yo por la labor de afinar el salto, suficiente tuve con no morir en el intento.

—¿Ya estás de vuelta? —pregunta mi tía.

Ya lo sabía yo.

A esta no se le escapa una

—Y qué cara traes, por Dios. Estás hecho un despojillo, alma de cántaro.

Y aquí tenemos el saludo natural y directo al corazón de la Rosa. No lo hace por joder, ella es así, pero a veces no apetece escuchar lo mal que uno está. Uno ya lo sabe. Uno se da cuenta.

—Han sido días intensos y de duro trabajo, tieta. Apenas he dormido.

—¿Quieres un bocadillo de los tuyos? —pregunta guiñándome un ojo. Sabe lo que necesito ahora mismo.

—Por favor —le ruego.

—¡Marchando un bocata de beicon crujiente en pan tostado con mantequilla!

Cuánto quiero a esta mujer. Es mi tía, pero ha hecho de madre sin que nadie se lo pidiera.

Me siento en mi taburete y abro el periódico del día.

Hoy dice el periódico, que ha muerto una mujer que conocí...

Es curioso ver como con algunos gestos cotidianos vienen a mi cabeza frases de canciones que me han acompañado toda la vida. Esas letras que describen el día a día de cualquier ciudadano del mundo son las que más calan. Las que no olvidas.

Miro a la clientela y compruebo que Lucía no está.

Casi mejor, porque mi tía tiene razón, a pesar de haberme recuperado del veneno estoy bastante demacrado. Y no es para menos. Creo que es la vez que más cerca he estado de la muerte. Volver a pensar en esto me llena el estómago de cosquillas y me recuerda las ganas que tengo de cortar cabezas.

Ya son las doce y cuarto. El relojero y el librero deben de estar a punto de llegar. Les avisé de que hoy pasaría por aquí.

Mi tía deja sobre la barra un bocadillo tamaño extragrande y un café recién hecho al lado.

—Como a ti te gusta.

Su mirada está repleta de cariño.

Me aúpo sobre el reposapiés metálico que recorre toda la barra del bar y le doy un beso en la mejilla. Un repentino dolor me recuerda el desgarro en el gemelo y las heridas de las flechas. Yo disimulo.

Ella sonríe.

—Te quiero, tieta.

—Yo más. Come, a ver si mejoras ese careto.

Dicho esto, se larga para meterse en la cocina de nuevo.

El bocadillo cruje a cada bocado. Sabe a gloria.

La puerta del bar se abre y por ella entra el dúo Sacapuntas. A veces mi tía los llama así. Antes eran el trío Calavera, pero, desde que murió mi abuelo, se han quedado en un dúo.

—¡Quimet! —me saluda don Emilio, el librero.

—Buenos días, mi querido Quim —saluda después don Alfonso, el relojero. Hoy parece más serio de lo normal.

El librero se sienta y coloca los codos sobre la mesa, entrelaza sus manos y apoya la barbilla sobre los pulgares. Lleva haciendo ese gesto desde que lo conozco. Ahora está en modo pensativo, con la vista perdida en la calle y, como siempre, a la mitad de las revoluciones que el resto de los humanos. Siempre me dice que ir con prisas es una pérdida de tiempo.

Que lo que debe ser será. Y, si no, pues que no lo sea. Una filosofía interesante, pero difícil de entender para mí que soy un culo inquieto que necesita tenerlo todo atado y planificado al dedillo.

El relojero se sienta junto a su colega. Tarda algo más en hacerlo. Supongo que hoy le duele la rodilla, igual que la cadera y la espalda. Tiene un no sé qué en las articulaciones. Depende del día le duele más o menos. Hoy parece ser uno de los días malos. En cuanto consigue sentarse, alisa su pechera. Viste con corbata, camisa y chaqueta. Como siempre desde que lo recuerdo. Debe de tener por lo menos cien trajes distintos. Siempre ha defendido la opinión de que la impresión cuenta más de lo que la gente admite. No le quito razón. Seguro que es unos de los motivos por los que todavía estoy soltero. Nunca he sido el mejor vestido. Ni el más guapo del baile. Yo sería el que se queda sentado en la silla sin saber a dónde mirar.

Nada más acabar mi suculento bocadillo me uno a ellos. Al sentarme noto la tirantez de los puntos que David me puso en la herida de la flecha del muslo.

Mi tía nos sirve una ronda de lo que siempre pedimos. Nos mira. Nos repasa.

—Como lo metáis en algún lío os corro a garrotazos por toda Barcelona con este bastón —advierte muy seria.

El relojero agarra su bastón instintivamente.

Mi tía Rosa se marcha sin esperar respuesta.

El dúo ya la conoce. Saben que es buena persona. También son conscientes de que si algo me pasara por culpa de ellos mi tía cumpliría su amenaza sin pensarlo dos veces.

—En fin... ¿Qué me contáis de nuevo? —les digo.

Se miran. El relojero hace un gesto con la mano e invita a que su colega del alma comience a hablar.

—Andamos un poco perdidos, no te voy a engañar.

El librero saca su inseparable libreta y la pone encima de la mesa. Pasa unas cuantas hojas hasta que encuentra la que busca. La mira. La lee.

—Veamos... Dejamos el cebo en el lugar indicado.

A mi cabeza vuelven recuerdos de los dos italianos que desafortunadamente entraron en su tienda.

—Octavi le colocó un localizador para que pudiéramos seguir la pista —me informa el relojero.

—Así es —confirma su amigo—. El seguimiento duró menos que un caramelo en la puerta de un colegio. Aun así, creemos que fue efectivo.

Y podría parecer que con esa frase acaba su explicación. Pero no es así. Esa larga e interminable pausa es típica de él. La hace con total normalidad para alteración de su compañero de faenas que, sabedor de su forma de ser, toma el relevo.

—El cebo llegó hasta un edificio situado junto a El Corte Inglés de la Diagonal —aclara el relojero—. Una bella dama muy bien vestida bajó a recogerlo y, antes de subir a las oficinas, lo pasaron por el escáner de seguridad.

—El localizador pitó y ahí acabó su corta e insignificante andadura —termina por contar el librero.

—¿Sabéis quién era esa mujer o dónde trabajaba o para quién? —pregunto atónito.

—Por supuesto —chulea el relojero con un asomo de sonrisa—. Ahí acabó la aventura del cebo, pero no nuestras pesquisas. Octavi ha hecho sus indagaciones.

—Entonces serán buenas —afirmo.

En los ojos del relojero puedo ver el orgullo que tiene por su pupilo.

—Nos ha dado el historial completo de esa dama —apunta el librero con parsimonia.

—Es asistente de dirección de una empresa llamada Vimley Consulting & Security —concluye don Alfonso, al ver que su amigo inicia otra extensa pausa de las suyas.

—Ni idea. No me suena de nada —admito tras pensar unos segundos.

—Es una consultoría internacional. Tiene sedes en distintas capitales de los cinco continentes. Se dedican a todo lo que te puedas imaginar, desde compraventa y subastas de arte y antigüedades, pasando por tecnología e inteligencia artificial, hasta finalizar en temas de seguridad privada con mercenarios que colaboran con gobiernos de medio mundo —me informa el librero.

—Hay algo que ocultan, he de suponer —apunto—. Si no, no tiene sentido que esa empresa busque los objetos del templo.

—No lo cuestiones en absoluto —confirma el relojero. Mira a su compañero y espera—. Esta gente esconde más pecados que mi añorado club Bagdad.

El librero busca en su desgastada libreta hasta que encuentra algo en concreto.

—Esa empresa pertenece a una compañía matriz llamada The Vimley Company —informa don Alfonso. Pasa una página y continúa leyendo—. Según los registros oficiales, se dedica a la conservación y restauración de antigüedades. Tiene su sede en un edificio de la Via Catalana, en Roma.

—La información oficial, para empresas como esta, no sirven de nada. Papel mojado. Esta gente hará de todo lo que nos podamos imaginar —les digo, aunque esto mismo ya lo saben estos dos perros viejos que tienen mucha más experiencia que yo en según qué trapicheos—. Estoy seguro de que mueven muchísimo dinero.

—Mucho es poco —confirma el relojero muy serio—. Instituciones como estas son las que dirigen a las masas, hacen girar el mundo, derrocan gobiernos y colocan otros nuevos para llevar a cabo sus propios intereses.

Este nuevo dato cambia las reglas del juego por completo.

Observo al dúo Sacapuntas.

—Ahora que ya se habrán dado cuenta de que sus dos sicarios han desaparecido, enviarán a otros hasta completar su misión, porque sociedades como estas no abandonan sus objetivos así como así. ¿Estamos en peligro? —les pregunto.

—No lo descarto en absoluto —responde primero el relojero—. Estos tipos son como los galgos del canódromo. Una vez que han visto la liebre no pueden dejar de correr.

—Todo depende... —añade seguidamente el librero con seriedad—. No sé lo que saben. Quizá si los dos tipos que visitaron la librería dieron mi nombre podríamos estar en el punto de mira. Si no, no tenemos por qué estar en su radar.

Los tres dejamos de hablar por unos segundos.

Bebemos de nuestras respectivas tazas y nos miramos.

—No creo que sepan de nosotros. Me jugaría el dedo meñique —indica el relojero—. Estoy casi seguro de que esos dos desgraciados eran de los que informan cuando el encargo ha finalizado.

A mi memoria retorna la llamada que recibieron desde el Vaticano. Si tienen la sede principal en Roma, quizá la persona que hizo la llamada no tiene nada que ver con la Santa Sede y tan solo estuviera de paso. O puede ser que sí. Que trabajen para ellos y vayan tras el tesoro del rey Salomón. En el fondo tiene sentido. Si los romanos se llevaron el Arca cuando asaltaron el templo, tal y como indican las estelas del arco de Tito que se conserva en el foro romano, hoy debe de estar oculta en los sótanos del Vaticano. Y si de repente se han enterado de que en Barcelona hay una cripta que pudo ocultar los tesoros de Salomón tiempo después, sospecharán que el Arca que tantos años han venerado es falsa. Y eso les habrá jodido enormemente.

—Dijisteis que hicieron una llamada cuyo destino fue la Ciudad del Vaticano, ¿verdad? —pregunto para introducir mi idea con calzador.

—Así es —responde el relojero—. El que contestó estaba muy cerca de la plaza de San Pedro.

—¿Podría ser que esa empresa... —busco en la libreta del librero, pero no acabo de encontrar el nombre entre tanto garabato—, *Vimley* no sé qué, tuviera algo que ver con el Vaticano?

—Todo puede ser —opina el librero—. Aunque lo dudo. Si bien es cierto que The Vimley Company tiene su sede en Roma, Octavi no ha hallado vínculos con el Vaticano.

—Otro tema distinto es que alguna vez hayan trabajado para la Santa Sede —aclara el relojero—, porque si de gobiernos corruptos hablamos, los vendehúmos santurrones del Vaticano se llevan el premio gordo.

—Sin contar con que la llamada que nos interesa la pudo haber recibido tanto el mismísimo Santo Padre, como alguien que trabaja para el servicio de limpieza del Vaticano, como un tipo de Valladolid que en ese momento andaba de turismo en la ciudad con su familia.

Don Emilio tiene razón.

Es imposible saberlo a ciencia cierta.

Pero yo recuerdo perfectamente que uno de los tipos llamó a su interlocutor *sommo*. Y eso tiene que significar algo. Yo no llamo a nadie sumo o supremo si no lo es de verdad. Colega, amigo, tío, tronco, compañero, camarada... Y si fuera algo más serio como mucho me dirigiría a él como jefe, señor o don Fulanito. Mucho me temo que estamos andando por arenas movedizas.

La puerta del bar se abre y Octavi aparece en escena. Ojea el interior del local. Una vez que se contenta con lo que divisa se acerca a nosotros.

Nos saluda con un movimiento laso de barbilla. Su rostro es neutro: ni sonríe ni está serio ni todo lo contrario. El flequillo le tapa casi todo el ojo derecho. Cada pocos segundos se lo aparta con la mano. Tiene uno de esos tics que el chaval seguiría haciendo durante semanas, aunque hoy le cortaran el pelo al cero. Es un joven de pocas palabras y dedos rápidos. Vale sus sesenta kilos en oro.

Me mira y me guiña un ojo.

Tenemos un trato amable, siempre que podemos nos ayudamos mutuamente y sin hacer preguntas. Son las mejores alianzas que existen. Las preguntas están de más.

En cuanto el relojero acaba de leer el papel que le ha entregado su pupilo, lo mira y asiente. Octavi vuelve a hacernos el desganado saludo mandibular y se marcha sin más. Solo cuando pasa por delante de mi tía abre la boca para despedirse.

—Hasta luego, Rosa —dice antes de salir del bar.

—¿Y bien? —inquiere el librero, con cara de preocupación.

Don Alfonso sostiene el papel entre unas manos algo temblorosas.

—Dudo que el Vaticano, al menos como institución, ni el tipo ese de Valladolid que decías tengan nada que ver con todo este asunto que nos atañe —indica don Alfonso sin dejar de jugar con la hoja entregada por Octavi. La dobla una y otra vez.

—¿Vas a contar algo más o tenemos que adivinarlo?

Hay veces que la parsimonia de estos dos me pone de los nervios.

—Octavi ha penetrado hasta las raíces de la compañía madre. Ha obtenido los nombres de los doce miembros del consejo de administración que, al parecer, y según veo por el apellido que gastan, pertenecen a la misma familia.

El tono del relojero es apagado. Casi diría que triste. O preocupado, no lo tengo claro, entre otras cosas, porque no lo he visto alterado desde que lo conozco.

—Vamos, suéltalo todo —le apremio—. ¿Qué tiene de raro que sea una empresa familiar?

—Eso mismo digo yo —añade el librero.

—No hay nada insólito en que sean familia, por supuesto, nadie prohíbe a padres, hijos y hermanos laborar unidos por una misma causa, si no que se lo digan a los Borbones, lo que le ha llamado la atención a Octavi es el curioso apellido de la estirpe: Leviym —aclara don Alfonso, pensativo, casi susurrando—. Para mí hubiera pasado desapercibido como un guepardo en la sabana, pero Octavi, como siempre, le ha dado una vuelta de tuerca.

—Leviym no es más que un anagrama de Vimley, el nombre de la empresa —indica el librero avispado.

En ese instante un escalofrío recorre mi espalda.

Mi sentido arácnido vuelve a la carga.

Yo he escuchado antes ese nombre. Estoy seguro. Y no cerca de aquí, ni en la distancia ni el tiempo. El escalofrío se acentúa a medida que recorre mi espina dorsal subiendo hasta mi cuello y explota en mi cabeza en el mismo instante que mi cerebro encuentra la respuesta. Pero no puedo decirla en voz alta. No sin desvelar parte de mi secreto. Yo no debería saber eso que tanto preocupa al relojero y que su pupilo ha descubierto.

—Octavi ha percibido algo peculiar en el apellido, no me preguntéis por qué, ya conocéis la extraordinaria inteligencia de este chaval —aclara sin más dilaciones—. Ha pasado el apellido por sus herramientas de inteligencia artificial que tanto ama y ha averiguado que Leviym significa levitas en hebreo.

—Levitas... Una de las doce tribus de Israel —la mente iniciada en la cultura judía del librero vuela lejos y las palabras salen sin permiso de su boca—. Descendientes de Leví, uno de los hijos de Jacob, precisamente la familia encargada de vigilar el Sancta Sanctórum.

—Si tú lo dices, me lo creo —indica el relojero—. Pensaba que eran cosa del pasado, de fábulas bíblicas creadas para mantener al rebaño dentro del cerco que controla su voluntad y su libre albedrío.

El librero lo mira y niega con la cabeza.

—¿Cómo puedes llegar a ser tan ateo? —inquiere el librero algo fastidiado.

—Soy ateo gracias a Dios —se defiende el relojero.

El librero niega con la cabeza, resignado.

—En fin... Hoy en día todavía se asignan ciertas tareas religiosas y ceremoniales a los descendientes de los levitas que se han identificado a lo largo de los siglos.

—¿Nada que aportar, mi querido Quim? —me dice el relojero mirándome con curiosidad.

No tiene un pelo de tonto e intuye que algo se cuece en mi mente.

Yo sigo callado.

Mi boca está seca.

Mis recuerdos están divididos en dos lugares alejados por miles de kilómetros y decenas de siglos. Por un lado, siento el calor de las tierras de la antigua Israel mientras camino junto a los primeros levitas que vigilan el templo. Por otro, mi mente vuelve a hace unos días, siglos atrás, cuando estuve junto a Ismael y Gerard de Monteagudo, el guardián, charlando sobre la posibilidad de que los individuos que asaltaron la caravana fueran levitas.

Y ahora aparecen aquí, en mi presente, al mando de una poderosa empresa que persigue los objetos que con tanto ahínco protegieron hace miles de años.

No puede ser casualidad.

Si algo tengo claro, que no es mucho, es que los levitas han estado tras los objetos del templo desde que lo saquearon y se llevaron su más preciado tesoro. Aunque la llamada llegara desde el Vaticano, estoy seguro de que la Santa Sede no tiene nada que ver en esto. Eso sí, no me extrañaría que este grupo tenga gente infiltrada allí y en medio mundo.

Debo volver y averiguar más sobre los atacantes.

—No tengo mucho que aportar, la verdad —les miento, intentando mantener la compostura—. Esta nueva pista me deja un poco en fuera de juego.

—Una familia ancestral y milenaria que busca con ahínco lo que ellos creen que les pertenece por derecho propio, vamos, lo típico de cualquier película de aventuras de palomitas, sofá y manta —ironiza el relojero.

—Yo no me lo tomaría a broma —advierte el librero muy serio—. Esta familia siempre tuvo mucho poder y jamás me hubiera imaginado que llegaran hasta hoy unidos, millonarios y con recursos casi ilimitados.

Pasan los segundos y ninguno decimos nada. En el fondo sabemos que la situación ha cambiado de forma drástica y que se nos puede ir de las manos en cualquier momento.

—Creo que sería bueno dejar enfriar el tema unos días. Necesitamos pensar sobre lo que ahora sabemos y evaluar la situación —les digo. Ellos me miran en silencio. Veo en sus ojos que están un poco perdidos—. Deberíamos de cubrirnos las espaldas por si acaso las pistas conducen hasta el manuscrito y, por lo tanto, hasta tu librería.

Don Emilio me mira.

—El manuscrito está a buen recaudo. No lo podrían encontrar ni en un millón de años —aclara para tranquilizarme.

—Pero hasta ti sí podrían llegar —señala el relojero, con buen ojo—. Crearemos una factura de compra a nombre de una empresa fantasma —indica sin dar opción a posibles discusiones—. Así, si alguna pista los llevara hasta tu negocio, solo has mostrar la factura. Lo tuviste, sí, no lo vamos a negar, pero lo vendiste al día siguiente. Octavi puede hacerte incluso un ingreso a tu cuenta desde otra ilocalizable.

—Muy buena idea —añado, algo aliviado—. Y que ellos se preocupen de seguir las pistas.

Tengo claro que esta jugada no es nueva para ellos.

El librero asiente satisfecho.

—No me parece mal. Así me quedaré más tranquilo. Y sin deshacernos del manuscrito.

—¡Genial! —exclamo a la vez que me levanto—. Mañana o pasado me iré de viaje de nuevo. Lo digo por si no nos vemos. No sé cuántos días —miento para cubrirme las espaldas—. No creo que tenga cobertura donde voy, así que si no contesto no os preocupéis.

Ambos asienten sin decir nada.

Recojo los vasos de la mesa y los llevo a la barra para que mi tía no tenga que hacerlo. Ella me mira y espera a que le cuente algo. Me conoce como nadie.

—¿Cuándo dices que te vas?

Está en todo, la tía.

—Supongo que el lunes a primera hora.

Le doy un beso y me despido.

Salgo a la calle. Observo los alrededores.

La zona está bastante desierta a pesar del buen tiempo que hace. A mi izquierda puedo ver la plaza del Rey. Está muy limpia en comparación a cómo la recuerdo de mi visita hace siete siglos.

Respiro profundamente.

Cierro los ojos y disfruto del extraño silencio del barrio.

Respiro de nuevo y comienzo a caminar hacia la plaza, sin saber muy bien por qué.

Capítulo 45

Plaza del Rey
13:00 h

Ando distraído hasta los primeros escalones que conducen al Salón del Tinell. Me detengo en el segundo peldaño. Miro el viejo muro y veo la galera que Bernat dibujó sobre una de las centenarias piedras. Una sacudida inesperada me sorprende al acordarme del chaval. Espero que no sufriera daños durante el ataque. Al temblor le sigue el enfado y a este, la rabia.

Un calambre en las manos me advierte de que tengo los puños demasiado apretados. Estoy ansioso. Nervioso. Necesito zanjar algo. Noto como las gotas de sudor caen por mi sien, aunque no hace calor. Mi mente quiere dominar la situación, pero mi subconsciente ya ha tomado la decisión de volver al pasado para comprobar cómo está Bernat. Sé de sobras que no es lo más inteligente. Ni lo más sencillo.

Me da igual.

Como diría mi tía: soy un cabezón y cuando una idea se instala en mi cabeza no hay vuelta atrás.

Aunque a primera vista no te lo parezca, el hecho de volver a comprobar si el chaval está bien es un acto muy complicado, demasiado arriesgado y extremadamente peligroso. A pesar de todo esto, nadie me va a hacer cambiar de opinión.

¿Qué por qué es tan peligroso? Porque, aparte de las dos consecuencias que ya te he contado que sufro y que me suceden durante mis saltos, el efecto Pausa, que hace que el tiempo en mi cuerpo se detenga, y el efecto Escondite, que uso para traer al presente reliquias de otros tiempos, hay otro que me preocupa de verdad porque es enormemente angustioso, doloroso y tan temerario que me podría causar la muerte: el efecto Imán.

El efecto Imán tiene lugar cuando me encuentro conmigo mismo en una misma línea temporal. Sucede cuando estoy cerca de otro yo, de otro Quim por así decirlo. Siento un terrible dolor de cabeza causado, me imagino, por la mezcla instantánea de mis dos mentes con sus respectivas imágenes, recuerdos, sensaciones y vivencias. Cuanto más cerca esté de mi otro yo, más intenso es el dolor que sufro.

Ya he sido testigo, y comprobado *in situ*, que el Quim que más sufre es el último que llega. El dolor es demasiado intenso, como si miles de agujas hirviendo perforaran mi cerebro y hurgaran en él hasta traspasarlo. Lo he probado varias veces hasta el punto de tener que huir rápidamente del lugar. No tengo la menor duda de que si me quedara en el mismo sitio demasiado tiempo mi cerebro acabaría por explotar.

O algo por el estilo.

¿Por qué pasa esto? No lo sé.

Seguramente forme parte de alguna chorrada del equilibrio universal. No tengo ni pajolera idea. Solo sé que es muy arriesgado y que por eso solo debo volver a un lugar en el que ya estoy si no me queda más remedio. En realidad, debería volver única y exclusivamente si de ello dependiera mi vida.

Y punto.

Este no es uno de esos casos, lo sé, pero Bernat me tira mucho. Necesito saber que está bien. Y para ello soy capaz de arriesgarlo todo hasta averiguarlo.

Me siento en las escaleras y respiro.

Necesito pensar cuál va a ser mi próximo paso, es vital minimizar los daños que pueda sufrir o cualquier día me quedaré lerdo, babeando, ido, en una época que no es la mía y que conllevará una muerte segura. No debo volver al momento del ataque porque yo voy a estar allí. Podría volver a un par de horas después, quizá entonces mi otro yo ya estará en casa del médico y de la psicópata de su mujer. Confío en que haya distancia suficiente entre ambas mentes como para que el efecto Imán no tenga consecuencias.

—¿Por qué hablas solo?

Casi no he escuchado la voz de la persona que tengo a mi lado y mucho menos entendido la pregunta. Mis ojos enfocan de nuevo hacia el centro de la plaza como si me acabara de despertar de un sueño. En mi cabeza todavía flotan imágenes del pasado. Incluso puedo olerlas.

—¿Perdona? —pregunto a la vez que me giro para ver quién se está sentando a mi lado en ese mismo instante.

Me sorprendo al ver que es Lucía.

—Hola, tontorrón —me suelta sin más—. Sabía que estabas mal de la cabeza, pero no tanto como para estar aquí solo, hablando con amigos imaginarios.

Su sonrisa me descoloca un poco, más si cabe.

—Solo estaba pensando en mis cosas —acierto a decir.

—¿Qué tal tu viaje por Francia? ¿Algo interesante?

La pregunta me pilla desprevenido. Ya ni me acordaba que solté esa excusa cuando desaparecí el miércoles pasado. Claro, ella no me ha visto desde entonces.

Le podría contar que casi muero si no llega a ser por un barbero de la época medieval. Y por los cuidados de mi amigo David, el doctor. Y por el helicóptero que me vino a recoger. Pero me callo, claro está.

—Fue bien —miento al fin—. Muy corto. Faltaban unos permisos y decidí volver para no perder allí demasiado tiempo. El lunes me iré de nuevo.

—Espero que algún día me lleves contigo.

—Por supuesto —contesto.

Si tú supieras.

—¡Cambiando de tema! —exclama—. Acabo de estar con Laura.

Se aparta un mechón de pelo de la cara y lo coloca detrás de su oreja. La miro sin pestañear.

Me gusta y mucho.

A veces pienso que sería mejor poner tierra de por medio para poder olvidarla lo suficiente como para no necesitarla. Pero sería muy doloroso.

La culpa pesa un kilo más para el que la parte.

—¿Me has oído, Quim? —pregunta de nuevo Lucía, esta vez dándome, además, unos golpecitos hombro con hombro.

Un pinchazo me recuerda la herida de la flecha, pero no digo nada. Disimulo.

—Sí. Perdona. Has estado con Laura… ¿Qué se cuenta? ¿Cómo lleva la investigación?

La verdad es que no he vuelto a pensar en Laura porque sé mucho más de lo que ella sabrá nunca. Aun así, finjo interés por la situación.

—Está muy molesta —cuenta Lucía. Eso me descoloca un poco.

—¿Por qué? ¿La han sacado del caso?

—No, sigue en ello y muy metida, además. Apenas descansa desde que empezó.

Lucía parece algo preocupada.

—He ido esta mañana a verla porque estaba muy nerviosa. Más bien, enfadada. Y mucho —Lucía mira instintivamente su móvil y prosigue—. Al parecer, alguien se ha colado esta madrugada en la cripta.

—¿Qué dices? ¿No estaba vigilada?

No me sorprende que alguien se cuele en una excavación aprovechando la noche, para nada. Lo he visto decenas de veces y lo he hecho otras tantas. Pero juraría que Laura quería poner un gran dispositivo como si allí se guardara todo el oro del Banco de España.

—Vigilada es poco —confirma Lucía—. Había dos equipos patrullando durante toda la noche.

Unos segundos de silencio se cruzan entre nosotros.

—No entiendo…

—Pues que alguien se ha colado burlando a cuatro agentes. No se han llevado nada porque ya no había nada que robar. ¿Cómo ha podido suceder? Ni idea —se responde a sí misma—. Ni siquiera ellos lo saben.

Lucía levanta las manos, asombrada.

—Y no solo eso. Ha habido disparos en el interior de la iglesia —añade un poco alterada—. Al parecer, uno de los Mossos disparó al ladrón.

—¿Qué me estás contando?

Un cosquilleo aparece en la base de mi columna. El sentido arácnido se acaba de activar y todavía no sé por qué.

—Laura dice que nadie ha podido acceder al interior de la iglesia sin pasar por delante de los agentes.

—¿Quizá lo hicieron por el techo? Si no recuerdo mal la lluvia hizo un agujero tremendo.

—No. Ya está reparado. Y las únicas ventanas que hay no se abren porque se sellaron hace décadas.

Yo entré por una de ellas hace unos días. Hace unos siglos. Sonrío al recordarlo.

—¿Te hace gracia? —me pregunta, extrañada.

—No, que va... solo es que me acabo de imaginar a los curas y a las monjas subidos en una escalera, soplete en mano, sellando las ventanas —miento para disimular. Aunque la verdad es que es una postal graciosa.

Sonrío un poco más.

Ella también.

Los dos acabamos riendo a carcajadas sin darnos cuenta.

—¡Mira que eres tonto! —suelta tras darme un pequeño empujón en el brazo que me recuerda, de nuevo, el desgarro de la flecha—. Estoy hablando en serio —me reprocha fingiendo un enfado.

—¿Quieres cenar conmigo algún día?

¡La hostia!

Lo acabo de soltar sin darme cuenta.

Mi corazón se detiene.

El tiempo con él.

Siento un sudor frío por todo el cuerpo que nada tiene que ver con mis intuiciones ni con el dichoso sentido arácnido. Esto es puro terror. Es como si mi tía se hubiera adueñado de mi mente y hubiera soltado esa pregunta a bocajarro por mi boca.

Mis ojos se mueven sin querer hacia la esquina para mirarla por el rabillo del ojo.

¿Cuántos segundos han pasado desde que he soltado esa pregunta? Parece una eternidad. No quiero mirar el reloj, eso no quedaría bien. Sería como decirle sin palabras: va, nena, estoy esperando una respuesta.

No sé qué hacer.

Mejor me voy.

Justo cuando estoy apoyando mis pies para tensar los músculos de mis piernas y salir huyendo de allí, noto que mi cara se gira hacia ella sin yo querer. En ese instante me doy cuenta de que su mano sujeta mi barbilla. Sus ojos me miran. Me estudian. Su boca tiene una ligera curvatura a causa de una sonrisa leve y traviesa.

Lucía no se acerca.

Se mantiene a la misma distancia.

Pues yo no pienso moverme. No puedo ni aunque quisiera. Estoy pasmado. Creo que hace rato que no respiro. Espero no desmayarme. Sería muy triste por mi parte.

—Claro que sí. Ya sabes que me gusta mucho cenar contigo.

Qué cabrona. Me está retando.

Sabe perfectamente que eso no era una pregunta para cenar como colegas como tantas veces hemos hecho. Su sonrisa se alarga un poco más. Juraría que está aguantándose la risa. ¿Está jugando conmigo?

—Ya... Sí... A mí también, ya sabes...

Joder, Quim, eres todo un poeta.

¡Espabila!

Acabo de imaginarme a mi tía dándome un pescozón. Creo que hasta he bajado la cabeza del golpe.

Lucía sigue mirándome.

—Estoy de broma, tontorrón —me suelta.

Yo sigo callado, sin respirar.

Lucía acerca su cara lentamente. Busca mi oído hasta pegar sus labios a mi lóbulo. Un escalofrío me sacude como si la temperatura hubiera bajado veinte grados en un segundo. Tengo los pelos de punta.

Oigo su respiración como si estuviera dentro de mi cabeza. Sus movimientos son lentos. Sensuales. Está jugando conmigo.

—Me encantaría cenar contigo —susurra pegada a mi oreja. Un suspiro se me escapa sin querer. No la veo, pero imagino su risa juguetona. Me tiene a su merced. Un segundo después noto en mi mejilla un beso caliente y húmedo que dura mucho más de lo normal.

Capítulo 46

TIENDA DE QUIM
14:30 H

Un latigazo en las cervicales me avisa de que llevo demasiado rato sentado tras el mostrador sin dejar de darle vueltas a varias ideas que me tienen algo desconcertado. Aun así, noto como el sueño se acerca, sigiloso. Soy capaz de dormirme hasta de pie. Siempre he tenido facilidad para echarme una cabezadita rápida. La verdad es que el aire fresco, la luz tenue y la música que suena de fondo ayudan bastante a caer en los brazos de Morfeo. Eso y que la tienda está cerrada y nadie entra a molestar, claro está.

Hace una hora que Lucía se marchó de la plaza dejándome con la piel de gallina. Hemos quedado en vernos después para acabar de concretar cuándo será esa cena. Ha remarcado las palabras esa cena de una forma muy graciosa. Todavía no sé cómo lo he hecho, pero lo importante es que lo he hecho. Ya veremos cómo acaba…

Ahora debo concentrarme en algo que me tiene inquieto. Intento poner en orden las diversas historias que pululan por mi cabeza. Hechos que se entremezclan como serpientes en un terrario.

Por un lado, tenemos a una poderosa familia descendiente de los levitas que persigue lo mismo que nosotros, capaces de enviar asesinos sin escrúpulos a la librería de mi amigo y, muy posiblemente, asaltar también la iglesia, con nocturnidad y alevosía, burlando la seguridad de Laura. Esta estirpe que, según Ismael y Gerard, tiene muchos números de ser la responsable del ataque a la caravana y, mucho me temo, autores también de casi acabar con mi vida de dos flechazos envenenados. Y entre estos actos hay siete siglos de diferencia, lo que me demuestra que no han cesado en su búsqueda. No tiran la toalla por más tiempo que pase. Perros de presa, como decía el relojero. Y eso no es bueno para nosotros.

Mi mirada está perdida entre las estanterías que hay al otro extremo de la tienda. Mis ojos van desde vasijas romanas a cascos medievales, pasando por cerámicas de distintas épocas.

Hay algo más oculto en todo este galimatías. Debo hacer caso a ese escalofrío, ese aviso arácnido que nunca me falla y que me ha asaltado varias veces en pocos días. Antes de saltar de nuevo al pasado y averiguar quiénes fueron los que casi acabaron conmigo, además de saber también qué pasó con Bernat y su nueva familia, para ir aclarando algunos puntos quiero comprobar quién entró anoche en la iglesia.

Paso a paso.

Vayamos por partes, como dijo Jack el destripador.

Miro mi ropa y, por mucho palo que me da cambiarme ahora, sé que no es la adecuada para este salto. Bajo al almacén y busco en un pequeño armario donde siempre dejo alguna muda por si acaso, a ver si hay algo que me pueda valer, así no tendré que subir a mi casa. Eso me da más palo todavía. No es necesario que baje a mi guarida secreta a cambiarme ya que allí solo tengo ropa de épocas pasadas y este salto es a unos pocos días atrás.

Encuentro unos pantalones de chándal de color negro a juego con la camiseta que llevo y que me vale para la ocasión. Completaré la vestimenta con una sudadera fina, con capucha, y del mismo color que el resto de la ropa. Que no se diga que no voy conjuntado.

Todo de negro.

Vamos que, si me ve la policía llegar a la iglesia, me para sin pensarlo por sospechoso de manual. Veo al fondo del armario una braga que uso en invierno para taparme la cara del frío y que para el cometido nocturno de hoy me irá de perlas, no sea que Laura haya puesto cámaras en el interior de la iglesia y me pille con las manos en la masa.

De Laura me lo espero todo.

Me miro en el espejo de la pared y me doy el visto bueno. Ahora solo falta decidir el lugar y el momento. Lo que quiero saber es quién entró en la iglesia ayer noche. Para ello tengo que estar dentro en ese instante. No creo que, desde fuera, apostado por ejemplo en la azotea del edificio de enfrente, pueda saber quiénes fueron los autores del asalto. Necesito ver sus caras, incluso fotografiarlas, si es posible, para averiguar más tarde sus identidades. Y para ello ya debo estar dentro ante de que los cacos entren.

El lugar es evidente: interior de la iglesia de Sant Jaume.

Momento: ayer, viernes, sobre la medianoche.

Pues a cuándo he saltar no es tan fácil como parece…

Si quiero estar dentro, esperando a los ladrones, debo saltar desde el interior de la iglesia. *In situ*. Ya te conté que puedo viajar en el tiempo, pero no en el espacio. Así que necesitaré hacer varios saltos.

Primero, tendré que saltar al pasado y entrar en la iglesia en algún momento anterior al descubrimiento de la cripta, cuando no había vigilancia policial en la puerta durante las veinticuatro horas del día.

Segundo, saltaré desde el interior de la iglesia hasta ayer por la noche antes del robo.

Tercero, volveré al pasado de nuevo para salir de la iglesia sin que haya policías de por medio.

Y, en cuarto lugar, saltaré al presente con toda la información y, a ser posible, sin daño alguno, por el amor de Dios.

Pues vamos a ello, que no es poco…

Piensa, Quim.

Si saltas ahora al pasado, desde la tienda, asegúrate de no encontrarte contigo mismo o te explotará la cabeza. Veamos. ¿Dónde estaba el domingo pasado?

Llovía a cántaros. Eso lo recuerdo. Estaba en mi casa tirado en el sofá viendo series y comiendo palomitas. Nada bueno para la salud, pero ideal para lo que necesito en este momento.

Me concentro.

Hoy es sábado. Busco mi destino seis días atrás. Justo un día antes de que se descubriera la cripta a causa de las lluvias.

Hora... por la tarde, sobre las siete, cuando falte poco para que acabe el horario de atención al público.

Respiro.

Me aíslo del entorno.

Noto como la luz brillante se acerca y siento mi cuerpo volar.

Capítulo 47

**PASADO
DOMINGO, 20 DE ABRIL
TIENDA DE QUIM
19:12 H**

Siento que la gravedad actúa sobre mi cuerpo de nuevo. Un salto sin incidentes, cosa que ya echaba de menos, la verdad. Oigo el rugir de los truenos en la lejanía. Subo a la tienda. Todas las luces están apagadas. La música también. Veo a través del escaparate que está lloviendo de lo lindo. Los fogonazos de la tempestad hacen brillar las chorreantes paredes de enfrente. Hoy acabarán casi quince días ininterrumpidos de lluvias que destrozarán gran parte del barrio y el techo de la iglesia, entre otros daños materiales.

Tecleo mi código y la persiana se levanta. Sí, lo sé. El alarido psicótico que penetra y araña mis huesos me recuerda que este trozo de hierro necesita tanto aceite como yo el aire que respiro. Salgo a la calle y cierro de nuevo. Me largo antes de que empiece a chirriar de nuevo.

No paso por delante del bar de mi tía, no vaya a ser que esté por ahí. En teoría los domingos por la tarde cierra, aunque vete tú a saber. Enfilo por la calle de la Pietat. Me pego a las húmedas paredes, que lloran sin descanso desde hace días, para pasar desapercibido entre las sombras. Llevo la capucha puesta, tan solo para no sentir el agua fría en mi cogote, no porque me proteja de una lluvia que parece caer a cien litros por minuto.

Voy con cuidado de no pasar por debajo de las gárgolas de la catedral, ya que vomitan unos chorros de agua bajo los que se podría duchar la población de la ciudad en una tarde.

Llego a la calle del Bisbe y giro a la izquierda. Apenas hay gente por el barrio. Cuatro guiris perdidos que pasean bajo grandes paraguas llamativos que seguramente han comprado de urgencia y pagado a precio de oro. La plaza de Sant Jaume está igual de desierta. Paso por delante del Palau de la Generalitat y la pareja de Mossos que vigila la puerta me sigue con la mirada. Camino más rápido porque aquí la lluvia me da de lleno, parece que ahora cae con más fuerza.

Alcanzo la calle Ferran, convertida en riachuelo que desemboca en La Rambla, llevándose toda la porquería a su paso. Si algo queda claro es que esta calle va a quedar limpia como una patena.

Un rayo cae justo en algún edificio cercano a la calle del Call, a pocos metros. Mi corazón se dispara a la vez que mi respiración se detiene. El relámpago que ilumina el lugar con su descarga eléctrica me llega hasta el interior del alma cruzando directa por el corazón.

¡Joder, qué susto me acabo de dar!

Tengo todos los pelos erizados.

Acelero el paso para llegar a la iglesia lo antes posible.

Empujo el portón y accedo al interior. Mis ojos tardan un poco en acostumbrarse a la penumbra del lugar. Las luces son escasas y tenues. Las velas encendidas, agrupadas en distintas zonas, alumbran casi más que las modernas luces eléctricas. Miro las lámparas y me doy cuenta de que muy recientes tampoco son. Calculo que deben de ser de principios del siglo pasado, igual que las bombillas.

Hay cinco personas sentadas en los bancos.

Rezan en silencio. O eso parece.

De vez en cuando miran hacia el cielo y suspiran. La lluvia se sigue escuchando a pesar de la altura que nos separa del techo. El rugir de los truenos se magnifica todavía más gracias a la excelente acústica del lugar.

Una monja me mira con los ojos entornados. No ha dejado de hacerlo desde que he entrado. No sé si es que es miope y no ve bien en la distancia, o es que sospecha de mí. Tiene cara de perro pequinés. Y estoy seguro de que muerde.

Debo buscar un lugar para saltar sin que nadie me vea.

Me acerco a las capillas que pueblan los laterales de la iglesia. En cada una de ellas, cerrada a cal y canto con gruesas verjas metálicas, como si almacenaran tanto oro como en Fort Knox, hay una escultura. Frente a cada capilla, decenas de velas titilan como si una mano invisible las meciese.

Nadie diría que a unos pocos metros delante de mí, y bajo una cripta medieval, se encuentra el manuscrito que llegará a manos del librero mañana por la mañana. Y nadie en su sano juicio se creería que estuve aquí, hace siete siglos, cuando todavía esta iglesia era una sinagoga, jugando al gato y al ratón con los guardianes de la cripta.

Ando unos pasos más en busca de un lugar discreto desde el que pueda pasar desapercibido para saltar. Es complicado. Esta iglesia no es muy grande y desde casi cualquier punto me pueden ver. Miro hacia un lado y otro mientras camino con las manos entrelazadas a mi espalda. Solo me falta silbar para cumplir con el cliché típico del que disimula porque trama algo.

Una figura grisácea se mueve a mi espalda. Ha sido como una fugaz sombra, pero la he visto por el rabillo del ojo. Me detengo. Miro con atención hacia el lugar y veo entre las tinieblas la figura menuda de la monja. Parece sacada de una película de terror.

Nuestros ojos se encuentran.

Se acerca. Diría que levita. Se detiene a un metro de mí. La verdad es que acojona bastante. No deja de mirarme.

Creo que tiene bigote, o quizá son las sombras que me engañan. Da muy mal rollo. En cualquier momento salta y me muerde la cara. O me chupa la sangre. O me posee. Cualquiera de esos actos le va que ni pintado.

—¿Le puedo ayudar en algo?

Su voz suena a hueco. Como si tuviera la nariz tapada.

—No, gracias. Solo estoy meditando —le suelto a ver si me deja pasear tranquilo.

—¿Tiene muchos asuntos de los que arrepentirse? —me pregunta sin más. Debe de pensar que soy un pecador nato. La verdad es que tengo pinta de ello. Y de no haberme confesado desde que nací, por lo menos. Y está en lo cierto.

—No demasiados —le miento.

—El padre Domingo está confesando en estos momentos. Si quiere, puede pasar con él y limpiar su conciencia.

Y dale. Me ha visto cara de endemoniado. Si entro a confesarme no salgo hasta la semana que viene.

Un momento…

Un confesionario es el lugar ideal para saltar.

—Sabe usted, hermana, creo que me iría muy bien confesarme y limpiar mi aura.

—¿Su aura? —pregunta mirándome con suspicacia.

—Lo que sea que se consiga con una confesión.

La monja niega con la cabeza. Me ha parecido que enseñaba los dientes. Comienza a caminar hacia el fondo de la iglesia, mientras por lo bajini no deja de hablar consigo misma. Creo haber escuchado algunas palabras malsonantes en latín.

Nada más cruzar la verja de hierro que da acceso a la capilla del Santísimo Sacramento, la hermana se detiene, mira muy seria hacia un rincón en el que hay una pequeña caseta de madera labrada con excelente maestría y levanta su brazo con lentitud, señalando hacia ella. No tiene ni idea de que está parada a escasos metros de una cripta que mañana mismo quedará al descubierto.

Con el brazo todavía apuntando hacia la garita, abre los ojos y me hace un gesto con la cabeza. Me imagino todo lo que me quiere decir con solo esas dos señas.

Yo asiento diligente.

Casi se me escapa un saludo militar. No quiero liarla.

Camino hacia el rincón de la capilla y entro en el confesionario. Cierro una cortina de color burdeos que hace las veces de frontera con el mundo real y me siento en un estrecho banco también de madera. Dentro huele a cuero viejo. Miro a través de un pequeño hueco que ha quedado entre la cortina y el marco por el que acabo de entrar y veo a la monja de pie, en el mismo lugar donde la he dejado, pero con el brazo ya bajado.

No se va, la tía. Será posible.

—Ave María Purísima —dice alguien al otro lado de la fina pared que divide el confesionario en dos.

—Buenas tardes —respondo tras unos segundos.

—Sin pecado concebida —me dice él.

Que te lo crees tú. Pero bueno, no vamos a entrar ahora en discusiones teológicas, que como se entere la monja no salgo de aquí vivo.

—¿Quiere confesarse, hijo? —pregunta el hombre con voz cansada, monótona diría yo.

En ese momento veo como la guardiana de la iglesia da media vuelta y se marcha con paso decidido en busca de otra presa.

—Sí, señor —contesto para hacer tiempo. Miro el reloj. Son las siete y cuarenta minutos de la tarde.

—Le escucho.

—Deme unos segundos para poner mis pensamientos en orden, padre —le pido, a fin de que se calle y me pueda concentrar para saltar.

—Por supuesto, hijo mío. Tómate tu tiempo.

Respiro con lentitud.

El silencio que me rodea, así como la oscuridad del interior de la caseta, me facilitan muchísimo el trabajo. Pienso en el momento del destino. El robo tuvo lugar el viernes sobre la medianoche. La iglesia cierra sus puertas a las diez, así que si salto sobre las once me va bien. Tendré una hora de margen. Me concentro. Inspiro con calma y salto.

Iglesia de Sant Jaume
Tras el altar podemos ver el majestuoso retablo fabricado en el siglo XIV, procedente de la catedral de Barcelona.

Capítulo 48

**PASADO
VIERNES, 25 DE ABRIL.
IGLESIA DE SANT JAUME
23:06 H**

Abro los ojos. Despacio. Aguanto la respiración. No me muevo ni hago el más mínimo ruido porque no quiero más sorpresas. Por suerte, el confesionario está vacío y no me he sentado encima de alguna pobre anciana. La hubiera palmado del susto.

Está oscuro. Miro mi reloj. Son las once y seis de la noche. Un salto casi clavado en el tiempo. La cortina burdeos está abierta y tan solo veo una tenue luz a una decena de metros. Creo que es la luz de emergencia que marca una de las salidas.

Salgo de la caja de madera, que tantos pecados ha escuchado durante su vida, y veo al fondo de la capilla una pequeña cortina blanca que oculta los dos agujeros por los que los científicos de la policía entran para estudiar la cripta.

Me asomo fuera de la capilla y miro hacia la sacristía. Está junto al muro norte, al otro lado del presbiterio. Desde aquí lo veo y distingo las diferentes piedras que lo componen. Creo que parte del muro es de la época medieval, de cuando este lugar era la sinagoga menor. Le preguntaré a Lucía cuando la vea para sacarme la duda de encima.

Camino con cuidado, paso por delante del altar mayor y llego hasta la puerta de la sacristía para comprobar que no queda nadie. Está cerrada. Perfecto.

Vuelvo sobre mis pasos y subo los cuatro escalones que me separan del presbiterio. El altar, situado en el centro, está custodiado por dos enormes lámparas colgantes con decenas de brazos que hoy sujetan bombillas roñosas en lugar de las velas que ocupaban su lugar hace siglos. Detrás está el retablo tras el que me quiero esconder; me recuerda a la silueta de la Sagrada Familia, pero con una sola torre en el centro y bajo ella, la figura de un santo tallada con maestría. Desde allí podré vigilar casi toda la planta. Y, además, estaré cerca de la cripta.

Oigo el crujir de la puerta principal.

Un recuerdo fugaz me transporta de nuevo hasta los tiempos de Gargamel y su jodida curiosidad. Me escondo tras el retablo, entre las sombras, y observo con cautela. Por el hueco que deja el portón abierto entra la luz ambarina de las farolas de la calle. Veo dos sombras que se cuelan en el interior. La última en entrar cierra la puerta de nuevo. Una de ellas mira cada rincón de la iglesia como si buscara algo o a alguien. Camina por el centro de la planta, entre las dos hileras de bancos, hacia mi dirección. Nos separan unos veinte metros de distancia. Acaba de encender una linterna. Por los andares diría que es un hombre, pero no lo tengo claro.

La otra figura recorre el pasillo lateral que queda a mi izquierda. Apenas se recorta de la oscuridad que le brinda el lugar. Ahora me iría muy bien que las velas de las capillas estuvieran encendidas.

—Date prisa, *pixa*. No *tenemo to* la *noxe*.

La figura que acaba de hablar es la de la linterna. Y es un hombre. Habla en español y con acento andaluz. Diría que de Cádiz. O por ahí cerca. Tengo un amigo, el Manolo, gaditano hasta los pies, que habla igual que ese tipo.

La otra figura avanza más rápido. Los tengo a pocos metros de mi posición. Espío cada detalle a través de los huecos que dejan las exquisitas tallas del retablo gótico de casi siete siglos de antigüedad. Respiro con calma. Me pongo la capucha y me subo la braga del cuello para que mi rostro se camufle mejor en la oscuridad.

Ahora veo con claridad que los dos llevan uniforme de los Mossos. Son dos hombres. Seguro que es una de las parejas que ha dejado Laura y que están haciendo una ronda de vigilancia cada poco tiempo.

—¿Qué buscamos?

—Ni puta idea. *Argo* fuera de lo *normá*, según ha *disho* la jefa.
—¿Hay que bajar?
—¿Tú qué te *cree, pixa*? *Po* claro. No *querrá mirá* desde aquí arriba. ¿Qué tiene, *vizión* periférica o qué?
—Baja tú y yo vigilo.
—¡*Lo cohone*! Tira *pabajo* que aquí yo soy el que tiene *má esperiensia*.

Y eso se lo acaba de decir un chaval joven de veintipocos a otro que debe de rondar los cincuenta. Pues si el mayor tiene menos experiencia será porque empezó a currar de Mosso esta misma mañana, vamos.

Los observo con atención.

Algo no me cuadra en estos dos tipos.

El joven que va de jefe espera arriba mientras que pierdo de vista al otro. Me imagino que habrá bajado a la cripta.

—¿*Ve argo, pixa*?

La pregunta ha sonado alta y clara gracias al eco que hay en esta zona. Estoy a tan solo unos cuatro metros del poli. Agachado. Camuflado en la oscuridad de la parte trasera del retablo. Casi sin respirar. No sé si podré aguantar mucho más en esta posición. El desgarro del gemelo me tira y me duele más de lo que quisiera.

—Aquí está todo vacío.

Se oye decir al otro con la voz apagada por la distancia.

—¡*Pos bujca má*, no te *joe*! Y no te *orvide* de *hasé* foto de *to* los *rincone*, que *despué tenemo* que *da* parte a la jefa.

¿Parte a la jefa?

Pero si tu jefa, que es mi amiga Laura, ya tiene fotos de hasta el último milímetro de la cripta. ¿Qué coño están haciendo estos dos? ¿No me jodas que los propios Mossos son los ladrones?

Observo como el más joven se palpa el bolsillo de la camisa. Parece sorprendido al encontrar allí su paquete de tabaco. Saca un cigarro y lo enciende con el mechero que había dentro. El olor inunda el lugar y me recuerda a mis tiempos de fumador.

El chaval, pelo castaño oscuro, veintitantos, atlético tirando a fuerte, guapetón y tirano en ciernes, camina alrededor de la zona que delimita el presbiterio, fumándose un pitillo como si la ley antitabaco no fuera con él. Mira hacia el retablo tras el que yo estoy oculto. Sube los escalones, pasa junto al altar y se acerca a mirar los cientos de detalles que tiene la talla.

Desde mi posición, rodilla clavada en el suelo, apenas puedo ver nada. Miro hacia arriba y veo entre los huecos de la madera la figura del policía. Su cinturón, pistola incluida, queda a la altura de mis ojos. Intento verle bien la cara para poder reconocerlo más tarde, porque cada vez tengo más claro que estos dos no son trigo limpio, pero apenas veo nada.

—¡Todo vacío! —se oye decir al otro. El grito llega hasta nuestra posición amortiguado por las paredes de la cripta.

—¡*Zigue bujcando*, coño!

Aprovecho que se gira para gritar y me levanto con cuidado. Me coloco de pie y en el centro del retablo, justo bajo la talla de la figura de Sant Jaume.

El joven se gira de nuevo y continua con su repaso. Da otra calada y echa el humo hacia mi dirección. Veo como levanta la mano y sus dedos siguen el contorno de la madera labrada.

—*Mu* bonito, *zí zeñó* —susurra.

Mira hacia arriba y casi puedo ver sus ojos oscuros escrutando cada centímetro del santo representado en el antiguo retablo gótico. Algo llama su atención. Baja la mirada y la clava en un punto en concreto, unas filigranas talladas tras las que estoy parapetado. Están en la misma línea de visión que mis ojos. No respiro. No parpadeo. La oscuridad me oculta. Puedo estar tranquilo.

Mi mirada se cruza con la suya sin que él se percate.

Y el tiempo se detiene.

Yo he visto antes esa forma de mirar, desequilibrada, glacial e irracional. Hace unos días.

Hace unos siglos.

¡No puede ser!

Los pelos de la nuca se me erizan del frío que me acaba de envolver. Mi sentido arácnido se ha percatado de todo. El mismo que me avisó cuando Lucía me contaba lo de este robo.

Sigo con la vista clavada en el fondo de sus ojos, en el oscuro lugar donde puedo percibir más allá de sus pupilas. Y la veo. Es la misma maldad. Sin duda.

¿Cómo puede ser?

Tengo ante mí un tipo con la misma mirada que tenía fray Tomás, el fraile dominico de la plaza del Pi del año 1391. El mismo monje que hablaba tan campante con su acérrimo enemigo Aarón, el judío vendedor de frutas.

Trago saliva.

Y con ella algo de aire.

Sus ojos se mueven hacia donde se ha escuchado una leve, pero perceptible deglución.

Echa mano a su cinturón.

—¿Quién anda ahí?

Palpa y busca la pistola, pero no la encuentra. Entre otras cosas porque la lleva en el lado izquierdo. Otra vez el frío me abraza. Ningún policía llevaría el arma en la izquierda sino fuera zurdo de nacimiento. Ni nadie, vamos.

Y este tío es diestro.

Lo que quiere decir que ese no es su uniforme. Estos dos no son policías.

Agarra la pistola y tira de ella. Tiene puesto el seguro y no se ha dado cuenta. Mira hacia abajo y con las dos manos consigue abrirlo.

Mierda.

Salgo corriendo hacia el lado contrario del retablo por el que él se asoma. Justo a tiempo para escuchar como maldice por no poder disparar. Supongo que tampoco ha quitado el seguro del gatillo. El gemelo me quema, pero no puedo parar.

—¡No *corra* o disparo, *mamonaso*!

Mis zancadas me llevan hacia la derecha de la planta. Dejo atrás la sacristía y me escondo en la oscuridad del lateral, junto a las capillas.

Una explosión retumba por toda la iglesia.

Seguida de otra. Y otra más.

Corro todo lo posible pegado a la pared y oculto en la negrura hasta que me lanzo en plancha al suelo al escuchar el cuarto disparo. Ese cabrón es de gatillo fácil.

—¡Hay alguien aquí dentro! ¡No puede *zalir* de aquí!

Me arrastro como una serpiente hasta llegar al muro donde se encuentra la puerta principal. Quiero salir de aquí.

—¡*Vamo, xavá! Zolo queremo zabé* qué *hase* aquí.

Y un carajo. Pero gracias por lo de chaval.

Respiro para calmarme.

Me quiero largar ya.

El otro Mosso se une a la fiesta.

—¿Dónde está?

—Por ahí, entre las *zombra escondío*.

El cerrojo de la puerta principal se abre. Estoy a tres metros de distancia. Sigo estirado e inmóvil. Veo a la otra pareja de Mossos.

—¡Policía! —grita uno nada más entrar.

—¿Estáis bien? Hemos oído disparos —añade la compañera, que cierra la puerta con llave. Mierda. Me parece que por ahí no voy a poder salir.

La pareja de falsos polis se detiene en el centro de la iglesia, entre los bancos, a unos pocos metros de la entrada. Se miran entre ellos.

—Hora de *irze* —se escucha decir al más joven.

Segundos después, los dos policías caen al suelo sin sentido. El sonido metálico de las pistolas resuena por la iglesia hasta que se pierde oculto por el eco de los pasos de la otra pareja, que se acercan hasta sus compañeros caídos.

Aprovecho esos segundos de confusión para volver sobre mis pasos agachado, casi reptando y en silencio. Debo llegar al confesionario, meterme dentro y largarme de aquí cuanto antes.

Observo a los policías. Están de espaldas a mí, preocupados en despertar a sus compañeros. Aprovecho que no miran para cruzar hasta el otro extremo, entrar en la capilla y meterme en la caseta de madera.

Mis pulsaciones van a mil por hora.
Respiro.
—¿Quién está ahí? —grita la policía. Creo que me han visto correr. O me habrán oído.
Escucho pasos que se acercan.
—¡Sal de ahí con las manos arriba!
Mierda.
Me concentro en el salto de vuelta: siete y cuarenta de la tarde del domingo pasado. Inhalo en profundidad. Y poco antes de que lleguen a mi altura, desaparezco.

Capítulo 49

**Pasado
Domingo, 19 de abril
Iglesia de Sant Jaume
19:44 h**

Aterrizo en el mismo asiento viejo y quebradizo en el que me fui. Mi respiración es agitada. Las pulsaciones me van a mil por hora. Me ha faltado un pelo a que me maten. Y otro pelo para que me pillen después de salvarme del tiroteo. Que sí, que podría haber saltado cuando estaba tumbado en el suelo y haber vuelto aquí sin arriesgarme a que me vieran los polis. Ya lo sé. Pero ¿y se me ve alguien surgir de la nada? ¿Y si me pilla la monja apareciendo como por arte del demonio? ¿Qué dirías que me hubiera hecho? Ya te puedo asegurar que me traspasa con una estaca antes siquiera de que me dé tiempo a santiguarme.

—Hijo mío, ¿necesitas más tiempo?

—¿Para qué? —contesto sin querer.

Mierda.

—Para confesarte, hijo, para qué va a ser.

Miro mi reloj y veo que son las siete y cuarenta y cinco.

El paciente padre lleva cinco minutos esperando a que yo me decida a hablar.

—Mire, padre, yo se lo agradezco, pero es que hoy no tengo el día parlanchín.

Dicho esto, y antes de que pueda asomarse por la abertura de la garita, salgo con paso veloz hacia la puerta. Por el rabillo del ojo veo como la monja, a lo lejos, levanta la cabeza como un suricato ante el peligro. Sin darle tiempo a que pueda decirme nada, abro la puerta y salgo a la calle.

La lluvia me empapa de nuevo. Esta vez, acompañada por un viento más fuerte del que me gustaría. Deshago mis pasos mientras pienso en lo que ha pasado.

Busco alguna explicación para lo sucedido.

¿Por qué se han caído los dos a la vez como si los hubieran desconectado de la vida?

No eran polis, eso lo tengo claro. Eran ladrones, patosos, además. Porque mira que no percatarse de que el arma estaba en el lado contrario…

Pero lo que más me preocupa, y que me tiene muy mosqueado, es la mirada desgarradora del chaval. Esa ya la había visto yo. En el fraile dominico. Es una locura, lo sé, pero no tengo dudas. He visto muchas cosas extrañas en mis saltos como para no tener la mente abierta a todo tipo de posibilidades.

Saludo con la cabeza a un cliente de mi tía con el que me cruzo en medio de la plaza de Sant Jaume, hoy vacía de protestas. No me extraña, con la que está cayendo. Me pego a la pared en cuanto alcanzo la calle de la Llibreteria. Paso por delante de la pizzería al corte que han abierto hace poco y me suenan las tripas como uno de los truenos que todavía se escuchan a lo lejos.

¿Por qué no?

Pues eso mismo me digo yo.

—Una porción de barbacoa y otra de cebolla, por favor.

Al menos aquí dentro se está seco. Y huele que alimenta. Me siento en un taburete a esperar. Mi estómago ruge de nuevo. Con un rugido como este seguro que me hubieran descubierto dentro de la iglesia. Por muy escondido que estuviera.

Sigo pensando en la mirada.

La misma en distintas personas y en diferentes épocas. Busco en mi memoria y llego hasta el recuerdo claro y conciso de la conversación que Benjamín tuvo con Ismael cuando salíamos de su casa, tras aquella agradable y ya lejana comida. Pocas horas después de que yo viera al fraile hablando con el judío.

«...He podido hablar con Aarón cuando ha recobrado el sentido y me ha contado que lo último que recuerda es que estaba vendiendo fruta como cada día. Después, sin más, se ha despertado en la plaza del Pi junto al fraile...».

Recuerdo que en aquel momento mi sentido arácnido se activó por segunda vez en el mismo día.

«...Fray Tomás se encontraba tan mal o peor que Aarón. Tampoco recordaba nada de lo sucedido en la última hora...».

—Aquí tienes. ¡Ciao!

Le doy las gracias al pizzero y salgo a la lluvia, protegiendo las pizzas como si me fuera la vida en ello.

Llego a mi tienda casi sin darme cuenta.

Mi cabeza anda lejos de aquí.

Tecleo el código y la persiana sube al compás del canto de sirenas delirantes. La persiana baja cuando ya estoy dentro del local, con la puerta cerrada, y aun así la escucho chirriar. Y lo siento en mis huesos. De mañana no pasa que le ponga aceite, grasa o lo que sea necesario.

Bajo al sótano y dejo las pizzas sobre mi mesa. Tengo hambre, pero no prisa. Sé que he de saltar al presente, pero no me va a hacer daño saltar con la barriga llena. Quiero disfrutar estos bocados como se merecen. Me saco la ropa mojada, me seco y me pongo un chándal que siempre dejo por aquí.

Ahora sí es hora de comer.

A cada bocado, delicioso, he de decir, pienso en lo vivido.

¡Mierda! La pastilla de la lactosa, que sino luego me cago vivo por el queso.

Una vez solucionado el olvido vuelvo a mis pensamientos.

La mirada de fray Tomás y el policía.

Los extraños desmayos de ambos.

¿Qué nexo los une? ¿Qué es lo que no veo?

A estas dudas, por si fuera poco, se le unen las imágenes de Bernat e Ismael. ¿Qué habrá sido de ellos?

¿Habrán sobrevivido al ataque?

La sola idea de enterarme de que el chaval ha muerto me dolería muchísimo. Él no debería haber estado en ese viaje. Aunque, mirándolo por otro lado, si ha muerto allí el destino lo hubiera matado también en el orfanato o en cualquier esquina de la ciudad. El equilibrio de los cojones no tiene piedad. Por mucho que yo intervenga siempre acabará sucediendo lo inevitable.

Acabo las dos porciones de pizza en menos de cinco minutos. Me han sabido a poco. Si no fuera porque sigue diluviando iría a por otra. Pero ¿sabes lo bueno de viajar en el tiempo? Aparte de que puedo ver si Bernat está bien cuando quiera, es que, en cuanto llegue a mi presente, donde no estará lloviendo, voy a salir a comerme otro par de trozos de rica pizza mientras le sigo dando al coco a ver si me viene alguna idea sobre qué relación hay entre un falso poli del siglo veintiuno y un fraile dominico del catorce.

Capítulo 50

Presente
Sábado, 26 de abril
Tienda de Quim
16:55 h

Ya estoy en mi presente. No lo sé porque sienta en mis entrañas algún estremecimiento insólito o algo por el estilo. Lo sé porque salto al último lugar posible en el tiempo, te dejas llevar y punto. Miro el reloj para situarme. Casi las cinco de la tarde.

Antes de que pueda decidir qué voy a hacer en primer lugar, mi estómago ruge de nuevo. Él ya ha decidido. Y yo no soy quién para llevarle la contraria. Esta vez me comeré las pizzas allí mismo. Que no se me olvide la pastilla de nuevo. Y la jodida grasa para la persiana.

Busco en el armario de la limpieza y encuentro un pequeño bote de grasa especial para persianas junto a una brocha impoluta. Todavía no lo he usado desde que lo compré. Por eso se queja la pobre rejilla cada vez que se mueve. Tecleo el código y sube.

El sonido es doloroso.

—¡A ver si le pones aceite, aunque sea de girasol!

Al salir miro hacia arriba, al lugar de donde procede la voz, y veo a mi tía Rosa asomada al balcón. Sonríe y me saluda. En mi defensa, le muestro el bote de grasa.

—¡Ya era hora!

Cómo chilla esta mujer, por Dios.

Unto la brocha con el mejunje pastoso y la reparto por los rieles como si estuviera pintando. Le daré una segunda capa por si acaso.

—Yo le pondría todo el bote. Aunque sobre, pero que se acaben los chirridos de una vez.

Sonrío al escuchar esa voz a mi espalda.

Me giro y veo a Lucía.

Acaba de salir del museo y no me he dado cuenta.

—¿Qué tal tu día? —quiero saber.

—¿Mi día? Pero si nos hemos visto hace poco más de dos horas —responde sin más.

Para mí han sido varias horas.

Sonríe. Siempre está de buen humor. Y eso me contagia.

—En dos horas puede pasar de todo —disimulo.

Hace una mueca. Ni me da la razón ni me la quita.

—Pues estas últimas horas han estado bien. He tenido grupos mejores, pero no ha estado mal del todo. ¿Y tú? ¿Qué tal en estas dos horas y poco? —indaga ella con sarcasmo.

He saltado al pasado, me ha perseguido una monja diabólica, he saltado de nuevo en el tiempo donde me han disparado unos polis que creo que no lo eran y casi me confieso en la iglesia...

—Nada nuevo —termino por contestar.

Dejo el bote de grasa casi vacío junto a la puerta de la tienda y tecleo para que baje la persiana.

Suspiro al ver que desciende suave, con un susurro agradecido, imperceptible en comparación con la desgarradora sinfonía de antes.

—¡Que delicia, por favor! —grita mi tía de nuevo.

Lucía la saluda al tiempo que ríe a carcajada limpia.

—¿Has comido? —le pregunto—. Iba a ir ahora a por un par de trozos de pizza aquí al lado, por si te apetece.

—¿Qué tal ese sitio nuevo?

—Está bien. La masa es fina y crujiente, como a mí me gusta. Y no son tacaños con los ingredientes.

—Suena bien. Pues te acompaño ¿Te importa si te cojo del brazo? —me dice justo al tiempo que se agarra como suelen hacer las abuelas.

—Por supuesto que no.

Frótate conmigo hasta que me saques brillo.

—¡Que aproveche! —pregona a los cuatro vientos mi tía sin perder detalle.

Qué pesada. La miro y me lanza un beso. Y un guiño travieso. Mi tía no tiene remedio. Pero la quiero mucho.

De camino casi no hablamos. Cada uno tiene la cabeza en un lugar distinto. La verdad es que no necesitamos hablar para estar bien. El silencio también es nuestro amigo. Los dos lo necesitamos muy a menudo. Aun así, ella lo rompe.

—¿Mañana te vas de viaje, al final?

—Sí. Saldré pronto para llegar cuanto antes y aprovechar el día.

—¿Dónde vas exactamente?

—A Figueras.

No le miento. A Figueras voy, aunque en la época a la que voy todavía se la conoce como Ficaris. Esto no se lo aclaro.

—Pensaba que ibas al sur de Francia —contesta extrañada.

Cierto. Eso fue lo que dije porque ese iba a ser mi destino final, pero unas flechas envenenadas me lo impidieron y me dejaron tirado en Ficaris, medio muerto.

—Este es otro viaje distinto. El tema de los permisos del otro todavía está pendiente —acierto a mentir—. Mañana voy a ver a un coleccionista que dice tener algo interesante.

Pongo énfasis en la palabra algo.

—Ya, me imagino que todos creen tener el Santo Grial en su casa —ironiza sonriente, sin dejar de agarrarse a mi brazo. Hoy la noto más cariñosa de lo normal.

—Exacto. Todos creen tener en su poder una pieza única. En el noventa y nueve por ciento de los casos solo tienen quincalla. Pero queda un uno por ciento que sí tiene un pequeño tesoro. Por eso siempre voy donde me llaman.

Llegamos a la pizzería y, como buen caballero, le abro la puerta.

—Gracias.

—Yo quiero lo mismo de antes: una porción de barbacoa y otra de cebolla —le pido al camarero.

—¿Has venido antes? —inquiere Lucía—. ¿Y todavía tienes hambre?

El pizzero me mira expectante. Sabe que no he venido antes. Quizá se acuerde de que vine el domingo pasado, que es mi antes de hace apenas media hora. Pero no dice nada. Como buen profesional calla y escucha. Debe de pensar que es una excusa para no decir dónde he estado en las últimas horas.

—No. Quería decir la última vez que vine. El domingo pasado, si no recuerdo mal —corrijo.

El pizzero sonríe.

—Yo quiero un trozo de la vegetal, por favor —indica Lucía. Se gira. Me mira diferente—. ¿Nos sentamos?

Algo pasa por su cabeza.

Elige una de las dos mesas que hay en el local. Es cuadrada, pequeña, pero bonita. De esas de diseño. No hay nadie más. Este lugar es más de pillar una porción de pizza y comerlo callejeando. Ella se sienta primero. Yo elijo la silla que mira a la calle, justo a su lado. Así estoy más cerca de ella.

Me mira en silencio. Tiene los dedos entrelazados formando un solo puño. Su perfecta barbilla se apoya en él.

—Eres un personaje extraño, Quim —me suelta nada más sentarme.

No digo nada. Solo la miro. Eso que ronda por su mente está a punto de salir a pasear.

—Eres interesante. Misterioso. Siempre envuelto en un halo gris que no deja ver el fondo con total claridad —añade así, sin más. Sin anestesia ni nada.

La miro. Arqueo las cejas y espero a ver si sigue hablando.

—¿No dices nada?

—No sé qué decir a eso —le digo con sinceridad.

Tuerce el morro.

Sus ojos color miel me taladran en busca de algo.

—Mira, Quim —su mano derecha agarra la mía. Está caliente. Es lo más suave que he tocado nunca—. Tú y yo sabemos que los Mora sois algo, cómo diría sin que suene mal… especiales. Distintos. Maravillosos, sin duda alguna, pero a veces algo distraídos con la legalidad.

Mi pulso se acelera.

Intento hablar, pero levanta su dedo y lo pone en mis labios dejándome claro que quiere seguir con su charla. Hoy me está tocando más de lo normal.

—Lo sabe hasta Laura. Pero, por ser íntima de tu tía y por el cariño que os tiene, mira para otro lado.

Eso ya lo sabía.

No digo nada. Quiero seguir escuchando a ver adónde lleva todo esto.

—Tú me gustas.

¿He escuchado bien?

Mi corazón se detiene.

—¿Cómo? —balbuceo atontado.

—Que tú me gustas, Quim —confirma sin titubear—. Que siento algo por ti que no sé muy bien qué es.

Un sudor frío aparece por mi espalda y en las axilas. También se está formando un velo húmedo en mi frente.

—¡Vaya cara se te ha quedado! —exclama sonriendo.

Sigo sin decir nada.

Cojo un papel del servilletero y me seco la frente.

Ella ríe a carcajadas.

Se tapa la boca para no llamar la atención.

—Me gustas —repite por si no me ha quedado claro—. Y yo sé que también te gusto. O eso espero, porque si no menudo ridículo estoy haciendo —añade levantando las cejas—. Sé que eres un pelín tímido. Ojo, que ese punto de niño bueno me encanta. Pero, hijo, por más señales que te envío, el tiempo pasa y pasa y pasa…

Sus manos imitan el vuelo de un pájaro.

—Tú también me gustas —acierto a decir sin atragantarme. Me ha costado horrores abrir la boca.

Sonríe. Ella lo sabe.

—Lo sé.

Toma, pues claro. Se me nota a la legua.

—¿Y qué hacemos? —quiere saber.

El pizzero me llama para decirme que puedo recoger las porciones de pizza. Salvado por la campana.

—Ponme también dos Coca Colas Zero, por favor.

Llevo todo el pedido a la mesa en dos veces. No he nacido para ser camarero, la verdad.

Ella me observa ir y venir.

Está más relajada que antes. No me extraña, me acaba de soltar un bombazo y se ha quedado tan pancha. No soy consciente todavía de lo que supone esto para mí. Me parece que estoy viviendo en un sueño.

—Gracias.

—¿Qué hacemos sobre qué? —curioseo volviendo a su última pregunta. No se me ocurre qué decir.

—Pues sobre esto que sentimos, ¡bobo!

Pruebo un bocado de mi pizza. Quema. Da igual. Me parapeto tras el silencio que me otorga el tiempo que tarde en masticar. No queda bien hablar con la boca llena.

Al ver que no voy a contestar, toma las riendas.

—No quiero perder más tiempo. No sé a dónde me llevará lo que siento, si es que algún día se convierte en realidad.

Sus ojos se pasean por el local en busca de alguna respuesta. Me mira. Tuerce el morro otra vez.

—Quim, no me gustaría acabar enamorada de la persona equivocada. Ni perder un tiempo maravilloso. Sabes lo que quiero decir, ¿verdad?

Asiento.

Yo me equivoqué una vez enamorándome de quién no debía. Lo pasé fatal, pero aprendí de mi error. Para eso sirven las cagadas que haces en tu vida. Para mejorar. Porque en el mismo instante en el que te das cuenta de que te has equivocado, ya has crecido como persona.

Lucía prueba un trozo de su pizza.

Supongo que me toca hablar a mí.

Yo ya estoy enamorado de ti, me gustaría decirle sin miedo.

—Todo lo que hago es legal —miento vilmente.

Ella levanta una ceja y deja de masticar.

—El año pasado vendiste una pieza fenicia que no debería haber estado en tu tienda —señala sin vacilar. Lo tenía guardado, la tía.

Recuerdo aquel trabajo. Ella no tendría que haber sabido de aquella transacción, pero se enteró de rebote y por terceros.

—Solo hice de intermediario entre un comprador y un vendedor particular a cambio de una comisión, claro está, por garantizar la veracidad de la pieza.

—Ya... —susurra con ironía.

—Lo tengo todo en regla. No hay nada oscuro en mi negocio —miento piadosamente de nuevo. Y ya van un puñado de veces en tan solo unos minutos—. Declaro las ventas. Pago mis impuestos. ¿Qué más quieres?

Y así fue como aprendí que en historias de dos conviene a veces mentir, que ciertos engaños son narcóticos contra el mal de amor.

Muerde de nuevo su porción de pizza. El queso se estira hasta el infinito y más allá. Lo recorta con otro bocado.

—Solo puedo decirte que deberíamos intentarlo.

Mi voz tiembla ante el instante vital que estoy viviendo.

—Me da un poco de vértigo —añado con sinceridad—. No sé cómo explicarlo.

—Inténtalo —me sugiere, mirándome con los ojos entornados. Es guapa en cualquier lugar y momento.

—Me cuesta creer que una mujer como tú se fije en alguien como yo.

—¿A qué te refieres? —inquiere extrañada.

—Mírame. Cuarentón. Delgaducho. Más bien tirando a feo. Simpático, eso sí. Y trabajador, también.

—¡No seas idiota! —me regaña, muy seria—. No me ha gustado un pelo eso que has dicho. ¿Acaso me ves tan superficial?

—Yo no he dicho que lo seas —me disculpo.

—Eres una persona maravillosa —expresa mirándome a los ojos fijamente. Sin pestañear—. Eres listo. Inteligente. Amable. Buena persona...

Me gustaría besarla ahora mismo, pero no quiero adelantarme. No quiero cagarla.

—¿No me vas a decir nada después de todas las cosas bonitas que te he dicho?

La pregunta se pierde en el ambiente, mezclada con olores a horno de leña, masa de pizza y quesos varios.

¡Mierda! Se me ha olvidado tomar la pastilla de la lactosa.

Bueno, da igual. Hay que vivir el presente. No pensemos en lo que vendrá después.

—Me gustaría besarte ahora mismo, pero no quiero adelantarme. No se me dan muy bien estos asuntos —le suelto sin respirar.

Creo que me he puesto rojo. En parte por la vergüenza, en parte del esfuerzo que me ha costado lanzar esa frase sin tartamudear.

Sonríe. Es una sonrisa sincera. Llena de cariño.

Separa sus dedos entrelazados y una mano acaricia mi cara. Se acerca a cámara lenta, sin dejar de mirarme. Se detiene a menos de un palmo. Observa. Disfruta el momento. Yo más. Su mano atrae mi cara hacia la suya hasta que nuestros labios se encuentran y un apacible calor me inunda por completo.

Cierro los ojos por instinto.

Un escalofrío recorre mi cuerpo como el rayo que atraviesa al árbol. Su mano derecha sigue sujetando mi cara contra la suya para que no huya. Tranquila, que no me voy a ir a ninguna parte. La izquierda me acaricia el brazo. Siento el calor húmedo de su boca. Apenas respiro. Percibo cómo una luz brillante inunda mi ser al mismo tiempo que una paz inmensa me llena. Es un momento mágico. Estoy tan relajado que apenas siento el peso de mi cuerpo.

¡No me jodas!

¡Ahora no!

¡Ahora no!

Acabo de saltar sin darme cuenta.

¡La madre que me parió!

Capítulo 51

Pasado
Tiempo desconocido
17:15 h

La gravedad cumple su función y noto el peso liviano de mi cuerpo de nuevo. No me puedo creer que esto me esté pasando en este instante. ¡Joder! Las lucecitas brillantes todavía revolotean por mis ojos. Ha sido una sensación muy potente. Estoy hasta mareado. Me cuesta más de lo normal adaptarme a donde sea que haya saltado.
¡Mierda! Ese es otro problema.
No tengo ni idea de cuándo estoy. Respiro con calma para tranquilizarme. Cierro los ojos. Total, no veo nada con tantas luces brillando. Necesito recomponerme. Me relajo. Supero el susto inicial y percibo como todo vuelve a estar bajo mi control a medida que bajan las pulsaciones.
El aire es seco. Huele a rosas y a otras fragancias que no sé reconocer, pero son muy agradables. Abro los ojos poco a poco. Hay luces y sombras. La temperatura es menos cálida que en la pizzería donde estaba. No tengo ni idea de en qué año estoy ni la hora que es, pero, por el sol que veo entre las plantas sobre las que he aterrizado, debe de ser mediodía. Menos mal que no son cactus.
Ha sido un salto involuntario. Al menos respiro, que ya es mucho. Podía haber quedado emparedado entre dos muros. O saltar demasiado en el tiempo y quedar enterrado en una montaña, congelado en una era glacial o flotando en medio del mar. Si es que alguna vez el mar ha llegado hasta aquí, que yo diría que sí.
No quiero ni pensar en la cara que habrá puesto Lucía al quedarse besando al aire. A ver cómo coño arreglo esto ahora.

Tendré que volver al pasado, antes de que suceda este asunto, y dejarme una nota para estar prevenido.

¡Menudo follón!

Para ser sincero, he decirte que no es la primera vez que me pasa. Un par de veces he saltado en el tiempo de forma involuntaria, justo en el instante en que vivía situaciones extremas, esos segundos en los que uno pierde la noción de la realidad y el instinto agarra las riendas. Situaciones de peligro extremo. O de placer absoluto, como en esta ocasión. Pero nunca me había pasado estando delante de nadie.

En fin, que si algo bueno tiene saltar en el tiempo es que hay errores, como en este caso, que se pueden reparar. O intentarlo al menos.

Algo se mueve y me toca la pierna.

El susto me acelera el corazón.

Salgo gateando de lo que parece un jardín que forma parte de un patio. En cuanto estoy a un par de metros me giro para ver qué animal me estaba rozando. Busco lo que sea que se ha movido y la veo. Es Lucía.

¡No me jodas!

¡La virgen del amor hermoso!

¡Que me la he llevado al pasado!

Estoy a punto de llorar.

Estaba tumbada a mi espalda y no la había visto.

Los nervios se apoderan de mí. Apenas puedo respirar. Estoy mareado y la vista se me nubla por momentos. Me acerco e intento despertarla, pero no responde. Al girar su cabeza compruebo que está dormida.

Meto mi mano en el bolsillo del pantalón y saco el móvil de forma instintiva. Un fogonazo me recuerda que jamás hay que saltar al pasado con objetos del futuro. Es algo que no debería hacerse nunca, pero este ha sido un salto sin premeditación ni alevosía.

Soy inocente, señoría.

Miro la pantalla y compruebo que no hay cobertura.

Vete tú a saber cuándo estamos. El corazón galopa todavía más rápido y la necesidad de oxígeno me nubla la razón a demasiada velocidad. Más de la que necesito ahora mismo.

Me acerco a su cara y compruebo que respira. Sus ojos comienzan a moverse y eso me tranquiliza, al menos un poco. Los abre. Primero uno y, con más esfuerzo, el otro. Parece que los tiene pegados con cola. Sus pupilas se contraen ante el aumento repentino de luz y su nervio óptico le dice al cerebro lo que está viendo. Pero este está todavía reiniciándose.

Ella se mueve.

¿Cómo le habrá afectado este viaje? Ni idea.

Es la primera vez que salto con alguien. Jamás lo había intentado. Ni siquiera con algún bicho de laboratorio. Ya te comenté el mal rollo que me dejó la peli de *La Mosca*.

Lucía se pone en pie con bastante esfuerzo.

Indaga a su alrededor sin comprender. Me mira, pero es como si no me viera. Su cabeza está procesando. Su mano se mueve hacia la planta que tiene justo a su lado. Toca las flores rojas. Arranca una y la huele.

—Es una rosa preciosa —susurra tras aspirar su aroma.

Observo con más detenimiento el lugar en el que nos encontramos. La saco de entre las plantas. Caminamos por un pasillo de piedras. El suelo está limpio. A unos pocos metros, delante de nosotros, hay una pequeña piscina rodeada de columnas. El sol cae sobre ella e ilumina un mosaico de colores fabulosos que la rodea.

Es un patio de la época romana.

—Estamos en un jardín romano —balbucea. Me mira como si se acabara de despertar tras dos noches de desenfreno con barra libre de productos químicos de todos los colores.

No digo nada.

No sé muy bien qué hacer.

En mi cabeza se repite la pregunta de cómo ha sido posible que ella esté aquí. He saltado con Lucía porque creo que nos estábamos tocando, pero no lo tengo claro. Sea como sea tengo que sacarla de aquí y devolverla a su tiempo.

—*Quis estis?* —dice un niño escondido tras una columna.

Habla en latín.

Está asustado. Al menos no parece peligroso. No sería la primera vez que me libro de aparecer de la nada ante un niño, en plena calle, diciéndole que soy un mago, un genio o un alien. Depende de la época y del lugar.

Agarro a Lucía por la cintura. Tenemos que irnos ya. Ella se aferra a mí. Sigue sin entender qué sucede. No pienso soltarla. Su tacto me encanta. La miro.

Se oyen gritos a pocos metros.

Otro niño aparece corriendo. Llega hasta el que nos mira y se pega a él tras la columna. Esto no me gusta. Antes de darme cuenta, varios hombres aparecen tras él. Salen al patio. Nos miran tan asombrados como nosotros a ellos.

Visten falda corta de color rojo y una especie de camiseta del mismo color. Uno de ellos va equipado. Sobre la túnica porta el peto. Un *gladius* y un *pugio* en la cintura. En la cabeza, un casco que solo deja a la vista parte de su cara

El miedo se apodera de mí.

Son soldados romanos.

Dos de ellos, que no están equipados del todo porque igual los hemos pillado en plena siesta, llevan la espada en la mano.

Lucía los estudia atónita.

—Son soldados romanos —señala.

Noto que su mente está inmersa en un vendaval de niebla espesa. No está despierta del todo, o eso espero. Se gira y sus ojos me miran fijamente.

—¿Quim?

Uno de los romanos grita a la vez que arranca a correr hacia nosotros. Esto no pinta nada bien.

—¿Dónde estamos? —susurra ella, ajena a lo que se le viene encima. Guardo el móvil en mi bolsillo de forma instintiva y la abrazo con fuerza.

—¿Qué está pasando? —me murmura al oído.

Cierro los ojos sin responder.

Respiro con calma, o lo intento. Los gritos se acercan. Lucía no los ve porque no dejo de abrazarla. Pienso en el momento del salto. Llevamos aquí como cuatro o cinco minutos, o eso creo. Si el pizzero nos ha visto desaparecer estará flipando. Pero como nos vea volver ahora se va a cagar del susto.

Me la suda.

Los gritos están muy cerca.

Que sea lo que Dios quiera. Me concentro todo lo que puedo, aunque siento los pasos de los soldados a muy poca distancia.

Debemos salir de aquí ya.

El peso de mi cuerpo desparece de nuevo acompañado de la luz más potente que haya visto. Los gritos de los romanos se pierden entre ecos lejanos. Un dolor punzante atraviesa mi nuca. Espero que sea porque estamos saltando dos al precio de uno y que no sea un espadazo romano.

Ya hemos llegado.

Noto el tacto cálido de Lucía en mis manos y el olor a pizza de nuevo. Abro los ojos y me doy cuenta de que estamos de rodillas, en el suelo, junto a la mesa. Miro a mi alrededor y compruebo que el pizzero está de espaldas a nosotros, limpiando el horno donde calienta las porciones de pizza, sin prestarnos ninguna atención. No se ha enterado de nada o estaría ahora mismo gritando de terror. O petrificado. Una de dos. Por suerte, en el local no había nadie más.

Creo que solo hemos estado fuera unos pocos segundos.

Respiro aliviado.

Sigo agarrando a Lucía por la cintura, pero su peso me vence. Intento levantarla. No responde. Está dormida. Desmayada. Dejo caer su cuerpo apoyando la cabeza en el suelo con cuidado. El viaje debe de haber sido un shock para su cerebro. Espero que este salto no le haya provocado un derrame o algo parecido.

—¿Qué le pasa? —pregunta el pizzero a mi espalda.

—No lo sé —le contesto—. Estaba bien y se ha desmayado. Voy a llamar a una ambulancia.

—Es lo mejor —contesta mientras se limpia las manos en un delantal lleno de manchas de tomate.

Marco el número de Víctor. Él se encargará de todo.

—Dime —contesta al segundo.

—Necesito una ambulancia en mi posición. Es para Lucía, mi amiga. Que la lleven a la clínica de David.

—Descuida. Yo me encargo de todo.

Esas pocas palabras me llenan de calma.

Lucía vuelve en sí.

Me mira con cara de incredulidad. Parece que se acaba de despertar de un sueño. Sus ojos están rojos.

—¿Qué ha pasado? —me pregunta atónita.

Está totalmente confundida. Eso es bueno para mí.

Se toca la cara y el pelo, ahora revuelto, y se mira las manos.

—¿De dónde ha salido esta rosa?

Capítulo 52

**Presente
Domingo, 27 de abril
Tienda de Quim
11:50 h**

Abro los ojos y compruebo que el día despertó bastante antes que yo. Tengo la boca pastosa y el cuerpo apelmazado. Pasé seis horas en el hospital junto a Lucía. No me separé de ella hasta que Mireia, mi amiga enfermera, me echó de la clínica poco después de la medianoche. Lucía todavía dormía. No se despertó en ningún momento. Mireia me dijo que allí no hacía nada y que yo necesitaba descansar tanto como la paciente si no quería acabar también postrado en una cama.

David le hizo varias pruebas para comprobar si había sufrido daños en el cerebro. Y otras cosas más que no entendí del todo. Los resultados fueron bastante claros: todo estaba bien. Pero Lucía seguía dormida. La única conclusión posible es que había sufrido un shock severo y su cuerpo, simplemente, había desconectado. Necesitaba dormir.

David decidió dejarla en observación hasta nuevo aviso. Y, tal y como me ordenó la sargento enfermera, me vine para casa. No ayudaba en nada que yo estuviera medio catatónico junto a su cama.

Llegué a mi casa pasadas las dos de la mañana. Estaba tan cansado que ni me duché, pero la preocupación no me dejaba dormir. Opté por tomarme media pastilla de las que me recetaron una vez que tuve unos dolores de espalda del carajo y me quedé frito a los pocos minutos. Menos mal, porque si no, no hubiera dormido nada y la verdad es que necesitaba descansar.

Miro mi reloj y compruebo con sorpresa que son casi las doce del mediodía. Estas horas de sueño me van a sentar a gloria bendita. Miro los mensajes del móvil y leo los tres que me ha enviado David:

«08:00 h. Lucía sigue igual. Todo bien».

«10:00 h. Sin cambios. Estable y normal. Duerme».

«11:30h. Se ha despertado. Ha preguntado por ti. Sus constantes son buenas. Le daré el alta esta noche si todo sigue igual».

Marco el número de Lucía nada más leer el último mensaje.

—¿Quim? —contesta con una voz apagada.

—Hola, Lucía. ¿Cómo te encuentras?

—Estoy muy cansada. ¿Qué pasó, Quim? No recuerdo nada.

—No lo sabemos —miento—. Te desmayaste en la pizzería.

—¿Dónde estoy? —quiere saber.

—Estás en la consulta de un amigo. Decidí llevarte allí porque en la pública nos hubiéramos comido tropecientas horas de espera.

No contesta.

Creo que no debe de entender por qué está en una consulta privada. En esta en concreto.

—Mi amigo David dirige esa consulta y siempre que voy me trata muy bien y sin esperas. Además, nuestra mutua lo cubre todo, no te preocupes.

—Ah... Genial —contesta sin mucho entusiasmo.

Los dos tenemos la misma mutua privada. Lo sé porque yo me apunté después de que ella me la aconsejara.

—Me están atendiendo muy bien, la verdad.

—¿No recuerdas qué te pasó? —indago con cautela.

—No recuerdo nada después del... bueno, ya sabes... después de que nos besáramos —acaba por decir.

—Es que yo, cuando beso, beso de verdad —intento disimular mis nervios con bromas, como siempre.

—Ya. Seguro...

Bueno, al menos recuerda el beso. Menos mal, porque si no me podría tirar otra vida sin atreverme a dar el primer paso. Un cosquilleo me recorre al recordar ese momento. Fue tan intenso que nos hizo saltar a los dos. ¡Qué pasada!

—Me ha dicho el doctor que esta noche ya podrás dormir en casa si todo sigue igual y tú te encuentras bien.

—Sí, eso me ha comentado hace un rato.

—Me alegro. Me ha pedido que no vaya hasta la tarde, que te deje descansar —miento. Necesito horas para mí—. Así que tú relájate el resto del día. Yo estaré allí antes de que salgas.

—Gracias —contesta con voz apagada. Está cansada.

—Tengo ganas de verte —acierto a decir. Quizá es por el efecto sedante de la pastilla que todavía dura y me libera de la timidez. Bendita sea.

—Y yo. Hasta luego.

Me preparo un café bien cargado para estimular a mi maltrecho y cada vez más anciano cerebro. Necesito poner en orden los pensamientos que me taladran, las sensaciones que me persiguen y las acciones que debo tomar.

Me siento en la pequeña mesa que tengo en la escueta cocina de mi casa. Aquí solo entro para hacerme el café y sacar cervezas de la nevera. Casi todo lo que como lo pido a restaurantes para que me lo traigan a casa, si no es que me lo como allí mismo. Hay que mover la rueda de la economía.

Sobre la mesa tengo una libreta y un lápiz. La hoja blanca cuadriculada me observa paciente, ajena al tiempo. Cojo el lápiz y escribo.

"Bernat."

"Ismael y los objetos de la cripta."

En la siguiente línea y tras unos segundos de reflexión, escribo algunas palabras más:

"Falsos policías."

"Fray Tomás."

"Desmayos y mirada de loco."

"Lucía."

Observo las seis palabras. Son, sin duda, mis principales preocupaciones en estos momentos.

Doy otro sorbo a mi café.

Dibujo una línea que une el tercer, cuarto y quinto vocablo. Si algo tengo claro es que el fraile y el policía están relacionados de alguna manera. Pero no sé ni cómo ni por qué.

He de ordenar prioridades.

No tengo ni idea de cómo averiguar más de estos dos personajes. No puedo volver a los momentos concretos de sus desmayos porque yo estaba allí y el efecto Imán me machacaría los sesos. No es necesario correr ese peligro. Ni sufrir el daño, porque debo decirte que duele. Y mucho.

Lucía está en buenas manos. Por eso la pongo en el último lugar. Ya averiguaré si el salto al pasado le ha podido afectar, aunque según todas las pruebas parece ser que no.

Lo primero que voy a hacer es volver al momento del ataque para ver, aunque sea desde lejos, que sucedió. Comprobar que Bernat y su nueva familia siguen con vida. Y, de rebote, intentaré seguir a la caravana de nuevo.

Acabo el último sorbo de un café que me ha sabido a gloria y dejo la taza en el lavavajillas. La casa está recogida, como siempre antes de un salto.

Observo, cuidadoso, nada más salir a la calle. No quiero que me vea mi tía Rosa si está marujeando en el balcón. Es pronto, pero esta mujer madruga más que nadie en el barrio. Seguro que ya ha ido a la churrería de la calle Petritxol y ha desayunado su ración doble de churros y café con leche.

La persiana se levanta y baja de nuevo en bendito silencio.

Bajo al sótano y pulso encima del ladrillo que esconde la pantalla en la que he de poner mi huella dactilar. La luz verde da paso al teclado numérico. Tecleo los diez dígitos y cierro la tapa de nuevo. Al instante, toda la esquina se mueve hacia el interior.

Bajo a mi guarida siguiendo las luces que se encienden de forma automática. Una vez aislado en mi cripta me pongo manos a la obra.

Hoy no saltaré desde aquí. Quiero volver a las puertas de Ficaris, justo en el momento del ataque, o un poco después.

Para no tener que hacer un viaje de varios días a caballo desde Barcelona, he de saltar en el propio lugar.

Escribo un mensaje en mi móvil para comenzar a poner en marcha todo el plan:

«Víctor, necesito ir hasta Figueras. Iré en el helicóptero. Envíame un coche a mi casa lo antes posible».

Agarro una bolsa de viaje para llenarla de todo lo necesario. No voy a ir vestido desde aquí hasta el aeropuerto, claro está. Me vestiré al llegar al destino.

Mi teléfono vibra.

«Recibido. Todo estará listo cuando llegues al hangar».

Meto dentro la ropa necesaria para mi aventura, aunque esta vez iré más prevenido. Voy a parecer un simple peregrino, pero voy a ir más que preparado para cualquier peligro que pueda sorprenderme.

Apenas cabe todo en la bolsa. El resto, como las espadas y el peto de malla, lo guardo en un petate aparte.

Veamos: ropa, armas, dinero y medicinas varias para contrarrestar otro posible envenenamiento por acónito. Tengo claro que no será un remedio total, pero suficiente para sobrevivir hasta que vuelva.

Aprovecho la espera para cambiarme el apósito del gemelo. Ya está casi curado, pero no quiero que se me infecte. Las heridas de las flechas no me molestan y ya casi ni se notan.

El móvil vibra de nuevo.

Mi coche ya ha llegado.

Capítulo 53

Figueras
14:00 h

Sobrevolamos una zona montañosa situada al oeste de Figueras y aterrizamos en un claro de hierba que parece bastante desierto. Debemos ir rápido. No quiero llamar la atención de nadie. Miro a Peter, mi piloto de confianza, y espero sus órdenes. A pesar de que yo soy el que paga, él es el que sabe de esto. Y donde hay patrón no manda marinero.

—Ya puedes salir —me dice a través del intercomunicador con su marcado acento inglés—. Me quedaré en el aeroclub de Empuriabrava hasta que me necesites.

—Nos vemos en un rato, aunque no sé dónde —respondo antes de salir del helicóptero—. Te llamo y ya vemos.

El piloto asiente.

La bolsa la dejo dentro. Toda la ropa que llevaba en el interior ya me la he puesto mientras veníamos hacia aquí. Tan solo llevo conmigo el petate.

En cuanto me alejo unos metros, el aparato levanta el vuelo y se dirige hacia el este.

Observo a mi alrededor y compruebo que no hay nadie mirando. Hace calor, el aire es limpio, huele a montaña, a bosque. Me escondo entre el primer grupo de árboles que encuentro para poder acabar de equiparme con algo de intimidad. No es que me dé vergüenza que algún caminante perdido me vea, es que no dudo de que llamaría a la policía si ve que me ciño una espada enorme en la cintura.

Ahora mismo no quiero sorpresas.

Saco del petate el material y lo coloco sobre la hierba reseca. Hace mucho que no llueve y se nota allá donde mires.

Ya me he puesto durante el vuelo, primero, las prendas interiores. La comodidad es básica. Después me he colocado el peto de malla para que no me claven más flechas en el torso y, de paso, protegerme de posibles espadazos. Me he vestido con la misma ropa que llevaba el último día que estuve aquí. Los pantalones, aunque idénticos, sí que son nuevos. Los otros quedaron destrozados al haber sido arrastrado por la loca de la mujer del médico, a través de medio pueblo, y el mordisco del lobo. Todavía me duele al recordarlo.

Me coloco el cinto con una daga y la bolsa de dinero que quedará a la vista. La otra bolsa y la segunda daga, como siempre, bien escondidas. Para acabar, me pongo otro cinturón con el arma principal. Mi espada. Una maravilla templada por uno de los mejores herreros de Toledo. Si bien es verdad que no me la hará hasta dentro de siglo y medio, nadie se dará cuenta. Con ella me siento invencible. Aunque prefiero las catanas, pero aquí, en este tiempo y lugar, no procede. Llamaría demasiado la atención.

Una vez he acabado de equiparme, pliego el petate hasta hacerlo lo más pequeño posible y lo escondo entre las ramas del mismo árbol. Al ser de camuflaje queda bastante mimetizado a ojos de cualquier persona que pase por aquí. Y si alguien lo ve y se lo lleva, pues mejor para él. No tengo claro que el salto de vuelta sea aquí mismo. Todo depende del destino. Y el destino es caprichoso e inesperado.

Me doy un último repaso.

Lo llevo todo.

Miro hacia el este y veo a lo lejos la actual Figueras. Queda a unos dos kilómetros de distancia. Me concentro en la fecha a la que quiero ir: 15 de junio del año 1391, más o menos un par de horas antes de que caiga el sol. Me separo de los árboles y me planto sobre la zona más despejada. Coloco con una rodilla en el suelo, en parte para pasar más desapercibido, en parte porque en esta posición me mareo menos al llegar. Respiro lentamente. Me relajo hasta que me invade la luz brillante y dejo de sentir el peso de mi cuerpo.

Capítulo 54

15 DE JUNIO DE 1391
FICARIS
19:39 H

Mi cuerpo vuelve a pesar. Noto cómo mis pies se hunden un poco en el terreno. Abro los ojos y miro a mi alrededor. Hay menos luz. Está a punto de anochecer. Estoy rodeado de hierba alta y terreno embarrado. Me pongo en pie y oteo el horizonte. Los tejados de la moderna Figueras han desaparecido para dejar paso a columnas de humo que surgen de las chimeneas de la Ficaris actual.

Camino hacia el este. Calculo que en estos momentos ya se debe de haber producido el ataque, o casi, y yo estaré desmayado. Espero que ese hecho ayude a que el efecto Imán sea más llevadero. No lo tengo claro, pero siempre hay una primera vez para probarlo todo.

Llego a la cima de una pequeña colina y puedo ver las murallas de la ciudad a lo lejos. Algo se mueve entre la creciente oscuridad que proporcionan los cerros. Parecen varios hombres. Corren hacia mi posición como si les persiguiera el demonio. Supongo que estarán huyendo del ataque. No quiero que me vean. No es por miedo, simplemente es que igual han visto caer al otro Quim y me creen muerto por el asalto. No me pueden ver aquí, vivito, coleando y sin heridas. Creerían que soy hijo del diablo, como poco.

Son cinco hombres. Me acerco un poco más. Veo que son cuatro adultos y un chaval que no llegará a los veinte. Se esconden entre la maleza. Están hablando. Yo sigo agazapado y me acerco lo máximo posible. Hablan demasiado alto. Así no vais a pasar desapercibidos, pedazo de inútiles. Como alguno de los atacantes esté cerca, se los carga, seguro.

Llego reptando hasta un pequeño arbusto que me sirve de parapeto. Me estiro en el suelo y las hierbas que me rodean casi me cubren por completo. Aquí no me van a ver a pesar de que los tengo a menos de diez metros.

Están cansados. Respiran con mucha dificultad. Sobre todo, uno de ellos, el que lleva un delantal típico de los carniceros de la época que tiene más mierda que la jaula de un mono.

El chaval joven está hablando, pero no entiendo lo que dice. Aun así, un escalofrío me atraviesa sin saber por qué. Pongo atención a sus palabras.

—*...zolo hemo podio acabá* con uno de los *protectore*.

Mis oídos no dan crédito a lo que acabo de escuchar.

Observo con más atención.

—Y con el extranjero.

El que habla ahora tiene pinta de ser herrero.

—A ese le he clavado dos flechas por lo menos. Te digo yo que ese tío ya no lo cuenta.

Mi cabeza todavía no ha acabado de unir los cabos suficientes como para entender algo, cuando el chaval le contesta.

—*Zí*, coño, pero *ezo* no era lo que *habíamo planeao*. Los *teníamo* que *habé matao* a todos. No *vamo* a *tené* otra oportunidad como esta, *joé*. A *partí dahora, ezoz cabrone* estarán en guardia.

No es posible.

Busco su mirada entre la maleza. Esa forma de hablar, de gesticular, de moverse... Ese cabrón es el policía de la iglesia. No me preguntes cómo, pero lo sé. No es la misma persona, este es un chaval que parece de esta época, de este pueblo, pero es él.

Uno de ellos grita palabras que no entiendo.

Parece ser que al carnicero le pasa algo. Está tumbado en el suelo con las manos en el pecho. Todos ríen a su alrededor. Esto parece un aquelarre de histéricos que han esnifado demasiada cola. Gritan y se ríen como hienas, incluso el carnicero, que además tose como si le fueran a salir los pulmones por la boca.

—*Vuerve ante* de que la *palme* o te *quedará lelo pal* resto de tu vida.

Acaba de hablar el chaval. Es el más joven, pero parece que es el que lleva la batuta. Al igual que en la iglesia. El más joven era el de más experiencia, cosa que dijo él mismo.

—*Vorvamos todo* que aquí ya no *hasemo ná*.

¿Volver? ¿Adónde coño vais a volver?

Sin saber cómo y delante de mis narices, los cuerpos de los cuatro hombres que estaban sentados caen inertes y quedan tumbados entre la hierba.

Estoy muy confuso.

Me acerco a ellos.

No me importa que me vean.

Aquí hay algo que debo averiguar cuanto antes.

Al llegar compruebo que cuatro de los hombres parecen dormidos. Respiran con normalidad. No se mueven. Al acercarme al carnicero, lo veo convulsionar con violencia. Abre los ojos y me mira. Le duele. Sus manos se cierran como garras. Tiene la boca llena de sangre. Tose con fuerza y una espuma blanca aparece por la boca. Los ojos están rojos de sangre. Segundos después, se cierran y cesan los espasmos y las toses. Ha muerto.

A su lado, el chaval más joven se despierta. Su mirada está perdida. Observa a su alrededor y no comprende.

—¿Dónde estoy? —pregunta. Habla en catalán como casi todos los de la zona en esta época.

—¿Qué ha pasado? —quiere saber otro de ellos. Es el herrero, que se acaba de despertar. Intenta ponerse en pie. No lo consigue. Cae al suelo mareado.

—¿Qué es lo último que recuerdas? —pregunto al chaval. Parece más despierto que el herrero, que se ha quedado tumbado y mirando a la hierba como si fuera la primera vez que la ve.

—Estaba en la plaza del pueblo —contesta el chaval. Mira a su alrededor de nuevo y ve a sus acompañantes, incluido el carnicero. No creo que se dé cuenta de que ha muerto, todavía está muy despistado—. Estábamos todos en la plazoleta... Recogiendo las paradas del mercado

Dicho esto, el chaval se deja caer sobre la hierba y se queda mirando a un cielo cada vez más oscuro. Parecen drogadictos recién colocados. El mundo está ante sus ojos, pero no lo saben ver. Tiene pinta de que va a tardar tiempo en recuperarse.

Igual que le pasó a fray Tomás y al judío.

Lo mismo que les sucedió a los Mossos en la iglesia.

Una idea pasa ante mi mente, pero ni siquiera puedo tomarla como una posibilidad remota. Pero la sospecha vuelve, y vuelve y planea como un águila en busca de su presa. El instinto arácnido se activa de nuevo y me explota en la cabeza dejándome sin excusas válidas. Por muy loco que me parezca, esa posibilidad es la más factible. La que daría una explicación razonable, al menos en mi loco mundo, a todo lo que acabo de vivir. Y a lo que viví el otro día en la iglesia. Y antes en la plaza del Pi.

Me siento en la hierba, junto a ellos. Los miro y no doy crédito a la conclusión a la que he llegado. El chaval joven sigue babeando, mirando a un cielo cada vez más estrellado. El herrero acaricia las briznas de hierba con su mano. Los otros dos todavía duermen.

No me preguntes cómo, pero en el fondo de mi mente sé que este chaval, el policía más joven de la iglesia y fray Tomás, han sido poseídos por la misma persona.

Capítulo 55

FICARIS
20:01 H

Hace rato que he dejado atrás a los cinco individuos. Durante el tiempo que llevo caminando mi cabeza no ha dejado de darle vueltas al tema. Solo se me ocurre la loca idea de que esa gente haya sido poseída y cuyo único objetivo haya sido matarme a mí y a todos los guardianes posibles. Aunque uno de ellos los ha llamado protectores.

«...*zolo hemo podio acabá* con uno de los *protectore*».

«Y con el extranjero... A ese le he clavado dos flechas por lo menos. Te digo yo que ese tío ya no lo cuenta».

Yo soy el extranjero, sin duda. Las dos flechas que me sacaron así lo confirman. Y a los que yo llamo guardianes, ellos les dicen protectores. Que la verdad es que me parece un nombre genial, quizá hasta más acertado que guardianes. No hay otra explicación. Por más vueltas que le doy no encuentro otra aclaración.

¿Pueden viajar en el tiempo como yo?

No. Porque si no sería siempre la misma persona. Y lo que yo he visto ha sido a tres tipos, en distintos lugares y épocas, poseídos por una misma mente.

No tengo ni idea de lo que digo.

Esto es una locura.

¿Y viajar en el tiempo no lo es?

Deberías esperar lo inesperado, tontorrón. Susurra en mi imaginación mi tía Rosa, que siempre sabe lo que dice.

Recorro los últimos metros de campo y salgo a un claro despejado en el que puedo ver las murallas de la ciudad. Un grupo de gente está reunida cerca de la puerta de la entrada.

Me detengo y me desvío hasta esconderme tras uno de los árboles que bordean el camino que va hacia el tumulto.

Noto una punzada de dolor en mi cabeza. Es un dolor que reconozco al instante. El efecto Imán comienza. Miro con detenimiento al variopinto grupo reunido a unos cincuenta metros de distancia y creo reconocer a Ismael. Suspiro aliviado al comprobar que sigue vivo. Bernat aparece en escena, agarrado a la falta de Sarah. Myriam está a su lado. Sarah lo aúpa y lo coge en brazos. Una ola de felicidad y calma a partes iguales me invade. Están vivos. Bernat está vivo.

Las carretas que forman parte de la caravana están desperdigadas por el camino. Hombres y mujeres van y vienen. Entre ellos distingo a dos de los guardianes de pie, inmóviles ante uno de los carros. No consigo localizar a los otros tres. ¿Habrán muerto en el ataque? Es posible. Contemplo en la distancia como algunos hombres apartan diversos cuerpos sin vida del campo de batalla. No soy capaz de identificar quiénes son los muertos.

Me gustaría acercarme más, pero no puedo.

Lo intento, paso a paso, pero el dolor que siento en el interior de mi cabeza es cada vez peor. Esta distancia es el límite para no sufrir un derrame o algo parecido por el dichoso efecto.

Tras unos diez minutos de espera, observo como dos tipos se llevan mi cuerpo inerte al interior de la ciudad. El dolor de cabeza disminuye de forma proporcional a la distancia que me alejo de mí mismo. Ismael ha hablado con el mismo hombre que me estaba examinando. Debe de ser el médico. El marido de la loca aquella. Un repelús recorre mi cuerpo al recordarla. Tras unos minutos debatiendo, el hombre se marcha en la misma dirección por la que se ha perdido mi cuerpo.

Allá voy, a su casa. A sufrir con su delirante esposa.

Ismael se reúne junto a los dos guardianes, bueno, protectores, que me gusta más, y habla con ellos. Mientras tanto, Bernat sube a la parte trasera del carro junto a Myriam. Sarah se coloca en la parte delantera y agarra las riendas de los caballos.

Me acerco un poco más. Necesito saber qué van a hacer. Voy de árbol en árbol, ocultándome tras ellos. Para este tipo de incursiones tendría que empezar a viajar caracterizado de otra persona. No sé, barba, bigote, peluca, sombrero... algo que me permita estar entre gente que ya me conoce y pasar desapercibido. Podría ser el Mortadelo de los viajes en el tiempo. Ahora mismo me iría de perlas. Tomo nota.

Ismael acaba de debatir con los protectores y se sube a su carro. Los hombres armados hacen lo propio en sus caballos y la caravana prosigue su viaje como si nada hubiera sucedido.

Qué extraño, pensaba que iban a hacer noche en Ficaris, protegidos tras sus murallas.

A pesar de que son casi las nueve de la tarde y ya es noche cerrada, la caravana marcha hacia el norte. Ismael debe de pensar que no le van a atacar dos veces seguidas. Mucho me temo que se equivoca. Esta gente no va a tirar la toalla hasta que consigan su propósito o mueran en el intento.

Yo espero agazapado, paciente.

Las dos últimas carretas, las que están vigiladas por los dos protectores, se pierden por el camino abrazadas por la oscuridad. Mucho me temo que los otros tres hayan muerto. Entre ellos Gerard de Monteagudo, el portador de la espada templaria. Un atisbo de pena aflora en mi interior. Me caía bien ese tipo.

Dejo el espacio suficiente y comienzo a caminar tras la estela de polvo que deja la procesión. No me queda otra opción que ir tras ellos a pie. No tengo tiempo de conseguir un caballo. No puedo perder de vista los objetos.

Atrás dejo la muralla de Ficaris mientras me alejo recorriendo el sendero de tierra que llevará a la caravana hasta su próximo destino. O eso espero.

Los árboles cada vez son más numerosos, así como la negra oscuridad que se abre paso a medida que el camino se introduce en el bosque. El olor a humedad y a hierba mojada invaden el ambiente. El helor del anochecer se abre paso con su brisa imparable y me avisa de que debo abrigarme. Por suerte, esta vez he venido preparado. La ropa que llevo será suficiente para pasar la noche a la intemperie.

Apenas veo por dónde voy.

Tan solo avanzo, paso a paso, dejando la distancia necesaria para no ser descubierto. Para esto, clavo mi mirada en una pequeña luz que oscila monótona, como un péndulo imparable que proviene de la antorcha situada en la parte trasera de la carreta que cierra la caravana.

Capítulo 56

16 DE JUNIO DE 1391
EN ALGÚN LUGAR DE FRANCIA
07:25 H

Estoy cansado y hambriento. Llevamos casi doce horas de viaje sin apenas descansar. El paso de la caravana ha sido rápido, imparable, al contrario que los trayectos que hice con ellos durante días anteriores. Supongo que saben que han de poner kilómetros de por medio y por eso han decidido viajar de noche, cuando los niños y los ancianos duermen en sus carretas. Hoy que debo ir caminando han decidido viajar rápido y de noche. Mala suerte la mía.

Veo como algunos de los carros se detienen ante una pequeña muralla. No sé qué pueblo será este. Lo que sí tengo claro es que estamos en territorio francés. Se nota por el cambio de estilo en el tipo de construcciones. Hemos pasado por el poblado de La Junquera. No estoy seguro de que se llame así en esta época y no lo he podido preguntar porque estaban todos durmiendo, aun así, estoy casi seguro de que es ese pueblo porque ya lo había visitado antes, en la época romana cuando se llamaba Iuncaria.

Me adelanto ocultándome entre los últimos árboles del camino. Yo también quiero entrar al pueblo, comer y beber si es posible. No aguantaré mucho más a este ritmo si no me alimento. De camino al pueblo, entre arbustos resecos y una hoguera agonizante, me topo con dos tipos que están fritos. Deben de estar durmiendo la mona porque acabo de pisar a uno de ellos y ni se ha enterado.

Aprovecho la ocasión que me brinda el destino y agarro una capa andrajosa que servía de manta al que parece más limpio de los dos. Para mi sorpresa es una capa de buena calidad, tipo poncho, con capucha ancha incluida, que me cubrirá hasta los tobillos. Ocultará la ropa y las armas. Me irá de perlas para pasar desapercibido. Seguro que la ha robado.

Quien roba a un ladrón, tiene cien años de perdón. A ver si es verdad y me cae algo de buena suerte.

Llego hasta la cabeza de la caravana justo cuando entran al pueblo. Hay dos personas vigilando la entrada. Además de la expedición, decenas de comerciantes, gente de paso y otras especies entran en la villa. Yo me uno a ellos sin despertar sospechas.

A unos pocos metros delante de mí veo a Ismael llevando las riendas de su carreta. Está cansado. Se lo noto en la cara. El grupo se desvía hacia la izquierda y se apartan del camino para estacionar detrás de una iglesia de corte románico. Me alejo de ellos con disimulo. No debo olvidarme de los protectores, que seguro vigilan en todo momento. Me gusta el nuevo apodo.

Camino por una calle estrecha y transitada en busca de alguna posada para comer, que no tardo en encontrar. A esta hora hay poca gente en su interior. Huele bastante peor que *ca la* Joana. Nada más entrar el tabernero me mira de reojo. Es el hombre con el bigote más grande que he visto jamás en mi vida. Y eso que he vivido bastantes aventuras en la época victoriana, donde el mostacho era considerado un símbolo de madurez y virilidad. Bueno, eso también sucedió en la década de los setenta, ahora que pienso.

Me acerco a la barra y le digo que quiero comer. Y una jarra de vino también que, por supuesto, no me voy a beber. Pero hay que disimular. Me siento en una mesa libre y espero. El olor que sale de un cuarto que parece ser la cocina no es tan malo como parecía en un principio.

Nada más traerme el plato, un cocido de verduras variadas, le hinco el diente. Está muy bueno. Realmente sabroso. Mojo un trozo de pan y mastico como si no hubiera un mañana. Estoy canino.

En la posada comienza a entrar gente que viaja en la caravana. Los reconozco de haberlos visto antes. Se sientan a mi lado. Y cuando digo a mi lado quiero decir en la misma mesa. Aquí no sirve eso de mesa ocupada, va por asientos libres. Por suerte, en este rincón las sombras me protegen. La capa y la capucha también hacen su función. O eso espero

Tras un par de hombres, aparecen dos de los protectores. Observan el local. Estudian a los presentes. Bajo la mirada y sigo comiendo, despacio, pasando desapercibido. Veo que caminan hacia la parte opuesta del local.

Acabo rápido mi cocido y me acerco a la barra para pagar. Intento no apoyarme porque de la mierda que tiene me puedo quedar aquí pegado dos o tres días.

—Descansaremos junto a iglesia de Sainte-Marie —dice uno de los tipos que tengo justo al lado y que también viaja en el grupo de Ismael.

Pongo la oreja porque creo que esto me interesa. Hablan en catalán. No se fijan en mí. Supongo que están tranquilos pensando que no los voy a entender.

—Antes del mediodía nos pondremos en marcha. Hay que comprar provisiones en cuanto salgamos de aquí.

—¿Sabes destino?

—Aussinhac. O algo parecido. No lo he entendido muy bien. Solo sé que llegaremos al anochecer.

Salgo a la calle y camino sin levantar la cara del suelo. Paso frente a la iglesia y veo las carretas aparcadas. Hay movimiento de gente que va y viene, cargando comida y recipientes con agua. Los niños no corretean ni juegan, están agrupados junto al muro, protegidos tras las carretas. El ambiente es tenso. Normal. Demasiados ataques en poco tiempo.

Giro a la derecha y me voy hasta el final de la plaza.

Me siento en un rincón.

Hay varios hombres a mi alrededor, tirados en el suelo. Algunos pidiendo, otros, simplemente, muriendo. Me aseguro de que la capucha tape mi rostro y clavo la mirada con disimulo en la caravana para estudiar cada uno de sus movimientos.

Ya sé la próxima parada: Aussinhac. Ni puta idea de dónde está ese pueblo. Intento hacer memoria, pero no me viene nada. Los seguiré de nuevo hasta conocer el destino final. Una vez sepa dónde van a descansar los objetos, ya decidiré cuándo ir a buscarlos.

Tan solo han pasado cinco minutos desde que me he sentado, cuando el sueño comienza a llegar. Demasiadas horas de duro camino. No es que sea un triatleta, la verdad. Y después de un buen cocido nadie puede negarse a una buena siesta. Cierro los ojos y pienso que solo serán cinco minutos. Hay tiempo hasta que reanuden el viaje. Solo cinco minutitos de nada.

Capítulo 57

Le Boulu
Reino de Francia
08:11 h

Abro los ojos. Estoy bastante atontado. Mi vista está clavada en un suelo lleno de paja y barro. Tardo unos segundos en recordar dónde estoy. No sé cómo he acabado tumbado en el barro y encogido como un ovillo. Tengo frío. Comienzo a escuchar sonidos lejanos a medida que mi mente despierta. Son gritos. Parecen voces de pánico mezcladas con terribles alaridos que piden ayuda. Consigo ponerme de rodillas y noto la humedad clavada en mis huesos. Creo que he dormido bastante más de cinco minutos.

En cuanto puedo enfocar la visión, compruebo que los gritos provienen de las gentes de la caravana. Están siendo atacados por una multitud de hombres. Algunos parecen soldados, otros solo gente normal y corriente. Un estallido recorre mi espalda. Mi sentido arácnido se activa de nuevo, después de haberse pegado una buena y reparadora cabezadita.

Me levanto de un salto y saco mi espada con bastante más esfuerzo del que me gustaría. Entre la capa, el mareo de levantarme deprisa, el dolor que todavía tengo del desgarro en el gemelo y el entumecimiento de mis manos, no estoy para muchos trotes, que digamos. Pero nada te despierta más que el chute de adrenalina que se siente ante el inminente peligro de una batalla. Del acecho de la muerte.

Busco a Ismael con la mirada. Cerca de él estarán su familia y Bernat. Lo veo a unos cuarenta metros de distancia. Está pegado al muro de la iglesia, de pie, espada en mano, y temblando como un pavo el día de antes de Acción de Gracias.

Tardo casi dos minutos en llegar. De camino he tenido que sortear espadazos, piedras y algún que otro puñetazo mal dado. Mala suerte para ellos, pobres desgraciados. Ya están criando malvas. Pocos metros antes de llegar hasta Ismael aparecen dos tipos que se encaran con él. Van a matar. No quieren hacer prisioneros. No vienen a robar. Tienen la misma estrategia que las dos últimas batallas a las que se ha tenido que enfrentar esta pobre y desgraciada caravana.

Matar o morir, como diría Rambo.

Algunas flechas surcan el cielo. Y eso me acojona bastante, la verdad. Un flechazo de esos y se acabó. A dormir la mona durante días con el consiguiente peligro de muerte a manos de la loca del pueblo. Esta vez llevo peto, pero hay muchas partes de mi cuerpo al descubierto. Ahora echo de menos mi armadura de caballero.

Doy buena cuenta de uno de los asaltantes. Ismael me observa luchar. Llevo la capa y la capucha, creo que no me ha reconocido, aunque la verdad es que me da igual. Sus vidas están por delante de mi secreto.

Intento liquidar al otro atacante, pero no puedo. Este sabe luchar. Y muy bien. Sus golpes de ataque son precisos, rápidos y con mucha mala idea. Me alejo de él unos pasos y lo miro atentamente. Él sonríe. Sabe que soy bueno con la espada, eso se nota. Lo sientes nada más intercambiar dos espadazos. ¿Y a quién no le gusta una buena pelea?

Ataco con varios golpes precisos. Se defiende muy bien. Ismael nos mira desde detrás de la carreta. Bernat asoma la cabeza entre las telas. Está asustado.

Quim, concéntrate. Este tipo te puede matar.

Desvío sus golpes. El terreno está embarrado y eso es malo para los dos, aunque un poco peor para mí que no estoy acostumbrado a luchar con estos inconvenientes. Tras varios golpes más, noto como comienza a desfallecer. Ahora se defiende más que ataca. Está cansado. Cambia la espada de mano. Es mi momento. Ataco con todo, golpes seguidos y cabales y, cuando lo veo casi vencido, cambio de tercio y doy media vuelta. Le suelto una patada en la cara que no se espera.

¿Quién coño suelta patadas de esta manera? Pues yo. Cinturón negro no sé cuántos dan de casi todo lo que he podido aprender. Cae al suelo casi sin sentido. Aprovecho para clavarle la espada en el cuello. Este ya no se levanta de aquí.

Una flecha acaba de pasar por delante de mi cara y se ha clavado en la carreta de Ismael a tan solo un palmo de la cabeza de Bernat que me observa atento. Nuestras miradas se cruzan y veo como abre los ojos de la sorpresa.

Me ha reconocido.

Ismael también.

Les guiño un ojo y me dirijo al cobarde lanza flechas. Mientras camino hacia él pienso por qué les he guiñado el ojo, y la verdad es que no tengo ni idea. Supongo que queda muy de película de aventuras. No creo que me hayan entendido porque eso de guiñar un ojo debe de ser algo bastante moderno.

El cabronazo de las flechas tiene una ballesta. No tiene pinta de guerrero, parece más bien el panadero del pueblo. Creo que lleva hasta una especie de delantal repleto de harina. Veo que está recargando. Esquivo el ataque de un tipo que se ha colado en mi camino y le rebano el pescuezo con su propio cuchillo. Aprovecho su arma y se la lanzo al de las flechas.

La daga oxidada se clava en el brazo derecho, justo el que estaba agarrando la saeta. Grita como un puerco en día de matanza. Aprovecho su confusión para recoger la flecha del suelo. Compruebo que la punta está pegajosa. Este cerdo cobarde es el del veneno. Agarro la flecha con fuerza y se la clavo en el pecho sin darle tiempo ni a despedirse del mundo. No va a morir por el veneno, lo hará porque le acabo de agujerear el corazón.

Alguien a mi espalda grita.

—*Pixa, zal* del cuerpo. *Zal* ya antes de palmarla.

No puedo creerlo.

Me giro en redondo y lo veo.

Es un tío grande. Lleva la ropa manchada de sangre. Este tampoco tiene pinta de soldado, quizá de herrero. Me observa. Lo contemplo. Y ahí está esa mirada esquizofrénica de nuevo. Y los dos sabemos en ese instante quién es quién.

Sonríe como solo los psicópatas saben hacer.

Aparto de un espadazo mortal, casi sin mirar, a un pobre desgraciado que se ha cruzado en mi camino.

—Ya era hora de *verno* como *Dió* manda —me dice.

El acento es inconfundible.

Su mirada lo es todavía más.

—Te pude matar en la iglesia hace un par de días, pero te perdoné la vida —le suelto muy tranquilo. Midiendo cada palabra para que penetre en su mente—. La próxima vez que uses el cuerpo de un policía, asegúrate de que no sea zurdo.

Sus ojos se abren hasta más no poder.

Su cara de sorpresa es impagable.

Mi idea era confundirlo y, por su mirada, diría que lo he conseguido.

Se abalanza con todas sus fuerzas y lo esquivo sin problema. Sin que se percate, le hago un pequeño corte que dejará inservible su brazo izquierdo.

No sabe luchar demasiado bien. No es un guerrero.

Por suerte para él es diestro. Y eso le dará una oportunidad. Aun así, hay que ir con cautela. No quiero cagarla. Si es quien creo que es, seguro que es alguien importante dentro de su clan, o lo que sea que son.

Le lanzo dos ataques seguidos para comprobar su defensa. Es buena. Concisa. Enérgica y segura. Mucho mejor que su ataque. Ese cuerpo que ha poseído es fuerte. Sus brazos son anchos como mis piernas. Eso ayuda a su falta de destreza en la lucha. Retrocedo unos pasos para tomar impulso justo cuando alguien le ataca por la espalda. Él se defiende bien, pero la herida en su brazo le pesa. Un tipo acude en su ayuda y le quita de encima a su oponente.

Se da la vuelta y me observa. Hay miedo en su mirada. En el tiempo que él ha estado jugando a las espadas con el otro tipo yo he recogido la ballesta y la he cargado con una de las flechas envenenadas. No le doy tiempo ni a suspirar. Disparo y la flecha se clava en su pecho. Cae al suelo y clava las rodillas en el barro.

Me acerco para rematarlo.

Su espada descansa en el suelo.

No intenta sacar la flecha de su pecho, tan solo me mira.

—*Vorveremo* a *verno* y te mataré. Acabaré contigo y con todos los que te importen de *verdá* —dicho esto, su cuerpo cae inerte en el barro.

A los pocos segundos, varios de los asaltantes caen de la misma manera. Creo que acaban de liberar los cuerpos y los cerebros de esos pobres desgraciados. Un atisbo de pena me asalta al comprender que he matado a gente inocente que tan solo había sido poseída por estos cabrones.

El resto de los atacantes, al ver lo sucedido, comienzan a huir sin mirar atrás. Eso me indica que no todos estaban poseídos. No puedo saber cuántos de ellos había, mínimo cinco que han caído a la vez, más el tipo al que le he clavado la flecha. A este lo voy a llamar el gaditano. Y seguramente habrá alguno más que haya muerto en la batalla. El resto que ha huido deben de ser mercenarios contratados para hacer bulto en la ofensiva.

Observo a mi alrededor.

Veo a uno de los protectores tirado en el suelo. Una flecha asoma de su cabeza. Mal sitio para tener un palo clavado. El otro está apoyado en la carreta que siempre protegen, mirando a su compañero. Respira con dificultad. A su alrededor hay varios cuerpos desmadejados. Ya puede estar cansado, ya. Ni rastro de los otros tres guardianes.

El terreno está enfangado, huele a ciénaga, vísceras y sangre. Es asqueroso. La gente que ha sobrevivido vuelve a sus carretas para comprobar los daños. Algunos lloran desconsolados mientras sujetan los cuerpos de sus familiares. Otros solo observan en silencio.

—Gracias por salvarnos la vida de nuevo.

La voz de Ismael suena a mi espalda. Me giro.

La capa me pesa demasiado. Está empapada en sangre, barro y otras sustancias que huelen fatal. La tela apesta a alfombra mojada y me asquea. Ya no la necesito. Me la quito y la tiro al suelo. Guardo mi espada justo un segundo antes de que Bernat llegue hasta mí y se abrace a mi pierna.

—¡Señor Quim! —grita, loco de contento.

—Me alegro de verte, amigo mío. No sabes lo feliz que estoy de comprobar que estás bien —le digo con sinceridad.

Ismael me observa.

Sabe que hablo con el corazón.

—Ismael —le digo, a modo de saludo.

—Quim —contesta él, serio.

Myriam y su madre se unen. Sarah me abraza y me susurra lo mucho que se alegra de verme vivo. Myriam sonríe.

—Me alegro mucho de que estéis todos bien. No sabía si alguno de vosotros había muerto en el ataque de Ficaris.

—No te voy a preguntar cómo estás aquí, vivo, sano y salvo. No me importa. —Myriam habla de corazón—. Solo sé que te agradezco mucho que nos hayas vuelto a salvar la vida. Eres un ángel. El resto no cuenta, ¿verdad, Ismael? —indaga juiciosa, mirándolo fijamente.

—Verdad absoluta —confirma él sin dudarlo—. Has demostrado ser un hombre de completa confianza. Sin ti ya hubiéramos muerto varias veces.

Abraza a su mujer y a su hija. Las besa.

Bernat sigue agarrado a mi pierna.

—Creo que tenemos asuntos que contarnos —añade Ismael, sin dejar de mirarme—. Ha llegado la hora de hablar.

Capítulo 58

**PRESENTE
DOMINGO, 27 DE ABRIL
EDIFICIO VIMLEY C&S
BARCELONA
14:17 H**

Los gritos resuenan en una sala de las oficinas situadas en la décima planta. Si no fuera porque está perfectamente aislada, los alaridos se escucharían hasta en la recepción del primer piso. Las doce cómodas butacas de la estancia están todas ocupadas. Tal y como solicitó el Sumo, en este viaje querían asegurar al máximo el éxito de la misión y por eso han enviado a doce ladrones de almas. Pocas veces en la historia de la familia se había hecho. Doce personas es el número máximo de intelectos que pueden viajar de forma conjunta.

Uno de los hombres convulsiona al tiempo que grita todavía más. A su lado, varios de los tipos que están tumbados comienzan también a rebotar contra sus asientos como si les hubieran aplicado descargas eléctricas.

—¡Isaac! —vocea el más veterano de los doce, antes siquiera de poder levantarse de la butaca—. ¡Isaac! ¡Despierta!

Deja su sillón más rápido de lo que debería y esto hace que caiga al suelo mareado, vomitando a los pies del hombre al que llama. Es joven. El más joven de todos los de la sala.

Isaac no despierta.

A su lado, un hombre vestido con bata blanca niega con la cabeza. El doctor, un sesentón menudo, calvo y con gafas redondas, es el encargado de vigilar mientras ellos están de viaje. Hace cinco minutos que ha verificado que Isaac ha muerto durante el salto. Su corazón dejó de latir justo en el instante en que Quim le clavó una flecha en el pecho. Su cerebro no pudo aguantar el impacto de morir en un cuerpo poseído y, acto seguido, sufrió un paro cardiaco.

—*Pixa, mía* que te lo *dihe, zal* de ahí antes de palmarla.

—Jacob… Ya no podemos hacer nada —le dice el doctor, colocando la mano en su hombro. Intenta consolarle. El fallecido era el hermano pequeño del veterano.

—*Eze* hijo de puta me las pagará. Voy a buscarlo hasta que lo *despellehe* con mis manos.

En cuanto recupera el control de sus sentimientos, Jacob, el levita viajero más experimentado de la sala, contempla el panorama.

Doce hombres salieron y solo cinco han vuelto.

Siete de ellos están tumbados en unas cómodas butacas de las que jamás se volverán a levantar por sí solos. Han muerto en la batalla. La gran mayoría, a manos del mismo hombre: el extranjero.

La puerta de la sala de viaje, que así la llaman casi todos, se abre. Ruth entra y observa el panorama. Ve a Isaac y a otros seis componentes del equipo muertos. Una ola de rabia la invade por completo, pero aguanta la compostura. Como siempre hace. Porque para eso la entrenaron desde niña. Para ser la líder de la familia y ser capaz de tomar las riendas cuando más se necesita. Su hermana, Shira, también aparece en escena.

Se acerca a Jacob y lo abraza.

Al resto de muertos no los conoce, son los enviados del Sumo, pero a Isaac sí porque es su primo. Era su primo.

—Nos vemos en la sala en quince minutos —dice Ruth a los supervivientes con voz autoritaria.

Capítulo 59

16 DE JUNIO DE 1391
LE BOULU
08:40 H

Los cadáveres se amontonan en dos carretas distintas. En una meten a los asaltantes para que la gente del pueblo decida qué hacer con ellos. Algunos de los fallecidos eran gente de bien, vecinos de toda la vida. En la otra están los judíos caídos en la batalla. Estos serán enterrados en algún lugar tranquilo, apartado, aunque no muy lejano de aquí. Al no disponer de cementerios judíos a mano harán una excepción, pero respetando sus costumbres en la medida de lo posible.

Ayudo a mover el cuerpo del protector caído en la contienda. Lo colocamos en la misma carreta donde yacen los judíos. Supongo que le darán sepultura en el mismo lugar. Miro a su amigo, el otro protector. No habla. Solo me observa.

—Siento la muerte de tu compañero —le digo.

Él se limita a agachar su cabeza levemente.

—¿Dónde están tus otros amigos?

Me mira y sin decir nada da media vuelta y se pierde entre los carromatos.

—Quim, ven conmigo —me dice Ismael—. Él no te va a decir ni una palabra.

Caminamos juntos hasta llegar a su carreta. La mayoría de ellos ya están preparados para partir.

—Sube y siéntate a mi lado —indica señalando a la parte delantera de su carro. Myriam y Bernat ya están sentados en la parte de atrás. Sarah está recogiendo unas cestas de fruta caídas en el suelo. Las limpia con su vestido, todo lo bien que puede, y las coloca dentro del carro.

Me mira. Hay bondad en su mirada. Agarra una manzana, la limpia de nuevo y me la pasa. Yo la acepto con gratitud.

—¡Nos vamos! —grita Ismael. El resto de los emigrantes asiente sin protestar. Se suben a sus carromatos y caballos y esperan a que Ismael inicie la marcha.

Salimos del pueblo dejando un reguero de sangre y pena rodeada de silencio. Tan solo algunas lágrimas lo rompen. Mujeres y niños, habitantes del pequeño y tranquilo pueblo, lloran la muerte de familiares. A la mayoría los he matado yo sin saber que eran inocentes. Esto no me volverá a pasar nunca más. Me gustaría decirles que lo siento mucho, pero no puedo. No van a entender por qué sus maridos y sus padres se han vuelto majaras y han participado en una batalla que ni les iba ni les venía.

Tendrán que vivir con ello.

Y yo también, por mucho que me pese.

Una hora más tarde la caravana se desvía del camino y asciende hacia una pequeña colina. Una cuadrilla de varios hombres se encarga de cavar las tumbas de los fallecidos. Otros reparan, mientras tanto, pequeños desperfectos en las ruedas de los carros, en las telas o simplemente cuidan de los caballos y vigilan a los niños. Todos participan de una forma u otra.

El entierro se oficia según sus tradiciones y los muertos ya descansan bajo tierra. Minutos más tarde proseguimos con el viaje.

Yo no hablo. No quiero comenzar una conversación banal sin sentido. Me muero de ganas por aclarar varios puntos, pero esperaré a que Ismael crea que es el momento oportuno.

Y, para mi sorpresa, el momento adecuado para charlar llega justo en el instante en que lo estoy pensado.

—Quim, vamos a aclarar algunas cosas —me dice. Sus manos sujetan las riendas del caballo y sus ojos están fijos en el camino.

—Cuando quieras, amigo —le contesto.

—¿Eres uno de ellos? —me pregunta, sin rodeos.

—¿Uno de quiénes? —quiero saber.

—¿Eres un levita ladrón de almas? —inquiere.

Levita ladrón de almas, pienso antes de contestar. Ismael ya conocía la existencia de estos tipos.

—No soy como ellos —le respondo.

—Eso me ha quedado claro porque no nos has matado, al contrario —indica sin dejar de mirar al horizonte—. Pero ¿eres uno de ellos?

—No —contesto con rotundidad—. Ni siquiera sabía que existían hasta hace unas horas.

Ismael me mira. Estudia mi rostro.

—A uno de los que he matado lo había visto un par de veces antes, pero con otro cuerpo. La primera vez fue en la plaza del Pi. Era el fraile que estaba junto a tu amigo el frutero.

—Así que aquello fue otro asalto —cavila, casi en un susurro.

—Hasta hoy no me he dado cuenta de que eran la misma persona. Bueno, quiero decir, la misma mente en distintos cuerpos.

—¿Qué es una mente? —pregunta, curioso.

—La mente es algo así como el alma —le digo para que lo entienda. Creo que el concepto de mente que se relaciona con el pensamiento o la emoción humana tardará tiempo en aparecer.

—¿Tú qué eres? —vuelve a preguntar.

—No soy como ellos —respondo de nuevo.

—Si volviera a Ficaris ahora mismo, ¿te encontraría moribundo en casa del médico?

Cavilo mi respuesta como si me fuera la vida en ello.

Noto como Ismael deja de mirar el camino pedregoso y me observa. El sol calienta lo suficiente como para sentir que me sobra la mitad de la ropa que llevo puesta.

Yo asiento con la cabeza.

—Tú no eres un ladrón de almas —indica.

—No.

—Tu viajas con tu cuerpo y con tu alma en perfecta sincronía —añade, sabiendo perfectamente de lo que habla.

Vuelvo a asentir.

—Así es —confirmo.

—Tú eres un Señor del Tiempo.

Ahora soy yo quien lo observa, atónito.

—Eres un Señor del Tiempo... —repite de nuevo con los ojos muy abiertos. No le importa el camino, ni las piedras o agujeros que pueda haber en él. Tan solo me observa.

—No sé de qué me estás hablando —le digo con sinceridad.

—¿De qué época vienes? —me pregunta.

Yo sopeso mi respuesta. No vale la pena mentir.

—Del siglo veintiuno.

La cara de Ismael se contrae en una mueca de sorpresa absoluta.

—¡*Oy vey*! —exclama atónito.

No entiendo lo que ha dicho, pero sí lo que ha querido expresar.

—Explícame por qué dices que soy un Señor del Tiempo.

—¿Cómo puedes ser quien eres y no saber por qué?

Yo me encojo de hombros.

—¿Acaso tus progenitores no te explicaron de dónde proviene tu estirpe? ¿Quién es tu familia? —Sus manos se mueven nerviosas, arriba y abajo, pero sin soltar las riendas de su caballo—. ¿Acaso nunca te has preguntado por qué puedes viajar en el tiempo?

—Ismael, claro que me lo he cuestionado mil veces. ¿Por qué yo? ¿Qué sentido tiene todo esto? Pero no tengo las respuestas. Mis saltos en el tiempo comenzaron tras un accidente en el que casi muero hace unos pocos años. Bueno, en realidad, los médicos dijeron que estuve muerto unos segundos.

Recuerdo aquel día como si fuera ayer.

—Además —añado para contestar a toda su retahíla de preguntas—, en mi tiempo las familias no son como ahora. Todos vivimos inmersos en un estrés diario que hace que apenas veamos a nuestros padres o abuelos —le explico para ponerlo al día—. Una vez tuve que hacer un árbol genealógico para la escuela y apenas encontré información de quiénes fueron los padres de mis abuelos.

Ismael me mira sin comprender la mitad de las palabras que he dicho. Sin saber por qué, me he relajado y he comenzado a hablar sin tener en cuenta la época en la que estoy y hay palabras o conceptos que aquí no se entienden todavía.

—Quiero decirte con esto, que, excepto algunas pocas familias burguesas que viven precisamente del favor de su descendencia, al resto nos da un poco igual de dónde procedamos.

Él niega con la cabeza.

Seguramente sea algo incomprensible para ellos no preocuparse de saber quiénes fueron sus ancestros.

—Lo que te voy a contar es algo que sé gracias a que le damos mucha importancia a nuestros orígenes, a nuestra historia y a nuestras costumbres en general —me explica con solemnidad—. Si no fuera por esto, yo no podría desvelarte de dónde viene tu poder. Tu magia. Tu don...

Capítulo 60

PRESENTE
DOMINGO, 27 DE ABRIL
EDIFICIO VIMLEY C&S
BARCELONA
14:35 H

De las cinco mentes que han vuelto de la batalla, tan solo dos entran en la sala de juntas. Uno es Jacob, procede de una antigua familia levita que se instaló en el sur de la península Ibérica poco después de la reconquista. Actualmente es el más veterano de todos los ladrones de almas que se conocen, ninguno ha llegado tan lejos. El otro tipo es Samuel, enviado de confianza del Sumo Sacerdote de Roma, el más alto cargo dentro de las familias de los levitas.

Ruth y Shira esperan sentadas. El ambiente es tenso. Nadie habla. Las caras son largas. Todos saben que cabe la posibilidad de morir durante un salto, es algo que puede suceder, pero lo de hoy ha sido un hecho inesperado. Han muerto más de la mitad de los que han saltado.

—¿Qué ha pasado? —quiere saber Ruth sin rodeos.

Las dos mujeres tienen el mismo poder, pero Ruth es más impulsiva, incluso agresiva en su comportamiento y en sus comentarios hacia los demás. En este momento contiene su rabia con esfuerzo. Hoy tiene a un invitado especial y ha de mantener la compostura. Samuel ostenta en ese instante toda la confianza del Sumo y habla en su nombre. Y las dos mujeres saben que todo lo que se diga en esa sala llegará a los oídos del más poderoso de los levitas.

—El extranjero los ha *matao* a *cazi todo* durante la batalla con *zuz propia* manos —responde Jacob antes de sentarse.

—Pensábamos que ese tema estaba liquidado —indica Shira.

—*Azí* lo creía yo también. Debió de *morí*. Yo le vi las *do fleshá clavá*. Lo vi *caé der* caballo y lo creí muerto —informa Jacob. Sus palabras salen con dificultad de su boca. La pena le duele. La rabia le corroe.

—¿Quién es ese extranjero? —inquiere Samuel. Serio. Expectante.

Las dos mujeres miran a Jacob para que responda.

—No sabemos quién es con certeza —responde Ruth, tras segundos, ante la impasividad de Jacob, ido todavía por el dolor de perder a su hermano pequeño.

—¡No lo *entendeí*! —interrumpe Jacob a gritos tapándose la cara con las manos. Su desesperación se huele a kilómetros de distancia. Y su pena y rabia también.

Los tres se giran para mirarlo, atónitos ante la subida de tono.

—Es uno de ellos —aclara Jacob cabizbajo—. Un *Zeñó der Tiempo originá*.

—No puede ser —susurra Ruth con los ojos abiertos y un repentino miedo en su interior.

Capítulo 61

16 DE JUNIO DE 1391
EN ALGÚN LUGAR DE FRANCIA
10:05 H

Ismael mantiene silencio. Hace diez minutos que hemos dejado atrás la cima soleada, convertida por necesidad en un pequeño cementerio, para tomar de nuevo el camino que nos llevará hacia el norte. La caravana cada vez es más pequeña.

—Tú desciendes de un poderoso clan de sacerdotes que hace muchos siglos convivieron y sirvieron a los faraones egipcios —me suelta de buenas a primeras—. Actuaban como consejeros y jamás erraban en sus decisiones.

Ismael deja de mirar al camino y me observa para asegurarse de que estoy escuchando con atención y entendiendo lo que me cuenta.

—¿Sabes por qué nunca fallaban en sus recomendaciones?

—Yo niego con la cabeza.

—Porque tenían el poder de viajar en el tiempo, en cuerpo y alma, como tú. Comprobaban y, si era necesario, modificaban algunos hechos concretos para bien de sus faraones y de su reino, por aquel entonces, el egipcio.

Bernat asoma su cabecita entre nosotros para escuchar con atención. Ismael le toca el pelo con cariño.

—Atiende, Bernat, porque esto también formará parte de tu vida. Ahora eres de la familia y partícipe de nuestra historia.

Yo también le acaricio el pelo. Bernat sonríe a pesar de que no ha entendido muy bien lo que ha querido decir Ismael. Él solo sabe que está contento con su nueva familia, a pesar de la accidentada travesía en la que se ha embarcado.

—Con el tiempo, estos sacerdotes, que eran descendientes de Leví, hijo de Jacob, se fueron haciendo más poderosos e influyentes. La posibilidad de viajar al pasado les otorgó, como ya habrás comprobado por ti mismo, numerosas ventajas —expone, sospechando que yo también me he podido aprovechar de este don—. Una de las más importantes fue conseguir enormes fuentes de poder de culturas extintas. Recogieron sabiduría e incluso magia, según algunos. Hasta que un buen día, Ramsés II comprendió que eran demasiado influyentes y ordenó darles caza. Decretó eliminarlos a todos.

—¿Esto que me cuentas es una historia real o parte de algún mito? —le pregunto, sin acritud. Solo para aclarar mis ideas.

—Esta historia es más real que el aire que respiras ahora mismo —me contesta con rectitud—. Y yo no debería ser el encargado de narrártela —añade de paso.

—Mi padre murió antes de tiempo. Quizá me la hubiera contado si hubiera tenido la ocasión o si hubiera sabido de este don —indico para tranquilizarle. No quiero más reproches por no saber lo que soy. Aunque esta respuesta me plantea otra pregunta—. Por cierto, según lo que has contado, esto de viajar en el tiempo también lo ha tenido que hacer algún antepasado mío, ¿no?

—Siento mucho lo de tu padre —se disculpa. Mantiene el silencio unos segundos y continúa—. Así es. Aunque con el tiempo se descubrió que no todas las generaciones obtienen este don. Se han detallado saltos de hasta seis generaciones de primogénitos varones incapaces de viajar en el tiempo.

Pues vete a saber tú quién fue el último que pudo hacerlo en mi familia. Pero, vamos, que se lo podía haber currado un poco y dejar una libretita con unos pocos apuntes para que el próximo que tuviera el don supiera de que va su historia.

—Como te iba diciendo —prosigue Ismael con su relato, tras beber agua de un botijo de barro que le acaba de pasar Sarah—, Ramsés II ordenó eliminarlos a todos. Pero gracias al poder que tenían, los sacerdotes huyeron antes de que eso sucediera, evitando así una guerra contra el importante reino egipcio que no les interesaba comenzar.

—El imperio egipcio era muy poderoso —añado.

—Así es. Por eso desaparecieron en el desierto y se perdieron entre las dunas. Al cabo de un tiempo, los pocos que lograron sobrevivir acabaron por instalarse al sur de Canaán.

—Canaán, también conocida como Provincia de Judea tras ser conquistada por el imperio romano.

—Veo que te han educado bien.

A lo lejos aparece un rebaño de cabras que pastan con calma las escasas hierbas que pueblan la ribera del reseco y pedregoso sendero. Junto a ellas, varios hombres de edad avanzada, provistos de largos palos, caminan mirando al suelo.

Los ancianos encorvados, parece que la tierra les llama.

—He viajado mucho —le suelto a la vez que sonrío por primera vez desde que llegué a estas tierras. Me siento relajado al saber que él sabe mi secreto. Y ansioso por saber más de mi historia pasada—. De todas formas, me estás contando un cuento muy parecido al que sale en la Biblia —le aviso.

—Lo que te he contado hasta ahora sí, pero lo que te voy a narrar a continuación no sale en ningún libro.

El viaje prosigue su curso. La caravana avanza metro a metro hacia un destino que todavía desconozco. Aunque algo me dice que lo sabré muy pronto.

—En ningún escrito averiguarás que el único sacerdote que sobrevivió al duro viaje, y que además era capaz de viajar en cuerpo y alma, fue un joven llamado Aarón.

—¿Te refieres al hermano de Moisés?

—En nuestra historia, y no me refiero a la judía, no nos consta ningún sacerdote llamado Moisés —me aclara Ismael casi en susurros—, pero no se lo digas a nadie. La leyenda que yo conozco, y que ha pasado por generaciones sin variar un solo detalle, ya te he dicho antes que difiere bastante de la historia que se escribió más tarde.

Me hace señales con la mano para que baje la voz, aunque yo no he dicho ni una palabra.

—Si alguno de mis colegas me oyera contarte esto tendría serios y graves problemas. Así que mantengamos nuestra tertulia en secreto.

Yo asiento.

Bernat mira sin comprender nada. Hace rato que perdió el interés por la conversación, ahora garabatea en su inseparable hoja. Espero que se haya olvidado ya del poema de Machado.

La mirada de Ismael está perdida. Supongo que decenas o cientos de ideas corren ahora por su mente. Para mí es un momento crucial, lo tengo claro, pero sé que para él también lo es. Quizás es la primera vez que cuenta esta historia a alguien.

—¿Yo soy descendiente de Aarón? —quiero saber.

—Así es. Sobrevivió al asedio de Ramsés II y al posterior viaje migratorio —resume Ismael. Parece que tiene ganas de zanjar este punto—. Construyó el primer Tabernáculo, un santuario portátil en el que llevaron diversos objetos que para ellos eran de suma importancia. Fue el primer Sumo Sacerdote y líder religioso. Y a partir de aquel momento, tan solo sus descendientes continuaron ocupando el cargo de Sumo Sacerdote en Israel. Además de heredar el don de poder viajar en cuerpo y alma como él había hecho de su padre, y su padre de su abuelo, y así hasta un tiempo que ni el mismo Aarón pudo averiguar.

—¿Y los otros quiénes son? Los ladrones de almas, como tú los llamas —quiero saber.

—También son descendientes de Aarón —indica. Siento cómo busca información en su cultivado cerebro—. En algún momento, no sabemos cuándo exactamente ni por qué, algunos de los primogénitos dejaron de poder viajar en perfecta sintonía con su alma y únicamente pudieron hacerlo ocupando otros cuerpos.

—Los ladrones de almas...

Sería más correcto decir ladrones de mentes, pero esa definición todavía no sería correcta aquí.

—Igual tú puedes averiguar qué provocó ese cambio, si es que eres capaz de viajar tan al pasado.

—Podría. Lo complicado es estar en el lugar y el instante correcto. Si lo averiguo, vuelvo y te lo cuento.

Él asiente satisfecho.

—Aunque te parezca mentira, también son familiares tuyos. Parientes lejanos de un mismo clan que con los años se fue dividiendo en dos facciones, alejándose una de la otra por diferentes motivos.

Noto que la imaginación de Ismael vuela lejos mientras habla. Su mirada se pierde de nuevo.

—En ese linaje, el número doce parece ser muy importante.

Lo miro extrañado. Él no se percata, sigue a su rollo.

—Solo pueden robar doce almas como máximo en un mismo tiempo. Supongo que una docena de los atacantes de esta mañana eran ladrones de almas, el resto, vulgares mercenarios —explica Ismael. Me mira un segundo. Creo que quiere comprobar si sigo atento a sus divagaciones—. Por suerte para nosotros, doce es un número que un par de protectores pueden controlar. Si pudieran viajar cientos ya habrían conquistado el mundo.

Yo asiento. Es un dato muy importante. Solo doce personas a la vez. Creo que tiene mucha razón en lo que acaba de decir.

—Si tuvieran ejércitos de ladrones de mentes, o de almas como tú dices, serían los amos del mundo sin ningún tipo de duda —ratifico.

—Cada viaje que hacen dura exactamente doce *pars minuta prima*. ¿Te suena esta medida de tiempo? —quiere saber.

Yo asiento.

—Minutos… En mi tiempo también dividimos el día en veinticuatro horas. Y cada hora en sesenta minutos. Esto no ha cambiado nada desde hace tiempo —informo.

—Ya se usaba en los tiempos de Salomón —informa Ismael, rebuscando en su memoria datos que alguien le contó hace mucho tiempo—. Adaptaron esa medida de los sumerios poco después de que la inventaran.

—Entonces cada salto de ellos dura doce minutos, ¿independiente del tiempo que hayan estado en el pasado?

—Así es. Sus almas vuelven a sus cuerpos originales a los doce minutos de haber poseído el alma ajena. Aunque hayan pasado horas paseando por otros tiempos.

—Qué cosa más extraña —pienso en voz alta.

—Lo vuestro, si no ha cambiado, es distinto.

Me mira. Espera a que le explique algo.

—Yo puedo estar cinco años en el pasado, por ejemplo, y a la hora de volver puedo elegir entre retornar un segundo después de haberme marchado o a cinco años después.

—No ha cambiado nada entonces.

Él ya lo sabía.

—Al contrario que vosotros —prosigue, perdiendo de nuevo la mirada en la lejanía del camino—, adquieren los conocimientos de toda persona que poseen.

—¡¿Qué?! —exclamo totalmente atónito.

—Lo que oyes, amigo mío —asiente Ismael.

—¡Me estás diciendo que si poseen el cuerpo de un médico adquieren los conocimientos del tipo, así, sin esfuerzo!

Ismael me observa.

Asiente.

—¡¿Y al instante?! —exclamo, asustado y asombrado a partes iguales.

—Así es —confirma impasible.

Guardo silencio unos segundos.

Este dato no me lo esperaba para nada.

Es un hecho muy serio.

—Entonces —añado tras unos segundos—, si adquieren su sabiduría, también se hacen dueños de sus recuerdos, de sus secretos…

—Correcto —confirma de nuevo—. Pero este hecho no es tan bueno como te puede parecer. Vivir tantas vidas en una sola alma tiene un precio muy alto, tanto, que casi todos ellos suelen terminar lunáticos. Sus cabezas enferman y acaban ingresados en santuarios.

—Por lo que he podido ver en la batalla, creo que, si mueren estando en un alma robada, su cuerpo también muere.

Al menos eso es lo que me ha parecido al cargarme a uno de ellos. El miedo en los ojos y las palabras del gaditano parecían decía eso.

—Así es —certifica Ismael—. Creemos que su propia alma guarda ese dolor y lo transfiere a su cuerpo original a la vuelta.

Por este motivo muchos de ellos dejan de viajar todavía siendo jóvenes.

—¿Pueden poseer mi alma? —pregunto asustado.

—No —responde al instante—. Ningún ladrón de almas ha podido poseer el cuerpo de otro levita. Puedes estar tranquilo.

—¿Hay muchos de ellos?

—Según se pudo calcular, aunque no creo que sea un dato muy preciso, por cada doce ladrones de almas que nacen, tan solo uno de tu clan aparece y es capaz de viajar en cuerpo y alma.

—Otra vez el número doce... ¿Y por qué razón?

—No lo sabemos. Otra cosa que puedes averiguar tú mismo, y de paso conocer los orígenes de tu poder.

—Lo haré —le digo convencido—. Por esa regla de doce a uno, quiere decir que hay muchos más ladrones de almas que otros como yo.

—Señores del Tiempo. Así os llamamos desde los inicios.

—Pues eso mismo —replico.

Me mola el nombrecito.

—Así es. En realidad, tú eres el segundo Señor del Tiempo que tengo el placer de conocer —me informa.

—El otro era familiar mío, se supone.

—Así debería ser. Si no recuerdo mal, era del siglo dieciséis. Si vuelvo a verlo, que todo es posible, le hablaré de ti y le sermonearé por no haber dejado constancia escrita de su historia —sonríe, tras soltar esta frase con tono de maestro de escuela.

Las palabras resuenan en mi cabeza. No entiendo algunos puntos concretos, pero no voy a discutirlos. No puedo olvidar que, aunque estoy hablando con un hombre culto, es del siglo catorce. Da por buenos algunos datos que no tienen explicación razonable para un tipo de mi tiempo.

—¿Qué hizo que la familia se separase?

—Hay quien dice que fueron motivos políticos. Otros opinan que fue pura envidia. Supongo que no sentó bien, o no entendieron, por qué unos sí podían viajar al completo y otros tan solo apoderarse de almas.

—¿Y qué tienen que ver en toda esta historia los objetos que custodian los protectores? —le suelto, sin avisar.

Ismael me mira.

Suspira.

Sabe que lo sé. Aunque creo que ya se lo imaginaba, si no a qué demonios he venido hasta aquí.

—Tu estirpe usaba el poder de objetos como el arca o la mesa en beneficio de su pueblo. Ellos lo usaron en el suyo propio. Ser más rico era ser más poderoso.

—El poder corrompe. Siempre ha sido así y siempre lo será. En mi tiempo también sucede —le informo—. ¿Por qué solo hablas del arca y la mesa? ¿Y el resto de los objetos?

—Esos dos son los más importantes. Los que derrocan pueblos y crean héroes o tiranos —indica Ismael, con los ojos puestos en la historia—. Pero esto es algo que no me corresponde explicarte. Ya llegará quien lo haga. Supongo...

Yo me quedo con cara de tonto.

Él se limita a mover con brío las riendas, como queriendo dejar atrás las últimas frases, para que yo las olvide o que se las lleve el viento.

Bernat se mete tras las telas cansado de escuchar batallas sin sentido.

—Llegó un punto en el que los ladrones de almas se creyeron por encima de todo, y de todos —añade a colación de la conversación anterior, dejándome con el misterio en la boca y más preguntas que hace cinco minutos—. Quisieron derrocar al gobierno por la fuerza para iniciar su propia cruzada.

—Y ahí se lio parda.

Ismael me mira y levanta una ceja. No me ha entendido.

—Decidieron iniciar su revuelta, pero lo hicieron en el momento errado. Salomón era rey en aquella época.

Mi pulso se acelera.

¡Seré idiota!

Acabo de caer en algo que me eriza la piel.

—¿Yo soy descendiente del rey Salomón?

—Así es.

Mi corazón late sin control.

—¿También era un Señor del Tiempo?

—No. Lo fue su hermano mayor. Como te he comentado antes, solo los primogénitos heredan el don. Salomón era descendiente de Leví a través de su madre, Betsabé, que era la esposa de Urías el hitita —Ismael guarda silencio unos segundos—. Se dice que David y Betsabé tuvieron una relación que resultó en el embarazo de Salomón. Para librarse de Urías, David lo envió a la guerra. Tras la muerte de este se casaron y a los pocos meses nació Salomón. De esta manera encubrieron el adulterio. O al menos lo intentaron.

—Menuda telenovela.

Ismael me mira de nuevo sin entenderme.

—Veo que es una figura importante para ti.

—Mi padre era historiador y este personaje era uno de sus preferidos. Así como todos los objetos que se guardaban en el templo.

Un atisbo de pena asoma al acordarme de mi padre.

—Salomón fue un rey sabio —indica pensativo—. Gobernó durante un periodo de prosperidad en la historia de Israel.

—Tenía una ventaja importante —añado con ironía.

—Así es. En cuanto los ladrones de almas se sublevaron contra el rey la batalla duró apenas unos minutos. El tiempo justo para que los Señores del Tiempo, gracias a su ventaja, acabaran con los insurgentes, antes de que ni ellos mismos supieran que lo iban a ser.

—¿Se los cargaron? —pregunto asombrado—. ¿Los mataron? Quiero decir.

—Los objetos son más importantes de lo que puedas llegar a creer —me explica para justificar esos asesinatos—. No deben caer en manos de aquellos que no entienden su poder.

El camino se vuelve un poco angosto. Al caballo le cuesta tirar y los baches del camino se notan en el carro más que nunca. A pesar de estar sentado en el banco de madera, tengo el culo destrozado.

—¿Qué poder otorgaban esos objetos?

—No lo sé —dice mirándome a los ojos—. Hace ya mucho tiempo que se decidió que el hombre no podía poseer ninguno de estos objetos. Por su propio bien.

—¿Ni siquiera los Señores del Tiempo? —pregunto.

Él niega con la cabeza.

—Tras la muerte de Salomón, los ladrones de almas lograron acceder al templo y fue cuando se percataron de que los objetos eran falsos.

Vuelve a asentir con la cabeza como dándose la razón él mismo. Agita las riendas para que el caballo tire del carro con algo más de brío.

—Desde entonces los buscan. Han intentado cientos de veces volver y averiguar el paradero de cada reliquia, sin éxito. Mientras tanto, no han cesado de perseguir y asesinar a los Señores del Tiempo, su propio clan hermano.

—Esta vez saben dónde están —añado, por si se había olvidado de la batalla de la última hora—. En cualquier momento volverán a aparecer.

—Eso creen ellos —me contesta con una sonrisa traviesa.

¡No me jodas!

—Están en la última carreta —le digo con voz temblorosa.

—Estaban —me corrige sin pestañear—. A lo largo del viaje los objetos han ido emigrando a diferentes lugares. Y ni siquiera yo sé a dónde han ido.

Mi cara lo dice todo.

Entonces los protectores que faltan no es que hayan muerto en Ficaris, como yo pensaba, es que se han ido largando cada uno por un camino distinto. ¡La madre que los parió!

—Lo siento, Quim, pero no puedes poseer lo que no te pertenece —dice con solemnidad, mirándome a los ojos por si me queda alguna duda—. Tu familia misma decidió que ni ellos eran inmunes al poder del arca o de la mesa. Por este motivo se confió en un elegido grupo para que se encargara de velar por los objetos sagrados.

—Los protectores —susurro.

—Solo ellos saben dónde están ocultos. Solo ellos deciden cuándo sacarlos de su lugar de reposo y moverlos a otro distinto, si lo creen necesario. Viven por y para esto.
—¿Quiénes son esa gente? Vi que Gerard llevaba una espada templaria. Y otro de ellos una espada con empuñadura cátara.
—Gerard desciende de uno de los primeros templarios que halló la mesa hace ya varios siglos. Su antepasado era un protector que se hizo pasar por caballero templario para vigilar cada paso que daban.
—Un espía...
Ismael me mira de reojo y sigue hablando.
—Philipe es nieto de los últimos cátaros que murieron bajo la espada de la Inquisición y que también formaba parte de los protectores. Supongo que llevan esas espadas para no olvidar de dónde vienen.
—Entonces en tu grupo cabe cualquier tipo de persona.
—No es mi grupo —aclara de nuevo—. Yo no tengo nada que ver con ellos. Pero contestando a tu pregunta te diré que los protectores están por encima de las creencias religiosas. Solo tienen dos condiciones a cumplir: creer en un poder superior y ser descendientes de un protector. Da igual si su estirpe es judía, cristiana, cátara, templaria o musulmana. Como te digo, lo que cuenta es la persona, no a quién rece.
—En el primer punto os parecéis a los masones.
—No conozco a esa familia.
Es pronto, pienso.
—Y tú, Ismael, ¿qué pintas en todo esto? —indago.
—Yo no soy pintor —me contesta atónito.
Sonrío al escuchar su respuesta.
—Quiero decir que cuál es tu misión.
—Únicamente soy un escriba más —contesta.
—No te entiendo —indico confundido.
—Están los Señores del Tiempo, como tú, descendientes de Leví. Existen los protectores, el grupo creado por Salomón para ocultar y proteger los objetos sagrados con su propia vida

si fuera necesario. Y estamos nosotros, los escribas —añade orgulloso.

Entonces es posible que él haya escrito de su puño y letra algunas de las páginas del manuscrito que cayó en manos del librero.

—Mis antepasados eran personas de confianza que sabían todo lo que sucedía tras las puertas del templo, en el lugar más santo. Estudiaron los objetos durante años e intentaron averiguar la fuente de su poder.

Su tono es pausado, melancólico incluso. La importancia de sus palabras así lo requiere.

—Eso quiere decir que tenéis contacto con los objetos del templo —indico, extrañado.

—Dejamos de tenerlo en cuanto los objetos abandonaron el templo y se ocultaron a ojos de todos. Desde entonces, solo los protectores lo saben.

—No te entiendo —le digo.

—Los escribas detallamos dónde ha estado cada objeto. En pasado. Nunca dejamos constancia de dónde están en este instante, simplemente porque no lo sabemos —intenta aclarar.

Mi cara le indica que sigo sin comprender.

—¡Sarah! —llama en voz alta—. Acércame la caja, por favor.

A los pocos segundos su mujer le entrega una caja de madera. Es sencilla, más bien tirando a vieja y algo fea.

—Ábrela —me dice. Él sigue sujetando las riendas.

Le hago caso. Saco la tapa y veo unas pocas hojas. Tan solo una está escrita.

—Léela —me indica.

Saco la hoja y la toco con mimo. Creo que es papel vitela. Típico de esta época. Fabricado a partir de fibras de cuero. Está escrito en hebreo. Intento leer, pero el traqueteo del carro no me ayuda. Enfoco mi vista y un sudor frío recorre mi cuerpo. Ismael lo ve en mis ojos.

—Es una lista de los objetos que estaban en la cripta de la sinagoga, en Barcelona.

Ismael asiente.

—Esta hoja es lo único que he podido escribir antes de salir de la ciudad —intenta aclarar.

Su voz es entrecortada. Noto que esto último le duele.

Se acerca y me susurra:

—Es solo una lista básica. No tenía nada claro que esta travesía llegara a buen puerto y no he querido arriesgarme, por este motivo no me he llevado conmigo el Libro de los Objetos, un manuscrito en el que se detalla cada lugar en el que han sido ocultadas las reliquias desde que abandonaron el templo. Muy a mi pesar, lo he dejado en la sinagoga, oculto —mira hacia el carro para comprobar que nadie le escucha—. Si en este viaje soy asesinado, el libro no caerá en las sucias manos de los ladrones de almas. Si llegaran a averiguar donde han estado los objetos, ten por seguro que volverían para hacerse con ellos —azota las riendas con rabia, mientras guarda silencio unos segundos. Yo espero paciente a que quiera volver a hablar—. Solo he guardado esa lista, la última hoja del Libro de los Objetos.

—Te diré que, en mi presente, tu libro lo tiene un amigo a buen recaudo —le informo a sabiendas de que no debería decir nada del futuro. Solo quiero que sepa que no cayó en malas manos.

¿Qué daño puede hacer esta información?

Me mira. Su cabeza vuela lejos.

—¿Gracias a mi manuscrito estás hoy aquí? —sospecha.

—Así es —confirmo.

Asiente de nuevo. Sonríe.

—Bueno es saberlo. Quizá es mejor que no envíe a nadie a por él y lo deje donde está hasta que llegue a tus manos en un futuro —revela con una risa traviesa.

¡Mierda!

Otra vez la hemos jodido cambiando el pasado.

¡Pero que bocazas soy!

Miro la hoja e intento olvidar mi metedura de pata.

—Aquí solo dicen dónde han estado, pero no cuenta dónde van a estar —señalo de nuevo.

—Porque ya te he contado que no lo sé.

Ismael agita las riendas para darle más brío al ritmo del caballo. Le cuesta subir por la pendiente que tenemos delante.

—Los protectores decidirán dónde esconder los objetos y por cuánto tiempo. Mientras tanto, adiestrarán a sus descendientes para continuar con la labor.

—Y no te dirán dónde están hasta que los cambien de lugar. Y solo si es necesario —acabo por decir.

—Así será. Esa lista, ese testigo escrito —señala con el dedo al papel que sostengo todavía en mi mano—, lo redacté el mismo día que ellos decidieron cambiar los objetos de lugar porque sospechaban que el tabernáculo construido bajo la sinagoga había sido descubierto. En ese mismo instante supe, con tremenda sorpresa, que los objetos sagrados estaban ocultos en mi propia ciudad. Hasta ese momento lo desconocía por completo.

Fui yo el que levantó la liebre, pero este detalle no se lo voy a decir. Definitivamente, soy un hacha jodiendo el pasado.

—¿Y yo no puedo saber dónde están los objetos? ¿Ni siquiera puedo verlos? —pregunto con decepción anticipada.

—No —responde tajante—. El poder corrompe hasta al más recio. No te olvides de que parte de tu familia es la que está deseando matarte y hacerse con ellos para conquistar el mundo.

—En mi presente son ricos y poderosos —le aclaro, ya que no sabe qué sucede en mi tiempo—. Traficantes. Mercenarios dispuestos a cualquier cosa por dinero. Y tienen una espina clavada: los objetos del templo de Salomón. Llevan tras ellos siglos y no van a parar hasta conseguirlos.

—Cierto como que el sol sale cada día —reconoce al instante—. Por este motivo, nadie, excepto los protectores, deben saber dónde están.

—Y ese secreto morirá con ellos —respondo, decaído.

—Y ese secreto morirá con ellos —confirma.

Capítulo 62

16 DE JUNIO DE 1391
EN ALGÚN LUGAR DE FRANCIA
11:30 H

El sol se ha elevado en el cielo iluminando el claro en el que nos encontramos y el ardiente calor ha caído como un manto, dejando apenas cuatro zonas sombreadas gracias a otros tantos árboles. Las lonas se han colocado bajo el amparo de las sombras para que la gente de la caravana pueda descansar. Nos hemos detenido cerca de un lago, a medio camino de Perpiñán.

Myriam me observa sin decir nada. Esta niña, casi mujer ya, es más lista que el hambre. Sabe cuándo hablar y cuándo callar. Su madre está recogiendo los pocos enseres que hemos utilizado para comer. Bernat, sentado a mi lado, no se ha separado ni un segundo de mí desde que hemos parado a descansar.

—El mejor profesor, el fracaso es —recita de su hoja.

Me mira para que le dé el visto bueno. Ha apuntado esa frase que yo le he soltado durante el camino mientras conversábamos.

Yo asiento. No hablo porque estamos comiendo y tengo la boca llena. Tenía mucha hambre, la verdad.

—¿De qué poeta es este dicho? —quiere saber.

—Del maestro Yoda —contesto al cabo de unos segundos. Él apunta de nuevo.

El poco embutido que he probado estaba muy bueno, así como el pan que Sarah compró en el último pueblo. Aunque no se me ha quedado buen cuerpo tras mi última conversación con Ismael, he comido como un campeón. Me ha desvelado muchos puntos que, sin duda, van a hacer que entienda mi papel en este mundo. Que comprenda por fin el porqué de mi don, de mi magia, como dice él. Pero también me ha dejado claro que no voy a saber jamás dónde están los objetos que tanto persiguió mi padre y que, no te voy a engañar, tanto ansío tener.

Estoy seguro de que, si los encontrara, el protector de turno intentaría matarme para protegerlos. Y no sería justo que yo, Señor del Tiempo, descendiente de Salomón, el mismo tipo que decidió poner a los protectores al cargo de los objetos, acabe con uno de ellos tan solo por egoísmo. Sería una sinrazón injustificable.

—Nos iría muy bien que siguieras con nosotros hasta llegar a nuestro destino —indica Ismael. Sabe que aquí ya no pinto nada y quiere evitar que me largue.

—Tengo asuntos que atender —contesto sin convicción.

—Tienes todo el tiempo del mundo —replica él.

Es cierto. Puedo irme a mi presente cuando quiera, pero no me apetece estar aquí solo por estar.

—Necesito arreglar unos temas. Parece que tengo tiempo de sobra, pero nunca es suficiente.

—¿Averiguarás detalles de tus ancestros? —quiere saber. Su mirada también se ha vuelto un poco más triste—. Hay vacíos que a un escriba como yo le encantaría rellenar.

Sonríe.

Bernat me mira. Sus ojos son vivos como el cielo que tenemos sobre nosotros. Lo voy a echar mucho de menos.

—¿Cómo puedo informarte de mis descubrimientos?

Ismael asiente pensativo.

—Buena pregunta —responde moviendo su cabeza—. Te puedo decir que nuestro destino final, si todo va bien, será posiblemente Jerusalén, aunque lo decidiremos al llegar.

—Siempre lo puedo intentar.

—Es mejor que se comunique con el primo Jafudà —señala Myriam, interrumpiendo la conversación.

Ismael la mira y sopesa su opinión. No está molesto porque su hija se meta en la tertulia, al contrario.

—Me parece perfecto —indica Ismael, convencido de que es una buena idea—. En cuanto nos asentemos enviaré a mi sobrino nuestra dirección. Avisaré de que algún día pasarás a verlo. Él te dirá cómo contactar con nosotros.

—Dame sus datos. No te preocupes que no se me van a olvidar —le aseguro.

Ya sabes, el efecto Pausa que hace que nada se me olvide. Y que no envejezca.

—Taller de ilustración de Jafudà y Cresques Abraham, en la isla de Mallorca.

Mis ojos se abren como platos.

—¿Cresques Abraham es tu sobrino? —pregunto.

—No. Jafudà es mi sobrino. Cresques, mejor dicho, Elisha, que es su nombre real, es... quiero decir, era —indica con un tono triste aparecido de la nada—... Elisha era mi hermano.

—Elisha ben Abraham —susurro yo, recordando al instante el nombre del gran cartógrafo mallorquín—. Tu hermano es un hombre importante. Lo será, quiero decir.

—Ya lo era antes de morir hace poco más de cuatro años.

—No sé si debería decirte esto, pero una obra suya llamada el Atlas Catalán, se considerará una de las obras cartográficas más importantes de la historia.

No se lo tendría que decir, claro está. Pero soy un bocazas.

Recuerdo haber visto una copia en el museo donde trabaja Lucía. Tiene un detalle y trabajo artístico brutal. Las ilustraciones de ciudades, rutas de navegación y elementos culturales me dejaron flipado.

—No es bueno desvelar el futuro, pero gracias por decírmelo. Mi hermano era muy importante para mí.

Se gira, abre la tela de la carreta y le dice algo a Sarah que no acabo de entender.

—Tomo nota de su dirección. Quizá me pase a verlo algún día y le diga lo mucho que lo querías —le suelto sin pensar.

—Te lo agradecería —responde, para mi tranquilidad.

Por mi cabeza pasa la idea de aprovechar el viaje y comprarle alguno de sus mapas. En mi tiempo valdrán una fortuna. Sí, lo sé, soy un caso perdido.

—Toma, esto es para ti. Un regalo por habernos salvado la vida —indica a la vez que me entrega una estrecha y alargada caja de madera.

Lo miro extrañado.

—Nadie merece un regalo por salvar la vida de otro.

—Aun así, acéptalo, por favor.

Cojo la caja y la observo. Está decorada con incrustaciones que parecen ser de marfil. La abro expectante y veo un rollo de tela blanca. Parece algodón. Tiene una cinta de color marrón con un nudo y un lazo. Deshago la cinta, estiro la tela y me quedo embobado mirando mi regalo.

Es un mapa del mismísimo Cresques Abraham.

No es el Atlas Catalán, claro está, porque necesitaría un recipiente enorme para guardarlo de lo grande que es, pero es un mapa precioso. En él puedo ver la península Ibérica, parte del norte de África y de la costa italiana. Es magnífico.

—¿Te gusta? —quiere saber Ismael.

—¡Es flipante!

Me mira sin comprender.

—¿Eso quiere decir que sí te gusta? —repite de nuevo.

—¡Me encanta, Ismael! ¡Es maravilloso! Muchas gracias.

Guardo mi mapa tal y como estaba, ante su atenta mirada.

—Y la caja también lo es —añado entusiasmado.

Algunos miembros de la expedición ya han acabado de recoger sus enseres y esperan el momento de la partida. Nosotros nos ponemos en pie. Sarah comienza a recoger el mantel sobre el que estábamos sentados.

—Ha llegado el momento de despedirnos —les digo.

Bernat no deja de abrazar mi pierna.

Sarah se acerca y me da un abrazo. No sé si las normas sociales de la época o de su religión se lo tienen permitido, pero el abrazo es sincero y agradable. Ismael nos mira y sonríe. Yo también la abrazo.

—Cuídate mucho, Quim. Eres muy especial.

Dicho esto, sube a su carreta junto a Myriam, que se despide saludándome con la mano.

—Nos volveremos a ver, amigo Ismael —le informo.

—Lo sé. Esperaré ansioso tu visita y tus buenas nuevas.
Nos despedimos con un abrazo sincero.

—Bernat...

El chaval se limpia las lágrimas con el dorso de la mano. Yo me agacho para estar a su altura. Le acaricio el pelo.

—Cuánto te ha cambiado la vida en pocos días —le digo.

—Todo gracias a usted, señor Quim —algunas lágrimas resbalan sin control. Se sorbe los mocos y los que no puede, se los limpia con el faldón de la camisa que lleva. No ha perdido sus viejas costumbres todavía. Sonrío y le doy un beso en la frente. Yo también lloro.

—Volveré a verte, Bernat. No lo dudes. Siempre seremos amigos.

Le ayudo a subir a la carreta. Ismael se despide alzando su mano antes de subirse al timón del carro. Segundos después, los veo alejarse dejando una estela de polvo a su paso. Bernat sigue asomado en la parte trasera.

—¡Caminante, no hay camino! —me grita, a modo de despedida. La madre que lo parió.

Segundos después se pierden tras una curva del sendero. Hace muy poco que conozco a esta familia, pero me han calado muy hondo. No estoy triste. Tengo claro que esto no es una despedida. Volveré a verlos en algún momento de sus vidas.

Capítulo 63

Presente
Domingo, 27 de abril
En algún lugar de Francia
16:08 h

Por suerte, el salto ha salido bien. No las tenía todas conmigo, no te vayas a creer. Es difícil adivinar qué zona es la mejor para saltar si no conoces el terreno porque no puedes saber lo que habrá cambiado en siete siglos. He optado por saltar alejado de la orilla del lago. No quiero arriesgarme y aparecer bajo el agua y ahogarme. Además, debía esconder la caja con el mapa en un lugar en el que no se mojara. Lo que sí tenía muy claro era que no iba a volver hasta Ficaris para saltar desde el punto de partida. Ni hablar. Estoy cansado ya de tanto trote y tanta piedra en el camino. Tengo la espalda destrozada.

Observo a mi alrededor y compruebo que no hay nadie cerca. Solo silencio. Huele a hierba fresca mezclada con abono de campo. No hace excesivo calor y el día es soleado.

Si he calculado bien, habré saltado un par de horas después de que Peter me dejara en Figueres. Así le puedo decir al piloto que he llegado hasta aquí en coche, si es que me pregunta. Nunca lo ha hecho, pero es mejor no levantar sospechas. Mis saltos en el tiempo deben seguir siendo secretos.

Me acerco hasta el grupo de rocas que tomé como referencia para el escondite. Siguen allí, tal y como hace más de seiscientos años. Hay mucha hierba alrededor. Incluso varios árboles nuevos.

Me acerco hasta una de las rocas. Es la más grande. Antes me ha costado horrores levantarla haciendo palanca con la espada.

Repito la misma acción y consigo levantar la piedra lo justo para meter la mano. Escarbo entre la tierra lo más rápido que puedo hasta que toco la tela. Estiro de ella y la veo aparecer. Está negra, sucia y desgastada. Como que tiene siete siglos. No encontré nada mejor para proteger la caja que, a su vez, protegía el mapa.

Saco la tela y compruebo que la caja está intacta. Ya no parece nueva, está apagada, sin brillo. Nada que no pueda restaurar en mi taller. No quiero abrirla aquí, no sea que estropee el mapa. Prefiero esperarme a estar en mi tienda donde tengo todo tipo de productos para reparar reliquias como esta.

Ver la caja de nuevo, así de vieja, me recuerda que Ismael, su familia y Bernat, ya no están. Hace mucho tiempo que murieron. Por suerte, el saber que puedo volver a verlos me repone y me da fuerzas para seguir adelante.

Ahora necesito esconder mis armas e intentar pasar desapercibido hasta que consiga contactar con Peter para que venga a buscarme. Si algo bueno tiene la experiencia es que aprendo de los buenos y los malos momentos vividos. Y, por supuesto, no es la primera vez que me veo en esta tesitura.

Me saco la camisola y la tiendo en la hierba. Por la parte interior, el faldón de tela lleva un dobladillo para hacerla más larga cuando lo necesite. Como en este momento. Saco los clips que la sujetan y la despliego del todo. Ahora es tan larga que podría usarla de vestido. Meto la espada con su funda en el interior, así como las dagas. Tiro del cordel que tiene al final y todo queda recogido como si de una bolsa se tratara. No es una bolsa perfecta, pero oculta las armas, que es lo que quiero. Saco una tira que también estaba oculta y que sirve para colgarme la bolsa a la espalda con la cinta atravesada en el pecho. Queda perfecta.

El resto de mi ropa es corriente. Puede pasar desapercibida sin problemas. Camino hacia el sendero por el que viajaba la caravana y compruebo que ahora es una carretera bastante transitada. A lo lejos diviso una gasolinera.

Tardo menos de cinco minutos en llegar, pero el sol y la alta temperatura del día consiguen que llegue sudando. También puede ser porque de repente me han entrado unas ganas tremendas de ir al lavabo. Durante el trayecto en carro tenía tanta sed que he tenido que beber del botijo de Ismael. Y eso es como jugar a la lotería de la cagalera, pero con muchos más boletos en tu poder de los que quisieras.

—*Bonjour* —saludo a un chaval joven con pinta de aburrido. Está mirando su móvil. Me hace un gesto con la cabeza y acto seguido pasa de mí.

—Puedo usar un teléfono, por favor. —Mi francés tiene un acento de guiri que flipas—. He tenido un problema con el coche y mi móvil está roto.

El chaval me mira sin interés.

—Mi francés está un poco oxidado —le digo, esta vez más despacio—, quizá no me has entendido bien.

—*À la perfection* —responde con chulería.

Saca un teléfono inalámbrico de debajo del mostrador y me lo pasa.

—*Merci*.

Mis tripas suenan. El chaval me mira.

Me alejo un par de pasos. El sudor es cada vez más frío.

Marco el número de Víctor y responde a los dos segundos.

—Dime —contesta como siempre.

Sabe que soy yo porque el número que acabo de marcar tan solo lo tengo yo.

—Dile a Peter que venga a buscarme. No sé muy bien dónde estoy en estos momentos.

—Descuida. ¿Necesitas algo más?

—Solo que venga.

Cuelgo. Busco en la pantalla la última llamada y borro el registro. Saldrá en la factura, cierto, pero es una manía que tengo cuando llamo desde algún comercio.

Le devuelvo el teléfono al chaval que ni se inmuta.

—*Merci. Les toilettes, s'il vous plaît?*

Capítulo 64

Tienda de Quim
Barcelona
19:02h

Miro mi reloj y veo que son las siete de la tarde. Estoy en mi tienda. Acabo de quedarme como nuevo después de una buena ducha reparadora. Algo más corta de lo que me hubiera gustado después de un viaje como el que me he pegado, pero suficiente como para llegar al final del día sin caer rendido.

El vuelo de regreso hasta Barcelona ha sido rápido y sin sorpresas. El helicóptero me ha dejado en el helipuerto de la Torre Mapfre, como hacemos siempre que tengo mucha prisa. Lorenzo ya estaba allí esperándome para traerme a casa. No es que la Torre Mapfre sea mía, tiempo al tiempo, es que algunas de mis empresas tienen alquiladas un par de plantas y, como el helicóptero está a nombre de una de ellas, me dejan aterrizar sin problema.

Como ya te comenté, yo no aparezco en ningún papel, aunque tengo el control de todo. Con el tiempo y la experiencia uno sabe manejarse en estos asuntos. Víctor es el que dirige el cotarro y vigila que las cuentas estén saneadas para que nadie sospeche absolutamente nada. Este, sin duda, es el punto más importante. Pagar tus impuestos al día. Y tener dinero en paraísos fiscales también, para qué nos vamos a engañar. Si alguna vez debo salir pitando del país tan solo con lo puesto no tengo por qué perderlo todo, ¿no?

Lorenzo, el tipo que me esperaba en el helipuerto de la Torre Mapfre y me ha traído hasta mi tienda, es el hombre de confianza de Víctor. Además de guardaespaldas y experto conductor es un poco de todo lo que le pidas. En este instante estará esperando, paciente, hasta que yo salga. Y no dirá nada por mucho que tarde.

Lo primero que he hecho en cuanto he llegado, nada más entrar en mi tienda, ha sido dejar el regalo de Ismael en el sótano. No en el taller, sino en mi guarida secreta. Es una pieza muy valiosa como para que alguien se cuele y la robe. Tengo claro que va a ser un regalo para Lucía. Ya me inventaré alguna excusa para dar explicaciones de su procedencia.

Me miro en el espejo y tras dar el visto bueno a la ropa elegida, que es más o menos como la de siempre, apago las luces. Tecleo el código y la persiana comienza a subir. Me preparo para el sufrimiento acústico, pero no llega. Por un momento me he olvidado de que la engrasé. Tecleo de nuevo el código y desciende silenciosa y agradecida.

El barrio también me da las gracias.

Paso delante del bar y veo a mi tía sirviendo entre las mesas. Ahora no me apetece entrar. Dejo atrás el edifico de los Mora y llego a la plaza. Veo el coche a unos metros. Es uno negro con los cristales de atrás tintados. Nada especial. Otro más que pasa desapercibido entre tanto tráfico. Está aparcado en doble fila, en Vía Laietana, mirando hacia el mar.

—Perdona por la espera, Lorenzo —— me disculpo nada más subirme.

—No hay prisa, señor Mora.

Para él soy el señor Mora. Y por muchas veces que le he dicho que deje de llamarme señor, no lo hace. Supongo que son órdenes de Víctor, así que desistí hace tiempo.

—Llévame a la consulta de David, por favor.

El coche arranca en silencio y se mezcla entre la riada de vehículos que desciende por la atestada vía. La noche ya se ha adueñado de la ciudad y las luces han cobrado vida.

A mi memoria llegan recuerdos de Ismael y Bernat. Espero que llegaran a buen puerto y vivieran una vida plena de felicidad. Sé que cabe la posibilidad de volver a verlos y eso hace que duela algo menos separarse de la gente que te importa.

El coche gira a la izquierda, al llegar al final de la calle, y bordea la zona del Maremagnum. La consulta de mi amigo no está lejos. Ya he hablado con Lucía y sabe que voy a buscarla. Ha pasado el día tranquila y sin incidentes. Lo sé porque tenía mi móvil lleno de mensajes de David con el parte horario.

Entre siluetas de peatones y destellos fugaces de coches no puedo olvidar la mirada asesina y paranoica del gaditano ladrón de almas. Si lo que comentó Ismael es verdad, cosa que no dudo porque ese es precisamente su trabajo, contar la historia de nuestra estirpe para que no se pierda en el olvido, ese tipo debe de ser uno de los que están a punto de colapsar y perder la cabeza.

Esa mirada que tiene no es normal.

He de tener mucho cuidado a partir de ahora. Si saben que soy un Señor del Tiempo van a ir a por mí. Pensándolo bien, ¿quién me asegura que no lo han hecho ya? El ataque a las puertas de Ficaris en el que caí primero, con dos flechas atravesadas, podría haber sido un asalto planificado para eliminarme. Si el gaditano volvió ileso de nuestro último encuentro, pudo dar parte y viajar al pasado, a Ficaris, para preparar el asalto. No lo sé. Se me cruzan los cables con tanto cambio y salto en el tiempo. Debí de haber estudiado física cuántica o algo por el estilo.

Lo que sí tengo clarito es que voy a ser más precavido y a proteger a los míos. Hablando de eso, tengo que visitar a mi abuela, pobre. Hace demasiados días que no paso por su casa.

El coche se detiene ante la puerta de la consulta.

—No hace falta que me esperes, Lorenzo —comento antes de bajar. Él asiente—. ¡Cuídate!

No quiero tener que dar explicaciones a Lucía de por qué tengo un coche que me lleva a todos los lados que yo quiera.

Nada más entrar la veo sentada en la zona de espera. Lleva una pequeña bolsa de tela con sus enseres. Se levanta al verme. Sonríe. Me acerco a ella y cuando estoy a punto de llegar me asalta una tremenda duda.

¿La beso? ¿La abrazo? ¿Ambas cosas?

Por suerte, no necesito decidir. Ella lo hace por mí.

Me abraza y apoya su cabeza en mi pecho. Los quince centímetros de diferencia se lo permiten. Huele a crema hidratante y a gel de manos. Pasan tres segundos y me mira a los ojos. Acto seguido me besa en los labios. Es un beso cálido, fugaz, sabroso.

—¿Todo bien? —quiere saber.

—Nada nuevo en estas horas —miento. No le puedo relatar nada de lo todo lo que he vivido en el viaje con Ismael. Ni desvelar nada de lo que me ha contado. Quizás en un futuro pueda contarle la verdad—. ¿Qué tal estás?

—Genial. Me han tratado de maravilla.

Una de las enfermeras se acerca a nosotros. Es Mireia.

—Hola, Quim. Me alegro de verte —saluda.

Sabe que no debe hablar de todas las veces que he llegado aquí herido, apaleado, disparado o medio muerto por culpa de flechas envenenadas como sucedió hace pocos días. Para eso está el secreto ese entre el doctor y el paciente. Ahora no recuerdo como se llama.

—Mireia, ¿qué tal va todo? —respondo.

—Todo bien, por suerte. David no está, pero ha pedido que te envíe saludos. —Mira a Lucía y le pone la mano en el hombro—. Ha sido una paciente ejemplar. Ya hemos hablado con ella sobre los resultados y sabe qué hacer estos días.

Lucía asiente.

—Gracias por todo, Mireia.

—A vosotros —contesta. Dicho esto, se marcha hacia una de las consultas, no sin antes darse la vuelta, guiñarme un ojo y sonreírme como un cómplice travieso. Sonrío para mis adentros. Qué buen equipo de gente hay aquí.

—¿Tienes hambre? —pregunto. Yo sí.

—No, la verdad. No me apetece cenar.

Nada más salir de la consulta nos detenemos en medio de la calle. El tiempo es agradable. Ella me mira.

Me abraza de nuevo.

—Tenía ganas de verte —dice.

El mundo es más bonito en este momento, sin duda.

—Me apetece ir a tu casa, tumbarnos en el sofá y ver una peli hasta quedarme dormida. Y levantarme contigo mañana.

Si hubiera tenido un sensor que indicara mis pulsaciones, habría petado. Menos mal que ella es lanzada y dice lo que piensa porque con lo parado que soy yo para estos temas hubiéramos estado aquí dos horas decidiendo qué hacer.

—Me encanta ese plan.

Quiero estar cerca de ti. Lo más lejos, a tu lado.

El plan ideal para un día demasiado largo. Levanto la mano en cuanto veo la luz verde de un taxi que se aproxima.

—Espero no tener otra pesadilla como la que he tenido esta noche —me suelta un tanto angustiada antes de que llegue el taxi—. Menuda vergüenza si me pongo a gritar en plena madrugada porque unos tíos disfrazados de soldados romanos me quieren matar.

Capítulo 65

Lunes, 28 de abril
Bar de Rosa
09:45h

En cuanto salgo a la calle puedo oler el café de mi tía Rosa. El sol brilla con fuerza y preside un cielo azul que ilumina la ciudad con entusiasmo. La temperatura es ideal para mi gusto. Hoy todo parece perfecto. Supongo que tiene mucho que ver que haya pasado la mejor noche de mi vida en compañía de Lucía.

Apenas llegamos se tumbó en el sofá y se quedó frita. De vez en cuando abría un ojo y preguntaba qué daban en la tele, pero volvía a dormirse a los pocos segundos. No hicimos nada especial, aun así, fue la noche más especial de mi vida. La he dejado arriba acabando de vestirse. No quiero agobiarla. Prefiero que tenga su espacio. Eso y que necesitó un café como el aire que respiro. Ahora que lo pienso, hasta el aire parece más puro hoy.

Mi tía Rosa ya anda metida en faena.

Un café por aquí, dos tostadas por allá, un bocadillo de no sé qué... Esta mujer puede con todo. Cómo me recuerda a la señora Joana. Y viceversa. Sin duda tienen los mismos genes.

Me mira.

Sonríe. Se acerca y me da un sonoro beso.

—¡Bribón! —me suelta.

La miro confundido. No me jodas que ya lo sabe todo el barrio. Pero si llegamos de noche. No había nadie por la calle. Ni siquiera turistas.

—¿Café? —quiere saber.

—Por favor.

—El relojero lleva media hora esperándote —me dice.

Miro hacia donde señala mi tía y veo a don Alfonso sentado al fondo del bar, en la mesa más alejada. Me saluda con un ilustre movimiento de cabeza.

—Don Alfonso. No te había visto.

—Buenos días, querido Quim —saluda.

—¿Habíamos quedado hoy? —quiero saber. No lo recuerdo, la verdad.

—No habíamos convenido encontrarnos en un horario determinado, tan solo discutido la posibilidad de charlar el lunes antes del inicio de nuestras labores. Dado que tu tía comienza a las ocho de la mañana, y nosotros, por nuestra parte, iniciamos nuestras gestiones a las diez, es evidente que el margen de tiempo es limitado, naturalmente.

—Naturalmente —corroboro saboreando mi delicioso café.

Me mira sopesando si estoy de cachondeo.

—Has llegado tarde, pero al menos has hecho acto de presencia —agrega el relojero—. Emilio, por su parte, ni siquiera eso. Menudo pinchaúvas está hecho el guardián de los libros.

—No se lo tengas en cuenta. Ha sido una semana un tanto insólita —le disculpo.

Se acerca y me mira. Susurra.

—Te aviso, aunque no son menesteres que me incumban, de que, entre las lenguas viperinas de las marujas del barrio hay cierto intercambio de información sobre tu figura y la de una bella dama.

El relojero sorbe su té matutino y niega con la cabeza. Al cabo de unos segundos añade:

—Los rumores son como las cotorras de balcón, siempre al acecho. Todavía se atreven a decir esas santurronas de misa de ocho que las noches son para descansar. ¿En qué época se han quedado ancladas?

—Palabrerías fruto del aburrimiento, amigo mío. Ya se encargará mi tía de ponerlas firmes.

—Esas charlatanas no se atreven a conversar a menos de una cuadra de *la* Rosa. Las habilidades atléticas de tu tía en el campo del lanzamiento de zapatilla, de zapato o de bota taconera, según se tercie, son mundialmente conocidas. Ya te digo yo que a menos distancia se arriesgan a recibir un zapatillazo en los morros.

Sonrío al imaginarme la escena.

Él no. Alfonso Vera del Río sigue impasible, vestido de traje y corbata, como si el calor o el frío no pudieran siquiera rozar su figura. Levanta la vista hacia la puerta y lo veo asentir. Acto seguido mira su inseparable reloj de bolsillo.

—Lo sé, lo sé. No me des la tabarra —saluda el librero.

—Buenos días, don Emilio —le acerco una silla para que se siente con nosotros.

—Quimet... ¿Te vas al final de viaje?

Es verdad, les había dicho que hoy posiblemente me iba a Francia.

—No. Lo dejaré para más adelante. Temas de permisos que nunca llegan —informo.

—Y noches en vela que a uno lo dejan *pal* arrastre si no tiene el entrenamiento adecuado, según he escuchado en radio Patio.

Menuda panda de chismosas que hay en el barrio.

—Vamos a por faena que tengo asuntos importantes pendientes por atender y no tengo tiempo para cuchipandas —indica el relojero.

El librero lo mira como si no fuera con él. Parpadea varias veces hasta que se percata de que es él mismo el que ha de contar si ha averiguado algo más del manuscrito. Tampoco me acordaba de esto, la verdad. Supongo que ya tengo toda la información que necesito de ese antiguo libro. Quizá sería mejor derivar la conversación hacia los malos de esta historia. Esos sí que me preocupan, pero tampoco les puedo hablar de ellos sin desvelar mi tapadera, claro está.

—Después de repasar todo el manuscrito, página por página, vitela a vitela, rollo a...

—Por el amor del dios que tú quieras, ¿podrías ir al grano de una vez?

El relojero se exaspera cuando su amigo baja las revoluciones todavía más de lo normal. No sé cómo han podido aguantar tantos años juntos.

—Hoy te veo más insufrible que de costumbre. ¿Te has aplicado la crema de las almorranas correctamente? —le suelta de corrido.

Tengo que aguantarme la risa.

Acto seguido, sin prisa, abre una carpeta y saca un par de hojas manuscritas de su puño y letra.

Su compañero de hazañas y fechorías varias suspira.

—Tras recopilar toda la información contenida puedo asegurar, sin duda alguna, que este manuscrito fue escrito por una, llamémosle familia, estirpe o clan, denominado "los escribas".

Correcto. Ismael fue uno de ellos.

—La última entrada, fechada en junio de 1391, tan solo nos cuenta que los ladrones habían descubierto la cripta y que trasladaban los objetos a otro lugar seguro. Punto pelota.

Ismael lo escribió. Y yo, zopenco de mí, fui el ladrón que despertó las sospechas. A partir de ahí, los objetos se esfumaron del mapa para evitar ser robados.

—Y aquí acaba nuestra aventura —indica el librero—. No hay absolutamente ninguna pista sobre ellos tras esas últimas y tristes líneas.

—Ni en los siglos venideros —supone el relojero.

Los protectores hicieron bien su trabajo. Los objetos se repartieron y se ocultaron por separado sin que nadie, excepto ellos, supieran dónde.

—Siempre nos quedará la emoción de pensar que, algún día, esos tesoros escondidos podrían emerger en una excavación fortuita. Tal vez en medio de la construcción de una carretera, las reliquias del pasado asomen y ojalá que quienes las descubran reconozcan su valor histórico y no las entierren de nuevo en el olvido —opina el relojero.

—Quién sabe —añade como punto final su amigo.

—¿Y sabemos algo más de los malos? —pregunto.

Los dos amigos se miran.

—Nada en absoluto. La pista se pierde en aquella empresa de la que hablamos —indica el librero.

—No hay forma humana de llegar a esas oficinas sin pasar por tremenda seguridad —añade el relojero—. De todas formas, Octavi sigue indagando por si surgen nuevos datos.

Nos levantamos dispuestos a emprender otra jornada rutinaria cuando Lucía entra por la puerta del bar. Mi sonrisa aparece de la nada. Incluso la pena por haber perdido la oportunidad de encontrar lo que tanto ansiaba mi padre, y yo, para que te voy a engañar.

—Quim —el relojero pone su mano sobre mi hombro. Huele a colonia de la buena—, lamento que esta empresa haya llegado a su fin. Busca nuevas oportunidades, otros desafíos... La vida está repleta de sorpresas y, en muchas ocasiones, solo aquel que cesa en su búsqueda es quien encuentra.

Cuánta razón tiene este hombre a veces.

—Quimet, quédate con esto —me pide el librero—. Es una copia resumida de los datos más importantes que aparecen en el manuscrito: lugares, fechas, anotaciones curiosas y detalles de los que participaron en la labor de proteger los objetos.

—Gracias —le digo—. Lo miraré con calma.

El dúo Sacapuntas ya se dirige hacia la puerta para comenzar su rutinario día. Salen del bar y comienzan a caminar hacia sus respectivos negocios. Lucía me mira desde el taburete en el que está sentada. Yo me acerco. Mi tía también, por el otro lado de la barra. Su sonrisa bobalicona lo dice todo.

—¿Qué os pongo, parejita?

Lucía se ríe. Pero qué bonita es.

—Otro café para mí, tieta.

¿La beso? ¿La abrazo? Espero no tener esta duda cada vez que la vea. Qué estrés, por favor.

—¿Tú cuántas novias has tenido? —me suelta Lucía así, a bocajarro.

Yo la miro sin responder. Dirijo la mirada hacia el techo, como si estuviera contando, aunque en realidad lo que hago es ganar tiempo.

—¡Ninguna! Ya te lo digo yo —contesta mi tía por mí.

Lucía se parte de la risa.

Niego con la cabeza y dejo la carpeta del librero sobre la barra, vigilando que no esté mojada y me la empape.

—La barra está más limpia que el quirófano de un hospital, melón —advierte mi tía.

Joder, a esta mujer no se le escapa una, por favor.

Varios papeles sobresalen de la carpeta. Es un cartón naranja chillón, fea a más no poder; seguro que por eso la ha traído el librero, para sacársela de encima. A él le van más los tonos grises, tirando a película de los cuarenta.

Abro la carpeta para meter de nuevo los papeles, pero antes me detengo a comprobar el trazo firme del librero.

—Qué letra más bonita —advierte Lucía.

—Es de don Emilio. Me encanta su escritura.

—¿Puedo? —me pregunta.

Mis manos se congelan por unos segundos.

Ella me mira extrañada.

Conociendo a Lucía no va a resistirse a leer algunas líneas de estas hojas. Y, depende de lo que observe, a ver cómo le explico por qué pone lo que pone.

Sin saber muy bien porqué, le paso las dos hojas que sobresalían y que ahora tengo en la mano.

—¿Puedes ser más lento? Por favor, ya te pareces al librero.

—Todo se pega —disimulo.

Mi tía suelta una carcajada. No se pierde una. Me mira, asiente y, sin decirme nada, hasta mi mente llega una onda telepática que susurra: esta te va a poner las pilas como que yo me llamo Rosa Mora.

—¡Menudo inventario! —exclama, devolviéndome la hoja.

Yo la miro y la leo. Compruebo que es un listado de los objetos del templo del rey Salomón—. ¿Tiene algo que ver con la cripta que está investigando Laura?

—¡Qué va! —miento sin pensar—. Busca libros antiguos que tengan que ver con estos objetos. Temas de su religión, ya sabes que él es judío.

Espero que se lo trague.

Bebe de su cortado y me mira. Yo no contesto. Solo la miro. Su color ya no es tan pálido como el del día anterior.

—De uno de los objetos de la lista sí recuerdo haber leído algo, hace tiempo, pero no sé dónde —añade pensativa.

—¿De cuál? —pregunto, solo por seguir la conversación y desviar las sospechas que creo que tiene.

—De la Tabula Dei —responde.

El tiempo se detiene un instante.

Decenas de imágenes se amontonan en mi cerebro como domingueros ante un peaje en fin de semana. Soy incapaz de asimilarlas. El atasco es tal que me marea.

Un sudor frío sube por mi espalda.

Entre todas las imágenes, una escena llega nítida a mi recuerdo. Tan clara como solo pueden llegar las imágenes perpetuadas en mi cerebro por culpa del efecto Pausa.

Hasta mi ser llegan los olores a papel viejo, a cera y a madera ardiendo. Las sombras inundan mis sentidos. Una voz, quebrada por la edad, me habla desde el fondo de una sala oscura, bañada tan solo por las luces inquietas de unas pocas velas, aderezadas por el resplandor de una chimenea. Estoy en el torreón de un castillo de Francia. Primavera de 1519.

El hombre que me susurra está arrugado, asomado al balcón de sus últimos días de vida. Apoyado en el bastón, toca su barba blanca y descuidada antes de entregarme una hoja manuscrita. Observo el papel y veo que es amarillo, con trazos y dibujos varios que reconozco, pero no comprendo. El anciano se acerca y me agarra de la muñeca.

—Continúe mi labor. Busque sin descanso el designio de este objeto. Contiene la sabiduría de Dios. Protéjala, maese Quim —me suplica, con la voz ronca y los ojos casi blancos, apagados por el tiempo—. No dudo de que hallará su propósito antes de que sea demasiado tarde. Sobre todo, maese Quim, no deje que los ladrones se apoderen de la Tabula Dei.

Capítulo 66

TIENDA DE QUIM
10.25H

Estoy en mi cripta sagrada, en mi guarida secreta. Ya sé que el nombre es un poco peliculero, pero a mí me gusta. También sé que debería estar tras el mostrador atendiendo al público, ya que estamos en horario comercial, pero tengo cosas más importantes que hacer. La persiana de mi negocio permanece bajada. Si sigo así, perderé muchos clientes y mi tapadera cojeará. Creo que ha llegado el momento de contratar a alguien para que me eche una mano. Necesito un Octavi de confianza. Igual se lo robo al relojero. Jamás lo permitiría ni yo lo haría, la verdad.

Lucía se ha marchado a trabajar. Hubiera preferido pasar la mañana con ella, pero después de escuchar sus palabras necesitaba repasar todo lo referente a la Tabula Dei o no habría podido sacarlo de mi cabeza en todo el día.

Estoy de pie ante una estantería repleta de cajas selladas que contienen infinidad de documentos de gran importancia. Sé que en una de ellas hay una hoja que habla de la Tabula Dei que guardé después de un viaje al pasado.

Repaso las etiquetas adhesivas de las cajas hasta que encuentro la que busco. En ella pone, escrito de mi puño y letra: "del siglo XV al XVI". El documento que busco es del año 1519. No necesito ahondar en mi memoria para recordarlo. Es una fecha que se me quedó grabada a fuego. La persona que me entregó la hoja que busco murió poco después de dármela, concretamente el 2 de mayo de aquel año. Un día nefasto en el que el mundo perdió a uno de sus mayores genios: Leonardo da Vinci.

Abro la caja y veo decenas de pliegos de distintos tipos. Todos son documentos originales que guardo con mimo. Algunos son para vender, otros, simple capricho y, unos pocos, los menos, pequeños tesoros de los que jamás me desprenderé. El escrito que me interesa en este instante pertenece al último grupo.

Aquí está.

Una vitela amarillenta abarrotada de garabatos extraños y dibujos casi mágicos que son un reflejo perfecto de la realidad. Unas líneas firmes, algo inaudito conociendo la anciana mano que las trazó. Con tan solo observar la hoja, un ojo profesional sabría a quién perteneció. El genio nacido en Vinci, una pequeña localidad cerca de Florencia garabateó muchas láminas parecidas a esta a lo largo de su vida, pero la que tengo en mis manos, según me dijo él mismo, era la más especial de todas. La guardó con mimo hasta sus últimos días de vida junto a las pocas pertenencias que se llevó tras marcharse de Milán de forma repentina en el invierno del año 1516. Junto a ella, el maestro atesoraba los únicos tres cuadros que no dejó en Italia, entre ellos la Gioconda.

Don Leonardo, que era como le llamaba, o le llamo cada vez que salto a verlo, intuyó desde el primer instante en que me vio que yo era un tipo un tanto peculiar. Cuando me hablaba de sus proyectos él percibía en su interior que yo lo comprendía a la perfección. Nos entendíamos muy bien. Creo que sospechaba de mi procedencia, quizá es por eso por lo que siempre hemos simpatizado. Solo en su vejez, al verme tan joven como siempre, no le quedó duda alguna y supo con certeza que yo era especial. Estoy seguro de que, por esta razón, me legó su pergamino más preciado pocos días antes de morir en el castillo Clos-Lucé en Amboise, donde lo vi por última vez.

Observo la hoja con detenimiento.

Hacía tiempo que no la disfrutaba. La vitela se tornó amarilla, ya que la dejé escondida en el pasado para recogerla en mi presente, ya sabes, efecto Escondite. Así se puede probar su antigüedad si es que algún día tuviera que venderla, hecho que no quisiera por nada del mundo. Para mí es un tesoro invaluable, pero nunca se sabe lo que te puede deparar el destino.

A pesar de que estaba guardada, jamás me he olvidado de ella por venir de quien viene, claro está, pero no supe ver qué tenía de importante o de interesante. Hasta hoy. Es cierto que tras el viaje en el que Leonardo me la entregó investigué un poco, pero al no poder averiguar nada sobre el objeto del que hablaba la aparqué. El maestro tenía mil frentes abiertos. Su mente era una continua y maravillosa fábrica de bocetos de cientos de objetos e ideas imposibles. Tras estudiarla pensé que este era otro más, inverosímil para su época, y lo dejé como tema pendiente.

Los trazos hechos con tinta oscura todavía destacan con claridad. Puedo ver las líneas del dibujo que ocupa el centro de la hoja. A su alrededor, cientos de palabras y decenas de frases lo rodean. La escritura es típica de Leonardo, extraña, privada, incomprensible a ojos ajenos. El maestro escribió sus notas con una escritura especular inversa o escritura de espejo. Escribía de derecha a izquierda de modo que solo podía leerse correctamente cuando sus trazos se veían reflejados en un espejo.

Dejo la hoja sobre mi mesa de estudio y me siento. Necesito despejar la mente y concentrarme en el dibujo.

Es simple, pero maravilloso. Unos pocos trazos que revelan un objeto que no sé identificar, tal y como me sucedió cuando la estudié hace ya un tiempo. Me sigue recordando a una especie de mesita de noche. Puedo ver que tiene una base pequeña, estrecha y rectangular. De ella salen dos soportes redondos que acaban en una repisa también con forma rectangular, pero algo más grande que la base. Nada más. El texto que repasé en su día tampoco arrojó información alguna sobre lo que podría ser.

En la hoja también se describe el material con el que parece estar fabricado. Base de madera noble, al igual que los soportes y la repisa superior. No hay datos que me llamen la atención, la verdad. Sigo leyendo con la ayuda de un espejo hasta que llego a las últimas líneas.

Repaso con mi dedo cada una de las palabras escritas por el maestro hasta que llego a una en concreto. Me detengo. Mi dedo vuelve atrás y la repasa de nuevo. No recuerdo haberla leído antes o, si lo hice, lo olvidé por completo. Sin embargo, ahí está. Un escalofrío me abraza y por fin comprendo por qué esta vitela era tan importante para don Leonardo.

Dejo la hoja sobre la mesa y me levanto.

Camino unos pasos sobre el limpio suelo de mi cripta intentando comprender la relación entre esta lámina y uno de los objetos que perseguí hace unos días. Unos siglos.

Leonardo no tenía ni idea de lo que era, pero sabía de su importancia. Según las fechas que acabo de leer, parece que el maestro tuvo ese objeto durante los tres años que habitó en el castillo de Amboise, sin encontrar el sentido de aquello que tenía delante. Lo dejó todo escrito. Me encomendó a mí la labor de acabar su trabajo y yo no me enteré de nada. Hasta hoy.

Camino nervioso, dando vueltas por mi guarida, casi fustigándome por no haber comprendido la importancia de esa simple página que ahora descansa sobre mi mesa. Era imposible saber de qué hablaba el maestro. En el fondo sé que me faltaban los datos obtenidos en las vivencias de los últimos días para poder hacerlo.

Leonardo llamó a este objeto "Tabula Dei". Es una palabra que viene del latín: tabula significa tabla o tablón; y Dei significa Dios. Esto ya lo vi y lo tuve en cuenta, pero no me dijo nada en especial en ese instante. Sin el contexto adicional, me fue difícil precisar a qué se refería exactamente, cosa que ha hecho hoy el librero al ponerla en el entorno de los objetos de Salomón. En su día me pareció que podría ser el nombre de otra de sus obras de arte, quizá una expresión religiosa o filosófica o, simplemente, ser un lema o inscripción cualquiera.

Ahora que lo veo con otros ojos mi instinto me dice que lo que ando buscando tiene algo que ver con esto. Tabula Dei. Tabla de Dios. Mesa de Dios. Y, por qué no, la Mesa del rey

Salomón que contiene toda la sabiduría de Dios, que es como yo la conozco.

Me acerco de nuevo a la ambarina y antigua hoja. Fijo mi mirada en la última línea y leo de nuevo: *Tempus meum finitur. Nemo Protector ad vocem meam venit. Tantum possum tabulam occultare, ut Latrones eam non inveniant.*

Que en boca del maestro Leonardo quiere decir algo así como: «El transcurrir de mi existencia llega a su término. Ningún Protector ha respondido a mi invocación. Únicamente puedo velar el tablero para que aquellos Ladrones no lo descubran».

Capítulo 67

10 DE JUNIO DE 1391
***CA LA* JOANA**
BARCELONA
13:00H

La posada de la señora Joana está repleta de hambrientos borrachuzos que charlan en pequeños grupos. Algunos son comerciantes de paso, otros asiduos clientes y, los que más, marineros borrachos procedentes de Génova que están de paso tras largas jornadas de viaje y que se gastan medio sueldo, cada vez que llegan a buen puerto, entre mujeres de compañía y litros de vino barato.

Entre todos los clientes hay dos que no hablan. Están callados. Atentos a lo que sucede a su alrededor. Son gente de las afueras, de las Vilas Novas que crecen a extramuros de la ciudad. Nunca habían entrado en *ca la* Joana.

Montserrat, la hija de la dueña, les sirve una jarra de vino.

—¿Quieren comer algo? —pregunta.

—Estamos buscando a un amigo —contesta en español uno de los hombres.

—Por aquí pasa mucha gente —indica Montserrat también en castellano, servicial—. ¿Cómo se llama su amigo?

—Quim. *Ze llama* Quim *y nos han dixo que ha dormío aquí vario día* —indica el otro hombre cuya mente está habitada en estos instantes por Jacob. Su acento es del sur. Montserrat lo reconoce de otros clientes que han pasado por la posada.

Su tono todavía sabe a tristeza. Y a rabia. Sabe el nombre del Señor del Tiempo porque Ismael lo gritó durante la última batalla que libraron juntos.

Montserrat lo mira con recelo.

Huele muy mal. No tiene pinta de comerciante, más bien de porquero.

—Mi madre es la que lleva el tema de las camas. Yo solo me limito a servir mesas. Le pregunto, a ver si lo conoce.

Los dos hombres observan, con demasiada lujuria, cómo Montserrat se marcha caminando. A pesar de llevar un vestido largo y ancho, la imaginación de los depredadores no conoce límites. Y la mente de estos dos ya está demasiado tocada.

La señora Joana está en la cocina y no deja de remover el puchero humeante que está preparando para el día. Es el segundo. Del anterior ya han dado buena cuenta los hambrientos marinos italianos.

—Madre, hay dos hombres muy extraños que preguntan por el señor Quim.

La cocinera deja de remover con el largo cucharón de madera.

—Dicen que son amigos suyos, pero no me lo creo. Yo diría que lo están buscando para algo malo.

—¿Quiénes son? —pregunta su madre a la vez que se seca las manos en el delantal.

Monserrat la acompaña al comedor y señala a la pareja.

—*Bon dia* —saluda la posadera al llegar a la mesa—. Dice mi hija que andan buscando al señor Quim.

Los observa. Nada más verlos sabe que las intenciones de estos dos huelen peor que ellos mismos.

—*Habíamo acordado de verno* hoy, pero no ha *aparesío*.

El que habla es joven. Su mirada es huidiza.

—Se ha marchado de viaje hacia el sur —miente la señora Joana, sin cambiar un solo gesto de su cara—. A primera hora. A Tarragona, le oí comentar. Si salen ahora es posible que lo alcancen.

El mayor de los dos la mira con desprecio.

Ella lo siente en su interior.

—*Peaso sorra ere, vieha* gorda —ladra sin avisar Jacob. Su dolor lo vuelve impredecible—. Ya *zabemo* dónde va a *está*. Irá *pal* norte, *azí* que no nos engañes porque *zi* no…

Antes de que Jacob pueda acabar la frase, la cazuela de barro repleta de sopa caliente que disfrutan tres marinos de la mesa de al lado se estampa contra su cabeza.

Pasan unos segundos antes de que su colega sepa qué ha sucedido. Por si no ha sido suficiente, la señora Joana agarra dos de los cuencos de los hombres de la mar, dejándolos con la cuchara en el aire, abre los brazos y da una palmada descomunal que acaba con los tazones estrellados contra las orejas de Jacob que cae casi sin sentido contra la mesa.

—¡Fantoches! —exclama la posadera—. ¡Crapulosos!

Su colega, atónito y mudo ante tal respuesta, protege su cabeza de la lluvia de guantazos que la señora Joana comienza a atizarle. Por si fuera poco, ninguno de los marineros que se han quedado sin sopa pregunta qué ha pasado, tan solo se levantan y la emprenden a puñetazos con aquel par de sucios y apestosos porqueros que han enojado a su querida posadera.

Antes de caer sin sentido, ambos ladrones de mentes ya han dejado aquellos desgraciados cuerpos que despertarán tiempo después sin saber ni cómo ni por qué están en ese deplorable estado, en medio de una ciudad que casi nunca pisan.

Capítulo 68

**Presente
Lunes, 28 de abril
Edificio Vimley C&S
Barcelona
12:10h**

La sala de juntas está inundada por un sol que luce radiante sobre el cielo de la Ciudad Condal. La enorme mesa que preside la estancia refleja la luz como si estuviera recién barnizada. Los sensores de la moderna sala detectan el exceso de luminosidad y ordenan a las persianas automáticas que desciendan silenciosas y oculten los molestos reflejos.

Ruth preside la sala. Está sola. Observa con atención la pantalla de una *tablet* que muestra las imágenes de la cámara de seguridad instalada en la sala de viajes, que se encuentra a pocos metros de ella. Quiere saber qué tal ha ido el último salto.

Jacob y Samuel acaban de volver de un viaje en el que han disfrutado de la hospitalidad de *ca la* Joana. Los dolores del retorno se han vuelto insufribles para el más veterano de ellos. En su interior, Jacob sabe que le quedan muy pocos saltos. A partir de cierto punto, el peligro de morir en un retorno es demasiado elevado.

—¡*Mardita jadeputa*! —exclama todavía con palpitaciones en las sienes. Al dolor del retorno se le suma el malestar sufrido por el pucherazo de la posadera. Cuando los levitas como Jacob ocupan un cuerpo sienten su dolor mientras están en él. Tras abandonarlo, quedan reminiscencias que desaparecen al cabo de pocos minutos.

Jacob se incorpora y agarra dos píldoras de la caja que hay sobre la mesa central.

—Solo una —avisa Samuel, sabedor de la potencia del medicamento.

Jacob no lo mira. Se traga las dos pastillas, que no son otra cosa que fuertes calmantes de opioides que actúan sobre el sistema nervioso central para aliviar su dolor, y se marcha de la sala.

Con solo ver la escena, Ruth intuye que el viaje no ha ido nada bien. Hace apenas una hora de su última conversación con el Sumo. No está satisfecho con el resultado de las operaciones. Las limitaciones en el proceso del salto han hecho que el líder de los levitas tome decisiones drásticas. Solo doce mentes pueden saltar en una misma zona geográfica que abarca algo más de cien kilómetros. El grupo de apoyo más cercano en caso de problemas, con otras doce mentes, debe situarse fuera de ese radio de seguridad. Si no se respetan las distancias, todas las mentes colapsarían y morirían al instante.

Los levitas tardaron años en averiguar estos datos tan confusos. Como todo experimento, la solución llegó tras múltiples bajas causadas por ensayo y error. Nadie sabe con certeza el porqué de estas limitaciones. Ni el número de muertos que quedaron en el dilatado camino de los ensayos.

Algunos rabinos han sugerido a lo largo de los siglos que solo pueden viajar doce mentes al mismo tiempo porque doce fueron las tribus de Israel y, por lo tanto, asignan el número a ese hecho. Otros, pensadores más modernos, aseguran que esas cifras no están conectadas a la realidad, ya que los levitas llevan saltando en el tiempo, según los primeros escritos, desde antes del período Arcaico de la civilización egipcia; incluso se encontraron relatos de viajeros en la antigua Sumeria, aproximadamente de la misma época, sobre el año 3500 antes de Cristo. Tiempos remotos en los que todavía no existían las doce tribus judías.

Los levitas conservadores se niegan a aceptar que desciendan de sacerdotes egipcios o sumerios, a pesar de que hay ladrones de almas que han viajado al pasado y lo han comprobado *in situ* numerosas veces.

En la última reunión de mentes privilegiadas del clan, maestros en campos muy diversos tampoco lograron dar respuesta a la pregunta que se llevan haciendo demasiados siglos: ¿Por qué doce?

Sea como fuere, doce mentes pueden saltar como máximo en un radio de ciento seis kilómetros y treinta y dos metros. Ni uno menos. Si se incumplen estas reglas morirán, como lo han hecho miles de ladrones de almas a lo largo de los años, hasta que fijaron este extraño e incomprensible resultado que hoy en día nadie sabe explicar.

—*Eza peaso* guarra nos ha *calao na* más *llegá* —escupe Jacob al entrar en la sala. Va directo hacia la mesita de la esquina para servirse un café.

—No quiero insultos en mi presencia, Jacob. Entiendo tu malestar, pero estoy segura de que puedes expresarte sin violentarme —indica Ruth, seria, sin dejar de mirarlo.

Jacob respira y se guarda una ristra de ofensas que están preparadas para salir de su boca en cualquier momento. No tiene paciencia, la perdió hace mucho tiempo. Y su mente está muy trastornada, cosa que tampoco le ayuda.

El veterano ladrón se sienta y opta por no decir nada.

Pocos segundos después entra Samuel, el enviado del Sumo.

—Hemos fracasado estrepitosamente en nuestra labor una y otra vez —informa Ruth, como si ellos no lo supieran—. El Sumo ha tomado una decisión: debemos prepararnos para un ataque conjunto.

Ambos hombres la miran con los ojos más abiertos de lo normal. Hace siglos que no se ha efectuado algo así. Varios grupos dispuestos a un salto conjunto es un hecho nunca visto por ellos. Un viaje de multitud de asesinos entrenados en una misión de persecución, caza y muerte.

Jacob sonríe.

—¿Cuántos grupos? —quiere saber Samuel.

—Seis. La distancia de seguridad no permite más.

—¿Lugar? —vuelve a inquirir el enviado del Sumo.

—El epicentro será el castillo de Clos-Lucé, en Amboise. Francia —confirma Ruth, tras mirar la pantalla.

Los espías que los ladrones de almas tienen apostados por medio mundo, durante multitud de épocas, han informado de la aparición del extranjero en un lugar y una fecha en concreto.

—Desde allí mismo saltará el primer grupo en el que estaréis vosotros dos. Los cinco grupos restantes se colocarán en círculo a la distancia mínima de seguridad.

Ruth lee la información de su *tablet*.

—Concretamente en las ciudades de Angers, Le Mans, Orleans, Bourges y Poitiers.

La poderosa dama les muestra un diagrama que se asemeja a una diana, cuyo epicentro es el castillo donde vivió sus últimos días Leonardo Da Vinci.

La jefa mira su reloj.

—*Vamo* a *dá* candela al *Zeñó der Tiempo* —indica Jacob. Su mirada es lunática.

Ruth asiente. Mirando sus ojos intuye que, muy posiblemente, este sea el último salto de Jacob. Su mente ya no da para más. Es momento de jubilarlo.

—¿Entiendo que no habéis averiguado nada de él?

La pregunta de Ruth flota en el aire como una niebla densa.

Los dos hombres niegan con la cabeza.

—La mujer de la fonda nos quiso engañar. Supongo que no nos vio de fiar —cuenta Samuel—. ¿No habéis podido averiguar nada con los datos que os dimos?

Ruth levanta una ceja sorprendida.

—Hombre de raza caucásica que, como mínimo, habla catalán, español y francés, y que ha sido visto en el siglo catorce en Barcelona y en el sur de Francia —suelta la mujer de carrerilla sin necesidad de comprobar los datos—. ¡Ah! Espera, me olvidaba de lo más importante: se llama Quim.

Samuel asiente con la cabeza dándose cuenta de que con esos parámetros no hay por dónde empezar a buscar. Puede ser un Señor del Tiempo que ha nacido y vivido en los últimos siete siglos. Por nada del mundo se pueden imaginar que es contemporáneo a ellos y que vive en su misma ciudad.

—Preparaos para el viaje. Saldremos en media hora hacia el aeropuerto de Sabadell. Allí nos espera el avión y un trayecto de casi dos horas hasta Le Mans.

Jacob se pone en pie, visiblemente tocado, y camina hacia la salida. Antes de llegar se detiene, se gira hacia su jefa y la observa con los ojos encendidos de rabia.

—Que *ze* prepare *eze* mamón porque esta *vé* no *ze* me va a *escapá*.

Capítulo 69

BAR DE ROSA
13:30H

Abro la puerta del bar de mi tía y me alimento del aroma a potaje casero bien condimentado. Es un olor que atrae a medio barrio, clientes asiduos que disfrutan de un menú demasiado económico, si tenemos en cuenta la calidad de los productos y la ubicación del local.

Lucía está en su mesa, donde siempre, mirando el móvil. Hemos quedado para comer. Sonrío al darme cuenta de que no es una reunión de un par de amigos para disfrutar de una comida juntos. No. Hoy, por primera vez, tenemos una cita como pareja.

Mi tía me observa desde la barra.

A pesar de todo el trajín que tiene a estas horas, se toma su tiempo y me mira. Sonríe. Sabe que estoy feliz. Me guiña un ojo desde la distancia y me hace un gesto con la cabeza. Hasta mí llegan sus ondas mentales: «Anda, tontorrón, siéntate que os pongo la comida. Y dale un beso. No seas tímido o te daré tal colleja que te encenderé el pelo».

—Hola —saludo.

Lucía aparta la vista del móvil y me mira. Sonríe. Estira su cuello y pone morritos. Me agacho y la beso. Sus labios están calientes.

—¿Qué tal la mañana? —quiere saber.

—Nada nuevo. Estaba ordenando papeles en el sótano.

—Ya he visto que no has abierto la tienda —observa.

—Tengo que confesarte que no tenía ningunas ganas de aguantar a pesados que solo entran a mirar y a hacer preguntas sin sentido. Si hubiera tenido cita con algunos de los clientes de verdad, de los que vienen a comprar, hubiera abierto, pero hoy no me apetecía hablar por hablar, la verdad.

—Creo que estás un poco quemado de tanto tratar con el público.

—No lo sabes tú bien —admito.

—¿Has pensado en contratar a alguien para que haga ese trabajo?

—La verdad es que justo esta misma mañana se me ha pasado por la cabeza.

—Yo conozco a un chaval joven que a veces colabora con nosotros en el museo. Es serio, trabajador y le chifla la historia. Seguro que lo conoces porque le gusta pasar por tu tienda a mirar todo lo que tienes.

Miro a Lucía. Sopeso lo que dice.

Creo que sé quién puede ser.

—Si a ti te parece un buen candidato, es porque debe de serlo. Dile que venga y hablamos.

Lucía asiente, satisfecha.

—Estoy segura de que te gustará. Así te podrás dedicar a tus asuntos y dejar las ventas menores a alguien con ganas.

—¿Tanto se me nota?

Supongo que los años no pasan en balde. Demasiados días tras el mostrador aguantando horas y horas de historias que no me importan, acompañadas de la ausencia de ventas que compensen. Al final uno acaba cansándose de todo.

—Va a días. Depende del pie con el que te levantes.

Yo asiento. Es verdad.

Una de las cosas más importantes que mi padre siempre decía era que, cuando trabajas de cara al público, tus problemas han de quedarse en la calle. Ningún cliente debe comerse tus marrones. Aquí vienen a comprar. A empaparse de la historia, no a tragarse los problemas personales del vendedor de turno.

—Creo que ha llegado el momento de salir del mostrador y dedicarme a cuestiones más técnicas, como clasificar, reparar o buscar material nuevo por otros lugares… Ahora mismo me llama mucho más que ver pasar las horas mientras vigilo que ningún turista listillo se lleve nada de la tienda.

Una mano se posa en mi hombro.

Me giro para ver quién es y me encuentro con los ojos del relojero. También viene a comer cada día.

—No es que haya deseado inmiscuirme en vuestra charla, pues no soy dado a las habladurías de radio Patio, sin embargo, debo afirmar que a todo vendedor competente le llega el momento de retirarse hacia ocupaciones más técnicas y sofisticadas, dejando las pláticas superficiales, propias de las telenovelas de mediodía, a los jóvenes con más paciencia y menos inquietud, ante la eventualidad de que las horas y los días se tornen vacíos de contenido.

Dicho esto, me aprieta el hombro como despedida, saluda a Lucía con un gesto de cabeza y camina hasta su mesa, que siempre es la misma, y que a estas horas luce un añejo cartel de reservado para que nadie se la quite. Haber formado parte del trío Calavera tiene sus ventajas. Eso, y el porrón de años que lleva siendo amigo de mi tía Rosa, claro está.

Miro a Lucía y veo que sonríe.

—Este hombre es todo un personaje.

—No lo sabes tú bien —contesto con conocimiento de causa. Si ella supiera la mitad de su historia, fliparía. Quizás algún día se la cuente.

—¡Parejita! —dice mi tía. Está de pie, junto a la mesa, con su inseparable delantal negro de fabricación propia. Hoy lleva bordada una rosa púrpura—. De primero tenemos gazpacho, cocido o ensalada.

—Cocido, por supuesto. Sin segundo —dice Lucía como si fuera lo más obvio del mundo. Y lo es. Porque el cocido de mi tía es como el de *ca la* Joana, cocinado a fuego lento con los mejores ingredientes. Y con mucho mimo y cariño.

—Cocido —indico yo también—. Plato único, como ella. Y con mucho pan para mojar —añado.

—Una barra entera te voy a poner, a ver si camuflas un poco esos huesillos de gallo añejo que se te marcan —añade mi tía, arrancando las risas de Lucía y de las mesas más cercanas. Dicho esto, se marcha por donde ha venido.

No hay día que no me saque una falta. Aun así, la quiero con locura. Es la mujer más especial que conozco.

De nuevo, el recuerdo de la señora Joana me viene a la mente. Son tan iguales que hasta da miedo. Se llevarían muy bien, estoy seguro de ello.

—Yo te veo muy bien —confiesa Lucía, cogiéndome de la mano—. Siempre me has parecido atractivo.

—¿Qué dices? —le suelto—. Tengo espejos en casa, no hace falta que me dores la píldora.

—Tú eres un poco tonto —me suelta sin más—. No me digas que eres de los que piensan que la belleza de una persona reside en su exterior.

—Claro que no.

Aunque sí creo que la belleza exterior, la mayoría de las veces, es la puerta de entrada que te lleva a descubrir la belleza interior. Pero no pienso discutir ahora con ella sobre este tema.

—Pues ya está. El físico no es lo más importante, aun así, debo decirte, que me pareces muy atractivo. Y ser atractivo no tiene nada que ver con ser un tío guapo.

—Ya sé lo que quieres decir —susurro. Yo sé que no soy un guaperas, aunque sí resultón, como dice ella—. Yo también he conocido a mujeres muy guapas que no me han atraído en absoluto.

—Pues eso, que para mí estás muy bien —reitera Lucía.

—Pues tú para mí eres perfecta —le suelto. No quiero ser empalagoso con palabras ñoñas, no soy así ni de coña, pero esto me ha salido de dentro.

—Ya irás viendo que no lo soy.

Se acerca y me besa de nuevo.

—Antes de que se me olvide, te he traído un regalo —le digo, dejando encima de la mesa un rollo de plástico de color azul marino.

—Ya me había fijado en que llevabas eso en la mano y me he preguntado qué sería —dice con una sonrisa—. ¿Es un regalo para mí? ¿En serio? ¿Por qué? —suelta de carrerilla.

—Ábrelo.

Ella coge el tubo de plástico con calma. Mira el tapón. Lo desenrosca con cuidado. Mete un dedo y saca lo que hay dentro. Es una lámina protegida por una funda transparente. La desenrolla y la coloca encima del mantel de papel que mi tía dispone para sus comensales.

Los ojos de Lucía estudian el mapa que Ismael me regaló días atrás.

Siglos atrás.

La caja que lo protegía me la he quedado yo como recuerdo.

La expresión de Lucía cambia a medida que observa los trazos, hasta que se torna en un gesto de sorpresa máxima en cuanto lee la firma del cartógrafo mallorquín más famoso de su tiempo. Y yo diría que uno de los más famosos de toda la historia.

—No puede ser...

Ha susurrado. Está algo aturdida.

Sabe que eso que tiene en sus manos es un documento de suma importancia. Quizá ella no sepa de su valor económico, que puede llegar a decenas de miles de euros, pero sí que entiende su gran valor histórico, que es, en realidad, lo que le importa. Como buena historiadora que es.

—Quim...

Me mira. Da la vuelta al mapa y ve que por detrás tiene una inscripción manuscrita por el cartógrafo. Está escrita en catalán de la época.

—«Querido hermano Ismael, espero que este mapa te guíe algún día hasta la Tierra Prometida» —lee con solemnidad.

—Es un regalo que Cresques Abraham le hizo a su hermano Ismael ben Abraham —le informo para que conozca parte de la historia—. Según he podido averiguar, Ismael era un comerciante judío que vivió en el Call Mayor. Por suerte, tanto él como su familia iniciaron su viaje poco antes de que asaltaran la judería y la destruyeran.

—Quim, no puedo aceptar esto —dice sin más. Sus ojos no pueden apartarse del mapa—. Es un documento demasiado importante como para estar guardado en un cajón de mi casa. Mira esta belleza, por favor...

Lucía repasa con los dedos el mapa protegido por el plástico que le he puesto para evitar que se dañe. Su dedo recorre el contorno de la península Ibérica, pasando por la costa sur de Francia y de la bota italiana hasta llegar a las costas de Grecia. La perfección del mapa a mí me dejó con la boca abierta. A Lucía le ha provocado un impacto y un estupor del que es incapaz de salir.

Enrolla de nuevo la carta y la guarda en el tubo. Enrosca la tapa, lo mira y me lo devuelve con rapidez, como si estuviera maldito. Su cabeza niega en silencio.

—No puedo aceptarlo —me dice.

Ya me imaginaba que algo así podría pasar. Soy perro viejo. Aunque no sepa muy bien cómo tratarla como novia, sé cómo es como persona.

—Lucía, esto es un regalo que yo te quiero hacer porque sé que lo valoras —le digo con calma. Ella me mira—. Una vez en tu poder, haz lo que creas conveniente con él. Sé que guardarlo en un cajón es un despropósito, pero estoy seguro de que puede ser expuesto en el Museo de Historia en el que trabajas. Y tú serás la benefactora que lo hará posible.

Me mira a la vez que comienza a asentir con la cabeza.

—No lo dones, por favor, porque es un documento de un gran valor económico, pero cédelo durante el tiempo que creas oportuno para su exposición. Lo podrás disfrutar cada vez que entres, en cada visita guiada que hagas… Imagina las caras de tus clientes cuando les digas que esa joya del medievo es tuya.

Ella sonríe.

Ya la he convencido.

—¿De dónde lo has sacado? —quiere saber.

—Lo encontré durante el viaje que hice a Figueres. Estaba entre un montón de mapas, perdido en los sótanos de una tienda de antigüedades. Compré todo el paquete por cuatro euros. El tipo no sabía lo que tenía entre manos. No quise comprar solamente este para no levantar sospechas.

—¡Qué pasada! —se echa las manos a la cabeza y sonríe de nuevo.

—A ver, mozuelos —dice mi tía Rosa, antes de dejar los platos sobre la mesa—. Espero que os guste.

En el centro ha dejado una bandeja con una barra de cuarto cortada a rodajas y dos cuencos de potaje. Qué bien huele esto, por favor. Mi estómago ruge. Lucía me mira, se acerca y me besa de nuevo.

—Gracias. Es, sin duda, el mejor regalo que me han hecho jamás. Te prometo que siempre lo tendré conmigo.

—Si alguna vez tuvieras un problema económico, lo puedes vender sin remordimientos —le digo con sinceridad—, tómalo, además de como un regalo, como una inversión económica a largo plazo.

Ella me besa otra vez.

—Ese mapa será mío por siempre jamás —susurra.

Tal y como adelantaba el aroma, el potaje está de muerte. Mientras lo saboreo pienso en cómo decirle que me voy de viaje de nuevo. Necesito ir a Amboise para saltar al pasado y hablar con don Leonardo. Aunque luego pueda volver al momento del salto, entre ir hasta allá y volver perderé todo el día. Un tiempo que he justificar para no levantar sospechas. Además, debo cubrirme las espaldas por si tengo algún percance como sucedió el día que me atacaron con las jodidas flechas envenenadas. Esas jornadas que tuve que estar ingresado en la clínica de David se justificaron sin excusas porque, en teoría, yo estaba de viaje. Nadie se percató de nada.

—¡Quim! —me llama Lucía—. No te enteras de lo que te digo. Estás en tu mundo.

Sonríe mientras come. Está guapa siempre. Esos ojos de miel me tienen hipnotizado. Enamorado desde hace tiempo. Esto no se lo voy a decir, claro está. No quiero asustarla.

—Dime, perdona… Estaba pensando en lo que tengo pendiente de hacer —no le miento.

—Te decía que qué planes tienes para esta tarde. ¿Vas a estar en la tienda o te vas a encerrar en tu sótano con tus cosas?

—Justo estaba pensando en eso. Ya debería haber salido para Francia de nuevo a ver si acabo de una vez con lo que tengo que hacer allí.

Lucía me mira y pone cara de hacer pucheros, triste.

—Solo serán un par de días, si todo va bien.

Su cara no cambia.

—¿Qué buscas allí? —se interesa.

Vaya, buena pregunta. ¿Qué le cuento yo ahora? Sopeso la respuesta por unos instantes y me decido por contarle una verdad a medias.

—Un cliente encontró un escrito del siglo dieciséis que hablaba de un objeto sobre el que está muy interesado.

Lo que le cuento entre cucharada y cucharada de cocido no es del todo mentira, aunque no voy a detallarle la verdad. No por ahora.

—Me ha encargado que indague para ver si entre toda la paja que tienen los coleccionistas de la zona encuentro algo que arroje alguna pista sobre el objeto.

—¿Y ese objeto es? —pregunta con interés.

Cojo una rodaja de pan, la parto con la mano y la mojo en el delicioso caldo. Necesito tiempo para decidir mi respuesta. Lucía me mira impaciente. Levanta una ceja.

—Es un escritorio del siglo catorce que perteneció al rey Carlos VI. Se le perdió la pista en cuanto su hijo lo sustituyó y decidió rediseñar algunas zonas de palacio.

—Hay gente que se gasta mucho dinero en buscar tonterías. A ver, es un mueble, pero no creo que sea tan importante como para enviar a alguien a indagar sobre él, ¿no?

Yo levanto los hombros.

—Cada uno es como es —le digo sin más.

—Debe de haber algo más que no te ha contado. Quizás ese mueble contenga documentos valiosos en algún compartimento secreto, como en la peli esa que encuentran una pieza oculta en el escritorio del presidente de los Estados Unidos.

Yo asiento. Sonrío.

Es más lista que el hambre.

Me encanta esa vena aventurera que tiene. Nos parecemos mucho más de lo que pensamos.

—¿Te imaginas? —le digo para seguirle el juego—. Abrir un cajón secreto y encontrar el mapa del tesoro de los caballeros templarios.

Sonríe.

—¿Cuándo te vas? —Su pregunta sabe a melancolía.

—En cuanto acabemos de comer. Cuanto antes me vaya, antes volveré.

—Si no tuviera tanto trabajo estos días, me los pediría de fiesta para acompañarte.

—Ojalá —susurro con sinceridad—. Te prometo que a la próxima aventura te invito a venir. Un escalofrío me recorre al recordar el salto que hicimos juntos sin querer. Por suerte, no le ha quedado ninguna secuela.

—Lo prometido es deuda.

Yo asiento. La beso en los labios por iniciativa propia y hasta mi mente llegan las ondas de mi tía Rosa. «Así se hace, campeón». Me giro y veo que me está mirando. Será posible. Ella sonríe desde detrás de la barra mientras trajina con la máquina de café.

En la próxima aventura que no haya peligro, me la llevo. Si vamos a estar juntos creo que debe saber mi verdad. Mis secretos. Alguien como ella, tan enamorada de la historia, se merece el regalo de vivir de primera mano lo que tanto ha estudiado.

Nos despedimos ante la puerta del museo. Mira su reloj y me da el último beso del día.

—Nos vemos a la vuelta —me dice. Yo asiento—. Envíame algún mensaje y me cuentas cómo va la búsqueda.

—Te mantendré informada —le digo.

Ella se aleja y se pierde tras una puerta. Suspiro.

No me apetece nada irme, la verdad. Preferiría estar todo el día con ella. Supongo que son las mariposas de los primeros días, esas que atontan las mentes de los enamorados.

Saco mi teléfono y marco el número de Víctor.

—Dime —contesta.

—Debo salir para Amboise cuanto antes.

—¿A qué hora quieres que pase Lorenzo a buscarte?

—En media hora está bien.

—Lo tendrás allí en veinte minutos.

Tiempo suficiente para llenar la mochila con ropa de la época, armas y todo lo necesario. Esta vez no me van a pillar por sorpresa. Es más, por primera vez desde que salto voy a ir en plan Mortadelo, disfrazado, para que no me reconozcan los que seguramente me están buscando.

Sonrío para mis adentros.

Qué grandes, Mortadelo y Filemón.

Y qué grande el único e inigualable Francisco Ibáñez. Un abrazo allá donde estés, maestro.

Capítulo 70

Amboise
18:00h

El helicóptero desciende el tiempo necesario para lanzar mi bolsa al suelo y salir sin que nadie me vea. A mi alrededor solo hay campos de cultivo salpicados de pequeñas charcas aquí y allá. Pasan unos segundos y el sonido del rotor se pierde en la lejanía y me deja, una vez más, solo ante el peligro.

Estoy a unos cinco kilómetros al sureste del castillo. Toda esta zona es ideal para cambiarme y dejar aquí mis pertenencias. No se ve un alma. Ni un camino a la vista. Solo espero que este lugar no haya cambiado demasiado en los últimos cinco siglos. No quiero saltar y aparecer en medio de una ciénaga apestosa que me joda la vestimenta en el segundo uno de la aventura.

Para esta ocasión he elegido ser un emisario de la poderosa familia Medici que ha venido hasta aquí para entregar en mano una carta al maestro Da Vinci. Esto me abrirá algunas puertas, además de poder llevar diversas armas sin levantar sospechas. El traje es feo de la leche, pero es lo que hay.

Me quedo en gayumbos en medio de los cultivos. Si alguien me viera fliparía. En primer lugar, me visto con unas mallas negras dignas de un bailarín de ballet, aunque muy cómodas, la verdad. La camiseta interior es del mismo tipo de tejido. Sobre ella me pongo un jersey negro de manga larga y otra prenda que parece un vestido corto y ancho, feo de narices, que deja a la vista el contorno de mis patillas de pollo, como diría mi tía. Todo esto aderezado con una boina, también negra, una espada de cazoleta, dos dagas y un par de bolsas con dinero de la época.

Por si fuera poco, me he colocado durante el trayecto, una poblada barba con bigote que hará más difícil que los que me están buscando me encuentren. Si es que andan por aquí.

Junto a la ropa que llevaba guardo un teléfono desechable, un pequeño botiquín de emergencia y una tarjeta de crédito, por si las moscas. Lo meto todo en una bolsa estanca y la escondo entre unos arbustos que separan dos campos de cultivo de los cientos que pueblan el lugar. Observo de nuevo a mi alrededor y me aseguro de que no haya nadie.

Estoy más solo que la una.

Camino unos veinte metros para alejarme de árboles y setos hasta llegar a un claro de hierba verde y frondosa.

Hora de saltar.

Me concentro.

Debo ir al año 1519, concretamente al 29 de abril, tres días después de que Leonardo me regalara esa vitela que ahora ya sé por qué era tan importante para él. Va a flipar cuando me vea otra vez.

Respiro al compás de una cuenta mental.

Aparece la luz.

Me relajo. Espero ese delicioso instante en el que mi cuerpo deja de pesar y empieza a volar. Cómo me gusta esta sensación. Es como si...

¡Mierda!

¡Joder! ¡Acabo de sentir un dolor en mi pierna justo antes de iniciar el salto! Ha sido como un latigazo que me ha llegado hasta el alma.

Me arde el muslo derecho. Un dolor punzante se instala en mi pierna, sin permiso, y aumenta con cada palpitación.

En los pocos segundos que estoy en esta especie de limbo atemporal dejo de sentir el dolor. No hay nada, ni frío ni calor ni el peso de mi cuerpo. Esa molesta y dolorosa quemazón que llegó justo antes de saltar se ha evaporado.

¿Me habrá mordido alguna serpiente?

No me extrañaría. Si es que tengo una mala suerte del carajo. Pues no tengo ningún antídoto.

Las luces brillan de nuevo.

Siento que el peso de mi cuerpo reaparece y con él un dolor que me quema como el fuego.

Siento nauseas.

Me falta el aire.

Sospecho que estoy entrando en shock y ni siquiera el efecto Pausa va a evitar que me desmaye.

Capítulo 71

29 DE ABRIL DE 1519
AMBOISE
18:45H

Abro los ojos. Las sombras pueblan el lugar. Tengo la boca seca. La lengua áspera. Me cuesta horrores mantener los párpados abiertos. Solo quiero dormir. Me toco el muslo y siento un dolor punzante. Intento levantarme para ver qué coño ha pasado. Menuda mierda de salto.

Veo que mis mallas están rotas. Empezamos bien. Toda la zona del muslo ha quedado empapada de sangre y tierra reseca. Eso no es bueno. El dolor también está presente en la parte trasera de mi pierna. Hay más sangre. Es una herida de entrada y salida. Es un agujero pequeño. Sin duda, de bala.

¡No me jodas!

¿Me han disparado antes del salto?

¡¿Cómo coño puede ser!?

Me pongo de pie, pero el mareo aparece de nuevo.

Creo que he perdido mucha sangre.

¿Qué hora es? Ni idea.

Miro al oeste y veo que los últimos tonos anaranjados del sol se preparan para un merecido descanso. Quizás he estado media hora aquí tirado. O algo más. No lo puedo saber con certeza.

Observo a mi alrededor para comprobar que no haya nadie más que me dispare de nuevo, lance flechas o me atraviese con su espada. Mira que tengo mala suerte. Pero si llevo hasta barba, coño... ¿Quién me puede haber reconocido?

Qué mala hostia tengo ahora mismo.

Pruebo a caminar y el dolor de mi pierna chirría cada vez que la apoyo. Qué cinco kilómetros más largos me esperan.

El terreno no ha cambiado mucho. Ahora no es campo de cultivo, pero sigue siendo terreno llano, verde y solitario. No sé si eso es bueno para mí ahora mismo.

Tengo que descansar cada veinte pasos.

La herida vuelve a sangrar. Por suerte, no me ha tocado ninguna arteria vital o ya estaría muerto.

No tengo claro si volver al presente, irme a la clínica de mi colega David y que me dé calmantes para dormir toda una semana. Quizá debería dejar esta excursión para otro día. Esa idea pinta muy bien, la verdad.

Aunque me da un poco de miedo volver. No tengo ni idea de quién me ha disparado. No me pueden haber seguido, iba en helicóptero. Quizá me estaban esperando. Estos cabrones de ladrones de almas tienen más trucos de los que me pensaba. ¿Me estarán esperando también a la vuelta?

Mi visión se vuelve oscura durante unos segundos.

Abro los ojos y compruebo que estoy tirado en el suelo.

Me he desmayado otra vez.

Tengo el traje lleno de barro. Estoy sudando y noto que tengo media barba colgando. Me la arranco y la tiro con rabia. Vaya mierda de espía que soy. Tengo que levantarme y llegar hasta las puertas del castillo. Allí estaré seguro. No puedo desfallecer aquí. El primero que pase me va a robar hasta el alma.

Tras un rato caminando, no sabría decir cuánto, alguien habla a mi espalda.

—¿Le puedo ayudar, buen hombre?

Me doy la vuelta y observo, borracho de dolor, como un carro se detiene a pocos metros de mí. He llegado a un camino sin saber cómo. Creo que debo de haber andado varios kilómetros medio zombi.

—Necesito ayuda. Me han atacado —acierto a decir en francés, el mismo idioma que han usado ellos. Son un hombre mayor y una mujer más joven.

—¿Hacia dónde se dirige? —quiere saber.

—Soy emisario de Giulio de Medici, de Florencia. He de entregar una carta en mano a maese Leonardo. Vive en el castillo de Clos-Lucé.

Señalo hacia donde creo que debe de estar el castillo. Vete a saber, igual está para el otro lado. Mi cabeza no funciona muy bien en estos momentos. Pero vamos, que está aquí mismo y si esa gente es de la ciudad lo deben de conocer.

Mi vista se nubla de nuevo.

Me pongo en pie y siento como si el corazón me fuera a salir por el agujero de las mallas. Miro hacia la herida. Toda la pierna está empapada en sangre. Demasiada. Quizá sí ha tocado una arteria y ni siquiera el efecto Pausa puede detener mi muerte.

El campo da vueltas.

El terreno se vuelve inestable, como un mar de olas en plena tormenta en el que me escoro hacia un lado. Pierdo el equilibrio. La oscuridad me abraza, acompañada del silencio, hasta que el mundo se desvanece y mi pierna deja de doler.

Capítulo 72

**30 DE ABRIL DE 1519
TALLER DE LEONARDO
AMBOISE
09:35H**

El aroma a pan recién horneado y sopa de cebollas activa mis sentidos y despierta mi apetito. Estoy muy cansado. Abro los ojos y veo, entre nieblas, un techo de madera. Una enorme viga cuadrada flota sobre mi cabeza. No puedo mover ni un músculo, es como si un camión me hubiera atropellado y vuelto atrás para pasarme por encima varias veces.

—Buenos días, maese Quim.

Esa voz, quebrada por los años, es inconfundible para mis oídos. Me habla en un italiano distinto al de mi tiempo, aun así, lo entiendo. Intento incorporarme, pero la cabeza me da vueltas.

—Tranquilo, señor. Ha perdido mucha sangre.

Esta voz es de mujer. Creo que tengo los ojos abiertos, pero no soy capaz de distinguir las facciones de las personas que están a mi lado.

—La fortuna danza a tu alrededor, buen amigo —opina don Leonardo con su inconfundible voz, digna del maestro Sabina de los últimos años.

—Si tú lo dices, será verdad, querido amigo —le contesto.

—Observé con detenimiento que la arteria de tu pierna diestra se encontraba seccionada, un infortunio que requería una intervención inmediata. Por ende, me vi en la necesidad de practicar una incisión cuidadosa, con el objetivo de corregir tan notable inconveniente y restaurar la función que había sido perturbada —informa con esa verborrea tan particular que me enamoró la primera vez que la escuché.

Me incorporo con lentitud y demasiado esfuerzo.

Enfoco mi vista. Estoy delante de una chimenea que arde y me alimenta con su calor. A unos metros a mi derecha veo una cocina, o un fuego a tierra que hace las veces de cocinilla. Algo se está cociendo y huele de maravilla. Junto al puchero hay una mujer joven, vestida de azul marino. Es muy guapa. Es la misma mujer que iba en el carro que me encontré hace un rato. O no sé cuándo, porque vete a saber cuánto llevo durmiendo.

—¿Cuánto tiempo llevo aquí? —pregunto.

—Te recogimos del camino ayer al atardecer —responde la mujer. Sus ojos respiran bondad e inocencia. Ella habla en italiano, al igual que el maestro, pero tiene un inconfundible acento francés.

—He estado durmiendo casi un día.

Ella asiente.

Menuda racha de mala suerte que llevo con los saltos de mierda. Debo hacer un planteamiento y elaborar algún procedimiento de seguridad para que no me sucedan estas cosas.

Junto a mí está el gran Leonardo, cuidándome. Si lo cuento, esto no se lo creería nadie. Me ha salvado la vida. Menos mal que el maestro no ha tenido jamás inconveniente alguno en abrir un cuerpo y manipularlo, gracias a ello estoy vivo, porque, si tal y como dice, la bala seccionó una arteria, ya debería estar más que muerto.

Que los dioses bendigan al efecto Pausa. Una vez más, esta consecuencia donde todo se ralentiza me ha salvado la vida.

—Querido amigo, en mi escrutinio minucioso, debo constatar que tu situación es digna de perplejidad. No he presenciado previamente una circunstancia semejante. Pareciera como si la vital esencia de tu sangre, en su afán de permanencia, resistiera la efusión de tu cuerpo, desafiando las convenciones naturales que dictan la fluidez de tan preciado líquido vital.

Yo asiento.

Si tú supieras, querido amigo.

—¿Dónde estamos? —pregunto. Esta estancia es acogedora, pero no tiene pinta de castillo ni por asomo.

—Nos encontramos en mi taller privado, donde laboro sin la mirada escrutadora del rey y sus agentes. Aquí tengo la libertad de crear a mi antojo sin el peso del juicio. Puedo, por ejemplo, dedicarme a realizar intervenciones, como la que has necesitado.

Sus palabras son firmes, pausadas, como quien sabe que tiene la razón en todo lo que opina.

—Gracias por salvarme la vida.

—Ha representado un desafío considerable, pero debo añadir que también ha sido un placer. Y ahora, que te encuentras más íntegro, ¿te dignarías a compartir la razón por la cual te presentabas disfrazado como emisario de mis estimados amigos, los Medici?

La mujer sonríe desde la distancia.

—Tenía que buscar una excusa para que me dejaran entrar al castillo y llegar hasta ti —contesto sinceramente.

—Tú, mi buen amigo, no precisas justificaciones algunas para visitarme. Los ángeles, como tú, siempre serán bienvenidos.

—¿Ángeles? —pregunto. No sé si he entendido bien la palabra que acaba de decir.

—¿Qué más podrías ser? Nos conocemos desde hace décadas, nuestras conversaciones han atravesado épocas y lugares innumerables, y siempre te mantienes joven. ¿Eres un ángel inmortal o algo por el estilo? Lo acepto. Me encantaría conocer más sobre ti y del lugar del que provienes. Cuando tú lo estimes oportuno, por supuesto. Aunque no tardes demasiado. Ya soy muy anciano…

—No soy un ángel, viejo amigo —le digo. Me siento en la cama. La piel de la pierna me tira bajo el vendaje, aunque no me duele. Tan solo la siento palpitar.

—Sea cual sea tu naturaleza, siempre encontrarás mis puertas abiertas.

Yo asiento con la cabeza. Intento ponerme en pie, pero no puedo. Diría que me han atiborrado a hierbas calmantes.

—¿Cuál es tu verdadera razón para estar aquí? —insiste de nuevo. El maestro quiere saber.

Su mirada curiosa, aunque apagada por los años, me traspasa. Se sienta en un taburete junto a la cama. Nuestros ojos quedan a la misma altura. Su pelo es cano, así como su poblada barba. Las arrugas de su cara cuentan la increíble vida de este gran hombre. Tras él, en la pared del fondo y apoyado sobre una repisa, descansa un lienzo que reconozco al instante. Mis pelos se erizan. Quiero tocarlo. Abrazarlo. Llevármelo a casa.

—La Gioconda —acierto a decir.

Leonardo se gira y asiente meditabundo mientras lo mira.

—Un apelativo acertado para tan notable obra pictórica. Si bien puede sonar impropio que lo mencione quien la ha creado, el autor en sí. No obstante, la verdad debe prevalecer.

No le falta razón.

Hay un halo de melancolía es esas palabras y en su mirada.

—Plasmé el recuerdo de una dama que fue arrebatada en su infancia de las orillas del mar de Azov y conducida como esclava a distantes tierras, para someterse bajo el yugo de quienes se proclamaron sus amos.

Su voz respira rabia, impotencia y dolor.

Sus ojos también.

—Retomemos mi interrogante, si te place —insiste.

Me mira de nuevo.

Espera paciente a que yo hable.

—He venido para hablar de la Tabula Dei —le suelto, directamente y sin rodeos—. Después de estudiar la vitela que me entregaste creo que sé lo que es en realidad.

—Hace tan solo tres jornadas que te confié mi estudio. ¿Estás sugiriendo que ya has descifrado su propósito?

Su cara es de sorpresa absoluta. No me extraña.

Él estuvo tres años investigando y no averiguó nada en absoluto, pero no sabía todo lo que yo sé. Mi descubrimiento no tiene nada que ver con mi destreza o inteligencia. Solo cuento con las herramientas necesarias. No me puedo imaginar lo que hubiera conseguido este hombre, y su privilegiada mente, en mi tiempo.

—Al final de tu estudio había una anotación que me llamó la atención. Hablabas sobre protectores y ladrones —le informo para ponerlo en contexto, aunque con un genio como este no creo que sea necesario—. Creo conocer su procedencia, pero necesito verla para estar seguro —le pido. Casi le suplico.

—Protectores y ladrones… Yo solo me limité a repetir las nomenclaturas que han pasado de boca en boca a lo largo de los años. De esos años que parecen no afectarte. —Leonardo me mira. Me estudia—. La mesa se halla en el castillo —indica, pensativo. Intuyo que quiere saber más sobre mí, pero no se atreve a preguntar—. Podemos dirigirnos allí en cuanto recuperes fuerzas. Primero, sería prudente que tomes algo de alimento.

La puerta de la casa se abre y junto a la luz del sol entra el mismo hombre que ayer conducía el carro que me trajo hasta aquí.

—Algo sucede en la villa —advierte, nervioso. Le falta el aire. Parece que ha venido corriendo.

—¿Qué está pasando? —pregunta la hija.

—Un grupo de locos, armados hasta los dientes, está arrasando la ciudad casa por casa. No tiene sentido alguno —informa.

—Ya están aquí —susurro en voz alta, sin darme cuenta de que todos me observan atónitos.

Capítulo 73

AMBOISE
10:15h

Un tumulto de gente avanza desde el río Loira, arrasando todo a su paso. La gran mayoría son campesinos que portan sus herramientas de trabajo como armas mortíferas, y no dudan en usarlas contra cualquiera que se cruce en su camino.

La tropa de soldados, que pertenecen a la corte de Francisco I y viven para defender el castillo donde habita el maestro da Vinci, forman ante las puertas, dispuestos a proteger la fortaleza real de un centenar de exacerbados, preparados para cumplir su objetivo.

No todos son ladrones de almas, ya que las reglas dictan el número máximo y la distancia mínima desde la que pueden saltar. Aun así, se han reunido los setenta y dos ladrones que han saltado desde distintos lugares, más otros tantos mercenarios bien remunerados, que arrasan a su paso con todo lo que pueden.

La primera parte de su salario es en monedas, el resto lo obtendrán del dinero, joyas, mujeres y todo aquello que deseen poseer sin que nadie les diga lo contrario. En esa época confusa jamás faltan interesados dispuestos a lo que sea con tal de disfrutar de sus jugosos premios.

El grupo de hombres comandados por Jacob saltó desde la iglesia de Saint-Hubert, en el centro de Amboise, poco después de que lo hiciera Quim. A los pocos segundos, doce capellanes caían rendidos ante las parásitas mentes de los ladrones de almas, sin poder imaginar las barbaries que estaban a punto de cometer.

Al mismo tiempo, y a la distancia de seguridad, cinco grupos de doce ladrones más saltaban al unísono. Tras recorrer el terreno que los separaba hasta el epicentro del plan de ataque, todos se reunieron para iniciar su acometida antes de que saliera el sol.

—¿Lo habéis visto? —pregunta a voces un cura de mediana edad. En su mano lleva un hacha que chorrea sangre.

Todos niegan con la cabeza.

—Vayamos al castillo —ordena.

—Los soldados del rey lo protegen —advierte Samuel, ataviado también con una sotana negra. Lleva dos espadas, una en cada mano.

—Pues acabemos con ellos —grita Jacob sin más.

La jauría de mentes alocadas camina decidida hacia las puertas del castillo, que se encuentra a menos de trescientos metros de distancia. El pelotón de soldados, apostados en la entrada, casi pueden oír las voces y el griterío de los que se acercan sin miedo a morir.

El emisario real ya ha partido hacia el Palacio de Fontainebleau, donde se encuentra en estos momentos el rey Francisco I. Sin duda, el monarca debe conocer este extraño e inesperado ataque por parte de la gente de la ciudad. Nadie esperaba que tantos buenos ciudadanos se revelaran contra el rey.

El pelotón, formado por treinta hombres bien armados y adiestrados, es conocido como los Guardias del Cuerpo. Una élite de la guardia real que tiene la responsabilidad de proteger al rey y sus propiedades, incluyendo sus residencias y tesoros. Una unidad que presta servicio tanto en tiempos de paz como en tiempos de guerra, destacando por su lealtad y habilidades militares. Estos en concreto tienen órdenes claras y concisas de defender el castillo de Clos-Lucé, así como proteger con sus vidas, si fuera necesario, la figura del maestro Leonardo da Vinci.

El grupo de energúmenos se acerca en la distancia como hienas que huelen la carroña. Son el triple que los soldados reales y eso los envalentona. Los ladrones de almas no temen por sus vidas porque no son sus cuerpos, aunque siempre cabe la posibilidad de que puedan llegar a morir. Y los mercenarios tienen su mente puesta en los beneficios que obtendrán tras la batalla, más que en el momento actual.

Los Guardias del Cuerpo toman posiciones. La mitad de ellos se arrodilla. La otra mitad se coloca detrás. Todos llevan mosquetes de última generación que disparan bolas de acero capaces de matar en la distancia.

Cuando los asaltantes se ponen a tiro una primera oleada de disparos resuena en el lugar. Más de una decena de los sublevados recibe una bala que destroza parte de su cuerpo. Entre ellos hay mercenarios y ladrones de almas. Los mercenarios gritan de dolor mientras que los ladrones de almas abandonan sus cuerpos, por miedo a morir con ellos, dejando a los ciudadanos malheridos en el suelo, sin sentido.

Mientras que el primer grupo de soldados recarga sus mosquetes, acto que no es sencillo, el segundo pelotón dispara de nuevo. Esta vez ninguno de ellos falla su disparo, ya que los atacantes cada vez están más cerca y son un blanco más fácil.

De nuevo, algunos de los heridos gritan y se retuercen; otros, sin embargo, caen como marionetas a las que se les han cortado las cuerdas.

Otra ráfaga de disparos mortales.

Más cuerpos caídos. Esta vez hay muchos muertos.

Jacob se mantiene en la retaguardia, como perro viejo que es. Espera al momento idóneo para atacar. No contaba con que todos los soldados del rey tuvieran una o varias armas de fuego a su alcance.

Otra ráfaga más.

Los muertos se cuentan por decenas. Hay de los dos bandos aliados. Más mercenarios que ladrones, que en cuanto notan el dolor de la bala en su cuerpo lo dejan al instante. Aunque otros levitas no tienen tanta suerte y mueren en el acto.

A pesar de las bajas, los asaltantes están cada vez más cerca del castillo. El capitán de los Guardias del Cuerpo decide que ha llegado el momento de replegarse tras las puertas de la fortaleza. Seguirán con la defensa protegidos por la pequeña muralla que los separará de los sublevados.

Jacob ve como las puertas se cierran.

No tiene claro que el Señor del Tiempo esté ahí dentro, pero los espías han asegurado que ese tal Quim había venido para ver a Leonardo da Vinci. Y el maestro italiano sí habita en el interior del castillo, tras las puertas protegidas por los soldados del rey.

Desde su posición ve complicado entrar.

Han perdido el efecto sorpresa.

Y ni siquiera sabe a ciencia cierta dónde puede estar.

—¿Intentamos entrar? —pregunta uno de los ladrones de su grupo.

—Sería un suicidio —opina Samuel, el apoderado del Sumo.

—No *vamo* a *podé* ni *asercarno*. *Eza* tropa *é* de *soldaos* de élite —indica Jacob—. Y tienen mosquetes. Nos van a *mazacrá*.

Samuel asiente. A pesar de la locura que se respira por cada poro de Jacob, hay momentos en los que todavía piensa con claridad.

—Vamos a replegarnos en las afueras de la ciudad y a esperar —opina Samuel—. Que algunos se queden camuflados entre las gentes del pueblo y estén atentos. En cuanto vean al extranjero o a da Vinci, que lo comuniquen con rapidez.

Jacob asiente.

—Yo voy a *buzcá* a *eze* Quim en otro tiempo. *Eztoy zeguro* que ha *zaltao* desde aquí *serca*. —Su mirada está completamente ida, ausente—. Voy a *acabá* con *eze cabronazo* como *zea*.

Los soldados del rey observan como todos los forajidos que todavía quedan vivos huyen hacia el oeste, hacia el río, sabedores de su debilidad ante las fuerzas de élite del monarca.

En ese mismo instante, a pocos metros de allí, dos personas caminan hacia el interior del castillo a través de un túnel secreto que debía servir como vía de escape en caso de asedio, ideado por Étienne le Loup, intendente de finanzas del rey Luis XI, y el hombre que mandó construir el castillo de Clos-Lucé en el año 1471.

Capítulo 74

Castillo de Clos-Lucé
Amboise
11:02h

Tras varios minutos caminando entre tinieblas y pasadizos húmedos con olor a moho y muerte, llegamos hasta un pequeño muro donde acaba nuestro camino. En cuanto le da la luz me fijo en que es de madera. Leonardo deja la antorcha prendida en el soporte que hay en la pared y busca en su bolsillo la llave para abrir la puerta.

—¿Quién te mostró este pasadizo? —pregunto.

—Mi buen amigo Francisco.

—¿El rey?

—¿Acaso conoces a otro Francisco? —pregunta un tanto irónico—. Fue él quien me convocó para estudiar algo que consideraba de suma importancia, aunque, por más que observé, no pude percibir su verdadero valor.

—La Tabula Dei —susurro.

—Así es. A primera vista, conforme a las palabras del honorable rey, no parecía más que una mesa de aspecto modesto, una pieza que había pasado de monarca a monarca, de palacio en palacio y que había sido preservada más por su antigüedad que por su belleza —cuenta Leonardo, mirándome a los ojos, con la llave de la puerta todavía en su mano—. Fue solo por casualidad que el rey la descubriera en los sótanos del castillo y reclamara su atención.

Leonardo se gira e intenta abrir la puerta. Despacio. No quiere hacer ruido al girar la llave en un cerrojo demasiado oxidado por culpa de la humedad del lugar.

El maestro estira de la puerta con cautela.

Al otro lado, un velo oscuro no deja ver nada.

Alargo el brazo hasta que toco una especie de tela.

—Es un tapiz que disimula esta vía de escape —me informa el maestro—. Prosigamos, es por aquí.

Camina hacia la derecha. No hay espacio entre el tapiz y el muro. Si alguien está en este instante al otro lado, observará cómo un par de bultos se mueven tras la tela.

—Cierra la puerta —me indica.

Unos pocos pasos después salimos a la luz.

Es una gran sala repleta de libros. Una enorme chimenea preside la estancia. Delante de ella, sobre una moqueta preciosa de tonos burdeos, hay dos cómodos sofás.

Qué delicia de lugar. Ojalá pudiera tumbarme a leer mientras escucho el crepitar del fuego.

—Esta sala es la biblioteca principal —indica, sin dejar de caminar—. Mi estancia y mi taller están aquí al lado. Vamos, sígueme.

Parece mentira, con lo mayor que está y que le quedan dos días de vida, literalmente, la fuerza que tiene este hombre.

Al cabo de unos veinte dolorosos pasos llegamos a la habitación del maestro. La pierna me duele de nuevo. Parece que se me está pasando el efecto de las hierbas que me dieron.

Abre la puerta con una llave, que se saca de algún bolsillo que no he logrado ver entre tanto ropaje, y entramos.

Nada más en el interior, cierra de nuevo con llave. La puerta es robusta. Tardarían horas en echarla abajo en caso de asedio.

Leonardo se acerca a una pared repleta de libros y de velas chorreantes de cera a causa de cientos de horas de lectura y me mira. Junto a él, en un rincón, hay una pequeña mesa de madera. Nada del otro mundo. No hubiera dado por ella ni dos euros en un mercadillo.

—Aquí la tienes —dice sin más. Su dedo arrugado la señala. Sus ojos me observan. Espera a que diga algo.

—No es que sea muy bonita, la verdad.

Camino hasta ella.

Me agacho para verla mejor.

Respiro.

Mis pulsaciones aumentan sin querer. Si bien es cierto que la mesa es fea de cojones, si es lo que creo que es, la mesa del rey Salomón, tiene un valor incalculable. Al menos histórico.

La acaricio.

Paseo mis dedos por sus contornos. Tiene mucho polvo acumulado. Lleva aquí tiempo sin que nadie se fije en ella. Quizá ese es el secreto de su supervivencia a través de los siglos. No destaca en absoluto.

Toco las dos patas que salen de su pequeña base rectangular. Acaricio los bordes de la superficie, quitando el polvo, y me extraño de lo fría que está. Y de su tacto

Agarro un trapo de una estantería cercana y limpio la superficie. El brillo es tal que refleja mi cara, aunque todavía está algo sucia. El pulido de esta mesa es asombroso a pesar de los miles de años que tiene, si es que en realidad es la mesa de Salomón. Paso mis dedos otra vez por encima, doy un par de golpecitos con la uña y solo entonces me percato de lo que es.

—No puede ser —acierto a decir, embobado. Aturdido.

Leonardo me observa y sonríe a mi espalda.

El maestro esperaba con ansia este momento.

Capítulo 75

ESTANCIA DE LEONARDO
AMBOISE
11:20H

Tardo unos segundos en limpiar por completo toda la superficie de la mesa. La base inferior, las patas y casi toda la parte de arriba son de madera oscura, no sabría decir de qué clase. Pero la parte superior, la que se usaría normalmente para dejar las cosas, es de cristal perfectamente pulido y sin ningún rasguño ni desperfecto, algo extraño teniendo en cuenta que tiene miles de años. Me puedo ver en él perfectamente reflejado como si fuera un espejo.

—Nunca antes mis ojos se posaron sobre un artefacto con una superficie tan extraordinaria. Me ha resultado imposible discernir el artífice que la forjó. Solo en la serenísima Venecia he contemplado maravillas semejantes, villa conocida por su exquisito vidrio soplado de alta calidad.

Intento encontrar algún detalle, dibujo, firma o marca que me dé pistas sobre su procedencia. No hay nada. Pero el cristal de la superficie es magistral. Está encajado a la perfección. Noto que el marco de madera está por encima del vidrio y esconde los bordes. Es un trabajo simplemente perfecto.

Tal y como decían las antiguas fábulas, es una mesa, pero bien podría ser también un espejo.

—He visto muy pocas mesas de cristal de comedor o decorativas de épocas antiguas, pero esta es distinta. Se asemeja más al típico diseño de mesas con bases de vidrio características de mediados del siglo veinte —suelto en voz alta, sin darme cuenta. Un escalofrío recorre mi espalda. Siento la mirada del maestro taladrándome desde la distancia.

—Querido amigo Quim, creo que ha llegado el momento de que compartas la verdad acerca de tu inmortalidad —me dice Leonardo, mientras se acerca para poner su huesuda y mágica mano sobre mi hombro—. A cambio, te revelaré todo lo que conozco sobre la historia de la mesa que tanto captura tu interés.

Seré bocazas.

No puedo jugar al escondite con la mente de un hombre tan extraordinario. ¿Qué mal le puede hacer conocer mi verdad si en dos días exactos este genio dejará de existir?

—Está bien, querido amigo, cuéntame lo que sabes y yo te contaré mi secreto —le digo sin más.

Leonardo sonríe satisfecho.

Me señala una silla que hay junto a la mesa. Ambos nos sentamos. Se acomoda los ropajes. Entre nosotros descansa la que espero que sea la mesa del rey Salomón, la que contiene toda la sabiduría de Dios, según antiguas fábulas.

—Esta noble mesa que nos acompaña hoy arribó a las manos del rey Carlos VI en el mes de julio del año 1391. El diligente mensajero que la entregó estaba herido de gravedad y sucumbió poco después de su llegada. En su juventud, este viajero había sido un leal soldado al servicio del rey y gozaba de su plena confianza. Supongo que fue por esta razón que se dirigió personalmente a Su Majestad, instándole a velar por la mesa como si de su propia vida se tratara. Sin embargo, sus heridas resultaron ser tan severas que no le permitieron detallar más. A lo largo de los años, el monarca apenas destinó atención al objeto, absorto como estaba en los desafíos cotidianos de sus problemas mentales. La mesa, testigo silente de tantas eras, permaneció oculta entre las opulentas posesiones reales hasta que, transcurridos más de dos siglos, el rey Francisco la descubrió fortuitamente mientras exploraba los sótanos de palacio, siempre repletos de reliquias antiguas.

Leonardo habla con solemnidad. El relato que guarda en su mente así lo requiere. Para él es de suma importancia.

—Es menester señalar que mi querido amigo posee una inclinación natural por rebuscar entre los numerosos tesoros acumulados a lo largo de los siglos en los recónditos subterráneos de los distintos palacios reales de Francia. En este caso, el rey notó que, aunque modesta en su diseño, la mesa destacaba por ese cristal o espejo que la coronaba, detalle que también ha captado tu atención.

Yo asiento. Y de nuevo poso mi mano sobre la mesa.

—Decidió ahondar en sus misterios y la examinó minuciosamente —continúa relatando el maestro—. Fue entonces cuando desentrañó un manuscrito oculto en una de las patas huecas, fechado en el siglo catorce y firmado por el hombre que la entregó a Carlos VI. Sin embargo, la nota guardaba silencio sobre el origen de la mesa, quizás porque el mensajero no deseaba revelar tal información. Más bien, y es mi modesta opinión, repetía de nuevo lo que aparentemente le dijo al rey en el momento de la entrega: «Esta mesa solo debe pertenecer a quien conozca su verdadero nombre: Tabula Dei. Solo un Protector es digno de ella. Cuidaos de los Ladrones que la persiguen».

—Esta nota es muy parecida a la que tú dejaste escrita.

—Así es. Tan solo he legado lo que se decía en la original, sin entender el mensaje. A pesar de haber investigado mucho no encontré nada que me indicara qué era este objeto. Y eso que estudié todas las pinturas posibles en busca de información.

—¿Pinturas? —pregunto con interés.

—Así es, maese Quim. Busque siempre en los frescos. En los cuadros, a simple vista, se esconden los más oscuros secretos.

Sonríe levemente.

Yo asiento.

Ahora me queda mucho más claro que en sus cuadros debe de haber muchos secretos todavía por desvelar.

—Al descubrir este enigmático escrito, el rey me convocó en secreto para que dedicara mis esfuerzos al estudio de dicho objeto —continúa contando el maestro—. Tras tres años de intensa investigación, lamento confesar que no he logrado desentrañar sus misterios. Siendo consciente que mi vista se apaga y mi deseo de escribir se desvanece, decidí confiarte a ti, mi estimado amigo Quim, toda la información sobre mis estudios y los datos relacionados con la Tabula Dei. Mi esperanza es que puedas completar lo que yo no he sido capaz de lograr.

Escuchar a este gran hombre es algo impagable. Emana sabiduría en cada movimiento. Qué lástima que no naciera unos siglos después, hubiera sido una pieza clave en la evolución del ser humano.

Tras acabar su relato se levanta con más esfuerzo del que querría. Camina hasta una mesa situada en el otro extremo de la sala y se sirve algo de una jarra de cerámica de color oscuro.

—¿Un poco de vino? —pregunta.

—Solo un poco.

—¿Preparado para relatarme tu historia? —quiere saber. Una sonrisa asoma entre las arrugas de su cara. Sus ojos siguen guardando un ápice de travesura, del niño inconformista y curioso que seguramente algún día fue.

—¿Qué quieres saber? —le digo. Hay tanto que contar.

—El secreto de tu eterna juventud, para empezar. Es un dato que ahora mismo me iría muy bien, como puedes ver.

Se señala así mismo.

—Mi buen amigo, te prometo que te lo contaré todo, pero no ahora. Hay en el pueblo hombres que quieren este objeto, además de asesinarme en la misma jugada, ladrones que no deben hacerse con la mesa.

Entorna sus arrugados ojos y me observa. No esperaba que le diera largas. Quiere saber.

—¿Te refieres a los ladrones, con la letra mayúscula que resalta a un nombre propio, de los que hablaba el protector?

Yo asiento.

—¿Eres tú, amigo Quim, uno de esos protectores? —indaga con los ojos entornados, a la vez que acaricia su larga barba blanca.

—No, maese Leonardo —a veces le llamo así; otras, don Leonardo o maestro—. He conocido a alguno, incluido al que legó esta mesa al rey francés en julio del año 1391.

—Así que eres inmortal, tal y como me imaginaba —susurra Leonardo, confuso por primera vez en muchos años.

—Soy mortal, querido amigo.

Sopeso mis palabras. No quiero contarle nada. Ahora me preocupa más estudiar esta mesa, pero Leonardo espera que cumpla mi parte del trato. Y de nuevo me digo que qué más da, va a morir en dos días, dale ese placer que tanto ansía.

—Mi secreto es que puedo viajar en el tiempo —le suelto sin más.

Él me mira.

Observa cada centímetro de mi cuerpo.

—Eso quiere decir que eres el hombre más sabio que conozco.

Guardo silencio.

No esperaba esa contestación por su parte.

—Cuéntame, amigo viajero, ¿de dónde vienes? Supongo que del futuro, ya que anteriormente has comentado sobre asuntos que has presenciado en el siglo veinte.

No parece sorprendido, al menos por fuera.

—Mi presente está en el siglo veintiuno —le digo.

Él asiente.

—¿Sigue el hombre estando en guerra?

Asiento con la cabeza.

Mi silencio lo dice todo.

Veo la pena en sus ojos.

—Si sigue habiendo guerras es que no hemos logrado evolucionar y, por ende, no me interesa saber nada más del futuro, amigo Quim.

Dicho esto, se levanta de su silla y se alisa la ropa.

—Agradezco de corazón que me hayas confiado tu secreto. Puedes estar seguro de que estará resguardado bajo llave en mi corazón y me lo llevaré a la tumba —promete solemnemente.

—Lo sé.

Me levanto y le pongo una mano sobre su hombro.

—Siento no poder darte mejores noticias —añado con sinceridad.

Él asiente.

—Ahora, si no te importa, quiero estudiar esta mesa para averiguar más sobre ella —le ruego.

—Y yo te brindaré mi ayuda, querido amigo.

Capítulo 76

Estancia de Leonardo
Amboise
11:55h

Colocamos la mesa sobre un tablero que sirve como lugar de trabajo del maestro Leonardo. Está junto a la única ventana de la estancia. La luz que entra por ella a estas horas ilumina cada palmo de la insulsa y a la vez extraña mesa.

—No veo tornillos ni remaches —susurro para mí.

—No existe clavo alguno que una las maderas, sino que ellas mismas son las que se unen. Es un trabajo que requiere gran destreza. Las maderas están labradas de manera que se han unido entre sí mediante presión y algún tipo de adhesivo o cola permanente.

Yo asiento.

En verdad es un trabajo de un maestro artesano. Sin florituras, pero con una técnica exquisita.

—Tendremos que desmontarla con cuidado.

Leonardo me acerca un conjunto de cinceles de distintas formas y tamaños, además de un par de martillos.

En ese instante alguien aporrea la puerta del maestro.

Leonardo me mira.

Camina hasta la puerta y pregunta en voz alta:

—¿Quién es?

—Maese, soy Philippe —dice una voz grave en francés.

—Es el capitán de la Guardia —me informa.

Abre la puerta.

El capitán, ataviado con su vestimenta de batalla, sudoroso y algo excitado, entra en la estancia.

—Maese —saluda. Después me mira, se pone en guardia.

—Tranquilo, Philippe, es un invitado amigo mío.

El capitán me observa. Se relaja un poco.

Mira a Leonardo y asiente.

—Maese, están atacando el castillo. Por el momento aguantamos las embestidas, pero debería prepararse para una huida por los túneles por si lograran entrar.

—Comprendo —se limita a decir el genio de Florencia.

Dicho esto, el capitán se marcha por donde ha venido. Leonardo cierra de nuevo la puerta y se acerca a mi lado.

—Prosigamos —me dice, como si no hubiera pasado nada.

Lo primero que hago es sacar la pequeña base que sustenta la tabla principal de la mesa con unos cuantos golpes de martillo. Ahora quedan a la vista las dos patas que la unen al tablero que me interesa. Dos golpes más y también salen sin demasiado esfuerzo.

Dejo la parte superior de la mesa sobre el escritorio de trabajo para observarla mejor bajo la luz del sol. Brilla. Debe de tener unos cincuenta centímetros en sus lados más anchos y unos cuarenta en los otros dos. Los listones de madera que cubren el cristal son de unos cinco centímetros de ancho y su contorno queda escondido bajo ellos.

—Debemos ir con precaución para separar la madera del vidrio sin romperlo —indica Leonardo.

Yo asiento.

—Creo que lo mejor sería introducir un cincel en las junturas de las esquinas e intentar separarlas con pequeños golpes. O haciendo palanca, si es posible.

—Se romperá —me avisa.

—Lo sé, pero no importa. Solo me interesa mantener intacta la parte del cristal.

—Si hubiera sabido que la madera no era transcendental la hubiera abierto yo hace tiempo —replica el maestro.

Volteo la mesa para dejar la brillante superficie del espejo apoyada en el tablero de trabajo, sobre un trapo que lo protegerá de rayaduras y golpes.

Por la cara opuesta no hay cristal, tan solo una plancha de madera oscura bastante gruesa, como el resto de la mesa. Encaro el cincel mediano, que está muy bien afilado, y lo meto en la junta que une dos de los listones con pequeños golpes de martillo. Despacio.

Al cuarto golpe el cincel ha penetrado casi un centímetro. La unión entre las maderas se ensancha lo justo para que Leonardo introduzca otro cincel más grande. Una vez logrado, entre los dos hacemos palanca hasta que los maderos ceden con un crujido de dolor.

Sacar los dos listones restantes es mucho más fácil. Solo hacen falta unos pocos martillazos bien controlados para dejar a la vista una gruesa tabla rectangular sobre la que se apoyaba la parte trasera del vidrio.

En cuanto aparto los pedazos rotos y los dejo sobre la mesa, levanto con cuidado la madera para que la cara trasera del espejo quede al descubierto. Pero no veo lo que esperaba.

Bajo el sol del mediodía, mi corazón se detiene.

Mi respiración también.

Observo lo que ha quedado desnudo sobre el escritorio, pero mi cerebro es incapaz de asimilarlo.

Sin darme cuenta, comienzo a sudar.

—¿Qué es ese artilugio, amigo Quim?

No sé cómo explicarle qué es.

No tengo palabras.

Por mi cabeza resuena la conversación que días atrás mantuve con el librero y el relojero cuando hablábamos de la mesa del rey Salomón. Entre muchos detalles, don Alfonso repitió la fábula más conocida sobre este objeto:

«La mesa de los panes de Salomón daba a su propietario el conocimiento absoluto porque contenía toda la sabiduría de Dios».

—Amigo Quim. ¿Te encuentras bien?

Leonardo me toca en el hombro.

—Sabes qué es, ¿no es así?

Yo asiento.

Mis ojos están clavados en un símbolo que reconozco sin duda alguna: una manzana mordida.

—Es un iPad —me limito a contestar.

Capítulo 77

Estancia de Leonardo
Amboise
12:18h

El tiempo pasa, incansable, y yo no soy consciente. Leonardo se ha sentado a mi lado y me observa en silencio como tan solo los genios saben hacer, empapándose de cada instante para comprender lo que sucede. Ojalá pueda, porque yo no. Tengo ante mí un objeto de mi presente.

—Esto es imposible —repito por enésima vez en voz alta.

Leonardo calla.

Ha comenzado a garabatear en una hoja. Supongo que ya está dibujando este objeto desconocido para él.

—¿Cuál es la naturaleza y utilidad de tal elemento, mi buen amigo? —quiere saber.

Yo no contesto.

Sopeso la cuestión. Leonardo no tendría que saber nada de este aparato futurista. Si lo dibuja y ese papel llega a mi tiempo habría demasiadas preguntas por responder.

—No puedes documentar este objeto, querido amigo.

—¿Por qué no? —inquiere, algo molesto.

—Este artilugio lo inventó un genio de mi época —Leonardo me escucha con atención, aunque sin quitarle el ojo a la *tablet*—. No debería estar aquí y no sería bueno que tú documentaras algo que no pertenece a esta época.

—Es solo una extraña lámina de metal que por una de sus caras es un espejo —indica señalando a su escritorio.

A ver cómo le explico yo que esto que tenemos ante nosotros deja el intelecto del genio más importante conocido hasta ahora a la altura del de una lombriz de tierra.

Por suerte, en algún momento de su viaje este trasto se quedó sin batería y dejó de funcionar.

—Prometo explicártelo todo en otro momento —le digo para tranquilizarlo. Una mente como la suya no se va a conformar con verlo y no saber para qué sirve—. Volveré y te lo enseñaré una vez que lo haya reparado.

—¿Acaso está deteriorado?

—Algo por estilo —respondo—. Aquí no puedo arreglarlo, pero si lo llevo a mi presente hay técnicos que lo harán.

El autor de innumerables obras de arte sopesa mi respuesta. No está muy convencido.

—Acepto, mi buen amigo. Deposito mi confianza en tus palabras. Sé que volverás para contarme y mostrarme su utilidad.

Yo asiento.

Observo de nuevo el iPad.

El metal está algo rayado por la parte de atrás, pero la pantalla de cristal está intacta. La manzana mordida me mira silenciosa, ajena a todas las alteraciones que ha podido causar durante el curso de la historia. Que sospecho que han sido unas cuantas.

La mesa del rey Salomón era una jodida *tablet* encastada entre maderas que formaban una fea mesa.

¡Manda huevos!

A mi mente vuelve una y otra vez la frase del librero:

«La mesa de los panes de Salomón daba a su propietario el conocimiento absoluto porque contenía toda la sabiduría de Dios».

Nos ha jodido, pues claro.

Si esta *tablet* cayó en manos del rey y la supo usar en su beneficio, dependiendo de la información que contuviera, ya pudo ser el rey más sabio de su época, no te jode.

Así cualquiera, amigo Salomón.

¿Cómo llegó hasta aquella época?

Solo un viajero como yo pudo llevarla. Y como es de mi tiempo quiere decir que debe de haber más como yo en mi presente.

¿O acaso fui yo mismo?

Quiero decir que igual, en un futuro no muy lejano, yo la llevaré conmigo y la perderé por ahí, cosa que no me extrañaría en absoluto con lo patoso que soy.

Mierda de incongruencias temporales, qué poco me gustan.

—Debo volver a mi tiempo —le digo.

—Y yo ansío observarte mientras lo haces —me suelta sin más. Acaba de dejar claro que no se separará de mí hasta que salte. Yo también haría lo mismo, la verdad.

Al salir de la estancia de Leonardo comprobamos que dos soldados de la guardia del rey están apostados en la entrada.

—Seguidnos —ordena el maestro.

Caminamos hacia la biblioteca para huir por el mismo túnel por el que hemos venido y que finaliza en el taller que Leonardo tiene fuera del castillo.

La pierna me duele horrores a cada paso que doy. Noto el entumecimiento palpitando con cada latido de mi corazón. Creo que está más caliente de lo normal. Espero que no se haya infectado.

—¿He dejado mi impronta en la historia? —me pregunta el maestro una vez en el interior del oscuro y húmedo túnel. Huele a cerrado y a ratas muertas.

Yo sopeso la respuesta.

En cualquier otro caso no diría nada, pero, de nuevo, soy consciente de que este genio morirá en menos de cuarenta y ocho horas. Aunque nadie lo diría, la verdad, porque tiene energía para rato y muchas ganas de vivir. Siento lástima. Recuerdo haber leído o visto en algún documental que su muerte será a causa de un derrame cerebral. Qué pérdida más grande para la humanidad.

Miro a los soldados que nos siguen a pocos pasos. Se han detenido y aguardan a un par de metros por detrás de nosotros. Me acerco al maestro.

—Serás un personaje de gran importancia —susurro para que este secreto quede entre nosotros—. Tus escritos y tus pinturas, así como los objetos que has diseñado, se estudiarán y serán admirados por todos. La Gioconda tendrá un valor incalculable y será el cuadro más reconocido del mundo.

Leonardo me mira en silencio en la penumbra del túnel.

—Serás considerado una de las personas más influyentes en la historia del ser humano —resumo.

Su mirada es tierna.

Creo ver una lágrima que asoma en sus ojos.

Suspira.

Pone su mano en mi hombro.

—Gracias, maese Quim. Te lo agradezco.

Dicho esto, da media vuelta para seguir caminando.

Me cuesta seguir su ritmo. El muslo me quema.

A los pocos minutos, salimos a la casa que el maestro usa como taller y que solo él y sus más allegados conocen. Allí sigue la mujer joven que vi cuando desperté hace unas horas. Leonardo la saluda sin detenerse. Agarra una bota, que supongo que contiene agua, y un par de pedazos de pan.

Salimos y me pregunta:

—¿Hacia dónde debes ir?

—Mi punto de partida está a unos cinco kilómetros hacia el sur. Un lugar en el que solo hay campo y árboles.

Leonardo asiente. Piensa unos segundos y arranca a caminar con paso rápido. ¡Cómo corre este tío!

¡Qué vitalidad, por Dios!

Los dos soldados nos siguen el paso.

En poco menos de una hora llegamos a la zona. Por más que he insistido en que viajemos en carro, los guardias han preferido ir a pie porque, según ellos, es más fácil camuflarse de los atacantes.

Estoy muy cansado.

Solo hemos parado una vez para comer el pan y beber agua. No quería beberla, pero la necesitaba como el respirar. Por suerte, llevaba una pastilla potabilizadora. Espero que haya hecho su efecto o las cagaleras llegarán en cuanto vuelva al presente.

—¿Y ahora? —quiere saber.

—Ahora solo necesito concentrarme durante unos segundos y saltar a mi tiempo —le respondo, sabedor de que es algo incomprensible.

Llevo el iPad oculto entre mi ropa, protegido bajo el chaleco antibalas. Me muero de ganas por saber qué información contiene en su interior.

—Muchas gracias por su ayuda —le digo.

—A ti te doy las gracias, mi buen amigo, por revelarme la importancia que tendré en el futuro —contesta, justo antes de darme un sincero y cálido abrazo.

Los soldados se acercan a nosotros.

Uno de ellos le dice algo a Leonardo. Su cara cambia.

—En guardia —me ordena el joven soldado—. Creo que estamos rodeados.

En ese instante, varios hombres aparecen tras los matorrales y se abalanzan contra nosotros. Debe de haber como una docena. Gritan como poseídos, espadas en mano. Algunos llevan hachas.

Malditos cabrones.

¿Cómo pueden saber dónde estoy en cada momento?

Saco mi espada y me pongo en guardia.

—Quédate a mi espalda —le ordeno.

Leonardo me hace caso y se coloca a mi espalda, entre uno de los soldados y yo.

El ataque de los asaltantes es feroz. Vienen todos de golpe, sin miramientos. Esquivo al primero, vigilando mi espalda y al maestro. El segundo llega seguido, no lo esquivo, ya tengo otro a mi retaguardia, a este le rebano el cuello sin miramientos. Me giro para encarar al primero. Doy un par de pasos, desvío sus golpes de espada y le clavo la mía en el pecho.

Dos menos.

Veo de reojo que los soldados se ocupan de otros tantos. Saben luchar muy bien.

La pierna me quema cada vez más. Duele como si tuviera una daga ardiendo clavada en el muslo.

Leonardo se percata de ello.

—Márchate ya, amigo mío. Los soldados darán buena cuenta de estos energúmenos.

Desvío el ataque de otro. Nuestras espadas se cruzan y hacemos fuerza para empujarnos. Sus ojos se clavan en los míos. Tiene una mirada alocada, insana. Este es un ladrón de mentes, sin duda alguna. Lo siento por el cuerpo que acaba de poseer, pero morirá.

En medio de este despropósito, una idea sobrevuela mi cabeza. ¿Qué pasaría si lo hiero lo suficiente como para que no pueda luchar, pero sin matarlo? ¿Dejaría este cuerpo y por lo tanto el inocente huésped no moriría?

Pensado esto, doy un paso al lado, esquivo su golpe y le hago un corte preciso en su brazo derecho. La espada cae de su mano y su mirada se vuelve distinta. Hay terror en sus ojos. Me acerco despacio, levanto mi espada para dejarlo como un pincho moruno y veo que el cuerpo cae desmadejado y sin sentido. El ladrón de mentes se acaba de largar. Y el inocente sobrevivirá a pesar de la herida.

Mi conciencia está más tranquila.

El dolor de mi pierna se vuelve cada más fuerte. Y eso me preocupa. Noto que estoy un poco mareado. El campo da vueltas a mi alrededor. Apenas puedo sostener la espada.

Caigo de rodillas. Esto no es bueno.

Sea la herida que sea, el efecto Pausa ralentiza mi lesión, el dolor y todo lo que le suceda a mi cuerpo. Esto quiere decir que, si aquí estoy jodido, en cuanto vuelva a mi tiempo y el efecto deje de hacer su trabajo voy a durar un suspiro.

Tengo miedo.

—Hora de partir, maese Quim. Ahora, se lo ruego —ordena Leonardo, dándose cuenta de que algo no va bien.

Se agacha y me toca la cara mientras que los dos soldados repelen los ataques. Una lluvia de piedras cae del cielo. Veo de reojo que hay varios tipejos lanzando cantos con una honda.

—Me encuentro en buenas manos —suplica Leonardo, al tiempo que se protege la cabeza de la pedregada que sigue cayendo—. Vete, mi buen amigo.

Miro a mi alrededor y compruebo que solo quedan cuatro asaltantes con vida y algunos cobardes lanzando guijarros. Es cierto que los valientes soldados podrán con ellos.

Asiento.

Leonardo también.

—Volveré a verte, viejo amigo —le digo con mucho esfuerzo. Noto que estoy a punto de desfallecer.

—Esperaré impaciente, amigo viajero —indica con una sonrisa traviesa.

Me concentro todo lo que puedo entre tanto griterío y dolor. El muslo ahora arde como el fuego.

Leonardo me mira, atento.

Respiro.

Noto que estoy preparado.

La luz brillante llega y mi cuerpo deja de pesar.

Levanto la cabeza y entre tinieblas lejanas puedo ver al maestro observándome. Sus ojos se abren a medida que mi cuerpo se marcha del lugar. Puedo verlo sonreír, sorprendido como un niño ante un truco de magia. En un instante, su cara cambia. Creo haber visto como una piedra le golpea con fuerza en la cabeza. La he visto salir rebotada. Era enorme. Al mismo tiempo que yo salto, sus ojos se cierran y cae sin sentido a mi lado. Intento detener el salto. No lo he hecho antes y no sé si funcionará. Me concentro en interrumpir mi viaje, pero es como intentar detener una caída libre.

Es imposible.

Antes de que su cuerpo sin sentido toque tierra, yo ya he desaparecido del lugar.

Capítulo 78

Presente
Lunes 28 de abril
Amboise
17:58h

Mi cuerpo vuelve a pesar. Las luces del día me indican que falta algo de tiempo para anochecer. El dolor de mi pierna estalla en mi cerebro como un petardo en noche de verbena. Miro a mi alrededor y compruebo que estoy a unos veinte metros de donde salté, justo a un paso de la bolsa que escondí antes del salto.

Me arrastro como puedo hasta ella.

Al dolor de la pierna se le ha unido una tortura indescriptible cuyo epicentro está en mi cerebro. Mi cabeza está a punto de estallar. Me hace vomitar mientras intento abrir la cremallera estanca de mi bolsa. Cierro los ojos para que no me estallen, porque eso es lo que creo que me puede llegar a pasar. Saco un pequeño botiquín de emergencia que no sabes cómo me alegro de haber traído. Busco la morfina inyectable. Hay dos ampollas de cinco miligramos y tengo claro que con una no va a ser suficiente. Apunto justo al lado de la herida de mi pierna y la inyecto. Me dejo caer en el suelo, exhausto por el dolor que todavía me atraviesa el centro de la cabeza. Coloco el segundo inyectable y me lo clavo en la otra pierna.

El calor me invade como una ola de fuego. Confío en no haberme pasado de la raya. Me quedo boca arriba. Abro los ojos y observo el cielo azul salpicado de nubes blancas que saltan como ovejas en el campo. El calmante me abraza, me relaja y apacigua el dolor de la pierna por completo. El de la cabeza no llega a desaparecer del todo.

A mi memoria llega la figura de Leonardo cayendo al suelo por la pedrada que ha recibido. Ojalá no sea esa la causa de su muerte, porque sin duda habrá sido culpa mía.

Oigo crujidos de ramas secas a mi alrededor.

Me doy la vuelta y pongo cuerpo a tierra.

Tengo la boca seca y la lengua pastosa, como si acabara de despertarme con una resaca de campeonato. El mundo que me rodea se ha montado en un tiovivo que gira a mi alrededor cada vez más deprisa. Apenas puedo mantener los ojos abiertos, los párpados pesan dos toneladas cada uno.

Eso sí, ya no siento dolor alguno en la pierna. Pero el pinchazo de mi cabeza va a más, inexplicablemente, al igual que las pulsaciones que siento en los ojos. En cualquier momento se me rompen las venas del tarro y acabo muerto en medio de un campo de cultivo. Qué final más ridículo para un Señor del Tiempo.

Levanto la cabeza con esfuerzo y lo veo.

Hay un tío vestido de negro delante de mí. A unos veinte metros. Y hay otro a mi derecha. Este último lleva una pistola y apunta al primero. Espera al momento justo para dispararle. Intento levantar la cabeza un poco más, pero el pinchazo en mi nuca se vuelve más intenso.

Observo de nuevo al tipo de negro. Se da la vuelta y entonces lo veo. Va vestido como yo. Con su barba y todo.

¡La madre que me parió!

¡Soy yo!

¡Soy yo mismo instantes antes de saltar hace un par de días!

Por eso me duele tanto la cabeza. Es por el efecto Imán.

Miro de nuevo al otro tipo. Está agachado entre los arbustos, pistola en mano. Ese debe de ser el cabrón que me disparó antes del salto. Intento colocarme de rodillas sin hacer ruido. Saco mi daga del cinturón. No me veo capaz de caminar hasta él y luchar cuerpo a cuerpo, pero intentaré lanzársela.

El tipo de negro, o sea, yo mismo, está concentrado en lo suyo, cosa que aprovecha el otro para ponerse de pie y apuntar sin miramiento. Ahora tengo más blanco. Hago un último esfuerzo. Saco fuerzas de no sé dónde y yo también me pongo de pie, apunto y le lanzo la daga sin pensarlo dos veces.

Mi arma se clava en su brazo derecho, el que sujeta el arma, pero no evita que dispare. Saco mi segunda daga del cinto mientras compruebo cómo mi otro yo se vuelve transparente y desaparece en el salto llevándose un disparo de regalo.

Me acabo de salvar la vida.

Nada más desaparecer mi yo del pasado, mi cabeza espabila en un segundo como si una cascada de agua helada me cayera encima. Sospecho que el efecto Imán acaba de desaparecer.

El portador del arma me mira sin entender lo que sucede.

Nuestras miradas se cruzan.

Es el cabrón con el que luché hace unos días.

Se mira el brazo y ve mi daga clavada en su bíceps. Grita del dolor. Mi instinto me dice que hoy está en su cuerpo, lo que quiere decir que es de mi presente.

—¡*Mardito* hijo de la gran puta!

Se agacha para recoger la pistola que se le ha caído. Antes de que lo consiga llego junto a él y le pateo con todas mis fuerzas en la cara. Tengo las piernas adormecidas, pero todavía puedo moverlas bien.

Cae hacia atrás. Queda boca arriba, aturdido del golpe.

Cojo su arma y le apunto a la cabeza.

—No *tiene huevo*, medio mierda —me ladra.

—Nunca me han gustado las armas de fuego —contesto.

Lanzo la pistola lejos de mí.

Él sonríe.

Varios dientes han saltado de su boca gracias a mi chute.

—*Ere* un cobarde —me suelta a la vez que intenta incorporarse. Yo miro a mi alrededor. Si este está por aquí, es posible que haya más ladrones de almas cerca.

Antes de que consiga levantase me acerco. Está sentado, con las dos manos apoyadas en la tierra. Levanta su enloquecida mirada y me observa. Noto que está aturdido por la patada que le he dado. Me agacho y, en menos de medio segundo, le clavo mi segunda daga en el cuello.

Su cara me cuenta que no sabe qué ha sucedido.

Intenta hablar, pero no puede.

Saco la daga y el líquido rojo que sale de su arteria cae por su cuello, llega hasta el hombro y resbala por su brazo izquierdo como el cauce de un río hasta tocar la tierra.

—Ya no vas a hacerle daño a nadie más —indico sin dejar de mirar a unos ojos que se apagan a cada segundo que pasa.

Un instante después cae muerto.

Recupero mi primera daga de su brazo y limpio la hoja en su sucia camiseta. Miro a mi alrededor y camino de vuelta hasta mi mochila, vigilante por si hay alguien más.

Empiezo a marearme de nuevo.

Saco el teléfono y marco el número de Víctor.

Antes de acabar de pulsar la última tecla mi vista se nubla.

Algo no va bien. Siento un calor sofocante, pero mi frente está fría y pegajosa. Creo que tengo una bajada de tensión. Sospecho que el subidón de adrenalina producido por la visión del tipo que iba a dispararme ha finalizado, hecho que ha enmascarado momentáneamente una sobredosis de morfina. Ahora estoy sintiendo los efectos reales. Supongo que, al final, dos chutes sí que eran demasiado.

Con la vista nublada pulso la última tecla.

Espero haber acertado. Caigo al suelo, junto al teléfono.

—Dime —escucho a Víctor contestar en la lejanía.

—Ayúdame —consigo decir tras unos segundos—. Disparo en muslo. Demasiada morfina. Ven ya.

Capítulo 79

MARTES, 29 DE ABRIL
CONSULTA DE DAVID
14:35H

El olor que puedo identificar antes de abrir los ojos es demasiado familiar para que pase desapercibido. El tacto de las sábanas también. De fondo escucho el familiar y monótono pitido de la máquina que, casi seguro, está controlando mis signos vitales. Muevo los dedos de las manos y responden. Los de los pies también. No sé por qué, pero es una manía que tengo siempre que despierto en un hospital. Pienso que si mis extremidades funcionan es que todo va bien.

Abro los ojos con esfuerzo y descubro con gran alegría que estoy en la consulta de David, tal y como sospechaba. No recuerdo cómo he llegado. Intento hacer memoria y lo último que puedo recordar es que llamé a Víctor.

Después de aquel instante todo es oscuridad.

La puerta de la habitación se abre.

—¡Bella durmiente!

Es David. Sonríe.

—¿Qué tal? —le saludo. Me cuesta hablar.

—Eso quiero saber yo. ¿Qué tal te sientes?

—Cansado. Mucho, a decir verdad.

—No me extraña, tío —levanta sus manos a la vez que mira hacia el techo—. ¿Qué esperas después de dos chutes de morfina que podrían dormir a un caballo?

—Uno no me hizo nada —le digo. Es verdad. El primero me alivió el dolor de la pierna, pero la cabeza seguía por explotarme.

—Imposible, ya te lo digo yo, pero bueno, contigo nada es normal. Y lo hecho, hecho está —contesta el doctor, resignado—. El resultado de la resonancia no ha mostrado nada extraño.

Yo lo miro sin entender demasiado de qué habla.

—Cuando llegaste solo repetías una y otra vez que la cabeza te había dolido como si te fuera a estallar —informa al verme tan perdido—. Y te digo que todo está en su sitio. Estás tan mal de la cabeza como siempre.

Yo sonrío.

Mireia entra en la habitación con su inseparable carro repleto de artilugios.

—Buenos días, dormilón —me saluda. Siempre está de buen humor.

—Hola, Mireia. ¿Qué tal estás?

—Mejor que tú por lo que veo.

David se ríe.

—No te metas con nuestro mejor cliente. No sé qué haríamos sin él —bromea. Aunque creo que no le falta razón.

El doctor se sienta junto a mi cama.

—Creo que ya he averiguado tu secreto —me susurra serio. Me mira fijamente y espera unos segundos antes de continuar—. Eres un agente secreto, como Jason Bourne. ¿A que sí?

Espera una respuesta.

Su mirada es traviesa. Quiere saber.

—¡Qué dices! Yo solo soy un pringado que siempre está donde no debe y en el momento equivocado.

El doctor asiente. No dice nada, pero se muere de ganas por saber qué hago con mi vida. Por qué siempre aparezco por aquí medio muerto. Y, la mayoría de las veces, en situaciones demasiado insólitas.

—¿Venías de un baile de disfraces? —indaga.

Yo sonrío al recordar que habré llegado aquí con las mallas y el traje de emisario italiano. Espero que Víctor guardara las dagas y el iPad. Un escalofrío de preocupación me aborda. Estoy seguro de que Víctor se ha ocupado de todo. Es un profesional.

—Venía de una feria medieval —miento.

—Ya. Bueno. Algún día te inyectaré suero de la verdad y me lo contarás todo —bromea. O eso espero, porque este tiene más peligro que un vampiro en un banco de sangre—. Te paso el parte porque veo que no recuerdas demasiado: Llegaste ayer poco antes de las once de la noche. Menos mal que tienes ese helicóptero, porque si no, otra ocasión más que no lo cuentas.

No recuerdo nada de eso.

—Víctor me informó de que le habías dicho antes de desmayarte que tenías una sobredosis de morfina. Buena idea dar este dato antes de desfallecer —añade a la vez que me guiña el ojo—. Gracias a ello el piloto pudo darte un chute de naloxona.

Ahora que lo dice, recuerdo que desperté en el helicóptero, aturdido, aunque duré poco tiempo consciente. Yo diría que ese exceso de calmante me ayudó a superar el efecto Imán y no morir junto a mi otro yo, pero, una vez que el otro Quim saltó, desapareció el dolor y la morfina cumplió con su función dejándome más que colocado y medio muerto.

—De todas formas, el problema más grave venía de la herida de tu pierna —prosigue contándome David a la vez que revisa el vendaje de mi muslo—. He tenido que abrirte de nuevo y repasar la costura que te hicieron.

Yo intento recordar, pero todo está oscuro.

—¿Quién te operó? —quiere saber.

La imagen del maestro Leonardo llega a mi cabeza.

Si yo te contara…

—Me desmayé tras el disparo. Cuando desperté ya me habían operado —no le miento, pero no le cuento todo. Como siempre, vamos.

—La sutura era basta, pero sirvió para detener la hemorragia. En parte te salvó la vida, sin duda que le puedes dar las gracias.

Lo haré cuando lo vuelva a ver.

—¿No has dicho que estaba bien cosida? —pregunto.
—Cosida, sí. Limpia, para nada. Tenías, bueno, tienes una infección como un castillo de grande.
—Muy grande, sí señor —repite Mireia tras tomarme la temperatura y la tensión.
—Ayer te di antibióticos de amplio espectro como medida preventiva. En cuanto verificamos que tu estado se debía a una sepsis causada por una infección bacteriana, la tratamos como tal.
—El tío que te operó no era muy limpio —añade Mireia.
—No había visto nunca tanta bacteria junta, amigo mío.
Me lo puedo imaginar. Vete tú a saber con qué me abrieron. Seguro que con el mismo cuchillo que habían usado para destripar a los cerdos o a los conejos y que también servía para otros menesteres.
—En fin, que has de guardar reposo un par de días hasta que la infección desaparezca del todo —recomienda David.
—Si tú lo dices, aquí me quedo —le digo sumiso.
—Toma, tu teléfono. Víctor lo dejó dentro de una mochila con ropa de recambio —me dice Mireia. Acto seguido, cambia la bolsa que cuelga de la percha y que supongo que alimentará mi cuerpo durante mi estancia aquí.
—Gracias —respondo con una sonrisa.
—Te bajo un poco la luz. Pasaré en un rato a verte. Ahora descansa que te lo mereces.
Dicho esto, Mireia me aprieta el brazo a modo de saludo y ambos se marchan. Yo los sigo con la mirada.
Miro el móvil y veo que tengo varios mensajes. Tras responder para no preocupar a nadie, a mi mente vuelve la imagen del iPad sobre la mesa de trabajo de Leonardo.
Busco en Internet cuadros sobre la mesa y sobre Salomón. No tengo muy claro por qué lo hago, pero si el maestro asegura que en las pinturas se encuentran muchas respuestas ocultas, no voy a ser yo quien le contradiga.

Tras demasiados minutos en los que, no sé cómo, he acabado viendo vídeos de YouTube, empiezo a estar como en medio de un sueño. Ese mágico momento en lo que ya no sé qué es real y qué no.

La realidad termina donde acaban nuestros sueños.

Lo que me haya puesto Mireia ya debe de estar haciendo efecto. Me siento muy cansado. Cierro los ojos y caigo dormido de nuevo.

Capítulo 80

Jueves, 1 de mayo
Tienda de Quim
11:15h

El taxi me deja junto a la parada de metro de Jaume I. Hace tres días que me marché, pero han sucedido tantas cosas, en lugares tan distintos y alejados de este, que es como si hubiera estado fuera semanas enteras. Todavía estoy algo aturdido. Debo seguir tomando los antibióticos que me ha dado David durante una semana más. Sin saltarme una sola toma, ha reiterado cien veces el buen doctor. Mireia me ha asegurado que me enviará mensajes para que no me olvide. Buena gente.

Estoy deseando llegar a mi sótano y empezar a indagar sobre el iPad que rescaté del castillo de Leonardo. No puedo quitarme de la cabeza el marrón que ha provocado en la historia el capullo que haya llevado este aparato al pasado. ¿A quién coño se le ocurre algo así? Vamos, si es que es de primero de viajes en el tiempo.

Ayer llamé a Lucía. Estaba preocupada porque no le había dicho nada en dos días. Por suerte, entendió que estuviera en medio del campo sin cobertura. He quedado con ella para tomar algo en el bar de mi tía. Ahora está trabajando. Mejor, porque yo no puedo esperar ni un minuto más a investigar este cacharro.

Llego a mi tienda dando un rodeo para no pasar por delante del bar. Ahora mismo no me apetece hablar con nadie. Solo quiero estudiar el objeto que, muy acertadamente, Víctor guardó junto con mis dagas y mi espada, antes de llevarme a la clínica de David.

Levanto la persiana y entro. Menos mal que ya no hace ruido, si no mi tía hubiera salido a darme la lata. Bendita grasa.

He de comprar más antes de que se reseque de nuevo. Cierro la persiana para que nadie me moleste y bajo al sótano.

Nada más entrar en mi territorio secreto, antigua cripta romana según testimonio muy de fiar de la señora Joana, cierro y me aíslo del mundo. Aquí tengo todo lo que necesito para desvelar este extraño misterio.

Abro mi mochila y saco la funda de neopreno que contiene el iPad. Un anacronismo rescatado de manos del mismísimo Leonardo da Vinci. El maestro lo estudió durante tres años sin conseguir discernir para qué servía. Un objeto que estaba oculto en aquella mesa que un protector, consciente de su cercana muerte, legó a su amigo el rey francés para que la protegiera. Una pieza que antes había estado en la cripta de la sinagoga del Call Menor. Una reliquia que fue hallada por los primeros caballeros templarios bajo los restos del primer templo del rey Salomón.

Mi pulso se acelera con solo escuchar el recorrido de este aparato. Mi padre ya intuía su importancia y por eso llevó un diario meticuloso sobre él, otorgándole más categoría que al resto de reliquias. Pobre, jamás pudo dar con la mesa. Va por ti todo lo que averigüe, papá.

Durante muchos siglos la insulsa reliquia fue objeto de devoción tan solo por haber pertenecido a Salomón, porque en realidad, desde que a la *tablet* se le acabó la batería, quiero pensar que como mucho sirvió para colocar sobre ella las tazas de té. Nada más. Por eso intuyo que, si no hubiera pertenecido al sabio rey y sus fieles no la hubieran tratado como un objeto místico, mágico y poderoso, habría acabado en la hoguera hace miles de años. Por suerte para todos no fue así y ahora la pieza más importante que formaba parte de aquel objeto está en mi taller.

Dejo el iPad sobre mi mesa de trabajo. Busco en la parte trasera el modelo y hago una búsqueda en Google para saber más de él. No encuentro información alguna. Hay cientos diferentes, pero nada sobre este. La verdad es que no soy muy bueno con estos cacharros. Le conecto el cargador y espero.

No sé si después de tantos siglos la batería habrá muerto del todo. Sería lo más normal.

Pasan los minutos y no da señales de vida. Sabía que esto podía pasar, aun así, tenía cierta esperanza.

Saco mi móvil y escribo un mensaje dirigido a Octavi. Si alguien puede averiguar algo de este aparato es él, sin duda. Espero que pueda ayudarme.

Me contesta al momento:

«Trae el iPad a la relojería. Lo desmontaré para ver el número de serie. Lo conectaré a una batería externa y así podrás ver todo lo que contiene y también si está vinculado a alguna cuenta».

Por suerte está trabajando hoy. Este tío es otro que vale cada euro que cobra.

Guardo la *tablet* y salgo de mi guarida para ir a la relojería. El día es bonito. Una jornada ideal para averiguar todo lo que necesito saber de este objeto y cerrar una búsqueda que comenzó hace ya muchos años. Paso por delante del bar y miro hacia dentro. No veo a mi tía, mejor, ahora voy con la marcha directa puesta y no me apetece charlar.

Octavi me abre la puerta de la relojería. Tiene colgado el cartel de cerrado. Le saludo. Con él sí me apetece hablar. Y mucho.

—Don Alfonso está abajo, enfrascado en sus temas —me informa, por si quiero pasar a saludarlo.

—Luego bajaré. Ahora quiero saber todo sobre este cacharro —le apremio—. Lo he conectado a la red, pero no ha dicho ni pío.

—Debe de tener la batería descargada y habrá muerto. Quizá hace mucho que no lo cargan —me explica.

No lo sabes tú bien.

Coloca el iPad sobre su mesa de trabajo y en un par de segundos ha sacado la tapa trasera con maestría. Está acostumbrado a trabajar con las manos a diario.

Ahora podemos ver las entrañas del sujeto a operar.

—Es de última generación —me cuenta—. Es la pantalla más grande que he visto. No me suena haber visto publicidad sobre este modelo.

Sigue indagando entre las tripas del paciente.

—Vamos a conectarlo a una fuente externa y así podremos ver los datos que nos interesan.

Lo conecta también a su portátil y espera.

Mientras rezo para que lo pueda poner en marcha, él sigue repasando las entrañas con unas pinzas de precisión.

—Este aparato es potente —susurra—. Es muy potente. No sabía que Apple tuviera a la venta este procesador. Ni esta capacidad de memoria.

Dicho esto, teclea en su ordenador.

—Yo quiero uno de estos —indica abrumado.

Mueve el ratón entre distintas pantallas de la web del fabricante a la vez que su semblante va mudando.

Finalmente me mira, serio, incluso asustado.

—¿De dónde has sacado esto, Quim?

—No puedo decírtelo, al menos por ahora —me limito a contestar. No dice nada—. Lo siento.

Hace un gesto con la mano como diciendo da igual, no importa. Él está acostumbrado a trabajar con el dúo Sacapuntas. La mitad de los asuntos que le piden son secretos y la otra mitad los hace sin conocer toda la información que le rodea.

Un pitido avisa de que el iPad acaba de encenderse.

—¿Funciona? —pregunto exaltado.

Él me observa. Asiente.

—Está arrancando.

Una serie de dígitos y letras aparecen en la pantalla de su portátil. Yo no entiendo nada, espero que él sí. Seguro que sí.

—¿Qué quieres saber? —me pregunta.

—Quién es el dueño y qué información contiene.

Octavi observa su pantalla.

—¿Sabes el PIN?

Nos miramos durante unos segundos.

En ese instante una voz resuena en mi cabeza.

Es la voz del maestro Leonardo.

—Prueba con 1, 2, 3 y 4 —le digo sin pensarlo dos veces.
Octavi teclea.
—¡Bingo! —exclama sorprendido.
—Pura suerte —le digo sin pensar—. Debe de ser la contraseña más usada del mundo.

En realidad, ha sido por una intuición. Una imagen que me ha llegado de repente y que vi mientras el otro día buscaba pinturas sobre la mesa y Salomón, tal y como me aconsejó maese Leonardo. Entre otras obras, me topé con un fresco antiguo: Salomón y la reina de Saba, de la biblioteca de El Escorial. Entre ellos, sobre una mesa, había una extraña tablilla, parecida a una *tablet* ahora que lo pienso, con estos cuatro números escritos en grande.

Aunque quizá solo ha sido suerte.
Ni pajolera idea.
Octavi trastea en su ordenador unos segundos más.
—Contiene una carpeta. Es muy grande porque ocupa bastante memoria —informa el chaval.
Teclea varias veces más.
—Hay muchas carpetas dentro de la principal, mira.

Mueve su pantalla para que yo pueda ver el contenido. Hay centenares de archivos y documentos de todo tipo que están ordenados por fechas. Van desde varios milenios antes de Cristo hasta el actual siglo en el que estamos.

—Debe de pertenecer a algún profesor de historia o a alguien por el estilo. Hay mucha información sobre diferentes culturas de distintas épocas —me dice Octavi, repasando los centenares de archivos—. Auge y caída de imperios, conquistas, descubrimientos, algo de medicina, física, astronomía y todo ese rollo.

Por mi mente pasan recuerdos sobre antiguas leyendas de la mesa: era capaz de mostrar el pasado, el presente y el futuro... Te podías ver reflejado en ella... Quien la poseyera podría conquistar el mundo... Podías ver en su superficie el mapa celeste... Tenía poderes mágicos...

Parece mentira, pero, como siempre, todas las fábulas tienen algo de verdad.

—No veo nada fuera de lo normal —indica Octavi, sin saber que en esta *tablet* no hay nada de normal.

Nada más decir esto, se acerca a la pantalla de su ordenador como si un manto de miopía lo hubiera poseído.

Me mira.

Vuelve a observar una serie de números y suelta un bufido. Se levanta de la silla, camina unos pasos alrededor de la mesa visiblemente alterado. Lo observo sabiendo en mi interior que algo gordo está a punto de suceder.

Me mira de nuevo y niega con la cabeza.

—Tío, esto no ha salido a la venta todavía. De eso estoy seguro. Estamos hablando del procesador más rápido del mercado y con una capacidad de memoria a años vista de lo que Apple tiene hoy.

Yo guardo silencio.

—¿De dónde has sacado esta jodida maravilla?

Sigo sin abrir la boca.

Tan solo lo miro.

—No quiero saber, tranquilo. Solo te informo de lo que tenemos aquí —señala a su mesa, cada vez más nervioso.

Y Octavi no es de los que se ponen nerviosos con facilidad.

Espera unos segundos.

Lee con atención toda la ristra de datos que aparecen en pantalla. Apoya los codos en la mesa y deja caer su frente contra las manos. Respira acelerado.

Suelta un soplido a la vez que niega con la cabeza.

Llegados a este punto me da miedo preguntar, la verdad.

—¿Qué sucede? —me atrevo a decir—. ¿Qué te ha puesto tan tenso, tío?

—Te puedo asegurar que no voy a poder encontrar la factura del que compró este iPad —me dice midiendo sus palabras. Está angustiado. Asustado.

—¿Por qué no?

—Porque la fecha de fabricación de este aparato que tenemos aquí, según sus datos internos, será dentro de dos años y tres meses.

Ambos guardamos silencio durante un tiempo.

—¿Quieres decir que todavía no se ha fabricado? —pregunto sabiendo la respuesta.

Octavi asiente en silencio.

Sus ojos están muy abiertos.

—No quiero saber de dónde lo has sacado, Quim, pero esto no es de nuestro tiempo. Viene del futuro.

—¿Hay algún dato que nos diga a quién pertenece?

—A quién pertenecerá, querrás decir.

Yo asiento.

También estoy algo nervioso por saber de quién es. Como sea mío la habré cagado que no veas y habré roto más leyes universales que nadie en la historia del hombre. Además, no voy a poder explicarle nada y espero que sepa guardarme el secreto, cosa que no dudo.

—Tengo la ID del usuario —indica muy serio.

Incluso abrumado, diría yo.

—¿Y? —susurro. Mi piel se eriza y mi sentido arácnido se activa antes de que diga una sola palabra.

Me mira sin atreverse a decir nada.

Solo me mira.

—¡Octavi! —exclamo.

Odio estas pausas dramáticas.

—Este iPad, que todavía no se ha fabricado, pertenece a Félix Mora. Tu padre.

Capítulo 81

BAR DE ROSA
13:15H

No soy muy consciente de cuánto tiempo ha pasado desde que Octavi me ha dado el dato más excitante y terrorífico de mi vida. En cuanto he escuchado la respuesta he enmudecido del todo. Ni siquiera le he preguntado si estaba seguro, si era posible que estuviera equivocado... No. Algo en mi interior, ese instinto arácnido que tanto amo y que infinidad de veces me ha salvado la vida, me ha dicho que estaba en lo cierto.

He vuelto a mi tienda. Creo que me he ido de la relojería sin decir ni adiós. Octavi sin duda lo entenderá. He dejado el futurista aparato a buen recaudo en mi cripta secreta, es un objeto fuera de su tiempo que debe quedarse en la oscuridad.

Mi tía me ha dicho nada más entrar que tenía cara de estreñido. Me he tomado una bebida de esas energéticas a ver si espabilaba. La noticia me ha dejado algo chafado. Tengo la mente completamente cerrada.

Ante mí tengo una servilleta. En ella he escrito las únicas dos posibilidades que podrían dar una explicación de por qué mi padre, desaparecido hace ocho años y dado por muerto hace tres, comprará o tendrá en su poder un iPad que no se pondrá a la venta hasta dentro de dos años y tres meses.

La primera opción que se me ocurre es que mi padre no esté muerto. Aparecerá en breve, vivito y coleando, cosa que me haría muy feliz, se comprará la *tablet* y yo me la llevaré de paseo y la perderé en el pasado, donde acabará en manos del rey Salomón y lo hará muy sabio.

Esta opción tiene muchos vacíos, entre ellos, cómo sabrá Salomón hacerla funcionar y empaparse de toda la información que contiene. Si nadie se lo explica, tan solo le servirá para usarla como espejo mientras se afeita.

¿Acaso yo seré el que le muestre los secretos del ser humano y le dejaré la *tablet* para que sea el rey más sabio de la historia? Lo dudo mucho, la verdad. Sabiendo lo que sé ahora sobre el dichoso aparato y todo lo que le rodea, jamás lo llevaría al pasado.

Opción dos, improbable, pero no imposible porque a estas alturas ya me puedo esperar de todo: mi padre también es un Señor del Tiempo y él llevará el iPad al pasado. Quizás en nuestro caso no ha habido ese salto generacional del que habló Ismael. Podría ser que mi padre esté por ahí en estos momentos, danzando a sus anchas en alguna época lejana, despreocupado, sin pensar en el dolor que hemos sufrido por su pérdida porque, cuando él decida volver, lo hará al minuto después del que saltó y, por lo tanto, todo este tiempo que hemos vivido desde que él desapareció se esfumará.

Yo también he hecho algo parecido, como, por ejemplo, cuando estuve en Japón. Pasé quince maravillosos años aprendiendo todo aquello que me interesaba. Durante esa década y media el tiempo en mi presente también corrió. Mi tía sufrió, sin duda, pensando que yo había muerto, hasta que un buen día decidí regresar a mi presente y, para no perderme esos quince años que ya habían transcurrido, volví a tan solo un par de horas tras mi salto.

Se creó un nuevo presente y aquellos quince años que todo el mundo vivió y en el que me dieron por muerto se esfumaron en un segundo.

Una sonrisa se dibuja en mi cara.

Estoy seguro de que mi padre está viviendo su propia aventura, allá donde esté. Volverá en breve y estos ocho años que hemos estado sin él se esfumarán como arena que se lleva el viento del ocaso.

Mi mente se colapsa durante dos segundos en los que miles de pensamientos se entremezclan, mientras una alarma imaginaria comienza a sonar.

¡Mierda!

¡Joder!

¡Me cago en la leche puta!

¡La madre que lo parió!

Si se esfuman estos últimos ocho años de vida me pierdo absolutamente todo lo que he vivido. No tendré nada. Ni mis saltos en el tiempo ni mis aprendizajes durante ellos ni mi rollo con Lucía. Mierda, es que ni siquiera sabré que puedo viajar en el tiempo. Dejaré de ser lo que soy ahora y volveré a ser un desgraciado sin rumbo que todavía no le ha encontrado un sentido a la vida.

¡Me cago en mi padre allá donde esté!

¡La madre que te trajo!

Un sudor frío recorre mi espalda.

En menos de un segundo mi corazón se ha dividido entre "no quiero volver a ver mi padre" y "sí quiero abrazarlo de nuevo".

Arrugo la servilleta y la lanzo a la papelera que tengo al lado. Esto es una putada de dos pares de huevos. No quiero perder nada de lo que he vivido. Ni quiero ni puedo.

Joder, joder, joder...

—Toma, campeón, un café de los de verdad. A ver si espabilas ya. Menos mal que Lucía te va a poner las pilas, que si no...

No digo nada.

La puerta del bar se abre y el dúo Sacapuntas entra. Saludan a mi tía y se acercan a mi mesa.

—¿Permitirías que compartiéramos este asiento a tu lado, o acaso tienes planes más fascinantes que soportar las anécdotas de un par de ancianos?

—Viejo lo serás tú que estás más estropeado que los dedos de un carpintero. Yo me siento muy joven.

Los observo en silencio.

El relojero me mira con interés.

—Confío en que tu periplo laboral haya rendido frutos satisfactorios —indica taladrándome con su mirada—. Aunque no te siento tan jacarandoso como de costumbre.

—Es solo cansancio.

—¿Has averiguado algo más de los objetos? —quiere saber el librero—. Nosotros nos quedamos en punto muerto y ahí seguimos.

—Nada más. No hay hilo del que tirar —miento. No puedo contar lo que he vivido, por más que quiera. Me encantaría narrarles lo que he averiguado sobre mi padre, pero no debo desvelar su secreto. Si es que lo tiene, porque todavía no tengo nada claro.

—Quién sabe, quizás en el momento menos previsible se presentará un cabo pendiente al que aferrarse.

—¿Qué os trae por aquí, pareja?

Mi tía aparece silenciosa por la retaguardia del relojero, que se asusta al escucharla tan cerca.

—Tranquilo, tigre, a ver si te va a dar un tabardillo.

—Entiende, Rosa mía, que he atravesado tantos e incontables sobresaltos en mis años mozos que mi corazón es ahora de porcelana.

—Si quieres me pongo un cascabel como los gatos.

El librero se parte de la risa.

—Tú no te rías mucho, que llevas los mismos kilómetros que él, metro arriba, metro abajo.

Mi tía no tiene remedio.

—Al lío, que yo, al contrario que otros, tengo que trabajar. ¿Qué os pongo? —pregunta, libreta en mano—. De primero hay gazpacho, ensalada verde y crema de verduras. De segundo, galta al horno o dorada a la plancha.

—Yo comeré más tarde, *tieta* —le digo. Ahora mismo tengo el estómago cerrado a pesar de que hace por lo menos tres días que no como nada. En la clínica solo me he alimentado con esas bolsas que me colocaba Mireia.

—Yo me conformo con unas galtas cocinadas con cariño y amor y adornadas con unas buenas patatas —indica el relojero.

—Yo quiero la crema de verduras y unas buenas galtas con patatas —añade el librero—. Hoy estoy tan hambriento que pediré hasta postre.

—Menudo tragaldabas estás hecho —señala el relojero.

—Di que sí, hay que alimentarse bien —añade mi tía.

—Trae también un vino de la casa con gaseosa —apunta el relojero con el dedo levantado—. Un modesto sorbo de vino diario resucita el ánimo y posterga la visita del segador. Si no, que se lo digan a los curas, que apenas pillan resfriados.

—El segador no se atreve a pasar a veros. Seguro que le robáis hasta la hoz y lo mandáis al paro —apunta mi tía antes de marcharse.

Los tres nos miramos durante unos segundos.

—Parecía que tener el manuscrito iba a ser una buena aventura, aunque, al final, se ha quedado en nada —opina don Emilio, el perenne librero del barrio.

—Tampoco hay novedades acerca de los soplagaitas amigos de los hermanos ñiquiñaques —añade don Alfonso, el incombustible relojero—. Octavi investigó, pero se extravió en un intrincado laberinto de empresas que desembocaban en una densa y espesa neblina de países que no comparten información alguna sobre sus mejores clientes.

Me gustaría contarles la verdad.

Hablarle de los levitas. Del poder que sus primogénitos tenían hace muchos siglos. Y que siguen teniendo. Que la rama se dividió en dos, creando a los buenos y a los malos. Como casi siempre ha sucedido a lo largo de la historia. El bien contra el mal. Pero no debo. Por mucho que quiera.

—A veces es mejor no saber. Y más teniendo en cuenta la visita que os hicieron —les digo.

Ellos asienten. Recuerdan el momento.

Me masajeo las sienes.

Desde que volví del último salto, donde me encontré conmigo mismo, tengo un ligero dolor de cabeza que no acaba de desaparecer.

El relojero me mira curioso.

—Tu padre, que en paz descanse en el paraíso del amor eterno y de la barra libre, también se masajeaba a menudo tal y como tú haces ahora mismo. —Asiente con la cabeza, lentamente, señorial como siempre—. Tienes algo que te ronda el pensamiento y rebota dentro de tu cabeza como una bola en la máquina del millón. Si no lo liberas, de tanto golpear, terminará por romperte una vena y provocarte un ictus o algo aún peor.

—Mira que eres melodramático —suelta el librero.

—La vida es una mojiganga continua, viejo amigo.

Me mira de nuevo.

—Tu padre tenía esta misma mirada muchas tardes. Pasaba horas sumido en sus reflexiones, trazando garabatos en cuadernos, arrugando hojas, volviendo a dibujar hasta hallar lo que buscaba. Era un hombre extraordinario.

El relojero pone su mano sobre la mía.

—Estamos aquí para lo que precises.

Desvía su mirada hacia la puerta.

—Acabo de notar la entrada de alguien que podría hacerte olvidar los pesares y regalarte una sonrisa, mi estimado.

—Buenos días —saluda Lucía, en general. Me mira. Se sienta en la barra—. Ponme un té, por favor.

Esa suave voz me tranquiliza al instante.

—No malgastes tu tiempo con dos ancianos como nosotros cuando la vida te regala un dulce así. Adelante, nosotros sobreviviremos sin tu compañía.

El relojero me guiña un ojo.

Yo asiento.

—Gracias por estar ahí siempre, amigos.

Me levanto al tiempo que escucho al librero decir por enésima vez que él no es viejo. Vaya par.

Me acerco a Lucía, nervioso.

Mi tía mira de reojo.

Hasta mi mente llegan sus pensamientos: «Plántale un besazo en los morros o te corro a collejas, tontorrón».

Ella sonríe.

Me percato de cuánto la echaba de menos.

Ahora que te encuentro, todo se vuelve verdad, se derrumban los palacios y traes verde a sus solares.

—¿Qué tal tu viaje? Tienes cara de cansado. ¿No has dormido bien?

Cuando no tenía novia, mis saltos, mis heridas y mis casi muertes pasaban desapercibidas. Supongo que estas preguntas, cuyas respuestas son complicadas, son el precio que se debe pagar por ser feliz siendo Señor del Tiempo.

Pagaré este peaje con mucho gusto.

—Han sido días intensos. He dormido muy poco.

Ella me acaricia la mano.

—Te he echado de menos —me susurra al oído al tiempo que me da otro beso—. Si quieres, y no estás muy cansado, esta noche me puedo quedar en tu casa.

Un escalofrío de los buenos me recorre de pies a cabeza.

—Sería genial —le contesto.

—¡Perfecto! —exclama sonriente. Apura lo poco que le quedaba de té y se baja del taburete. Me mira con cariño. Ojalá no pierda esa mirada jamás.

Que nunca me abandone como se abandonan los zapatos viejos.

—Me voy ya porque tengo una guiada con un grupo de americanos en cinco minutos. Solo he pasado para verte.

No es bonita, es lo siguiente.

—Esta noche nos vemos —le prometo.

Dicho esto, me planta otro beso y se marcha después de despedirse de mi tía. Me quedo sentado en el taburete mirando la barra vacía. Vuelve a mi cabeza la probabilidad de que mi padre sea como yo, cosa que cada vez tengo más clara, tanto como el peligro de perder estos ocho años si él decide volver al instante de su salto.

—¿Quieres comer algo? —quiere saber mi tía. Me mira, trapo en mano—. Tienes cara de *desganao*.

No contesto.

Mi cabeza anda perdida entre densas nubes.

Me observa. Seca sus manos en el delantal negro que hoy lleva bordada una rosa amarilla.

Rosa de Alejandría, rosa amarilla.

—¿Qué pasa por esa cabecilla loca? —indaga. Sabe que algo me perturba, como buena bruja que es—. Ya tienes lo que tanto ansiabas y casi sin esfuerzo. Menos mal que ella decidió dar el primer paso porque si no te quedas *pa* vestir santos el resto de tu vida.

—Lo malo de ser feliz es la tristeza que te posee cuando dejas de serlo.

—¿Por qué estás tan negativo?

La miro en silencio durante unos segundos.

—Por miedo a perder lo que tengo en estos momentos.

—Solo tú puedes hacer que eso pase. Si cuidas tu relación con Lucía podéis ser felices muchos años. Incluso el resto de vuestras vidas.

—Siempre hay factores externos —le digo.

Mi tía me observa. Seria.

Tiene las dos manos apoyadas en la barra y parece que la va a saltar en cualquier momento.

—Si un externo de esos puede robarte este momento, lo coges del pescuezo y le arrancas la cabeza como a los pollos. Que nadie te quite lo que más quieres.

Dicho esto, me agarra la cara con sus dos manazas y me mira a dos palmos de distancia.

—Sal ahí fuera y cómete el mundo.

Me planta un beso en la frente y se marcha hacia la cocina para seguir con sus quehaceres. El dúo Sacapuntas me observa. Nos saludamos con la cabeza antes de que me vaya.

Camino hacia mi tienda.

En cuanto llego a la puerta miro hacia la plaza del Rey y los recuerdos de Bernat rascando la piedra asoman de nuevo. Camino hasta las escaleras donde está la galera de Bernat.

La busco.

La encuentro.

Hay turistas repartidos por todo el lugar, fotografiando cada piedra sin saber que esta es la más importante de todas. La hizo mi amigo Bernat hace siete siglos.

Paso los dedos por la desgastada galera y pienso en todo lo que he vivido en estos últimos años. Es demasiado para perderlo. Qué sentido tiene mi vida sin ellos. No lo voy a permitir.

Veo a Lucía con su grupo saliendo del Museo de Historia. Me ve. Saluda con la mano y me lanza un beso al aire que se pierde entre las paredes centenarias de la ciudad.

Estoy decidido.

Voy a averiguar si mi padre también es un viajero. Y, si es que sí, que es lo que me grita mi instinto, lo buscaré allá donde esté y le convenceré para que, una vez acabada su aventura, vuelva a mi presente y no al suyo. Entenderá que es la única manera de que yo no pierda todo lo que he vivido.

Espero que haga ese sacrificio por mí.

Quiero mi pasado tal y como está.

No quiero que se cambie ni una coma de él.

Camino hacia mi local. En mi cabeza ya tengo los pasos a seguir para encontrar a mi padre. Miraré en sus apuntes, averiguaré en qué estaba metido antes de desaparecer y empezaré por ahí. No voy a dejar tiempo ni lugar por remover hasta que lo encuentre.

Me dispongo a abrir la persiana cuando el aroma de las galtas horneadas de la Rosa alcanza mi nariz y provoca el rugido de mi estómago, que me advierte que llevo días sin probar comida de verdad. Inspiro el aroma y mi cuerpo cambia de dirección sin que yo se lo ordene.

Dejo atrás mi tienda y me dirijo hacia el bar de mi tía. Siempre es mejor viajar con el estómago lleno, la verdad, porque nunca sabes con qué aventuras te vas a encontrar.

FIN

Nota del autor

Cuando escribo una historia solo quiero ofrecer lo mismo que yo espero cuando abro un libro nuevo: que me entretenga y me transporte a otros lugares sin salir de casa. Si así ha sido, si has disfrutado con esta aventura, te agradecería que dejaras una reseña en la página de Amazon para que otros lectores la lean y sepan que esta historia les va a atrapar.

    Como agradecimiento por tu ayuda, si me envías por mail a info@ivangilabert.com un pantallazo de tu reseña ya publicada en la página de Amazon, te enviaré un regalo especial que he preparado con mucho cariño: un capítulo extra en el que te desvelaré el primer salto que hace Quim para ir en busca de su padre, donde visitará un lejano lugar en el que, por sorpresa, encontrará a un personaje que le contará qué fue de Bernat y de su familia.

    De nuevo, muchas gracias por tu apoyo. Espero que nos veamos en la siguiente aventura de Quim, o en cualquier otra de mi mundo literario.

Iván Gilabert
Maryland, febrero de 2024.

www.ivangilabert.com

Galera de Bernat
Plaza del Rey, Barcelona.

www.ivangilabert.com

Aclaraciones

Esta historia, que yo catalogaría como ficción histórica con tintes de fantasía, está llena de hechos reales, otros que son ficticios y, unos pocos, por qué no, digamos que fantásticamente posibles. Al menos, tanto como lo son todos esos acontecimientos que hoy en día damos por válidos y que todavía no tienen su correspondiente prueba científica que respalde su veracidad.

Si hablamos de las localizaciones que aparecen en la novela te diré que son muy reales, como, por ejemplo, el edificio de los Mora, aunque para adaptarlo a mi historia lo he descrito un poco distinto. Los locales de nuestros protagonistas están ocupados por otros negocios en cuyos sótanos existen antiguas criptas romanas y un pozo medieval que, según me comentó el dueño de la tienda de antigüedades que ocupa el lugar de la relojería de don Alfonso, servía para proveer de agua a los curtidores de piel hace ya muchos siglos.

Frente al edificio de los Mora está una de las sedes del Museo de Historia de Barcelona, un lugar mágico que te recomiendo visitar. Sus charlas y paseos guiados por el casco antiguo de la ciudad son muy didácticos y entretenidos. Hay otra sede en lo que era el barrio judío, donde hice varias salidas guiadas para empaparme de la historia medieval y pude imaginarme como era la judería por aquellos años.

La plaza del Rey está junto al Museo de Historia y ha sido testigo de muchos eventos ocurridos a lo largo de los siglos. Junto a ella puedes encontrar la capilla de Santa Ágata, el palacio Real Mayor o los escalones que llevan al salón del Tinell, donde, si te fijas bien, podrás encontrar la galera de Bernat cincelada en una de sus piedras.

www.ivangilabert.com

La iglesia de Sant Jaume está en la calle Ferran, entre la plaza de Sant Jaume y La Rambla, tal y como aparece en el libro. Fue la sinagoga del Call Menor hasta el año 1394. Sobre los restos de la sinagoga se edificó la iglesia de la Trinitat, que en el siglo XIX se convirtió en la actual parroquia. Quién sabe si bajo su altar existe una cripta repleta de secretos. Yo apuesto que sí.

La judería de Barcelona en el siglo catorce era, según todos los documentos que he podido consultar en el Museo de Historia y en otros lugares, tal y como la he descrito en la novela. Los nombres de las calles, así como la localización de las sinagogas y otros detalles, son reales. Apenas queda nada original, pero todavía puedes pasear por sus estrechas calles e imaginar cómo fue.

La plaza del Pi, así como la iglesia de Santa Maria del Pi que sin duda te recomiendo visitar, están en pleno barrio gótico de la ciudad desde el año 1319.

El fabuloso barrio de la Ribera es tan real como la ciudad misma. Este enclave reunió a distintos gremios de profesionales, cuyas calles todavía llevan sus nombres.

La iglesia de Santa Maria del Mar es otra visita obligada si paseas por la zona del Borne. Se acabó de construir en el año 1384, por eso Quim la pudo contemplar en todo su esplendor.

En cuanto a los hechos que tienen que ver con la historia del pueblo judío y que se relatan en la novela, la mayoría de ellos son reales, otros, fruto de mi mente. Si bien es cierto que los levitas eran los responsables sacerdotales del Tabernáculo y más tarde del templo de Salomón, la historia no dice nada de que viajaran en el tiempo, al menos que se sepa.

El hecho de que los israelitas vagaran por el desierto durante cuarenta años guiados por Moisés sea verídico, o de que descendieran de una estirpe de sacerdotes egipcios, lo dejo a gusto del consumidor. Según he leído, no hay pruebas arqueológicas de ello, por lo tanto, puedes rellenar esta sombra con la opción que más te guste hasta que se demuestre lo contrario.

No se sabe muy bien qué paso con los objetos que había en el templo de Salomón. El primer templo fue destruido en el año 586 antes de Cristo. Después, en el año 70 de nuestra era, las fuerzas romanas dirigidas por Tito destruyeron el segundo templo. El arco de Tito, que está en Roma, muestra cómo se llevan los objetos del templo. Si fue así, lo más lógico es que llegaran a Roma y fueran guardados a buen recaudo. No me cuesta nada imaginar dónde.

Sobre uno de los objetos que se dicen que estaba en el templo de Salomón gira la trama de esta historia: la mesa de Salomón, que, según se cuenta, le concedió al rey el conocimiento absoluto porque contenía toda la sabiduría de Dios. Al no tener el objeto para estudiarlo científicamente y carecer de pruebas que demuestren su veracidad, me tomé la licencia de rellenar esa sombra con lo que creí más oportuno para esta historia de ficción.

Los personajes principales que aparecen en la novela son ficticios, tanto los del pasado como los del presente, aunque hay referencias a personas que sí fueron reales. A los protagonistas de esta historia les he cogido tanto cariño que ojalá sí existieran de verdad. Por suerte, para darles vida de nuevo, solo tengo que ponerme a escribir una nueva aventura.

Agradecimientos

En primer lugar, quiero darte las gracias a ti por tener esta historia en tus manos. Sin tu apoyo yo no podría hacer lo que hago. Espero de corazón que mi relato te haya evadido durante unas horas.

También quiero agradecer al Museo de Historia de Barcelona su enorme labor, aquí he encontrado mucha de la información que necesitaba para relatar la vida de los personajes y las calles de la Barcelona medieval.

A todos esos cantautores que me acompañan cada día desde siempre, gracias por vuestra música repleta de letras llenas de sabiduría. Me he permitido plasmar algunas de vuestras joyas en los pensamientos del protagonista.

A mi amigo, Carlos Otálora, por las horas dedicadas a leer este manuscrito y por sus sabios consejos.

A mi amigo, el doctor David Valcárcel, que siempre me ayuda cuando tengo que relatar temas relacionados con su profesión. Además, esta historia está plagada de sus apuntes, consejos y correcciones. Sin tu ayuda esta novela sería mucho menos interesante.

A mi amiga Marisa Mestre, por todo el tiempo dedicado a corregir cada una de las palabras de este libro con mimo, cariño y paciencia. Por el respeto con el que ha tratado mis locas ideas y por todos los cambios sugeridos, que siempre han sido más que acertados. Con tu extraordinaria varita mágica has logrado que esta novela sea mucho más amena y profesional. Tu altruismo y bondad no tienen límites, siempre dispuesta a ayudar sin esperar nada a cambio, demostrando una vez más la gran persona que eres.

A mis padres, que no importa cuándo les llames porque siempre están ahí para ayudar.

www.ivangilabert.com

A mi hermana, Mireia, que vuelve a tener un personaje en la novela para que no me dé la lata. *T'estimu, sister.*

A Keila, por estar ahí cada día y aguantarme tal y como soy. Gracias por leer y releer mis parrafadas y encontrar los fallos ocultos que nadie ve.

A mis hijos, Iker y Héctor, que crecen mucho más rápido de lo que me gustaría y que, sin duda, son mi mejor legado. Os quiero mucho, enanos.

A todos y todas, ¡gracias por estar ahí!

Nos vemos en la siguiente aventura.

Iván Gilabert

OTRAS OBRAS DEL AUTOR

A continuación, te presento otras obras que ya he publicado. Si quieres saber más sobre alguno de estos libros solo debes asomarte a mi página web para vivir una nueva aventura.

www.ivangilabert.com

El Velo de Cronos

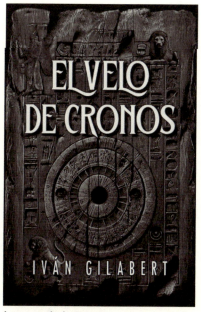

En el corazón del barrio Gótico de Barcelona se erige una modesta tienda de antigüedades que guarda más secretos de los que se pueden ver a simple vista. Su propietario, Quim, arqueólogo de profesión e historiador por vocación, consigue objetos únicos bajo pedido y se destaca como el mejor en su campo. Lo que nadie sospecha es que su extraordinaria habilidad para desenterrar reliquias originales y asombrosas proviene de un don insólito: la capacidad de viajar en el tiempo.

Esta aventura comienza cuando una serie de robos en El Escorial llaman la atención de Quim, sabedor del interés que Felipe II tenía por el rey Salomón. Lo que parecía un simple misterio se convierte en una misión peligrosa, donde cada pista lo llevará a territorios más antiguos que la propia historia, desenterrando secretos perdidos y una verdad que podría cambiarlo todo.

Acompaña a Quim en una aventura trepidante donde el pasado y el presente se entrelazan, donde cada hallazgo es una pieza clave y donde el tiempo no es un obstáculo… sino su mejor herramienta.

www.ivangilabert.com

Diario del Viajero

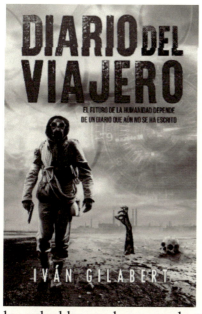

Era un fin de semana como otro cualquiera hasta que, sin previo aviso, todas las cadenas de televisión y emisoras de radio del mundo dejaron de funcionar. Durante veinticuatro horas solo se emitió un mensaje cíclico y monótono, avisando a todos los habitantes del planeta de una pandemia que estaba a punto de llegar para acabar con la raza humana, si nadie ponía remedio.

A partir de ese momento comienza una trepidante búsqueda para dar con los culpables que han causado semejante ataque. El único sospechoso es un joven escritor llamado Santi cuyo libro, publicado años atrás, relata exactamente todo lo que había sucedido en los últimos días y todos los graves acontecimientos que estaban por llegar.

Pero nada más empezar la investigación las autoridades se dan cuenta que nada cuadra y cuanto más indagan en la vida del joven escritor, más les cuesta creer lo que van averiguando. Nada es lo que parece ser y nadie es quien dice ser.

Virus Z

Tras mucho investigar, los cuerpos de seguridad han conseguido detener el inicio de una terrible pandemia que, de haber salido a la luz, hubiera acabado con la sociedad actual tal y como la conocemos. Pero tan solo unos días después de que la Interpol diera carpetazo al caso, el virus Z apareció sin avisar...

Santi y Pablo, las únicas personas que conocen la verdad sobre los entresijos de este terrible virus y los responsables de que no llegara a ver la luz, ahora deben luchar para salvaguardar sus vidas, así como todos los que participaron en el caso. Nadie que tenga un mínimo de información sobre este virus puede sobrevivir.

¿Por qué ha resurgido un virus que se creía controlado?
¿Quién o quiénes pueden estar detrás de semejante error?
¿De verdad ha sido un error o todo ha sido premeditado?
¿Qué monstruo puede desear la casi extinción del ser humano?

En esta historia apocalíptica de suspense, aventuras y superación, descubriremos que nada es lo que parece y nadie es quien dice ser.

www.ivangilabert.com

ATLANTES

La civilización Atlante ha permanecido en la sombra desde tiempos remotos dirigiendo y controlando la evolución del ser humano. Tan solo algunos hombres afortunados han tenido la suerte de interactuar con ellos, de aprender de sus increíbles adelantos y conocimientos, pasando así a ser personajes importantes de la historia.

A pesar de ser una raza mucho más evolucionada que la humana, una serie de acontecimientos les han hecho salir a la luz y pedir ayuda a un grupo muy especial de científicos humanos para averiguar dónde sucederá lo que ellos llevan miles de años esperando, un suceso que tendrá lugar en menos de cuarenta horas y que será un acontecimiento único que sólo sucede cada 75.000 años.

Durante esas cuarenta horas, el ser humano averiguará su verdadero pasado y la batalla épica que desde hace miles de años lleva produciéndose entre el Bien y el Mal.

Además, conocerá su falso presente, construido bajo las mentiras de unos pocos que reescribieron la historia para ocultar la verdad en beneficio propio.

Y, sobre todo, si el hombre consigue sobrevivir y superar este día, descubrirá su incierto futuro.

www.ivangilabert.com

La Roca Sagrada

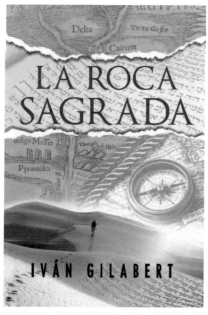

Un extraño objeto hallado entre los restos de un galeón español hundido será el punto de partida que nos llevará a descubrir un secreto que apenas aparece detallado en algunos antiguos escritos; un objeto que ha permanecido fielmente guardado durante muchos siglos: la Roca Sagrada de los caballeros templarios.

Solo aquellos que han dedicado su vida a proteger el secreto durante los últimos dos mil años conocen su verdadera historia. Una vibrante búsqueda que llevará a nuestros protagonistas a través de las ruinas de Petra, las áridas arenas de Egipto y la asombrosa ciudad santa de Jerusalén; lugares milenarios, mágicos y repletos de historia que serán escenario de esta fabulosa aventura rodeada de misterio, peligro y muerte.

www.ivangilabert.com

CUATRO

Cuatro personas en distintas partes del planeta comienzan a experimentar extraños cambios en sus cuerpos que los dotan de unas capacidades extraordinarias tan solo dignas de los dioses.

Al mismo tiempo, la NASA descubre que un asteroide viaja directo hacia la Tierra y, según todos sus cálculos, impactará en el estado de Maine en apenas veinticuatro horas.

¿Es posible que estos hechos estén conectados entre sí?

¿Quiénes son esos cuatro individuos?

¿De dónde vienen?

¿Por qué aparecen ahora?

www.ivangilabert.com

www.ivangilabert.com

Made in the USA
Columbia, SC
01 August 2025